Susanna Kearsley
Haus der Stürme
Glanz und Schatten

PIPER

Zu diesem Buch

Die junge Schauspielerin Celia Sands wird in eine traumhaft schöne Villa an den Gardasee eingeladen, wo sie die Hauptrolle in einem Theaterstück des Dichterfürsten Galeazzo D'Ascanio spielen soll. Dessen Geliebte verschwand in eben jener Villa zu Beginn des zwanzigsten Jahrhunderts auf rätselhafte Weise – und hieß ebenfalls Celia. Fast unvermeidbar scheinen die beiden Frauenschicksale zusammenzulaufen …
Der Historiker Harry hat es sich in den Kopf gesetzt, die Juwelen der unglücklichen Königin Isabelle Plantagenet in den unterirdischen Gängen von Schloß Chinon zu suchen. Er überredet seine Cousine Emily, ihm von London aus an den malerischen Adelssitz im Loire-Tal zu folgen. Bei ihrer Ankunft fehlt von ihm jedoch jede Spur. Auf der Suche nach Harry, dem Schatz und dem geheimnisvollen Drahtzieher im Hintergrund gerät Emily in höchste Gefahr.

Susanna Kearsley, geboren 1966 in Kanada, lebt mit ihrem Mann und ihren beiden Kindern in Ontario. Sie arbeitete als Museumskuratorin, bevor sie sich ganz aufs Schreiben verlegte und mit »Mariana« ihren literarischen Durchbruch schaffte. Zuletzt erschien von ihr »Das schottische Vermächtnis«.

Susanna Kearsley

Haus der Stürme
Glanz und Schatten

Zwei Bestseller in einem Band

Aus dem Englischen von
Karin Diemerling und
Leon Mengden

Mit einer Karte

Piper München Zürich

Mehr über unsere Autoren und Bücher:
www.piper.de

Von Susanna Kearsley liegen bei Piper vor:
Mariana
Haus der Stürme
Glanz und Schatten
Die Geister von Rosehill
Der Ruf der Nacht
Damals in Lissabon
Das schottische Vermächtnis

Für meine Mutter,
stets meine erste und beste Leserin,
in Liebe

FSC Mix
Produktgruppe aus vorbildlich bewirtschafteten Wäldern und anderen kontrollierten Herkünften
www.fsc.org Zert.-Nr. GFA-COC-001223
© 1996 Forest Stewardship Council

Taschenbuchsonderausgabe
April 2011

Titel der kanadischen bzw. englischen Originalausgaben:
»Season of Storms«, McArthur & Co., Toronto 2001 und
»The Splendour Falls«, Corgi Books / Transworld Publishers Ltd.,
London 1995

erschienen im Verlagsprogramm Kabel
Umschlagkonzept: semper smile, München
Umschlaggestaltung: Cornelia Niere, München
Umschlagmotiv: Philippe Body / Getty Images
Autorenfoto: Paul Orenstein
Satz: KCS GmbH, Buchholz / Hamburg
Papier: Munken Print von Arctic Paper Munkedals AB, Schweden
Druck und Bindung: CPI – Clausen & Bosse, Leck
Printed in Germany ISBN 978-3-492-26362-7

Haus der Stürme

Dank

Bei Galeazzo D'Ascanio und dem Anwesen Il Piacere habe ich mich von Gabriele D'Annunzio und seinem Palast Il Vittoriale inspirieren lassen, der am Gardasee über dem schönen Städtchen Gardone Riviera liegt. Mit meiner Verneigung vor diesem faszinierenden Mann wollte ich natürlich keineswegs den Eindruck erwecken, die in diesem Buch geschilderten Ereignisse hätten tatsächlich stattgefunden. Die Geschichte ist ganz und gar ein Produkt meiner Phantasie.

Was meine Nachforschungen zum Leben D'Annunzios betrifft, bin ich vor allem der wunderbar anschaulichen Biographie seines Freundes und Sekretärs Tom Antongini »Der unbekannte D'Annunzio« zu großem Dank verpflichtet.

Außerdem möchte ich allen danken, die mir in Italien und anderswo bei den Recherchen zu diesem Buch geholfen haben; insbesondere der Dame von der Schauspielergewerkschaft Equity in London, deren Namen ich nie erfahren habe, sowie Humphrey Price, Jane Bradish-Ellames von Curtis Brown und nicht zuletzt Cynthia Dale, die mir großzügig aus den Kulissen souffliert hat.

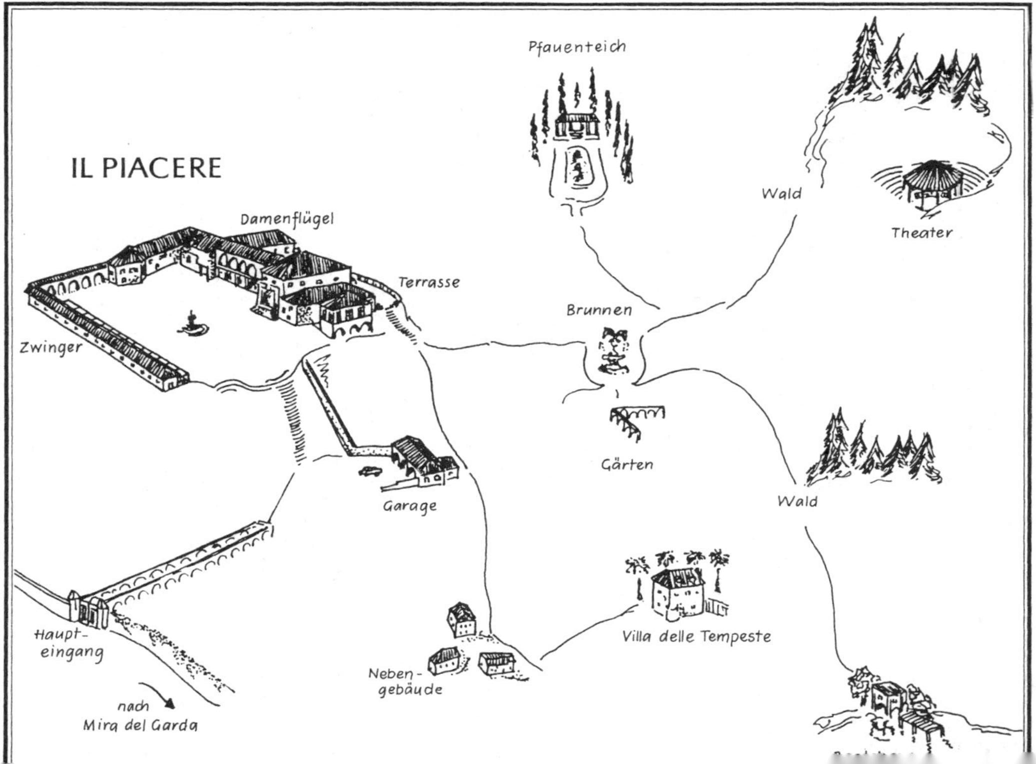
IL PIACERE
Pfauenteich
Wald
Theater
Damenflügel
Terrasse
Brunnen
Zwinger
Gärten
Wald
Garage
Villa delle Tempeste
Haupt-
eingang
Neben-
gebäude
nach
Mira del Garda

PROLOG

And these she does apply for warnings and portents,
And evils imminent …

William Shakespeare, »Julius Caesar«,
2. Akt, 2. Szene

Der Brief kam mit der Nachmittagspost. Er lag wartend auf dem Tisch im Flur, als ich mich nach einer besonders langen Mittagsschicht im Restaurant zu der kleinen Wohnung im vierten Stock hinaufgeschleppt hatte, die ich mir zur Zeit noch mit Sally teilte.

Sally zeigte auf den Umschlag, kaum daß ich zur Tür herein war. »Er ist von deiner Agentin. Wahrscheinlich hat sie dir einen neuen Vorsprechtermin besorgt.«

Ich schüttelte den Kopf. »Dann hätte sie mich angerufen und nicht geschrieben.«

»Na, vielleicht ist es ja eine Geburtstagskarte. Herzlichen Glückwunsch übrigens – ich hatte noch gar keine Gelegenheit, dir zu gratulieren, weil du heute morgen so früh aus dem Haus bist.«

»Danke.« Der Morgen begann für Sally erst gegen zehn. Allem Anschein nach war sie heute sehr beschäftigt gewesen. Ein weiterer Stapel von Kisten voller Kleider versperrte mir den Weg ins Wohnzimmer. Ich zwängte mich daran vorbei, ließ mich in den nächsten Sessel fallen und warf den Kopf zurück, überwältigt von dieser bleiernen Müdigkeit am Nachmittag, wenn das verblassende Licht auf die Augenlider drückt und jede kleinste Bewegung zu einer Anstrengung wird. Ich fühlte mich, als wäre ich gerade hundert geworden und nicht zweiundzwanzig.

Sally hockte sich im Schneidersitz auf den Boden zwischen die Bücherkisten und fuhr damit fort, Bücher zu drei Stapeln zu sortieren: ihre, meine und solche, die sie mir abspenstig machen wollte.

»Langen Tag gehabt?« fragte sie mit wissendem Blick.

»Es war die Hölle. Sie sind gestern abend nicht mehr zum Staubsaugen gekommen, so daß ich das heute morgen als erstes machen mußte. Von da an ist es nur noch bergab gegangen.«

»Du Ärmste. Es ist noch Tee in der Kanne.«

»Nein, danke.« Die Vorstellung, aufzustehen und eine weitere Tasse Tee einzuschenken, wenn auch diesmal für mich selbst, erinnerte unerträglich an Arbeit. Ich rollte meinen Kopf über das Rückenpolster des Sessels – Sallys Sessel, dachte ich verdrießlich, also würde er wahrscheinlich ebenfalls Ende der Woche die Wohnung verlassen.

Sie sah wieder zu mir herüber und erfaßte meine Stimmung mit diesem fast übersinnlichen Gespür, das mich immer wieder unsicher werden ließ, ob der Hexenaltar mit den Kerzen in ihrem Zimmer nicht vielleicht doch mehr war als eine ausgefallene Dekoration. Sie hätte eine gute Hexe abgegeben, mit ihren zerzausten Locken und den durchscheinenden Gewändern, die sie aus einer Art indischem Secondhandladen bezog. Alles an ihr wallte und schwebte, und man hatte stets die Befürchtung, sie würde wie eine Fackel aufflammen, wenn sie einer Streichholzflamme zu nahe käme.

Wir hatten uns im vergangenen Jahr beim Kellnern kennengelernt, doch ihr Stand mit selbstgemachtem Schmuck in Covent Garden hatte bald so viel abgeworfen, daß sie dem Restaurant Adieu sagen konnte. Nun wollte sie auch mir Adieu sagen, um mit ihrem Freund, einem Schlagzeuger, zusammenzuziehen, der wohl ganz nett war, wenn man sich erst einmal an die vielen Piercings gewöhnt hatte.

»Willst du ihn nicht aufmachen?« Sie deutete auf den Brief in meiner Hand.

Ich hatte irgendwie ein komisches Gefühl. Der Umschlag mit der gedruckten Adresse wirkte verdächtig offiziell, und so, wie die Woche bisher gelaufen war, fürchtete ich, daß er bloß noch mehr schlechte Nachrichten enthielt – wieder eine Agentur, die mich fallenließ, weil ich ihr kein Geld einbrachte. Zögerlich begann ich ihn zu öffnen. »Es hat wohl niemand für mich angerufen, oder?« Ich erwartete nicht, daß meine Mutter sich meldete, sie dachte nie an meinen Geburtstag, aber eine kleine Hoffnung bestand immerhin …

»Oh, doch, dieser Freund von dir«, antwortete Sally. »Du weißt schon, wen ich meine ... dieser ältere Typ, der Regisseur ...«

»Rupert?«

»Genau. Er schien überrascht zu sein, daß du heute arbeitest.«

»Tja, irgend jemand muß schließlich die Miete bezahlen.« Die Worte waren mir einfach herausgerutscht, und ich hätte sie am liebsten gleich wieder zurückgenommen, als ich Sallys schuldbewußten Ausdruck sah.

»Weißt du, ich kann dir noch ein bißchen Geld dalassen, wenn das hilft ...«

»Ich komme schon zurecht.« Das war purer Optimismus. Nachwuchsschauspielerinnen verdienen praktisch überhaupt nichts, selbst wenn sie nebenher kellnern. Zu zweit waren wir gerade so über die Runden gekommen, indem wir viel Reis und Dosenzeug aßen und uns in dicke Decken hüllten, statt die Heizung aufzudrehen. Aber allein? Ich hatte gehofft, bis zu Sallys Auszug einen Ersatz für sie gefunden zu haben, doch bislang hatte sich niemand auf meine Anzeige gemeldet, und ohne neue Mitbewohnerin wußte ich nicht, wie lange ich die Wohnung noch halten konnte.

»Jedenfalls«, sagte Sally, »sollst du dich heute abend mit diesem Rupert in St. Paul treffen.«

Meine Hand hielt über dem Umschlag inne. »In St. Paul? Warum so weit weg?«

»Doch nicht in der Kathedrale, Dummerchen. Er meint die Kirche hier um die Ecke.«

»Bist du sicher?«

»Ich hab's sogar aufgeschrieben, er hat darauf bestanden.« Zum Beweis holte sie den Zettel. »Hier, siehst du? St. Paul in Covent Garden, gegen sechs. Danach Dinner im Club.« Sie mußte lächeln, als sie mein Gesicht sah. »Ja, er hat gesagt, das könnte dich aufmuntern. Ist wohl ziemlich nett, Ruperts Club, was?«

»Sehr nett.« Ich wandte meine Aufmerksamkeit wieder dem Umschlag zu, bekam ihn endlich auf und stellte fest, daß er gar keinen Brief enthielt – jedenfalls nicht von meiner Agentin. Ein zweiter, kleinerer Umschlag steckte darin, an mich adressiert und in Italien abgestempelt. Ich drehte ihn um und las ungläubig die Absenderadresse. »Er kommt von Il Piacere«, sagte ich mit italienischer Aussprache, so daß es als »Il Pia-schere« herauskam.

»Wer ist das?«

»Es ist keine Person, sondern ein Haus. Ein Palast vielmehr, ziemlich berühmt. Er gehörte Galeazzo D'Ascanio.« Galeazzo D'Ascanio, der selbsternannte Prinz der europäischen Décadence, war wie eine schwarze Rose am Ende des neunzehnten Jahrhunderts erblüht, hingegeben an Drogen und andere Laster, voll dunkler Erotik und nur dem einen Ziel verpflichtet, den größtmöglichen Genuß im Leben zu suchen. Genau das bedeutete »Il Piacere«: Genuß, Freude, Vergnügen. Der volle Name des Hauses, in dem er in den zwanziger und dreißiger Jahren gelebt hatte, lautete: »Il Piacere del Vecchio« – Die Freude des alten Mannes.

Da Sally immer noch ein verständnisloses Gesicht machte, erklärte ich: »Er war Schriftsteller. Hat vor allem Gedichte geschrieben, aber auch ein paar Romane und Theaterstücke. Die Bücher dort im zweiten Fach von unten sind alle von ihm.«

Seine Werke mochte ich nicht besonders, sie waren mir meist zu düster, aber ich hatte schon immer ein spezielles Interesse an seiner Person gehabt. Seine letzte große Liebe nämlich, die Frau, die er seine »Muse« und das »Glück seines Alters« nannte, war wie ich eine junge Schauspielerin aus London gewesen, mit der ich nicht nur die Liebe zur Bühne, sondern auch meinen Namen teilte: Celia Sands.

Ich hatte keinen ererbten Anspruch auf diesen Namen, wir waren nicht verwandt. Meine Mutter, ebenfalls Schauspielerin, hatte mich aus einer Laune heraus so genannt, jedoch weniger zu Ehren der englischen Bühnenlegende, wie ich vermutete, als vielmehr aus Bequemlichkeit. Ihr enger Horizont beschränkte sich fast ausschließlich auf die Welt von Theater und Film, so daß ihr wahrscheinlich kein anderer Vorname zu

Sands, ihrem damaligen Familiennamen, eingefallen war. Hätten wir Bernhardt geheißen, wäre ich Sarah getauft worden und hätte genauso gelitten.

Meine Mutter machte sich nie viele Gedanken um die Folgen ihrer Handlungen. Sicher war es ihr keinen Moment in den Sinn gekommen, welche Last es für mich bedeuten könnte – falls ich in ihre Fußstapfen treten und ebenfalls zum Theater gehen würde –, den Namen einer Frau zu tragen, die nach dem Ersten Weltkrieg in England und Frankreich Begeisterungsstürme ausgelöst hatte.

Ich hatte Zuflucht zu einem Künstlernamen gesucht, Celia Sullivan, der es mir erlaubte, weiterhin die Koffer mit Monogramm zu benutzen, die ich von Rupert zu meinem zwölften Geburtstag bekommen hatte, und mir gleichzeitig die Gewißheit gab, daß ich aufgrund meiner eigenen Fähigkeiten engagiert wurde und nicht wegen meiner berühmten Mutter oder des großen Namens einer Vorgängerin.

Meiner Agentin hatte ich unter Androhung der Todesstrafe verboten, meinen richtigen Namen preiszugeben, und doch hielt ich nun diesen Brief in der Hand, der von der Agentur an mich weitergeleitet worden und an Celia Sands adressiert war.

Er bestand nur aus einer Seite, sauber getippt und mit einer maskulinen, sachlichen Unterschrift versehen. Ich las ihn zweimal, um sicherzugehen, daß ich ihn richtig verstanden hatte.

»Nun sag schon, was steht drin?« fragte Sally.

»Man bietet mir eine Rolle in einem Stück an«, sagte ich, immer noch ungläubig.

»Einfach so, ohne Vorsprechen?«

»Einfach so.«

»Ist es eine gute Rolle?«

»Die Hauptrolle, und zwar in einem wichtigen Stück, dem letzten, das Galeazzo D'Ascanio geschrieben hat. Sie wollen es in dem Privattheater auf seinem Grundstück aufführen.«

»In Italien? Das ist ja großartig. Gute Arbeit von deiner Agentin.«

»Ich glaube nicht, daß sie viel damit zu tun hat«, erwiderte ich und zeigte ihr den Brief. »Rupert ist als Regisseur vorgesehen.«

»Ach so, Vetternwirtschaft hat eben ihre Vorteile. Gute Arbeit von Rupert also.« Ihr Lächeln verflüchtigte sich, als sie mein Gesicht sah. »Willst du die Rolle etwa nicht?«

»Darum geht es nicht. Es ist nur ... hier steht, daß ich unter meinem richtigen Namen auftreten müßte.«

Sally streckte die Hand nach dem Brief aus, um sich selbst davon zu überzeugen. »Was ist das denn für eine komische Bedingung? Das kann ihnen doch egal sein, welchen Namen du benutzt, oder?«

In diesem Fall nicht, soviel war mir klar. »Galeazzo D'Ascanio hat sein letztes Stück für seine Geliebte geschrieben, eine englische Schauspielerin, der er auch die Hauptrolle zugedacht hatte. Sie hieß ebenfalls Celia Sands«, erklärte ich. »Ihretwegen habe ich mir diesen Künstlernamen zugelegt. Sie war zu ihrer Zeit sehr berühmt, und in Theaterkreisen kennt man diesen Namen immer noch. Ich will keine Vorteile daraus ziehen.«

»Auch nicht, wenn es um einen gutbezahlten Job geht?« Sie beobachtete mein Gesicht und entdeckte einen Anflug von Unentschiedenheit. »Warte, ich hole die Karten.«

Sallys Tarotkarten kamen mindestens einmal pro Woche zum Einsatz, immer dann, wenn sie in einer Sache Rat brauchte oder fand, daß ich einen gebrauchen könnte. Ich ließ das Kartenlegen als einen harmlosen Spaß über mich ergehen, so wie man sein Horoskop in den Boulevardblättern liest, aber für Sally war es eine ernste Angelegenheit.

Als sie zurückkam, machte sie es sich zu meinen Füßen bequem. »Hier, misch den Satz gründlich und frag die Karten, ob du nach Italien fahren sollst. Halt, warte, ich muß zuerst deinen Signifikator herausnehmen.« Sie suchte nach der Königin der Kelche, die mich angeblich symbolisierte, eine Frau mit kastanienbraunen Haaren und hellen Augen, die mehr Gefühl als Verstand besaß. Danach reichte Sally mir die restlichen Karten zum Mischen, nahm sie wieder an sich und hob drei Stapel ab, die sie mit den Bildern nach unten auf den Teppich legte und anschließend mit einer Hand erneut aufsammelte. Mein Signifikator lag wartend daneben.

»Also, dann wollen wir mal sehen. Das bedeckt dich«, sagte sie und legte eine Karte genau über die Königin der Kelche. Die bedeckende Karte, soviel wußte ich, sollte die Stimmung zeigen, in der ich meine Frage stellte. Anscheinend hatte diese etwas mit einer Frau mit verbundenen Augen zu tun, die zwei gekreuzte Schwerter über ihren Kopf hielt. »Zwei Schwerter«, sagte Sally. »Das bedeutet Unentschlossenheit.«

»Einverstanden.«

»Das kreuzt dich.« Sie legte eine Karte kreuzweise über die ersten beiden. »Sie zeigt, was sich dir entgegenstellt, zum Guten oder zum Bösen. Oh, der Mond – das ist eine Karte des großen Arkanum, eine starke Macht. Es ist die Karte der Menschen mit übersinnlichen Fähigkeiten, weißt du. Sie kann lebhafte Träume bedeuten, die Entdeckung deiner inneren Kräfte. Oder auch Schlimmes: Menschen, die dich täuschen, Unglück für jemanden, den du kennst.« Sie drehte die nächste Karte um und plazierte sie unter die drei anderen. »Und das ist unter dir.«

Das Basis meiner Frage war eine sogenannte Hofkarte, zufällig das Gegenstück zu meinem Signifikator.

»Der König der Kelche«, benannte Sally sie. »Ein Mann mit hellbraunen Haaren, ein Geschäftsmann, verantwortungsbewußt, aber mit Sinn für die Künste. Er wirkt äußerlich eher ruhig, aber tief im Innern ist er leidenschaftlich. Kennst du so jemanden?«

»Schön wär's.«

»Jedenfalls ist er die Grundlage von allem. Und das«, fuhr sie fort, während sie eine neue Karte aufdeckte, »ist etwas, das verschwindet, das bald hinter dir liegt. Die Königin der Stäbe, auf den Kopf gestellt.« Sie bedachte mich mit einem nüchternen Blick. »Eine blonde Frau mit blauen Augen, die eifersüchtig, treulos und verlogen ist. Du liebe Güte, wer kann das sein?«

Ich mußte grinsen. Sally war meiner Mutter nur ein einziges Mal begegnet, aber das hatte genügt. Es war sonnenklar, wen sie für die Königin der Stäbe hielt.

Sie legte die nächste Karte ab. »Das ist über dir.«

Eine Karte, die ein mögliches Geschehen in meiner Zukunft zeigen sollte. Wieder waren Schwerter zu sehen, neun an der Zahl diesmal. Sie hingen recht bedrohlich über der verzweifelten Gestalt einer Frau, die ihr Gesicht in den Händen vergraben hatte.

Sally schwieg einen Moment, ihr Blick nahm einen besorgten Ausdruck an. »Das ist keine gute Karte. Sie bedeutet Leid, Unglück. Den Verlust eines geliebten Menschen.«

Ich konnte schlecht entgegnen, daß es doch bloß ein albernes Spiel war und nicht mehr über meine Zukunft aussagte als beispielsweise ein Klumpen aufgequollener Teeblätter, weil Sally wahrscheinlich auch an Teeblätter glaubte. Doch es gelang mir, sie ein wenig aufzumuntern, indem ich sie daran erinnerte, daß die Karte nur ein *mögliches* Ereignis zeigte. »Mach weiter«, sagte ich. »Vielleicht wird es jetzt besser.«

Aber es wurde nicht besser. »Das ist vor dir.« Wieder deckte sie eine Karte aus dem großen Arkanum auf, die Hohepriesterin, auf den Kopf gestellt. »Das ist auch nicht gut. Es bedeutet, daß du einer selbstsüchtigen, grausamen Frau begegnen wirst. Sie wird dir Probleme bereiten.« Mittlerweile hatte sie die Stirn in Falten gelegt und deckte die Karten mit sichtlichem Widerstreben auf. »Das sind deine Ängste …« Der Narr, ebenfalls umgekehrt, eine irgendwie schaurige Figur, die mich aus ihrer umgekehrten Position lüstern angrinste. »Du hast Angst, die falsche Entscheidung zu treffen.« Auch die nächste Karte, die den Einfluß von Familie und Freunden repräsentierte, war nicht sehr ermutigend. Wieder Schwerter, drei Stück, die ein Herz durchstießen, während im Hintergrund dunkle Wolken und Regen abgebildet waren. »O Celia. Das bedeutet Streit und Schwierigkeiten in deiner Familie.«

Die vorletzte Karte, die meine Hoffnungen symbolisierte, war in Ordnung, was mich nicht weiter verwunderte, da man sich ja selten etwas Unangenehmes erhofft. Es war das As der Stäbe, eine optimistische Karte, die neue, kreative Unternehmungen und eine Reise bedeutete. Doch Sallys Stirnrunzeln blieb. Sie nahm die letzte Karte vom Stapel, hielt sie einen Moment zögernd in der Hand und drehte sie dann ganz schnell um, wie ein Kind, das eine unangenehme Medizin schlucken muß.

»Verdammt.«

Ich brauchte ihre Auslegung nicht, um zu wissen, daß das Bild nicht gerade verheißungsvoll war. Es sprach für sich: ein Burgturm in Flammen, von dem menschliche Gestalten schreiend und mit ausgestreckten Armen herunterstürzten, und hinter den Flammen Sturmwolken mit Blitzen.

»Das ist nicht besonders gut, oder?«

Sally sah ernst zu mir auf. »Celia, du darfst dieses Engagement nicht annehmen. Es gibt dort etwas Unheilvolles, etwas Böses …«

»Na schön«, sagte ich und legte den Brief beiseite, »damit wäre die Sache also entschieden.« Doch ich konnte es mir nicht verkneifen, noch einmal zu der kleinen Abbildung von Il Piacere im Briefkopf hinzuschielen und ein wenig zu träumen …

Venedig, 1921

Seine Wut war bis zum Nachmittag nicht verflogen, aber er konnte sie immerhin beherrschen. Er zerrte eine weitere Kiste über den Parkettboden der Bibliothek, ungeachtet der Kratzer, die er dabei verursachte, und fuhr fort, die Bücherregale zu leeren.

Sein Kammerdiener sah ihm zu. »Sir, halten Sie das wirklich für klug?«

Er hätte niemals einen englischen Diener einstellen dürfen, dachte er. Jeder andere hätte ihn verstanden, hätte ihm geholfen, statt steif und mißbilligend danebenzustehen. »Natürlich ist es klug! Es ist gerecht! Mir zu sagen, ich soll dieses Haus verlassen«, rief er empört, »nach allem, was ich hier geleistet habe! Das ist ein Verbrechen! Mich einfach rauszuwerfen, einfach so« – er schnippte mit den Fingern –, »und das mir … mir. *Er funkelte böse, als ob diese Beleidigung Grund genug zur Rache wäre.*

»Aber Sir …«

»Sie haben nur gesagt, daß ich das Haus *nicht behalten kann. Über seinen Inhalt haben sie kein Wort verloren.« Lächelnd zog er einen alten Band aus dem Regal und strich zärtlich über den Ledereinband. »Ich werde mich schadlos halten.« Mit plötzlicher Entschiedenheit drehte er sich zu seinem Butler um. »Wir werden in das Haus am Gardasee ziehen. Die Luft dort ist gut für meine Gesundheit.« Um seiner Rede Nachdruck zu verleihen, ging er zum Fenster und schloß es gegen die moderige, heimtückische Feuchtigkeit, die aus dem grünen Kanal aufstieg.*

Und dann hörte er die Stimme.

Die Stimme einer Frau, einer Engländerin, melodiös und klar, die von irgendwo unterhalb seines Balkons zu ihm heraufdrang. »Meint ihr, er ist für Besucher zu sprechen?«

Ein Mann antwortete: »Du bist verrückt, weißt du das?«

»Wir wollen anhalten und es herausfinden.«

»Er würde dich nie empfangen, Celia.« Eine Gondel knarrte, und ein Ruder wurde entschlossen ins Wasser getaucht.

Er stand wie gebannt da, eine Hand noch immer am Fensterriegel, und sah zu, wie die schwarze Gondel aus dem Schatten des Balkons heraus ins Licht glitt. Der Mann war für ihn nur ein undeutlicher Schemen und der Gondoliere vollends unsichtbar – er hatte nur Augen für die Frau, die halb zurückgelehnt im Bug saß, eine Hand lässig durchs Wasser schleifen ließ und einen leicht schmollenden Gesichtsausdruck hatte. Sie war eine Schönheit mit einem Teint wie Porzellan, und die Sonnenstrahlen schienen sich in ihrem goldgesponnenen Haar und dem hellen Kleid zu fangen und sie wie die Aura eines Engels zu umgeben. Wenn sie jetzt aufsähe, dachte er, würden sich unsere Blicke treffen … aber sie sah nicht auf. Die Gondel glitt um die Ecke, außer Sicht- und Hörweite, während er am Fenster verharrte. Er fühlte sich atemlos, beinahe schwindelig. Er fühlte sich jung.

Er starrte auf die Stelle, wo sie verschwunden war, und sprach ihren Namen aus, um seinen Geschmack auf den Lippen zu spüren, und als er ihn gekostet hatte, überkam ihn eine plötzliche, ungeheure Begierde: »Celia.«

ERSTER AKT

ES TRETEN VIER ODER FÜNF SCHAUSPIELER AUF

Sir, the scene is set, and everything is ready to begin if you please.

Richard Brinsley Sheridan, »The Critic«

I

»Er will nicht mich, sondern nur meinen Namen«, sagte ich zu Rupert.

Wir waren unter dem großen Südfenster stehengeblieben, das in diesem sanften, goldenen Licht erstrahlte, welches in den frühen Abendstunden am liebsten leere Kirchen aufzusuchen scheint. Ich mußte meinen Kopf weit zurückbeugen, um die in Marmor gemeißelten Buchstaben über mir lesen zu können. Obwohl ich sie schon unzählige Male zuvor entziffert hatte, war es immer noch ein merkwürdiges Gefühl, meinen eigenen Namen dort zu sehen: Celia Sands.

Rupert hinter mir stieß einen Husten aus, der als Luftzug in meine Haare fuhr, und ich merkte, daß er ebenfalls nach oben sah. »Vielleicht«, sagte er, ohne daß seine ruhige Stimme in dem hohen Raum widerhallte wie meine. Sein Ton war unverbindlich. Rupert bezog selten eindeutig Stellung, was mich schon als Kind zur Weißglut gebracht hatte, wenn ich seinen Rat brauchte. Doch es war unter anderem seine Fähigkeit, den Dingen ihren Lauf zu lassen, sich nicht vorzeitig einzumischen, was ihn zu einem so hervorragenden Regisseur machte.

Andererseits hielt ich es nicht für reinen Zufall, daß er sich ausgerechnet hier mit mir hatte treffen wollen, in St. Paul in Covent Garden.

St. Paul ist »die Schauspielerkirche«, ein Wahrzeichen des Theaterviertels, und die Namen auf den marmornen Gedenktafeln darin lesen sich wie eine himmlische Besetzungsliste: Sir Michael Redgrave, Dame Edith Evans, Sir Noël Coward … Alle sehr einschüchternd für eine Anfängerin wie mich, die gerade ihren ersten Auftritt in einem West-End-Theater gehabt hatte, in einer Rolle mit ungefähr zehn Minuten Bühnenpräsenz und drei ganzen Sprechzeilen. Trotzdem fühlte ich mich in St. Paul nicht klein, sondern als Teil eines größeren Ganzen, einer Gemeinschaft.

Sogar das Gebäude selbst gehörte zu uns, denn es hatte seine Rolle von der ursprünglichen Kirche übernommen, die zur Zeit von Queen Anne einem Feuer zum Opfer gefallen war. Als Schöpfung des Architekten Inigo Jones, dessen Begeisterung für die italienische Renaissance ihn zu dem Versuch inspiriert hatte, ganz Covent Garden in einen der großen, lichten Plätze zu verwandeln, die er in Italien so bewundert hatte, war auch St. Paul von einer heiteren Anmut. Mit ihren schlichten Fenstern im Stile Palladios, in die hier und da eine Spur von Gold eingeätzt war, ihren weißen Decken mit den Goldornamenten und ihren eleganten Kerzenleuchtern verkörperte sie – wie von Inigo beabsichtigt – ein kleines Stück Italien mitten in London.

Auch das hatte Rupert sicherlich bedacht. Er war schon immer ein Meister darin gewesen, andere durch einen bestimmten Rahmen zu beeinflussen. Obwohl er mir nie direkt zugeraten hätte, das Engagement anzunehmen, ließ er mich seine Meinung schon allein dadurch wissen, daß er mich an diesen Ort geführt hatte, an dem mein Unterbewußtsein von italienischer Atmosphäre umgeben war, während ich über Celia nachdachte.

»Celia die Erste«, wie Rupert immer zu sagen pflegte, als entstammten wir beide derselben königlichen Linie. Tatsächlich fühlte ich mittlerweile eine Art von Verwandtschaft zu ihr, auch wenn keine Blutsbande zwischen uns bestanden. Ich hatte so wenige echte Verwandte – nur meine Mutter und einen Onkel, der kinderlos in Neuseeland gestorben war –, daß die Adoption von Celia der Ersten als Vorfahrin mir jenes Gefühl von Kontinuität verlieh, das andere empfinden, wenn sie ihre eigenen Züge auf vergilbten Fotos von jungen Fremden erkennen, die ihre Ahnen sind.

Celia war allerdings nicht in dieser Kirche begraben. Niemand wußte genau, wo ihre sterblichen Überreste lagen oder ob sie überhaupt tot war. Doch man ging von ihrem Tod aus, weil der Gedenkstein von dem Mann gestiftet worden war, der wissen mußte, was aus ihr geworden war – dem Schauspieler, inzwischen selbst vergessen und begraben, für den sie Galeazzo D'Ascanio angeblich verlassen hatte. Ich sage »angeblich«, weil manche Leute behaupteten, Galeazzo habe sie eigenhändig umgebracht und die ganze Geschichte von ihrer Flucht mit einem jungen englischen Schauspieler sei frei erfunden und noch dazu wenig überzeugend. Welche Schauspielerin würde schließlich am Abend vor der Premiere ihres Stücks auf und davon laufen?

Ich persönlich zog die Mordversion sogar vor. Der Gedanke, daß Celia die Erste in Vergessenheit alt geworden war, gefiel mir noch viel weniger.

Ich stieß einen kleinen Seufzer aus, der den Geruch von altem geölten Holz und staubigem Marmor in meine Nase wirbelte, und sagte mit immer noch nach oben gerichtetem Blick: »Ich kann einfach nicht glauben, daß du dieses Projekt so lange vor mir geheimgehalten hast. Wann hat man dich engagiert? Letzten Herbst? Und du hast kein Wort zu mir gesagt!«

»Ich dachte, es wäre eine nette Geburtstagsüberraschung für dich.«

Das war typisch, nur Rupert konnte auf eine solche Idee kommen. Er hatte Geheimnisse schon immer länger für sich behalten können als jeder andere Mensch, den ich kannte.

»Ich nehme an, du bist diesem Menschen schon begegnet, der das Stück aufführen will?«

»D'Ascanios Enkel, ja. Im vergangenen Oktober hat er hier einen Zwischenstop auf dem Weg nach New York eingelegt und mich zum Mittagessen eingeladen.«

»Und, wie ist er so?«

Rupert war ein guter Menschenkenner. Als Teenager hatte ich immer die Jungs zu ihm geschleppt, mit denen ich gerade ging, um ihn hinterher nach ihren Stärken und Schwächen auszufragen. Natürlich machte er mir nie Vorschriften, aber seine scharfsichtige Beobachtungsgabe dürfte mir so manche Träne erspart haben. Ich sah, wie er seine Antwort abwog. »Sehr ruhig«, sagte er schließlich, » und nicht übermäßig kontaktfreudig. Ein bißchen eigensinnig. Aber das muß er wohl auch sein, bei dem, was er vorhat. Er ist gerade dabei, den gesamten Besitz zu restaurieren, einschließlich des Theaters. Anschließend will er alles der Forlani-Stiftung übergeben, die sich finanziell an der Restaurierung beteiligt, wie ich höre. Trotzdem muß es ihn ein Vermögen kosten. Er hat gesagt, das Haus sei zur Zeit seines Vaters aufgegeben worden, und seitdem hätte niemand mehr darin gewohnt.«

Ich sah spinnwebverhangene Korridore vor mir und düstere, unter jahrzehntealtem Staub begrabene Räume – eine Schauerszenerie würdig des Dichters, der Stücke mit Titeln wie »Verwelkte Liebe« und »Stadt der Verdammten« geschrieben hatte.

Beide hatte ich bereits im Theater gesehen, aber noch nie das Stück, das Galeazzos Enkelsohn auf die Bühne zu bringen hoffte: »Il Prezzo«. Niemand hatte es je gesehen. *Il Prezzo* – Der Preis – war als Liebespfand für Celia die Erste verfaßt worden. Nach fünfzehn Jahren des Schweigens, in denen er nur ein paar unerhebliche Verse geschrieben hatte, hatte Galeazzo auf eine plötzliche Inspiration hin wieder die Feder geschwungen und in nur einem Monat voll fieberhaftem Schaffensdrang, noch dazu auf englisch, das Stück geschrieben, das alle Kritiker für sein bestes hielten. Dieselbe Inspiration hatte ihn dazu bewogen, ein Theater auf seinem Besitz erbauen zu lassen, in dem er seine eigene Inszenierung aufführen konnte und seine geliebte Celia endlich wieder einmal ein Publikum verzaubern durfte.

Es wäre ein Triumph geworden, wenn sie nicht am Abend der Generalprobe plötzlich auf Nimmerwiedersehen verschwunden wäre.

Seitdem hatte das Stück einen berüchtigten Ruf erlangt. Verschiedene Ensembles hatten versucht, es aufzuführen, und waren sämtlich durch irgendeine Katastrophe daran gehindert worden: angefangen von einer Schauspielerin, die durch die Bühnenfalltür fiel und sich beide Knöchel brach, bis hin zu einem sintflutartigen Regen, der das Dach eines Theaters einstürzen ließ und die Kulissen überschwemmte. Wenn Shakespeares »Macbeth« unter Schauspielern als das Unglücksstück galt, so war D'Ascanios »Il Prezzo« das böse Omen schlechthin, das Stück, das schlichtweg nicht aufführbar war.

Was vermutlich genau der Grund war, weshalb das Projekt Rupert so reizte. Er hatte Herausforderungen schon immer geliebt.

Doch wenn überhaupt jemand das verflixte Stück auf die Bühne bringen konnte, dann Rupert. Er war selbst nicht wenig eigensinnig und einer der besten Theaterregisseure der Gegenwart. Galeazzo D'Ascanios Enkel hatte gut daran getan, ihn zu verpflichten, denn Ruperts Name allein bürgte für einen Erfolg.

Die Verlockung wurde nicht geringer.

»Ich weiß nicht, Ru.« Mit einem neuen Seufzer wandte ich mich von der Gedenktafel ab. »Irgendwie ist mir nicht wohl dabei, diese Rolle anzunehmen.«

»Warum?« Seine Frage klang neutral.

»Na ja, erstens habe ich noch nicht einmal vorgesprochen. Er hat mich noch nie auf der Bühne gesehen und wüßte nichts von meiner Existenz, wenn du ihm nicht von mir erzählt hättest.« Auf den Vorwurf in meinem Ton reagierte er gelassen.

»Das Gespräch kam einfach auf dich wegen ...«

»Wegen meines Namens. Ich weiß.«

Eine Weile herrschte Schweigen, während wir weiterschlenderten. Rupert hüstelte. »Ich habe meine Hand für dich ins Feuer gelegt.«

»Ja, sicher.« Ich zeigte ihm ein schiefes Lächeln. »Aber du bist ein wenig voreingenommen, meinst du nicht? Außerdem ist das genau mein Argument: Ich will keine Rolle bekommen, weil ich die richtigen Leute kenne oder die Tochter von jemandem bin oder zufällig einen berühmten Namen habe. Ich bin gerade dabei, mir eine Karriere als Celia Sullivan aufzubauen, und das kann ich jetzt nicht einfach wegwerfen. Wenn ich bei diesem Projekt als Celia Sands mitmache, ist mein Künstlername gestorben. Das Stück wird Aufmerksamkeit erregen, allein schon wegen seiner Geschichte und wegen des Aufführungsorts. Ich wäre für den Rest meines Lebens auf Celia Sands festgelegt.«

»Du mußt natürlich tun, was du für richtig hältst.« Er sah auf seine Uhr. »Komm, laß uns gehen. Ich habe Bryan gesagt, daß wir uns um Punkt sieben im Club treffen, und es ist nie gut, ihn zu lange an der Bar warten zu lassen.«

»Du findest, ich sollte die Rolle annehmen.«

»Das habe ich nicht gesagt.«

»Aber du denkst es.«

Er lächelte nur, steckte die Hände in die Hosentaschen und führte mich durch das friedliche Dämmerlicht des Mittelgangs zum Portal, während die Schauspieler in ihren dunklen Ecken mit mir auf eine Antwort warteten.

II

Ruperts Club war einer dieser verschwiegenen Orte, die sich in einer engen, kopfsteingepflasterten Gasse verbargen. Nach all diesen Jahren wußte ich immer noch nicht, an welcher Ecke man abbiegen mußte, und konnte mich nur auf Ruperts Gedächtnis verlassen. Unbeirrbar ging er mir zwischen den dichtstehenden Klinkerhäusern und dunklen Eingängen ohne Nummern voraus, die aussahen, als hätten sie sich seit Dickens' Zeiten nicht verändert und erinnerten sich noch gut an Gaslampen, Kohlenstaub und ratternde Einspänner.

Vor einer unscheinbaren grünen Tür blieb er stehen und läutete.

Ich hörte das Geräusch von Schritten, die eine Treppe herunterkamen, und dann wurde eine kleine, rechteckige Klappe hoch oben in der Tür geöffnet – für mich der schönste Teil des Rituals. Der Blick des Portiers drückte leises Mißtrauen aus, bevor er Rupert erkannte.

»Abend, Mr. Neville, Sir.« Ein Riegel wurde zurückgeschoben, und man ließ uns ein. »Sie werden bereits oben erwartet.«

Die Treppe war meine zweitliebste Besonderheit des Clubs. Sie sah so wunderbar alt und wackelig aus und führte in einem solch steilen Winkel zum nächsten Stockwerk hinauf, daß manche Mitglieder sie nicht ohne Hilfe bewältigen konnten.

Es war mir schleierhaft, wie der Portier es schaffte, sie den ganzen Nachmittag und Abend über hinauf- und hinunterzuschnaufen. Meinen Berechnungen nach mußte er mindestens siebzig sein. Er war schon lange vor Ruperts Mitgliedschaft Portier hier im Club gewesen, und man gewann den Eindruck, daß es ihn gab, seit das Haus stand, und daß er wie der arme Sisyphus dazu verdammt war, bis in alle Ewigkeit hinauf- und hinabzusteigen.

Der Club war stets ein recht fortschrittliches Etablissement für seine Zeit gewesen und hatte Frauen schon vor dem Ersten Weltkrieg als Gäste zugelassen, seit den frühen Siebzigern auch als Mitglieder. Kinder waren zwar offiziell nicht erlaubt, doch Bryan und Rupert hatten mich seit meinem sechsten Geburtstag jedes Jahr zum Essen mit dorthin genommen. »Warum denn nicht?« hatte Bryan einmal zu meiner Mutter gesagt. »Sie hat bessere Manieren als die meisten Schauspielerinnen, die man heutzutage beim Dinner erlebt.« Das war natürlich eine Spitze gegen meine Mutter, aber sie hatte es wahrscheinlich noch nicht einmal bemerkt.

Bryan wartete auf uns an der Bar und hatte seinen Rücken den eleganten, hohen Fenstern zugekehrt, deren Vorhänge noch nicht vor der Abenddämmerung zugezogen worden waren. An seinem fast leeren Scotchglas sah ich, daß er schon eine Weile hier war, was bedeutete, daß wir zu spät kamen, denn er war grundsätzlich pünktlich.

Der Whisky verstärkte wie immer seine schleppende australische Sprechweise. »Wir haben gesagt, um sieben«, tadelte er Rupert und beugte sich zu mir, um mich auf die Wange zu küssen. »Alles Gute zum Geburtstag, Engelchen.«

»Danke.« Ich erwiderte seinen Kuß. »Es ist eigentlich meine Schuld …«

»Wir waren noch drüben in St. Paul«, erklärte Rupert, begrüßte den Barkeeper und bestellte sich ebenfalls einen Scotch. »Was möchtest du, Celia? Sherry? Gut. Und ein Glas Amontillado, bitte.«

»Was habt ihr denn in St. Paul gemacht?« fragte Bryan. Aber er wußte es genau. Ich konnte es an dem Lächeln in seinen Augenwinkeln erkennen. Bryan hatte erstaunlich ausdrucksvolle Augen, die eine eigene Sprache sprachen.

Er war einige Jahre älter als Rupert, wirkte jedoch jünger, vielleicht weil er energiegeladener, weniger phlegmatisch und sprunghafter war. Auch sein Gesicht hatte ausgeprägtere Züge, mit diesem kräftigen Unterkiefer und dem Grübchenkinn, das anscheinend Australiern vorbehalten war. Nach über zwanzig Jahren in unserem trüben englischen Wetter trug seine Haut immer noch die Spuren einer unter subtropischer Sonne verbrachten Jugend, und die tiefen Falten um seine Augen und den Mund verrieten sein häufiges Lächeln. Er hatte sich in all den Jahren, die ich ihn kannte, kaum verändert, denn seine Ruhelosigkeit bewahrte ihn vor dem Altern. Die goldblonden Haare durchzogen sich erst jetzt mit den grauen Strähnen, die sich bereits vor langer Zeit in Ruperts dunklen Schopf geschlichen hatten.

Schon seit meiner Kindheit spielte ich gern ein heimliches Spiel, bei dem ich den Menschen in meiner Umgebung Rollen aus Shakespearestücken zuteilte. Bryan war für mich Mercutio aus »Romeo und Julia«, witzig und klug und immer mit gezücktem Schwert herumstolzierend, während Rupert eher dem Brutus aus »Julius Cäsar« ähnelte, nachdenklich und vorsichtig. Sie ergänzten einander ausgezeichnet, wie jedes ideale Paar.

Die beiden hatten sich an einem Sommersonntag des Jahres, in dem ich geboren wurde, per Zufall im Londoner St. James's Park kennengelernt. Bryan hatte damals noch seinen Hund, einen Boxer namens Oscar, der im Vorbeigehen Zuneigung zu Rupert gefaßt und ihn mit einem Sprung glatt umgeworfen hatte. »Und das war's dann«, pflegte Bryans lakonischer Kommentar zu dieser Geschichte zu lauten.

In Theaterkreisen, in denen die Leute ihre Partner wechselten wie die Unterwäsche, stellten Bryan und Ru die große Ausnahme dar. Bryan und Ru – ich dachte immer als eine Einheit an sie, denn der eine war unvollständig ohne den anderen. Sie führten die einzige stabile Beziehung, die ich kannte, wobei es meiner Ansicht nach von Vorteil war, daß Bryan nichts mit dem Theater zu tun hatte. Er arbeitete in der Forschungs- und Entwicklungsabteilung eines Pharmakonzerns und war damit beruflich so weit von Ruperts Welt entfernt, wie man es sich nur vorstellen konnte. Die vielen Jahre des Arbeitens an Mikroskopen hatten ihm einen scharfen Blick verliehen.

»Du hast also deinen Brief aus Italien bekommen«, stellte er fest.

»Du weißt davon?«

Er zuckte die Achseln. »Ru hat es mir erzählt. Außerdem sehe ich diesen grüblerischen Ausdruck in deinem Gesicht, wie immer, wenn du eine Entscheidung mit dir herumträgst. Du hast dich noch nicht entschlossen?«

»Nein.«

Er griff nach seinem Glas und nickte. »Es ist wegen der Sache mit dem Namen, schätze ich. Wenn du meine Meinung hören willst ...«

Rupert unterbrach ihn. »Wir wollen sie lieber selbst entscheiden lassen, ja?« Er reichte mir meinen Sherry. »Also, möchtest du deine Geschenke jetzt gleich oder erst nach dem Essen?«

»Jetzt gleich, bitte.«

»Ach, wer hätte das gedacht«, witzelte Bryan. Aber er hatte noch genausoviel von einem Kind an sich wie ich, und an der Art, wie er sich sofort bückte, um meine Geschenke aus seiner Aktentasche zu fischen, erkannte ich, daß er es ebenfalls nicht erwarten konnte. Es waren zwei Päckchen, eines klein und würfelförmig wie ein Schmuckkästchen, das andere flach wie ein Buch. »Das Buch ist von Ru. Mein Geschenk ist nicht so schön verpackt, ich konnte nur Weihnachtspapier im Haus finden, aber ich dachte, es macht dir nichts aus.«

Er hatte recht. Ich packte seines zuerst aus und starrte auf die blaue Schachtel. »Von Tiffany?«

»Na ja, ich bin letzte Woche zufällig durch die Bond Street gebummelt und ...«

»O Bryan.« Ich zog einen zierlichen Anhänger an einer Kette heraus und ließ ihn durch meine Finger gleiten. »Das ist wunderschön.« Es war ein kleiner goldener Engel mit einem Diamanten als Kopf, der das gedämpfte Licht der Bar in allen Farben des Regenbogens zurückwarf. »Engelchen« war Bryans Kosename für mich, er hatte mich von klein auf so genannt.

»Er hat mich halt sofort an dich erinnert«, war seine Rechtfertigung dafür, soviel Geld ausgegeben zu haben, als ich ihn gerührt umarmte und küßte. »Ein kleiner Schutzengel, der dich begleiten soll. So einen können wir alle gebrauchen.«

Galant legte er mir die Kette um den Hals, während ich mein zweites Geschenk auspackte. »Mit Tiffany kann ich natürlich nicht konkurrieren«, sagte Rupert und tat verschnupft.

Er war jedoch selbst nicht knauserig, wenn es um Geschenke ging, wie ich wußte. Rupert verschenkte fast immer Bücher, aber keine x-beliebigen. Er hatte eine Schwäche für Erstausgaben, kleine Schätze, die er in irgendwelchen verwinkelten Antiquariaten auftat. Das diesjährige Geschenk bildete da keine Ausnahme.

Das Bändchen war klein und schmal und schon rein äußerlich ein Vergnügen, wie es schön gemachte Bücher immer sind, mit handgearbeitetem roten Ledereinband und Goldschnitt. »The Season of Storms« stand in geschwungenen Goldlettern auf dem Deckel, und darunter: »The Celia Poems«. Ich sah Rupert ungläubig an. »Wo hast du das denn gefunden?«

Meine Reaktion freute ihn. »In einem kleinen Laden beim British Museum.«

»Ich suche schon seit einer Ewigkeit …«

»Ich weiß.«

Bryan, der immer noch am Verschluß der Kette herumnestelte, warf einen Blick über meine Schulter. »Was ist es denn?«

Ich hielt das Buch höher, damit er es sehen konnte. »Es sind die Gedichte, die Galeazzo D'Ascanio für Celia Sands geschrieben hat oder ihr zumindest gewidmet hat. Einige davon sind erst danach entstanden.«

»Wonach?«

»Nachdem sie verschwunden war.«

»Aha. Ich hoffe, sie sind übersetzt worden.«

»Nicht nötig«, sagte ich. »Er hat sie auf englisch geschrieben.« Das Frontispiz zierte ein handkoloriertes Foto von Celia der Ersten, auf dem sie wie eine klassische Statue vor einer steinernen Brüstung posierte. Es handelte sich wahrscheinlich um die Terrasse von Il Piacere, denn dahinter waren Berge und ein blauer See zu sehen. Sachte berührte ich das Bild, als wollte ich eine Verbindung herstellen.

Bryan wandte sich grinsend an Rupert und äffte ihn nach. »›Wir wollen sie lieber selbst entscheiden lassen.‹ Du alter Heuchler. Du versuchst, Celia zu bestechen.«

»Ganz und gar nicht. Ich habe das Buch gesehen, und weil ich wußte, daß sie schon lange danach sucht, habe ich es gekauft, ganz einfach.«

Doch er hatte unbestreitbar einen sehr passenden Zeitpunkt für das Geschenk gewählt, und ich begann mich zu fragen, warum Rupert, der sonst solchen Wert darauf legte, mich nicht zu beeinflussen, sich auf einmal so gefährlich nahe an eine Meinungsäußerung heranwagte.

Bryan dagegen hatte noch nie mit seinen Ansichten hinterm Berg gehalten. Er nahm einen Schluck von seinem Drink und kam wieder auf mein Problem zu sprechen. »Ich habe recht, Engelchen, stimmt's? Es ist die Sache mit dem Namen, die dich abhält.«

»Ja. Ich meine, es ist schon komisch genug, für eine Rolle nicht vorsprechen zu müssen, aber zu wissen, daß ich nur wegen meines Namens ausgewählt wurde … Ich bin nicht sicher, ob ich das will.«

Bryan, der wußte, wie sehr ich mich bemühte, mir unabhängig von meiner Mutter einen Namen zu machen, nickte verständnisvoll. »Andererseits«, meinte er, »ist D'Ascanio nach allem, was ich gehört habe, nicht der Typ, der mit Geld um sich wirft, ohne vorher Erkundigungen eingezogen zu haben. Und nachdem er bereits Maddy Hedrick und Nicholas Rutherford verpflichtet hat, wird er sich zumindest davon überzeugt haben, daß du zwei zusammenhängende Sätze sprechen kannst, bevor er dir die Rolle angeboten hat. Aber selbst wenn er dich nur …«

Mit ungewollt scharfer Stimme unterbrach ich ihn: »Madeleine Hedrick soll bei dem Stück mitwirken?«

»Hat Ru dir das nicht erzählt?«

»Nein.« Ich sah Rupert vorwurfsvoll an. »Nein, das hat er ausgelassen.«

Rupert zog die Augenbrauen hoch. »Tatsächlich? Muß ich wohl vergessen haben.« Damit stellte er abrupt sein Whiskyglas ab und spähte in den Speisesaal. »Werd mal nachsehen, was mit unserem Tisch ist.«

Den Blick auf seinen Rücken gerichtet, wie er sich entfernte, leerte ich mein Glas mit einem langen Zug und wünschte, ich hätte mir etwas Stärkeres bestellt.

Er wandte sich vom Fenster ab.

»Thompson«, sagte er zu seinem Kammerdiener. »Sie sind doch Engländer. Wohin gehen die englischen Touristen in Venedig? Wissen Sie das?«

»Nun, ich würde meinen, sie besuchen die üblichen Orte, Sir.«

»Ja, ja, natürlich.« Er vergaß die halbgepackte Bücherkiste und durchquerte mit entschlossenen Schritten den Raum. »Ich werde ausgehen und wahrscheinlich nicht vor dem Abend zurückkehren.«

»Jawohl, Sir.«

»Und, Thompson ...«

»Ja, Sir?«

»Falls Sie eine junge Frau sehen, eine Engländerin mit blondem Haar und dem Gesicht eines Engels ... Falls Sie sie draußen auf der Straße sehen oder sie hierherkommt, dürfen Sie sie nicht wieder gehen lassen, haben Sie verstanden?«

Der Diener war schon lange bei ihm. Ohne eine Miene zu verziehen, nickte er. »Jawohl, Sir.«

»Sagen Sie es auch den anderen. Sie ist irgendwo hier in Venedig«, murmelte er, schon an der Tür, »und ich werde sie finden.«

III

Ich sah sie vor Fortnum & Mason aus einem Taxi steigen.

Den Mann an ihrer Seite kannte ich nicht, aber meine Mutter wechselte ihre Männer wie Modedesigner die Trends: etwas Neues für jede Saison, dazu ein paar ausgewählte Stücke für den Winterurlaub. Dieser Mann, noch blonder als sie und mit kantiger, germanischer Kinnlinie, konnte ein Überbleibsel aus der Winterkollektion sein – vielleicht hatte sie ihn über Silvester beim Skifahren in Gstaad aufgegabelt. Doch so, wie sie sich an seinen Arm klammerte und lachend zu ihm aufsah, hielt ich es für wahrscheinlicher, daß er eine Neuerwerbung war, ihre erste für die Frühjahrs- und Sommersaison.

Schnell drehte ich mich zum nächsten Schaufenster um und heuchelte Interesse an den Seidendessous, während ich sie aus dem Augenwinkel beobachtete. Ich war nicht die einzige, die sie bemerkte. Entlang des Bürgersteigs hinter mir spürte ich eine erwartungsvolle Spannung in der Luft, als die einkaufenden Passanten sich anstießen, auf sie zeigten und ihren Namen flüsterten.

Sie war schwer zu übersehen, selbst wenn sie nicht auffallen wollte, was Mutter jedoch meistens wollte. Sie liebte es, im Mittelpunkt des Interesses zu stehen. Und warum auch nicht? fragte ich mich. Warum sollten die Leute nicht aus dem Häuschen geraten, wenn sie irgendwo auftauchte? Sie hatte Talent, sie hatte Ausstrahlung, sie war schön ...

Sie war wirklich schön. Das fand ich selbst, und schon immer hatte ich mir ihre großen Augen und feinen Gesichtszüge gewünscht. Doch geerbt hatte ich bloß ihre kleinen Hände und ihre Katzenallergie. Die restlichen Gene verdankte ich wahrscheinlich meinem Vater, wer immer das auch sein mochte. Meine Mutter wußte es selbst nicht, argwöhnte ich, wobei ihr damaliger Ehemann, dessen Nachnamen ich trug, als Kandidat ausgeschlossen werden konnte, weil er den fraglichen Sommer über in Hongkong gearbeitet hatte.

Ich erinnerte mich, wie ich Rupert als kleines Mädchen einmal gefragt hatte, ob er mein Vater sei. Er war tiefer in seinen Sessel gerutscht und hatte geantwortet, nein, das sei er nicht, und ich könne mich deshalb glücklich schätzen.

Das verwirrte und verletzte mich, bis Bryan mich neben sich aufs Sofa hob und sagte, ich solle mir das nicht zu Herzen nehmen, Rupert sei nur traurig, weil es seiner Mutter nicht gutgehe.

Ich kuschelte mich an Bryan und drückte meine Wange gegen den glatten Stoff seines Hemds, getröstet von dem vertrauten Geruch nach Seife und Scotch. »Bryan?«

»Ja, Engelchen?«

»Bist *du* mein Vater?«

Er sah mich an und wollte wissen, warum ich fragte, und ich berichtete, eine meiner Schulkameradinnen habe gesagt, jeder müsse einen Vater haben, auch wenn er woanders lebte. Man könne gar nicht geboren werden ohne einen Vater, worauf ich gesagt hatte, also *ich* hätte keinen, und zu hören bekam, das sei nicht normal, keinen Vater zu haben.

Bryan lachte und meinte, ich hätte es viel besser als die anderen Mädchen in meiner Schule, weil ich nämlich zwei Väter hätte, ihn und Ru.

»Aber ihr seid nicht meine *richtigen* Väter, oder?« fragte ich.

Nein, räumte Bryan ein, nicht die richtigen. Er wechselte einen langen Blick mit Rupert, den ich im nachhinein als stummen Hilferuf interpretierte. Einer Eingebung folgend erklärte er mir dann, daß richtige Väter eben manchmal Helfer bräuchten.

»Oh«, machte ich, als ich das in mein kindliches Weltbild eingebaut hatte. »So wie die Männer, die so tun, als wären sie der Nikolaus, weil der nicht überall gleichzeitig sein kann.«

Bryan zog mich enger in seine Arme. Noch heute kann ich den Kuß spüren, den er mir auf den Kopf drückte, und seine warme Wange an meinem Haar. »Genau so, mein Engelchen.«

Ich hatte also nie einen richtigen Vater gehabt, aber dafür seine Helfer, was mir als zweitbeste Lösung erschien.

Was meine Mutter betraf ... nun, sie war fast nie anwesend. Ich glaubte als Kind, daß alle Mütter so wären, daß sie ab und zu aus dem Nichts auftauchten, lächelnd und duftend und in schönen Kleidern, um einen an der Hand zu nehmen und an einer langen Reihe starrender Gesichter und zuckender Blitzlichter vorbeizuführen; daß sie viel Aufhebens um einen machten, um einen im nächsten Moment schon wieder vergessen zu haben und schließlich ins Bett zu stecken, bevor man wußte, wie einem geschah.

Rupert hatte ihr in einem seiner seltenen Wutanfälle einmal vorgeworfen, sie würde mich wie ein Requisit benutzen. Schließlich war es allgemein bekannt, daß sie sich nur dazu herabgelassen hatte, schwanger zu werden, weil ein Journalist in einem Artikel geschrieben hatte, eine so schöne Frau werde bestimmt einmal wunderhübsche Kinder haben. Eine banale Schmeichelei, die ihr jedoch einen Floh ins Ohr gesetzt hatte. Das Problem war, daß sie nicht wußte, was sie mit mir anfangen sollte, nachdem sie mich zur Welt gebracht hatte. Dummerweise war ich auch noch ein sehr ruhiges Baby, das fast nie schrie und quengelte, weshalb meine Mutter mich häufig völlig vergaß. Wenn die Haushälterin nicht gewesen wäre, hätte ich oft tagelang noch nicht einmal die Windeln gewechselt bekommen.

Aber so war meine Mutter eben. Wenn man kein Geschrei machte, übersah sie einen einfach.

Ich hätte mich dort auf der Straße bemerkbar machen können. Ich hätte rufen und winken und ihr die Gelegenheit geben können, vor den Augen ihres entzückten Publikums die liebevolle Mutter zu spielen. Aber ich dachte gar nicht daran. Während ihr Begleiter das Taxi bezahlte und sie der neugierigen Menge ein huldvolles Lächeln schenkte, drehte ich mich um und ging mit schnellen Schritten den Piccadilly hinunter.

IV

Ich traf Bryan allein in der Wohnung an. Das war für einen Samstag nicht ungewöhnlich, denn Rupert stöberte samstags nachmittags gern in den Antiquariaten herum und kam meistens mit einer Tüte voller Bücher zurück, die in die schon hoffnungslos überfüllten Regale gestopft wurden. Bryan bemerkte oft, es sei ein Wunder, daß der Wohnzimmerfußboden nicht unter dem Gewicht dieser Regale durchbreche. »Irgendwann landen wir unten in der Küche der armen alten Mrs. Potter«, warnte er. Doch so sehr er auch stöhnte und bei jeder neuen Büchertüte die Augen verdrehte, tolerierte er doch Ruperts Manie, so wie Rupert Bryans Begeisterung für American Football tolerierte.

Auch an diesem Nachmittag sah er sich ein Spiel an, offenbar eines, das er voriges Wochenende aufgezeichnet hatte, doch er unterbrach es, um mir aufzumachen. Als er den Fernseher ganz ausschalten wollte, sagte ich, er solle ruhig weitergucken, es mache mir nichts aus. In Wahrheit hatte ich sogar gehofft, daß ein Spiel laufen würde. Begegnungen mit meiner Mutter brachten mich immer etwas aus dem Gleichgewicht, und Bryans samstägliches Ritual wirkte beruhigend und trostspendend: Football auf dem Bildschirm und um ihn herum ein sorgfältiges Arrangement aus einer Flasche Bier, Chips mit Käse- und Zwiebelgeschmack sowie den Fernbedienungen für Fernseher und Videorecorder.

Ich setzte mich neben ihn in Ruperts Sessel und zog die Beine hoch. Hier brauchte ich mir keine Gedanken um irgendwelche Förmlichkeiten oder Abdrücke von meinen Füßen auf dem Polster zu machen. Es war ein Männerhaushalt, in dem Bequemlichkeit vorging, und außerdem mein Zuhause.

»Na«, fragte Bryan, »hat Sally ihren Umzug gut hinter sich gebracht?«

»Ja, sie und ihr Freund haben gestern abend die restlichen Möbel abgeholt.« Die Wohnung wirkte fremd ohne sie, leer und kalt. Vor allem die Sehnsucht nach Gesellschaft war es, die mich an diesem Tag aus dem Haus getrieben hatte. Und nach Wärme. Ruperts und Bryans Wohnzimmer war wohlig geheizt und gemütlich, im Gegensatz zu meinem. Doch ich beklagte mich nie über meine Lebensweise. Die beiden sollten nicht wissen, wie nahe ich mich am Rande der Armut bewegte, weil sie mir dann Geld aufgedrängt hätten. Das wollte ich nicht. Ich wollte auf eigenen Füßen stehen, meinen eigenen Weg gehen, genau wie bei der Schauspielerei.

Allerdings hatte ich den Verdacht, daß Bryan etwas ahnte. Die riesigen Sandwiches, die er mir in der Halbzeitpause machte, quollen über von Geflügelsalat und waren mit einem dicken Stück Cheddar und drei eingelegten Zwiebeln garniert.

Als ich ihm den Teller abnahm, bemerkte ich ganz beiläufig: »Ich habe Mutter vorhin gesehen, bei Fortnum & Mason.«

»Ach ja? Was hatte sie zu erzählen?«

»Nichts. Sie hat mich nicht gesehen.« Bryan mußte ich nichts erklären. Er sah nur kurz zu mir herüber, ohne etwas zu sagen. »Sie hat einen neuen Kerl«, fuhr ich fort.

»Diesen Blonden? Ja, den habe ich schon gesehen. Er ist Däne, glaube ich.« Dann grinste er auf einmal, als wäre ihm etwas Lustiges eingefallen.

»Was ist?« fragte ich.

»Nichts. Ich habe mir nur gerade vorgestellt, was deine Mutter sagen würde, wenn sie wüßte, daß man dir eine Hauptrolle neben Madeleine Hedrick angeboten hat.«

Ich konnte das nicht komisch finden. »Madeleine Hedrick wird wohl kaum erfreut sein, wenn sie erfährt, daß ich die Rolle spielen soll.«

»Wieso denn nicht?«

»Wegen dem, was meine Mutter ihr angetan hat.«

»Engelchen«, sagte er, »das ist so viele Jahre her. Schnee von gestern.«

»Ich kann mich aber noch sehr gut daran erinnern.« Was kein Wunder war. Nicht nur, weil die Sache damals Schlagzeilen in sämtlichen Klatschblättern gemacht hatte, sondern weil ich dafür verantwortlich gewesen war. Ich war damals zwölf und gerade von einem Schulausflug nach Stratford-upon-Avon zum Royal Shakespeare Theatre zurückgekehrt, wo ich Madeleine Hedrick als Lady Macbeth gesehen hatte. Ich war wie verzaubert gewesen. Noch immer konnte ich mir ihre Darstellung in Erinnerung rufen, wenn ich die Augen schloß. Als ich nach Hause kam, sagte ich meiner Mutter, daß ich Schauspielerin werden wollte.

Zuerst war sie wohl geschmeichelt. Doch als sie begriff, daß nicht sie es war, sondern Madeleine Hedrick, die meine Entscheidung beeinflußt hatte, war ihre Reaktion dementsprechend. Meine Mutter besaß zwar keinen Zauberspiegel und würde auch nicht unbedingt zu vergifteten Äpfeln greifen, aber sie mußte immer die Schönste im ganzen Land sein.

Ich weiß nicht mehr, was sie genau sagte, aber ihr ungerechter Angriff auf die Schauspielerin, die ich gerade gesehen und bewundert hatte, stachelte mich dazu an, in dem allwissenden Ton einer Zwölfjährigen zu verkünden, daß Madeleine Hedrick schöner und talentierter war als alle anderen, auch meine Mutter. »Sie ist besser als du«, behauptete ich wörtlich.

»Tatsächlich?« hatte meine Mutter mit diesem kleinen, nach innen gekehrten Lächeln gefragt, das nichts Gutes verhieß. »Wir werden ja sehen.«

Zwei Wochen später war das Foto in den Boulevardblättern erschienen. Das Foto von meiner Mutter, die oben ohne in den Armen eines Mannes am Strand von Monte Carlo lag, schamlos lachte und so tat, als bemerke sie die Kameras nicht, von denen sie natürlich genau wußte, daß sie auf sie gerichtet waren. Der Mann war ebenfalls kein Unbekannter – Jason Hedrick, ein Filmschauspieler und Madeleines Ehemann.

Tief in meiner Magengrube konnte ich immer noch nachfühlen, was ich damals empfunden hatte, als ich das Bild zum erstenmal sah und es mich auf dem Weg zur Schule von jedem Zeitungskiosk aus anklagend angestarrt hatte.

Die Schuldgefühle hatten an mir genagt, hatten große Löcher in mich gefressen, die ich mit Schweigen füllte, während ich in den darauffolgenden Wochen das bittere Auseinanderbrechen der Ehe der Hedricks in der Presse verfolgte. Tausendmal wünschte ich mir, ich hätte die Klappe gehalten, denn ich wußte, daß meine Mutter sich ohne meine aufstachelnden Worte nie an Jason Hedrick herangemacht hätte und der ganze Skandal niemals passiert wäre.

Aber Worte kann man nicht zurücknehmen, und meine hatten ihren Schaden bereits angerichtet.

Ich schämte mich viel zu sehr, um mich jemandem anzuvertrauen. Noch nicht einmal mit Rupert oder Bryan hatte ich je über meine Schuld gesprochen, so daß ich auch jetzt, viele Jahre später, bloß hinzufügte: »Und ich bin sicher, Madeleine Hedrick hat es auch nicht vergessen.«

Bryan wies mich nüchtern darauf hin, daß mir, falls ich allen Leuten aus dem Weg gehen wollte, die meine Mutter einmal beleidigt hatte, nicht mehr viele Möglichkeiten blieben, überhaupt noch aufzutreten. »Vielleicht in ein oder zwei kleinen Theatern auf den Hebriden«, lästerte er, »aber das ganze West End kannst du vergessen.«

»Ach Bryan ...«

»Ist doch wahr.« Er trank einen Schluck Bier. »Sie ist eine nette Frau, Maddy Hedrick. Ich hab sie mal kennengelernt. Sie schien mir kein nachtragender Mensch zu sein.«

»Trotzdem.« Ich atmete tief durch und machte eine entschlossene Miene. »Ich werde die Rolle nicht annehmen.«

»Doch nicht wegen Maddy, oder? Gibt's da noch einen anderen Grund?« Er durchbohrte mich mit einem Seitenblick. »Was ist los, Engelchen? Traust du dir den Part nicht zu?«

Ihm blieb einfach nichts verborgen. »Doch, natürlich traue ich ihn mir zu. Es ist nur ... na ja, D'Ascanios Enkel schreibt, daß das Stück den ganzen August hindurch laufen soll, und dann wäre ich ziemlich lange weg, und ich habe gerade ein Vorsprechen für eine Rolle in dem neuen Stück von Gareth Gwyn Morgan gehabt ...«

»Ach, wirklich? Was ist das für eine Rolle?«

Ich senkte den Blick. »So eine Art Dienstmagd.«

»Verstehe.«

»Es ist ein tolles Stück, das sagen alle. Und mein Vorsprechen lief wirklich gut, ich denke, daß ...«

»Ru möchte, daß du annimmst.«

Ich verstummte. Bryans Augen waren nach wie vor auf den Fernseher gerichtet, aber er hatte den zerknirschten Ausdruck von jemandem, der gerade ein Geheimnis ausgeplaudert hat. »Er würde es dir nie sagen, du weißt ja, wie er ist, aber er möchte furchtbar gern, daß du mit ihm nach Italien fährst.«

Die Celia-Gedichte und unser Treffen in St. Paul waren also tatsächlich sanfte Manipulation gewesen. Das sah Rupert gar nicht ähnlich, genausowenig wie es Bryan ähnlich sah, mir zu verraten, was Rupert sich wünschte. »Warum?« fragte ich.

»Er hört mit dem Theater auf. Er wird sich zur Ruhe setzen.«

Bryan hatte eine Bombe platzen lassen, und ich brauchte eine Weile, um die Erschütterung zu verkraften. »Was?«

»Er denkt schon länger darüber nach, und ich auch. Wir werden nicht jünger, weißt du ... «

»Aber ihr seid erst Mitte Fünfzig oder so, das ist doch nicht alt!«

»Vielen Dank, aber wir fühlen uns manchmal alt, und es gibt noch einiges, das wir zusammen unternehmen möchten, Reisen und solche Sachen. Wir sind finanziell unabhängig, also dachten wir uns, warum nicht? Ich habe meine Kündigung schon eingereicht, und Ru« – er sah mich an – »Ru möchte noch dieses letzte Stück für den jungen D'Ascanio inszenieren. Dann hört er auch auf.«

»Verstehe.« Das war alles ziemlich viel auf einmal für mich. Bryans Kündigung bedeutete keinen allzu großen Schock, denn er arbeitete schon seit einer Ewigkeit für dieselbe Firma und hatte ein hübsches Sümmchen beiseite gelegt, das wußte ich. Aber ich konnte mir nicht vorstellen, daß Rupert das Theater aufgeben wollte. Regie zu führen war viel mehr für ihn als ein Job, es war eine Berufung.

»Wehe, du sagst ihm, daß ich dir davon erzählt habe«, beschwor mich Bryan. »Er würde mich umbringen. Er wollte es dir erst nach Ablauf des Stückes sagen. Ich habe nur davon angefangen, weil ich weiß, was es ihm bedeuten würde, dich dabeizuhaben. Deine erste Hauptrolle in dem letzten Stück, das er inszeniert.«

»Bryan ... «

»Du weißt, ich würde dir nie vorschreiben, was du tun sollst ... «

»Seit wann das?«

»Ich finde nur ... «

»Du sagst mir *immer,* was ich tun soll.«

»Ich finde nur«, fuhr er geduldig fort, »daß du noch einmal darüber nachdenken solltest.«

Das war Erpressung, und er wußte das ganz genau. Ich würde es nie über mich bringen, Rupert zu enttäuschen, nicht, nachdem ich erfahren hatte, daß sein Herz daran hing, mit mir zusammen in Italien zu arbeiten. Rupert und Bryan bedeuteten mir mehr als alles andere auf der Welt, und wenn die Entscheidung darauf hinauslief, entweder meinen Künstlernamen zu behalten oder Rupert glücklich zu machen, dann ... Ich seufzte und sah Bryan an.

»Du wirst also fahren?«

»Ich werde darüber nachdenken.«

»Gutes Mädchen.« Er lächelte. »Wer weiß, vielleicht macht es dir sogar Spaß.«

»O ja, ganz bestimmt. Zwischen Madeleine Hedrick, die mich haßt, und D'Ascanios Enkel, der bloß meinen Namen für seine Werbetrommel will, werd ich mich bestimmt wohl fühlen.«

Er zuckte die Achseln. »Dann nimm es als Gelegenheit, dem blöden Enkel – ihnen allen – zu zeigen, daß du verdammt gut spielen kannst.« Er reichte mir die Chipstüte. »Denk dran, Chancen wie diese sind nicht sehr dicht gesät, Engelchen. Und eine Dienstmagd zu spielen ist nicht ganz dasselbe wie die Hauptrolle zu übernehmen.«

V

Reisen war nicht gerade meine Stärke. Flugzeuge machten mich nervös, mir wurde schlecht, wenn ich in etwas anderem als einem Auto fahren mußte, und außerdem wußte ich nie, was ich einpacken sollte. Ein geöffneter, leerer Koffer schrie für mich danach, gefüllt zu werden, was ich unweigerlich tat, und zwar so gründlich, daß man ihn kaum noch heben und nicht mehr als zwei Meter tragen konnte, ohne ihn abzusetzen.

An diesem Morgen war mir nichts erspart geblieben: Der Flug war unruhig gewesen, und nach der Landung auf dem Marco-Polo-Flughafen mußten wir in einen überfüllten, überheizten Bus einsteigen, der uns über den Damm nach Venedig brachte. Als wir endlich aussteigen konnten, durfte ich meine schweren Koffer kilometerweit über kleine, gewölbte Brücken wuchten, die wahrscheinlich sehr malerisch waren, wenn man nicht gerade Koffer schleppte, deren endlose Stufen unter diesen Umständen jedoch die reinste Qual bedeuteten. Ich dachte an den Portier von Ruperts Club und fühlte mich wie der arme Sisyphus, der endlos seinen Felsbrocken den Berg hinaufwälzt, als ich mich wieder eine Brücke hinaufkämpfte und feststellen mußte, daß dahinter bereits eine neue lauerte. Rauf und runter, rauf und runter … In der vorsommerlichen Wärme und inmitten der Touristenströme war es die Hölle.

Rupert hätte mir beim Tragen geholfen, wenn er nicht selbst zwei große Koffer gehabt hätte. Überhaupt hatte ich das Packen wahrscheinlich von Rupert gelernt, überlegte ich finster, obwohl er seine Last sehr viel wohlgelaunter trug. Nach dem ersten halben Kilometer hatte ich naiv vorgeschlagen, doch ein Taxi zu nehmen, worauf ich erfuhr, daß es in Venedig keine Autos gab. Kein einziges. Touristen und Einheimische waren gezwungen, ihre Fahrzeuge auf Parkplätzen am Stadtrand abzustellen und das venezianische Labyrinth zu Fuß zu betreten. Es gab zwar Wassertaxis und eine Art von öffentlichem Nahverkehr in Form von größeren Booten namens Vaporetti, die den Canal Grande abfuhren, doch unser Hotel lag leider nicht am Canal Grande. Also schleppten wir.

Aber ich beschwerte mich nicht.

Rupert benahm sich wie ein Kind, das ins Ferienlager fährt, seit ich ihm gesagt hatte, daß ich die Rolle in »Il Prezzo« annehmen würde. Noch nie hatte ich ihn so ausgelassen glücklich gesehen, und sein begeistertes Pläneschmieden sagte mir, daß unsere Reise etwas Besonderes werden sollte, etwas, woran wir uns in späteren Jahren gern zusammen erinnern würden. Wie Bryan betont hatte, sollte dies mein erstes »großes« Stück sein und gleichzeitig Ruperts letztes, weshalb ich verstehen konnte, daß Rupert alles perfekt haben wollte.

Der Aufenthalt in Venedig war ein wichtiger Teil seines

Plans. Rupert liebte Venedig. Er hatte mich schon zu vielen seiner Lieblingsreiseziele mitgenommen, aber wegen meines Studiums und seiner Arbeit hatten wir es nach Venedig irgendwie nie geschafft.

Rupert hatte nicht nur alles für einen Zwischenstop auf unserem Weg zu D'Ascanios Villa organisiert, sondern mich in den vergangenen zwei Wochen auch mit bunten Broschüren, Reiseführern und Karten überschüttet. Er hatte mir gezeigt, was wir uns alles ansehen würden, und mir eine Zusammenfassung der Geschichte dieser merkwürdigsten aller europäischen Städte gegeben. Von Menschen gegründet, die buchstäblich bis ans Äußerste gegangen waren, um sich in den finsteren Zeiten nach dem Fall des Römischen Reiches, als plündernde Barbarenhorden das Land terrorisierten, in Sicherheit zu bringen, stellte Venedig ein Wunder der Baukunst dar. Die Stadt war auf dem Wasser errichtet, oder vielmehr auf hölzernen Pfählen, die in einer sumpfigen Lagune steckten, und ihre Hunderte von Inselchen wurden von einem Gewirr aus Brücken und Kanälen verbunden und zusammengehalten.

Schon allein der Name »Venedig« hatte in meinen Ohren wunderbar alt und romantisch geklungen.

Bis jetzt jedoch war die Wirklichkeit hinter meinen Erwartungen zurückgeblieben.

Das Hotel war zwar ganz hübsch, aber ein modernes Gebäude, das überall hätte stehen können. Die Dusche allerdings genoß ich. Sauber und erfrischt wickelte ich mich in eines der flauschigen Hotelhandtücher und tapste zu meinem Koffer, um frische Kleider herauszusuchen.

Ich hatte mich gerade fertig angezogen, als Rupert an meine Tür klopfte.

»Wir haben ein Fax aus Il Piacere bekommen«, verkündete er beim Eintreten. »Offenbar kommt unser Inspizient auch heute in Venedig an, und der junge D'Ascanio hat ihm unser Hotel genannt, so daß wir uns zum Abendessen treffen und morgen gemeinsam mit dem Zug weiterfahren können.«

Er hatte mir den Namen des Inspizienten bereits gesagt – es gab nicht viele Leute in der Branche, die Rupert nicht kannte –, aber ich hatte ihn wieder vergessen. »Wie heißt er doch gleich?«

»Bill Melansky. Netter Kerl, Amerikaner, ich habe schon einmal mit ihm zusammengearbeitet. Er wird dir gefallen.« Er fummelte an seiner Kamera herum und überprüfte die Einstellungen. »Hoffentlich habe ich genügend Filme mitgenommen.«

»Ich dachte, du bist schon hundertmal hiergewesen?«

»Bin ich auch, aber nicht mit dir.«

Das spornte mich an, meine Zweifel beiseite zu schieben und ihm zu zeigen, daß es mir gefiel, daß ich mich genauso in Venedig verlieben würde wie er.

Und ich wollte mich verlieben, ich war dazu bereit. Als wir das Hotel verließen und in die Haupttouristenmeile einbogen, zwang ich meine müden Augen, genau hinzusehen, aber das Venedig, das ich sah, war vor allem eine Handelsstadt, voller Geschäfte, in denen Karnevalsmasken, mundgeblasene Gläser, Lederwaren und marmoriertes Papier feilgeboten wurden. Dazwischen eingestreut sorgten Juwelierläden für den nötigen Glanz, und an jeder Ecke traf man auf einen Eisstand.

Allerdings war das sicher kein neues Phänomen. Venedig mußte schon immer ein großer Marktplatz, erfüllt von babylonischem Sprachengewirr, gewesen sein. Auch jetzt, Ende März, da der Karneval längst vorbei war, quollen Hotels und Gassen über von Touristen, und mir kam es so vor, als würde ich öfter englische als italienische Laute hören.

Weil ich Ruperts forschenden Blick auf mir spürte, nahm ich all mein schauspielerisches Talent zusammen und lächelte ihn an. »Also, wohin zuerst? Zur Rialtobrücke?« Ich erinnerte mich, daß er von Rialto besonders geschwärmt hatte, nicht nur von der eleganten weißen Brücke mit ihrem hohen Bogen, sondern auch von dem Viertel drum herum, einem Einkaufsmekka, wie er sagte.

Er ließ seine Augen einen Moment auf meinem Gesicht ruhen und sagte dann: »Weißt du, den schönsten Blick auf die Rialtobrücke hat man vom Wasser aus. Komm mit.« Er lotste mich aus dem Touristenstrom heraus und zog mich am Arm hinter sich her wie ein kleines Kind, das leicht verlorengehen kann. »Wir nehmen uns eine Gondel.«

Ich sah mich im Geiste schon seekrank werden, machte aber weiter ein fröhliches Gesicht, als er mich zur nächsten Brücke über einem schmalen Kanal führte, wo zwei junge Männer in gleicher Aufmachung – schwarze Hosen und Jacken, rot-weiß gestreifte T-Shirts, flache Strohhüte und weiße Turnschuhe – an der Steinbrüstung lehnten und abwechselnd »Gondola, Gondola!« über die Köpfe der Passanten hinwegriefen.

Der größere von beiden richtete sich mit verschränkten Armen auf, als Rupert auf ihn zukam, bereit, um den Preis zu feilschen. Rupert schien den kürzeren zu ziehen, bis er auf mich zeigte und etwas sagte – meinen Namen, glaube ich. Die beiden Gondolieri sahen mich an, und der größere lächelte. Dann nickte er Rupert zu, der mich herbeiwinkte.

»Er sagt, er kann uns hinbringen.«

Ich sah zu der schwankenden Gondel hinunter, die neben den Steinstufen zum Kanal festgemacht war. »Wohin bringen?«

Doch Rupert lächelte nur. »Laß dich überraschen.«

In der Nähe des Sottoportego hielt ein Gondoliere auf sein Ruder gestützt einen Schwatz mit einer Frau, die über ihm Wäsche aus dem Fenster hängte. Die beiden unterbrachen ihr Gespräch, als er auf sie zugestürmt kam, hellwach und zielstrebig wie ein Jagdhund, der gerade die Witterung seiner Beute aufgenommen hat.

»Eine Engländerin«, fragte er hastig den Gondoliere, »eine blonde, junge Engländerin, sehr schön. Sie ist mit einem Mann unterwegs. Haben Sie sie heute morgen vielleicht gefahren?«

»No, Signore. Ich hatte heute noch keine Kunden.« Der Gondoliere tat sein Pech mit einem Schulterzucken ab. »Aber

ich habe ein solches Paar gesehen, ungefähr vor einer halben Stunde?« Er sah fragend zu der Frau am Fenster hinauf und wiederholte auf ihr Nicken: »Ja, vor etwa einer halben Stunde sind sie vorbeigekommen, in der Gondel meines Freunds Paolo.«

»Wissen Sie, wohin er sie gefahren hat?«

»Zur Rialtobrücke, glaube ich.«

»Dann schnell«, befahl er und sprang in die Gondel, als wäre sie sein Privatboot. »Schnell zur Rialto.«

Wenn es in seiner Macht gestanden hätte, das Gefährt auf irgendeine Weise zu beschleunigen, hätte er es getan. Er mußte sich sehr beherrschen, nicht mit den eigenen Händen zu paddeln, damit sie schneller vorankamen. Doch die Gondel durchschnitt die grünen Kanäle schon so schnell sie konnte, als wäre der Gondoliere von seinem Fieber angesteckt worden.

Erregung durchfuhr ihn, als sie das Getümmel des Canal Grande erreichten und auf den anmutigen weißen Bogen der Rialtobrücke zuhielten. Er war ihr jetzt nahe, dachte er, sehr nahe ...

An den Anlegepfeilern neben der Brücke trafen sie auf Paolo, der gerade die purpurnen Kissen seiner Gondel aufschüttelte. »Das englische Paar? Ja, sie waren eben noch hier.«

Eben noch hier, dachte er triumphierend. Ja, er war ihr sehr nahe. Er bezahlte seinen Gondoliere und stieg ans Ufer, wo sich die Menge um ihn schloß und er wieder zum Jäger wurde, der mit scharfen Augen das wogende Dickicht der Gesichter absuchte.

VI

Es war ein seltsames Gefühl, den festen Boden unter den Füßen aufzugeben und dieses wackelige Etwas zu besteigen, das schwankte, als wäre es lebendig. Ich setzte mich schnell hin und versuchte, mein Gleichgewicht in dem langen Boot zu halten, das mir auf einmal viel zu schmal erschien und viel zu sehr schaukelte.

Ängstlich hielt ich nach etwas Beruhigendem Ausschau und faßte Mut angesichts des hohen Alters und guten Zustands der Gondel. Ihre schwarz lackierten Wände bekamen offenbar regelmäßig einen neuen Anstrich, und die Messingdelphine, die die roten Kordeln mit den stoßdämpfenden Polstern zu beiden Seiten des Sitzes fixierten, waren liebevoll poliert. Der Sitz selbst war mit Leder bezogen, weich und nachgiebig, und für einen zusätzlichen Fahrgast gab es einen reich verzierten Stuhl, der rechts vor mir stand. Das einzige weniger beruhigende Merkmal war das glänzende Silberornament an der Spitze des langen, leicht nach oben gebogenen Bugs – ein merkwürdiges Ding, das an ein Henkerbeil erinnerte und nach außen zeigte, wie um andere Boote auf Distanz zu halten.

Rupert stieg ein und brachte die Gondel zum Schaukeln, so daß ich mich an den Bootsrand klammerte. Noch mehr klammerte ich mich fest, als der Gondoliere hinter uns trat, sein Ruder zur Hand nahm und abstieß, wobei er seinem Freund einen fröhlichen Gruß zurief, der nun allein sein »Gondola, Gondola!« bei der Brücke schmettern mußte.

Rupert machte es sich auf dem Sitz neben mir bequem und stellte das Objektiv seiner Kamera ein. »Entspann dich«, sagte er, während er einen Probeschnappschuß von mir im Profil machte. »Es kann nichts passieren. Es ist wie Stakkahn fahren auf dem Cam.«

»Na toll, aber leider haben wir nicht alle in Cambridge studiert«, grummelte ich, versuchte aber trotzdem, mich zu entspannen. Ich wollte Rupert nicht den Spaß daran verderben, mir die Sehenswürdigkeiten zu zeigen. Um mich von meinem aufbegehrenden Magen abzulenken, drehte ich den Kopf und sah zu, wie unser Gondoliere auf dem kleinen Teppich, der die polierten schwarzen Planken des Hecks schützte, sein Gewicht verlagerte und mit dem Körper genauso arbeitete wie mit dem Ruder, als er uns unter der kleinen Brücke hindurchsteuerte.

Rupert, der meine stumme Konzentration für einen Mangel an Vertrauen hielt, erklärte: »Der Beruf des Gondoliere ist meistens ererbt. Es darf immer nur fünfhundert von ihnen auf einmal geben, so schreibt es ein altes Gesetz vor, und daher wird das Gewerbe traditionellerweise vom Vater auf den Sohn übertragen. Unser Freund hier ist höchstwahrscheinlich nicht der erste Gondoliere in seiner Familie.« Als er den Mann fragte, bestätigte dieser in passablem Englisch, daß er bereits die vierte Generation sei. »Siehst du?« sagte Rupert. »Du brauchst dir also keine Sorgen zu machen. Ah, schau mal.« Er zeigte nach links, als wir einen kreuzenden Kanal passierten. »Dort hinten, die kleine Insel in der Lagune, das ist Murano. Dort wird das berühmte Glas geblasen.«

Ich erhaschte im Vorbeigleiten nur einen kurzen Blick darauf, konnte aber den frischen, salzigen Geruch des Meeres wahrnehmen – das erste, was ich überhaupt auf diesen Kanälen roch, trotz all der abschreckenden Dinge, die ich über sie gelesen und gehört hatte. Vielleicht hatten Regenfälle erst vor kurzem die alten Wasserwege gereinigt, oder es lag daran, daß wir im Frühjahr hergekommen waren und nicht im Sommer, wenn die Hitze und noch größere Touristenscharen das Abwassersystem der Stadt belasteten. Was auch immer der Grund war, außer einem gelegentlichen Hauch von Meeresluft konnte ich nur den würzigen Duft von Pflanzen riechen, von Bäumen, deren Ästegeflecht sich hoch über uns wölbte, und von Efeu an den halb verfallenen Mauern eines kleinen Seitenkanals.

Mein Magen beruhigte sich wieder. Der Lärm der Menschenmengen wurde nach und nach schwächer und versiegte schließlich ganz, als wir um eine weitere Ecke bogen, so daß nur noch das rhythmische Eintauchen des Ruders zu hören war und das Knarren der Planken unter den Füßen des Gondoliere. Die dicht aneinandergedrängten Häuserfronten in blassem Rosa, Grün und Elfenbein schienen immer näher an uns heranzurücken; ihre Fensterläden waren geschlossen, hier und da hing eine Wäscheleine zwischen rostigen Balkongittern. Ich hörte das wiederholte Klicken von Ruperts Kamera, das Flattern der Tauben, die von ihren versteckten Plätzen aufflogen und sich einen höheren Sitz suchten, hörte das Wasser sanft an die grünlichen Steine der alten Mauern schwappen. Ich stieß einen langen Seufzer aus und wußte, daß Rupert nun zufrieden sein konnte.

Das war endlich das Venedig, von dem ich geträumt hatte, das Venedig Shakespeares, Byrons und Brownings; ein wenig verblaßt vielleicht, wie ein prächtiges Renaissancegemälde, das zu lange dem Sonnenlicht ausgesetzt war, aber immer noch aufrecht und von einer stillen, alterslosen Schönheit. Immer noch würdig des Beinamens *La Serenissima* – die durchlauchtigste Fürstin.

Wir trieben friedlich dahin, unter gelegentlichen »Oi!«-Rufen des Gondoliere, die er als Warnung ausstieß, wenn wir um eine neue Ecke des Labyrinths bogen. Von Zeit zu Zeit wies er uns auf Sehenswürdigkeiten hin, an denen wir vorbeikamen: die Kirche Santa Maddalena, das Haus der Forscher Antonio und Nicola Zeno, die Palazzi von einem halben Dutzend Herzögen, deren Namen mir nichts sagten. Die Fassaden waren mit Marmorreliefs, zierlichen Säulen und diesen spitzen maurischen Bögen verziert, die aussahen, als entstammten sie direkt den Geschichten aus Tausendundeiner Nacht. Ein Vermächtnis aus jenen Tagen, vermutete ich, als die Passatwinde Galeonen voller Gewürze und Seide aus dem Nahen und Fernen Osten nach Venedig gebracht hatten.

Dann, als wir in einen engen Kanal bogen, in dem ein Haus mit abblätternder rosa Fassade und schmiedeeisernen Gittern vor den Fenstern sich aus seinem Spiegelbild im olivgrünen

Wasser erhob, tippte unser Gondoliere Rupert auf die Schulter.

»*Ecco*«, sagte er. »*La Casetta Fiorita.*«

Da wußte ich plötzlich, warum Rupert mich mit einer Gondel hierhergebracht hatte.

Ich beugte mich vor, um den verfallenden kleinen Palazzo genauer zu betrachten, in dem Galeazzo D'Ascanio seine venezianischen Jahre verbracht hatte. Er hatte über das Haus in »The Seasons of Storms« geschrieben, der Gedichtsammlung, die Rupert mir zum Geburtstag geschenkt hatte, und ich wünschte, ich hätte sie jetzt bei mir, um die Zeilen wieder lesen und ihre Wirkung in dieser Umgebung auskosten zu können. Doch das Buch lag noch wohlverpackt in meinem Koffer im Hotel, und ich konnte mich nur an ein Versfragment erinnern, in dem er die Casetta Fiorita als »die Geburtsstätte unserer Leidenschaft« bezeichnete.

Ich hatte mir das Haus ganz anders vorgestellt, viel größer, aber ich war nicht enttäuscht. Das hier war noch besser, weil romantischer.

Blumen konnte ich zwar keine sehen, aber Weinlaub bedeckte eine ganze Seite und rankte sich um den geschwungenen Steinbalkon im zweiten Stock, von dem aus Galeazzo vielleicht zum erstenmal seine Celia erspäht hatte, als sie, so wie ich jetzt, in einer Gondel vorbeifuhr. Ich seufzte und bildete mir ein, einen Schatten am Fenster zu sehen, ein geisterhaftes Gesicht, das träumerisch hinausblickte.

»Es wohnt niemand mehr darin«, sagte Rupert. »Traurig, aber wahr. Es ist nicht mehr sicher.«

»Warum? Sinkt es?«

»Das ist bestimmt auch ein Grund, ja. Ganz Venedig ist im Sinken begriffen. Aber hauptsächlich liegt es wohl am Alter des Hauses. Es stammt aus dem dreizehnten Jahrhundert.«

Ich beschattete meine Augen mit einer Hand und stellte mir vor, wie es damals ausgesehen hatte und was es alles erlebt haben mußte. »Schade, daß er dieses Haus nicht auch restauriert.«

»Wie bitte?«

»Galeazzos Enkel.«
»Das würde er sicher, wenn es ihm gehören würde.«
»Hat er es denn nicht geerbt?«
Rupert erklärte mir mit einem Kopfschütteln, daß Galeazzo D'Ascanio die Casetta Fiorita nur gemietet hatte. »Sie gehörte, glaube ich, einem österreichischen Finanzier, und als der Erste Weltkrieg ausbrach, wurde sie sequestriert ...«
»Sequestriert?«
»Beschlagnahmt vom Staat«, vereinfachte er, »der sie dann möbliert an Galeazzo vermietete.«
»Nicht gerade gerecht gegenüber dem Österreicher.«
Rupert erinnerte mich achselzuckend daran, daß Kriege nie gerecht waren. »Außerdem hat er Rache genommen. Er ließ sich zum Flieger ausbilden und zu der Staffel abkommandieren, die Venedig beschoß. Offenbar machte es ihm Spaß, von seinem Flugzeug aus auf seine ehemaligen Nachbarn zu schießen. Er hat dabei sogar sein eigenes Haus beschädigt. Siehst du?« Er zeigte auf die Einschußlöcher entlang der Dachkante, als wir unter dem Balkon dahinglitten, wo der steinerne Kopf eines Löwen aus dem Weinlaub hervorragte und blind die Zähne fletschte.
Meine anfängliche Sympathie für den Österreicher war verschwunden. »Wie kann man nur so etwas Idiotisches tun.«
»Nun, den Zustand des Hauses hat es sicher nicht verbessert«, sagte Rupert, der blinzelnd sein Objektiv auf den Löwenkopf richtete. »Natürlich wäre es schön, wenn jemand das Haus restaurieren würde. Aber die venezianischen Bauvorschriften für diese alten Gebäude sind sehr streng, und die meisten Eigentümer können sich eine fachgerechte Restaurierung einfach nicht leisten. Da ist es billiger, auszuziehen und das Haus leer stehen zu lassen.«
Nicht ganz leer, dachte ich. Es gab Geister dort. Ich spürte ein Augenpaar hinter dem schwarzen Fenster, das mich beobachtete und uns folgte, als der Gondoliere ein hallendes »Oi!« rief und wir um die nächste Ecke bogen, um die Casetta Fiorita ihren Träumen von besseren Zeiten zu überlassen.

Es war Mittag, als er auf der Piazza San Marco ankam.

Die hochstehende Sonne hatte den Platz ausgebleicht und einen Dunstschleier über die Piazzetta geworfen, so daß selbst San Teodoro und San Marcos geflügelter Löwe, die seit acht Jahrhunderten hier Wache hielten, die Augen unablässig nach Osten über die Lagune gerichtet, heute auf ihren Säulen zu schlummern schienen. Zu ihren Füßen bewegte sich das spiegelglatte Wasser des Kanals kaum unter der wartenden Reihe der Gondeln.

Er kehrte den schimmernden Spitzen und Kuppeln der Basilika den Rücken und suchte unter den Gesichtern der entlangschlendernden Passanten nach dem einen. Was keine leichte Aufgabe war. Ganz Venedig schien sich hier versammelt zu haben, tauschte im Schatten des Glockenturms den neuesten Klatsch aus oder aß an den Tischen der Kolonnadencafés zu Mittag. Musik erklang von beiden Seiten der Piazza, wo die Orchester unter ihren Markisen um die Aufmerksamkeit der Vorbeigehenden buhlten, ein Duell mit Melodien und Rhythmen, aus dem dennoch harmonische Klänge hervorgingen.

»Maître!« rief eine erfreute Stimme hinter ihm, und im Umdrehen erkannte er den alten Kellner aus dem Café zu seiner Rechten, einen sonnengegerbten Korsen, dessen starker französischer Akzent sich um jedes Wort legte. »Maître, was für eine Freude, Sie wieder einmal bei uns begrüßen zu dürfen. Sie müssen sich hierhin setzen, wo alle Sie sehen und sich vor ihrem Talent verneigen können.«

Er zögerte. Er hatte nicht vorgehabt, haltzumachen, sondern wollte gleich einem seiner Jagdhunde die Witterung wieder aufnehmen und ihr unermüdlich folgen, doch die offene Bewunderung des Kellners rührte ihn. Er setzte sich. Was machte es schon, wenn er eine Pause einlegte? Jagten nicht auch seine Hunde besser, wenn sie erfrischt waren?

Er aß und trank bedächtig unter den Blicken derer, die ihn beobachteten.

Lautes Stühlerücken am Tisch hinter ihm verkündete die Ankunft neuer Gäste, junge Leute, die ausgelassen lachten.

Eine männliche Stimme sagte auf englisch: »Nein, das war wirklich ungezogen von dir, John, das Boot nicht anhalten zu lassen. Vielleicht wäre es ihr gelungen.«

»Unsinn. Nach allem, was ich gehört habe, dringt niemand zu ihm vor. Dieser Kammerdiener bewacht ihn wie ein Leibwächter.«

Eine Frauenstimme warf amüsiert ein: »Ich glaube, Celia kann es mit jedem Kammerdiener aufnehmen. Nicht wahr, Darling?«

Sein Glas halb an die Lippen geführt, erstarrte er und spürte, wie ein warmes Prickeln seine Wirbelsäule entlanglief. Er unterdrückte den Impuls, sich zu ihr umzudrehen, und kramte statt dessen in seiner Jackentasche nach Papier und Bleistift. Ihre Begegnung, ihre erste Begegnung, durfte nicht banal verlaufen. Sie mußte schöpferisch und mit angemessener Dramatik inszeniert werden. Er schrieb hastig etwas nieder und winkte den Kellner herbei.

»Ja, Maître?«

Mit gesenkter Stimme befahl er den Mann näher zu sich heran. »Hinter mir – die Blonde am Tisch hinter mir ...«

Ein schneller Blick zu ihr über seinen Kopf hinweg. »Ja, Maître?«

»Es sitzt nur eine blonde Frau an dem Tisch?«

»Ja, Maître.«

»Ausgezeichnet. Wenn ich gegangen bin, werden Sie ihr diese Nachricht geben«, sagte er, faltete den Zettel und drückte ihn dem Kellner in die Hand. »Sie müssen es unauffällig tun, vielleicht vorgeben, daß sie etwas verloren hat. Erweisen Sie mir diesen Gefallen, und ich stehe für immer in Ihrer Schuld.«

Der Kellner verbeugte sich und ging.

Erneut erklang Gelächter von der englischen Gruppe hinter ihm, und er hob sein Glas, schmeckte die Süße des Weins und lächelte.

VII

Den Markusplatz kannte ich natürlich aus Filmen.

Ich wußte, daß es ein riesiger Platz sein würde, der größte, den ich je gesehen hatte, umflattert von Taubenschwärmen, die aufstiegen, kreisten, sich niederließen und erneut ihre Flügel über den Köpfen der Menge ausbreiteten. Als ich dann in der Mitte des Platzes stand, im Schatten des hochaufragenden Campanile aus roten Ziegelsteinen, hatte ich das Gefühl, mich an der Nahtstelle zwischen Ost und West zu befinden: vor mir die byzantinische Pracht der Markuskirche mit ihren zwiebelförmigen Kuppeln, die weiß und golden in der Sonne glitzerten, und an den anderen drei Seiten die langen Arkaden, die an die Säulengänge des alten römischen Forums oder an schattige klösterliche Kreuzgänge erinnerten.

Rechts von der Basilika bildeten die pastellfarbenen, gemusterten Mauern des Dogenpalastes mit ihren orientalisch anmutenden Spitzbögen die Ostseite der Piazzetta, die vom Markusplatz abging und sich dem frischen Meereswind und der weiten, blauen Lagune öffnete.

Wir waren auf dem Wasserweg gekommen und an der Piazzetta aus unserer Gondel gestiegen, unter den wachsamen Blicken des geflügelten Markuslöwen und San Teodoros auf seinem Krokodil. Sie thronten hoch oben auf ihren identischen roten Granitsäulen aus Ägypten, die jahrhundertelang sowohl als Willkommensboten als auch zur Warnung für alle über das Meer heransegelnden Fremden gedient hatten. Oft, so erzählte mir Rupert, wurden die Ankommenden in früheren Zeiten durch den Anblick eines Hingerichteten begrüßt, den man zwischen den Säulen aufgehängt hatte. Ein Verräter vielleicht oder ein unglücklicher Bürger, der es sich mit dem Rat der Zehn verdorben hatte, dieser heimtückischen Bande von Mördern und Spionen, die sich wie eine Rattenplage in allen Winkeln des Dogenpalasts herumgedrückt und an jeder Tür gelauscht hatte. Durch Folter und Schreckensherrschaft hatte sie sich in ganz Europa einen Ruf erworben, der dem der Heiligen Inquisition in nichts nachstand.

An diesem Tag hing natürlich kein Toter zwischen den Zwillingssäulen, wenn Rupert sich auch große Mühe gab, mir zu beschreiben, wie es damals gewesen sein könnte, damit ich einen lebhaften Eindruck von der Zeit bekam. Er hatte, was Szenerien und Schauplätze betraf, die typische Besessenheit eines Theaterregisseurs.

Das war auch der Grund, weshalb er nach unserem Aufenthalt im Rialtoviertel, wo wir die frische Brise auf der hohen Brücke genossen und mit wehmütigem Blick auf die Preise einen Schaufensterbummel gemacht hatten, darauf bestanden hatte, eine zweite Gondel zu besteigen. Sie sollte uns den Canal Grande hinunterfahren, damit ich den Dogenpalast so sah, wie es von seinen Erbauern gedacht war – nämlich vom Wasser aus.

»Ich will dir eine Erinnerung schenken«, hatte er erklärt. »Man sieht alles nur einmal zum erstenmal. Dieser Anblick soll dir unvergeßlich bleiben.«

Und um meinem Gedächtnis nachzuhelfen, hatte er ein Foto von den zierlichen Spitzbögen des Palastes geschossen, als sie sich beim Herannahen aus der Lagune erhoben.

Nun machte er gerade ein Bild von mir, wie ich mich aus meiner versunkenen Bewunderung der Basilika löste. Die Kamera klickte und surrte, während sich der Film automatisch zurückspulte, und Rupert fluchte. »Mist, ich hätte doch einen zweiten Film einstecken sollen.« Er zog den Reißverschluß seiner Kameratasche zu und sah mit zusammengekniffenen Augen über den Platz. »Hier muß es doch irgendwo einen Laden geben …«

»Dort«, sagte ich und zeigte darauf. »Ich warte hier, wenn es dir nichts ausmacht. Ich will die Tauben füttern.«

Rupert lächelte. »Gut, ich bin gleich zurück. Dann trinken wir Tee in einem der Cafés, du kannst dir eins aussuchen.«

Es gab mehrere Cafés in den langen, schattigen Arkadengängen, und jedes hatte seinen Bereich auf den Platz ausgedehnt und Tische und Korbstühle hinausgestellt. Die verschiedenen Farben der Stühle wiesen sie – samt den Gästen, die darin saßen – als Eigentum des jeweiligen Lokals aus. Ein Café hatte gelbe Stühle, ein anderes cremefarbene, und das mir am nächsten gelegene hatte sich für ein hübsches Erbsgrün entschieden, das die meiste Kundschaft anzuziehen schien. Fast alle grünen Stühle waren besetzt von Müßiggängern, die ein Glas Wein schlürften oder sich an einer Tasse Kaffee festhielten, andere Leute beobachteten, Zeitung lasen, in Reiseführern blätterten oder einfach nur herumsaßen und mit halbem Ohr dem kleinen Orchester zuhörten, das auf einem markisenbedeckten Podest unter einem der Arkadenbögen Walzer spielte.

Dabei war offenbar jede Melodie recht, ob klassisch oder modern, aus einer Operette oder einem Broadwaymusical, solange sie einen Dreivierteltakt hatte.

Das erbsgrüne Café war eindeutig das richtige, beschloß ich. Doch vorläufig hatte ich es nicht eilig, mich hinzusetzen. Erst wollte ich die Tauben füttern.

Mehrere Maisverkäufer waren über die Piazza verteilt, saßen auf Klappstühlen hinter ihren weißen Karren und schaufelten die gelben Körner in kleine Plastiktüten. Ihr Geschäft lief ausgezeichnet. Ich kaufte drei Tüten auf einmal von einem älteren Mann mit freundlichen Augen, dessen Zigarette an einem Mundwinkel angeklebt zu sein schien – sie wackelte, wenn er lächelte, fiel aber nicht herunter und gab einen weißen Rauchring ab, als er mein Geld mit rissigen Händen entgegennahm.

Ich liebte es, Tauben zu füttern, auch wenn andere Leute die Vögel als dreckig und lästig beschimpften. Ich mochte ihre rundlichen Körper, ihr zufriedenes Gurren und das Rucken ihrer schillernden Köpfe. Und ich hatte stets das Gefühl, daß sie mich auch mochten.

Die Tauben auf dem Markusplatz jedenfalls fanden mich unwiderstehlich. Als ich die erste Handvoll Mais in die Luft warf, stiegen sie in einem flatternden Schwarm um mich auf, gurrten wie verrückt, um mich anzufeuern, und ließen sich mit ihren piksenden Krallenfüßen auf meinen Armen, meinen Schultern und meinem Kopf nieder. Die gierigsten warteten nicht, bis ich den Mais ausstreute oder ihn wenigstens in meine Handfläche geschüttet hatte, sondern steckten ihre Schnäbel gleich in die Tüte und nahmen sich, was sie wollten. »Hey, das sind aber schlechte Manieren«, rief ich und verscheuchte sie mit dem Ellbogen, damit auch die anderen ihren Anteil bekamen. Die Tüte entleerte sich, und meine Belagerer ließen ein wenig von mir ab, hüpften auf meine Unterarme und flatterten schließlich in Zweier- und Dreiergrüppchen zu Boden.

Da erst merkte ich, daß ich beobachtet wurde.

Er saß allein an einem Tisch etwa fünf Meter von mir entfernt und trommelte mit den Fingern auf eine zusammengefaltete Zeitung, als hätte er zuviel überschüssige Energie. Ein jugendlich wirkender Mann, dessen Alter schwer zu schätzen war und zwischen dreißig und fünfundvierzig liegen mochte; gutaussehend auf diese offene, unkomplizierte Art, die ich immer mit Amerikanern in Verbindung brachte. Seine nachlässig geschnittenen Haare schimmerten in der Sonne zwischen Dunkelblond und Braun, und er trug die bequeme Freizeitkleidung eines Touristen. Offenbar hatte er in der Zeitung gelesen und sie dann beiseite gelegt, weil er es unterhaltsamer fand, mich zu beobachten.

All das registrierte ich in einem einzigen Augenblick, wonach ich betont gleichgültig zur Seite sah und eine neue Tüte Mais öffnete, um die Tauben um mich zu versammeln wie einen lebendigen Schutzschirm. Doch als der graue Wirbelwind aus Flügeln wieder abflaute und sich legte, war der Mann immer noch da. Diesmal grinste er breit mit weiß blitzenden Zähnen und rief laut: »Brauchen Sie Hilfe?«

Ich schüttelte den Kopf. »Nein, danke.«

»Sind Sie sicher?«

»Ganz sicher.« So sympathisch ich das Lächeln und den Akzent auch fand, es wäre nicht gut, mich von Rupert im Gespräch mit einem Fremden antreffen zu lassen, nicht nach den zahllosen Predigten, die er mir in all den Jahren über die Gefahren meiner Vertrauensseligkeit gehalten hatte. Ich entfernte mich ein paar Schritte, in der Hoffnung, daß der Amerikaner sich von diesem Signal entmutigen lassen würde.

Ein paar Minuten später jedoch, als ich den Inhalt meiner dritten und letzten Maistüte unter das hungrige Taubenvolk gebracht hatte, sah ich ihn nach wie vor dort sitzen und mich beobachten, jetzt bei einem Bier. »Fertig?« fragte er. »Dann kommen Sie her und trinken Sie etwas mit mir.«

Er sagte es, als wären wir alte Bekannte, als gäbe es keinen Grund, weshalb ich mich nicht zu ihm setzen sollte. Ich dachte natürlich gar nicht daran, aber da mir diese Art von Annäherungsversuch noch nicht begegnet war, wußte ich nicht so recht, wie ich darauf reagieren sollte. Wäre er aggressiver oder irgendwie anzüglich gewesen, hätte ich ihn einfach mit einer vernichtenden Bemerkung stehenlassen können. In diesem Fall allerdings schien mir eine grobe Antwort übertrieben. Also schüttelte ich nur den Kopf und antwortete kühl: »Nein, danke. Ich warte auf jemanden.«

»Das können Sie genausogut im Sitzen tun. Keine Angst, Rupert wird nichts dagegen haben.« Er stand auf und streckte mir seine Hand entgegen. »Ich bin Den O'Malley.«

Ich muß ein verständnisloses Gesicht gemacht haben, denn er fügte hinzu: »Ihr Inspizient.«

»Oh.«

Der Mann, der für einen möglichst reibungslosen Ablauf der Proben und Aufführungen sorgen und sich um die organisatorischen Angelegenheiten kümmern würde, damit Rupert sich ganz auf die kreative Seite konzentrieren konnte; der Mann, der meinen Tagesablauf bestimmen und abwechselnd Anwalt, Aufseher und Beichtvater für mich sein würde. Unsere erste Begegnung hatte ich mir anders vorgestellt, und sein Name sagte mir nichts – ich war sicher, daß Rupert einen anderen erwähnt hatte –, aber jetzt stand er nun mal vor mir.

»Celia Sands.« Es war ein komisches Gefühl, einem Kollegen gegenüber meinen richtigen Namen zu nennen. Ich hatte mich so an Celia Sullivan gewöhnt. Aber Galeazzo D'Ascanios Enkel hatte mich als Celia Sands engagiert und würde diesen Namen auch in die Programmhefte drucken lassen, also war es besser, gleich dazu zu stehen. Trotzdem kam er mir nur schwer über die Lippen, wie der Name einer Fremden.

»Ja, ich weiß«, sagte O'Malley, als er mir die Hand schüttelte. »Ich habe Ihre Mappe von Ihrer Agentur bekommen, aber ich muß sagen, das Foto darin wird Ihnen nicht gerecht. In natura sind Sie viel hübscher.«

Das war nicht gerade ein originelles Kompliment und hätte mich kaltlassen sollen, aber so, wie er es sagte, war ich doch geschmeichelt. Ich setzte mich. »Danke.«

»Das ist ja ein Glücksfall mit Ihrem Namen. Sie heißen wirklich Celia Sands, stimmt's? Aber Sie sind nicht verwandt mit der anderen? Schade, wäre eine gute Story für die Presse gewesen. Was kann ich Ihnen zu trinken bestellen?«

»Ich möchte eigentlich ...«

»Dieses Bier hier ist eine dünne Brühe, aber es gibt auch Wein oder Tee oder ... hallo, da ist Rupert.« Während er einen Arm hob und Rupert über die anderen Tische hinweg zu uns rief, hatte ich die Gelegenheit, ihn genauer zu betrachten. Ich war bisher noch nie jemandem begegnet, der genauso viel und schnell reden konnte wie ich, und es verwirrte mich, einmal diejenige zu sein, die nicht zu Wort kam. Er würde einen guten Heinrich den Fünften abgeben, dachte ich. Er schien dessen Ruhelosigkeit und Energie zu besitzen und eine echte Führernatur zu sein. Als er so dastand und Rupert ein zweites Mal rief, konnte ich mir gut vorstellen, wie er bei Azincourt seine Truppen um sich versammelte, obwohl ein spielerischer Zug um seine Augen mich argwöhnen ließ, daß er möglicherweise nicht genug Durchhaltevermögen für die eigentliche Schlacht hätte.

Rupert war am Rand der erbsgrünen Stuhlreihen stehengeblieben und starrte in unsere Richtung.

»Ah, jetzt hat er uns gesehen«, sagte O'Malley. Er winkte noch einmal und setzte sich wieder. »Wahrscheinlich erkennt er mich nicht ohne Bart. Er macht so ein väterlich-beschützendes Gesicht.«

Ruperts Gesicht zeigte einen Ausdruck, den ich nicht kannte und nicht näher bestimmen konnte, und als er unseren Tisch erreicht hatte, war er verschwunden.

»Dennis, was für eine Überraschung.« Er begrüßte Den O'Malley lächelnd und mit einem Händedruck, aber seine Augen ... seine Augen sagten mir, daß etwas nicht stimmte. »Bist du zusammen mit Bill hier?«

Das war der Name, den Rupert zuvor genannt hatte, als vom Inspizienten die Rede war – Bill Soundso.

»Ich bin an Stelle von Bill hier. Er hatte wieder Herzprobleme, und sein Arzt hat ihm verboten, die Reise zu machen. D'Ascanio wollte dich per Fax benachrichtigen. Hat er das nicht getan?«

»Doch, er hat ein Fax geschickt, nur stand darin nichts von ... na, ist ja auch egal. Geht es Bill ansonsten gut?«

»Immer noch der gleiche alte Brummbär. Nun setz dich doch mal, schön dich zu sehen. Das muß jetzt – wie lange? – drei Jahre her sein?«

»Könnte hinkommen.«

Den schüttelte ungläubig den Kopf. »Wo geht die Zeit nur hin? Du siehst gut aus. Und was macht Bryan? Seid ihr beide noch ...? Wirklich? Das ist toll.« Er hob beglückwünschend sein Glas. »Ihr seid ein leuchtendes Beispiel für uns alle, du und Bryan. Ich möchte wissen, wie ihr das schafft. Meine Frau ist inzwischen meine Exfrau. Hast du davon gehört?«

»Ja«, sagte Rupert. »Tut mir leid.«

»Nicht nötig, sie wußte schon, was sie tat. Ich tauge eben nicht zum Ehemann. Außerdem kommt sie mich so billiger – keine exorbitanten Rechnungen von Bloomingdale's mehr.« Seine blauen Augen lachten ohne Bedauern. »Das Singledasein ist gar nicht so übel, weißt du. Es hat« – er schielte zu mir – »seine Vorteile.«

Rupert warnte lächelnd: »Vorsicht, Dennis. Das ist mein kleines Mädchen, dem du da lüsterne Blicke zuwirfst.«

»Hab ich das? Sorry, Macht der Gewohnheit. Laßt uns etwas zu trinken bestellen, okay?« Er winkte dem Ober.

Rupert bestellte sich zu meiner Verwunderung einen Scotch. Im Gegensatz zu Bryan trank er tagsüber selten etwas Stärkeres als Tee. Dann lehnte er sich zurück und nahm den Gesprächsfaden wieder auf. »Wo bist du denn abgestiegen, Dennis?«

O'Malley nannte das Hotel. »Ein kleines Haus nicht weit vom Bahnhof. Ich übernachte immer dort, wenn ich in Venedig bin. D'Ascanio hat mir zwar angeboten, mich in eurem Hotel unterzubringen, aber ich hänge irgendwie an meiner Herberge und mag's lieber familiärer. Das macht das Reisen interessanter. Außerdem muß ich mein Gepäck morgen früh dann nicht so weit schleppen. Wann genau geht eigentlich unser Zug, weißt du das?«

»Nicht auswendig«, antwortete Rupert. »Ich habe den Reiseplan im Hotel gelassen, aber ich weiß, daß es ziemlich früh ist. Die Fahrkarten liegen angeblich am Bahnhof für uns bereit, der junge D'Ascanio hat das alles in die Wege geleitet.«

»Dann bin ich sicher, daß sie auch da sind. Er hat bis jetzt alles ganz prima organisiert. Hast du ihn schon kennengelernt? Wie ist er denn?«

»Macht einen guten Eindruck, sehr enthusiastisch.«

»Stimmt, so kam er mir auch vor am Telefon. Wir werden ja sehen.« Den nahm sein Bierglas und lächelte mir zu. »Aber da sind Sie zum erstenmal in Venedig – es ist doch das erste Mal? –, und wir reden nur über die Arbeit.«

Ich antwortete, das mache mir überhaupt nichts aus, aber er ließ sich nicht überzeugen.

»Nein, jetzt ist Schluß damit. Waren Sie schon in der Basilika? Im Dogenpalast? Haben die Seufzerbrücke gesehen?«

Als ich auf alle Fragen den Kopf schüttelte, sah er Rupert vorwurfsvoll an. »Was zum Teufel hast du den ganzen Tag mit ihr gemacht?«

»Wir sind mit einer Gondel zur Rialtobrücke gefahren.«

»Gondeln!« Den schüttelte sich.

»Mögen Sie sie nicht?« fragte ich.

»Meiner Ansicht nach hat Oscar Wilde den Nagel auf den Kopf getroffen, als er sagte, Venedig von einer Gondel aus zu sehen sei wie in einem Sarg durch die Kanalisation gefahren zu werden.«

Ich war schon immer ein Fan von Oscar Wildes Witz gewesen. »Aber so war es gar nicht. Es war wirklich schön. Sehr friedlich.«

»Seit wann soll ein Urlaub denn friedlich sein?« Den grinste.

Als ich zurücklächelte, bemerkte ich den wachsamen Blick, den Rupert mir über den Rand seines Glases zuwarf, und mich beschlich das Gefühl, daß der Friede unserer Reise schon dahin war.

VIII

Ich hatte richtig damit gelegen, Den die Rolle Heinrichs des Fünften zu geben. Als wir ausgetrunken und bezahlt hatten, übernahm er das Kommando und führte uns mit militärischer Disziplin durch die Gebäude rund um den Markusplatz. Rupert schien zuerst ganz zufrieden damit zu sein, ihm die Führung zu überlassen und in eine der hinteren Reihen zurückzutreten – von dort aus konnte er besser Regie führen, weil er das Gesamtbild überblickte –, doch bald wurde deutlich, daß er sich das Zepter nicht ganz aus der Hand nehmen ließ.

Es kam zu einer Art Wettstreit, bei dem Den und Rupert sich gegenseitig als der bessere Fremdenführer zu übertreffen versuchten und mit interessanten Fakten und Kuriositäten um sich warfen. Ein regelrechtes Wissensduell, und ich stand in der Mitte zwischen den Kontrahenten und bemühte mich, beiden meine Aufmerksamkeit zu schenken, was ziemlich anstrengend war. Nachdem wir den Campanile erklommen, den Dogenpalast durchstreift und die Seufzerbrücke überschritten hatten, schwirrte mir der Kopf vor lauter Details, die ich nie im Leben behalten würde.

Sie zeigten keinerlei Ermüdungserscheinungen, als wir wieder hinaus auf die Piazza traten.

»... aber schließlich war der Doge oder Herzog nichts anderes als ein gewählter Diktator«, dozierte Rupert, »der wie der Papst bis zu seinem Tod herrschte und fast genausoviel Macht besaß.«

»Meiner Ansicht nach verkörperte Dandalo den Höhepunkt der Dogenära«, übernahm Den. »Das war vielleicht einer – allein schon, wie er die Kreuzritter dazu brachte, die Drecksarbeit für ihn zu erledigen.« Er sah mich an. »Sie kennen die Geschichte des Vierten Kreuzzugs?«

»Also ...«

»1204 war das«, sagte Rupert. »Er begann wie die anderen als Kreuzzug zur Befreiung des Heiligen Landes, aber die Kreuzfahrer machten den Fehler, über Venedig zu reisen, weil sie sich dort Schiffe und Vorräte besorgen wollten, verstehst du. Der Doge Dandalo – ein alter, blinder, aber sehr gerissener Mann – hielt sie mit Ausreden so lange hin, bis sie ihr ganzes Geld ausgegeben hatten und hoch verschuldet waren. Dann versprach er, ihnen die Schulden zu erlassen und ihnen obendrein die benötigten Schiffe zur Verfügung zu stellen, wenn sie ihm dafür den einen oder anderen Gefallen täten. Zuerst sollten sie ihm dabei helfen, die Stadt Zara in Dalmatien zurückzuerobern, die Venedig einst regiert und verloren hatte. Und dann wollte er, daß sie Konstantinopel für ihn einnahmen.«

»Ich glaube, er hat es nicht ganz so unverblümt ausgedrückt«, mischte sich Den ein. »Aber es war natürlich seine Absicht, sich Konstantinopel unter den Nagel zu reißen, eine ungeheuer reiche Stadt ...«

»Und Venedigs einzige Rivalin im Ringen um die Handelsvormacht im östlichen Mittelmeerraum.«

»Ja, aber er spannte die Kreuzfahrer für sich ein, indem er

diesen byzantinischen Königssohn vorschob, der sich um Hilfe an ihn gewandt hatte, weil er den Thron seines Vaters zurückhaben wollte. Als sie Konstantinopel erreicht hatten, peitschte Dandalo die Ritter mit seinen Reden auf, was nicht sehr schwer war bei einem Haufen von Kerlen mit Schwertern, die nur darauf warteten, endlich jemanden umbringen zu können. Sie haben die Stadt total auseinandergenommen.«

»Raubten und plünderten und zerstörten alles«, fuhr Rupert fort. »Sie rissen das Gold und Silber von den Altären der Kirchen, und was sie nicht verheerten, brannten sie nieder. Der Papst wurde fuchsteufelswild, als er davon erfuhr. Er hatte den Kreuzfahrern seinen Segen gegeben, Moslems umzubringen, aber keine Christen, also machte er der Sache ein Ende, und sie mußten mit eingezogenen Schwänzen wieder abziehen.«

»Aber vorher teilten sie noch ihre Beute auf«, warf Den ein. »Eine Menge von diesen Jungs wurden reich bei dem Kreuzzug.«

Rupert wies darauf hin, daß der Doge Dandalo, der führende Kopf hinter dem ganzen Unternehmen, nicht davon profitiert hatte. »Er starb in Konstantinopel, aber er war auch schon über achtzig. Sie begruben ihn, soweit ich weiß, in einer der Kirchen, die seine Männer gerade erst entweiht hatten – wahrscheinlich hat er noch in seinem Sarg darüber gelacht. Der größte Teil der geraubten Reichtümer wurde hierher nach Venedig geschafft.«

»Sie werden einiges davon in der Basilika zu sehen bekommen«, versprach Den. »Neunzig Prozent der Schätze dort stammen vom Vierten Kreuzzug.«

Ich hatte das Gefühl, Geschichtsunterricht von gleich zwei eifrigen Lehrern zu bekommen, und war noch dabei, das Gehörte zu verarbeiten, als wir uns mit der übrigen Besucherschar durch das massive Steinportal des Markusdoms schoben. Jemand rempelte mich an, worauf Den seinen Arm schützend um meine Schultern legte, doch Rupert zog mich schon am Ellbogen weiter, damit ich den ersten vollständigen Blick in das Innere der Kirche werfen konnte.

Wäre ich noch ein Kind gewesen, hätte ich geglaubt, im Himmel gelandet zu sein, in einem Paradies aus schimmernden Goldmosaiken mit juwelenartigen roten, blauen und grünen Einsprengseln. Darüber wölbten sich hohe Kuppeln, getragen von reichverzierten Marmorsäulen, die schier endlos nach oben zu streben schienen.

Rupert legte den Kopf in den Nacken, um die Mosaiken zu bewundern. »Siehst du, wie durch die Bauweise der Blick hinaufgezogen wird, weil das Sonnenlicht sich dort oben in den Kuppeln fängt? Der restliche Raum ist dagegen ziemlich dunkel gehalten, damit man gleich beim Eintreten spürt, daß man sich in der Gegenwart des Göttlichen befindet.«

Und sich selbst klein, unbedeutend und häßlich vorkommt, hätte ich beinahe hinzugefügt. Ich blieb neben ihm stehen und sah lange hinauf.

»Aladins Höhle«, sagte Den, wobei sein Atem mein Haar streifte. Er erzählte, daß beim Bau der Basilika jeder Kaufmann, der aus Venedig absegelte, den Befehl hatte, etwas zu ihrem Schmuck mitzubringen – Schönes aus Gold oder Marmor oder einen geraubten seltenen Edelstein. »Die Schätze vom Vierten Kreuzzug sind dort hinten« – er zeigte auf die Südseite – »in der Schatzkammer. Möchten Sie sie sehen?«

Wir mußten extra Eintritt bezahlen und zwei Wächter passieren, um in die Schatzkammer und die daran anschließende Reliquienkammer zu gelangen. Dort war eine Vielzahl von kleinen Schreinen aus Glas und Edelmetallen zu sehen, die die Gebeine verschiedener Heiliger enthielten: hier das Skelett eines Ringfingers, dort ein Schädelstück, dort ein einzelner Backenzahn, komplett mit Wurzeln auf einem winzigen roten Samtkissen ausgestellt. Ich fand das alles reichlich makaber.

Rupert, der gerade auf etwas Schwarzes, Verschrumpeltes starrte, bemerkte, daß doch so einiges für ein Leben in Sünde spreche. »Wenn ich mal sterbe, werden meine Überreste wenigstens nicht hinter Glas vor aller Welt zur Schau gestellt.«

»Wart's ab«, ich grinste.

»Wag es, und ich enterbe dich.«

»Das kannst du schlecht, wenn du schon tot bist.« Mit gesenktem Kopf schielte ich zur Seite, um festzustellen, ob Den außer Hörweite war. »Ru«, fragte ich zögernd, »gibt es etwas, das ich über Den O'Malley wissen sollte?«

Er antwortete nicht gleich, sah mich nur mit hochgezogenen Augenbrauen an. »Wie meinst du das?«

»Ich weiß nicht. Ich habe einfach den Eindruck, daß du ihn nicht magst.«

»Doch, ich mag Dennis.« Sein Blick wanderte zurück zum Schrein. »Er ist ein netter Kerl und ein guter Inspizient.«

Nicht ganz überzeugt unternahm ich einen neuen Anlauf. »Wie lange kennt ihr euch schon?«

»Viele Jahre.«

»Warum bin ich ihm dann noch nie begegnet?«

»Na ja, Liebes, er lebt in New York.«

»Ich weiß, aber er muß doch mal in London gewesen sein.« Er kannte schließlich Bryan, und Bryan war noch nie in Amerika gewesen.

»Ich habe keine Ahnung, warum du ihn damals nicht kennengelernt hast. Ist das denn so wichtig?«

Nein, war es nicht, das mußte ich zugeben. »Es ist mir nur aufgefallen, weil ich sonst fast alle kenne, mit denen du zusammengearbeitet hast.«

»Genau, und jetzt hast du Dennis kennengelernt.« Er verschränkte die Hände hinter dem Rücken und ging weiter zum nächsten Austellungsstück.

Bei all der morbiden Faszination der Reliquienkammer war ich froh, die Gefäße und Schreine mit den schaurigen kleinen Stücken darin hinter mir lassen zu können. Der Hauptraum der Schatzkammer war größer und weniger bedrückend, und ich ließ mir Zeit, die schönen, außergewöhnlichen Stücke, die die Kreuzfahrer aus Konstantinopel geraubt hatten, zu betrachten: alte Glaspokale mit zartem Goldrand, Schalen, Vasen und Messkelche, Weihrauchgefäße und Schwerter funkelten und glänzten hell angestrahlt in deckenhohen Glasvitrinen.

»Es ist natürlich eine Tragödie«, sagte Rupert, »wenn man

bedenkt, was bei diesem Raubzug alles zerstört wurde. So vieles ging in Flammen auf. Die Kunstschätze, die Bibliotheken, all die Schriftstücke, die unwiderruflich verlorengegangen sind. Medizinische Abhandlungen, Geschichtsschreibung, Theaterstücke ... Wußtest du«, fragte er mich, »daß Konstantinopel bis zu diesem Kreuzzug eine Abschrift von jedem Stück von Euripides und Sophokles besaß? Stell dir das mal vor! Über hundert Stücke allein von Sophokles. Sechzehn Jahrhunderte hatten sie überdauert, und dann ...« Seine Hände fuhren nach oben, um ein Flammeninferno anzudeuten. »Und was haben wir heute noch? Sieben Stücke? Acht? Wirklich eine Schande.«

Den, der zu uns getreten war, zeigte sich wenig betroffen. »Eins kann man den Venezianern wirklich nicht verübeln, nämlich daß sie die Pferde geraubt haben. Bei denen wäre ich auch in Versuchung gekommen.«

Er meinte die vier berühmten Pferdeskulpturen, die mir so oft auf Abbildungen in den Reiseführern begegnet waren. Rupert hatte sie mir schon von der Piazza aus gezeigt, sie standen hoch oben auf der Galerie der Basilika und überblickten den gesamten Markusplatz.

Doch als ich zu Den sagte, ich hätte sie gesehen, schüttelte er den Kopf. »Nein, das dort oben sind Kopien. Die echten werden heute in einem speziellen Raum aufbewahrt, weil die Witterung und die Luftverschmutzung sie zu sehr angreifen würden.« Als wir aus der Schatzkammer wieder in das höhlenartige Zwielicht der Kirche mit den goldenen Mosaikkuppeln traten, fuhr er fort: »Sie sind ganz schön weit herumgekommen, diese Rosse. Ursprünglich stammten sie aus Griechenland, aus Chios, aber einer der byzantinischen Kaiser raubte sie und ließ sie auf seiner Loge im Hippodrom anbringen, damit sie ihm bei den Wagenrennen Gesellschaft leisteten. Dann wurden sie 1204 von den Kreuzrittern gestohlen und hierhergebracht.«

Rupert bezweifelte, ob man von Diebstahl sprechen konnte. »Man darf nicht vergessen, daß sie bereits gestohlen waren. Der Kaiser von Byzanz hatte auch keinen legitimeren

Anspruch auf sie als die Venezianer. Sie sind bloß von einem Dieb auf den nächsten übergegangen.« Während wir eine ausgetretene Treppe zum oberen Stockwerk hinaufstiegen, übertrumpfte er Den weiter, indem er zu berichten wußte, daß die berühmte Quadriga im Laufe der Jahrhunderte noch mehr Reisen unternommen hatte. »Napoleon brachte sie als Teil seiner Siegesbeute nach Paris, nachdem er den letzten Dogen gezwungen hatte, sich ihm zu unterwerfen. Erst nach Waterloo wurden sie wieder zurückgegeben. Und während des Ersten Weltkriegs verbrachten sie aus Sicherheitsgründen einige Zeit in Rom.«

»Wie gesagt«, faßte Den zusammen, »sie sind ganz schön viel rumgekommen. Typisch Pferde eben, immer in Bewegung.«

Ich konnte nicht fassen, wie riesig die Tiere waren, als ich sie direkt vor mir sah. Sie waren aus irgendeinem Metall gegossen, vermutlich Bronze, und standen in einer Reihe, als hätte man sie gerade von ihrem Streitwagengeschirr befreit, mit tänzelnd erhobenen Vorderfüßen, elegant gebogenen Hälsen und stolzer Kopfhaltung. Grünspan verlieh dem schimmernden Goldbraun ihrer Körper Tiefe und verlief in Linien über die Stellen, wo die Zügel gelegen hatten. Ihre auf Steinsockeln stehenden Hufe waren fast so groß wie mein Kopf. Ich beugte mich zurück, um ihre Gesichter zu studieren, und bewunderte das Geschick des Bildhauers, der jedem Pferd einen individuellen Ausdruck gegeben hatte. Das erste von links sah leicht sorgenvoll drein, das zweite freundlich, das dritte verwundert und das vierte, das ich sofort zu meinem Liebling erkor, lachte.

»Was hältst du von ihnen?« fragte Rupert.

»Sie sind phantastisch.«

Auch Den fand, daß sie wirklich nicht schlecht aussahen für ihr Alter. »Wenn man bedenkt, daß sie schon seit der Zeit Alexanders des Großen durch die Weltgeschichte tänzeln. Wollen wir uns die Doubles ansehen?«

Um nach draußen auf die Galerie zu kommen, mußten wir kehrtmachen und über einen schmalen Steg und einen Balkon gehen, der hoch über dem dämmerigen Mittelgang der Kirche lag und uns den strahlenden Mosaiken ganz nahe brachte, so daß wir sie in allen Einzelheiten bewundern konnten. Die Wände wölbten sich über mir wie eine reichgeschmückte, alte Handschrift, nur mit lebensgroßen biblischen Figuren und Szenen.

Inmitten all der verwirrenden Pracht blieben meine Augen nach einer Weile an zwei lebendigen menschlichen Gestalten hängen, die unter mir am Eingang zur Schatzkammer standen. Die Frau fiel mir auf, weil sie Gelb trug, ein leuchtendes Sonnengelb, das die Blicke auf sich ziehen sollte und einen aparten Kontrast zu ihren langen, dunklen Haaren bildete. Ihr Gesicht konnte ich aus dieser Höhe und Position nicht genau erkennen, aber ich vermutete, daß sie schön war, eine Frau, die beachtet werden wollte. Sie hatte diese gewisse undefinierbare Ausstrahlung. Der Mann an ihrer Seite sah dagegen ganz gewöhnlich aus. Die beiden stritten sich, was mir in dieser Umgebung beinahe wie ein Sakrileg vorkam.

»Kommen Sie.« Den nahm freundschaftlich meine Hand und zog mich mit sich. »Ich zeige Ihnen den schönsten Blick auf Venedig.«

Rupert blieb dicht in unserer Nähe, wie immer, wenn er das Gefühl hatte, mich beschützen zu müssen. Die lange, vor Menschen wimmelnde Galerie hoch über der Piazza, wo einen außer dem brusthohen Geländer nichts vor einem Sturz auf das Pflaster unten bewahrte, stellte in seinen Augen gewiß einen Ort dar, an dem allzuleicht ein Unfall passieren konnte.

Als Den mich weiterzog, um mir die Repliken der Pferde zu zeigen, berührte Rupert meinen Arm und sagte: »Sei vorsichtig.«

Aus irgendeinem Grund hatte ich den Eindruck, daß er nicht nur die Höhe meinte.

Sie kam, ganz wie er es vorausgesehen hatte. Sie kam zur festgesetzten Stunde, und sie kam allein. Es kostete ihn seine ganze Willenskraft, nicht beim ersten Klopfen an der Tür vom

Sessel aufzuspringen, nicht durch die marmorverkleidete Halle zu eilen und die hohe Flügeltür eigenhändig aufzureißen, so groß war sein Begehren, sie zu sehen. Doch er ballte die Fäuste und blieb sitzen, entschlossen, daß die Szene sich so abspielen sollte, wie er sie inszeniert hatte … Sie mußte ihn an diesem Platz antreffen, wo das Kerzenlicht genau richtig fiel, um Jahre von seinem Gesicht zu nehmen, und die gobelinbespannte Wand den perfekten Rahmen abgab.

Sie klopfte ein zweites Mal; er hörte Thompson gemessenen Schritts zur Tür gehen, hörte das Knirschen und Quietschen des Schlüssels, des Riegels, der Angeln, hörte ihre Stimme in seiner Eingangshalle.

Mit klopfendem Herzen lauschte er ihren Schritten, die rasch näher kamen, und arrangierte sorgfältig seine Haltung im Sessel, bevor Thompson die Tür zum Arbeitszimmer öffnete und ausdruckslos meldete: »Signorina Celia Sands, Signore.«

»Danke, Thompson.«

Die Tür schloß sich wieder, und es gab nur noch sie.

IX

Venedig wurde bei Nacht noch schöner.

Für ein paar Stunden von dem gnadenlosen Sonnenlicht befreit, das jede Unebenheit in ihrem verwelkenden Antlitz zeigte, trat die Stadt in all ihrer Pracht hervor. Die Dunkelheit verwandelte sie und gab ihr ihre Jugend und ihr Geheimnis zurück. Die glitzernden Sterne am Himmel wurden zu ihrem persönlichen Schmuck und ebenso der fast volle Mond, der sich in den murmelnden Wellen der zahllosen Kanäle spiegelte.

Verschwunden war die Stadt des Kommerzes, und an ihre Stelle trat eine Stadt der Lichter, der schlendernden Liebespaare und geflüsterten Unterhaltungen im Schatten der Häuser, untermalt vom Klatschen des Ruders einer Gondel und dem Geräusch sich entfernender Schritte in einer dunklen Gasse.

Zufrieden trank ich meinen Campari und schob meinen Stuhl über die Pflastersteine vor der kleinen Familientrattoria zurück, unter deren grüner Markise wir zu Abend aßen.

Ich hatte das Lokal notgedrungen selbst ausgesucht, weil Rupert und Den so von ihrem Wettstreit, das perfekte Restaurant zu finden, eingenommen gewesen waren, daß wir wohl nie etwas zu essen bekommen hätten, wenn ich nicht eingeschritten wäre. Dabei konnte man noch nicht einmal wirklich von Wettstreit sprechen. Nachdem ich die beiden den ganzen Nachmittag über beobachtet hatte, war ich zu dem Schluß gekommen, daß Den einfach so war, wie er war, und keine bestimmte Absicht verfolgte. Er war einfach einer von diesen Menschen, die alles wußten und alles ausprobiert hatten und immer noch eins draufsetzen konnten, egal, was man ihnen erzählte. Aber er tat es mit natürlicher Begeisterung und Charme, so daß man ihm nicht böse sein konnte. Es war Rupert, der ständig versuchte, mit ihm zu konkurrieren.

Jedenfalls hatten sie mich kilometerlang durch enge Gassen und Sackgassen geschleppt, an versteckten Kanälen entlang und immer wieder über Brücken, bis ich schließlich genug hatte. Als wir an der Trattoria vorbeigekommen waren, die malerisch an einem der kleineren Kanäle lag, war ich stehengeblieben wie ein störrischer Esel und hatte darauf gezeigt. »Da«, hatte ich gesagt. »Da will ich zu Abend essen.«

Sie hatten beide ein wenig gestutzt, aber nachgegeben, und als ich dann vor meiner Speisekarte saß, konnte ich mich endlich ein wenig entspannen. Die Abendluft war noch warm und duftete leicht nach Meer, wenn eine Brise aus der richtigen Richtung über die Kanäle strich. Ich hob mein Gesicht dem Lüftchen entgegen und sah hinüber, wo das lichtgefleckte Wasser an den moosgrünen Stufen eines verfallenen Hauses leckte. Es war ein schönes, friedliches Bild.

Um dafür zu sorgen, daß Rupert und Den mir nicht die Stimmung verdarben, lenkte ich das Gespräch von allem weg, was mit Geschichte und Sehenswürdigkeiten zu tun hatte, und verlegte mich auf das neutrale Thema des Essens. »Ob sie es mir wohl durchgehen lassen, wenn ich nur einen Gang nehme statt drei? Jedes von diesen Pastagerichten würde mir vollkommen genügen.« Ich sah mich nicht in der Lage, nach der Pasta noch einen Teller mit Fisch oder Fleisch und Gemüse zu essen, wie es in Italien üblich war.

Rupert versprach mir, daß er aufessen würde, was ich nicht schaffte. »Außerdem würde es dir nicht schaden, zur Abwechslung mal eine anständige Mahlzeit zu dir zu nehmen.«

Den sah auf. »Ernähren Sie sich zu Hause nicht richtig?«

»Nein, das tut sie nicht«, antwortete Rupert für mich. »Sie ißt Sachen aus der Dose, mit einem Löffel.«

»Nein, nicht immer. Manchmal esse ich im Restaurant, wenn ich arbeite. Ich jobbe als Kellnerin«, erklärte ich Den.

»Dann muß es himmlisch für Sie sein, sich einmal bedienen zu lassen.«

Eine einfühlsame Bemerkung, die mich zum Lächeln brachte. »Ja, das stimmt. Falls ich jemals im Lotto gewinne, werde ich jemanden einstellen, der mir alle Mahlzeiten serviert und mir das Frühstück ans Bett bringt.«

»Vielleicht bewerbe ich mich ja um den Job«, sagte Den augenzwinkernd. Er konnte das Flirten einfach nicht lassen. Es war ihm zur zweiten Natur geworden, schätzte ich, genauso wie sein Gezappel. Selbst hier am Tisch war ein Teil von ihm ständig in Bewegung, bereit zu neuen Taten. Seine ruhelosen Hände drehten das dünne Papier von einer Knabberstange zu einem kleinen Schlagstock, mit dem er an sein Glas trommelte.

»Also, Dennis«, sagte Rupert, »du kennst das Stück bestimmt schon in- und auswendig, oder?«

Den grinste. »Fast. Ich habe es vorwärts und rückwärts gelesen und in szenische Abschnitte unterteilt, die für die Proben taugen könnten – du mußt dir das später mal ansehen und mir sagen, was du davon hältst. Es war nicht einfach, das kann ich dir flüstern. Drei Akte, von denen jeder im Grunde nur aus einer einzigen Szene besteht, abgesehen vom ersten vielleicht, bei dem man von zwei Szenen sprechen könnte, oder? Trotzdem ist es ein verdammt schwer zu unterteilendes Stück.«

Ich hatte eigentlich angenommen, daß das Stück, weil es nur drei Schauspieler, eine Handvoll Requisiten und ein einziges festes Bühnenbild erforderte, der Traum jedes Inspizienten sein müßte, aber als ich es nun in Gedanken durchging, konnte ich verstehen, warum es Den vor Probleme stellte. Der Inspizient leitete sämtliche Aufführungen mit Hilfe eines sogenannten Rollenhefts – ein Ringbuch mit dem Text des Stücks, dem er alle technischen Anmerkungen und Anweisungen, die sich aus den Proben ergaben, hinzufügte – , und um dieses Rollenheft zu erstellen, mußte er das Stück in einzelne Szenen unterteilen.

Die Schwierigkeit war nun, daß es in D'Ascanios »Il Prezzo« praktisch keine Unterbrechungen gab, außer zwischen den Akten, und die Handlung in einem kontinuierlichen Fluß ablief.

Das galt im übrigen auch für meine Rolle – ich würde die Bühne vor allen anderen betreten und bis zum Schlußvorhang dort bleiben. Ich hatte die ersten und letzten Zeilen zu sprechen.

Bisher hatte ich versucht, nicht an die große Verantwortung zu denken, die ich mit meinem Part übernahm, doch jetzt fragte Den, als hätte er meine Gedanken gelesen: »Macht es Sie nervös, daß Sie die Hauptrolle spielen sollen?«

»Zum Glück habe ich ja Rupert, der mich anleiten wird.« Das beantwortete zwar seine Frage nicht, aber es freute Rupert, der zum erstenmal seit dem Nachmittag wieder richtig lächelte und Den versicherte: »Sie wird ihre Sache gut machen. Sie ist sehr begabt, weißt du.«

»Das glaube ich gern.« Dens Stimme klang in meinen Ohren etwas zu bemüht.

Entschlossen, mein schon etwas wackeliges Selbstvertrauen nicht weiter erschüttern zu lassen, legte ich eine ganz passable Nachahmung des weltgewandten Small talks meiner Mutter hin: »Es ist ja auch eine *wunderbare* Rolle, und die Dialoge sind *ausgezeichnet* geschrieben.«

Er nickte. »Ein bißchen zu ausgezeichnet, nach Meinung mancher Leute.«

Ich lehnte mich zurück, damit der Kellner meine Vorspeise abstellen konnte, und fragte: »Wie meinen Sie das?«

»Na ja, manche bezweifeln, daß Galeazzo D'Ascanio wirklich der Autor ist, weil es sich so sehr von seinen anderen Werken unterscheidet.«

Ich dachte an die Handlung von »Il Prezzo«: Ein Soldat im Ersten Weltkrieg opfert sich und springt aus einem Schützengraben, weil ihm ein spiritistisches Medium geweissagt hat, daß die Seite, die den ersten Mann verliert, die Schlacht gewinnen wird. Seine junge Witwe überredet unwissentlich dasselbe Medium, eine Séance abzuhalten und sie ein letztes Mal mit ihrem Mann zusammenzubringen, worauf sie, weil sie eine zweite Trennung von dem Geliebten nicht ertragen kann, sich das Leben nimmt, um ihm ins Jenseits folgen zu können. Ein höchst melodramatisches Stück, genau wie die anderen von D'Ascanio, fand ich. Doch als ich diese Argumente vorbrachte, erhielt ich zu meinem Erstaunen Widerspruch von Rupert.

»Es ist nicht die Handlung, die einen stutzig macht, Liebes, sondern die Ausführung. Die Charaktere und Dialoge in ›Il Prezzo‹ sind sehr viel ausgefeilter als in seinen früheren Stücken.«

»Das liegt eben daran, daß es ein reiferes Werk ist«, verteidigte ich den Autor. »Er war erst in seinen Zwanzigern oder Dreißigern, als er die anderen Stücke schrieb, stimmt's? Dann gab es da die lange Phase, in der er überhaupt nichts schrieb, also ist es doch nur wahrscheinlich, daß sein Stil sich verändert hatte, als er mit ›Il Prezzo‹ begann.«

Den machte sich über sein Antipasto her. »Klar, aber es ist gerade diese ›lange Phase, in der er überhaupt nichts schrieb‹, die mich mißtrauisch macht. Ziemlich praktisch für den alten Knaben, aus seiner Schaffenskrise mit einem solchen Stück hervorzugehen – fast zu praktisch.«

»Die Frage ist«, erwiderte Rupert, und ich stellte verzweifelt fest, daß sie schon wieder anfingen, sich mit ihrem Wissen zu brüsten, wie zwei kleine Jungen, die Trivial Pursuit spielten, »die Frage ist, von wem hat er abgeschrieben? Ich meine, die Geschichte selbst ist eindeutig eine Bearbeitung des Protesilaos-Mythos, aber ich glaube nicht, daß er sie direkt aus dieser Quelle hat. Vermutlich gab es noch ein Werk dazwischen, eine Adaption des Mythos von einem anderen Autor.«

Ich wußte, ich würde es bereuen, aber ich fragte dennoch: »Wer ist Protesilaos?«

»Griechische Mythologie«, sagte Rupert mit einem Lächeln, das sanft meine mangelnde Bildung tadelte. »Der Trojanische Krieg. Protesilaos war ein griechischer Kämpfer, der sich bei der Landung vor Troja töten ließ, um die Prophezeiung eines Orakels zu erfüllen, nach der diejenige Armee den Sieg davontragen würde, die den ersten Mann verlor.«

»Aha.« Ich begann zu verstehen.

Den nickte. »Seine Frau hieß Laodameia. Sie liebte den Kerl so sehr, daß sie die Götter anflehte, ihn noch einmal sehen zu dürfen, als sie von seinem Tod erfuhr.«

»Und sie gewährten ihr den Wunsch?«

»Ja, klar. Hermes brachte ihn aus dem Totenreich zu einem kleinen Besuch herauf – drei Stunden hatten sie, glaube ich. Als die herum waren, beging Laodameia Selbstmord, damit sie ihm in die Unterwelt folgen konnte. Kommt Ihnen das bekannt vor?«

»Aber das ist doch noch kein Beweis für ein Plagiat. Eine Menge Dichter haben ihre Geschichten der Mythologie entnommen, angefangen bei Shakespeare.«

»Schon lange vor ihm sogar«, sagte Rupert. »Bei den alten Griechen war das gang und gäbe.«

»Na also.« Ich war nicht bereit, mich so leicht überzeugen zu lassen.

»Schön«, fing Rupert wieder an, »aber du mußt bedenken, daß er die Celia-Gedichte etwa um dieselbe Zeit geschrieben hat. Lies sie und sag mir dann, daß ›Il Prezzo‹ von demselben Dichter stammt.«

Damit hatte er mich in die Enge getrieben. Ich hatte bislang etwa die Hälfte der Gedichte gelesen und fand sie sehr wortreich und überladen. Man konnte es noch nicht einmal auf die Übersetzung schieben, da sowohl die Gedichte als auch das Stück in Englisch verfaßt worden waren. Dennoch hatte ich wegen Celia der Ersten, die diesen Mann geliebt hatte, das Gefühl, ihm eine gewisse Loyalität schuldig zu sein. »Ich kann einfach nicht glauben, daß er seinen Ruf aufs Spiel gesetzt hätte, indem er von einem anderen abschrieb. Was für ein Motiv sollte er gehabt haben?«

Den hob sarkastisch eine Augenbraue. »Eitelkeit.«

Achselzuckend ließ ich es dabei bewenden und hörte dem Gespräch nicht länger zu, sondern betrachtete die Gäste an den Tischen um uns herum, wie immer neugierig auf das Leben anderer Leute. Die Familie links von mir, schätzte ich, machte Urlaub in Venedig – zwei gelangweilte Kinder im Teenageralter, ein gestreßter Vater und eine Mutter am Rande des Nervenzusammenbruchs. Trotzdem beneidete ich sie. Ich war zwar als Kind viel und gern mit Rupert gereist, aber ich hatte nie den Luxus eines echten Familienurlaubs genossen, komplett mit Mutter und Vater. Wieviel Ärger und Streit das auch bedeuten mochte, ich hätte alles darum gegeben, so etwas einmal zu erleben.

Ein paar Tische weiter speiste ein älterer Mann von zerknautschtem akademischen Aussehen allein, vielleicht ein Lehrer oder Professor. Neben ihm saß ein Liebespaar ... mein wandernder Blick hielt plötzlich interessiert inne.

Das mußte dieselbe Frau sein, die ich im Markusdom gesehen hatte. Es konnte nicht zwei Kleider von diesem strahlenden Sonnengelb in Venedig geben und vor allem nicht zwei Frauen, die es auf diese selbstbewußte Weise trugen. Ihre langen, dunklen Haare wurden jetzt mit einer Spange im Nacken zusammengehalten, aber sie war es zweifellos. Ich hatte recht gehabt mit meiner Annahme, daß sie schön war, wenn auch von einer harten, selbstbezogenen Schönheit, die mich eher abstieß als anzog. Aus Erfahrung wußte ich, daß ich mit solchen Frauen nicht warm wurde.

Die Art, wie sie in diesem Moment ihren Begleiter anlächelte, ganz perfekte Zähne und dunkle Augen, bestätigte mein Vorurteil. Es war kein echtes Lächeln, sondern irgendwie katzenhaft und manipulierend. Die Reaktion des Mannes konnte ich nicht beobachten. Er saß mit dem Rücken zu mir, und alles, was mir an ihm auffiel, war die beginnende Glatze an seinem Hinterkopf, eine kahle Stelle in perfekter Herzform. Ich fragte mich, wie groß sie noch werden durfte, bevor die Frau ihn gegen ein attraktiveres Modell eintauschte.

Meine Mutter, dachte ich, hätte ihn beim ersten Anzeichen von Haarausfall verlassen. Sie umgab sich nur mit makellosen jungen Männern.

Den schien schon wieder meine Gedanken zu lesen. »Sagen Sie, Celia, wie geht es eigentlich Ihrer Mutter?«

Aus meinen Betrachtungen gerissen, starrte ich ihn an. Es wäre wohl ein Wunder gewesen, wenn er nicht die Verbindung zwischen mir und meiner Mutter hergestellt hätte. Schließlich benutzte ich meinen richtigen Namen, und er war ein Insider der Branche und obendrein ein alter Bekannter Ruperts, also mußte er Bescheid wissen. »Gut, denke ich. Ich sehe sie nicht oft in letzter Zeit.«

»Ich habe einmal mit ihr zusammengearbeitet, wußten Sie das? Ist schon lange her. Damals war ich noch ein kleiner Assistent, verantwortlich für die Requisiten. Ihren Vater habe ich allerdings nie kennengelernt.«

Willkommen im Club, dachte ich. Rupert sah leicht besorgt von Den zu mir, als überlegte er, das Gespräch in eine andere Richtung zu lenken, aber ich lächelte ihn an zum Zeichen, daß alles in Ordnung war. Mit dem Weinglas in der Hand fragte ich Den: »Und, was haben Sie von meiner Mutter gehalten?«

»Ich war bezaubert«, gestand er mit einem erinnernden Lächeln. »Aber das sollte ich schließlich auch sein.«

Ich gab meinem Erstaunen darüber Ausdruck, daß sich nicht mehr zwischen ihnen abgespielt hatte. »Sie sind ganz ihr Typ.«

»Bin ich das?« Sein Lächeln wurde zu einem schelmischen Grinsen. »Und was ist Ihr Typ?«

Ich war mir Ruperts wachsamen Blickes bewußt, als ich antwortete: »Der dunkle, grüblerische. So wie unser Kellner.«

Den tat, als wäre er am Boden zerstört. »Männer mit hellbraunen Haaren sind aber sehr viel charmanter und unterhaltsamer als diese schwarzen Schmalzlocken.«

Ein Mann mit hellbraunen Haaren ... Auf einmal hörte ich wieder Sallys Stimme und sah sie zu Hause in London ihre Tarotkarten umdrehen ... *Das ist unter dir. Der König der Kelche ... ein Mann mit hellbraunen Haaren.* Aber soweit ich mich erinnerte, hatte sie ihn als Geschäftsmann beschrieben, verantwortungsbewußt und ruhig, was alles auf Den überhaupt nicht zutraf.

Außerdem war das Tarot nur ein Spiel und konnte nicht wirklich etwas über die Zukunft aussagen. Zum Glück, dachte ich, denn wenn nur die Hälfte von dem stimmte, was die Karten über meinen Aufenthalt in Il Piacere prophezeit hatten, reiste ich einer Menge Ärger entgegen.

Und jetzt, so dachte er, jetzt konnte er zufrieden sterben, denn er war in den Himmel aufgestiegen und hatte das Antlitz Gottes geschaut. Vielleicht war er sogar schon tot; sein Körper fühlte sich so leicht an wie nie. Aber nein, er spürte das Blut mit der Kraft der Jugend durch seine Adern rauschen und wandte lächelnd den Kopf auf dem Kissen.

Sie schlief wie ein Engel, das schöne, goldene Haupt an seine Schulter gelehnt, die duftigen Haare auf dem Leinen ausgebreitet, der Atem tief und süß. »Celia.« Der Name floß wie frisches Quellwasser über seine Zunge. Sie rührte sich, ohne zu erwachen.

Er seufzte beglückt und ließ seine Augen durch das Zimmer schweifen, wobei er jede Einzelheit in sich aufnahm: die

Schatten, die sich in die Ecken schmiegten, und die dunklen Wandbehänge, die mit Gesichtern, Weinranken und schimmernden Goldfäden bestickt waren und das schwache Licht der niedergebrannten Kerzen einfingen.

Er würde diesen Raum ebenfalls mitnehmen, wenn er ging, die Wandbehänge, die Kerzen und das Sofa, auf dem sie lagen. Das alte Haus am Gardasee würde er in ein Schloß verwandeln für sie, und dieser Raum würde der Mittelpunkt darin sein.

Ja, dachte er, dies war erst der Anfang ...

X

Der Morgen war klar, und ich konnte vom Zug aus meilenweit in die Landschaft sehen. Nachdem wir Vicenza hinter uns gelassen hatten, das etwa eine halbe Stunde Fahrt ins Landesinnere von Venedig entfernt liegt, wurden die Hügel zu beiden Seiten allmählich höher; durchzogen von dunkelgrünen Zypressenreihen erhoben sie sich über flachem Ackerland mit fruchtbarer, rotbrauner Erde. In der Ferne tauchte hin und wieder eine Burg oder ein Kirchturm auf, mittelalterlich anmutende Gebilde mit Ziegeldächern und ockerfarbenen Mauern. Wenn ich die Augen zukniff, verschwanden die modernen Gebäude dazwischen, und ich sah die Landschaft, wie sie Reisende schon vor Jahrhunderten erblickt haben mochten, in den Tagen der Pilger, umherziehenden Kaufleute und Kreuzfahrer.

Ich hatte es am Ende ein wenig bedauert, Venedig schon wieder verlassen zu müssen, und meine Arme schmerzten immer noch vom Kofferschleppen, aber es war beflügelnd, wieder unterwegs zu sein und der Route zu folgen, die Celia die

Erste genommen hatte, als sie mit Galeazzo in seine Villa am Gardasee fuhr.

Ich hatte mir vorgenommen, während der Fahrt viel zu arbeiten, denn es galt, eine Menge Text zu lernen. Mein Exemplar des Skripts lag aufgeschlagen auf meinem Schoß, und ich war bei der Séanceszene, in der das Medium den Geist des toten Soldaten für seine Witwe herbeiruft.

Daß dem Medium so etwas gelingt und es den Soldaten noch dazu unversehrt und eine Zigarette rauchend zurückbringt, hätte eigentlich abstrus wirken müssen, aber das tat es nicht, dank der überzeugend ausgearbeiteten Charaktere.

Ich war natürlich die Witwe. Und mein Mann, der unglückliche Soldat, sollte von Nicholas Rutherford gespielt werden, der im vergangenen Sommer als Hauptdarsteller in einem skandalträchtigen neuen Stück groß Furore im Londoner West End gemacht hatte. Die Kritiker hatten seine Leistung unterschiedlich bewertet, aber unter meinen Schauspielerfreunden überwog die Ansicht, daß er bei seinem Aussehen spielen konnte, wie er wollte. »Außerdem ist er nicht dumm«, hatte einer bemerkt. »Er hat sich an Madeleine Hedrick drangehängt. Er wird noch ganz groß rauskommen.«

Der Meinung war ich auch. Seit der Scheidung von ihrem untreuen Ehemann hatte sich Madeleine Hedrick einer Reihe von jungen, gutaussehenden Schauspielern angenommen, die es ausnahmslos zu Erfolg auf der Bühne oder bei Film und Fernsehen gebracht hatten. Mit meiner Mutter konnte sie es allerdings nicht aufnehmen, was die Zahl der Liebhaber betraf, dafür dauerten ihre Beziehungen zu lange. Mit Nicholas Rutherford war sie nun bestimmt schon seit über einem Jahr zusammen.

Womit ich die Außenseiterin war, der Grünschnabel, der sich erst noch beweisen mußte. Verbissen beugte ich mich über meinen Text, aber die vorbeiziehende Landschaft erwies sich als zu große Ablenkung. Wir passierten ein Marmorlager mit großen, unpolierten Blöcken, das in einen Hain voll blühender Obstbäume überging, hinter dem sich wiederum ein mit winzigen gelben Wildblumen gesprenkelter Weinberg erhob. In Verona preßte ich meine Nase ans Fenster, in der Hoffnung, einen Blick auf die alte, vornehme Stadt werfen zu können, die Shakespeare zu »Romeo und Julia« und zu »Die beiden Veroneser« inspiriert hatte. Ich sah eine Brücke über einem Fluß und Dächer, die zwischen Bäumen hervorlugten, aber keinen Zipfel vom Balkon der Capulets.

»Also«, sagte Rupert neben mir, »wenn alle einverstanden sind, möchte ich gleich am Montag mit den Leseproben beginnen. Das heißt, falls auch Nicholas und Madeleine heute wie geplant eintreffen.«

Den sah auf seine Uhr. »Sie müßten noch vor uns ankommen. D'Ascanio sagte, sie würden nach Mailand fliegen und sich dort ein Auto mieten. Vermutlich war Nick scharf darauf, über ein paar Alpenstraßen zu heizen.«

»Dann ist er sicher ein besserer Fahrer als ich.« Rupert schüttelte sich angesichts der zerklüfteten Bergketten, die sich verschwommen am Horizont abzeichneten.

»Und als ich«, sagte Den. »Da würde ich ja lieber mit verbundenen Augen über eine von euren englischen Landstraßen mit den vielen Hecken brettern. Aber Nick liebt das Risiko.«

»Tatsächlich?« Rupert wandte sich vom Fenster ab. »Ich kann nichts dazu sagen, ich bin ihm erst einmal begegnet, und da hat er sich bestens benommen.«

»Na, jetzt bist du gewarnt«, grinste Den. »Er ist ziemlich wild.«

Ich hatte selbst diverse Gerüchte über Nicholas gehört, ihnen aber nicht viel Beachtung geschenkt. Bis vor kurzem hätte ich schließlich nicht im Traum daran gedacht, einmal mit jemandem wie ihm auf der Bühne zu stehen, und daher war es mir egal gewesen, was er hinter den Kulissen trieb. Jetzt hoffte ich allerdings, daß er nicht allzu schwierig im Umgang sein würde, denn es war schon von Vorteil, wenn die Chemie stimmte zwischen zwei Leuten, die ein Liebespaar spielen sollten.

Rupert blieb unbekümmert. »Ich bin sicher, Madeleine

wird dafür sorgen, daß er nicht über die Stränge schlägt.« Er zeigte hinaus. »Da ist der See.«

Ich sah nicht schnell genug hin und erhaschte nur noch einen langen Streifen von Blau, ehe die Gleise eine Biegung machten und die Landschaft ihn wieder verbarg.

»Wir sind fast da«, sagte Den. »Noch zwei Haltestellen.«

Ich wurde langsam aufgeregt, als wir in Desenzano ausstiegen und unser Gepäck über den Bahnsteig in die kleine Bahnhofshalle wuchteten, von deren Glasfront aus man auf einen Kreisel und einige Buswartehäuschen blickte.

»Wer holt uns eigentlich ab?« fragte ich und reckte gespannt den Hals.

Weder Rupert noch Den wußte eine Antwort darauf, und nach einer Weile schien es, als ob überhaupt niemand käme.

Ich sah mich um, aber außer dem Fahrkartenschalter und einem Kiosk hinter uns gab es keine Stelle, wo man jemanden hätte übersehen können. »Er weiß doch, mit welchem Zug wir ankommen, oder?« fragte ich Rupert.

»Davon gehe ich aus. Er hat schließlich die Fahrkarten reserviert und bezahlt.« Doch zur Sicherheit suchte er ein Telefon und rief in Il Piacere an. »Konnte keine Verbindung bekommen«, sagte er, als er zurückkam. »Die Auskunft sagt, die Leitungen sind gestört oder so etwas. Aber D'Ascanio hat bestimmt jemanden geschickt, der gerade hierher unterwegs ist.«

Wir improvisierten ein Mittagessen aus Proviant, den man am Bahnhofskiosk kaufen konnte: Sandwiches, Kartoffelchips, eine Flasche Saft. Dann warteten wir noch fast eine weitere Stunde, bis ich sagte: »Ich glaube, sie haben uns vergessen.« Durch das Fenster sah ich einen Bus in die Haltebucht direkt vor uns biegen und zeigte auf die Leuchttafel an seiner Vorderseite. »Seht mal, der fährt nach Mira del Garda. Da müssen wir doch hin, oder?«

Rupert und Den zögerten, einfach auf eigene Faust weiterzufahren, aber ich überzeugte sie mit dem Argument, daß niemand von uns erwarten könne, zwei Stunden nach unserer Ankunft immer noch am Bahnhof herumzustehen. Ich hatte das Warten satt und wollte weiter, um endlich mit eigenen Augen das Anwesen zu sehen, von dem ich schon so viel gehört und gelesen hatte.

Der Bus war genauso bequem wie jedes Auto, stellte ich fest, ein modernes, geräumiges Gefährt mit sauberen Sitzen und einer frisch geputzten Windschutzscheibe, durch die ich auf meinem vorderen Sitz eine ausgezeichnete Sicht hatte. Als wir Desenzano verließen, konnte ich endlich einen ersten Blick auf den See werfen.

Es war die reinste Postkartenidylle – strahlend blaues Wasser umgeben von Bergen, die in nördliche Richtung immer höher wurden. Hier im Süden, wo der See am breitesten war, erstreckte er sich zwischen grünen Ufern, getupft mit den hellen Punkten von Häusern, die sich am Wasser zu kleinen Städten zusammendrängten und in Terrassen die bewaldeten Hügel erklommen. Weiter nördlich, wo der See schmaler wurde, stiegen die Hügel zu kahlen, wolkenverhangenen Höhen an, und am gegenüberliegenden Ufer konnte ich einen schneebedeckten Gipfel sehen, der alle anderen überragte.

»Monte Baldo«, verkündete der Busfahrer mit offensichtlichem Stolz. »Ist im Winter sehr gut zum Skifahren.« Er sprach fließend Englisch und freute sich, als ich ihm deswegen ein Kompliment machte. »Ich habe ein paar Jahre in Amerika gearbeitet«, sagte er. »New York.«

Danach war Den nicht mehr zu halten. Er hätte noch ewig mit dem Fahrer geschwatzt, wenn Rupert sich nicht irgendwann zu ihm vorgebeugt hätte. »An der nächsten Haltestelle müssen wir aussteigen, glaube ich.«

Den sah sich um. »Sind wir schon in Mira? Das ging aber schnell.«

In Wirklichkeit hatten wir eine Stunde gebraucht, was ich an meinen steifen Beinen merkte, als ich erwartungsvoll aus dem Bus kletterte. Die Haltestelle in Mira del Garda bestand nur aus einer unscheinbaren Bucht an einer schmalen Höhenstraße. Anscheinend befanden wir uns noch am Ortsrand. Auf der anderen Seite erhob sich ein steiler, grasbewachsener Wall, auf dem ein dreistöckiges Appartementgebäude stand, während hinter uns eine Treppe zu einer tiefer gelegenen Straße hinunterführte, die von älteren Häusern gesäumt wurde, alle verrammelt und abweisend und hoch genug, um mir die Sicht auf den See zu versperren. Aber der Himmel war blau, die Sonne schien, und neben der Bushaltestelle stand ein gelbes Schild mit einem vertrauten Wort darauf: TAXI. Wir hievten unser Gepäck dorthin … und warteten.

Schließlich, nachdem mehrere Autos an uns vorbeigerauscht waren, maulte Rupert: »Man sollte doch meinen, daß bei Ankunft des Busses ein Taxi bereitstehen könnte, für alle Fälle.«

Den schlug vor, eines zu rufen.

»Weißt du die Nummer?« entgegnete Rupert. »Außerdem gibt es hier kein Telefon, und ich besitze nach wie vor kein Handy.« Die Hand über die Augen gelegt, suchte er die Balkone des gegenüberliegenden Blocks ab. Als er eine Frau mittleren Alters entdeckt hatte, die gerade Handtücher über das Balkongeländer hängte, winkte er und rief ihr auf italienisch eine Frage zu.

»Grazie«, sagte er, nachdem sie eine Antwort zurückgerufen hatte.

»Mist«, meinte Den.

Ich runzelte die Stirn. »Was ist los?«

»Sieht so aus, als gäbe es keine Taxis«, meinte Rupert.

»Kein einziges?«

»Jetzt nicht mehr, offenbar. Wir werden zu Fuß gehen müssen.«

Ich sah auf mein Gepäck und ließ den Kopf hängen. »Zu Fuß?«

Den erbarmte sich meiner und schlang den Riemen einer seiner Reisetaschen über die Schulter, um mir einen Koffer abzunehmen. »Habe ich mal gesagt, D'Ascanio hätte alles gut organisiert? Ich nehme es zurück und behaupte das Gegenteil.«

Ich schüttelte den Kopf. »Und ihr seid wirklich sicher, daß wir heute erwartet werden?«

»Natürlich werden wir erwartet«, sagte Rupert. »Mach dir

keine Sorgen. Ich bin sicher, daß es eine einleuchtende Erklärung dafür geben wird, warum uns niemand abgeholt hat.«

»Ich kann's kaum erwarten, sie zu hören«, erwiderte Den trocken. Ein knallgelber Sportwagen zischte an uns vorbei, und er machte einen Satz zur Seite. »Gehen wir drüben, hier ist es zu gefährlich.«

Auf der anderen Straßenseite führte ein gepflasterter Fußweg den Hang hinauf und verlief dann eben auf einer hübschen, rankenbewachsenen Mauer hoch über der Straße. Es war eindeutig sicherer, dort zu gehen.

Wenn ich nur nicht so idiotisch viel eingepackt hätte, schimpfte ich vor mich hin, als ich meine Last über den holperigen Boden zerrte. Der Koffer kam mir jetzt noch schwerer als beim Verlassen des Hotels am Morgen vor, und mit jedem Schritt scheuerte der Griff meine schon schmerzenden Handflächen wund. Rupert war ähnlich beladen, und Den, der ökonomischer gepackt zu haben schien als wir beide, mußte sich nun noch mit meinem zweiten Koffer abplagen.

Er war so ritterlich gewesen, mir den größeren der beiden Koffer abzunehmen, den mit den Rollen, doch der war so überladen und sperrig, daß er jedesmal zur Seite kippte, wenn die Rollen an den Rand eines Pflastersteins stießen. Mit der Zeit wurde daraus ein kleines Ritual: Der Koffer kippte, Den richtete ihn fluchend und mit einem entschiedenen Hieb wieder auf, und die Rollen rumpelten weiter bis zur nächsten unebenen Stelle. Die vorbeikommenden Autofahrer hatten sicher ihren Spaß bei unserem Anblick.

Der Blick aufs Wasser wurde immer noch von Häusern versperrt und von den Zypressen, die gerade und zugespitzt wie Lanzen zwischen ihnen aufragten. Hin und wieder konnte ich ein verlockendes, blaues Glitzern zwischen ihrem dunklen Grün und den buntgestrichenen Hauswänden erkennen, die in den schönsten Blumenfarben leuchteten: Gardenienrosa, Schlüsselblumengelb und Ringelblumenorange.

Ich hätte die Schönheit meiner Umgebung noch viel mehr genossen, wenn ich mich nicht auf jeden Schritt hätte konzentrieren müssen, wenn meine Muskeln unter meiner Last nicht so gezittert hätten und meine Bluse nicht so eklig feucht zwischen meinen Schulterblättern geklebt hätte – kurzum, wenn ich mein Gepäck los gewesen wäre.

Doch unter diesen Umständen beschlich mich langsam das Gefühl, daß Sallys Tarotkarten vielleicht doch recht gehabt hatten und ich besser zu Hause geblieben wäre.

»Ich muß mich einen Moment ausruhen«, stöhnte ich nach ein paar Metern, die mir wie Meilen vorkamen. Als ich stehenblieb, ließen auch Den und Rupert widerspruchslos ihre Koffer fallen.

Den lehnte sich gegen einen Wegweiser an der Abzweigung einer schmalen Straße, die sich rechts von uns den Hügel hinaufwand, und massierte seine Schultern. »Ich würde ja vorschlagen, ein Auto zu entführen, aber ich habe nicht mehr die Energie dazu.«

Ich hockte mich auf meinen Koffer und verscheuchte dabei eine kleine, braune Eidechse. Sie hatte sich auf einem Mauervorsprung gesonnt und verschwand raschelnd im Weinlaub, aber Rupert bemerkte sie nicht, weil er nach oben starrte.

»Wir sind fast da«, sagte er.

Den hob ironisch eine Augenbraue. »Tatsächlich? Woher willst du das wissen?«

Statt zu antworten deutete Rupert mit dem Kinn auf den Wegweiser über Dens Kopf, einen schmiedeeisernen Pfeil, unter dem deutlich »Il Piacere« zu lesen stand.

Der Anblick des Hügels begeisterte mich nicht gerade, dafür aber der Pfeil und das Wissen, daß wir unserem Ziel ganz nahe waren. Ich schnappte mir meinen Koffer und übernahm die Führung, als wir die kleine Straße in Angriff nahmen. Hier gab es keinen Gehsteig, so daß wir hintereinander am Straßenrand gehen mußten, entlang der dort angepflanzten Hecke. Ich kehrte dem See nun den Rücken zu, und wenn ich die Geistesgegenwart besessen hätte, mich umzudrehen, hätte ich wahrscheinlich einen phantastischen Blick auf das Wasser und die Berge dahinter gehabt, aber der Berg, den ich gerade erklomm, erforderte all meine Willenskraft.

Ich konnte mich gerade noch aufrecht halten und einen Fuß vor den anderen setzen, wobei jeder schlurfende Schritt eine kleine Staubwolke aufwirbelte, die sich auf meine Augen, meine Nase und meinen durstigen Mund legte.

Kleine Eidechsen huschten in alle Richtungen vor mir davon und suchten Schutz in dem Gewirr von Blumen und Gräsern unter der Hecke. Auf einmal wurde aus der Hecke eine Steinmauer, und in diese Mauer war ein schmiedeeisernes Tor eingelassen.

»Gott sei Dank!« Dens Ausruf kam aus tiefster Seele.

Rupert streckte seinen Arm an mir vorbei nach der Klingel aus. Die Sprechanlage knisterte. Eine Frauenstimme fragte knapp etwas auf italienisch, und Rupert nannte unsere Namen.

Wir warteten einen Moment. Dann gab es ein klickendes Geräusch, und das große, eiserne Tor schwang nach innen auf.

Wie einst Celia die Erste, wenn auch vielleicht etwas lädierter, schritt ich hindurch.

ZWEITER AKT

DER PALAST

The actors are come hither, my lord.

William Shakespeare, »Hamlet«,
2. Akt, 2. Szene

Sie ging durch das Tor wie ein Kind, das das Paradies entdeckt, zögerlich, die Augen groß vor Erstaunen, die Hände halb ausgestreckt, als wollte sie alles anfassen.

Mit einer weiten Geste umfing sie die Gärten und den Zypressenhain, die Säulenreihen zu beiden Seiten der langen, elegant geschwungenen Auffahrt aus rosarotem Kies, die stolzen Arkadenbögen und die kleinen Statuen von Apoll, Venus und Diana, die still in ihren Nischen standen. Von irgendwo in der Nähe drang das Geräusch eines Brunnens zu ihnen, von fließendem Wasser, das lachend aus überlaufenden Becken sprudelte, und in den Zweigen einer Blutbuche schmetterte ein Vogel sein Lied, als könnte seine kleine Brust all das Glück nicht fassen.

Er nahm ihre Hand. »Du hast das Haus noch nicht gesehen.« Ihre Finger verschränkten sich mit seinen, und er führte sie den schattigen Säulengang hinauf und um eine sanfte Biegung, nach der sie plötzlich einem Paar grimmig dreinblickender, goldener Löwen gegenüberstanden. Sie bewachten den angemessen imposanten Aufgang zu seinem Palast: eine breite, aus weißem Stein gemauerte Treppe, eingefaßt von Rosenrabatten, die über eine gewellte Rasenfläche zur Terrasse anstieg.

Sie blieb stehen, um den Anblick zu bewundern.

Seine Brust schwoll vor Zufriedenheit. Als sie oben angekommen waren und in einem geschützten Innenhof standen, wo ein zweiter Brunnen die Morgenluft mit glänzenden Wasserperlen sprenkelte und man über die Gärten und Bäume hinunter auf den blauen See mit seinem Kranz aus Bergen sah, drehte sie sich um, trank die Landschaft mit ihren Kinderaugen und nahm seufzend seinen Arm.

Er küßte sie. »Ich werde dich hier glücklich machen.«

In den Rosensträuchern zu seinen Füßen raschelte es. Er sah etwas mit einem langen, schmalen Schwanz davonhuschen und runzelte die Stirn. Morgen würde er ein Wörtchen mit dem Gärtner sprechen. In seinem Paradies sollte es keine Schlangen geben.

I

»Warum bauen die Reichen ihre Häuser immer meilenweit von der Straße weg?« wollte Den wissen. »Man braucht doch nur einen kleinen Vorgarten und eine Garageneinfahrt, aber nein, sie müssen noch all diese Säulen und Brunnen und …«

»Dennis«, unterbrach ihn Rupert, der genauso keuchte wie ich, »wenn du deine Puste nicht aufs Meckern verschwenden würdest, kämst du leichter voran.«

»Ach, ich hab genug Puste«, versicherte ihm Den. »Das ist nicht das Problem.«

Trotz der Anstrengung mußte ich lachen. Ich konnte mir keine Situation vorstellen, in der Den einmal den Mund hielt, außer vielleicht, wenn er schlief, aber selbst dann wälzte er sich vermutlich murmelnd im Bett herum. Er war alles andere als ein ruhiger Mann.

Ich dagegen hätte kein Wort herausbringen können. Mein Körper benötigte allen Sauerstoff, um die Muskeln in Gang zu halten und wie ein Roboter die endlose Auffahrt zu erklimmen … linker Fuß, rechter Fuß, linker Fuß, rechter Fuß, und jedesmal gab es ein knirschendes Geräusch auf dem Kies. Ich hielt den Kopf bewußt gesenkt und achtete nicht auf den langen Weg vor mir, sondern auf den jeweils nächsten Kiesabschnitt zu meinen Füßen, was weniger entmutigend war.

Obwohl ich das meiste Gewicht mit dem Schulterriemen

auffing, hatte ich Blasen an den Händen, die jedesmal brannten, wenn ich den Koffergriff anders faßte, was ich häufig tun mußte, weil meine Handflächen schwitzten und rutschig waren. Auch meine Augen brannten vom Schweiß, und meine Haare klebten an den Schläfen und im Nacken.

Trotz meines begrenzten Blickwinkels erkannte ich an den blühenden Büschen und verzierten Säulensockeln rechts und links, daß wir durch eine prächtige Anlage gingen. Hier und da erspähte ich die Füße einer Statue in dem üppigen Grün und war versucht aufzublicken, wagte es aber nicht aus Angst zu straucheln. Ich würde hier mehrere Monate lang wohnen, sagte ich mir, Zeit genug, die Umgebung zu erforschen. Im Moment war mein einziger Wunsch, endlich das Haus zu erreichen und mich in ein wohltuendes Bad sinken zu lassen.

Hinter mir blieb Den plötzlich stehen. »Herrgott noch mal!«

Ich hob den Kopf und bereute es sofort. Beim Anblick der Treppe verließ mich aller Mut: eine schier endlose Abfolge von Stufen, breit und strahlend weiß, die steil nach oben führte und den Weg zum Haus versperrte wie ein grausamer, architektonischer Witz. Selbst die Löwen, die sie flankierten, schienen zu lachen.

Ich weiß nicht, ob es die für die Jahreszeit ungewöhnliche Hitze war oder einfach nur Erschöpfung, jedenfalls klappte ich beinahe zusammen. Fast hätte ich mich gründlich blamiert und wäre am Fuß der Treppe in Tränen ausgebrochen, wenn ich nicht just in diesem Moment das ermutigende Geräusch von Schritten auf den Stufen gehört hätte. Mit verschwommenem Blick erkannte ich den Umriß eines Mannes, eines jungen Mannes, schlank und dunkelhaarig, der sich mit der Geschmeidigkeit eines Athleten bewegte. Als er uns fast erreicht hatte, winkte er und rief: »Ich dachte mir, daß Sie Hilfe gebrauchen könnten. Es ist ein verdammt langer Weg bis da rauf.« Eine englische Stimme mit präziser Aussprache, die sehr nach Royal Academy of Dramatic Art, der königlichen Schauspielakademie, klang.

Ich blinzelte meine Tränen weg und sah Nicholas Rutherford neugierig entgegen, den ich bisher nur von Fotos kannte. Er war nicht so groß, wie ich erwartet hatte, aber das fiel nicht weiter ins Gewicht, da es sein Gesicht mit den klar geschnittenen Zügen, den kleinen Lachfältchen und seelenvollen Augen war, das alle bezauberte. In krassem Gegensatz zu uns, die wir verschwitzt, zerknautscht und völlig ermattet dastanden, wirkte er frisch und wie aus dem Ei gepellt und hüpfte die letzten Stufen mühelos herunter, obendrein eine Zigarette rauchend.

»Meine Güte, was ist denn mit Ihnen passiert?« Er betrachtete uns amüsiert von oben bis unten. »Hat Giancarlo Sie aussteigen und schieben lassen oder was?«

»Wir sind zu Fuß gegangen«, sagte Den.

»Zu Fuß? Von wo?«

»Vom Ort aus. Giancarlo oder wie der Kerl heißt, der uns in Desenzano vom Zug abholen sollte, ist nicht aufgetaucht. Wir mußten den Bus nehmen.«

Rupert fügte hinzu, daß wir zuvor in der Villa angerufen hatten. »Aber anscheinend ist das Telefon kaputt.«

»Das würde mich nicht wundern«, sagte Nicholas und strich sich mit einer Hand die Haare aus dem Gesicht. »Hier geht es heute drunter und drüber. Eins von den Mädchen ist nicht zur Arbeit erschienen, und das hat anscheinend alles aus dem Tritt gebracht. Maddy und ich mußten sogar zum Mittagessen hinunter in den Ort gehen und sind gerade erst zurückgekommen. Geben Sie her, ich nehme Ihnen den ab.«

Als ich ihm erleichtert meinen Koffer reichte, fiel mir auf, daß es keiner von uns für nötig gehalten hatte, sich vorzustellen, was unter diesen Umständen wohl auch überflüssig war. Aus Dens Äußerungen am Abend zuvor hatte ich geschlossen, daß er Nicholas bereits kannte, und auch wenn Rupert ihm erst einmal begegnet war, durfte man davon ausgehen, daß Nicholas sich an Rupert erinnerte. Schauspieler, und besonders die jungen und ehrgeizigen, achten sehr darauf, sich einflußreiche Leute zu merken. Also blieb nur ich, aber auch meine Identität war nicht schwer zu erraten, denn schließlich gab es nur zwei weibliche Rollen in unserem Stück, und mit einer Darstellerin war Nicholas Rutherford bereits mehr als gut bekannt.

Da er nicht nach unseren Namen zu fragen brauchte, nannte er auch seinen nicht und hielt es offenbar für selbstverständlich, daß man ihn erkannte. Er schob sich die Zigarette in den Mund und stieg schwungvoll mit meinem Koffer die Treppe hinauf. »Kommen Sie, es ist nicht mehr weit, und dann machen wir Ihnen erst mal einen Drink. Der Boß ist leider nicht da«, erzählte er munter beim Hinaufsteigen, wodurch ich mich so schwach und untrainiert fühlte wie bei meiner Aerobictrainerin, wenn sie während einer besonders harten Stunde noch mühelos plauderte. »Aber Teresa ist da« – er sprach den Namen italienisch aus und rollte klangvoll das R – »und kann Ihnen bestimmt Ihre Zimmer zeigen.«

»Hoffentlich liegt meins im Erdgeschoß.« Den polterte mit seiner Last eine weitere Stufe hinauf und stieß mir fast den Koffer in die Kniekehle. »Dieser Aufstieg schreckt garantiert jeden Besucher ab.«

Genau das sei der Sinn der Sache, meinte Rupert. »Galeazzo D'Ascanio legte viel Wert auf Ungestörtheit.«

Das war an der gesamten Gartengestaltung zu erkennen. Wohin ich auch sah, gab es hohe Mauern und Hecken zum Schutz vor neugierigen Blicken. Schon der ursprüngliche Erbauer dieses Hauses mußte sich nach Einsamkeit gesehnt haben.

Schließlich waren wir hoch genug, daß ich ein ausladendes Ziegeldach vor dunklen Gebirgsausläufern erspähen konnte. Wäre Den mir nicht direkt auf dem Fuß gefolgt, hätte ich mich nach dem See umgedreht, aber sein Schnaufen sagte mir, daß ich durch Stehenbleiben nur riskierte, umgerannt zu werden.

»Ungestörtheit ist ja schön und gut«, sagte er, »aber wenn das hier der einzige Zugang ist, wird unser Stück nicht lange laufen, weil das Publikum schon auf dem Weg zum Theater zusammenbricht.«

Nicholas lachte. »Keine Angst. Soweit ich gehört habe, wird gerade ein neuer Parkplatz für Busse auf der anderen

Seite des Parks gebaut, direkt über dem Theater, damit die Besucher nicht so weit laufen müssen.«

Es sprach für die Geschäftstüchtigkeit des jungen D'Ascanio, daß er es nicht nur geschafft hatte, die renommierte Forlani-Stiftung für die Restaurierung des Hauses und der Parkanlagen zu gewinnen, sondern auch Verträge mit mehreren europäischen Reiseveranstaltern abzuschließen, die unser Stück und den Park von Il Piacere in ihr Programm aufgenommen hatten. In sechs Wochen würden neben individuellen Theaterbesuchern auch Teilnehmer an organisierten Bustouren die Ränge füllen, und zwar an vier Abenden die Woche, den ganzen Sommer hindurch. Was erklärte, weshalb Galeazzos Enkel es sich leisten konnte, das Stück so lange laufen zu lassen.

Nicht, daß Geld für ihn ein Problem darstellte, dachte ich, als wir die Treppe erklommen hatten und einen großen, kopfsteingepflasterten Innenhof betraten, der an drei Seiten von der Pracht Il Piaceres umgeben war.

Die Fotografien, die ich in Büchern gesehen hatte, hatten weder diese Pracht einfangen noch einen Eindruck von den Größenverhältnissen vermitteln können. Das Gebäude war riesig. Ursprünglich hatte dort wohl einmal eine konventionelle Villa gestanden, deren Rückseite den Bergen zugekehrt war, während die Vorderfront auf den See blickte, doch Galeazzo hatte alles verändert und einen Architekten beauftragt, das Anwesen nach seinen Launen und Einfällen umzubauen.

In der Mitte des Innenhofs hatte er einen gigantischen Brunnen errichten lassen und ihn mit Blumenrabatten umgeben. Links von mir umschloß eine Bogenhalle, die an ein römisches Aquädukt erinnerte, eine Reihe von Hundezwingern – der Dichter war ein großer Liebhaber von Windhunden und Hunderennen gewesen. In der Mitte, direkt vor mir, befand sich der älteste Teil des Hauses, kaum auszumachen unter den mächtigen steinernen Oberschwellen und Stuckornamenten, die Galeazzos Architekt hinzugefügt hatte und die sich leuchtend weiß von dem hellgelben Putz abhoben. Auf der rechten

Seite schließlich befand sich Galeazzos berühmter Anbau, ein enormer Flügel, der noch während seiner Entstehung so oft verändert und erweitert worden war, daß er an die Bauklötzchenkonstruktion eines Kindes erinnerte. Seine Ecken und Kanten wurden jedoch von Glyzinienkaskaden geglättet, die die oberen Stockwerke wie Königspurpur umhüllten und an einer Seite bis auf den Boden fielen.

Endlich selbst vor Il Piacere zu stehen machte mich sprachlos, und ich versuchte mir vorzustellen, was Celia die Erste empfunden haben mochte, als sie wie ich am Ende eines langen Winters aus dem feuchten, grauen London hier eingetroffen war. Zwar sah das Gebäude damals anders aus, denn ein großer Teil hatte sich noch im Bau befunden, aber der Brunnen war schon dagewesen und der baumgrüne Berg hinter den Ziegeldächern und der alles umgebende Duft der Gärten.

Das Geräusch einer zufallenden Tür riß mich zurück in die Gegenwart. Es war unmöglich zu sagen, welche der Türen den Haupteingang darstellte – sie wirkten alle hochherrschaftlich mit ihren Treppen und schmiedeeisernen Geländern.

Eine Frau kam über den Hof auf uns zu, und mein Herz machte einen kleinen, feigen Satz, aber ich entspannte mich, als ich sah, daß es nicht Madeleine Hedrick war. Diese Frau war jünger, etwa Mitte Dreißig, und rundlicher. Sie hatte schwarze, glatt zurückgestrichene Haare und einen geschäftigen Gang.

»Ah, sehr gut, da ist Teresa«, sagte Nicholas. »Sie wird sich um alles kümmern.«

Sie wirkte in der Tat wie eine Frau, die sich sehr tüchtig um alles kümmerte. Bekleidet mit schwarzer Bluse, schwarzem Rock und flachen Schuhen, die auf das Kopfsteinpflaster hämmerten, strahlte sie vor allem Kompetenz aus. Ihr Gesicht war reizlos und unauffällig, aber ihre Augen blickten hellwach und richteten sich beim Näherkommen prüfend auf uns. Ich sah, wie sich ein Stirnrunzeln bildete, als sie unsere aufgelöste Erscheinung bemerkte. Dann wandte sie sich an

Nicholas, der immer noch meinen Koffer trug, und das Stirnrunzeln drückte für einen Augenblick Besorgnis aus.

»Giancarlo ist nicht bei Ihnen?« Ihr Englisch war mühsam, aber verständlich, ihre tiefe Stimme klang angenehm.

Nicholas schüttelte den Kopf. »Nein, Ihr Mann ist offenbar gar nicht am Bahnhof aufgetaucht.«

»Wir sind mit dem Bus gekommen«, ergänzte Den. Er hatte wohl ebenfalls die Besorgnis im Gesicht der Frau bemerkt und versuchte, charmant wie immer, sie mit einem Lächeln zu beruhigen. »Wir haben ihn wahrscheinlich nur irgendwie verpaßt.«

Teresas dunkler Blick maß Den sorgfältig und schien zu einem zufriedenstellenden Ergebnis zu kommen. »Ja«, sagte sie, »Giancarlo vergißt manchmal die Zeit.« Dann zu uns allen: »Sie sind bestimmt müde. Kommen Sie, ich zeige Ihnen die Zimmer.«

Meine Beinmuskeln zitterten protestierend, als ich ihr über das Kopfsteinpflaster folgte und die Stufen zu einer schweren Tür aus dunklem Holz hinaufstieg, die von einer seltsamen Stilmischung aus korinthischen Säulen mit Putten und Dämonenfratzen eingerahmt war.

Innen hatte ich ein paar Sekunden lang das Gefühl, erblindet zu sein. Das durch die Tür einfallende Tageslicht konnte die Eingangshalle kaum erhellen. Ich mußte stehenbleiben und warten, bis sich meine Augen an die Dunkelheit gewöhnt hatten, ehe ich die holzgetäfelten Wände rundum sah, die jahrelanges Polieren fast schwarz gefärbt hatte. Die niedrige Decke war ebenfalls holzgetäfelt, unterbrochen von Rechtecken aus Damastseide in einer matten Farbe, grün vielleicht oder braun. Auf dem Dielenboden erstreckte sich ein Orientläufer, schwarz mit einem Muster aus Rosa und Gold, bis hinauf auf eine geschwungene Treppe, die der einzige Ausweg aus diesem fensterlosen Verlies zu sein schien.

Den stöhnte beim Anblick der Treppe, worauf Teresa sich ermutigend umdrehte. »Das ist der beste Weg zu den Zimmern, geht am schnellsten.«

Nicholas nickte. »Sie hat recht, vom Haupteingang aus ist

es noch viel weiter, endlose Flure. Das Haus ist das reinste Labyrinth«, klagte er. »Ich verlaufe mich immer noch.«

»Immer noch?« fragte Rupert verwundert. »Ich dachte, Sie wären selbst gerade erst angekommen.«

»Wir sind seit gestern hier. Maddy wollte sich schon mal ein bißchen einrichten. Sie reist nicht gern.«

»Verstehe«, sagte Rupert. »Wo ist sie denn jetzt?«

»Sie ruht sich aus. Aber sie kommt bestimmt auf einen Drink herunter, jetzt, wo wir alle versammelt sind.«

Die Vorstellung hatte für mich immer noch etwas Unwirkliches: Drinks mit Madeleine Hedrick – es war fast so unglaublich wie Tee bei der Queen. Ich hatte mir überlegt, was ich bei unserer ersten Begegnung sagen würde, eine kleine Rede, nicht zu förmlich und nicht zu vertraulich, etwas, das Selbstvertrauen und Reife erkennen ließ ...

»Celia, Liebes, paß auf.« Rupert drückte mit väterlicher Hand meinen Kopf unter den niedrigen Deckenbalken am oberen Ende der Treppe.

»Oh, danke.« Beim Wiederaufrichten sah ich schmale Korridore in drei verschiedene Richtungen abgehen, deren Wände wie die Eingangshalle unten in einem dunklen Holz getäfelt waren. Ich kannte mich mit Holz nicht aus, aber als ich mit der Hand darüberstrich, fühlte es sich glatt und edel an.

»Hier lang«, sagte Teresa und führte uns nach links.

Langsam verstand ich, daß man sich hier verlaufen konnte. Ich fühlte mich wie eine Versuchsratte im Labyrinth, als wir mal hier, mal dort abbogen und an zahllosen Türen, dämmerigen Alkoven und noch mehr Korridoren vorbeikamen, die von bernsteinfarbenen Art-déco-Wandleuchten erhellt wurden.

»Dieses Zimmer ist für Signor Neville«, sagte Teresa und blieb wartend vor einer Tür stehen. Ich verstand zuerst nicht, worauf sie wartete, doch dann wurde mir klar, daß sie natürlich nicht wußte, wer das war. »Es ist ein kleines Zimmer«, fügte sie hastig hinzu, als Rupert eintrat, »aber es gibt viele Bücher, und Signor D'Ascanio sagte, Sie würden sie mögen.«

»Und ob.« Rupert verharrte an der Tür und sah sich um.

Ich konnte nicht viel erkennen, außer einem Stück gelbgestreifter Tapete und einem halben Fenster mit geschlossenen Läden. »Ein schönes Zimmer, es gefällt mir sehr«, sagte er lächelnd zu Teresa und dehnte das Lächeln dann auf uns alle aus. »Ich denke, ich werde mich zuerst ein wenig frisch machen und umziehen. Wo treffen wir uns später?«

»Am besten auf der Terrasse.« Nicholas beschrieb ihm den Weg. »Wenn Sie sich verirren, klopfen Sie einfach ein S.O.S. an die Wand, dann kommen wir Sie suchen.«

»Prima Idee.«

Damit mußten nur noch Den und ich untergebracht werden. Zwei Türen weiter hielt Teresa wieder an. »Signor O'Malley.« Von diesem Zimmer konnte ich mehr sehen: ein hohes Fenster mit blauen Samtvorhängen, ein langer Schreibtisch mit einem Spiegel darüber, ein Bettpfosten. Den wirkte zufrieden. Er ließ seine Taschen fallen und übergab Nicholas meinen zweiten Koffer. »Hier Nick, der gehört Celia. Ich glaube, er enthält ihre Steinsammlung. – Wo werden Sie wohnen?« fragte er mich.

»Signorina Sands«, verkündete Teresa mit einem Anflug von Mißbilligung, »wohnt im Damenflügel.«

»Ach so, natürlich, im Damenflügel. Hätte ich mir ja denken können.« Den grinste breit. »Dort hatte der alte Galeazzo wohl seine Geliebte untergebracht.«

»Und die anderen weiblichen Gäste«, sagte Nicholas augenzwinkernd. »Der alte Schwerenöter.«

»Tja, wir können nicht alle sein Stehvermögen haben.« Den stieß seine Taschen mit dem Fuß ins Zimmer, damit er die Tür schließen konnte. »Bis gleich.«

Teresa marschierte weiter den schwach beleuchteten Flur entlang, doch nun mit einem so grimmigen Gesichtsausdruck, daß ich mich schon fragte, ob ich ihr nicht gut genug für den Damenflügel war.

Wir mußten die Köpfe einziehen, als wir durch einen niedrigen Gang kamen, der das Haupthaus mit dem Flügel verband, doch auf der anderen Seite wölbte sich die Decke auf einmal kathedralenartig hoch über einem breiten, U-förmigen Treppenabsatz. Eine schmale Treppe wand sich graziös von unten herauf und wurde von einem Oberlicht aus Buntglasscheiben erhellt, die farbige Lichtflecken auf die dunklen Perserteppiche warfen.

Vier Türen gingen von diesem Treppenabsatz ab: eine einzelne auf meiner rechten Seite und drei über Eck liegende auf der linken. Als Teresa mich zur letzten dieser drei führte, deutete Nicholas auf die einzelne Tür rechts.

»Das ist Maddys Zimmer«, sagte er. »Ihr beide habt diesen Flügel ganz für euch. Und die Treppe dort führt hinunter in den Gang zum Eßzimmer. Das ist auch der einfachste Weg zur Terrasse – wenn Sie unten sind, gehen Sie nach links, dann wieder nach rechts und immer geradeaus.«

Ich hörte ihm nur mit halbem Ohr zu, denn inzwischen hatte Teresa die Tür aufgestoßen und gab den Blick auf den Raum dahinter frei.

II

Ich traute mich fast nicht, über die Schwelle zu treten, aus Angst, etwas kaputtzumachen.

»Das ist Ihr Wohnzimmer«, sagte Teresa und ging mir voraus in den hohen, golden und weiß schimmernden Raum mit den langen Bogenfenstern. Sie öffnete die Fensterläden und zog mit geübter Hand die transparenten, weißen Vorhänge zurück, um das Licht hineinzulassen.

Nicholas setzte meine Koffer auf dem weichen Teppich ab und pfiff anerkennend durch die Zähne. »Mein Gott, und ich habe Maddys Zimmer schon für Luxus gehalten. Ist bestimmt schön, der Liebling des Produzenten zu sein.«

»Das bin ich nicht«, entgegnete ich scharf, doch weil ich

niemanden brüskieren wollte, fügte ich hinzu: »Hören Sie, ich tausche gern mit Mrs. Hedrick, wenn sie lieber dieses Zimmer hätte. Ich muß wirklich nicht ...«

»Keine Sorge«, beruhigte er mich. »Maddy ist nicht so eitel und egozentrisch.« Er strich seine Haare zurück und sah sich noch einmal um. »Wirklich nicht schlecht.«

Damit ging er ab und ließ mich mit Teresa allein. Der Blick, den sie ihm nachsandte, ließ mich vermuten, daß sie nicht allzu viel von dem berühmten Nicholas Rutherford hielt. »Dort ist Ihr Badezimmer«, sagte sie, auf eine Tür am anderen Ende des Raums zeigend. »Und dahinter das Schlafzimmer.«

»Danke.« Weil ich mich mit ihr gut stellen wollte, dankte ich ihr noch einmal auf italienisch, was dank Ruperts Aussprachetraining ganz gut gelang: »Grazie.«

»Prego«, antwortete sie, ehe sie mit einem letzten mißbilligenden Funkeln hinausging.

Als sich die Tür hinter ihr geschlossen hatte, ließ ich mich in die Umarmung eines dick gepolsterten Sofas fallen und genoß seine Bequemlichkeit und die ganze noble Einrichtung. Aber ich konnte nicht lange stillsitzen. Es gab zuviel zu sehen und zu entdecken. Ich stand auf und ging hinüber zu den Fenstern.

Die Aussicht war noch umwerfender, als ich erwartet hatte. Mir wurde erst klar, wie hoch wir uns befanden, als ich die spitzen Wipfel der Zypressen unter mir steil zum See abfallen sah, ein dunkler, wohlriechender Wald, in dem sich die Gärten der Villa wie ein verstecktes Paradies aus terrassierten Rasenflächen und schattigen Hainen ausbreiteten. Überall wuchsen Blumen, und schmale Pfade schlängelten sich zwischen unterschiedlich angelegten Grünflächen und zahllosen anderen Baumarten hindurch, von denen ich die meisten nicht kannte. Die flammende Herrlichkeit der Blutbuche direkt unter meinem Fenster war mir vertraut, und die Olivenbäume identifizierte ich an ihren silbrig-grünen Blättern und knorrigen Stämmen, doch der Rest kam mir wunderbar fremd und exotisch vor.

Die Luft war erfüllt von einem köstlichen Duft und unaufhörlichem Vogelgezwitscher, dessen übermütiger Klang meine gute Stimmung wiederherstellte. Auf einmal war es nicht mehr wichtig, daß wir so weit hatten zu Fuß gehen müssen oder daß Teresa mich anscheinend nicht für würdig befand, in der Privatsuite Celias der Ersten zu residieren. Oder daß ich in einer halben Stunde einen Drink neben Madeleine Hedrick schlürfen mußte, die mich höchstwahrscheinlich wegen der Sünden meiner Mutter verabscheute. Nichts zählte mehr, außer daß ich hier war, in diesem wunderbaren Zimmer über dem sonnenbeschienenen See, wo der schneebedeckte Gipfel und seine lavendelfarbenen Nachbarn zum Fenster hereingrüßten und ein waldiger Hügel wie ein Schild in meinem Rücken aufragte.

Begierig, auszupacken und mich einzurichten, zerrte ich einen meiner Koffer durch das angrenzende Bad – eine Oase aus grünem Marmor und Messing – ins Schlafzimmer.

Eigentlich hätte mir das Bett zuerst auffallen müssen, das eine Augenweide war: ein barockes, in zarten Tönen bemaltes Gestell, mehrere weiche Kissen am Kopfteil und eine elfenbeinfarbene Tagesdecke aus feinstem Damast. Auch die Fenster mit den opulenten Vorhängen hätte ich bemerken müssen, das eine an der Schmalseite gegenüber und die beiden zu meiner Linken, die vom Boden bis zur Decke reichten und auf einen Balkon hinausführten. Auf jeden Fall hätte mich die Frisierkommode mit dem Marmoraufsatz in Entzücken versetzen müssen, die in der Ecke neben dem Kleiderschrank stand, denn ich hatte mir schon immer eine Frisierkommode gewünscht. Doch das einzige, was in diesem ersten Moment meinen Blick auf sich zog, war das Porträt von Celia.

Es war allerdings auch als Blickfang gedacht. Lebensgroß hing es genau über dem Bett und wirkte so lebendig, daß die Dargestellte zu atmen und mich anzustarren schien.

Noch überraschter war ich, als ich plötzlich eine Stimme hörte, die Stimme einer Frau, die aus dem Nichts zu mir sprach. »Ich hoffe, Sie werden mir verzeihen.«

Mein Herz setzte für einen Moment aus, aber noch während dieses Anflugs von Panik wußte ich, daß es keine Stimme aus dem Jenseits war. Ich hätte die Sprecherin auch erkannt, wenn ich nicht rechtzeitig herumgefahren wäre, um zu sehen, wie sich einer der Vorhänge vor den hohen Balkontüren bauschte.

»Ich weiß, es ist furchtbar unhöflich von mir«, sagte Madeleine Hedrick, während sie vom Balkon hereintrat, »aber ich dachte, unsere erste Begegnung sollte unter vier Augen stattfinden.«

Ich hatte sie noch nie aus der Nähe gesehen. In meiner Schulmädchenerinnerung an Lady Macbeth war sie hoheitsvoll und herrisch, und in den Talkshows im Fernsehen wirkte sie immer gertenschlank und groß, weshalb es mich jetzt ziemlich verblüffte, einer Frau gegenüberzustehen, die kleiner war als ich und von so zierlicher Statur, daß ich mir dagegen wie ein Trampeltier vorkam.

Ihre Stimme jedoch klang kräftig und wohlmoduliert. »Habe ich Sie erschreckt? Das tut mir leid. Normalerweise pflege ich nicht bei anderen einzudringen, aber mir fiel keine andere Möglichkeit ein.« Wie Nicholas stellte auch sie sich nicht vor, und sie gab mir auch nicht gleich die Hand. Statt dessen blieb sie zunächst nahe der Balkontür stehen, den Kopf leicht geneigt, als stünde sie auf der Bühne und wartete auf ein Stichwort aus den Kulissen.

Auch ich hätte gut einen Souffleur gebrauchen können. Die hübsche kleine Rede, die ich mir ausgedacht hatte, war wie aus meinem Gedächtnis gefegt. Wortlos sah ich sie an.

»Hatten Sie eine gute Reise?« fragte sie endlich.

Darauf konnte ich antworten. »Ja, danke.«

»Ich ziehe normalerweise auch den Zug dem Fliegen vor. Eine viel zivilisiertere Art zu reisen, und außerdem kann man die Landschaft betrachten, während man vom Flugzeug aus meist nur Wolken sieht. Und wenn Nicky fährt, sieht man auch vom Auto aus nichts als einen verschwommenen Streifen.« Sie lächelte. Dann ging sie zu dem breiten Bett und setzte sich, so daß ich sie nun ungehindert betrachten konnte: die einfache, klare Linie ihres cremefarbenen Kleides, die lockigen, dunklen Haare mit dem kurzen Schnitt, der zu ihrem Markenzeichen geworden war, das weiche, gerundete Gesicht mit den charmanten Grübchen und die großen, schwarzen Augen, die je nach Wunsch streng oder sanft, unschuldig oder tragisch blicken konnten. Im Moment hatten sie sich auf kein Gefühl festgelegt, sondern beobachteten mich wie ein Grenzposten, der ziemlich sicher ist, daß sein Gegenüber die Parole kennt, aber jederzeit in Verteidigungsstellung gehen kann.

Ich machte noch einen Versuch, mich an meine Rede zu erinnern, gab es aber gleich wieder auf und sagte schlicht: »Sie können sich gar nicht vorstellen, wie aufregend es für mich ist, Sie endlich kennenzulernen.«

»Wie nett von Ihnen.«

»Nein, ich meine es ganz ehrlich. Sie waren schon immer mein Vorbild, Ihretwegen bin ich überhaupt Schauspielerin geworden. Ru – ich meine Rupert«, verbesserte ich verlegen den kindischen Spitznamen, »Rupert Neville hat immer versucht, mich davon abzubringen.« Wie oft hatte er mir gepredigt, daß im Grunde jeder Beruf besser sei als ein Theaterberuf, sogar Kindergärtnerin sei besser für die Nerven. »Aber dann haben wir einen Schulausflug nach Stratford gemacht, und ich habe Sie als Lady Macbeth gesehen und … na ja, ich kann nicht genau beschreiben, was damals mit mir passiert ist, aber danach wollte ich nur noch Theater spielen.« Das klang alles albern und kitschig, und ich hätte mich am liebsten dafür geohrfeigt. Und warum hatte ich bloß die Schule erwähnt? Es war höchst undiplomatisch, um nicht zu sagen unhöflich, eine ältere Schauspielerin an unseren Altersunterschied zu erinnern.

Doch ein verstohlener Blick zu Madeleine Hedrick sagte mir, daß ich wundersamerweise das Richtige gesagt hatte; ich hatte die Parole genannt. Sie entspannte sich und nahm eine bequemere Haltung ein, verschränkte ihre Finger um die Knie. »Wie schön, das zu hören. Ich wußte nicht, daß ich so inspirierend sein kann.« Sie lächelte charmant. »War das Dennis O'Malley, der eben mit Ihnen gekommen ist?«

Sie hat uns also beobachtet, dachte ich, ehe ich bejahte und erklärte, daß er in letzter Minute für den anderen Inspizienten eingesprungen war.

»Ich habe Dennis jahrelang nicht gesehen«, sagte sie. »Ist er immer noch so unverbesserlich?«

Unverbesserlich war eine treffende Bezeichnung, fand ich. »Und ob.«

»Ein Glück. Ich hatte schon befürchtet, das Alter könnte ihn gezähmt haben. Es verändert uns alle, wissen Sie, das Alter.« Aber es hatte Madeleine nicht schlecht behandelt. Sie mußte etwa so alt wie meine Mutter sein, Ende Vierzig, Anfang Fünfzig, doch soweit ich es sehen konnte, verdankte *sie* ihre jugendliche Erscheinung nicht dem Messer eines Schönheitschirurgen. Immer noch lächelnd stand sie auf. »Sie wollen sich bestimmt etwas herrichten nach der langen Reise. Ich hätte früher daran denken sollen. Das ist mein schlimmster Fehler«, vertraute sie mir an, »daß ich zu gedankenlos bin. Nicky hält mir das immer vor. Ich vermute«, fuhr sie fort und lud mich mit einer Geste ein, sie ins Wohnzimmer zu begleiten, »daß er vorhat, uns alle zu einem Drink auf der Terrasse zu versammeln?«

»So ist es geplant, ja.«

»Dachte ich mir. Das ist der Schauspieler in ihm, verstehen Sie. Drinks auf der Terrasse einer italienischen Villa – was für eine Kulisse. Doch die Terrasse hier ist wirklich einmalig, muß ich zugeben. Kennen Sie den Weg?«

Getreulich wiederholte ich Nicholas' Anweisungen. »Zuerst die Treppe hinunter, dann links, dann rechts und immer geradeaus.«

Sie drehte sich an der Tür noch einmal um und zeigte wieder dieses bezaubernde Lächeln, das aus der Nähe genauso wirkungsvoll war wie vom obersten Rang eines Theaters betrachtet. »Ich sehe Sie dann dort.«

Mir war, als hätte sie mir mit diesem Satz eine Art Segen erteilt oder als hätte ich eine Probe bestanden.

Während ich meinen Koffer auspackte, ging ich das Gespräch in Gedanken noch einmal durch und korrigierte wie so oft im nachhinein meine Worte. In dieser bearbeiteten Version stand ich natürlich am Ende weniger tölpelhaft da, aber ich war mir nach wie vor nicht sicher, ob wir mehr erreicht hatten, als das Eis zu brechen. War ihre Bemerkung »Sie wollen sich bestimmt etwas herrichten« einfach nur rücksichtsvoll oder vielleicht doch gehässig gemeint gewesen?

Als letztes nahm ich den Gedichtband »The Season of Storms« aus dem Koffer. Ich hatte ihn nicht in erster Linie als Bettlektüre mitgenommen – obwohl die Gedichte nach dem, was ich bisher gelesen hatte, einschläfernd zu wirken versprachen –, sondern weil es die Gedichte an Celia waren und es mir beinahe wie eine Beschwörung ihres Geistes vorkam, dieses Buch auf dem Nachttisch liegen zu haben ... Es war eine Verbindung zu der Frau, die einst in diesem Zimmer, in diesem Bett geschlafen hatte und bei der Aussicht auf Drinks mit einer berühmten Kollegin sicher keinerlei Nervosität gezeigt hätte.

Aber schließlich war Celia die Erste selbst berühmt gewesen, während ich ein Niemand war, eine Hochstaplerin.

Meine Exmitbewohnerin Sally hatte immer behauptet, Räume würden die Energien der Menschen, die in ihnen gelebt haben, absorbieren und wieder ausstrahlen. Ich wünschte in diesem Moment, daß es so wäre. Ich hätte gern geglaubt, daß etwas von dem Selbstbewußtsein und dem Talent der ersten Celia auf mich abfärbte.

Zweifelnd sah ich zu dem Porträt auf und betrachtete ihr Gesicht. Ihre wissenden Augen schienen freundlich zurückzublicken. »Auf was habe ich mich da nur eingelassen?« fragte ich sie. Als keine Antwort kam, suchte ich seufzend meine zerknitterten Sachen zusammen und ging, um mir ein Bad einzulassen.

III

»Zuerst links«, sagte ich mir vor, »und dann rechts.« Die schmale Treppe des Damenflügels hatte mich in einen ebenfalls schmalen Gang geführt, der das Licht von den Buntglasscheiben hoch oben schluckte. Es gab mehrere Türen hier, doch ich hielt mich an Nicholas' Beschreibung, wandte mich nach links und folgte dem Gang bis zu einer weiteren Tür, durch die ich einen langen Tisch, umringt von gobelinbezogenen Stühlen, erspähte. Dahinter machte der Korridor einen Knick nach rechts. Ich sah Tageslicht und spürte ein frisches Abendlüftchen auf meinem Gesicht, das ungehindert durch die weit offenstehende Bleiglastür wehte und mich hinaus auf die Terrasse lockte.

Ich kannte sie bereits von einem Bild. Das berühmteste oder zumindest verbreitetste Foto von Galeazzo D'Ascanio zeigte ihn in hohem Alter auf dieser Terrasse, wo er auf einem Liegestuhl mit dem Rücken zur Brüstung ruhte und sich einem seiner geliebten Windhunde zuneigte. Es war ein beeindruckendes Porträt – man konnte in dem faltendurchzogenen Gesicht, dem Lächeln und der Haltung jene seltsame Mischung aus Arroganz und Verletzlichkeit ablesen, die auch sein Leben und Werk kennzeichnete. Als ich das Foto zum erstenmal sah, glaubte ich verstehen zu können, weshalb Celia die Bühne und ihre Familie und Freunde aufgegeben hatte, um mit einem Mann zusammenzuleben, der fast dreimal so alt war wie sie. Doch als ich nun auf dieser Terrasse stand, war mein einziger Gedanke: Wie hatte er all dem hier nur den Rücken zukehren können?

Denn die Aussicht war wirklich unglaublich. Es war, als hätte ich einen Schlag vor die Brust bekommen, der mir den Atem raubte, und ich sehnte mich nach einer Kamera, wohl wissend, daß keine Kameralinse das einfangen konnte, was ich gerade mit eigenen Augen sah.

So hoch waren wir über dem See, so steil fielen die zypressenbewachsenen Hügel zu dem kleinen Ort unten ab, daß ich mir einbildete, auf dem Gipfel der Welt zu stehen, wo sich nichts über mir befand als das tiefblaue Himmelszelt.

Es war Den, der mich wieder auf den Boden zurückbrachte. »Na endlich«, sagte er und hob sein Glas. »Wir dachten schon, wir müßten ein Rettungskommando losschicken.«

Mir war nicht bewußt, daß ich so lange gebraucht hatte, doch alle anderen waren schon da und hatten sich dekorativ verteilt: Nicholas ging am anderen Ende auf und ab, während Madeleine in einem gestreiften Liegestuhl saß und mit Rupert plauderte, der nicht weit von Den in der Nähe der Brüstung stand. Vier Personen sollten einen Raum einigermaßen ausfüllen können, aber die Terrasse war so riesig, daß sie immer noch leer wirkte und der Weg über die Steinplatten zu den anderen endlos schien.

Madeleine unterbrach ihr Gespräch und drehte sich ein wenig in dem Liegestuhl, um mir entgegenzusehen. Auch sie hatte sich umgezogen und trug nun an Stelle des cremefarbenen Kleids einen lässigen Hosenanzug und einen türkisfarbenen Schal um die dunklen Haare. Es wunderte mich, daß sie sich die Mühe gemacht hatte, etwas anderes anzuziehen, da sie vorher doch schon so elegant gewesen war. Als hätte sie sich extra für unsere erste Begegnung fein gemacht, als hätte sie den Schutzpanzer eines Designerkleids gebraucht und wäre sich hinterher ihrer Überlegenheit so sicher gewesen, daß sie nun tragen konnte, wonach ihr der Sinn stand.

Die harmlosere Erklärung war natürlich, daß sie das Kleid zum Mittagessen mit Nicholas in einem piekfeinen Restaurant getragen und sich nur der Bequemlichkeit halber umgezogen hatte. Trotzdem war ich auf der Hut.

Sie legte eine Hand über die Augen, als sie mir entgegensah. »Hallo noch mal.«

Das brachte Rupert, der uns gerade miteinander bekannt machen wollte, ins Stocken. »Oh, ihr kennt euch schon?«

»Ja, wir sind uns oben zufällig begegnet«, sagte Madeleine.

»Kommen Sie, Celia, trinken Sie etwas mit uns. Wir bedienen uns einfach selbst, weil sie heute zuwenig Personal haben.«

»Ja, irgend etwas ist da faul«, sagte Den mit geheimnistuerischer Miene. »Ich habe Teresa beim Telefonieren belauscht, als ich herunterkam. Offenbar ist das betreffende Mädchen heute morgen zur gleichen Zeit wie immer aus dem Haus gegangen, fertig angezogen für die Arbeit. Ihre Familie macht sich große Sorgen.«

»Ich hoffe, ihr ist nichts passiert«, sagte Madeleine. »Sie hat uns gestern das Abendessen serviert, ein nettes kleines Ding.«

»Ach, sie wird schon wieder auftauchen«, meinte Den.

»Wer soll wieder auftauchen?« wollte Nicholas wissen, der mit einer Zigarette in der Hand zu uns herübergeschlendert kam.

Madeleine sah zu ihm auf. »Das kleine Hausmädchen, das heute nicht zur Arbeit gekommen ist.« Sie berichtete ihm, was Den mitgehört hatte.

Nicholas' Reaktion darauf hatte nichts mit dem Mädchen zu tun. »Sie sprechen Italienisch?« fragte er Den erstaunt.

»In dem Block, wo ich aufgewachsen bin, sprach die Hälfte aller Kids Italienisch. Das hat abgefärbt.«

»Aha.« Ich wußte nicht, wie gut Nicholas' Italienisch war, aber er schien sich etwas darauf einzubilden. Er wird noch enttäuschter sein, wenn er herausbekommt, daß Rupert ebenfalls Italienisch kann, dachte ich belustigt. Menschen wie Nicholas Rutherford standen am liebsten in der Mitte der Bühne und teilten das Rampenlicht nicht gern mit anderen. »Jedenfalls«, sagte er zu Madeleine, »würde ich mir um die Kleine keine Sorgen machen. Ich kann mir nicht vorstellen, was ihr in dieser Gegend passieren sollte.« Mit einem boshaften Lächeln fügte er hinzu: »Vielleicht ist sie ja mit Giancarlo durchgebrannt. Ziemlich verdächtig, daß sie beide gleichzeitig verschwunden sind. Zumal Teresa nicht gerade eine Schönheit ist.«

»Nicky, hör auf. Du hast eine schmutzige Phantasie«, tadelte Madeleine, wenn auch scherzend. »Mach dich lieber nützlich und hol Celia was zu trinken.«

Ich sah den Ausdruck in seinen Augen, bevor er sie anlächelte, und wußte sofort, daß er in meinem Shakespearespiel die Rolle des Macbeth bekäme. Er hatte dessen Eitelkeit und den selbstsüchtigen Ehrgeiz und würde wie Macbeth wahrscheinlich alles tun, um zu bekommen, was ihm seiner Meinung nach zustand. Nach diesem kurzen Einblick in seinen Charakter blieb das Lächeln, das er nun auf mich richtete und bei dem viele Frauen weiche Knie bekommen hätten, gänzlich ohne Wirkung. »Was möchten Sie? Es gibt Sherry oder Wodka-Martini, Sie haben die freie Auswahl.«

Ich entschied mich für einen Martini, gesellte mich dann zu Rupert und genoß das Streicheln des Windes auf meinem Gesicht, während ich auf den See hinunterblickte. »Schön, nicht?«

Rupert nickte. »Ja, sehr. Kein Wunder, daß die Gegend schon bei den Römern ein beliebtes Urlaubsziel war. Sie haben sich hier Ferienvillen gebaut und Trinkkuren gemacht. In der Nähe gibt es irgendwo Mineralquellen, soweit ich weiß.«

»In Sirmione, glaube ich«, erinnerte sich Den.

Ich merkte, wie Rupert ein entnervtes Stöhnen unterdrückte, weil er schon wieder ausgestochen worden war, aber Den, der nichts davon merkte, erzählte munter weiter. »Ich glaube, die Römer haben sogar Thermen dort gebaut.« Er deutete mit der Hand auf das südliche Ufer, über die zerklüftete Landzunge hinaus, die unsere Sicht in diese Richtung versperrte. »Es sind noch ein paar Ruinen erhalten, wenn man dafür etwas übrig hat.«

Ich sah ihn an. »Sie nicht?«

Er zuckte die Achseln, ohne sich festzulegen, doch Madeleine sagte: »Also, ich bin ganz verrückt danach.«

Nicholas, der sich einen neuen Drink geholt hatte, trat wieder zu uns. »Wonach bist du verrückt?«

»Nach Ruinen.«

»Dann mußt du dieses Haus lieben«, erwiderte er. »Der Verputz an der Wand dort drüben wartet nur auf den nächsten Platzregen, um herunterzukommen.« Er klopfte seine Asche über der Brüstung ab und gähnte. »D'Ascanio hat sich ganz schön was vorgenommen, wenn er diesen Kasten restaurieren will.«

Ich betrachtete die hohe, gelbe Fassade. »Aber er wird doch von der Forlani-Stiftung unterstützt, oder?« Ich kannte die Stiftung vom Hörensagen. Im vergangenen Jahr hatte ich einmal einen Fernsehbericht über eines ihrer Restaurierungsprojekte in der Nähe von Florenz gesehen und war sehr beeindruckt gewesen. Ziel und Zweck der Organisation war es, alte Anwesen in Italien aufzukaufen und wiederherzustellen, gemäß dem Wunsch ihres verstorbenen Gründers, des Industriemagnaten und Kunstliebhabers Forlani. Seine Witwe saß immer noch im Verwaltungsrat und kümmerte sich höchstpersönlich um die laufenden Projekte. Sie war zwar in dem Bericht nicht aufgetaucht, aber da ihr Mann über neunzig war, als er starb, ging ich davon aus, daß sie ihre Arbeit nicht mehr ohne Gehhilfe leisten konnte.

Nicholas räumte ein, daß die Stiftung eine große Hilfe für D'Ascanios Enkel sein mußte. »Aber gestern beim Abendessen hat er erzählt, daß es Zimmer gibt, in die sie bisher noch nicht mal einen Blick geworfen haben, stimmt's, Maddy?«

»Ja, es ist sicher keine leichte Aufgabe.«

Den setzte sein Glas ab und verschränkte die Arme. »Was haltet ihr denn so von D'Ascanio?«

»Er ist sehr nett, glaube ich«, sagte Madeleine.

»Ziemlich still.« Nicholas stieß eine Rauchwolke aus. »Hat beim Essen nicht mehr als nötig gesagt. Ich denke, er wußte nicht so recht, was er mit uns anfangen sollte.«

Rupert nickte zustimmend. »Er fühlt sich nicht sehr wohl in fremder Gesellschaft, das ist mir auch aufgefallen, als wir uns in London getroffen haben.«

Madeleine vermutete, das müsse mit seiner Kindheit zusammenhängen. »Einsamer reicher Junge und all das.«

»Und woher hat er sein ganzes Geld?« fragte Den. »Ist es alles geerbt, oder was?«

Niemand wußte es. Nicholas meinte, es sei noch nicht einmal bekannt, womit D'Ascanios Vater seinen Lebensunterhalt verdient habe.

Den grinste. »Na, man kennt ja die Italiener.« Er nahm die heiser-näselnde Stimme eines Hollywood-Mafiabosses an: »Sie machen wahrscheinlich in Olivenöl.«

»Glaube ich irgendwie nicht«, entgegnete Nicholas nüchtern. »Warten Sie ab, bis Sie ihn gesehen haben. Außerdem haben diese Mafiatypen alle Namen wie Guido und Vito und Tony, nicht Alessandro.« Er dehnte den Namen übertrieben in die Länge. »Nein, ein *Alessandro* ist kein Killer. Eher ein Opernsänger oder ein Zauberkünstler.« Mit ausgebreiteten Armen und dem Schwung eines Varieté-Ansagers verkündete er: »Der große Alessandro D'Ascanio ... Das klingt vielleicht, was?«

Alle lachten, außer Rupert, der mit seinem sanften Blick an mir vorbeisah und hüstelte. Ich verstand sofort und wurde rot, noch bevor ich mich umdrehte.

Alessandro D'Ascanio war jünger, als ich gedacht hatte, sicher nicht über fünfunddreißig, und seine Haare hatten die gleiche Farbe wie Bryans, ein dunkles Goldblond oder helles Rotbraun, je nach Lichteinfall und Jahreszeit. Nur mit dem Unterschied, daß seine leicht gewellt waren. Seine Augen lagen im Schatten und waren nicht zu erkennen. Er stand hochgewachsen am anderen Ende der Terrasse zwischen zwei langbeinigen Windhunden, die ihre gestreiften Köpfe auf der Höhe seiner Knie ganz still hielten, unbeweglich wie Zwillingsstatuen.

Vielleicht ist er zu weit weg, um die Scherze über seinen Namen gehört zu haben, hoffte ich und beobachtete ihn gespannt. Schließlich streckte er eine Hand aus und berührte einen der Hunde hinter den Ohren. Seine Stimme drang klar zu uns herüber und hatte nur die Spur eines italienischen Akzents.

»Meine Mutter nannte mich Alex, falls Ihnen das leichter fällt«, sagte er gelassen. »Sie war Engländerin.«

Ich fühlte mich wie ein Kind, das beim Brüllen von unanständigen Wörtern auf dem Spielplatz erwischt worden war. Mein Gesicht brannte.

Madeleine Hedrick dagegen gelang es, die richtige Balance

zwischen Unbefangenheit und Entschuldigung zu finden. »Sie dürfen sich das nicht zu Herzen nehmen. Schauspieler haben bekanntermaßen schlechte Manieren.«

»Vor allem ich.« Nicholas sah nicht im geringsten zerknirscht aus, sondern eher amüsiert. »Tut mir leid, war nicht böse gemeint.«

»Ja, natürlich.« D'Ascanios Stimme vergab weder noch verurteilte sie, aber er erwiderte das Lächeln auch nicht. Als er aus dem Schatten heraustrat, sah ich, daß er ein höchst attraktiver Mann war, nicht so umwerfend gutaussehend wie Nicholas und auch kein geborener Charmeur wie Den, aber anziehend durch eine ruhige Stärke, die mein Interesse weckte. Er ging auf Rupert zu und streckte ihm die Hand entgegen. »Ich bin wirklich froh, daß Sie da sind. Bitte verzeihen Sie, daß Sie nicht am Bahnhof abgeholt wurden. Wie ich höre, haben Sie eine ganz schöne Tortur hinter sich.«

Rupert tat die Plagerei mit einem Schulterzucken ab. »War halb so schlimm. Wir haben es überlebt. Einigermaßen jedenfalls«, schränkte er ein, als er Dens Seitenblick auffing. »Alex, Sie und Dennis kennen sich noch nicht, oder?«

»Nein.« Er hatte ruhige, haselnußbraune Augen, die Den von Kopf bis Fuß musterten, als die beiden Männer sich die Hand gaben. Dann war ich an der Reihe.

»Und das ist … «

»Celia.« Es lag etwas Entschiedenes in der Art, wie er meinen Namen aussprach. Sein Blick wanderte einmal über mich hinweg wie bei Den, ohne daß sich sein Gesichtsausdruck veränderte. »Ich freue mich, Sie kennenzulernen.«

Es gefiel mir, daß er meine Hand nicht mit laschen Fingern kurz berührte, wie manche Männer es bei Frauen tun. Sein Händedruck war fest und warm und sehr sicher. Ich wünschte nur, er würde dazu lächeln, was meine Verlegenheit etwas gemildert hätte.

Ich räusperte mich und sagte das erste, was mir in den Sinn kam: »Sie haben ein wunderschönes Zuhause.«

»Danke.«

»Ja«, eilte mir Rupert zu Hilfe, »wir haben alle schon den Blick von Ihrer Terrasse bewundert.«

Alex D'Ascanio nickte und ließ meinen Blick los. »Das war angeblich einer der Lieblingsplätze meines Großvaters. Und meiner ist es auch.«

Rupert lächelte. »Wie ich sehe, teilen Sie noch eine weitere Vorliebe Ihres Großvaters.« Er deutete auf die Hunde, die gehorsam an der Seite ihres Herrn blieben, aber mit einer Ruhelosigkeit von einer Pfote auf die andere traten, die erkennen ließ, daß sie lieber draußen in den Bergen auf der Jagd wären.

Einer von ihnen drehte mir seinen langen Kopf zu und beäugte mich, als wollte er abschätzen, ob es sich lohnte, mit mir Freundschaft zu schließen, während Alex antwortete: »Ja, die beiden sind Abkömmlinge eines seiner preisgekrönten Hunde.«

»Tatsächlich?« Madeleine bot ihnen eine Hand dar. »Wie heißen sie?«

»Das hier ist Nero.« Er berührte den glatten Hals des Tieres. »Und der andere heißt Max.«

Max war der Kokette, der mir schöne Augen gemacht hatte. Als wüßte er, daß ich ihn durchschaut hatte, sah er unbeteiligt weg und schnupperte höflich an Madeleines Fingern.

»Ich hatte früher auch einmal Hunde«, sagte sie. »Corgis.«

Nicholas grinste. »Wie die Queen.«

»Nicht ganz, meine waren noch fetter. Aber damals hatten wir noch das Haus in Hampstead. Jetzt in der Wohnung könnten wir keine Hund halten, sie wären todunglücklich. Obwohl meine Tochter mich ständig vom Gegenteil überzeugen will.«

Mir war ganz entfallen, daß sie eine Tochter hatte. Während des Skandals mit meiner Mutter hatten die Zeitungen fiel Aufhebens darum gemacht, daß Madeleine und ihr Mann gerade erst ein kleines Mädchen bekommen hatten, doch danach war nichts mehr über das Kind zu hören gewesen. Madeleine hielt ihre Tochter offenbar von den Medien fern. Im Gegensatz zu meiner Mutter, die liebend gern mit mir vor den Kameras posiert hatte, zumindest, als ich noch klein war. Später verlor sie den Spaß daran, vor allem weil Rupert sie schlau darauf hingewiesen hatte, daß die Leute zwei und zwei zusammenzählen würden, wenn sie uns zusammen auf Fotos sähen. Meine Mutter haßte es, ihr Alter preiszugeben.

Ich nahm an, daß Madeleine als Schauspielerin denselben Komplex hatte, und war daher überrascht, als sie auf Dens Frage nach dem Alter ihrer Tochter ohne Zögern antwortete. »Sie ist jetzt zwölf. Geht aber stark auf die Zwanzig zu.«

»Eine echte Nervensäge«, sagte Nicholas.

»Wie die meisten Mädchen in ihrem Alter eben«, meinte Madeleine lächelnd. »Ich war selbst furchtbar. Es wundert mich heute noch, daß meine Eltern mich nicht in den Schrank gesperrt haben, bis ich achtzehn war.«

»Ich bin sicher, daß ihnen der Gedanke nie gekommen ist«, sagte Rupert liebenswürdig, aber an seinen leicht nach oben gebogenen Mundwinkeln erkannte ich, daß er sich nur allzugut an Szenen aus meiner Teenagerzeit erinnerte.

»Also, mir ist der Gedanke schon gekommen.« Nicholas klopfte eine Zigarette aus der Packung und tastete seine Hosentaschen nach einem Feuerzeug ab. »In bezug auf Poppy natürlich, nicht auf Maddy.«

»O Nicky ...«

»Keine Angst. Bis zum Ende des Halbjahres kann sich ja jetzt die Schule mit ihr herumärgern.«

»Geht sie aufs Internat?« fragte Den.

»Normalerweise nicht«, sagte Madeleine. »Sie ist eine Tagesschülerin, und wenn ich unterwegs bin, wohnt sie bei ihrem Vater. Nur diesmal ...«

»Diesmal«, entriß Nicholas ihr das Wort, »hat dieser selbstsüchtige Mistkerl behauptet, er könne sie nicht nehmen, so daß wir eine Vereinbarung mit der Schule treffen mußten. Wo zum Teufel ist mein Feuerzeug?«

»Ich habe es.« Madeleine reichte es ihm gelassen. Ich sah sie an und fragte mich, warum eine so schöne Frau mit soviel Klasse offenbar immer an die falschen Männer geriet.

»Danke.« Nicholas zündete sich seine Zigarette an und sah

zu Den hinüber. » Was ist los, O'Malley? Haben Sie etwa Angst vor Hunden?«

Den, der einen Schritt zurückgewichen war, als einer der Hunde sein Bein beschnupperte, zuckte mit den Schultern. »Lassen Sie mich es so sagen, ich habe großen Respekt vor allem, was Zähne hat.«

Alex D'Ascanio war während des Gesprächs still geblieben, so still, daß ich seine Anwesenheit vielleicht vergessen hätte, wenn ich mir seiner körperlichen Präsenz nicht so deutlich bewußt gewesen wäre. Ich erhaschte ein kleines Zucken um seinen Mund, kein richtiges Lächeln, aber eine Andeutung dessen. »Diese Hunde beißen nicht«, sagte er. »Noch nicht einmal, wenn ich es ihnen befehlen würde. Sie sind sehr unabhängig und geben sich nicht viel mit Menschen ab.«

Genau wie ihr Herrchen, schoß es mir durch den Kopf. Er war so ganz anders, als ich ihn mir vorgestellt hatte. Der Enkel des Dichters Galeazzo war in meiner Phantasie älter gewesen, aber auch extravaganter und gesprächiger, nicht so verflixt reserviert und ernst. Seine Mutter war Engländerin, und das kam wahrscheinlich dabei heraus, wenn man warmes, italienisches Blut mit unserem kühlen, angelsächsischen mischte.

Er sah auf seine Armbanduhr und sagte in meine Gedanken hinein: »Wenn Sie mich jetzt entschuldigen würden, ich habe noch etwas zu tun vor dem Abendessen. Teresa beginnt um Punkt sieben mit dem Auftragen – finden Sie den Weg zum Eßzimmer noch?« Die Frage war an Madeleine gerichtet. »Könnten Sie die anderen hinführen? Danke. Bis später dann.« Damit nickte er uns höflich zu und ging ins Haus, dicht gefolgt von den Hunden.

Nicholas senkte diesmal vorsichtshalber seine Stimme. »Seht ihr? Was habe ich euch gesagt? Nicht gerade ein Salonlöwe, was?«

»Ach, ich weiß nicht«, meinte Madeleine. »Irgendwie mag ich ihn.«

»Ja, klar, das sieht dir ähnlich. Frauen verwechseln Schweigsamkeit immer mit Tiefgang.«

»Dein Problem ist, daß du Menschen nie eine Chance gibst«, entgegnete sie. »Außerdem hat er es ziemlich großmütig aufgenommen, daß du dich über ihn lustig gemacht hast.«

»Ach, hör doch auf«, winkte er ab. »Wenn ein Kerl nicht mal über sich selbst lachen kann ...«

Rupert, der nicht gern Zeuge eines Streits war, legte mir eine Hand auf den Rücken und führte mich ein Stück zur Seite. »Möchtest du noch etwas zu trinken?«

»Ja, gern.«

Mit frisch aufgefüllten Martinis schlenderten wir an der Brüstung entlang und sahen hinunter in den Park.

»Und was denkst *du* über unseren Gastgeber?« fragte Rupert.

Ich überlegte unbehaglich, ob sein Scharfblick mein Interesse an Alex D'Ascanio bereits registriert hatte. »Ich weiß nicht ...«

»Komm, laß uns dein Spiel spielen. Welche Shakespearerolle?«

Ich lächelte. »Ach, Ru ...«

»Es interessiert mich einfach.«

Auf die Brüstung gestützt, dachte ich darüber nach. »Hamlet.«

»Warum Hamlet?«

»Kann ich nicht richtig begründen. Hamlet kam mir einfach als erstes in den Sinn.«

»Und Madeleine?«

Ich warf einen Blick über meine Schulter. Sie und Nicholas sprachen immer noch miteinander, aber freundschaftlicher jetzt und unter Einbeziehung von Den. »Cleopatra«, sagte ich, ohne nachzudenken. Eine, die immer den falschen Mann liebt. Zuerst Cäsar, dann Mark Anton, und beide sind ihr untreu.

Rupert verstand mich sofort. »›Nie ward eine Fürstin so schrecklich je getäuscht‹« zitierte er leise. »Ist es das, was du meinst?«

Während ich beobachtete, wie Madeleine Nicholas beobachtete, fiel mir noch ein anderer, klagender Vers aus diesem Stück ein. *Wie soll ich glauben, du seist mein und treu …?*

Aber ich zitierte ihn nicht laut.

Nicholas nahm zärtlich Madeleines Hand. Ich sah weg.

»So ungefähr«, antwortete ich Rupert und hob mein Glas an die Lippen.

Das Klopfen an seiner Tür kam nicht unerwartet.

»Ihre Frau, Sir«, verkündete Thompson.

»Ah, Francesca«, begrüßte er sie und erhob sich. »Du überraschst mich. Ich hatte schon viel früher mit dir gerechnet.«

Sie setzte sich. »Ich hatte zu tun.«

»Ja, ich habe davon gehört. Er ist Arzt, nicht wahr?« Sein Lächeln sollte sie daran erinnern, daß auch er seine Informationsquellen hatte. »Es freut mich, daß du nicht zu einsam warst während meiner Abwesenheit.«

»Ebensowenig wie du«, kreuzte sie mit der Geschicklichkeit jahrelanger Übung seine Klinge. »Ich habe sie gesehen.«

»Und?«

»Sie ist sehr schön. Ziemlich jung, findest du nicht?«

»Ziemlich.«

»Sie ist Schauspielerin?«

»Ja, und sehr begabt. So wie du es warst.«

Sie registrierte die Vergangenheitsform, lächelte aber nichtsdestoweniger. »Dann mußt du auch für sie ein Stück schreiben, Caro, wie einst für mich.«

Ein hinterhältiger Stoß, der ihn traf, aber er dachte nicht daran, ihr den Vorteil zu lassen, und parierte. »Vielleicht werde ich das.«

Ein Stück für Celia … seine Phantasie spielte mit dem Gedanken, drehte und wendete ihn wie ein Bildhauer seine Modelliermasse. Aber ja! Und er würde auch ein Theater bauen, dort, wo er schon so lange eines haben wollte, in der kleinen Senke mit den Pinien …

»Wirst du kommen und deinen Sohn besuchen?« fragte Francesca im Aufstehen.

Aus seiner Träumerei geweckt, sagte er: »Sicher. Nein,

kommt ihr beide lieber heute abend zum Essen. Du kannst auch deinen Doktor mitbringen, wenn du willst. Vielleicht gelingt es mir, mich zu benehmen. Außerdem regt schwierige Tischkonversation immer meinen Appetit an.«

IV

Wir machten uns zum Dinner nicht ausgesprochen fein, aber die Vornehmheit des Eßzimmers, in das ich auf dem Weg zur Terrasse schon einen Blick geworfen hatte, verlangte doch nach etwas Förmlicherem als Freizeitkleidung. Sogar Rupert trug ein Jackett, was er außerhalb seines Clubs nur selten tat, und auch da nur, weil es Vorschrift war.

Das Interieur stammte aus den zwanziger und dreißiger Jahren und war für elegante Damen in langen, diagonal geschnittenen Satinroben und Herren im Smoking gedacht. Kein Raum, in dem man es sich bequem machte, kein gemütlicher Raum, aber zu seiner Zeit wahrscheinlich der letzte Schrei. Die Wände waren mit schwarzen Lacktafeln verkleidet, die wie Spiegel glänzten und üppige Goldornamente trugen. Auch die gewölbte Decke mit ihrem Muschelmuster war vergoldet. Es war, als säße man im Innern einer reichverzierten chinesischen Schachtel.

Entlang der gesamten Außenwand befanden sich undurchsichtige, bleigefaßte Fenster, die zu aparten geometrischen Formen geschnitten waren und das weiche Licht im Zimmer zurückwarfen. Ich glaubte zuerst, sie bestünden aus gefärbtem Glas, bis Alex mir sagte, daß sie aus Alabaster seien und das Meisterstück eines der vielen erstklassigen Handwerker, die sein Großvater in der Villa beschäftigt hatte. »Man hat mir schon mehrfach ein Vermögen für diese Fenster geboten«, erzählte er. »Sie sind auch in einem kürzlich erschienenen Buch über Kunst des zwanzigsten Jahrhunderts abgebildet.« Kein Wunder, daß sie nicht von Vorhängen bedeckt wurden.

An dem langen Tisch hätten leicht zwanzig Personen Platz gehabt, aber es standen nur sechs Stühle um ihn herum, runde Stühle mit gerundeten Lehnen und schwarz-rot gemustertem Gobelinbezug, die bequemer waren, als sie aussahen, solange man sich gerade hielt. Ich war an das eine Ende des Tisches gesetzt worden, der Tür zum Korridor am nächsten. Den und Rupert saßen zu meiner Linken, Nicholas und Madeleine zu meiner Rechten. Alex D'Ascanio nahm am anderen Ende Platz, mir gegenüber. Hinter ihm standen in zwei vergoldeten, muschelförmigen Nischen die marmornen Büsten eines Mannes und einer Frau, hell angestrahlt, während an seiner linken Seite eine zweite Tür zum Küchenkorridor führte. Durch diese Tür ging Teresa ein und aus, wenn sie neue Teller und Schüsseln brachte und die alten abräumte.

Sie machte kein übermäßig fröhliches Gesicht dabei, und ich überlegte gerade, ob sie immer so schlechtgelaunt war, als Nicholas, der meinen Blick gesehen hatte, mir zuflüsterte: »Ich glaube, es ist sonst nicht ihre Aufgabe, bei Tisch zu bedienen. Gestern abend hat das Mädchen die Sachen aufgetragen.«

Das vermißte Hausmädchen war also noch nicht wieder aufgetaucht. Aus Teresas finsterer Miene schloß ich außerdem, daß auch ihr Mann, Giancarlo, nicht nach Hause gekommen war. Als wir uns zu Tisch gesetzt hatten, hatte Alex sich nochmals dafür entschuldigt, daß wir nicht in Desenzano abgeholt worden waren; Giancarlos Unzuverlässigkeit war ihm offensichtlich sehr peinlich, aber sein resignierter Ton sagte mir, daß so etwas schon häufiger vorgekommen war. Ich empfand Mitgefühl für die arme Teresa, die wahrscheinlich zwischen dem Wunsch, ihrem Mann den Hals umzudrehen, und großer Sorge hin- und hergerissen war.

Deshalb lächelte ich sie an und bedankte mich, als sie meinen Pastateller gegen gebratenes Hühnchen austauschte, doch sie nickte nur und ging stumm weiter zu Nicholas.

Der ignorierte sie mit der Selbstverständlichkeit eines Mannes, der an Bedienstete gewöhnt war, und wandte sich an Rupert. »Jetzt, wo wir uns beschnuppert haben und hier so schön zusammensitzen – wie sehen Ihre Pläne aus? Wann fangen wir an?«

Rupert verständigte sich stumm mit Den, ehe er antwortete. »Wir dachten, übermorgen, am Montag, wenn das allen recht ist. Wir beginnen mit einer Leseprobe, gehen den Probenplan durch und sehen mal, wie es so läuft. Alle einverstanden? Sehr schön, abgemacht.«

Madeleine legte ihr Besteck nieder. »Und wo proben wir? Im Theater?«

»Nein.« Das kam von Alex, der vehement den Kopf schüttelte. »Nein, an der Bühne wird noch gearbeitet. Ich dachte an den Ballsaal. Wenn Sie möchten, führe ich Sie nach dem Essen hin«, bot er Rupert und Den an. »Es ist ein schöner Raum, groß und hell, und ich kann ein paar Stühle hineinbringen lassen, alles, was Sie brauchen.«

Ich war immer noch nicht darauf gekommen, weshalb ich ausgerechnet Hamlet in ihm sah, und versuchte, ihn während der Mahlzeit unauffällig zu beobachten, indem ich so tat, als interessierte ich mich für die Marmorbüsten hinter ihm. Ich kam zu keinem Ergebnis, bis ich bemerkte, wie er schweigend einem Austausch zwischen Den und Rupert folgte. Ich konnte die Intelligenz in seinen Augen sehen und noch etwas anderes, eine tief verwurzelte Einsamkeit, und auf einmal wußte ich, was ihn mit Hamlet verband. Auch dieser Mann wurde von einer großen inneren Kraft getrieben, blieb aber immer am Rande des Geschehens, ein Außenseiter.

Kaum war mir diese Erkenntnis gekommen, als er den Kopf in meine Richtung drehte und seinen ruhigen Blick auf mir ruhen ließ.

Der Kontakt war nur kurz, aber nachdem er ohne zu lächeln wieder weggesehen hatte, quälte mich erneut das Gefühl, bei etwas Ungehörigem ertappt worden zu sein.

Den, der seine kleine Besprechung mit Rupert gerade beendet hatte, lehnte sich zu mir und murmelte: »Sie müssen nicht so schrecklich schuldbewußt dreinschauen.«

Ich sah ihn erschrocken an. Wie hatte er nur gemerkt ...?

»Man braucht schon einen übermenschlichen Appetit, um das alles aufzuessen«, sagte er und schob mir mit verschwörerischem Lächeln seinen Teller zu. »Ich nehme Ihnen noch etwas ab, wenn Sie wollen.«

Wir arrangierten eine diskrete Übergabe, als ein prickelndes Gefühl mich warnte, daß wir beobachtet wurden. Wider besseres Wissen sah ich auf und traf zum zweitenmal auf D'Ascanios Blick. Nur hatte ich diesmal den Eindruck, daß sich seine Lippen zu dem Anflug eines Lächelns verzogen. Und diesmal war ich es, die zuerst wegsah.

V

Ich erwachte plötzlich in diesem verwirrten und orientierungslosen Zustand, der sich manchmal einstellt, wenn man die erste Nacht in fremder Umgebung schläft. Eine Weile lag ich still im Dunkeln und konnte nichts sehen, doch dann traten die Umrisse der Möbel und Fenster allmählich hervor wie bei einem Film, der langsam entwickelt wird, und ich wußte wieder, wo ich mich befand.

Es war kalt im Zimmer. Ich hatte die Balkontür nicht verriegelt; sie war ein Stück aufgegangen und ließ die Nachtluft herein, so daß sich der Vorhang bewegte. Fröstelnd stand ich auf, um sie zu schließen, doch in diesem Moment hörte ich ein Geräusch von draußen.

Möglicherweise war es das, was mich geweckt hatte: das Brummen eines Motors, begleitet vom verstohlenen Knirschen der Autoreifen auf Kies. Das Geräusch erstarb abrupt, und etwa eine Minute lang war alles still. Ich streckte gerade die Hand nach dem Riegel der Balkontür aus, als die Hauswände das Zuknallen einer Wagentür als Echo zurückwarfen, und kurz darauf hörte ich schlurfende Schritte, die sich nicht der Vorderseite des Hauses näherten, sondern von unten aus dem Park zur Terrasse hinaufstiegen.

Wer es auch war, die Person gab sich jedenfalls nicht viel Mühe, leise zu sein. Ich wartete darauf, daß die Hunde anschlugen, aber nichts geschah. Vielleicht schliefen sie tief und fest, oder sie waren auf der anderen Seite der Villa und bekamen nichts mit …

Wie aufs Stichwort ertönte auf einmal ein Knurren unter meinem Balkon, das mit dem Befehl »Zitto!« zum Schweigen gebracht wurde. Die Stimme eines Mannes. Alex D'Ascanios Stimme.

Nun konnte ich die Tür nicht mehr schließen, ohne gehört zu werden, und ich wollte ihn aus irgendeinem Grund nicht merken lassen, daß ich wach war und von seiner Anwesenheit dort unten wußte.

Die aufwärts steigenden Schritte hatten inzwischen die Terrasse erreicht, was ich an ihrem hohleren Klang und dem anderen Rhythmus erkannte.

Die Stimme unter meinem Balkon sagte: »Buon giorno, Giancarlo«, worauf die Schritte plötzlich innehielten. Giancarlos Antwort bestand in einem kurzen, heftigen Ausbruch auf italienisch, den ich zwar nicht verstand, aber leicht deuten konnte. Bryan sagte immer etwas Ähnliches, wenn ich ihn gedankenlos von hinten ansprach, und warf mir vor, ihn durch einen Herzinfarkt umbringen zu wollen.

Alex D'Ascanio wirkte nicht sehr reuig. Er ließ sich Zeit damit, auf den anderen zuzugehen, und selbst das Klicken der Hundekrallen auf den Steinplatten klang gemächlich. Obwohl er sich nicht sehr weit wegbewegt haben konnte, klang seine Stimme undeutlich, als er wieder sprach.

Da ich kein Bedürfnis hatte mitzuerleben, wie er einen Angestellten herunterputzte, und es mich auch nichts anging, zog ich vorsichtig die Balkontür zu. Ich wollte nicht, daß sie mich bemerkten und für ein neugieriges, herumschnüffelndes Frauenzimmer hielten. Doch einer der Hunde begann auf einmal zu knurren, und ich verharrte reglos, während die beiden Männer sich umsahen.

Es dauerte einen Moment, bis ich sie auseinanderhalten konnte, da sie ungefähr von gleicher Größe und Statur waren, und dann gelang es mir nur, weil die Hunde beim Umkreisen der beiden immer wieder zu dem linken Mann zurückkehrten. Der dunkle Schemen eines Windhundes erstarrte neben seinem Knie, die Nase genau auf mein Fenster gerichtet, als hätte er Beute gewittert. Ich wagte nicht, mich zu bewegen.

Alex sah zu meinem Balkon hinauf, entdeckte mich aber nicht, denn er beschwichtigte den Hund und wandte sich dann wieder Giancarlo zu. Doch der Hund wußte, was er gesehen hatte, und behielt mich im Auge, weshalb ich mucksmäuschenstill stehenblieb. Noch ein paar Minuten, dachte ich, und es wird mir nicht mehr schwerfallen, weil ich dann steif gefroren bin – die Nachtluft war wirklich sehr kühl.

Macht schon, drängte ich die beiden Männer stumm, bringt euer Tête-à-tête zu Ende, damit ich die Balkontür zumachen und wieder ins Bett gehen kann.

Giancarlo redete am meisten und gestikulierte dabei wild mit den Händen, während Alex mit verschränkten Armen und leicht geneigtem Kopf zuhörte. Ich sah, daß er nicht erbaut war von dem, was Giancarlo als Entschuldigung vorzubringen hatte. Er unterbrach ihn ungeduldig mittendrin und machte eine scharfe Bemerkung.

Giancarlo blieb noch einen Moment unschlüssig stehen, ehe er sich für einen würdevollen Rückzug entschied und direkt unter mir vorbei auf den Eingang neben dem Eßzimmer zuging. Unwillkürlich schrak ich ein wenig zurück, was ein neues Knurren des Hundes auslöste.

Alex schien es nicht zu bemerken, denn er starrte wie gebannt auf irgendeinen Punkt. Ich folgte seinem Blick und konnte zuerst nichts erkennen, doch als der Wind die Bäume bewegte, sah ich einen kleinen, gelben Fleck im hinteren Teil des dunklen Parks. Neugierig wartete ich ab, was Alex tun würde.

Er stand lange so da und sah zu diesem Licht hin, dann gab er den Hunden einen Befehl und ging davon. Die zurückgelassenen Tiere ließen sich mit protestierendem Winseln auf der Terrasse nieder. Alex ging nicht ins Haus, denn ich hörte, wie er die Treppe zum Park hinunterlief, die Giancarlo vor kurzem heraufgekommen war. Schließlich verklang auch dieses Geräusch, und die Stille hüllte das Haus dichter ein als zuvor.

VI

Der Morgen brachte die Sonne und eine Symphonie von Vogelstimmen mit sich. Noch nie hatte ich so viele Vögel gehört, die aus den Bäumen vor meinen Fenstern ihren Artgenossen in den Hecken, auf den Dächern und in den Hügeln hinterm Haus munter zuzwitscherten. Bryan hatte einmal versucht, mir beizubringen, die Stimmen auseinanderzuhalten – er kannte sich gut aus in der Natur und wußte, welche Arten in welchen Hecken und Bäumen nisteten –, aber trotz all meines Nachahmungstalents war ich in diesem Fall eine enttäuschende Schülerin gewesen.

Selbst jetzt, nach all seinen Erklärungen, konnte ich nicht entscheiden, ob ein bestimmtes Lied von einem Spatzen oder einem Fink kam. Ich lag noch da und rätselte, als ein Klopfen an der Tür meine Bemühungen unterbrach. Ein einzelnes Klopfen, zu förmlich für Rupert. Ich kämmte meine Haare mit den Fingern zurück, rollte mich aus dem Bett und griff nach meinem Morgenmantel. Die Spiegel im Bad beruhigten mich im Vorbeigehen. Dafür, daß ich so unruhig geschlafen hatte, sah ich nicht allzu furchtbar aus. Den Gürtel des Morgenmantels festziehend ging ich ins Wohnzimmer und öffnete die Tür zum Flur, wo Teresa mit ausdrucksloser Miene und einem Frühstückstablett stand. »Buon giorno.«

»Guten Morgen.« Überrascht trat ich einen Schritt zurück, um sie einzulassen. »Was hat das denn zu bedeuten?«

»Nicht jeden Tag so«, warnte sie. »Ist nur für heute morgen. Signor O'Malley hat mich gebeten, das für Sie zu tun.« Dennis hatte also seinen Charme spielen lassen – wenn Signor O'Malley sie gebeten hätte, die Villa einen Meter weiter nach Osten zu versetzen, hätte sie es wahrscheinlich in Erwägung gezogen, so wie sie klang.

Ich mußte lächeln, als sie das Tablett auf dem Teetisch beim Sofa abstellte. Es war zwar kein Frühstück im Bett, aber fast genauso gut. Teresa würde wahrscheinlich verstehen, wie sehr ich es genieße, einmal bedient zu werden, dachte ich, aber ihr Gesicht war so mürrisch, daß ich es gar nicht erst mit einer Erklärung versuchte. Daher sagte ich nur: »Signor O'Malley ist ein sehr aufmerksamer Mann«, und dankte ihr.

»Prego.« Sie ging zum Fenster und öffnete mit unvermindert mißbilligendem Ausdruck die Läden.

Wenn sie mich schon nicht für eine passende Bewohnerin der Suite hielt, konnte ich sie vielleicht ein wenig besänftigen, indem ich ihr zeigte, wie sehr ich meine Unterbringung zu schätzen wußte. »Diese Zimmer sind wirklich wunderschön«, sagte ich. »Allein das Bett ...«

»Das ist kein guter Platz für Gäste.« Die Vehemenz ihres Widerspruchs erstaunte mich. »Diese Zimmer sind nicht gut. Hier geschehen Dinge.«

Unsicher, wie ich darauf reagieren sollte, fragte ich: »Was für Dinge?«

Teresa sah mich durchdringend an. »Dinge geschehen.« Ohne weitere Erklärung drehte sie sich um und ging hinaus. »Ich muß mich kümmern um die anderen.«

In einem letzten Versuch, freundlich zu sein, bemerkte ich: »Na, wenigstens haben Sie heute wieder Hilfe.«

»*Come*?« sagte sie. »Wie bitte?« Stirnrunzelnd war sie an der Tür stehengeblieben.

»Ich meine Ihren Mann. Er ist letzte Nacht zurückgekommen, oder?«

»Nein, Signorina.« Ihre Stirn überzog sich mit dienstlicher Reserviertheit. »Mein Mann ist noch nicht nach Hause gekommen.« Sie wandte sich abrupt ab und verließ das Zimmer, ehe ich etwas erwidern konnte.

Leicht beleidigt und verwirrt setzte ich mich und schenkte mir Tee ein. »Buon giorno, Giancarlo ...« So hatte Alex D'Ascanio den Mann auf der Terrasse in den frühen Morgenstunden begrüßt, ich war mir ganz sicher. Andererseits mußte Teresa es ja wohl wissen, vielleicht hatte ich mich in meiner Schlaftrunkenheit verhört. Ich grübelte noch darüber nach, als ein zweites, kurzes Klopfen an meiner Tür ertönte.

Diesmal klang es nach Rupert. »Komm rein«, rief ich.

Den steckte den Kopf herein. »Morgen. Bist du salonfähig?«

»Mehr oder weniger.« Ich war es nicht gewohnt, männliche Besucher im Morgenmantel zu empfangen, aber er hatte die Tür bereits hinter sich zugemacht, so daß mir nichts anderes übrigblieb, als mich weltgewandter zu geben, als ich war. Ich schlug die Beine übereinander und dankte ihm für mein Frühstück. »Das war wirklich süß von Ihnen, daran zu denken.«

»Man hat mich schon so allerlei genannt in meinem Leben, aber noch nie süß.« Er setzte sein Verführerlächeln auf, aber ich war mir ziemlich sicher, daß sein Geflirte nur eine harmlose Gewohnheit war, und fühlte mich kein bißchen bedrängt, als er zu mir kam, um das Frühstückstablett zu inspizieren. »Nicht schlecht. Teresa hat sich richtig Mühe gegeben, wie ich sehe.«

»Sie können sich gern ein Brötchen nehmen. Es ist viel zuviel für mich.«

»Nein, danke, ich habe schon unten gefrühstückt.« Doch er setzte sich in den Sessel mir gegenüber, streckte die Beine aus und blickte sich um. »Sehr hübsch. Wie ich sehe, mußt du hier nicht leiden.«

»Nein, das kann man nicht behaupten.«

»Das war ihre Suite, stimmt's? Die der ersten Celia Sands? Dann hast du sicher die besten Zimmer im ganzen Haus, abgesehen vielleicht von D'Ascanios eigenen. Die sind wahrscheinlich auch ziemlich beeindruckend, wenn sein Großvater sie ausstatten ließ.« Den konnte einfach nicht stillsitzen. Er betastete die schwere Brokatdecke über dem Tisch neben sich, dann griff er nach den darauf arrangierten Nippes: einem Porzellankästchen, einer Schale aus farbigem Glas, einer Miniaturelefantenherde aus Silber. Er nahm jeden Gegenstand in die Hand, drehte ihn um, prüfte sein Gewicht.

Um Konversation zu machen, fragte ich: »Statten Sie ... äh stattest du all deinen Schauspielern um diese Zeit einen Besuch ab?«

»Was? Ach so, nein. Darauf darfst du dir etwas einbilden. Ehrlich gesagt«, gestand er, während er die Elefanten wieder in Reih und Glied stellte, »bin ich gekommen, um dich um einen Gefallen zu bitten. Ich kann Rupert nicht auftreiben und ...«

»Er macht sicher einen Spaziergang. Das tut er nach dem Frühstück gern.«

»Jedenfalls ist er nicht da, und ich wollte die Bühne des Theaters ausmessen, damit ich die entsprechenden Markierungen in unserem Probenraum anbringen kann. Dazu brauche ich aber jemanden, der mir hilft, das Maßband zu halten. Ich würde ja unseren Gastgeber bitten, aber der hat sich auch aus dem Staub gemacht, und da weder Maddy noch Nicholas bis jetzt in Erscheinung getreten sind, hielt ich es nicht für taktvoll, bei ihnen anzuklopfen, wenn du weißt, was ich meine.« Seine blauen Augen funkelten schalkhaft. »Also bleibst nur noch du.«

»Klar, ich helfe dir gern.« Ich hatte schon gehofft, daß mir jemand den Weg zum Theater zeigen würde. Nach all dem, was ich darüber gehört hatte, brannte ich darauf, es endlich mit eigenen Augen zu sehen. Ich hätte mich sogar allein auf die Suche begeben, obwohl ich nur eine vage Vorstellung von seiner Lage im Park und einen miserablen Orientierungssinn besaß. Aber mit Dens Führung war ich natürlich besser dran.

Zumindest glaubte ich das.

VII

Als wir uns nach dem Frühstück auf den Weg machten, wurde sehr schnell deutlich, daß Den, der Rupert und mich so unbeirrbar durch Venedigs verwinkelte Gassen geführt hatte, die Gartenpfade von Il Piacere etwas unübersichtlicher fand.

Die Anlage der Gärten war zwar nicht so kompliziert wie die des Hauses, aber ähnlich labyrinthartig: Sie erstreckte sich über mehrere Ebenen und enthielt viele stille Winkel, von denen manche von Hecken umgeben und mit Brunnen geschmückt waren, andere wiederum inmitten von dichtstehenden Bäumen lagen, die mir das Gefühl gaben, durch einen Märchenwald zu gehen. Ich kümmerte mich nicht darum, ob wir uns verirrten, und atmete die frische Luft und die fremdartigen Gerüche ein, die von den feuchten Steinen entlang des Pfades und den fremden Blumen und Bäumen ausgingen. Wenn Bryan bei mir gewesen wäre, hätte er sie alle für mich benannt, die mit den hohen, dünnen Stämmen und der dicken Rinde und die mit den glänzenden Blättern und den sternförmigen Blüten in Gelb und Weiß, die schwer duftend herabhingen. Einige sahen aus, als kämen sie direkt aus seiner australischen Heimat, dornig und seltsam und irgendwie tropisch.

Den, der mehr herumgekommen war als ich, kannte sie vielleicht auch, aber ich wollte ihn nicht beim Pfadfinden stören. Obwohl er nicht viel Erfolg damit hatte. Als wir wieder einmal aus einem Gehölz ins Sonnenlicht traten, in einen ebenen, gepflegten Garten voll kleiner Obstbäume, der von klassizistischen Säulen und Bögen umrahmt war, griff Den nach seinem handgezeichneten Lageplan.

»Also, das hier müßte der Obstgarten sein. Demnach ist dahinter der Rosengarten ... genau«, sagte er, als er geradeaus zur nächsten Ebene hinuntersah, wo ein grünes Muster aus niedrig geschnittenen Hecken Beete mit Rosenbüschen einfaßte, die darauf warteten zu blühen. »Was bedeutet, daß wir schon wieder irgendwo falsch abgebogen sind.«

Ich lächelte über seine Ungeduld. »Macht doch nichts, mir gefällt es hier.« Ich hatte noch nie im kühlen Morgenwind hoch oben auf einem Hügel gestanden und auf das klare Blau eines Sees hinuntergeblickt, durch das sich helle Silberstreifen zum anderen Ufer zogen. Meine Augen wanderten zurück über die Lanzenspitzen der Zypressen, die fast schwarz wirkten neben den helleren Grüntönen der anderen Bäume. »Was ist das dort?« fragte ich und zeigte auf ein schmales Haus, dessen verblichene, terrakottafarbene Mauern zwischen einigen Buchen am unteren Rand des Obstgartens hindurchschimmerten.

Den befragte seinen Plan. »Die ›Villa delle Tempeste‹, steht hier. Das heißt übersetzt ›Haus der Stürme‹.«

Ein äußerst passender Name, dachte ich. Die Villa delle Tempeste war das Haus, in dem Galeazzo seine Ehefrau Francesca Tutti untergebracht hatte, ebenfalls eine Schauspielerin, die er in jungen Jahren geheiratet hatte, bevor er durch seine Werke berühmt wurde. Sie war in seinen frühen Stücken aufgetreten, hatte aber nicht den Erfolg und die Unsterblichkeit von Celia Sands erreicht. Francescas Spiel hatte dem Zeitgeschmack entsprochen, und als die Mode sich änderte, war sie von der Bildfläche verschwunden wie all die Stummfilmstars, die der Tonfilm verdrängt hatte. Warum sie trotz seiner wiederholten Untreue bei Galeazzo geblieben war, wußte ich nicht. Er jedenfalls hatte nicht viel für sie übrig gehabt, wie aus seinen späteren Gedichten hervorging, in denen er sehr unsanft mit ihr umsprang. Sie hatten ein Kind zusammen – Alex' Vater, vermutete ich und fand es immer noch merkwürdig, plötzlich ein lebendiges Gesicht mit Menschen verbinden zu können, über die ich bisher nur gelesen hatte –, und möglicherweise war das der Grund, weshalb Francesca Tutti Il Piacere nicht verlassen hatte und in der Villa delle Tempeste geblieben war.

Ich kniff die Augen zusammen und betrachtete die hübsche Villa. Vor einem der oberen Fenster waren die Läden aufgeklappt, ein kleines Lebenszeichen.

Den beugte sich tief über seine Karte. »Okay, jetzt verstehe ich, wo wir langgegangen sind. Wir müssen umkehren und dann die zweite Abzweigung bei dem Brunnen mit den Delphinen nehmen.«

Ich löste meinen Blick von der Villa und folgte ihm. Diesmal fanden wir den richtigen Pfad.

Wir gingen wieder durch den Wald und stiegen zwischen Bäumen mit schlanken Stämmen bergan, die mit Flecken von olivgrünem Moos bedeckt waren. Hier bestand der Pfad auf einmal aus Pflastersteinen, sorgfältig gerundet, damit der Regen abfließen konnte, und das Rauschen eines unsichtbaren, aber nahen Baches lockte uns eine kleine Treppe hinauf, die den Aufstieg erleichtern sollte.

»Niemand hat mir gesagt, daß ich für diesen Job ein Fitneßtraining machen müßte«, jammerte Den. »Was hatte dieser D'Ascanio nur immer mit seinen Treppen?« Ich merkte, daß auch er es kaum erwarten konnte, oben anzukommen.

Dann endlich wurden die Bäume spärlicher, der Pfad verlief eben, und wir standen am Rand von Galeazzo D'Ascanios Theater.

VIII

Es gibt Momente, die im Gedächtnis haften bleiben, als wäre in irgendeinem Winkel unseres Gehirns eine Klappe heruntergegangen und hätte das ganze Erlebnis eingefangen; nicht nur die Bilder, sondern auch alles andere, die Gerüche und wie man sich in diesem Moment fühlt, den Einfall des Lichts und auch die Gewißheit, daß man sich bis an sein Lebensende an jede Einzelheit erinnern wird. Ich hatte einen solchen Moment erlebt, als ich zu meinem ersten Vorhang auf die Bühne ging und applaudierende Menschen anstelle einer dunklen Masse sah. Seitdem empfand ich jedesmal dieses Glücksgefühl, wenn ich auf die Sitzreihen eines Theaters blickte, genauso wie ich immer an diesen Ort denken würde, wenn ich den Duft einer Pinie roch.

Es war ein Amphitheater, das in einer von Zypressen und Pinien umstandenen Senke lag. Die grasbedeckten Hänge der Senke bildeten einen Kreis, der zu perfekt war, um auf natürlichem Wege entstanden zu sein, und von vier Treppen in Viertel unterteilt wurde. Die Treppen führten von einem Pfad um den oberen Rand der Senke bis hinunter auf ihren Grund, wo sich die Bühne befand.

Galeazzo mit seiner romantischen Vorliebe für alles Alte hatte eine Bühne aus Holz bauen lassen, umgeben von ansteigenden Sitzreihen und geschützt von einem zeltartigen Dach auf Säulen, das die Schauspieler und einen Teil des Publikums zwar immer noch der frischen Luft aussetzte, aber immerhin den Regen abhielt. Die Zuschauer, die sich für die billigeren Plätze auf den Grashängen entschieden hatten, mußten eben auf schönes Wetter hoffen, konnten aber genauso ungehindert auf die Bühne sehen.

Am oberen Rand des Amphitheaters bot sich mir wieder ein weiter Blick auf See und Berge, der sich jedoch verengte, je weiter ich hinunterstieg, bis ich nur noch Baumwipfel und eine große, blaue Himmelsschüssel über mir sehen konnte.

Als ich weiter zur Bühne hinunterging, mahnte Den: »Denk daran, daß die Restaurierungsarbeiten noch nicht abgeschlossen sind. Jetzt wäre gerade kein guter Zeitpunkt, sich ein Bein zu brechen.«

Doch die Bühne wirkte sehr stabil, und da es nirgends Absperrungen oder Warnschilder gab, konnte mich nichts davon abhalten, der Versuchung nachzugeben. Es war keine große Bühne, vielleicht dreizehn Meter im Durchmesser, und statt sich wie üblich über den ersten Zuschauerreihen zu erheben, saß sie in einer Vertiefung inmitten des Rings, wodurch das Publikum ein Stück auf die Schauspieler hinabblickte. Eine heutzutage unübliche, aber praktische und beinahe demokratische Anlage, weil alle gleich gut sehen konnten.

Trotzdem war es merkwürdig, zu einer Bühne *hinunterzusteigen.* Der richtige Zugang wäre natürlich von den Garderobenräumen aus gewesen, die durch einen tunnelartigen Gang mit der Bühne verbunden waren, so daß ich unterhalb der Sitzreihen auf meiner linken Seite herausgekommen wäre. Aber da ich nicht aus der Garderobe kam, mußte ich den etwas schwierigeren Weg nehmen und mich über die erste Sitzreihe auf den Kreis aus Brettern schwingen.

Ich hatte noch nie in einem Amphitheater gespielt, und es war ein unglaubliches Gefühl, dort zu stehen und nach allen Seiten exponiert zu sein, ohne aufwendige Kulissen, hinter denen man sich verbergen konnte. Rupert hatte einmal gesagt, das Amphitheater sei das Theater in seiner wesentlichen, ursprünglichen Form, und ich verstand nun, was er meinte. Als Thespis um 500 vor Christus zum erstenmal aus dem Chor herausgetreten war, um ein paar eigene Zeilen zu sprechen, womit er das Publikum schockiert und nicht nur die Aufgabe des Schauspielers, sondern das gesamte Theater revolutioniert hatte, hatte er vermutlich auf einer ähnlichen Bühne gestanden.

Nur daß er nicht von einer Vielzahl von Scheinwerfern an den Dachbalken angestrahlt worden war – mit einiger Sicherheit hatten sich über ihm noch nicht einmal Dachbalken befunden.

»Wie wär's mit einem schönen Monolog«, schlug Den vor. Er hatte sich in die erste Reihe gesetzt und sah mich mit verschränkten Armen erwartungsvoll an.

Ich nahm die Herausforderung an. »Welchen willst du hören?«

»Oh, mir ist alles recht. Ich lass' mich überraschen.«

Ich überraschte mich selbst. Der erste dramatische Monolog, der mir in den Sinn kam, stammte nicht von Shakespeare, sondern aus Sophokles' »Elektra«. Ich hatte ihn seit der Schauspielschule nicht mehr rezitiert, doch der Text fiel mir sofort wieder ein, und ich sprach ihn ohne Zögern und Verlegenheit, denn er schien so passend für dieses Freilufttheater inmitten von erhaben schöner Natur. Ich schaffte es ungefähr bis zur Hälfte:

»›Solang ich die schimmernden Strahlen der Sterne sehe und diesen Tag: Daß ich nicht gleich ihr, die ihr Kind erschlug, der Nachtigall, mit dem Weheruf …‹« Hier geriet ich ins Stocken. »›Mit dem Weheruf …‹ Nein, tut mir leid, den Rest habe ich vergessen.«

Es trat ein kurzes Schweigen ein, und dann ertönte eine Stimme aus den Tiefen des Gangs hinter mir: »›Vor diesen väterlichen Türen den Widerhall allen hinausschrei!‹« Rupert kam aus der dunklen Öffnung geschlendert und stellte sich an den Bühnenrand, ein seltsames kleines Lächeln auf den Lippen. »Sehr gut, Celia. Wirklich sehr gut.«

Ich war noch dabei, mich von meinem Schreck zu erholen, und schimpfte: »Mach das ja nicht noch mal, ich bin fast an die Decke gegangen.«

»Tut mir leid«, sagte er, ohne besonders betroffen dreinzuschauen. »Daß du dich noch so gut an Elektra erinnerst! Wie bist du darauf gekommen?«

Ich strich meine Haare zurück, nicht länger die trauernde Frau, nicht länger eine Tragödin. »Ich weiß nicht, vielleicht war es euer ständiges Gerede vom Vierten Kreuzzug neulich in Venedig. Von den niedergebrannten Bibliotheken und verlorenen griechischen Dramen und so. Irgendwie hat sich Sophokles wohl in meinem Unterbewußtsein festgesetzt.«

»Und er paßt so gut in diese Umgebung.« Die Hände auf die Hüften gestemmt, sah sich Rupert prüfend um. »Was hältst du davon, Dennis?«

»Sorry, ich bin immer noch ganz überwältigt«, sagte Den, der von seinem Sitz zu uns heruntersah. »Das war phantastisch, Celia, wirklich. Rupert, warum hast du mir nichts davon gesagt?«

Die Antwort kam mit leichter Entrüstung. »Ich habe dir gesagt, daß sie spielen kann.«

»Ja, aber ich dachte ...« Den ließ den Satz unvollendet und beugte sich kopfschüttelnd vor. »Alle Achtung.«

Das kam mit solcher Inbrunst heraus, daß ich vor Stolz rot wurde. Ich wollte gerade ein Dankeschön murmeln, als ein ärgerliches Gebrüll die friedliche Morgenstille zerriß. Wir fuhren alle drei herum und sahen, wie ein Riese von einem Mann einen der langen Treppengänge des Theaters heruntergestürmt kam. Er fluchte auf italienisch und fuchtelte mit den Armen, als wollte er einen Mord begehen.

Ich drängte mich erschrocken an Rupert. »Ru?«

»Keine Angst, Kleines. Er denkt wahrscheinlich, daß wir unbefugt hier eingedrungen sind. Es wird sich schon klären.« Doch er sah nicht ganz überzeugt aus.

Der Riese kam mit beängstigender Geschwindigkeit auf uns zu und brüllte weiter Unverständliches, die Hände jetzt zu Fäusten geballt. Den stand auf und rief ihm etwas Italienisches zu, doch es war, als hätte er ein wütendes Rhinozeros mit einem Kieselstein beworfen.

Ich konnte nur dastehen und hilflos zusehen, wie der Mann weiterraste, den Rand der überdachten Sitze erreichte, dann die erste Reihe ...

Rupert sagte ganz leise zu mir: »Fall in Ohnmacht.«

»Aber Ru ...«

»Hör ein einziges Mal auf mich, ja, Liebes? Fall in Ohnmacht.«

Ich fiel. Die Szene hätte mir etwas dramatischer gelingen

können, und ich hätte vor allem etwas weicher landen können, aber unter den Umständen und ohne Probe war es gar nicht so schlecht. Als wäre eine schalldichte Tür geschlossen worden, verstummte die Tirade augenblicklich.

Ein paar Sekunden war alles still, ehe Den ein Licht aufging und er seinerseits in vorwurfsvollem Ton über den Fremden herfiel. Ich verstand kein Wort und aus meiner hingegossenen Position konnte ich auch nichts sehen, aber Rupert hockte sich neben mich und berichtete, daß alles bestens laufe. »Braves Mädchen«, sagte er. »Gut gemacht. Jetzt bleib einfach noch einen Augenblick liegen und …«

Aus der Ferne drang die Stimme eines anderen Mannes in die Auseinandersetzung. »Pietro!« Das war Alex D'Ascanio. Um ganz sicher zu sein, öffnete ich die Augen einen Spalt, und beim Anblick der Gestalt in Jeans und schwarzem Jackett, die mit langen Schritten den Grashang hinunterlief, kämpfte ich mich in eine sitzende Position. »Ru, ich stehe jetzt auf.«

»Ist gut, aber schön langsam, sonst verdirbst du alles.«

Seine Sorge war unnötig. Der große Mann kehrte uns den Rücken und hätte es nicht mal bemerkt, wenn ich ein Rad geschlagen hätte. Es war mir auch egal. Ich würde nicht zulassen, daß D'Ascanio mich für ein schwaches, hilfloses Weibchen hielt. Ich stand auf, rieb mir die angeschlagene Schulter und beobachtete, wie Alex zwischen den Sitzreihen herunterkam. Er sah aus wie ein Platzanweiser, der einen randalierenden Zuschauer zur Ordnung rufen muß.

Der Mann namens Pietro ließ einen Wortschwall vom Stapel und gestikulierte verächtlich in unsere Richtung, doch Alex war offenbar nicht in der Stimmung, sich seine Erklärungen anzuhören. Mit kaltem Blick und einem einzigen scharfen Wort brachte er den anderen zum Schweigen.

Es war jedoch ein unbehagliches Schweigen, und als der finster starrende Pietro endlich nachgab, spürte ich, daß er das nur unwillig und vorübergehend tat. Wie um seine Haltung zu unterstreichen, verschwand er nicht auf dem Weg, den er gekommen war, sondern sprang schwer auf die Bühne und ging hocherhobenen Hauptes an Rupert und mir vorbei zu dem Tunnelgang.

Erst da konnte ich sein Gesicht richtig sehen. Ein unangenehmes Gesicht mit stumpfen Augen und einem Bulldoggenkinn, dem ich nicht gern in einer dunklen Gasse – oder sonst irgendwo – begegnet wäre.

»Es tut mir leid«, sagte Alex, als die Schritte des Mannes in dem Gang zu den Garderobenräumen verhallt waren. »Ich hätte Sie warnen müssen. Das Theater soll heute nicht betreten werden, damit Pietro und seine Männer ihre Arbeit tun können.«

Den sah sich um, als suche er nach einem Hinweis auf die unsichtbaren Arbeiter, und klopfte sich dann weiter die Hosenbeine ab. »Ja, ich sehe, daß sie schwer beschäftigt sind.«

Alex sah mich an. »Geht es Ihnen wieder besser?«

Ich hatte die schwache Hoffnung genährt, er hätte meinen »Ohnmachtsanfall« nicht mitbekommen, aber seine Frage machte sie zunichte. Mist, dachte ich.

Rupert kam mir zur Hilfe. »Sie ist auf meinen Befehl hin ohnmächtig geworden, fürchte ich. Celia läßt sich normalerweise nicht so leicht einschüchtern, aber ich dachte, wir könnten eine Ablenkung gebrauchen …« Er entschuldigte sich achselzuckend. »Ich habe diesen Trick früher selbst angewandt, beim Fußball in der Schule. Bin zwar nicht in Ohnmacht gefallen, aber habe mir das Knie gehalten und mich herumgewälzt. Das hat immer geholfen.«

»Soso«, sagte ich, immer noch meine Schulter massierend, »das merke ich mir. Das nächste Mal kannst *du* dich zu Boden fallen lassen, mein Lieber.«

Den versicherte mir, daß ich ganz wunderbar gefallen sei. »Du willst mir wohl heute morgen all deine Talente vorführen, was?« Er spielte natürlich auf meinen Elektra-Monolog an, aber so, wie er es sagte, mit diesem Lächeln, schien er etwas Intimeres anzudeuten.

Alex sah schweigend von Den zu mir, legte dann die Hände auf den Rücken und betrachtete die Scheinwerfer über uns. »Das hier ist bisher das größte Projekt gewesen.

Wir haben das Theater praktisch aus Ruinen wieder aufgebaut.«

»Da haben Sie gute Arbeit geleistet«, sagte Den anerkennend. »Aber schade, daß Ihr Vater es überhaupt erst verfallen ließ.«

Alex verschloß sich sofort, als spräche er nicht gern über Persönliches. »Mein Vater hat sein Geld lieber in das Familienunternehmen gesteckt«, antwortete er immerhin.

Den, der keine falsche Zurückhaltung kannte, nutzte sofort die Gelegenheit, mehr zu erfahren. »Und was ist das für ein Unternehmen?«

Alex lächelte. »Wir bauen Schiffe.«

»Aha, verstehe.« Den wartete, doch als keine weiteren Informationen kamen, räusperte er sich und fragte: »Gibt es denn noch viel zu tun hier?«

»Genug«, sagte Alex. »Unter anderem muß die Bühne poliert werden, das sollen die Männer heute tun. Am Freitag haben sie die Bretter abgeschliffen und das Holz vorbereitet – es ist importiertes Ahornholz, sehr hart. Wir konnten die alten Bretter nicht alle erhalten«, erklärte er, als ich auf den gelbbraunen Boden zu meinen Füßen sah. »Nachdem das Dach zusammengefallen war, sind viele verwittert, aber wir haben gerettet, was wir konnten, und die neuen Teile passen ganz gut hinein.«

Ehrlich gesagt, konnte ich die neuen Bretter nicht mal von den alten unterscheiden. Pietros Männer verstanden ganz offensichtlich etwas von ihrem Handwerk.

»Und wenn die Bühne fertig ist«, fuhr Alex fort, »soll die Tonanlage installiert werden. Die Akustik hier ist zwar sehr gut, genau wie in den antiken griechischen Theatern – die Hänge werfen den Klang zurück, als säße man in einer Schüssel, verstehen Sie –, aber mit der Unterstützung von Mikrofonen können wir sichergehen, daß wirklich alle jedes Wort hören. Dann sind da noch die Garderobenräume fertigzustellen. Zum Glück muß dort nichts an der Bausubstanz gemacht werden, aber sie brauchen dringend einen neuen Anstrich und ein wenig Modernisierung.«

Rupert meinte, er könne es kaum erwarten, sie zu sehen. »Ich muß gestehen, ich habe schon versucht, einen Blick hineinzuwerfen, aber sämtliche Türen dort hinten sind verschlossen.«

»Ja, Pietro hat ständig Angst um seine Werkzeuge«, sagte Alex, und das plötzliche Aufjaulen einer Motorsäge jenseits des Durchgangs unterstrich seine Worte und rief uns Pietros Anwesenheit in Erinnerung.

Den nickte in Richtung des Lärms. »Trotzdem muß ihm mal jemand Manieren beibringen.«

»Es tut mir sehr leid, wenn er Sie erschreckt hat.« Zum zweitenmal war Alex gezwungen, sich für einen seiner Angestellten zu entschuldigen. Das mußte sehr ärgerlich für ihn sein, aber er ließ sich nichts anmerken. »Es wird nicht wieder vorkommen.«

Rupert tröstete ihn mit der Bemerkung, daß er genau zum richtigen Zeitpunkt aufgetaucht sei.

»Ja, ich habe gerade zufällig aus dem Fenster gesehen, als Sie beide vorbeikamen« – dies an Den und mich gerichtet – »und da fiel mir ein, daß ich gestern abend vergessen hatte, Ihnen wegen des Theaters Bescheid zu sagen. Dann sah ich Pietro in dieselbe Richtung gehen ...« Er zuckte vielsagend die Achseln.

Das Theater habe wohl eine besondere Anziehungskraft an diesem Morgen, scherzte Rupert. »Ich wollte mich nur mal ein bißchen umsehen. Was die beiden hier vorhatten, weiß ich nicht ...«

»Wir wollten die Bühne ausmessen«, erklärte ich. »Damit Den den Probenraum abstecken kann.«

Rupert warf Den einen ironischen Blick zu. »Ach ja?«

»Genau.« Unser Inspizient wühlte in seiner Jackentasche, zog ein Maßband heraus und zeigte es Rupert grinsend, ehe er mir das eine Ende reichte. »Celia, würdest du das bitte bis zum Rand der Bühne ziehen?«

Alex sah uns nachdenklich zu. »Ich dachte, ich hätte Ihnen den Grundriß schon vorab geschickt?«

»Tatsächlich? Dann habe ich ihn wohl verlegt«, sagte Den.

»Macht nichts, doppelt gemoppelt hält besser.« Er notierte sich eine Zahl und dirigierte mich in eine andere Position, während ich mich bemühte, ein ernstes Gesicht zu bewahren. So ein raffinierter Mistkerl, dachte ich – er kannte die Maße des Theaters längst und hätte mich überhaupt nicht gebraucht. Es war bloß ein Trick gewesen, um mit mir allein zu sein.

Aber er hatte nicht mit Rupert gerechnet, der schon zu lange mein Ziehvater war, um auf so etwas hereinzufallen. Betont lässig schlenderte er auf uns zu. »Ich kann dir ja helfen, Dennis. Celia hat sicher etwas Besseres zu tun.«

Widerspruchslos übergab ich ihm das Maßband und amüsierte mich im stillen über seine Fürsorge, doch als ich gerade verlauten lassen wollte, daß ich eigentlich nichts vorhätte, sagte Alex: »Ich gehe jetzt zum Haus zurück, falls Sie mitkommen möchten.«

Das änderte natürlich alles. »Ja, gern«, antwortete ich und nahm die dargebotene Hand, mit der er mir von der Bühne auf die Treppe hinaufhalf.

IX

Ich erinnere mich nicht, daß auf dem Weg zurück zum Haus irgend etwas Bemerkenswertes vorgefallen wäre. Alex sagte, es sei ungewöhnlich warm für diese Jahreszeit, und ich sagte etwas Nettes über die Gartenanlagen und fragte nach den Hunden, worauf er antwortete, sie seien im Zwinger, weil er sie bei einem Termin heute morgen nicht hätte mitnehmen können. Das war alles.

Doch als wir die Terrasse erreicht hatten, war es um mich geschehen: Ich war verliebt. Seine warmen, braunen Augen, sein Gang, seine Art, den Kopf leicht zur Seite zu neigen, wenn er mir zuhörte, ließen mein Herz höher schlagen und brachten mich total durcheinander, so daß ich mir wie ein alberner Teenager vorkam. Jedenfalls war ich albern genug, um wieder an Sallys Tarotkarten zu denken und an ihren »Mann mit den hellbraunen Haaren«. *Der König der Kelche, ein Geschäftsmann mit Sinn für die Künste.* Das mußte Alex sein, oder? Äußerlich ruhig, aber leidenschaftlich im Innern. *Er ist die Grundlage von allem,* hatte Sally gesagt, meine Basis.

Ich versuchte, ihn nicht wie ein verknalltes Mädchen anzuschmachten, aber mein Lächeln, als ich ihm für die Begleitung dankte, geriet unwillkürlich strahlend. Er überraschte mich, indem er zurücklächelte.

»Gern geschehen. Es war mir ein Vergnügen.«

Wir waren nicht allein auf der Terrasse. Nicholas stand an die Brüstung gelehnt. »Teresa sucht nach Ihnen«, teilte er Alex mit. »Irgend etwas mit dem Wagen einer Mrs. Forlani.«

Ich sah Alex neugierig an. »Mrs. Forlani? Von der Stiftung? Sie ist hier?«

»Ja, sie kommt im Schnitt einmal im Monat her, um sich vom Fortschritt der Arbeiten zu überzeugen. Sie werden sie beim Mittagessen kennenlernen.«

Mir ging die Frage durch den Kopf, wie eine Dame ihres Alters wohl die Terrassentreppe überwinden sollte, doch Alex entschuldigte sich bereits höflich und verschwand im Haus. Weil ich nicht den Eindruck erwecken wollte, daß ich ihm hinterherlief, blieb ich bei Nicholas zurück. Er machte kein besonders einladendes Gesicht, aber ich ließ mich davon nicht abschrecken. Wenn ich mit ihm und Madeleine zusammenarbeiten wollte, mußte ich langsam damit beginnen, mich ebenbürtig zu fühlen und auch so zu benehmen.

Möglichst unbefangen ging ich auf ihn zu. »Wir waren drüben beim Theater.«

»Ach ja? Ich habe mich schon gewundert, wo alle stecken. Sind Den und Rupert auch dort?«

Ich nickte. »Sie vermessen gerade die Bühne.«

»Ich habe das Theater noch gar nicht gesehen. Wir wollten gestern hingehen, Maddy und ich, aber durch die Krise mit dem Hausmädchen und euer Auftauchen sind wir nicht dazu gekommen. Vielleicht versuchen wir es heute nachmittag noch mal.«

»Nein, das geht nicht. Die Arbeiter sollen heute mit der Bühne fertig werden, deshalb ist das Theater gesperrt. Wir waren vorhin auch nicht gerade erwünscht dort, aber wir wußten ja nichts davon.«

Nicholas zog die Augenbrauen hoch, als wäre er erstaunt, daß eine Anfängerin es wagte, ihm zu sagen, was er zu tun und zu lassen hatte. »Es ist doch ein Freilufttheater, oder? Dann kann uns ja wohl niemand abhalten, es uns anzusehen. Oder ist es von bewaffneten Wachen umstellt?«

Unbeeindruckt von seinem Sarkasmus antwortete ich: »So ähnlich«, und erzählte ihm von dem Beinaheangriff des Riesen Pietro.

»O Gott, dieser Pietro.« Nicholas zog eine Grimasse und zündete sich eine Zigarette an. »Maddy und ich sind auch schon mit ihm zusammengeprallt, gleich am ersten Abend. Wir kamen um eine Ecke im Garten und zack! da war er. Hat mir einen ganz schönen Schrecken eingejagt, das kann ich dir sagen.«

»Ich glaube, ein Zusammenstoß mit Pietro würde jedem einen Schrecken einjagen.«

Nicholas stimmte mir zu. »Häßlicher Kerl, nicht? Er würde einen perfekten Caliban abgeben.«

Verblüfft sah ich ihn an. Genau diese Rolle hätte auch ich Pietro gegeben – die des rachsüchtigen Monsters aus Shakespeares »Sturm« –, aber ich hätte nie erwartet, daß ausgerechnet Nicholas dieselbe Marotte hatte. Ich betrachtete ihn mit neuem Interesse.

Vielleicht war er doch nicht so oberflächlich, vielleicht lohnte es sich, ihn besser kennenzulernen. Ich hatte ihn wohl falsch eingeschätzt, war zu schnell mit meinem Urteil gewesen.

Noch während ich dies dachte, rief er plötzlich: »Ah, da

bist du ja, Schatz. Ich habe mich schon gefragt, wo du so lange bleibst.«

Ich drehte mich um und sah, wie Madeleines Blick zwischen uns hin und her schnellte, als sie die Terrasse überquerte. Erschrocken wollte ich ihr erklären, daß ich mir nichts aus Nicholas machte, daß wir uns nur unterhalten hatten – ich wollte ihr und der Welt zurufen, daß ich nicht wie meine Mutter war.

Aber ich spürte, daß meine Worte, selbst wenn ich den Mut gehabt hätte, sie laut auszusprechen, auf taube Ohren gefallen wären. Madeleine schien in Gedanken zu sein, und als sie näher kam erkannte ich, daß ihr Ausdruck geradezu sorgenvoll war. »Tut mir leid.« Die Entschuldigung kam automatisch, ihre guten Manieren waren stärker als ihre persönlichen Probleme. »Ich habe gerade einen Anruf von Poppys Schule bekommen.«

Nicholas stöhnte. »Ach ja? Was hat sie jetzt wieder angestellt?«

»Sie hat das Pfeiffersche Drüsenfieber.«

»Arme Kleine«, sagte ich mitfühlend. Mir war diese Krankheit als Kind erspart geblieben, aber eine Klassenkameradin hatte deswegen ein halbes Schuljahr verpaßt.

»Verdammtes Pech.« Nicholas blies einen Rauchring in die Luft. »Aber es ist ja nichts Gefährliches, und an der Schule gibt es immerhin eine Krankenschwester.«

Madeleine hörte nur halb zu und strich sich fahrig eine dunkle Locke aus der Stirn. »Sie sagen, daß sie dauernd nach mir fragt, daß sie mich bei sich haben will. Ich weiß nicht, was ich tun soll.«

»Schatz, es gibt nichts, was du tun kannst.«

»Ich könnte sie hierherbringen.«

Er sah sie an, als wäre sie übergeschnappt. »Wir proben hier ein Theaterstück!«

»Ich weiß, aber die Proben dauern ja nicht den ganzen Tag. Ich hätte trotzdem Zeit, mich um sie zu kümmern. Außerdem wird sie wahrscheinlich meistens im Bett liegen und schlafen.«

»Und wenn sie uns alle ansteckt? Was dann?«

Ich mußte mich einmischen. »Es ist vor allem eine Kinderkrankheit. Erwachsene bekommen sie nicht so leicht.«

Nicholas war nicht entzückt von meinem Kommentar. Zu Madeleine sagte er: »Ich verstehe nicht, warum du sie unbedingt …«

»Weil sie meine Tochter ist.«

Ich versuchte, mir vorzustellen, wie meine Mutter einem Liebhaber mit der einfachen Erklärung »Weil sie meine Tochter ist« die Stirn bot. Vergebens.

Madeleine wandte sich mir zu, und unsere Blicke begegneten sich in stummem Einverständnis. »Ich werde Alex fragen, ob er etwas dagegen hat.«

»Wogegen soll ich etwas haben?« ließ sich Alex' Stimme vernehmen.

Wir hatten ihn nicht kommen hören, und nun stand er uns gegenüber und sah erwartungsvoll vom einen zum andern. Er war nicht allein.

Eine Frau war bei ihm, eine junge Frau in einem roten Kleid und einer Sonnenbrille, die ihre Augen verbarg. Mit eleganter Geste warf sie ihre langen, dunklen Haare über die Schulter.

Ich starrte sie an, nicht nur weil sie attraktiv war und in Begleitung von Alex, obwohl ich darüber nicht sonderlich erfreut war, sondern weil ich sie irgendwo schon einmal gesehen hatte. Dann fiel es mir ein: in Venedig, in San Marco und später noch einmal im Restaurant.

Wirklich ein erstaunlicher Zufall, und während Madeleine das Problem mit der Krankheit ihrer Tochter schilderte, nutzte ich die Gelegenheit, die Frau genauer in Augenschein zu nehmen. Wegen der Sonnenbrille wußte ich nicht, ob sie es bemerkte, aber ich hatte den Eindruck, daß sie zu der Sorte Menschen gehörte, die andere sowieso nicht bemerken. Sie hatte einen gelangweilten Gesichtsausdruck, der mich an meine Mutter erinnerte, an Personen mit einem engen, egozentrischen Weltbild, die an bewundernde Blicke gewöhnt sind und einzelne Personen nur dann wahrnehmen, wenn sie für sie wichtig sind.

Sie gab niemandem die Hand und nickte nur, als Alex, nachdem er Madeleine versichert hatte, daß ihre Tochter selbstverständlich willkommen sei, uns der Reihe nach vorstellte. »Und dies ist Daniela Forlani«, endete er.

Schon wieder mußte ich sie anstarren. Daniela Forlani! Das war doch wohl nicht möglich. Leonardo Forlani war um die Neunzig gewesen, als er starb, so daß diese Frau, die aussah wie dreißig und wahrscheinlich nicht viel älter war, unmöglich seine Witwe sein konnte. Vielleicht war sie ja seine Tochter oder …

»Danielas verstorbener Mann hat die Stiftung gegründet, die dieses Anwesen restaurieren läßt«, erläuterte Alex. »Sie kommt ab und zu vorbei, um nach dem rechten zu sehen.«

»Aber nein, Caro, du weißt ganz genau, daß das nicht wahr ist«, widersprach sie mit träger Stimme und in einem Englisch, das idiomatisch besser war als Teresas, aber ebenfalls einen starken Akzent hatte. »Nein, ich komme, weil du mich immer so verwöhnst.«

Nicholas mischte sich ein. »Entschuldigen Sie, Ihr Name ist Forlani? Ich dachte, Italienerinnen nehmen nicht den Nachnamen ihres Mannes an.«

»Forlani ist auch mein Mädchenname. Die Familien sind entfernt verwandt, glaube ich.« Ihr Ton besagte, daß sie die Frage für überflüssig und zudringlich hielt.

Doch Nicholas' Interesse schien geweckt. Geld, dachte ich, ist verführerischer als jedes Parfum. Er richtete seine lange Gestalt an der Brüstung auf. »Dann wohnen Sie also auch im Damenflügel?«

Ihr dunkler Kopf drehte sich unwillig, bis ihre Sonnenbrille sein Bild widerspiegelte. »Nein«, sagte sie, als wäre dieser Gedanke völlig absurd, »ich wohne in der Villa.«

Sie meinte die Villa delle Tempeste, vermutete ich. Ein passender Platz für sie, denn sie hatte bestimmt ein Talent dafür, Stürme zu entfachen. Ich fragte mich gerade, was wohl aus ihrem Begleiter in Venedig geworden war, dem Mann mit der herzförmigen kahlen Stelle, als Madeleine sie höflich fragte: »Sind Sie gerade angekommen?«

Gespannt wartete ich, ob sie ihren Venedigaufenthalt erwähnen würde, aber sie zog es vor, überhaupt nicht zu antworten, als verdiente Madeleines Frage keine Erwiderung. Sie öffnete ihre Handtasche mit einem Klicken, holte ein Päckchen Zigaretten mit langem Filter heraus und zündete sich eine mit einem silbernen Feuerzeug an. Tief inhalierend ging sie zur Brüstung. »Es wird Regen geben heute nachmittag«, sagte sie, und das Wetter schien sich tatsächlich zu ändern. Ein Dunstschleier verbarg die Berggipfel in der Ferne, und die Farbe des Sees hatte sich von Blau in ein stumpfes Grau verwandelt.

Auch die Luft kam mir kühler vor, aber ich war nicht sicher, ob es am Wetterwechsel lag oder an Daniela Forlani.

X

»Also, das eine kann ich euch sagen, wenn sie nicht schon einen anderen hätte, würde ich mich an sie heranmachen.« Den stieß einen beeindruckten Piff aus, als er sich hinkniete und mit dem Markieren fortfuhr, indem er mit einem Stück Kreide den Umriß der Bühne auf den Fußboden des Probenraums übertrug. Rupert und ich assistierten ihm. Rupert las die Maße vor, und ich hielt das Ende des Maßbandes, worin ich inzwischen Übung hatte.

Normalerweise wurde die Bühne mit farbigem Klebeband markiert, doch der Boden bestand aus so feinem, spiegelnden Parkett, daß Den sich für die Kreide entschieden hatte, um keinen Schaden anzurichten. Auf diese Weise würde er die Linien zwar immer wieder nachzeichnen müssen, wenn sie sich verwischten, aber das schien ein kleiner Preis dafür zu sein, die Schönheit dieses Raums zu bewahren.

Wie viele andere Räume in Il Piacere hatte auch dieser einen Namen: *La Stanza degli Angeli,* das Engelszimmer. Unwillkürlich betastete ich meine Halskette mit dem kleinen Engelsanhänger, die Bryan mir zum Geburtstag geschenkt hatte, während ich all die anderen Engel rundherum betrachtete. Sie schwebten hoch oben am bemalten Deckenrand, lächelten aus den Stuckrosetten herab, die wie Perlen in der Mitte jeder Deckenkassette saßen, und flatterten um die vergoldeten Rahmen der riesigen Spiegel an den Wänden. Mein kleiner Schutzengel befand sich in vornehmer, aber munterer Gesellschaft.

Rupert erwiderte unterdessen trocken, daß er vor einer Stunde beim Mittagessen nicht den Eindruck gehabt habe, Den hielte sich bei Daniela Forlani zurück. »Deine Methode ist nicht gerade dezent, weißt du.«

Den grinste. »Ich wollte doch nur höflich sein. Außerdem habe ich jetzt wenigstens die Antwort auf eine meiner Fragen, nämlich was einen Mann wie D'Ascanio dazu bewegen könnte, seinen Familienbesitz der Forlani-Stiftung zu übergeben. Ich meine, das ist doch verrückt, es sei denn, er ist knapp bei Kasse, und das scheint bei ihm ja nicht der Fall zu sein. Aber seit ich gesehen habe, wen die Stiftung als Köder einsetzt, kann ich verstehen, warum er angebissen hat.« Er sah zu mir auf. »Celia, Schätzchen, kannst mir noch ein paar Zentimeter geben? Sehr gut, danke.« Mit erneutem Blick zu mir: »Du bist auf einmal so still.«

»Bin ich das? Liegt wohl am Mittagessen. Das macht mich immer so schläfrig.«

Ich fühlte mich wirklich etwas träge und langsam, hatte aber den Verdacht, daß mein Schweigen mehr mit Daniela Forlani zusammenhing und mit der vertrauten Art, wie sie beim Mittagessen mit Alex gesprochen und ihn angelächelt hatte. Sie war vorige Nacht in der Villa delle Tempeste angekommen, und es war zweifellos ihr Licht gewesen, das ich von meinem Fenster aus gesehen und das Alex von der Terrasse in den Park gelockt hatte. Die Tatsache, daß er die Hunde zurückgelassen hatte, war ein weiterer Beweis, denn Daniela hatte beim Essen deutlich erkennen lassen, daß sie sich nicht viel aus den Tieren machte. Wahrscheinlich war er auch am Morgen bei ihr gewesen – hatte er mir nicht erzählt, daß Max und Nero im Zwinger waren, weil er sie nicht zu einem »Termin« hatte mitnehmen können? Noch wahrscheinlicher war, daß er die Nacht bei Daniela in der Villa verbracht hatte. Warum sollte es nicht ihr Fenster gewesen sein, aus dem er Den und mich auf dem Weg zum Theater gesehen hatte?

Ich hatte beim Essen nichts von Venedig gesagt und auch nichts von ihrem Begleiter mit der herzförmigen Glatze. Das ging mich schließlich nichts an. Außerdem würde ich auf alle Fälle die Finger von Alex lassen, wenn sie wirklich mit ihm zusammen war, so schwer es mir auch fallen mochte. Ich spannte anderen Frauen nicht die Männer aus. Ich war nicht wie meine Mutter.

»Du solltest dich ein bißchen hinlegen«, sagte Rupert. »Wir kommen schon allein zurecht.«

»Nein, nein, mir geht's prima.« Mit gespielter Munterkeit sah ich mich um. »Das hier war also mal der Ballsaal?«

Die Antwort kam nicht von Den oder Rupert, sondern von der Tür hinter mir. »Mein Großvater hat hier vor allem seine Fechtübungen abgehalten«, sagte Alex. »Nach allem, was ich gehört habe, war er kein großer Tänzer.«

Ich drehte mich um und stellte fest, daß er mich direkt ansah.

»Sind Sie jetzt enttäuscht?«

»Nein, eigentlich nicht.« Ich konnte mir Galeazzo D'Ascanio leichter beim Fechten gegen sein Spiegelbild vorstellen als beim Walzertanzen. Aus seinen Biographien ging hervor, daß er nicht besonders gesellig war, und obwohl er gern ausschweifende, dekadente Partys gab, hielt ich es für möglich, daß er dabei am liebsten vom Rand aus zugesehen hatte, so wie sein Enkel in diesem Moment.

Die Hunde waren wieder an seiner Seite und wedelten mit ihren langen Schwänzen. Max, der kühnere von beiden, kam auf mich zu und schnupperte an meiner ausgestreckten Hand. Als ich seinen schönen, glatten Kopf streichelte, wunderte sich Alex: »Normalerweise ist er nicht so zutraulich.«

Noch vor ein paar Stunden hätte ich sehr entgegenkommend auf seine freundliche Stimme und das seltene Lächeln reagiert, aber da ich nun wußte, daß er gebunden war, achtete ich darauf, nichts zu tun, was als Flirten aufgefaßt werden konnte. »Ja, Hunde merken immer gleich, ob man sie mag, nicht wahr?« Sofort biß ich mir auf die Zunge, denn es klang wie eine Spitze gegen Daniela Forlani und ähnelte zu sehr den boshaft-eifersüchtigen Bemerkungen meiner Mutter.

Alex musterte mich einen Moment, bevor er sich an Rupert wandte. »Ich hätte jetzt Zeit, wenn Sie mitkommen möchten, um die Möbel für die Proben auszusuchen. Ich lasse sie dann später von jemandem hierherschaffen.«

Ich fragte mich, wen er damit beauftragen wollte, in Anbetracht der Dienstbotenknappheit, sagte aber nichts. Den war weniger taktvoll.

»Ich kann mit anfassen, wenn es Ihnen an Leuten fehlt«, erbot er sich fröhlich. »Immer noch keine Spur von Giancarlo, nehme ich an? Teresa hat gesagt, daß er manchmal wochenlang abtaucht, stimmt das?«

»Es ist schon vorgekommen.« Alex legte seinen Kopf schräg. »Wann haben Sie denn mit Teresa gesprochen?«

»Ach, kurz vor dem Mittagessen. Ich hatte Kaffeedurst, und sie hat mir einen gemacht.«

»Sie müssen sie stark beeindruckt haben«, sagte Alex mit einem kleinen Lächeln. »Genau wie Max ist sie sonst nicht so freundlich zu Fremden.«

»Also, ich kann mich nicht beklagen.« Den kratzte sich am Kopf und grinste jungenhaft. »Wahrscheinlich habe ich einfach Glück. Apropos Kaffee, meinst du, du könntest mir ein Täßchen mitbringen, wenn du vom Möbelaussuchen zurückkommst, Rupert?«

Rupert sah nicht so aus, als wäre er scharf darauf, irgendwohin zu gehen und mich mit Den allein zu lassen, aber seine Gutmütigkeit gewann dann doch die Oberhand. »Natürlich. Celia? Möchtest du auch einen Kaffee?«

»Nein, danke.«

»Schön, es wird wohl nicht allzu lange dauern.«

»Laß dir nur Zeit«, rief ihm Den augenzwinkernd nach. Er ist wirklich unverbesserlich, dachte ich, während ich zusah, wie er seinen Kreidekreis vollendete. »So«, sagte er und wischte sich den Staub von den Händen, »das wäre die Bühne. Jetzt muß ich nur noch herausfinden, wo der Gang von der Garderobe endet.«

Ich reichte ihm die Skizze mit den Abmessungen. »Du hast dich also bei Teresa eingeschmeichelt, ja?«

»Nur, um den neuesten Klatsch zu erfahren. Sie hat mir etwas Interessantes über das verschwundene Hausmädchen erzählt – sieht so aus, als ob die Kleine ganz verschossen in unseren Freund Pietro gewesen wäre. Ja«, sagte er, als er mein Gesicht sah, »das hab ich auch gedacht. Ich kann nicht glauben, daß irgendeine Frau etwas an diesem Kerl findet, aber so ist es nun mal. Auf jedes Töpfchen paßt ein Deckelchen, heißt es doch. Jedenfalls hat Teresa gesagt, das Mädchen wäre schon seit ein paar Tagen niedergeschlagen gewesen. Sie habe wahrscheinlich einen Streit mit ihrem Liebsten gehabt und sei deshalb verschwunden.«

Nachdem ich Pietro gesehen hatte, war ich geneigt, ihr zu diesem Schritt zu gratulieren. Dann fiel mir etwas anderes ein. »Wenn du das nächste Mal mit Teresa sprichst, versuch doch mal herauszufinden, warum sie mich nicht leiden kann.«

Den nahm sein Ende des Maßbands und ging damit rückwärts, den Blick auf die Ziffern gerichtet. »Es hat nichts mit dir zu tun«, sagte er kopfschüttelnd. »Sondern mit dem Geist.«

»Wie bitte?«

»Sie glaubt, daß Celia Sands – die Erste – sich immer noch in ihren alten Räumen herumtreibt. Daß es dort spukt, verstehst du.«

»Ach so.« Ich erinnerte mich, wie Teresa mit Nachdruck behauptet hatte, die Zimmer seien kein Ort für Gäste. Was waren ihre Worte gewesen? *Dinge geschehen* … »Und wieso glaubt sie das?«

»Sie sagte, sie hätte ein paar … Erlebnisse gehabt. Genaueres wollte sie mir nicht verraten. Warum, soll ich sie noch mal danach fragen?«

»Nein, ist nicht so wichtig.«

»Sie ist schon eine Type, unsere Teresa. Welche Rolle hast du ihr gegeben?«

Wieder sah ich ihn verständnislos an. »Was?«

»In deinem Shakespearespiel.«

»Woher weißt du davon?«

»Rupert hat geplaudert. Gestern abend nach dem Essen, da warst du schon hinaufgegangen, glaube ich, sind wir irgendwie auf Shakespeare gekommen, und Rupert hat uns erzählt, daß du den Leuten immer Rollen aus seinen Stücken gibst.«

»Aha.« Es gab keinen Grund, auf Rupert sauer zu sein. Mein kleines Spiel war kein Geheimnis – alle meine Freunde wußten davon –, und Rupert würde mich nie absichtlich in Verlegenheit bringen. Trotzdem war es mir peinlich. Ich war bei weitem die jüngste hier und hatte am wenigsten vorzuweisen, weshalb ich keinen besonderen Wert darauf legte, daß die anderen von meinen kindischen Gewohnheiten erfuhren. »War Nicholas auch dabei, gestern abend?«

»Ja, warum?«

»Ach, nur so.« Das erklärte seine lächelnde Bemerkung über Pietro als den perfekten Caliban heute morgen. Er hatte also sein eigenes Spielchen mit mir gespielt, was bedeutete, daß er doch der miese Kerl war, für den ich ihn gleich zu Anfang gehalten hatte. Bryan sagte immer, man solle seinem ersten Eindruck trauen. »Aber um deine Frage zu beantworten, ich habe Teresa noch gar keine Rolle gegeben.«

»Das ist auch schwer bei ihr«, räumte Den ein. »Nicht so wie bei dir.«

»So? Und welche Rolle würdest du mir geben?« Ich erwartete, daß er eine von den naheliegenden wählen würde, Julia oder Ophelia oder …

»Cordelia«, kam es wie aus der Pistole geschossen.

Die jüngste Tochter von König Lear. Die treue, herzensgute. Ich war geschmeichelt. »Moment mal, wird sie nicht am Ende vergiftet?«

»Ich denke nicht, daß du in unmittelbarer Gefahr schwebst.« Er zog die Linien für den Durchgang auf den

Fußboden. »Fertig, jetzt brauchen wir nur noch die Möbel.« Als er sich hinkniete, um die Skizze mit den Bühnenmaßen wieder in sein Ringbuch zu heften, sagte er: »Oh, fast hätte ich es vergessen. Das hier wird dir morgen nützlich sein.«

Ich nahm das Blatt, das er mir gab, ein Labyrinth aus Linien. »Was ist das?«

»Ein Plan der Gänge und Korridore von deinem Zimmer zu diesem hier.«

Er war wirklich gründlich, das mußte ich ihm lassen. »Du denkst, ich werde mich verirren, ja?«

»Nicht, wenn du dich an diesen Plan hältst.«

Lächelnd faltete ich die Zeichnung zusammen und steckte sie in meine Hosentasche.

XI

Am nächsten Morgen verirrte ich mich prompt auf dem Weg zur Probe.

Offen gestanden hätte schon jemand Brotkrümel ausstreuen oder einen Faden abrollen müssen wie Theseus im Labyrinth des Minotaurus, damit ich mich in Il Piacere zurechtfand. Ich hätte natürlich auch Dens Plan benutzen können, nur diente der leider gerade als Lesezeichen in dem Gedichtband auf meinem Nachttisch.

Verflixt, dachte ich, als ich um die zigste Ecke in dem dunklen Korridor bog. Ich hatte keinen Schimmer, wo ich war, und würde zu spät zur Probe kommen.

Ich ging schneller, angetrieben von demselben irrationalen Impuls, der mich Gas geben ließ, wenn ich mit dem Auto falsch abgebogen war, in der Hoffnung, hinter der nächsten Kurve wieder auf vertrautes Terrain zu stoßen. Daß ich mich völlig verlaufen hatte, wurde mir spätestens dann klar, als ich auf einmal nicht mehr durch Korridore lief, sondern durch eine Zimmerflucht, die unheimlich still und leer war und nach Bohnerwachs und staubigen Vorhängen roch. Verzweifelt blieb ich stehen und wollte gerade umkehren, als ich ein leises, beruhigendes Geräusch hörte, das die Nähe eines anderen menschlichen Wesens anzeigte: das eifrige Klacken einer Computertastatur.

Ich verfolgte das Geräusch zu einer geschlossenen Tür auf der rechten Seite. Das Klacken hörte auf, dafür vernahm ich knarrende Schritte auf dem Holzfußboden und ein Schnüffeln, das nicht menschlich war. Alex, dachte ich, und die Hunde. Ich zögerte, weil ich Alex gegenüber nicht zugeben wollte, daß ich zu blöd war, den richtigen Weg zu finden, doch weil ich keine Zeit zu verlieren hatte, gab ich mir einen Ruck. Gerade wollte ich anklopfen, als die Tür aufging. Ich zuckte vor Schreck zusammen.

Alex war ebenfalls erschrocken, erholte sich aber schneller als ich. »Guten Morgen.«

»Guten Morgen. Ich ...«

»Sollten Sie nicht bei der Probe sein?« Er sah auf seine Armbanduhr. »Ich dachte, sie fängt um zehn Uhr an.«

»Ja, schon, das ist ja mein Problem. Ich kann den Raum nicht finden.«

»Ach so.« Er nickte verständnisvoll. »Sie sind die Haupttreppe heruntergekommen, stimmt's? Sie hätten unten nach rechts gehen müssen statt nach links, das ist alles.« Er hob die Hand, als wollte er mir den Weg erklären, überlegte es sich dann aber anders. »Ich glaube, es ist einfacher, wenn ich es Ihnen zeige.«

Unterwegs versuchte ich, mir unsere Route zu merken – durch eine Tür in einen kurzen Gang, der wiederum in eine Art Kreuzgang über einem idyllischen Innenhof führte –, aber ich nahm meine Umgebung nur halb wahr. Viel stärker war ich mir der verrinnenden Zeit und des Mannes an meiner Seite bewußt, wie er atmete, wie er ging und wie oft die Hunde Kontakt mit seinen Händen suchten. Bryan pflegte immer zu sagen, Hunde könnten einem mehr über eine Person verraten als andere Menschen. »Menschen kann man täuschen«, meinte er, »aber niemals einen Hund. Er weiß sofort, aus welchem Holz man geschnitzt ist.«

Ich ertappte mich dabei, wie ich überlegte, ob Daniela Forlani die Hunde nicht mochte oder die Hunde sie nicht ausstehen konnten. Laut sagte ich: »Es ist wirklich nett von Ihnen, mich hinzubringen. Ich wollte Sie aber nicht bei der Arbeit stören.«

»Ich war sowieso gerade fertig. Außerdem habe ich nur am Computer gesessen und meine Mails gelesen.«

»Sie haben E-Mail?« fragte ich etwas überstürzt.

Alex entging es nicht. »Möchten Sie vielleicht jemandem eine Nachricht schicken?«

»Nein, nein, ich wollte nicht ...«

»Das können Sie gerne«, lud er mich ein. »Kein Problem.«

»Na ja ...« Ich zierte mich noch einen Moment und gab schließlich nach. »Wenn es Sie wirklich nicht stört, würde ich gern eine Nachricht an Bryan schicken. Er ist bestimmt schon ganz gespannt zu erfahren, wie es uns hier ergeht. Wir haben ihn natürlich von Venedig aus angerufen, und Rupert hat sicher am Wochenende mit ihm telefoniert, aber Telefonieren ist so teuer, und er sitzt sowieso jeden Tag am Computer ...« Ich verstummte, weil mir einfiel, daß Alex vermutlich nicht wußte, wer Bryan war, falls er überhaupt etwas über Ruperts Privatleben wußte. Selbst in diesen aufgeklärteren Zeiten gab es immer noch genug Vorurteile.

Doch seine Miene hatte sich nicht verändert. »Kein Problem«, wiederholte er. Wir waren am Fuß der Treppe angekommen, über die ich ins Erdgeschoß gelangt war. »Jetzt gehen Sie da lang«, erklärte er, »und folgen einfach dem Gang, er bringt Sie direkt zur *Stanza degli Angeli.*« Er schob seinen Ärmel zurück und sah wieder auf die Uhr. »Sie haben noch zwei Minuten Zeit. Das reicht, um pünktlich zu kommen.«

»Vielen Dank.«

»Haben Sie eine Pause vor dem Mittagessen?« fragte er, als ich mich zum Gehen wandte.

»Ja, ich glaube schon. Eine kurze.«

»Dann kommen Sie ruhig, wenn Sie möchten, und ich zeige Ihnen das E-Mail-Programm. Wissen Sie den Weg noch?«

»Du lieber Himmel, nein. Ich habe überhaupt keinen Orientierungssinn. Aber eigentlich brauche ich ja nur zu dieser Treppe gehen und versuchen, den Weg zum Probenraum zu finden.«

Ich glaube, sein spontanes Lächeln überraschte ihn selbst. Er sah in diesem Moment sehr offen und zugänglich aus, kein bißchen distanziert. Nur leider konnte ich nicht so auf ihn zugehen, wie ich es gerne wollte. Der Moment verstrich.

Als ich ihm und den Hunden nachsah, spürte ich eine Regung, die ich kannte – eine Enge in der Brust und ein gewisses Kribbeln im Bauch. O nein, dachte ich. Ich wollte mich nicht von diesem Mann angezogen fühlen. Es konnte nichts Gutes dabei herauskommen. Aber das Gefühl blieb und ließ sich nicht vertreiben.

»Verdammt«, sagte ich laut, drehte mich um und rannte zum Probenraum.

XII

Die erste Probe machte mich wie immer nervös. Es spielte keine Rolle, daß ich die anderen Schauspieler schon ein wenig kannte, daß Rupert Regie führte und wir an diesem Morgen lediglich um einen Tisch sitzen und das Stück laut lesen mußten. Ich war entsetzlich aufgeregt.

Zumal eine Menge fremder Leute zugegen war, denn zur ersten Probe kam immer das ganze Team, das heißt auch die Maskenbildner und Kostümschneiderinnen und Bühnenbildner, obwohl wir die meisten von ihnen erst kurz vor der

Generalprobe wiedersehen würden. Sie waren alle nett, alle ziemlich jung, alle Italiener, wenn auch niemand aus dem Ort selbst kam und einer sogar extra aus Verona hergefahren war. Rupert stellte uns einander vor, und ich schüttelte viele Hände und lächelte viel, konnte mir aber keinen einzigen Namen und kein Gesicht merken.

Die Umgebung trug nicht gerade dazu bei, mich zu beruhigen. In diesem großen, hallenden Raum mit den hohen Spiegeln rundum fühlte ich mich klein und unbedeutend, ein Kind in Erwachsenenkleidern, das alle belächelten. Und es war auch keine Hilfe, daß Madeleine mir direkt gegenübersaß, elegant, gelassen, ganz Erfahrung und Routine.

Auf der Suche nach Beistand sah ich zum Himmel, wo die Engel und Putten mit ihren pausbäckigen Gesichtern ermutigend zu mir herabzwinkerten.

Rupert sprach schon seit geraumer Weile. Er hatte uns seine Pläne für die Inszenierung bereits in groben Zügen erklärt und ging nun zu den Einzelheiten über. »... das wären, denke ich, die wichtigsten Regeln und Abläufe. Haben mich alle verstanden? Gut. Wenn jemand ein Problem hat, kann er sich vertrauensvoll an Dennis wenden. Stört es jemanden, wenn Nicholas raucht?« fragte er im selben Atemzug, als Nicholas, der am anderen Tischende auf seinem Stuhl wippte, die Flamme eines Feuerzeugs seiner Zigarette näherte.

Es entstand ein überraschtes Schweigen. Nicholas' Gesicht sagte mir, daß es ihm noch nie in den Sinn gekommen war, um Erlaubnis zu bitten; er war daran gewöhnt, daß man sich nach ihm richtete.

»Schön«, sagte Rupert, als niemand Einwände erhob. »Dann werden wir jetzt mit der Leseprobe beginnen. Ich lasse euch beim erstenmal alle Freiheiten, damit ihr euch an euren Charakter herantasten könnt, und dann sehen wir weiter, in Ordnung? Dennis, gibst du bitte die Stichworte?«

Rupert lehnte sich zurück, während Den nach seiner Stopuhr griff und eine überzeugende Imitation der Schläge einer Standuhr lieferte, mit denen das Stück einsetzte. Die meisten Inspizienten hätten einfach gelesen: »Die Uhr schlägt vier«, aber Dens Methode war besser und versetzte uns in die richtige Stimmung.

Ich legte meinen Text auf den Tisch, um das Zittern meiner Hände zu verbergen, atmete tief durch und las die erste Zeile. Meine Stimme kam flach und gepreßt heraus, und je mehr ich dagegen anzukämpfen versuchte, desto schlimmer wurde es. Ständig verhaspelte ich mich und stolperte über die Worte, während Madeleine mir klar und flüssig antwortete. Ich spürte, wie alle mich beobachteten und sich fragten, warum um Gottes willen man mir diese Rolle gegeben hatte – zumindest hätte ich mich das an ihrer Stelle gefragt. Ich traute mich noch nicht einmal, Rupert anzusehen, weil ich nicht dem Mitleid oder, schlimmer noch, der Enttäuschung in seinem Blick begegnen wollte.

Mit gesenktem Kopf quälte ich mich voran und las viel zu schnell, um zu der Séance-Szene am Ende des ersten Aktes zu kommen, in der Nicholas' Figur schließlich auftaucht: anfangs nur als körperlose Stimme aus dem Off, doch dann in voller Gestalt mittels eines dramatischen Auftritts in der vorletzten Zeile, wodurch der lange Dialog zwischen der Witwe, also mir, und dem Medium, also Madeleine, unterbrochen wird.

Als er schließlich sprach, bedeutete das jedoch keine Erleichterung, sondern brachte mich höchstens noch mehr aus dem Konzept.

Nicholas las vollkommen ausdruckslos, mit monotoner, lebloser Stimme. Ich wußte, daß manche Schauspieler das bei der ersten Leseprobe taten, um sich noch nicht auf eine bestimmte Interpretation ihrer Figur festzulegen, aber ich hatte diese Methode noch nie am eigenen Leib erfahren. Sie war höchst irritierend.

»So«, sagte Rupert, als ich kläglich die letzte Zeile des ersten Aktes sprach, »ich denke, das ist ein guter Zeitpunkt für eine Pause, einverstanden?«

Den stimmte sofort zu. »Ich werd mal sehen, ob Teresa uns einen Tee machen kann.«

Zum Glück hatte ich durch Alex' Angebot mit der E-Mail

einen guten Grund, um zu verschwinden. Befangen stand ich auf. »Ich glaube, ich vertrete mir ein bißchen die Beine.«

Rupert nickte zum Zeichen seines Einverständnisses. Nicholas hatte schon wieder eine Zigarette im Mund und reagierte überhaupt nicht. Die anderen lächelten nur, doch Madeleine schob ihren Stuhl zurück. »Ich komme mit.«

Damit hatte ich nicht gerechnet. Ich mußte etwas unwillig dreingeschaut haben, denn sie fügte hinzu: »Das heißt, wenn du nichts dagegen hast?«

Was sollte ich darauf sagen, außer: »Nein, natürlich nicht.« Sie hatte meine Pläne durchkreuzt, denn ich konnte Madeleine schlecht zu Alex'Arbeitszimmer mitnehmen, nachdem ich gerade behauptet hatte, mir nur die Beine vertreten zu wollen. Aber wohin dann?

»Gehen wir hinaus auf die Terrasse«, schlug Madeleine vor. »Ich könnte ein bißchen frische Luft gebrauchen.«

XIII

Sie kannte sich offenbar schon gut aus. Während ich wieder durch die Gänge geirrt wäre, öffnete Madeleine einfach eine Tür gegenüber dem Probenraum und führte mich in ein leeres Zimmer mit hohen Glastüren, durch die man auf die Terrasse gelangte.

Die Steinplatten waren noch naß vom Regen, der während des Frühstücks gefallen war, und dichter Nebel hing in den bewaldeten Hügeln hinter uns und verdeckte das andere Seeufer. Die hohen, gelben Mauern des Hauses waren der einzige Farbfleck, und selbst der wirkte stumpfer ohne die Sonne. Aber immerhin regnete es im Moment nicht mehr, und der kühle Wind roch frisch und belebend.

Madeleine atmete ihn in tiefen Zügen ein. »Ah, das tut gut. Es fällt mir schwer, so lange in einem fensterlosen Raum zu sein.« Sie streckte sich und ging bis vor zur Brüstung.

Selbst wenn sie nur ruhig dastand, strahlte sie eine ungeheure Präsenz aus und zog die Aufmerksamkeit auf sich, dachte ich trübsinnig. Nie würde ich eine solche Ausstrahlung haben. Warum hatte ich bloß diese Rolle angenommen? Madeleine und Nicholas besaßen ein ganz anderes Format, ich würde ihnen nie das Wasser reichen können. Ganz mit meinen Selbstvorwürfen beschäftigt, sah ich hinüber zu den nebelverhangenen Bergen und merkte erst nach einer Weile, daß Madeleine mit mir sprach.

»... und Rupert erinnert mich so sehr an den Regisseur meines ersten wichtigen Stücks im West End. Er war ein sehr ruhiger, aber genialer Mann, genau wie Rupert, und ich war gerade mal neunzehn und sollte meine erste Hauptrolle spielen, und das ausgerechnet an der Seite des großen Sebastian Boyd, der mich total einschüchterte. Ich habe mich so sehr angestrengt, es allen recht zu machen, daß ich überhaupt nichts mehr zustande brachte.« Sie erzählte es wie nebenher, den Blick auf den See gerichtet, als würde sie eine Anekdote aus ihrem Leben zum besten geben. Aber ich ahnte, worauf sie hinauswollte, und hörte ihr nun aufmerksam zu.

»Nach der ersten Woche war ich überzeugt, daß sie meinen Part neu besetzen würden, weil ich so schlecht war. Dann kam eines Tages Sebastian nach der Probe zu mir. Ich werde es nie vergessen – er hatte sich für das Stück einen Bart wachsen lassen, und darüber saßen diese buschigen Augenbrauen, so daß er aussah wie Moses, der vom Berg herunterstieg, um mich zusammenzustauchen. Ich war sicher, er würde mir sagen, daß ich meinen Beruf verfehlt hatte. Aber er tat nichts dergleichen. Er fragte mich«, erzählte sie, und sie lächelte bei der Erinnerung daran, »ob ich je die Fabel von dem alten Mann und dem Esel gehört hätte. Du kennst sie bestimmt: Ein alter Mann ist mit seinem Enkel und einem Esel unterwegs, und irgend jemand, der ihnen entgegenkommt, lacht und sagt, daß doch einer von beiden auf dem Esel reiten könnte. Also setzt der alte Mann den Jungen auf den Esel, und der nächste, der ihnen begegnet, sagt: Das ist ja unmöglich, da reitet der gesunde Junge auf dem Esel, während der arme Alte nebenherhumpeln muß. Daraufhin steigt der Junge ab, damit sein Großvater reiten kann, aber der nächste findet es natürlich gemein, das Kind zu Fuß gehen zu lassen. Also setzen sie sich beide auf den Esel, und dann sagen alle: Wie brutal, der arme Esel kann doch gar nicht soviel tragen. Am Ende sind sie so durcheinander, daß sie den Esel tragen und hinfallen oder so und niemand mehr reiten kann. Jedenfalls«, schloß sie, »antwortete ich Sebastian, daß mir die Fabel bekannt sei, und er sagte: ›Na dann‹« – sie ahmte den ehrwürdigen Shakespearedarsteller mit seiner dröhnenden Stimme und dem berühmten stechenden Blick nach – »›dann scher dich nicht länger darum, was die anderen denken, steig einfach auf den verdammten Esel und reite.‹« Sie sah mich an und lächelte warm. »Dieser Ratschlag hat mir immer sehr geholfen.«

Es war ein guter Rat, und ich nahm mir vor, ihn zu beherzigen.

Wieder im Probenraum verschloß ich meine Gedanken gegen alle anderen, ignorierte die tonlose Wiedergabe von Nicholas und konzentrierte mich ganz auf das Lesen meines Parts. Der zweite und dritte Akt liefen wie am Schnürchen. Als ich fertig war, sah ich auf und las in Ruperts Augen, daß ich meine Sache gut gemacht hatte.

»Sehr gut«, sagte er erfreut. »Sehr gut, alle miteinander. Nach dem Mittagessen werden wir es dann Szene für Szene durchgehen, in Ordnung?«

Ein Stuhl schrammte laut neben mir über den Boden, als Den aufstand und sich streckte. »Das war ja ein Wahnsinns-Comeback«, murmelte er. »Was hat denn Madeleine in der Pause mit dir gemacht?«

»Gar nichts«, sagte ich. »Wir haben uns nur unterhalten.«

»Ich dachte schon, sie hätte dir dreistöckige Martinis eingeflößt da draußen, damit du dich entspannst.« Er grinste breit und legte mir einen Arm um die Schultern. »Gute Arbeit jedenfalls. Du wirst das prima machen.«

Der verlockende Duft von Gebratenem wehte uns entgegen, als wir den Probenraum verließen, aber ich hatte vor dem Essen noch etwas zu erledigen. »Ich komme gleich nach«, sagte ich zu den anderen und eilte in die entgegengesetzte Richtung.

XIV

Es war natürlich fraglich, ob Alex noch da sein würde, denn er hatte mich schließlich in der Vormittagspause erwartet, aber ich wollte es wenigstens versuchen.

Ausnahmsweise hatte ich keine Schwierigkeiten, den Weg zu finden. Wie zuvor lief ich durch die unbewohnten, ineinander übergehenden Zimmer, deren dicke Teppiche das Geräusch meiner Schritte schluckten. Doch diesmal kam mir jemand aus der anderen Richtung entgegen, als ich mich der geschlossenen Tür näherte, hinter der ich Alex' Büro vermutete. Ein Mann mittleren Alters in Arbeitskleidung.

Er sah mich nicht. Wir waren immer noch durch ein Zimmer voneinander getrennt, und außerdem schien er in Gedanken zu sein und ging schnell. Bei Alex' Tür angekommen, klopfte er und steckte den Kopf ins Zimmer, ohne eine Antwort abzuwarten. Er hatte ein Raubvogelprofil mit einer Hakennase und harten, schmalen Lippen.

Ich hörte, wie er etwas sagte, das dringlich und schroff klang, und wie Alex antwortete, dann ging der Raubvogelgesichtige mit einem Stirnrunzeln hinein und schloß die Tür hinter sich.

Wahrscheinlich einer der Arbeiter, der ein Problem hat,

dachte ich. Weil ich ihr Gespräch nicht durch so etwas Belangloses wie meine E-Mail stören wollte, machte ich kehrt, ging durch die halbdunklen Zimmer zurück und ließ mich von meinem Magen durch die verwinkelten Flure zum Eßzimmer führen, wo die anderen schon versammelt waren.

XV

Der Nachmittag verging wie im Flug.

Auf einmal war es sechs Uhr, und alle packten ihre Skripts zusammen und erhoben sich unter Gähnen und Strecken. Die Italiener schüttelten wieder unsere Hände und verabschiedeten sich. Der erste Probentag war vorüber.

Ich überlegte, ob ich noch einmal versuchen sollte, Alex in seinem Arbeitszimmer anzutreffen, aber er war sicher inzwischen gegangen. Also beschloß ich, lieber ein Bad zu nehmen und mich umzuziehen, und sagte mir, daß ich ja später beim Abendessen mit ihm sprechen konnte.

Aber er kam nicht zum Abendessen. Sein Stuhl am Kopfende des Tisches war noch leer, als die Vorspeise aufgetragen wurde, und als Rupert Teresa fragte, ob wir nicht warten sollten, schüttelte sie den Kopf und murmelte etwas davon, daß Signor D'Ascanio geschäftlich weggemußt habe und nicht mit uns essen werde.

Teresa wirkte an diesem Abend etwas umgänglicher. Sie hatte eine neue Hilfe, eine nervöse junge Frau, deren zögerliche Bewegungen mich an meine eigenen Anfänge als Kellnerin erinnerten, und sah deswegen weniger angespannt aus.

Es blieb noch ein zweiter Stuhl frei, und ich fragte mich gerade, in welcher Art von Geschäften Alex wohl unterwegs war, als meine Spekulationen durch Daniela Forlanis Ankunft beendet wurden. Sie kam mit der Nonchalance einer Frau zu spät, für die es selbstverständlich war, daß andere sich ihrem Zeitplan anzupassen hatten.

Wie schon zuvor wurden die Männer durch ihr Erscheinen elektrisiert. Außer Rupert, aber selbst der schien sie interessant zu finden und betrachtete sie, als würde er eine klassische Skulptur bewundern. Was sie mir nicht unbedingt sympathischer machte.

Sie setzte sich neben Nicholas, breitete ihre Serviette aus und bat um Wein. »Mir ist kalt von diesem Regenwetter, und ich war heute viel draußen bei meinen Männern, um zu sehen, wie sie vorankommen.«

Rupert, stets darum bemüht, ein Tischgespräch in Gang zu bringen, fragte sie, ob ihre Handwerker im Ort wohnten.

»Nein, hier«, antwortete sie. »Hier auf dem Grundstück. Wenn Sie den Weg hinunter zu meiner Villa gehen, kommen Sie an den Außengebäuden vorbei, wo sie wohnen.«

Den sah erstaunt von seinem Teller auf. »Ihre Männer wohnen in Außengebäuden?«

Rupert lachte. »Keine amerikanischen Außengebäude, Dennis. Damit sind keine Ställe oder Klos gemeint, sondern einfach Nebengebäude.«

»Ach so, warum sagen Sie das nicht gleich?« Den grinste.

Daniela, die die Unterschiede zwischen britischem und amerikanischem Englisch gleichgültig ließen, sah sich um. »Wo ist Alessandro?«

»Teresa sagt, er wurde wegbeordert«, erklärte Rupert.

»Ah ja? Ich hoffe, es wird nicht zu spät«, sagte sie. »Er hat mir versprochen, heute abend vorbeizukommen und mein Feuer zu entzünden.« Ich fand diese Bemerkung ausgesprochen gewagt in der Gesellschaft von Fremden, bis ich merkte, daß ihr die anzügliche Doppeldeutigkeit völlig entging. Angesichts unserer hochgezogenen Augenbrauen fügte sie hinzu: »Das Feuer in meinem Haus brennt nicht richtig, ich bekomme es nicht warm. Und es ist immer noch so kalt für Frühling.«

Den beugte sich zu ihr hinüber, ganz der Casanova. »Ich

komme gern und helfe Ihnen, wenn Sie möchten. Ich bin gar nicht so schlecht im Einheizen.« Die Ambivalenz war bei ihm noch deutlicher, aber Daniela bekam sie wieder nicht mit und winkte mit einer perfekt manikürten Hand ab.

»Nein, schon gut. Für Alessandro ist es einfacher, er hat es schon oft gemacht.«

Den hob sein Weinglas und murmelte: »Darauf könnte ich wetten, der Glückspilz.« Laut fragte er: »Wohnen Sie immer dort unten in der Villa, wenn Sie hier sind? Warum nicht im Haupthaus?«

Sie zuckte die Achseln. »Ich bin an viel Platz gewöhnt. Ich würde es nicht mögen, nur ein einziges Zimmer für mich zu haben.«

Sie mußte wirklich an sehr viel Platz gewöhnt sein, um die Räume in Il Piacere als beengend zu empfinden. Meine Suite war etwa anderthalbmal so groß wie meine Wohnung in London. Höflich sagte ich zu ihr: »Sie kommen sicher viel herum durch Ihre Arbeit.«

»Ja, ich bin ständig auf Reisen. Allein in der vergangenen Woche war ich auf Sardinien und in Rom.« Immer noch kein Wort über Venedig, dachte ich. »Die Stiftung besitzt viele Objekte«, fuhr sie fort. »Aber das ist gut so. Es war der Wunsch meines verstorbenen Mannes, daß die schönsten Anwesen des Landes erhalten und allen Italienern zugänglich gemacht werden sollen. Er wäre sehr glücklich darüber, daß wir Il Piacere gewinnen konnten. Er war ein großer Bewunderer von Alessandros Großvater.«

Beide hatten sie ein Faible für sehr viel jüngere Frauen gehabt, stellte ich maliziös fest. Obwohl es im Falle Forlanis wohl eher andersherum gewesen war. Ich konnte mir zwar vorstellen, daß Celia die Erste aus Liebe bei Galeazzo geblieben war, aber nach meiner kurzen Bekanntschaft mit Daniela bezweifelte ich, daß Liebe das Motiv für ihre Heirat mit einem sehr alten und sehr reichen Mann gewesen war. Genauso bezweifelte ich, daß in ihrer Beziehung zu Alex Liebe eine Rolle spielte. Er war ebenfalls reich.

In meine unfreundlichen Überlegungen hinein fragte

Madeleine: »Wo wird Alex leben, wenn Il Piacere ganz in den Besitz der Stiftung übergeht? Wissen Sie das?«

»Er hat natürlich noch andere Häuser«, sagte Daniela, als ob jeder normale Mensch hier und da ein paar Villen besäße. »Außerdem wird er ein lebenslanges Nutzungsrecht für Il Piacere behalten.« Offensichtlich gelangweilt von Gesprächen über die Stiftung wechselte sie das Thema. »Wie ich höre, kommt Ihre Tochter am Wochenende. Ist das richtig?«

Madeleine bestätigte es mit einem Lächeln. »Alex war so freundlich, alles in die Wege zu leiten.«

»Wird Sie das nicht in Ihrer Arbeit behindern, wenn Sie sich um ein Kind kümmern müssen?«

»Das glaube ich nicht. Ich denke, sie wird die meiste Zeit über schlafen. Sie hat das Pfeiffersche Drüsenfieber.«

»O je«, sagte Den. »Das haut einen wirklich um. Arme Kleine.«

»Falls sie es wirklich hat«, warf Nicholas ein. »Es wäre Poppy glatt zuzutrauen, daß sie sich krank stellt, um ihren Willen durchzusetzen.«

Madeleine seufzte. »Nicky, bitte ...«

»Ich meine ja nur.«

»Poppy?« fragte Daniela. »So heißt Ihre Tochter? Komischer Name.«

Madeleine lächelte nur höflich und aß weiter, aber ich mußte mir den Mund verbrennen. »Ich finde, es ist ein sehr hübscher Name.«

»Celia«, sagte Rupert. »Würdest du mir bitte die Karotten reichen?«

»Poppy ist wenigstens etwas Besonderes, so hätte ich gern geheißen, statt mir den Namen Celia mit drei anderen Mädchen in meiner Klasse teilen zu müssen.«

»Aber dann hätten Sie wohl kaum die Rolle in diesem Stück bekommen, oder?« sagte Daniela.

»Celia, Liebes, die Karotten.« Ich biß mir kräftig auf die Zunge und reichte ihm die Schüssel, während Daniela sich in aller Ruhe Nicholas zuwandte.

»Sie haben also heute mit den Proben begonnen, ja?«

»Ja, das stimmt.«

»Ich muß einmal kommen und Ihnen zusehen. Ich wollte schon immer mal bei einer Theaterprobe dabeisein.«

Madeleine richtete sich auf, mit einer so subtilen Bewegung, daß ich sie gar nicht bemerkt hätte, wenn ich nicht gerade in ihre Richtung gesehen hätte. Aber Rupert verstand sofort. Er warf ihr einen beschwichtigenden Blick zu und erklärte Daniela: »Es tut mir leid, aber wir lassen in diesem Stadium der Proben keine Besucher zu. Das verursacht zuviel Ablenkung.«

»Verstehe.« Trotz ihrer scheinbar einsichtigen Antwort spürte ich, daß sie es genau wie Nicholas verabscheute, Vorschriften gemacht zu bekommen. Wenn sie sich etwas in den Kopf gesetzt hatte, würde sie sich nicht davon abhalten lassen.

XVI

Ich hatte es mir gerade mit Galeazzos Liebesgedichten auf dem Sofa in meinem Wohnzimmer bequem gemacht, als jemand an die Tür klopfte.

Es war Teresa.

»Signorina Sands, Signor D'Ascanio sagt, daß Sie jetzt kommen können, wenn Sie möchten. Er erwartet Sie in der Veranda della Diana.«

»Wo bitte?«

»In der Veranda della Diana. Das ist das Zimmer, in dem er arbeitet. Ich bringe Sie hin.«

Ich hätte mich gern etwas zurechtgemacht, mir wenigstens die Haare gekämmt, aber sie ging schon voraus, und ich traute es mir nicht zu, den Raum vom Damenflügel aus allein zu finden. Es war zugegebenermaßen sehr viel bequemer, sich von jemandem durch die Korridore führen zu lassen, auch wenn Teresas aufrechter, förmlicher Gang mir das Gefühl gab, zu einer Audienz bei Hofe gerufen worden zu sein. Als wir die Haupttreppe hinunter in die Eingangshalle gingen, spürte ich die Augen der körperlosen, in Stein gehauenen Köpfe in den Nischen auf mich gerichtet und stellte mir vor, es wären Höflinge, die zusahen, wie ich zum König geleitet wurde.

Von der Halle aus hätte ich den Weg auch allein finden können, denn das hatte ich bereits zweimal an diesem Tag getan. Aber Teresa bestand darauf, mich bis zur Tür des Arbeitszimmers zu geleiten, sogar anzuklopfen und sich dann sofort zurückzuziehen, ehe ich ihr danken konnte.

Ein lautes »Wau!« antwortete auf das Klopfen, und einer der Windhunde tapste zur Tür und schnupperte, während Alex »Herein« rief.

Ich schob die Tür vorsichtig auf, aber Max war schon zurückgewichen und begrüßte mich mit ritterlichem Schwanzwedeln, ehe er zu seinem Herrn zurücktrottete.

Er hatte eine ordentliche Distanz zu überwinden, denn der Raum war ungewöhnlich lang. Trotzdem erschien er mir als der gemütlichste, den ich bisher in der ganzen Villa gesehen hatte, eine Art Wintergarten, der aus der Hausfront herausragte und an den drei Außenwänden von hohen Fenstern umgeben war, während Vitrinenschränke voller Bücher die vierte Wand bedeckten. Die allgegenwärtigen Orientteppiche verliehen dem Zimmer Wärme, so abgelaufen sie auch aussahen, und die verblichenen gestreiften Vorhänge waren zum Teil vor der Nacht zugezogen worden, damit sich der Schein der Steh- und Schreibtischlampen nicht in den Fenstern spiegelte. Mehrere Sessel standen wahllos in der Gegend herum – ein paar Korbsessel mit Kissen aus demselben gestreiften Stoff und ein schwerer Ledersessel, der offenbar zum Lesen gedacht war –, aber im Grunde war der Raum ein Arbeitszimmer.

Der ausladende Schreibtisch am anderen Ende war von Papieren und Büchern übersät, die mit einem Computermonitor um Platz rangen. Dahinter saß Alex, und hinter ihm stand eine Säule mit einer Bronzestatue darauf, die eine weibliche Figur mit Pfeil und Bogen und einem Jagdhund zu ihren Füßen zeigte. Die Göttin Diana, die dem Zimmer den Namen gegeben hatte.

Alex sah von seinen Papieren auf. Im Licht des Bildschirms wirkte sein Gesicht blaß und müde. »Wie gut, daß Teresa Sie gefunden hat«, sagte er. »Ich hatte schon ein ganz schlechtes Gewissen, weil wir uns heute morgen verpaßt haben.«

»Nein, das war meine Schuld«, beeilte ich mich zu erklären. »Ich konnte in der Pause nicht weg, und als ich mittags kam, war schon jemand bei Ihnen …«

Sein Blick war so durchdringend, daß er mich verunsicherte und ich zaghaft endete: »… deshalb wollte ich Sie nicht stören und dachte, es hat Zeit bis später.«

Er schob seinen Stuhl zurück und zog einen zweiten heran, damit ich mich an den Computer setzen konnte. »Jetzt ist es später«, sagte er. »Schicken Sie Ihre E-Mail.«

Die Hunde machten ebenfalls Platz und zogen sich in die Ecke hinter Alex zurück, wo sie uns kraftvoll gespannt wie Sprungfedern beobachteten. Nero war immer noch mißtrauischer oder hochmütiger als Max, der freundlich die Ohren aufstellte, als ich ihn ansah. Während Alex mir das italienische Programm erklärte, schob Max sich auf dem Teppich vorwärts, bis seine Nase meinen Fußknöchel berührte.

»Hier fügen Sie die Adresse ein«, sagte Alex, »und dort klicken Sie an, um die Nachricht zu schreiben.«

Er drehte sich diskret um, solange ich schrieb, und beschäftigte sich mit einem aufgeschlagenen Aktenordner auf dem Schreibtisch. Er schien irgendwelche Zahlenkolonnen zu prüfen, und unser einträchtiges Schweigen versetzte mich in meine Kindheit zurück, als ich an dem alten Wohnzimmertisch bei Rupert und Bryan meine Schulaufgaben machte, während Bryan neben mir über das Haushaltsbuch gebeugt saß.

Ich spürte ein Ziehen in meiner Brust, das wohl zum Teil darauf zurückzuführen war, daß ich Bryan vermißte, zum

Teil aber auch von einem merkwürdigen Gefühl der Vertrautheit und Schicksalhaftigkeit herrührte. Es war, stellte ich mit einem verstohlenen Blick zu Alex fest, wie die Vorwegnahme einer Situation, die sich in den kommenden Jahren noch oft wiederholen würde. Was natürlich lächerlich war. Kopfschüttelnd konzentrierte ich mich wieder auf meine Nachricht.

Ich erzählte Bryan nicht alles, denn das hätte Stunden gedauert. Aus reiner Neugier erkundigte ich mich über Den, ohne darauf einzugehen, daß Rupert sich irgendwie komisch verhielt, seit wir ihn in Venedig getroffen hatten. Immerhin bestand die Chance, daß Bryan wußte, was zwischen den beiden vorgefallen war. Ich stellte die Frage wie nebenbei und beschrieb dann kurz das Theater, meine Zimmer und den ersten Probentag. *Madeleine Hedrick ist übrigens total nett,* schrieb ich. *Du hattest recht (wie immer?). Alles Liebe, Dein Engelchen.*

»Fertig«, sagte ich. »Kann ich sie gleich abschicken?«

Alex nickte und zeigte mir, wie es ging. »Ich sage Ihnen selbstverständlich Bescheid, sobald er antwortet.«

»Ach so, daran habe ich gar nicht gedacht. Ich meine, ich habe ihm zwar nicht geschrieben, daß er *nicht* antworten soll ... aber ich möchte Ihnen keine weiteren Umstände machen.«

Er wehrte ab. »Wir Italiener sind große Romantiker, wissen Sie. Wir haben viel Verständnis für Liebesdinge.«

Ich war wieder einmal schwer von Begriff. »Liebesdinge? ... O nein, so ist es nicht«, klärte ich ihn lachend auf. »Bryan ist nicht mein Freund, er ist ... na ja, wie ein Vater. Einer meiner Väter.« Auf seinen fragenden Blick ergänzte ich: »Er und Rupert haben mich praktisch aufgezogen.«

»Ah, er ist Ruperts Lebensgefährte.«

Es kam recht selbstverständlich heraus, aber ich fragte trotzdem nach. »Schockiert Sie das?«

Er bedachte mich mit einem ironischen Blick. »Ich war auf einem Jungeninternat.« Ich hätte es dabei bewenden lassen, aber Alex sah sich offenbar genötigt hinzuzufügen: »Es ist keine Lebensweise, die ich verstehen kann. Was aber nicht heißt, daß ich sie mißbillige. Im übrigen schätze ich Rupert sehr, und es geht mich nichts an, mit wem er zusammenlebt.« Interessiert drehte er seinen Stuhl zu mir herum. »Sie sagen, er hat Sie aufgezogen?«

»Meine Schule lag in der Nähe ihrer Wohnung. Meine Mutter war nicht oft zu Hause. Also habe ich meistens bei Ru und Bryan übernachtet.«

»Verstehe.« Er nickte und sah zur Seite, und nun war ich an der Reihe, ihn neugierig zu mustern.

»Entschuldigung«, sagte ich, als er es bemerkte, und wandte mich wieder dem Bildschirm zu. »Es ist nur so, daß die meisten Leute irgendeinen kritischen Kommentar abgeben, wenn Homosexuelle Kinder aufziehen.«

»Die meisten Leute sind selbst nicht in der Lage, Kinder aufzuziehen.« Ein Hauch von Bitterkeit schwang in seiner Stimme mit, und Max zu meinen Füßen hob den Kopf und spitzte die Ohren. Sein Herr klopfte mit einer reflexartigen Bewegung seinen Hals, worauf der Windhund sich zufrieden schnaubend niederließ. Alex zeigte mir dieses kurze Lächeln, das nichts preisgab. »Falls Sie meine Meinung hören wollen: Ich denke, Sie haben Glück gehabt, weil Sie geliebt wurden.«

Dann sah er auf seine Armbanduhr, was ich als Aufforderung interpretierte, ihn allein zu lassen. »Ich werde jetzt wohl besser gehen. Danke dafür« – ich deutete auf den Computer – »das war wirklich nett ...«

»Ich begleite Sie zurück.« Er machte einen Schritt zur Tür, und die Hunde sprangen wie zwei kleine Leibwächter sofort auf die Beine, bereit zu neuen Unternehmungen. Nero stupste mich kühn mit der Schnauze ans Knie, und ich versuchte vorsichtig, ihn zu streicheln.

»Er beißt nicht«, sagte Alex.

Aber Nero war schon wieder weg. Wie sein Herrchen mochte auch er es nicht, wenn man ihm zu nahe kam. Die Hunde liefen uns durch die Gänge voraus und blieben ab und zu stehen, um sicherzugehen, daß wir ihnen folgten.

So froh ich über die Eskorte war, fand ich das lange Schweigen unterwegs doch zermürbend und suchte angestrengt nach einem neutralen Gesprächsstoff. »Wir haben Sie beim Abendessen vermißt«, sagte ich. »Teresa meinte, Sie hätten geschäftlich fortgemußt?«

»Ja.«

Eine Sackgasse. Ich versuchte es erneut. »Signora Forlani ist auf der Suche nach Ihnen. Sie möchte, daß Sie ihr Feuer anzünden.«

Das lockte ihn aus der Reserve. Sein Mund zuckte. »Soso, das hat sie gesagt, ja?«

»Das waren ihre Worte.«

»Dann werde ich mal sehen, was ich tun kann.«

Wir hatten den Damenflügel erreicht und standen in dem sanft beleuchteten Flur mit den Buntglasfenstern vor dem dunklen Nachthimmel über uns. Ich hörte gedämpfte Musik und Stimmen aus Madeleines Zimmer und sagte leise: »Nochmals vielen Dank …«

»Es war mir ein Vergnügen.« Er entfernte sich mit den Hunden, blieb plötzlich stehen und drehte sich noch einmal um. »Haben Sie eigentlich einen freien Tag während der Proben?«

»Ja, sonntags. Warum?«

»Es gibt hier eine Menge anzusehen, in der Gegend um Mira. Vielleicht möchten Sie mal einen kleinen Ausflug machen?«

Bat er mich tatsächlich um eine Verabredung? Völlig verdattert wich ich der Frage aus. »Danke für das Angebot.«

»Nichts zu danken.« Damit drehte er sich endgültig um und ging mit seinem Gefolge davon.

Als sie außer Sicht waren, lief ich direkt in mein Schlafzimmer, wo ich mich der Länge nach aufs Bett warf und Celias Porträt anstarrte.

»Was würdest du tun?« fragte ich, doch sie lächelte nur mit ihren sanften, wissenden Augen auf mich herab.

DRITTER AKT

AUFTRITT EIN GEIST

All her particular worth grows to this sum:
She stains the time past: lights the time to come.

John Webster, »The Duchess of Malfi«,
1. Akt, 2. Szene

I

Am nächsten Morgen wachte ich früh auf und machte mich auf die Suche nach Madeleine. Ich fand sie auf der Terrasse, wo sie sich mit süßen Brötchen und einer Kanne Tee niedergelassen hatte und den morgendlichen Blick auf den See genoß.

Sie drehte sich um, als sie mich kommen hörte, und lächelte. »Du hast dich ja so fein gemacht heute morgen«, lautete ihre Begrüßung.

»Ach so. Mein Probenkostüm«, erklärte ich den langen Rock mit Gürtel und Bluse. »Es hilft mir, mich in meine Figur hineinzuversetzen, wenn ich mich der Zeit entsprechend kleide.«

»Aha«, sie nickte mit dem Verständnis des alten Hasen. »Du hängst also der Von-außen-nach innen-Methode an? Wie Larry Olivier. Er sagte immer, man müsse seiner Gestalt zuerst die Schuhe anziehen, dann käme der Rest von ganz allein. Dagegen hat der gute alte Ralph Richardson von innen nach außen gearbeitet und sich hauptsächlich auf die Gefühle seiner Personen konzentriert.«

»Also, ich mache irgendwie beides«, gestand ich. »Ich kümmere mich eigentlich auch mehr um die Gefühle meiner Figur als um ihre Aufmachung, aber die Kleider, die man trägt, wirken sich auf die Bewegungen aus, und die wirken wiederum auf die Gefühle ein und deshalb ...«

»... beschränkst du dich nicht auf eine Technik. Verstehe ich vollkommen. Setz dich doch. Hier müßte irgendwo noch ein Stuhl herumstehen.«

»Nein, es geht schon so.« Ich hockte mich auf die Brüstung, damit ich sie ansehen konnte.

»Möchtest du Tee? Es ist noch genug in der Kanne. Das neue Mädchen hat ihn mir herausgebracht, das arme Ding. Sie ist das reinste Nervenbündel, weil sie unter Teresa arbeiten muß.«

Ich goß mir Tee ein und zuckerte ihn. »Teresas Mann ist immer noch nicht zurück?«

»Ich glaube nicht. Es sei denn«, gab sie schelmisch zu bedenken, »sie hat ihn um die Ecke gebracht, weil er ihr immer soviel Kummer macht.«

»Wer könnte ihr das verübeln«, sagte ich. »Ich würde mir das nicht von meinem Mann bieten lassen, daß er einfach tagelang verschwindet.«

Unter Madeleines freundlichem, geduldigem Blick spürte ich wieder den Unterschied an Jahren und Erfahrung zwischen uns. »Jeder Mann hat seine Fehler. Und jede Frau«, fuhr sie fort und drehte dabei ihren Kopf dem Geräusch von schnellen Schritten zu, die über die Steintreppe vom Garten heraufkamen, »hat ihre eigene Toleranzgrenze.«

Nicholas, der scheinbar immer genau aufs Stichwort kam, tauchte oben auf der Treppe auf, seine dunklen Haare vom Wind zerzaust. Er glättete sie mit einer Hand und lächelte. »Da bist du ja, Schatz. Ich dachte mir, daß ich dich hier finden würde.« Er schlenderte herbei und gab Madeleine einen Kuß.

»Du hast einen Spaziergang gemacht«, stellte sie fest.

»Mmm. Bin bis zum Theater gegangen und wieder zurück. Hast du mich vermißt?«

»Celia hat mir Gesellschaft geleistet.«

»Aha.« Er richtete sich auf und sah mich an. »Formelle Kleidung zum Frühstück, ja? Warum hat mir niemand Bescheid gesagt?«

»Spotte nicht, Liebling«, warnte Madeleine. »Ich bin auch schon hin und wieder im Rollenkostüm zu Proben erschienen.«

»Ich spotte ja gar nicht.« Er zündete eine Zigarette an und

lehnte sich neben mich an die Brüstung. »Hauptsache, es hilft, sage ich immer. Solange ich in Jeans kommen kann, bin ich mit allem einverstanden.«

Madeleine betrachtete ihn sinnierend. »Ich glaube, es würde mir gefallen, dich jeden Tag in Uniform zu sehen.«

»Spätestens bei der Aufführung kommst du in den Genuß«, versprach er. »Aber in einer Uniform zu proben würde mir nicht das Gefühl geben, ein Soldat zu sein. Das kommt von hier.« Er tippte sich mit dem Finger auf die Brust. »Um mich wie ein Soldat zu benehmen, muß ich den Stolz eines Soldaten fühlen, die Angst, für feige gehalten zu werden, sein Pflichtgefühl ...« Während er sprach, nahm sein Körper Haltung an, mit geraden Schultern und vorgerecktem Kinn. »Da ist es, seht ihr? Das ist Johnny, wie er leibt und lebt.«

»Aber Johnny ist doch sicher noch mehr als das«, entgegnete Madeleine.

»Nicht sehr viel mehr. Er ist pflichtbesessen und ein bißchen fanatisch. Warum sollte er sich sonst vor die Frontlinie werfen, bloß auf die Prophezeiung hin, daß seine Leute dann den Krieg gewinnen?«

»Ich habe mich schon gefragt«, sagte sie, »ob er nicht unter Schuldgefühlen leidet.«

»Weshalb?«

Sie senkte die Augen und hob unverbindlich eine Schulter. »Vielleicht war er seiner Frau untreu? Die Möglichkeit wird im Stück angedeutet, aber offengelassen.«

Nicholas lehnte sich wieder gegen die Steinbrüstung, stieß eine Rauchfahne aus und fixierte ihr Gesicht. »Was glaubst du?«

»Ich bin nicht sicher.«

»Aber ich. Er war ihr treu.« Er drehte sich um und schnippte seine Asche über den Terrassenrand. »Habt ihr eine Sirene gehört? Da kommen die Arbeiter.«

Ich sah nur noch ein kariertes Hemd zwischen den Bäumen verschwinden. »Hoffentlich arbeiten sie heute drinnen«, bemerkte ich mit einem skeptischen Blick auf die Wolkenbank am anderen Ufer, unter der der See ein unruhiges Grau annahm. »Sieht nicht so aus, als ob das schöne Wetter hält.«

Madeleine hörte nicht zu, ihr Blick war immer noch auf Nicholas gerichtet. Ich dachte zuerst, sie würde ihn weiter danach befragen, wo er gewesen war, aber sie schwieg, und nach einer Weile deutete er auf ihr Frühstückstablett. »Ist noch Tee in der Kanne?«

»Falls ja, ist er inzwischen eiskalt.«

»Dann gib sie her. Ich hole uns frischen. Bin gleich zurück.«

Ich konnte nicht anders als zu beobachten, wie Madeleine ihm nachsah. Sie saß ganz still, ihr Blick klar und frei von Emotionen. Dann lächelte sie mich ein wenig befangen an. »Er wird mich natürlich verlassen«, sagte sie leichthin. »Das tun sie alle. Aber er ist ein netter Zeitvertreib.«

Das klang fast entschuldigend, was nur mein schlechtes Gewissen weckte. Wenn ich damals nicht diesen blöden, kindischen Streit mit meiner Mutter angefangen hätte, wäre Madeleines Leben wahrscheinlich glücklich und friedlich verlaufen – kein Skandal, keine Scheidung, keine Abfolge von jugendlichen, untreuen Liebhabern wie Nicholas. Wie die Figur meiner Witwe in D'Ascanios Stück wünschte ich, ich könnte die Uhr nur ein einziges Mal zurückdrehen und alles wiedergutmachen. Doch im wirklichen Leben bekam man keine zweite Chance.

Ein Widerschein meiner Gefühle mußte sich auf meinem Gesicht abgezeichnet haben, denn sie sagte: »Schau nicht so bedrückt drein, Celia. Mein Liebesleben ist nicht deine Schuld.«

II

Ein Blatt Papier war unter meiner Tür hindurchgeschoben worden – Bryans Antwort auf meine E-Mail vom Vorabend.

Wie immer fühlte ich mich durch Bryans Gegenwart, egal in welcher Form, getröstet, und nachdem ich seine Nachricht in dem typischen liebevollen Plauderton gelesen hatte, hob sich meine Laune merklich. Er verbarg seine Überraschung darüber nicht, daß Den O'Malley den ursprünglich vorgesehenen Inspizienten ersetzt hatte, aber abgesehen von ein paar geringfügigen Informationen – daß Den einmal in London gelebt und bei ein oder zwei Projekten mit Rupert zusammengearbeitet hatte – wußte Bryan nichts zu berichten, das mir Ruperts Verhalten erklären konnte.

Ich führte es also weiterhin auf seinen Beschützerinstinkt zurück, mit dem er sein kleines Mädchen davor bewahren wollte, von einem berüchtigten, wenn auch sympathischen Casanova verdorben zu werden. Hinzu kam vielleicht noch, daß er mich mit niemandem teilen wollte, weil er diesen Aufenthalt als eine besondere Zeit für uns beide gedacht hatte, in der wir zum ersten- und letztenmal gemeinsam ein Stück proben würden. Was diese zweite Sorge betraf, so konnte ich nicht viel tun, außer möglichst viel Freizeit mit Rupert zu verbringen, aber seine erste Sorge wollte ich ihm noch vor der Probe an diesem Tag nehmen.

»... du brauchst dir also überhaupt keine Gedanken zu machen«, beendete ich meine kleine Ansprache. »Ich meine, Den ist fast so alt wie du ...«

»Ein Methusalem«, pflichtete Rupert mir mit ernstem Nicken bei.

»Du weißt, wie ich es meine.«

»Ja, sicher.« Er wirkte zerstreut, gähnte und klammerte sich an einer Tasse Kaffee fest. »Die Sache mit Dennis ist ...«

»Guten Morgen, Schönheit«, sagte Den, der energiegeladen in den Probenraum gestürmt kam. »Ich habe dich beim Frühstück vermißt.«

»Ich bin schon um acht heruntergekommen und nicht lange geblieben«, erklärte ich. »Ich mußte wieder hinaufgehen und meine Aufwärmübungen machen.« Auch wenn ich auf der Bühne alles andere vergessen konnte, machte ich meine Körper- und Stimmübungen nicht gern vor Publikum, und außerdem zog ich die schmeichelhafte Akustik meines Badezimmers dem Probenraum vor.

»Ganz allein? Wie langweilig. Ich hätte dir doch Gesellschaft leisten können.«

»Nein, danke«, ich lachte. »Dabei kann ich keine Ablenkung gebrauchen.«

»Na, das ist doch schon was«, rief er erfreut. »Wenigstens bin ich eine Ablenkung für dich.«

Ohne von seinen Notizen aufzusehen, sagte Rupert: »Dennis, du bist so einiges. Und wenn du jetzt nicht aufhörst zu quatschen und dich hinsetzt, damit wir mit der Arbeit beginnen können, bin ich versucht, ein paar deiner zahlreichen Eigenschaften aufzuzählen.«

Es klang scherzhaft und freundschaftlich, aber manchmal wußte man bei Rupert nicht so genau, woran man war.

III

Während der nächsten Tage arbeiteten wir noch am Tisch, und erst gegen Ende der Woche stellten wir uns hin und versuchten, mit dem Text in den Händen, dem ersten Akt Gestalt zu geben. Der lange Tisch und die Stühle wurden an eine Wand gerückt und neue Möbel als improvisiertes Bühnenbild in den Kreidekreis unserer »Probebühne« hereingetragen: ein kleiner, runder Tisch und zwei hart gepolsterte Sessel, die zusammen mit einem imaginären Kronleuchter die einzigen Requisiten waren, mit denen wir arbeiteten.

Rupert ließ uns, wie es seine Gewohnheit war, zunächst einmal die Gesten und Haltungen finden, die zu unseren Figuren paßten. Er sagte wenig, kreiste ständig um uns herum, beobachtete, prüfte und unterbrach nur, wenn etwas nicht richtig aussah. Ich mußte sehr viel mehr an meine Position denken als auf einer normalen Bühne. Ein Amphitheater verlangte andere Bewegungen, manchmal nur kleine Nuancen, aber fein abgestimmt, so daß alle im Publikum mehr sahen als unsere Rücken und sich mit einbezogen fühlten.

Am Samstag abend schließlich war ich so erschöpft, daß ich von meinem Bad nach dem Essen direkt ins Bett wankte und mich auf langes Ausschlafen und einen ruhigen Sonntag freute.

Ich hätte es besser wissen müssen.

Die Vögel weckten mich früh mit ihrem Gezwitscher, offenbar begierig, das Ende des Regens anzukündigen, der während der vergangenen Tage mehr oder weniger stetig gefallen war. Obwohl der Nebel immer noch in den grünen Hügeln hing wie Rauch von einem Waldbrand und nahtlos in den wolkenverhangenen Himmel überging, konnte ich jetzt wenigstens in den Park und bis hinunter zum See blicken, und das monotone Prasseln gegen die Fensterscheiben hatte aufgehört. Nur das rhythmische Tropfen von Blättern und Blumen, die die Nässe abschüttelten, untermalte den Vogelgesang. Und noch etwas anderes war zu hören ... eine Stimme von unterhalb der Terrasse, volltönend und ohne Rücksicht auf die frühe Stunde. Es war die Stimme einer Frau, einer Engländerin.

Eine Wagentür wurde zugeschlagen, und kleine, schleppende Schritte begannen, die Treppe hinaufzusteigen, gefolgt von entschlosseneren Füßen. Ich sah rechtzeitig zum Fenster hinaus, um noch eine schmale Gestalt in einem übergroßen, silbernen Regenmantel mit Kapuze am Ende der Terrasse zu erspähen. Das mußte Madeleines Tochter sein.

Die Frau hinter ihr war groß und hager und hatte einen dichten weißen Haarschopf. Sie trug nur einen irischen Wollpullover und Hosen gegen die Nässe und hielt in jeder Hand einen schlichten Lederkoffer. Warum sie vom Park herauf und nicht durch den Vordereingang kamen, wußte ich nicht, aber da der Mann, mit dem sich Alex neulich nachts getroffen hatte, auch über die Terrasse gekommen war, vermutete ich, daß dies der schnellste Weg von der Garage oder irgendeinem Parkplatz zum Haus war.

Während die Frau und das Mädchen die glitschigen grauen Steinplatten überquerten, ging unter mir eine Tür auf, und Teresa kam heraus, um ihnen das Gepäck abzunehmen, wobei sie noch ihre Schürze trug, als wäre sie auf den Besuch nicht vorbereitet gewesen.

Madeleine mußte die Ankunft der beiden ebenfalls vom Fenster aus beobachtet haben, denn ich hörte ihre Zimmertür und ein Knarren im Flur, als sie nach unten eilte. Weil ich Mutter und Tochter Zeit zur Begrüßung geben wollte, beeilte ich mich nicht mit dem Anziehen, und als ich endlich zum Frühstück ging, erwartete ich eigentlich, daß Poppy Hedrick schon in dem für sie vorbereiteten Zimmer im Bett liegen würde. Aber sie saß im Eßzimmer mit Madeleine und der älteren Frau, nippte an ihrem Tee und versuchte mit der ganzen Ernsthaftigkeit einer Zwölfjährigen, erwachsen zu wirken.

Sie war ein sehr anziehendes Kind, wenn man von dem mürrischen Ausdruck auf ihrem Gesicht absah, ohne den sie richtig hübsch gewesen wäre. Aber auch das war normal in diesem Alter, erinnerte ich mich dunkel. Von dem voluminösen Regenmantel befreit wirkte sie zerbrechlich, mit überlangen, feinen Gliedern und dem dunklen Haar ihrer Mutter, das in weichen Wellen um ihre schmalen Schultern fiel und ein blasses Gesicht mit großen Augen einrahmte.

Sie sah mich an, als ich hereinkam, wartete aber, bis ich ihr vorgestellt wurde.

»Poppy, das ist Celia Sands, sie spielt auch in unserem Stück mit«, sagte Madeleine. »Celia, ich möchte dich mit meiner Tochter bekannt machen.«

Poppy gab mir förmlich die Hand. »Guten Tag.«

»Und das«, fuhr Madeleine fort, »ist Mrs. Farrow, die Poppy freundlicherweise den ganzen Weg von England her begleitet hat.«

»Mrs. Farrow.« Ihr Händedruck war eisern und kannte kein Zögern.

»Edwina«, verbesserte sie mit einer kultivierten Stimme, die sie als Angehörige der Oberschicht auswies. »Ich fühle mich immer so alt, wenn junge Frauen mich mit ›Mrs. Farrow‹ anreden, als wäre ich in einem Pflegeheim oder Krankenhaus oder so etwas.« Sie betrachtete mich von Kopf bis Fuß. »Sie sind also die junge Dame mit dem berühmten Namen.«

»So ist es.« Ich sah ihr gerade ins Gesicht und lächelte. »Ich fürchte, ich gleiche dem Original nicht sehr.«

Sie winkte ab. »Sie war eher eine schmückende Statue, wissen Sie, als ein Mensch aus Fleisch und Blut. Alles Fassade.«

Die Art, wie sie das sagte, und ihr unbestimmbares Alter veranlaßten mich zu der Frage: »Haben Sie sie denn gekannt?«

»Ich? Aber nein, ich war noch ein kleines Mädchen. Aber ich habe sie einmal im Old Vic gesehen, es war einer ihrer letzten Auftritte, glaube ich. An das Stück kann ich mich nicht mehr erinnern und an sie auch nicht mehr so recht, aber ich fand sie damals wunderschön.« Dann fiel ihr etwas ein. »Aber Sie wohnen doch in ihrer Suite, nicht wahr? Dann kennen Sie ja das Porträt.«

»Stimmt.«

»Wie schade, daß sie so jung gestorben ist«, bemerkte Madeleine.

Edwina Farrow zog die Augenbrauen hoch. »Das war unvermeidlich, würde ich sagen. Sie hatte eine unglückliche Aura.«

Ich hätte sie gern gefragt, was sie damit meinte, doch ihr Blick wanderte auf einmal an mir vorbei. »Ah, da bist du ja, Alex. Teresa hat dich doch nicht geweckt, oder? Gut. Ich habe ihr gesagt, sie soll dich schlafen lassen. Nero, Max, meine beiden Prachtjungs«, begrüßte sie die Windhunde, die völlig aus dem Häuschen waren und darum kämpften, wer zuerst auf ihren Schoß durfte. Sie schob sie lachend von sich und streichelte und lobte sie ausgiebig. »Na, das nenne ich eine angemessene Begrüßung«, sagte sie und dann zu Alex: »Von dir erwarte ich nicht dasselbe Ungestüm, mein Junge, aber ein ›Guten Morgen‹ wäre doch ein schöner Anfang.«

Alex stand immer noch in der Tür und wirkte an diesem Morgen etwa so alt wie ich in seinem T-shirt über den Jeans und mit seinen wirren, lockigen Haaren, die an den Spitzen noch feucht waren vom Duschen. Doch seine Haltung hatte nach wie vor etwas Steifes und Förmliches, das sich nun auch in seinem Gesicht zeigte, als er auf Edwina Farrow zuging und sie auf die Wange küßte.

»Guten Morgen, Großmama«, sagte er.

Erstaunt verglich ich die beiden. Alex hatte ja bereits erzählt, daß er zur Hälfte Engländer war, was deutlich zutage trat, wenn man ihn zusammen mit Teresa oder Daniela sah und seine Reserviertheit und die beherrschten Bewegungen ausgesprochen unitalienisch anmuteten. Um so merkwürdiger fand ich es daher, daß er mir neben Edwina plötzlich so unenglisch, so südländisch und fremd vorkam. Es war wahrscheinlich einfach eine Frage der Wahrnehmung, wie bei einem Kleid, das in einem bestimmten Licht blau aussah und in einem anderen grün.

Während ich noch über dieses Phänomen nachdachte, setzte er sich und fragte Edwina: »Wie seid ihr denn hergekommen? Ich dachte, ich sollte euch heute nachmittag in Desenzano am Bahnhof abholen.«

»Tja, wir haben unsere Pläne kurzfristig geändert. Der Zug hatte auf der Fahrt über die Alpen soviel Verspätung, daß wir erst heute früh in Mailand angekommen sind, und ich fand es sinnlos, noch in ein Hotel zu gehen oder stundenlang auf unseren Anschlußzug zu warten, zumal Poppy schließlich krank ist. Also dachte ich, was soll's, ich miete uns ein Auto.«

»Du bist gefahren? Den ganzen Weg von Mailand her?«

»Warum denn nicht? Ich habe schließlich einen Führerschein. Und das Auto kann in Brescia zurückgegeben werden, ich habe mich erkundigt. Giancarlo kann es morgen hinbringen.«

»Ich werde es selbst tun«, sagte Alex.

Edwina sah ihn scharf an. »Ist er mal wieder abgehauen? Ich dachte mir schon so etwas, als Teresa allein herauskam, um uns das Gepäck abzunehmen. Ist er auf einer seiner Sauftouren?«

»Ich weiß es nicht«, antwortete Alex geduldig. »Er hat sich noch nicht gemeldet.«

»Na, das ist typisch. Wie lange ist der denn schon weg?«

Alex zuckte die Achseln. »Erst eine Woche. Er kommt bestimmt bald zurück.«

»Erst eine Woche!« Sie schüttelte den Kopf. »Dein Vater hätte sich das niemals bieten lassen. Giancarlo wäre schon längst im hohen Bogen rausgeflogen, und Teresas Kochkünste hätten ihn auch nicht gerettet. Obwohl«, schränkte sie lächelnd ein, »Teresa wirklich eine verdammt gute Köchin ist. Meinst du, du könntest sie überreden, ihre köstlichen Gnocchi für mich zu machen, solange ich hier bin?«

»Das wird sie sicher gerne tun.« Eine kurze Pause entstand, dann fragte er ein wenig zu beiläufig: »Bleibst du lange?«

»Nur ein paar Tage. Ich habe eine Kreuzfahrt zu den griechischen Inseln gebucht, die am nächsten Samstag von Brindisi aus startet, und vorher möchte ich noch einen Zwischenstop in Rom einlegen, wenn's geht. Mal sehen.« Sie beugte sich zu den Hunden hinunter und kraulte Max den Kopf. »Im Moment möchte ich nur ein Frühstück und ein heißes Bad und anschließend vielleicht ein Nickerchen. Könntest du so lieb sein, Alex, und meine Koffer in die Villa schaffen lassen? Ich habe versucht, es deinem Mann an der Garage aufzutragen, aber er schien mir nicht der hellste zu sein.«

Er wich ihrem Blick aus und antwortete: »Äh, ich glaube, da gibt es ein kleines Problem. Daniela Forlani – du erinnerst dich doch an Daniela?«

»Lebhaft«, sagte seine Großmutter mit einer Betonung, durch die sie auf der Stelle meine Sympathie gewann.

»Daniela ist auch gerade zu Besuch und hat sich schon in der Villa eingerichtet, so daß ...«

»Die Villa delle Tempeste«, unterbrach sie ihn mit Nachdruck, »kann mindestens zwanzig Leute beherbergen, also auch zwei anspruchsvolle Frauen. Außerdem wohne ich immer dort. Deine Daniela wird sich eben während der nächsten Tage mit meiner Gesellschaft abfinden müssen. Ich bin sicher, sie überlebt es.«

Edwina Farrow gefiel mir immer besser. Als Madeleine und Poppy nach oben gegangen waren und Alex mit den Hunden verschwand, um sich um das Gepäck zu kümmern, blieb ich noch und schenkte mir eine zweite Tasse Kaffee aus der Silberkanne ein, die das neue Mädchen gerade auf die Anrichte gestellt hatte. Während ich Zucker hineinrührte, überlegte ich, wie ich diese Frau besser kennenlernen könnte.

Ich drehte mich um und stellte fest, daß sie mich beobachtete. »Dachten Sie, er hätte keine?« fragte sie und überrumpelte mich damit völlig.

»Bitte?«

»Dachten Sie, Alex hätte keine Großmutter?«

»Ach so. Na ja ...«

»Ich frage nur, weil Sie so ein überraschtes Gesicht gemacht haben.«

»Es hat mich tatsächlich überrascht«, gestand ich. »Ich meine, Galeazzo D'Ascanio ist vor fünfzig Jahren gestorben, und wenn ich richtig gerechnet habe, muß sein Sohn, also Alex' Vater, in den Achtzigern sein, falls er noch lebt ...«

»Er lebt nicht mehr.«

»Deshalb hätte ich nicht gedacht, daß er noch Großeltern hat.«

»Nur mich.« Sie lächelte. »Meine Tochter war sehr viel jünger als Alessandros Vater, wie Sie wahrscheinlich erraten haben.« Ich wollte nicht weiter nachfragen, aber sie fuhr ganz sachlich fort, als wäre der Hintergrund allgemein bekannt: »Sie hatte gerade erst die Schule abgeschlossen, als sie heirateten, und er war schon im Ruhestand. Wirklich nicht sehr klug von ihr. Ich nehme an, sie spekulierte darauf, eine reiche Witwe zu werden, aber sie war es, die zuerst starb. Krebs«, erklärte sie nüchtern. »Er dagegen lebte noch fünfzehn Jahre weiter, munter und fidel, aber sehr zum Schaden für Alex.« Auch das sagte sie, als müßte ich wissen, was sie damit meinte.

Vermutlich, daß Alex' Kindheit nicht die glücklichste gewesen war, was ich bereits aus der einen oder anderen Bemerkung von ihm geschlossen hatte.

»Hat er nie wieder geheiratet, der Vater von Alex?«

»Du liebe Güte, nein.« Der Gedanke schien sie zu amüsieren. »Er war alles andere als ein umgänglicher Mensch. Niemand außer meiner Tochter hätte es mit ihm ausgehalten. Stellen Sie sich vor, einfach dieses Anwesen zu schließen« – sie breitete die Arme aus, als wollte sie die Macht der Vernunft anflehen – »und alles verfallen zu lassen. Der reine Wahnsinn.«

»Immerhin hat er es nicht verkauft.«

»Nein, so schlau war er wenigstens. Ich bin froh, daß Alex sich entschlossen hat, Arbeit hineinzustecken und es wieder bewohnbar zu machen, auch wenn seine Beweggründe mir falsch erscheinen.«

Eine Stimme von der Tür unterbrach uns. »Guten Morgen.« Den kam mit einem derart breiten Gähnen herein, daß er Edwina nicht gleich bemerkte, doch als er sie sah, riß er sich so weit zusammen, daß er sein Verführerlächeln aufsetzte. »Was ist das bloß für ein Haus? Kaum drehe ich mich um, taucht schon wieder eine schöne Frau aus dem Gebälk auf. Ich bin Dennis O'Malley, meine Freunde nennen mich Den. Und Sie sind …?«

»Viel zu alt, um auf solche Sprüche hereinzufallen, mein Junge«, erwiderte sie, schüttelte aber die dargebotene Hand. »Edwina Farrow.«

Es war garantiert schon ein Weilchen her, daß jemand Den als »mein Junge« angeredet hatte, denn für einen Augenblick war er regelrecht aus der Bahn geworfen. Dann grinste er.

»Sie sind auch Engländerin, großartig. Ich habe eine Schwäche für Engländerinnen.«

Edwinas intelligente Augen blitzten aufmerksam von Den zu mir. *O nein, sie nicht auch noch,* stöhnte ich innerlich. Es war schon schlimm genug, daß Rupert mehr in mein Geplänkel mit Den hineinlas als nötig; nun mußten nicht auch noch fremde Leute damit anfangen.

Schnell informierte ich Den: »Mrs. Farrow hat Madeleines Tochter hierhergebracht. Sie sind gerade erst angekommen.«

»Eine Reise mit einer Zwölfjährigen ...« Er schauderte sichtlich bei dem Gedanken. »Ich könnte das nicht. Jedenfalls nicht nüchtern. Dann sind Sie also von Poppys Schule? Oder hat Alex Sie privat angestellt?«

»Beides falsch.«

Ich versuchte, ihn aufzuklären. »Den ...«

Aber er hörte nicht hin. »Nanu? Wie kommen Sie dann ...«

»Ich bin die Großmutter von Alex, Mr. O'Malley. Und Sie brauchen jetzt nicht damit anzufangen, daß ich viel zu jung dafür aussehe, und all dieses Geschwätz. Frauen meines Alters besitzen hochentwickelte Geschwätz-Detektoren. Apropos Alter«, sagte sie und stand auf, »ich hatte eine lange Nacht, die sich langsam bemerkbar macht, deshalb werde ich jetzt hinübergehen und mich ein bißchen ausruhen, wenn Sie beide mich entschuldigen wollen.«

Den erhob sich wohlerzogen, doch als sie gegangen war, kommentierte er augenzwinkernd: »Das ist ja mal eine knallharte Oma.«

»Du weißt noch nicht alles. Rate mal, wo sie wohnt.«

»Wo?«

»In der Villa delle Tempeste.«

»Residiert dort nicht schon die schöne Daniela?«

»Allerdings. Sie wird Platz für eine Mitbewohnerin machen müssen. Gibst du mir bitte ein Brötchen?«

Den reichte mir den Korb, Schalk in seinen Augen. »Das wird Daniela aber gar nicht gefallen.«

»Nein.« Zufrieden bestrich ich mein Brötchen dick mit Honig. »Ich glaube nicht, daß ihr das gefallen wird.«

IV

Nach dem Frühstück begleitete ich Rupert auf seinem Verdauungsspaziergang durch den Park. Er legte ein ordentliches Tempo vor, so daß ich mich anstrengen mußte, Schritt zu halten, aber ich wollte die Gelegenheit nutzen, etwas mit ihm allein zu unternehmen. Außerdem konnte ich ein bißchen Bewegung gebrauchen, nachdem ich die ganze Woche über Teresas gute Küche genossen hatte.

Wegen des Regens war ich lange nicht mehr draußen gewesen und hatte fast vergessen, wie gut es in den Gärten roch. Das Aroma der vom Wasser schweren Blüten durchdrang die Luft wie ein tropisch-süßes Parfum und bildete einen reizvollen Kontrast zu dem würzigeren Duft von nassem Gras und Erde.

Wir umrundeten das Theater und gingen durch den Wald zurück zum Rosengarten. Dort endete der Pfad, und Rupert legte eine Pause ein, um sich anerkennend umzusehen.

Bisher hatte ich noch nirgends Gärtner auf dem Besitz bei der Arbeit beobachtet, aber irgend jemand hatte eindeutig ein Beet in einer Ecke des Rosengartens umgegraben, denn die Erde war dort dunkler, und ihr frischer Geruch wehte bis zu uns herüber. Rupert atmete ihn tief ein. »Er wirkt sehr englisch, dieser Garten, nicht wahr?«

»Kein Wunder. Galeazzo hat ihn speziell für Celia die Erste anlegen lassen. Wahrscheinlich, damit sie kein Heimweh bekommt.«

Er lächelte. »Wenn dieses Anwesen für Besucher geöffnet wird, solltest du dich als Führerin bewerben. Ich wußte gar nicht, daß du eine solche Expertin für Il Piacere bist.«

»Ich weiß das nur, weil Galeazzo ein Gedicht über den Rosengarten in ›The Season of Storms‹ geschrieben hat. Übrigens bin ich mit dem Band jetzt durch und fange gerade noch mal von vorn an.«

»Bist du immer noch der Meinung, daß der Verfasser dieser Gedichte auch ›Il Prezzo‹ geschrieben hat?«

Die Gedichte unterschieden sich in Niveau und Stil tatsächlich von dem Stück, das mußte ich zugeben. »Aber solange du mir keinen Beweis lieferst, weigere ich mich zu glauben, daß Galeazzo ein Plagiator war.«

»Wart's ab. Wenn es überhaupt einen Beweis gibt, dann dürfte er hier in diesem Haus zu finden sein. Ich werde noch ein bißchen herumstöbern. Die Bücher in meinem Zimmer habe ich schon durchgesehen, es sind ein paar schöne Bände darunter, aber keine Theaterstücke, und ich denke, es muß wohl schon ein Drama gewesen sein ... «

»Also, ich glaube es erst, wenn ich es sehe«, beharrte ich stur. Von dort, wo wir standen, konnte ich den See nicht erkennen, weil die Blutbuchen die Sicht versperrten, und die Berge waren kaum mehr als Schatten unter ihrer Wolkenhülle. Nur die Kirchenglocken unten im Ort erinnerten daran, daß noch eine andere Welt jenseits der hohen Mauern um Il Piacere existierte.

Das Glockengeläut veranlaßte Rupert, auf die Uhr zu sehen. »Du lieber Himmel, ist es schon so spät? Ich wollte Bryan noch vor dem Mittagessen anrufen, ehe er wieder vor dem Fernseher klebt.«

Ich hätte zwar auch gern mit Bryan gesprochen, aber im Grunde gab es nichts Neues seit meiner E-Mail, und außerdem wollten er und Rupert sicher mal allein miteinander reden.

»Geh nur«, sagte ich. »Ich glaube, ich streife noch ein bißchen hier herum.«

»Findest du den Weg zurück zum Haus?«

»Ja, sicher.«

»Na gut. Aber paß auf dich auf.« Er drückte mir einen väterlichen Kuß auf die Wange. »Verlauf dich nicht.«

Was hatte ich nur an mir, daß alle ständig glaubten, ich könnte verlorengehen? »Werd ich schon nicht«, sagte ich, setzte meine optimistischste Miene auf und schlenderte durch den Rosengarten.

V

Der Brunnen mit den Delphinen war es, an dem ich kläglich scheiterte.

Dreimal hintereinander kehrte ich ihm den Rücken zu und nahm den Weg – jedesmal einen anderen –, von dem ich sicher war, daß er mich zum Haus führen würde, und dreimal kam ich zurück und stand wieder vor den Delphinen, die mit stummem Gelächter Wasser aus ihren bronzenen Mündern strömen ließen.

»Das ist doch lächerlich«, sagte ich zu dem Delphin, der mir am nächsten war. »Es muß einen Weg hier heraus geben.«

Ich konnte von meinem Standort aus sogar die steinerne Brüstung der Terrasse sehen, die roten Ziegeldächer, alles zum Greifen nah, und doch schaffte ich es nicht, dorthin zu gelangen.

»Lächerlich«, wiederholte ich mit einem schnellen Blick auf die sich zusammenballenden Wolken am Himmel. Der Regen war schon zu riechen, er würde nicht mehr lange auf sich warten lassen. Na schön, dachte ich, wenn ich mein Ziel nicht erreiche, indem ich direkt darauf zugehe, dann vielleicht, indem ich mich davon wegbewege, gemäß der Logik von »Alice im Wunderland«. Ich wählte also den Pfad, der am wenigsten danach aussah, als würde er zum Haupthaus führen, und marschierte entschlossen los.

Zuerst kam ich durch eine dichte Baumgruppe, hinter der der Weg über eine Treppe zwischen Büschen mit stark duftenden blaßgelben und weißen Blüten hindurchführte. Ein Stück weiter passierte ich einen Laubengang voll herabhängender Glyzinien, die mich im auffrischenden Wind mit ihren violetten Blüten überhäuften, und als die ersten schweren Regentropfen auf meinen Kopf klatschten, trat ich auf einmal ins Freie und sah mich der anmutigen Villa delle Tempeste gegenüber.

Ich stand auf einer Lichtung mit einzelnen Zypressen im Hintergrund und einer Wiese voller Butterblumen, die sich bis zur Hausfassade mit ihren Fenstern und Balkonen und der schön geschwungenen Freitreppe erstreckte. Am beeindruckendsten fand ich die Reihe hoher Palmen vor dem Eingang, die der Villa ein mediterranes Flair verliehen.

Verständlich, daß sowohl Daniela als auch Edwina Farrow dort wohnen wollten. Das Haus war wirklich ein Schmuckstück und sicher groß genug für zwei.

Ich hoffte nur, daß es mich auch noch aufnehmen konnte, denn der Regen kam inzwischen wolkenbruchartig herunter, und der Himmel war fast schwarz. Mit gebeugtem Kopf rannte ich über die Wiese.

Fast hatte ich die Palmen erreicht, als eine Hand aus Stein auf meiner Schulter landete.

Mein Herz machte einen Satz, und ich wirbelte herum, sah aber nichts als eine schmutzige Jeanshemdbrust. Der böige Wind peitschte den Regen in meine Augen, so daß ich blinzeln mußte, um das Gesicht des Mannes zu erkennen, der mich jetzt an beiden Armen festhielt. Ein übellauniges Gesicht mit dem Kinn einer Bulldogge – Pietro, der Handwerker.

Ich hatte mich noch nicht oft in meinem Leben richtig gefürchtet: einmal, als mir spät nachts auf dem Nachhauseweg Schritte in einer verlassenen Straße gefolgt waren, ein andermal, als ich mich in einem U-Bahn-Waggon allein mit einer Bande betrunkener Hooligans wiederfand, und in diesem Moment, als Pietro auf mich herabstarrte und niemand sonst in Sicht war.

Er fragte mich irgend etwas, bellte einen knappen, unfreundlichen Satz.

Ich versuchte, meine Angst nicht zu zeigen und ruhig zu bleiben. »Es tut mir leid, ich verstehe Sie nicht. Ich …«

Er packte mich noch fester, schüttelte mich und wiederholte seine Frage mit lauter Stimme.

»Hören Sie, das hat keinen Zweck, lassen Sie mich los …«

»Was machen Sie denn da?« Edwinas Stimme schnitt klar

und fordernd über uns hinweg. Ich sah nach oben, wo sie aus einem der Fenster im ersten Stock lehnte und beinahe so böse aussah wie Pietro. »Aufhören!« befahl sie. »Hören Sie sofort damit auf!«

Ich glaube kaum, daß Pietro Englisch verstand, aber den Befehl verstand er wohl. Wundersamerweise ließ er mich tatsächlich los und wich verunsichert einen Schritt zurück.

»Und jetzt verschwinden Sie«, rief Edwina. »Hauen Sie ab, husch!«

Er warf einen finsteren Blick auf ihre gebieterisch scheuchende Hand und murmelte etwas vor sich hin, doch dann machte er auf dem Absatz kehrt. Edwina rief mir zu: »Alles in Ordnung, meine Liebe?«

Ich rieb meine schmerzenden Arme. »Ja, ich bin okay. Danke.«

»Kommen Sie rein, Kind, stehen Sie nicht dort draußen herum. Kommen Sie.« Wie die Queen zog sie sich von dem Balkonfenster zurück und schloß die Läden gegen den Sturm.

VI

»Ekliges Wetter«, sagte Edwina, reichte mir einen quietschrosa Bademantel mit Blümchen und schob mich in ein kleines Badezimmer neben dem Hausflur. »Ziehen Sie Ihre nassen Kleider aus, ehe Sie sich den Tod holen.« Als ich wieder herauskam, sagte sie: »Dieser blöde Kerl. Was bildet der sich ein, einen Gast so zu belästigen? Ich hoffe, er hat Sie nicht allzusehr erschreckt. Geben Sie mir die.« Sie nahm mir meine nassen Kleider ab. »Ich rufe mal eben Alex an und sage ihm, daß Sie zum Mittagessen bei mir bleiben.«

Ich knotete gerade den Gürtel des Bademantels und sah

protestierend auf: »Ach nein, ich möchte Ihnen nicht zur Last fallen ...«

»Papperlapapp. Es ist schon Viertel vor zwölf, und der Wäschetrockner arbeitet nicht so schnell.« Sie lächelte. »Oder wollen Sie in diesem Aufzug bei Tisch erscheinen?«

Kopfschüttelnd schob ich die langen Ärmel hoch und strich mir eine tropfende Strähne hinters Ohr.

»Ich hole Ihnen ein Handtuch für die Haare. Setzen Sie sich.« Edwina winkte mich in das geräumige Wohnzimmer auf der anderen Seite des Flurs, einen überraschend hellen, luftigen Raum, der ganz im Gegensatz zu dem schweren, klaustrophobischen Dekor stand, das Galeazzo D'Ascanio im Haupthaus bevorzugt hatte.

»Nun ja, das hier war das Haus seiner Frau«, erklärte Edwina, als sie zurückkam. »Und meine Tochter ist damals mit Alex' Vater hierhergezogen, nachdem er das Haupthaus aufgegeben hatte. Sie hatte einiges mitzureden bei der Einrichtung, wie Sie unschwer erkennen können.«

Es stimmte, der Stil erinnerte teilweise an englische Landhäuser: geblümte Chintzbezüge, Petit-point-Stickerei und Vasen mit Tulpenmuster auf den Fensterbänken. Über dem Kamin reflektierte ein großer Spiegel mit Goldrahmen den Raum und ließ ihn größer wirken, während unten ein bescheidenes Feuer gegen die Kühle des Frühlingstags brannte.

Ich sah mich interessiert um. »Das ist also das Haus, in dem Alex aufgewachsen ist?«

»Wie schon sein Vater vor ihm. Obwohl Alex hier nicht viel Zeit verbracht hat. Er war meistens im Internat.« Sie ging zum Feuer und rieb sich die Hände. »Ich habe noch nie erlebt, daß es hier im April so kalt war. Das Wetter ist dieses Jahr völlig durcheinander.« Sie bemerkte, daß ich meine Haare trockengerubbelt hatte und nicht wußte, wohin mit dem Handtuch. »Legen Sie es einfach über diesen Sessel. Daniela ist ja nicht da und kann sich nicht darüber aufregen.«

Erleichtert gehorchte ich. »Sie ist ausgegangen?«

»Wütend davongestürmt. Wahrscheinlich, um sich bei

Alex zu beschweren. Geschieht ihm ganz recht, muß ich sagen. Was er an dieser Frau findet ...«

»Sie ist sehr schön.«

»Hm«, machte sie nur. »Also, was möchten Sie zu meinen Sandwiches? Tee? Gut, ich setze das Wasser auf. Bin gleich wieder da.«

Ich wanderte im Zimmer herum, betrachtete die Bilder an den Wänden und erforschte die Bücherregale und die schmale Glasvitrine in der Ecke. Als ich mich gerade vorbeugte, um die diversen Objekte darin genauer in Augenschein zu nehmen, kam Edwina wieder herein.

»Dieser Pokal«, sagte ich und zeigte darauf. »Wissen Sie, daß ich genau so einen in Venedig, in San Marco, gesehen habe?«

»Den Kelch meinen Sie? Tja, sie stammen wahrscheinlich beide vom selben Ort«, sagte sie. »Wurden aus Konstantinopel gestohlen, ein Teil der Beute des Vierten Kreuzzugs. Kennen Sie die Geschichte des Vierten Kreuzzugs?«

Dens und Ruperts Vorträge in Venedig klangen mir noch in den Ohren. »Äh, ja ...«

Aber Edwina, die einfach davon ausging, daß ich noch nie davon gehört hatte, war schon im vollen Erzählschwange, und aus Höflichkeit hörte ich mir alles noch einmal an.

Während sie redete, bewunderte ich den Alabasterkelch, der mit einem Netz aus goldenen Linien überzogen und mit rechteckig geschliffenen Edelsteinen besetzt war und eine griechische Inschrift trug. »Aber wie ist er in dieses Haus gekommen?«

»Wieder durch Diebstahl, allerdings der modernen Art«, antwortete Edwina. »Während des Ersten Weltkriegs hatte Galeazzo einen Palazzo in Venedig gemietet ...«

»Die Casetta Fiorita.«

»Genau. Sie gehörte irgendeinem armen Österreicher, aber Krieg ist nun mal Krieg ...« Ein Schulterzucken. »Jedenfalls geht die Legende, daß der Erbauer der Casetta Fiorita ein Kreuzfahrer war – oder der Sohn eines Kreuzfahrers, ich verwechsle das immer –, der ein paar hübsche Souvenirs von der

Plünderung Konstantinopels mitgebracht hatte. Diese Gegenstände wurden von Generation zu Generation weitervererbt, und der letzte Sproß der Familie, ein Mädchen, heiratete den Österreicher.«

»Der das Haus dann im Ersten Weltkrieg verlor«, sagte ich zum Zeichen, daß ich aufgepaßt hatte.

»Richtig. Er war außer Landes, soweit ich weiß, als die Casetta von der Regierung konfisziert wurde, so daß bei Galeazzos Einzug noch sein ganzer Besitz, einschließlich Möbeln und allem Drum und Dran vorhanden war. Die Schätze aus Konstantinopel hatten es Galeazzo natürlich angetan ...« Sie lächelte. »Er war ein großer Liebhaber von alten und schönen Dingen. Als man ihm nach dem Krieg sagte, daß der Österreicher seinen Palazzo wiederbekomme und er ausziehen müsse, nahm er einfach mit, was ihm gefiel. Räumte die Bibliothek aus, entkleidete ein ganzes Zimmer von seinen Gobelins und steckte noch ein paar Kleinigkeiten wie diesen Kelch ein.«

»Hat sich der Österreicher beschwert?«

»Höchstwahrscheinlich. Aber ich bezweifle, daß er viel Gehör fand. Schließlich hatte er im letzten Kriegsjahr aus Rache selbst vom Flugzeug aus die Casetta Fiorita beschossen, und Galeazzo behauptete ganz schlau, daß dadurch viele Gegenstände im Haus zerstört worden seien. Außerdem drückten die Behörden offenbar gern ein Auge zu, wenn es um Galeazzo ging. Er konnte ein sehr gewinnendes Wesen haben, wenn er wollte.«

Das Pfeifen des Wasserkessels ertönte aus der Küche, und sie ging, um den Tee aufzugießen. Ich ließ mich in einem Sessel vor dem Kamin nieder, wo ich ein neues Objekt von offensichtlichem Wert entdeckte: ein schmales, goldenes Feuerzeug, das auf dem Tischchen neben mir lag. Danielas, vermutete ich, obwohl ich mich zu erinnern meinte, daß ihres aus Silber war. Vielleicht hatte sie mehrere.

Edwina kam mit unseren Sandwiches und dem Tee zurück und schob Feuerzeug und Aschenbecher beiseite, um Platz für das Tablett zu machen. »Diese Sachen brauchen wir ja nicht«, sagte sie. »Oder rauchen Sie? Nein? Sehr gut. Ich habe mal geraucht. Es ist höllisch schwer, wieder davon loszukommen.«

»Ich hatte immer zuviel Angst um meine Stimme«, gestand ich.

»Ja, als Schauspielerin müssen Sie aufpassen, das kann ich mir denken.« Sie setzte sich in den Sessel gegenüber und hielt mir den Teller mit Sandwiches hin, komischen runden Dingern mit aufgeschnittenem Fleisch und Tomaten. »Ich kann mich nicht dafür verbürgen, daß sie schmecken – ich habe sie heute morgen in Mailand am Bahnhof gekauft, für den Fall, daß das Mädchen unterwegs Hunger bekäme. Aber sie hatte keinen. Sie hat überhaupt nicht viel Appetit, die Kleine, und mir scheint, das hängt nicht nur mit ihrer Krankheit zusammen. Sie ist viel zu dünn, finde ich. Zu meiner Zeit redete man den Mädchen nicht ein, daß sie wie Skelette rumlaufen müßten, so wie heute. Das ist nicht gesund.«

Unter ihrem vorwurfsvollen Blick nahm ich mir gleich zwei von den Broten und lehnte mich zurück. »Sind Sie gut mit Poppy zurechtgekommen? Wie ist sie denn so?«

»Kann ich Ihnen wirklich nicht sagen. Sie ist sehr still, hat auf der ganzen Reise kaum drei Worte gesprochen. Gut erzogen. Aber nicht besonders glücklich, habe ich den Eindruck, was allerdings auch an ihrem Alter liegen kann. Mit zwölf war ich auch nicht gerade ein Sonnenschein. Trotzdem habe ich das Gefühl, daß bei Poppy noch etwas anderes dahintersteckt. Ihre Eltern sind geschieden, habe ich gehört?«

Mit einem neuen Anfall von Schuldbewußtsein antwortete ich: »Ja.«

»Vielleicht ist das der Grund. Manche Kinder verkraften eine Scheidung ganz gut, andere nicht.«

»Ich glaube, sie war noch ein Baby, als ihre Eltern sich getrennt haben.«

»Aber ein Kind leidet immer unter der Abwesenheit des Vaters.« Zum Glück sah sie mich nicht an, als sie das sagte, weil sie gerade den Tee einschenkte. »Milch und Zucker?«

»Ja, bitte.« Auf der Suche nach einem anderen Gesprächsthema entdeckte ich im angrenzenden Zimmer einen Kistenstapel, halb verdeckt von einer Plane. »Werden hier in der Villa auch Restaurierungsarbeiten durchgeführt?«

Sie folgte meinem Blick. »Nein, da drin sind nur ein paar von den besonders zerbrechlichen Gegenständen aus dem Haus, die zur Sicherheit hierhergebracht wurden, während die Arbeiten vorangehen. Das hier ist der einzige Ort, den die Handwerker nicht betreten werden.«

»Ist diese Villa denn nicht Teil der Schenkung an die Stiftung?«

»O doch, sie bekommt alles. Das Haus, die Villa, den Park, das Theater, alles. Alex wird die lebenslange Nutznießung für ein paar ausgewählte Räume behalten, doch nach diesem Sommer gehört das gesamte Anwesen im Prinzip der Öffentlichkeit.«

Sie klang mißbilligend. Ich betrachtete sie forschend über den Rand meiner Teetasse hinweg und dachte daran, was sie am Morgen gesagt hatte, daß sie froh sei über Alex' Bemühungen um den Besitz, aber seine Beweggründe für falsch halte.

Um ein wenig nachzubohren, sagte ich: »Es ist sehr großzügig von ihm, was er da tut.«

»Ja.« Das Wort kam wie ein Seufzer heraus. »Er war schon immer sehr freigebig, schon als kleiner Junge. Aber ich fürchte, auch die Übergabe von Il Piacere an die Allgemeinheit wird die Italiener nicht dazu bewegen, ihn als einen der ihren anzusehen.« Sie sagte es voll Mitgefühl, aber auch mit der Resignation eines Menschen, der lange gelebt und viel gesehen hat und weiß, wie die Verhältnisse wirklich sind. »Es war nicht leicht für Alex, verstehen Sie, halb als Italiener und halb als Engländer aufzuwachsen, nie ganz zu einer Kultur zu gehören, in beiden Ländern als Fremder zu gelten. Das ist wirklich hart. Aber diese Stiftungssache ist auch keine Lösung.« Entschlossen nahm sie sich noch ein Sandwich. »Nur, wenn Alex sich einmal etwas in den Kopf gesetzt hat, kann man es ihm nicht mehr ausreden. Ein Freund hat ihn, glaube ich, auf die Stiftung aufmerksam gemacht, einer, der ihr seine eigene

Villa überschrieben hat, um Steuern zu sparen. Alex fand die Idee großartig, und damit war es entschieden. Ich habe ihm zwar von den Warnungen erzählt, die ich bekommen habe, aber er schlägt sie alle in den Wind.«

»Warnungen?«

»Daniela Forlanis verstorbener Mann hat sich schon mehrmals meinem Zirkel mitgeteilt.«

Sie sagte das so selbstverständlich, daß ich zuerst glaubte, mich verhört zu haben. »Ihrem ...?«

»Zirkel«, wiederholte sie. »Ich bin eine Spiritistin, meine Liebe.«

»Aha, verstehe.« Eine Reihe von Bildern tauchte in meinem Kopf auf: von Sally mit ihren Kristallen und Tarotkarten, von frühen Detektivgeschichten, in denen spinnerte alte Damen in dämmerigen Salons um ein Buchstabenbrett hockten, von Medien, die in Trance fielen ...

»Habe ich Sie erschreckt?«

»Nein, gar nicht. Ich dachte nur gerade an unser Stück«, erklärte ich meine abwesende Miene, die nicht vom Schreck, sondern von einer Idee herrührte. »Kennen Sie es?«

»Nur sehr flüchtig.«

»In einem Teil des ersten Akts und im gesamten zweiten Akt geht es um eine Séance, verstehen Sie, und Madeleine – sie spielt das Medium –, Madeleine und ich haben Schwierigkeiten, die Haltungen und Bewegungen richtig hinzubekommen. Also habe ich mich gefragt, weil Sie ja eine richtige Spiritistin sind, ob ich Sie vielleicht um Rat bitten dürfte?«

Edwina Farrow sah mich einen langen Moment mit beunruhigend scharfem Blick an. Dann lächelte sie, schenkte Tee nach und lehnte sich einladend zurück. »Fragen Sie mich, was Sie wollen.«

VII

»Ich kann es kaum erwarten, sie kennenzulernen«, sagte Nicholas spöttisch. »So jemandem begegnet man ja nicht alle Tage.«

»Jedenfalls«, fuhr ich fort, ohne ihn zu beachten, »hat Edwina sich bereit erklärt, einmal zu einer Probe zu kommen und uns eine Demonstration vom Ablauf einer Séance zu geben, wenn wir möchten.«

Madeleine, die interessiert aussah, zog die Beine unter sich auf das rissige Ledersofa. Wir hatten uns zum Aperitif in der Stanza d'Arazzo versammelt – dem Gobelinzimmer –, weil es auf der Terrasse zu naß und zu kalt war. Dieses Zimmer, obwohl es recht dunkel und mit den üppigen, schweren Stoffen drapiert war, für die D'Ascanio eine Vorliebe gehabt hatte, besaß eine freundliche, gemütliche Atmosphäre. Vielleicht lag es an den warmen Lichtkreisen, die die Stehlampen mit ihren gefransten Seidenschirmen warfen, oder an dem Stutzflügel in der Ecke, der offensichtlich viel gespielt worden war und eine abgenutzte, matte Oberfläche hatte.

Den war sofort von dem Instrument magnetisch angezogen worden und prüfte nun durch das Spielen von Arpeggios, ob es gestimmt war, während Poppy Hedrick neben ihm auf dem Klavierhocker saß und die Beine baumeln ließ. Sie war immer noch leichenblaß und hatte nach ihrem langen Nachmittagsschlaf das angeschlagene, benommene Aussehen einer Kranken, aber Dens Nähe schien sie aufzumuntern. Er hatte es sogar schon einmal geschafft, sie zum Lächeln zu bringen.

Ich dachte nicht, daß sie uns zugehört hatte, aber auf einmal drehte sie sich um und fragte: »Was ist eine Spiritistin?«

Madeleine antwortete klug und ausführlich, so wie sie alle Fragen ihrer Tochter zu beantworten schien. »Spiritismus ist so eine Art religiöser Glaube, Schatz. Spiritisten glauben, daß nur der Körper des Menschen stirbt, aber nicht sein Geist, und daß der Geist durch ein Medium mit den Lebenden sprechen kann. Ein Medium ist jemand, der besonders empfänglich für Geister ist und bei den spiritistischen Sitzungen als Vermittler dient. So wie die Frau, die ich in ›Il Prezzo‹ spiele.«

Poppy verarbeitete das. »Und Mrs. Farrow – sie ist so ein Medium?«

Ich wollte gerade antworten, daß sie es zumindest von sich behauptete, als Nicholas mir zuvorkam.

In einem Ton, der keinen Widerspruch duldete, sagte er: »Natürlich nicht.« Er verdrehte die Augen in meine Richtung. »Ich hoffe, du hast sie nicht noch in diesem Quatsch bestärkt.«

Madeleine lächelte ihn an. »Aber überleg doch mal, was für ein Spaß das wäre. Eine Séance! Ich würde liebend gern mal ein echtes Medium in Aktion sehen, es könnte mir bei meiner Rolle helfen.«

»Echtes Medium! So etwas gibt es nicht. Und Geister gibt es schon gar nicht.«

Poppy nahm das nicht hin. »Doch, gibt es. Mami hat mal einen gesehen, stimmt's, Mami?«

»Das dachte ich jedenfalls, Schatz. Ich war noch sehr jung damals.«

»Geister gibt es«, wiederholte Poppy störrisch in Nicholas' Richtung. Offenbar mochte sie ihn nicht besonders. Ich konnte es ihr nicht verübeln, aber für Madeleine war es sicher schwer.

Rupert, der dem Gespräch bisher schweigend von einem Winkel aus gefolgt war, wo er das einzige Bücherregal im Raum inspizierte, sagte: »Es ist sehr nett von Alex' Großmutter, sich zur Verfügung zu stellen. Sollen wir sie morgen kommen lassen?«

»Das ist doch nicht dein Ernst«, ächzte Nicholas.

»Ich wüßte nicht, was es schaden könnte«, entgegnete Rupert. »Wenn wir dieses Stück in London inszenieren würden, wären Dennis und ich bestimmt schon auf die Idee gekommen, uns den Ablauf einer Séance von einem Medium demonstrieren zu lassen. Stimmt's, Dennis?«

»Hm? Ach so, ja, sicher«, kam die geistesabwesende Antwort aus der Klavierecke.

Nicholas schnaubte verächtlich. »Sie ist kein Medium, sie ist bloß eine schrullige Alte.«

»Gar nicht so schrullig«, widersprach Dennis, sich kurz umwendend. »Alt ist sie vielleicht, aber ihr Verstand ist so scharf wie ihre Zunge, das könnt ihr mir glauben.«

»So ein Schwachsinn«, murmelte Nicholas, schüttelte eine Zigarette aus seinem Päckchen und riß ein Streichholz an. Ich sah ihm stirnrunzelnd zu, nicht wegen seiner Worte, sondern weil mir das Streichholz auffiel. Er benutzte doch sonst immer sein Feuerzeug ...

Plötzlich wußte ich, wo er sein goldenes Feuerzeug gelassen hatte. Ich hatte es heute selbst gesehen, auf dem Kamintisch in der Villa delle Tempeste.

Edwina hatte ihn nicht erwähnt, was bedeutete, daß er vor ihrer Ankunft in der Villa bei Daniela gewesen war. Diese Ratte, dachte ich. Als ich angewidert meinen Blick abwandte, stellte ich fest, daß ich beobachtet wurde. Die kleine Poppy Hedrick spürte wohl, daß sie eine Verbündete gefunden hatte, und lächelte schüchtern.

VIII

Am nächsten Tag arbeiteten wir uns durch den zweiten Akt, und auf Ruperts Bitte hin kam Edwina nach der Mittagspause, um uns beizubringen, wie man mit den Toten spricht.

Poppy war ebenfalls anwesend, nachdem wir alle Madeleine zuliebe unser Einverständnis gegeben hatten, daß sie bei den Proben dabeisein durfte, wenn auch Nicholas' Zustimmung etwas brummig ausfiel. »Sie wird mich ablenken«, warnte er.

»Du wirst gar nicht merken, daß sie da ist«, versprach Madeleine.

Das Mädchen verhielt sich tatsächlich mucksmäuschenstill. Sie saß am Tisch neben Den, der sie zu seiner inoffiziellen Assistentin gemacht hatte, indem er ihr Papier und Stift gab und sie in die Grundlagen der Probenleitung einführte.

Nicht, daß er an diesem Nachmittag viel zu leiten gehabt hätte, denn kaum war Edwina eingetroffen, übernahm sie das Kommando.

»Junger Mann«, sagte sie zu Nicholas, »wenn Sie mir freundlicherweise nicht Ihren Rauch ins Gesicht blasen würden, während ich zu sprechen versuche. Danke.« Dann setzte sie sich an den kleinen runden Tisch, der den Mittelpunkt unserer Kulisse bildete. »Also, Celia, was war es, das Ihnen besondere Schwierigkeiten bereitet? Die Haltung der Hände?«

Ich nickte. »Wir haben uns bisher bei den Händen gehalten, etwa so.« Wir zeigten es ihr. »Aber irgendwie sieht das komisch aus mit dem Tisch dazwischen, wahrscheinlich, weil wir nur zu zweit sind.«

»Ja, ich verstehe. Zu welcher Zeit spielt Ihr Stück noch mal?«

»Während des Ersten Weltkriegs.«

»Händehalten war damals sicher sehr beliebt. Das Tischerücken stellte noch eine verbreitete Form der Kommunikation mit der Geisterwelt dar, und wenn man sich an den Händen hielt, wußte man, daß der Nachbar keinen Unfug trieb und nicht etwa selbst am Tisch rückte. Aber ich habe einmal im Hauszirkel eines Mannes gesessen, der zu dieser Zeit auch schon als Spiritist aktiv gewesen sein dürfte, und er ließ uns die Hände immer gespreizt und mit den Handflächen nach unten auf den Tisch legen. Ist es so leichter für Sie?«

»Und wie«, sagte ich.

Auch Rupert fand, daß es so von seiner Position aus überzeugender aussah. »Möchten Sie den Raum dunkler haben?«

»Ja, gern, wenn das möglich ist«, sagte Edwina. »Das Licht wurde zu der Zeit sicher gedämpft, zumal sie vermutlich Gaslicht hatten. Aber weil man die Mitglieder seines Zirkels noch sehen wollte, um sicherzugehen, daß niemand schummelte, wollte man es auch nicht ganz dunkel haben.«

Rupert machte Den ein Zeichen, der entgegenkommend zwei der drei Kronleuchter ausschaltete. Als die Wände und Ecken des Raums in dunkle Schatten getaucht wurden, überkam mich ein absurdes Gefühl der Spannung, als würden wir wirklich eine Séance abhalten.

»Gut«, sagte Madeleine, »und wie fangen wir an?«

»Sie spielen das Medium, ja? Normalerweise beginnt man damit, beliebige, gerade anwesende Geister aufzufordern, sich bemerkbar zu machen. Aber in diesem Fall, wenn ein bestimmter Jenseitiger herbeigerufen werden soll, können Sie einfach nach seinem Namen fragen.«

Nicholas, der hinter uns stand, gab ein verächtliches Lachen von sich, das Madeleine zu übertönen versuchte, indem sie sagte: »Sehr gut, genau das macht meine Person im Stück. Und was dann?«

»Dann wartet man.«

»Das dürfte besonders spannend für das Publikum sein«, höhnte Nicholas.

Als wäre er ein lästiges Kind, drehte Edwina sich kurz um und bedachte ihn mit einem Blick, der mir, wenn er von Rupert oder Bryan kam, immer gesagt hatte, daß ich gleich auf mein Zimmer geschickt würde. »Da Sie die Szene nur spielen, können Sie natürlich dramaturgische Zugeständnisse machen, aber eine kleine Pause sollte schon sein«, fuhr sie an Madeleine gewandt fort. »Die Geister schaffen es selten, prompt zu antworten.«

Wir warteten also eine Weile. Poppy sah sich ein wenig nervös im Raum um und fragte: »Woran merken Sie, daß ein Geist da ist? Können Sie ihn sehen?«

»Es gibt Menschen, die das können, aber ich nicht«, antwortete Edwina. »Ich bin keine Hellseherin, meine Liebe, ich bin eine Hellhörerin. Ich höre nur ihre Stimmen.« Sie nahm ihre Lektion wieder auf und erklärte Madeleine: »Nehmen wir also an, Sie haben diesen jungen Mann, diesen Soldaten, gebeten, sich zu melden. Es könnte sein, daß er nicht der erste ist, der auftaucht, möglicherweise sind andere da, die dringender gehört werden wollen.«

»Ach du Schande«, murmelte Nicholas und entfernte sich ein paar Schritte auf der Suche nach einem Aschenbecher.

»Zum Beispiel«, fuhr Edwina fort, »könnte Mr. Rutherfords Mutter vorbeischauen, um ihn an seine Manieren zu erinnern. Oder Freunde oder Verwandte von einem anderen Zirkelteilnehmer wollen Grüße ausrichten, man kann nie wissen. Aber wenn man Glück hat, erscheint schließlich die Person, mit der man sprechen will. Und dann beginnt man, ihr Fragen zu stellen.«

»Müßte ich zu diesem Zeitpunkt in Trance sein?« fragte Madeleine.

»O nein. Wenn Sie sich in Trance befinden, können Sie keine Fragen stellen. Dann spricht der Geist durch Sie, verstehen Sie, er benutzt praktisch Ihren Körper. Ihr Bewußtsein ist in diesem Moment völlig ausgeschaltet. Die anderen in Ihrem Zirkel müssen dann die Fragen stellen, weil Sie nicht präsent sind, und wenn die Séance zu Ende ist und Sie aus der Trance erwachen, haben Sie keine Ahnung, was passiert ist.«

»Ach so.« Madeleine runzelte die Stirn. »Der Text verlangt nämlich, daß ich in Trance sein soll, und es fällt mir schwer, mich da hineinzufühlen. Es kommt mir so … melodramatisch vor.«

Edwina versicherte ihr, daß es ganz natürlich wirken könne. »Leute, die in Trance sind, sehen im allgemeinen so aus, als würden sie schlafen.«

»Ich habe vor allem Probleme mit der Stimme«, sagte Madeleine.

Rupert, der geduldig im Halbdunklen zugehört hatte, mischte sich ein. »Celia, Liebes, wenn du vielleicht ein paar Zeilen aus der Szene lesen würdest? Am besten die Stelle, wo du dich überzeugen willst, daß es wirklich dein Mann ist, der da spricht, dann könnte Edwina vorführen, wie man in Trance redet. Was haltet ihr davon?«

Madeleine fand die Idee großartig. Sie schob ihren Text Edwina hin und zeigte ihr die Stelle und die Zeilen, die sie sprechen sollte.

»Alles klar«, sagte Edwina, legte den aufgeschlagenen Text zwischen ihre Hände, straffte sich in den Schultern und beugte den Kopf leicht nach vorn. »Ich bin bereit.«

Ich begann mit der Reihe von Fragen, die meine Figur dem Geist stellt, um sicherzugehen, daß es sich wirklich um ihren toten Geliebten handelt. »Willst du mir nicht deinen Namen sagen?«

»Kennst du ihn nicht?« kam Edwinas Stimme ganz ruhig und entspannt, beinahe schläfrig, als spräche sie im Traum.

»Warum hältst du mich hin? Ich möchte gern glauben, daß du es bist, aber …«

»Dann frage mich …« Sie hielt inne und legte den Kopf ein wenig schräg, als lauschte sie auf etwas in der Umgebung. Langsam sprach sie weiter. »… frage mich etwas Persönliches, etwas, das von Bedeutung ist. Mein Name beweist gar nichts.«

»Also gut. Der Name deiner Mutter – wie hieß sie?«

»Rose.«

»Und dein Vater?«

Wieder eine Pause. »Edward.«

»Wo hast du als Kind gelebt?«

»Am Meer, in einem Haus mit einem schönen … schönen …«

Sie hat die Zeile verloren, dachte ich und wollte ihr mit einem Stichwort helfen: »Schönen Garten.«

»Der Garten, o ja, ich kann immer noch die Rosen riechen. Sie schienen das ganze Jahr über zu blühen.« Sie improvisierte anscheinend, erfand ihren eigenen Text, aber ich sagte nichts. Edwina war schließlich nicht mehr jung, und der Text war ziemlich klein gedruckt, so daß sie möglicherweise Schwierigkeiten hatte, ihn zu entziffern.

»Wo war dieses Haus?«

»In Sussex.«

Es lag eindeutig an ihren Augen. Die richtige Antwort lautete »Surrey«, aber ich korrigierte sie nicht. »Sag mir, wie du gestorben bist.«

»Ich wurde ermordet.«

Jetzt mußte ich aber eingreifen, sonst würde der Rest der Szene keinen Sinn ergeben. »Entschuldigen Sie, Edwina, das ist falsch. Es muß heißen ...«

»*Sie* hat es getan, sie wollte meinen Tod.«

Das kam so überzeugt und klar heraus, daß ich mich vorbeugte, um ihr Gesicht besser sehen zu können. Ihre Augen waren geschlossen, ihre Züge vollkommen entspannt. »Sie hat ihm gesagt, ich wäre weggelaufen, aber das bin ich nicht. Ich bin hier. Ich bin immer noch hier ...«

Erneut versuchte ich, sie anzusprechen. »Edwina?«

Poppys Stimme kam ängstlich aus dem Dunkeln. »Mami?«

»Es ist alles in Ordnung, Schatz«, sagte Madeleine. »Hab keine Angst. Es ist nur ein Stück.«

Aber es war nicht mehr das Stück. Edwina drehte sich langsam zu mir um, und ich hatte das beunruhigende Gefühl, daß sie mich durch ihre geschlossenen Lider hindurch sehen konnte. »Gib acht«, flüsterte sie. »Es geschieht Böses in diesem Haus.«

Ein kalter Schauder lief über meinen Rücken. »Edwina ...«

»Celia«, kam die Antwort, und in meinem verwirrten Zustand glaubte ich, daß sie nicht mich meinte, sondern mir ihren eigenen Namen sagte.

Nur Madeleine saß nahe genug, um es zu hören. Einen Moment lang herrschte Schweigen, wir wechselten Blicke.

Dann regte sich Edwina zwischen uns und öffnete die Augen. »O je, tut mir leid«, sagte sie, als sie sah, wie wir sie anstarrten. »Bin ich etwa eingeschlafen? Der Fluch des Alters – und dieser Raum ist so überheizt. Sollen wir die Stelle noch mal versuchen?« fragte sie energisch und nahm ihr Buch zur Hand. »Von Anfang an?«

IX

Ich konnte nicht schlafen. Das Porträt Celias der Ersten über meinem Bett sah in dieser Nacht mit gequältem Blick auf mich herab, und jede Diele in dem alten Gebäude hatte eine Stimme. *Böses,* hauchten die Wände ... *Böses in diesem Haus.* Dann ein Flüstern, noch schwächer: *Ich wurde ermordet ...*

Als Kind hätte ich nur nach Rupert oder Bryan rufen müssen, und einer von beiden wäre sofort herbeigeeilt, hätte das Licht angemacht, meine Ängste vertrieben und sich sogar an mein Bett gesetzt, um die Monster fernzuhalten, bis ich eingeschlafen war. Aber ich war kein Kind mehr.

Weshalb ich mich nun unruhig hin und her wälzte und versuchte, tapfer zu sein. Ich sagte mir, daß Edwinas Vorführung, ihre Séance, in dieselbe Kategorie fiel wie Sallys oft konsultierte Tarotkarten – ein harmloses Spiel, das manchmal zu geradezu unheimlich zutreffenden Ergebnissen führte, aber nicht allzu ernst genommen werden durfte.

Zwar dachte ich keine Sekunde lang, daß Edwina uns absichtlich hinters Licht führen wollte, aber Menschen, die fest an etwas glaubten, konnten sich selbst täuschen und die Wirklichkeit nach ihren Erwartungen formen. So wie manche Gläubigen schworen, echte Tränen in den Augen einer Heiligenstatue gesehen zu haben, hörte Edwina eben Geisterstimmen. Und weil sie von deren Existenz überzeugt war, glaubte sie unbeirrbar, die Worte der Toten wiederzugeben, statt Gedanken, die in ihrem eigenen Unterbewußtsein entstanden waren.

Sie hatte sehr erstaunt reagiert, als sie erfuhr, was sie während ihres »Nickerchens« bei der Probe gesagt hatte. »Wie merkwürdig«, lautete ihre Reaktion. »Ich bin schon seit Jahren nicht mehr in Trance gefallen.«

»Könnten Sie es wieder tun?« hatte Madeleine begierig gefragt.

Doch Edwina hatte zu Poppy hinübergesehen, die sehr aufrecht und mit großen Augen zuhörte, und weil sie dem Kind keine Angst machen wollte, antwortete sie: »Leider nicht. Der Geist ist nicht mehr bei uns. Er ist fort.«

Die Wände um mich herum flüsterten: *Ich bin hier … Ich bin immer noch hier …*

Ich drehte mich auf die andere Seite und brachte die Stimmen zum Schweigen, indem ich an Alex und unser Gespräch vor dem Abendessen dachte. Er hatte nach mir gesucht, in Begleitung seiner unvermeidlichen Schatten Max und Nero, und mich allein in dem leeren Zimmer mit Blick auf die Terrasse angetroffen, durch das Madeleine mich nach meinem Gestotter am ersten Probenmorgen geführt hatte.

An diesem Abend konnte niemand auf die Terrasse hinausgehen. Der Regen hatte mit neuer Heftigkeit wieder eingesetzt und die weite, lichte Fläche in einen grauen, verlassenen Ort verwandelt, verloren in einer Landschaft aus Nebel.

Ich sah gerade versunken dem Aufklatschen der Regentropfen auf die Pfützen zu, als Alex mich von hinten ansprach. Vor Schreck stieß ich einen kleinen Schrei aus. »Ich habe Sie nicht kommen gehört«, erklärte ich, als er zu mir trat.

»Nein? Das tut mir leid.« Er zog etwas aus der Hosentasche und hielt es mir hin. »Sie haben eine E-Mail bekommen.«

»Oh, danke.« Ich faltete das Blatt auseinander und überflog es lächelnd. Nur ein kurzes Hallo von Bryan mit einem Witz, den er im Büro gehört hatte, nichts weiter, aber es half mir, nach den seltsamen Erlebnissen des Tages wieder festen Boden unter den Füßen zu gewinnen.

»Ich dachte, Sie möchten vielleicht antworten«, sagte Alex.

»Jetzt?« Ich sah auf meine Uhr. »Aber es ist fast Essens …«

»Wir haben Zeit.«

»Na gut«, sagte ich, denn als Hausherr konnte er sich wohl das Recht herausnehmen, zu spät zum Essen zu kommen, und in seiner Begleitung hatte ich ebenfalls eine Entschuldigung. Doch in Wahrheit war ich einfach gern in seiner Nähe. Er war keiner von »uns«, gehörte nicht zur Welt des Theaters, dieser künstlichen, emotionsgeladenen Welt, in die ein Ort wie Il Piacere wunderbar hineinpaßte. Nein, Alex war solide und wirklich wie Bryan, und in seiner Gegenwart schienen die Dinge erfrischend unkompliziert. Elefanten waren Elefanten, und Mäuse waren Mäuse. Wirklich zu schade, dachte ich, daß er schon vergeben ist.

Ich ging mit ihm durch die langen Korridore und ließ meinen Blick über die Porträts und Gemälde schweifen, die so dicht gehängt waren wie Poster an einer Plakatwand. In die Stille zwischen uns räusperte sich Alex auf einmal. »Ich habe gehört, was heute bei der Probe passiert ist.« Er schielte kurz zu mir hin und sah wieder geradeaus. »Ich fühle mich irgendwie dafür verantwortlich. Vielleicht hätte ich Sie vor der ... Exzentrik meiner Großmutter warnen sollen.«

»Es ist doch nichts passiert«, sagte ich. »Außerdem habe ich sie ja selbst dazu angestiftet, die Séance abzuhalten. Es gibt nämlich eine Séance im Stück ...«

»Ich weiß, ich habe es gelesen«, sagte er trocken und erinnerte mich daran, daß das gesamte Projekt schließlich seine Idee gewesen war, daß er nicht nur ein Nachfahre des Autors und unser Gastgeber war, sondern auch der Produzent und als solcher genauso mit der Materie vertraut wie wir.

»Ja, also«, versuchte ich meine Verlegenheit zu überspielen, »wir hatten ein Problem mit dieser Szene, und oft hilft es, eine Expertin zu Rate zu ziehen.«

»Expertin!« rief er, beinahe lachend. »Das hört sie sicher gern.«

»Ich meine, sie ist immerhin eine Spiritistin und weiß, wie eine Séance ablaufen sollte.«

»Da hätten Sie auch mich fragen können«, erwiderte er, immer noch mit diesem ungewohnt belustigten Unterton. »Ich habe als Junge oft genug an den verdammten Sitzungen teilgenommen, ich hätte Ihnen sagen können, wie es dabei zugeht.«

Wir bogen um eine Ecke. Ermutigt von seiner mitteilsamen Laune, fragte ich: »Und wie kam es, daß Sie an den Séancen teilgenommen haben?«

»Teil meiner Buße«, grinste er. »Ich bin in England zur Schule gegangen, weil es angeblich der Letzte Wille meiner Mutter war, daß ich ihre Heimat kennenlernen sollte. Meinem Vater kam das sehr gelegen. Er hatte sowieso keine Zeit, sich um mich zu kümmern, und deshalb wurde ich auch in den Ferien meistens zu meiner Großmutter geschickt. Sie hat ein zugiges Haus in Norfolk, an einem Waldstück gelegen. Und mit Enten«, fügte er hinzu, als wäre es keine Frage, daß eine Frau wie Edwina sich Enten hielt. »Samstags trafen sich immer ein paar Freunde bei ihr – das tun sie wahrscheinlich immer noch –, und sie bestand darauf, daß ich an ihren Sitzungen teilnahm, um meinen Horizont zu erweitern.«

»Und hat es ihn erweitert?«

»Meistens bin ich dabei eingeschlafen.«

»Oh.«

»Ich will damit nur sagen, daß Sie Edwinas Überzeugungen nicht allzu ernst nehmen sollten.«

»Das tue ich auch nicht.« Zum Beweis erzählte ich ihm von Sally und ihren esoterischen Gewohnheiten. »Das ist ungefähr das gleiche, obwohl Edwina mir alles andere als wirrköpfig vorkommt.« Daß Sally ebenfalls von etwas Bösem in diesem Haus gesprochen hatte, erzählte ich ihm nicht. Ich tat mein Bestes, diesen Teil zu verdrängen.

»Nein, meine Großmutter ist eine intelligente Frau«, stimmte er zu.

»War Ihre Mutter ihr sehr ähnlich?« wagte ich mich vorsichtig weiter auf diesem unsicheren Terrain vor.

»Ich weiß es nicht. Ich kann mich kaum noch an meine Mutter erinnern. Sie ist gestorben, als ich noch ganz klein war. Aber sie soll eine sehr liebevolle Frau gewesen sein.« Dann, nach einer Pause: »Meine Großmutter ist nicht übermäßig liebevoll, aber dafür sehr aufmerksam. Sie hat mich wenigstens beachtet und mir Modelle gekauft, Schiffsmodelle, weil ich schon immer gerne Sachen gebaut habe.« Er lächelte befangen, und als hätte er schon zu viel von sich preisgegeben, zog er sich fast sichtbar in sein Schneckenhaus zurück und nahm einen förmlicheren Ton an. »Deswegen habe ich sie auch gebeten, Madeleines Tochter hierherzubringen. Ich wußte, daß sie gut auf das Mädchen aufpassen würde.«

Ich nickte, obwohl ich fand, daß Poppy Hedrick keiner großen Aufsicht bedurfte. »Sie scheint ein ziemlich kluges Mädchen zu sein, sehr reif für ihr Alter«, sagte ich und glaubte es auch in diesem Moment, als ich mit Alex durchs Haus ging.

Doch als ich nun zusammengerollt in meinem Bett lag, wurden meine sich überstürzenden Gedanken von einem plötzlichen Lärmen auf dem Flur unterbrochen, einem Hämmern und Schluchzen, das mir zeigte, wie sehr ich mich geirrt hatte. Poppy war längst nicht so ausgeglichen und erwachsen, wie sie sich gab. Sie war zwölf Jahre alt und brauchte ihre Mutter.

»Mami!« Neues Hämmern. Ihre Stimme wurde vor Panik schrill. »Mami, bitte!«

Als das Schluchzen weiterging, ohne daß Madeleine reagierte, stand ich auf, warf meinen Morgenmantel über und lief zur Tür, die ich zunächst nur einen Spalt öffnete, weil ich mich nicht einmischen wollte.

Poppy preßte sich mit tränenüberströmtem Gesicht an die Tür ihrer Mutter, als könnte sie durch reine Willenskraft das massive Holz durchdringen. Die Arme ausgestreckt, die kleinen Fäuste geballt, war sie einem hysterischen Anfall nahe.

»Poppy?« sagte ich und ging hinaus. »Poppy, was ist denn los?«

Die beherrschte Fast-Erwachsene war völlig verschwunden, und sie stürzte auf mich zu und klammerte sich an mich wie ein Kind, das von einer Horde Ungeheuer verfolgt wird. Überrascht und gerührt schlang ich meine Arme um sie und fragte noch einmal sanfter: »Was ist los?«

Die Antwort wurde von meiner Schulter halb erstickt. Ich hörte nur: »… meinem Bett.«

»Was ist mit deinem Bett?«

»Sie hat daneben gestanden.«

»Wer?«

»Die Frau auf den Fotos. Es war *ihr* Geist, mit dem Mrs.

Farrow gesprochen hat, sagt Mami.« Ein krampfartiges Schluchzen. »S-sie wollte mich b-berühren.«

»Ach, Liebes.« Ich streichelte ihr beruhigend über den Kopf. »Das war nur ein Traum, weißt du. Jetzt ist er vorbei, und alles ist wieder gut.«

Sie schniefte und hob den Kopf ein Stück. »Wo ist meine Mutter?« wollte sie wissen und klang dabei noch jünger, als sie aussah.

Ich wußte es nicht, aber nach dem Lärm, den Poppy gemacht hatte, konnte sie kaum schlafend in ihrem Bett liegen. »Ich glaube, ich gehe mal Nicholas fragen. Vielleicht weiß er, wo deine Mutter ist.«

Ich hatte mich bewußt diplomatisch ausgedrückt, aber Poppys Blick sagte mir, daß sie über die Natur der Beziehung ihrer Mutter zu Nicholas Bescheid wußte und nicht daran dachte, allein dort im Flur zurückzubleiben. »Ich komme mit.«

Nicholas' Zimmer lag gleich um die Ecke vom Damenflügel, was von diskreter Voraussicht zeugte, wie Den mir erzählt hatte, denn auf diese Weise teilte er mit Madeleine denselben Balkon und hatte unauffälligen Zugang zu ihrem Zimmer. Da ich von Galeazzo D'Ascanios legendärem Eroberungsdrang wußte, nahm ich an, daß er die Zimmer absichtlich so hatte anlegen lassen, um ausgewählte weibliche Gäste des Nachts besuchen zu können, ohne daß Celia davon erfuhr. Ziemlich dreist von ihm, wenn man bedachte, daß ihre Räume sich gleich nebenan befanden, aber ein Mann, der seine Ehefrau in die Villa delle Tempeste verbannte, während er mit seiner Geliebten zusammenlebte, konnte sich nicht viel um solche Feinheiten geschert haben.

Nicholas öffnete ebenfalls nicht.

Weil ich ratlos war, was ich als nächstes tun sollte, aber um Poppys willen gelassen und kompetent wirken wollte, klopfte ich noch einmal. Ich konnte das Mädchen gut verstehen, denn durch mein Hin- und Herwälzen und die beunruhigenden Gedanken war ich beinahe so angespannt, als hätte ich selbst einen Alptraum gehabt, und dieses Haus war bei Nacht nicht gerade ein tröstlicher Ort. Die engen Korridore, der muffige Geruch der alten Orientläufer und die trüben Wandleuchten erzeugten eine morbide Atmosphäre, wie gemacht für eine Schauergeschichte aus dem neunzehnten Jahrhundert.

Natürlich hätte ich Poppy einfach mit zu mir nehmen und sie auf das Sofa betten können, so daß sie nicht allein war, aber sie wollte nicht bei mir sein, sondern bei ihrer Mutter.

Einer plötzlichen Eingebung folgend fragte ich: »Poppy, wenn deine Mutter zu Hause nachts aufwacht und nicht wieder einschlafen kann, was macht sie dann?«

Sie überlegte kurz. »Sie ißt etwas.«

»Dann laß uns nach unten gehen«, sagte ich und nahm ihre Hand. »In die Küche.«

X

Die Küchentür, die in einem Winkel hinter der Treppe zum Damenflügel lag, war eine altmodische, mit grünem Billardtuch bezogene Pendeltür und hielt alle Geräusche von außen so effektiv ab wie eine moderne, schalldichte Konstruktion. Ich stieß sie auf, und Poppy machte ein Gesicht, als hätte sie mich gerade in den Rang eines Sherlock Holmes erhoben.

»Du hattest recht«, sagte sie ehrfürchtig. »Sie ist hier.«

Madeleine saß an dem schweren Küchentisch aus Eiche und schien noch gar nicht im Bett gewesen zu sein, denn sie trug dieselbe weich fallende Hose und den gleichen Pullover wie beim Abendessen. Auch das Make-up war noch intakt, und die Haare sahen nur auf einer Seite leicht zerzaust aus, wo sie den Kopf in die Hand gestützt hatte.

Sie war nicht allein. Den saß ihr gegenüber und drehte sich überrascht um, als wir hereinkamen. Dann grinste er. »Siehst du?« sagte er zu Madeleine. »Ich wußte, daß sie uns erwischen würden.« Die Flasche Wein auf dem Tisch erklärte die gute Stimmung der beiden.

Madeleine richtete sich sofort auf, als sie ihre Tochter sah. »Schätzchen«, rief sie besorgt, »was ist los?«

»Ich habe den Geist gesehen, die Frau auf den Fotos. Sie stand direkt neben meinem Bett.«

»Ach, Liebling, komm her. Das ist meine Schuld«, sagte sie über Poppys Kopf hinweg zu Den und mir. »Ich habe mich vorhin mit Nicholas darüber unterhalten … Süße, du weißt doch, daß ich das nicht ernst gemeint habe, was ich über die Frau auf den Fotos sagte.«

»Welche Frau?« fragte Den.

»Celia Sands. Die Erste«, erklärte sie mit einem entschuldigenden Blick zu mir. »In meinem Zimmer hängen mehrere Bilder von ihr, und Nicky meinte, sie wäre wohl überall, worauf ich zum Scherz sagte, daß sie es wahrscheinlich war, die unsere Séance gestört hat. Ich habe wirklich nur Spaß gemacht.« Sie drückte ihre Tochter an sich. »Ich wollte nicht, daß du schlecht träumst.«

Poppy, die sich mittlerweile von ihrem Schreck erholt hatte, reagierte auf die Umarmung ihrer Mutter mit der Widerspenstigkeit einer Heranwachsenden, die weiß, daß sie beobachtet wird, und nicht wie ein Baby wirken will. »Es war kein Traum«, sagte sie in demselben störrischen Ton wie am Vortag zu Nicholas. »Sie war wirklich da.«

»Ach Liebling«, wiederholte Madeleine und strich eine Haarsträhne aus dem Gesicht des Mädchens. »Komm, setz dich. Möchtest du etwas trinken? Ein Glas Wasser? Oder Kakao?« Mit Blick zu Den: »Gibt es hier Kakao?«

»Keine Ahnung. Ich seh mal nach.« Er stand auf und durchwühlte die Schränke, als wäre er zu Hause und nicht in Teresas Küche.

Der Raum war eher funktional als gemütlich eingerichtet. Es gab ein kleines Fenster und darunter eine sauber geschrubbte Keramikspüle, die vermutlich immer noch so weiß war wie zu der Zeit, als Galeazzo sie in den zwanziger Jahren im Rahmen seiner Modernisierungen hatte einbauen lassen. Eine gekachelte Arbeitsfläche lief an zwei Wänden entlang und endete bei einem alten Monstrum von Herd mit unglaublich vielen Knöpfen und Griffen, das den Eindruck machte, als würde es explodieren, wenn man den falschen Knopf betätigte. Es gab auch ein paar moderne Geräte wie eine Mikrowelle und eine blitzende Espressomaschine, doch der Gesamteindruck war eher traditionell und pragmatisch und erinnerte sehr an Teresa.

Den fand eine Dose Kakao im Schrank und Milch im Kühlschrank, rührte beides in einem großen Becher zusammen und stellte ihn in die Mikrowelle. Dann holte er ein Weinglas für mich. »Probier den mal«, sagte er und schob mir die Flasche hin. »Es gibt noch mehr davon. Ich glaube, wir sind auf Teresas Privatvorrat gestoßen.«

Das Etikett zeugte von einem edlen Inhalt. »Oder es ist einer von diesen seltenen Jahrgängen, den die D'Ascanios als Investition eingelagert haben«, wagte ich zu vermuten.

»Möglich.« Den klang nicht sonderlich reuig. Die Mikrowelle piepte, und er holte Poppys Kakao heraus. »Hier, Schätzchen. Genau das richtige gegen Alpträume.«

Poppy nahm den Becher, trank aber nicht, sondern beharrte mit fester Stimme darauf, daß sie keinen Alptraum gehabt hätte. »Sie war echt. Unsere Séance hat sie zurückgebracht. Nein, Mami, ich bin ganz sicher«, sagte sie, als Madeleine unterbrechen wollte. »Ich habe neulich so was im Fernsehen gesehen, da ist genau dasselbe passiert. Die Leute haben aus Versehen einen Geist herbeigerufen, und dann ist er nicht wieder weggegangen und hat all diese schrecklichen Sachen gemacht, bis sie einen Geisterexperten gerufen haben, der ihn vertrieben hat.« Sie war sich ihrer Sache sehr sicher, und ich wußte, daß es keinen Zweck hätte, sie von etwas anderem überzeugen zu wollen. Mit zwölf kannte man die Welt besser als die Erwachsenen.

Madeleine lächelte. »Nun, wenn es so ist, sollten wir

Mrs. Farrow bitten, eine zweite Séance abzuhalten, damit sie deinem Geist seinen Frieden schenken kann. Was meinst du?«

Das leuchtete Poppy ein. »Kann sie es bald tun?«

»Ich weiß es nicht. Vielleicht sollte Celia sie fragen.«

Verwundert sah ich sie an. »Warum ich?«

»Weil sie dich mag, glaube ich.«

Den stimmte ihr mit einem beseligten Lächeln zu, das mir verriet, wieviel Wein er schon intus hatte. »Niemand könnte diesem Gesicht etwas abschlagen.«

»Also, ich weiß nicht ...«, zögerte ich. Alex würde es sicher nicht gefallen, wenn wir noch eine Séance abhielten; er war schon nicht begeistert davon gewesen, daß wir seine Großmutter zu der ersten angestiftet hatten. Andererseits – wenn dies der Weg war, Poppys Ängste zu vertreiben ...

Sie sah mich mit großen, flehenden Augen an.

»Ich rede morgen mit Edwina«, versprach ich.

XI

»Nein.«

Verblüfft starrte ich sie an. Das war nicht die Antwort, die ich erwartet hatte. »Wie bitte?«

»Vor allem geht es aus Zeitgründen nicht, meine Liebe«, erklärte sie beschwichtigend. »Ich reise morgen ab.«

Das hörte ich nicht gern. In den zwei Tagen ihres Aufenthalts war mir Alex' Großmutter irgendwie ans Herz gewachsen, und als ich sie an diesem Morgen von meinem Fenster aus durch den Park gehen sah, die Hände auf dem Rücken verschränkt, als würde sie ihre Truppen inspizieren, war ich nicht nur meiner Mission für Poppy wegen schnell in meine

Kleider geschlüpft und durch das noch schlafende Haus geeilt. Ich freute mich auf Edwinas Gesellschaft.

Ich selbst hatte nie eine Oma gehabt, zumindest wußte ich von keiner. Vielleicht lebten die Eltern meines biologischen Vaters noch, aber die meiner Mutter waren lange vor meiner Geburt gestorben. Auch Rupert und Bryan waren mir trotz all ihrer Liebe und Fürsorge auf diesem Gebiet keine Hilfe gewesen. Bryans Eltern hatten ebenfalls schon das Zeitliche gesegnet, als ich klein war, und Ruperts Mutter war zwar noch am Leben gewesen, aber so schwer krank, daß er mich nie zu ihr mitgenommen hatte.

Daher beneidete ich Alex um seine Schulferien bei seiner Großmutter in ihrem »zugigen Haus in Norfolk« mit dem Wald und den Enten. Ihre Séancen mochten ihn eingeschläfert haben, aber ich bezweifelte, daß er sich mit Edwina selbst je gelangweilt hatte.

Sie blieb am Wegrand stehen und beugte sich über eine Ansammlung blühender Büsche, die ich nicht kannte. »So eine Schande«, bemerkte sie zungeschnalzend. »Sehen Sie mal, wie das Unkraut hier wuchert. Alex wird mal ein Wörtchen mit den Gärtnern sprechen müssen.«

So leicht wollte ich sie nicht davonkommen lassen. »Ich weiß, daß Sie morgen abreisen, aber ... Ich meine, Sie haben selbst gesagt, Ihre Koffer sind schon gepackt, und da könnten wir es doch heute abend in der Villa machen, oder?«

Sie richtete sich mit leisem Lächeln von den Sträuchern auf. »Daniela würde einen Anfall bekommen und sich bekreuzigen. Die Welt der Geister ist ihr unheimlich.«

Ich hatte Mühe, mir eine sich bekreuzigende Daniela vorzustellen. Dazu gehörte ein gewisses Maß an Demut und Frömmigkeit, das nicht in mein Bild von dieser Frau paßte. Aber ich erwiderte bloß: »Es wundert mich, daß Sie Wert auf Danielas Zustimmung legen.«

»O nein, wie sieht denn diese Rabatte aus.« Edwina bückte sich erneut und stocherte kopfschüttelnd in dem Grünzeug herum.

»Außerdem braucht sie ja nichts davon zu erfahren. Ich

dachte nur, daß die Villa für Sie am bequemsten wäre. Aber wir können es genausogut im Haupthaus machen, wenn Ihnen das lieber ist.«

Sie antwortete nicht und schlenderte weiter, als hätte sie mich nicht gehört. Über uns brach die Morgensonne zögerlich durch die Wolken, als wollte sie erst einmal die Lage prüfen. Vom Vogelgezwitscher ermuntert, gewann sie bald an Zutrauen und kämpfte sich frei, um einen schwachen Schatten zu Edwinas Füßen zu werfen.

»Es ist ein Verbrechen«, schimpfte Edwina, »was aus diesem Park geworden ist. Als meine Tochter noch lebte, wurde alles tadellos in Schuß gehalten. Sie gab gern rauschende Feste, bei denen um den Pfauenteich getanzt wurde, wie in Galeazzos Tagen, wissen Sie. Zu traurig, daß ihr Mann alles verfallen ließ.«

Ich begriff, daß ich auf direktem Weg nichts bei ihr erreichte und gab erst einmal auf. »Wo ist denn der Pfauenteich?«

»Haben Sie ihn etwa noch nicht gesehen? Kommen Sie, ich bringe Sie hin, es ist nicht weit.«

Ein paar Meter weiter gabelte sich der Pfad und führte rechts zu dem Wäldchen um die Senke mit dem Theater, während wir uns links hielten und zwischen duftenden Pinien und moosüberzogenen Magnolienbäumen bergauf gingen, bis wir zu einer Zypressenallee gelangten. Diese öffnete sich zu einer Anlage, die mich entfernt an Bilder vom indischen Taj Mahal erinnerte: ein langgestreckter Teich, eingefaßt von weißen, sonnengebleichten Marmorplatten und am anderen Ende begrenzt von einem Miniaturtempel, der vielleicht einst einem Orchester Schutz geboten hatte oder eleganten Damen, die ihren Tee gern im Schatten schlürften. Der Anblick war bezaubernd.

Selbst in diesem vernachlässigten Zustand, mit dichten Ranken, die um die Tempelsäulen wucherten, und einem von Wasserpflanzen versumpften Teich, hatte sich der Ort seine vornehme Pracht bewahrt. Es fiel nicht schwer, sich dort tanzende Paare unter Papierlaternen oder im Mondlicht vorzustellen, das ihre Schatten auf den weißen Marmorboden warf.

Ich suchte nach dem Grund für den Namen des Teiches und entdeckte schließlich, halb verborgen unter Gras und Unkraut, sechs steinerne Pfauen, die hintereinander in einer geraden Reihe mitten im Wasser standen. Den Vögeln fehlten die Schwänze, was mich verwirrte, bis Edwina die Erklärung lieferte.

»Es waren Springbrunnen, verstehen Sie, aus denen hohe, fächerartige Fontänen kamen, die die Pfauenräder bildeten. Abends wurden sie farbig angestrahlt, das war wunderschön.« Sie seufzte in der Erinnerung, und ich versuchte, sie aufzumuntern.

»Alex wird das hier bestimmt auch noch restaurieren lassen, nach und nach.«

»Vielleicht, vielleicht auch nicht. Er ist in dieser Hinsicht sehr an Danielas Vorstellungen gebunden, und sie interessiert sich mehr für die Gebäude, habe ich den Eindruck. Ihr lag schon nicht viel daran, das Theater wieder aufzubauen, nach dem, was er mir erzählt hat, und er mußte ziemlich Druck machen, damit das Projekt in Angriff genommen wurde. Wenn der Besitz erst mal der Stiftung überschrieben worden ist ...« Sie zuckte resigniert die Achseln. »Alles hat seine Zeit, und die beste Zeit dieses Parks ist wohl vorbei.«

Ich sah zu Boden und schubste ein Stück Rinde mit der Fußspitze zur Seite. »Edwina ...«

»Ja, meine Liebe?«

»Sind Alex und Daniela ... ich meine, sind sie schon lange zusammen?«

»Seit letzten Herbst, glaube ich.«

Es war mir selbst schleierhaft, wie ich dazu kam, eine derart persönliche Frage zu stellen. Edwina beobachtete mich, das merkte ich, obwohl ich nicht den Blick hob. Um meine Verlegenheit zu verbergen, sagte ich: »Sie sind ein schönes Paar.«

»Ja.« Das klang nicht gerade überschwenglich. »Und ich bin sicher, daß Alex große Hoffnungen in sie setzt, was seine Bestrebungen, als waschechter Italiener akzeptiert zu werden, angeht.«

»Na ja, er ist schließlich zur Hälfte Italiener.«

»Genau. Und zur Hälfte Engländer.«

Als ich endlich wieder den Kopf hob, sah ich, daß sie mich neugierig fixierte. »Es wird interessant sein zu sehen, welche Seite am Ende gewinnt.«

Ich merkte, wie ich unter ihrem Blick rot wurde, und war versucht zu beteuern, daß ich nicht hinter ihrem Enkel her war, doch sie hatte schon das Thema gewechselt. »Fängt Ihre Probe nicht um zehn an? Dann sollten wir besser zurückgehen, sonst bringe ich Sie noch um Ihr Frühstück.«

Auf dem Rückweg setzte ich mich erneut für die Wiederholung der Séance ein. »Es wäre wirklich eine große Hilfe für Poppy. Die Einbildung ist eine große Macht – Sie müßten nur so tun, als würden Sie eine Séance halten und diesem Geist sagen, daß er verschwinden soll. Dann könnte das Mädchen wieder ruhig schlafen.«

Edwina sah mir freundlich und geduldig ins Gesicht. »Aber die Geister wissen nicht, daß man nur so tut als ob. Was wäre, wenn der Geist, der gestern mit uns gesprochen hat, wiederkäme und noch mehr sagte? Sie wissen doch«, fragte sie sanft, »wessen Geist es war?«

Ich suchte stotternd nach einer Antwort, die ihre Überzeugungen nicht beleidigte. »Also, ich ...«

»Es tut mir leid, ich kann keine zweite Séance riskieren. Jede unserer Handlungen hat Folgen, Celia – ist das nicht auch die Botschaft Ihres Stücks? Es heißt ›*Il Prezzo*‹, nicht wahr? Der Preis. Die Personen darin zahlen einen hohen Preis für ihre Entscheidungen«, sagte sie nachdenklich. Dann sah sie in die Ferne und schwieg einen langen Moment. Sie schien sich auf den zugewucherten Tempel am Endes des Pfauenteiches zu konzentrieren, dessen Spiegelbild undeutlich von dem wenigen verbliebenen Wasser zurückgeworfen wurde. »Wenn man es mit der Geisterwelt zu tun hat, muß man sich manchmal zwischen den Lebenden und den Toten entscheiden. Man kann verwundeten Seelen ihren Frieden geben, aber um welchen Preis?« Sie richtete ihren Blick wieder auf mich, während die morgendliche Brise feucht durch die Pinien wehte.

»Manchmal ist es besser, die Vergangenheit ruhen zu lassen, meine liebe Celia«, sagte sie. »Lassen Sie die Vergangenheit Vergangenheit sein.«

Am Tag, als die Arbeiter mit den Fontänen des Pfauenteichs fertig waren, gab er das größte Fest seit vielen Jahren. Die Nacht war sommerlich warm, die Sterne schienen, und seine Diener hatten überall farbige chinesische Lampions aufgehängt, so daß um den Teich ein Märchenland aus Licht und Musik entstand, durchsetzt von Gläserklirren, schwebendem Zigarettenrauch und perlendem Gelächter.

Im Mittelpunkt all dessen stand Celia, in Silber gekleidet, selbst funkelnd wie die Sterne und so jung und wunderschön, daß sein Herz zu rasen begann, wenn er sie nur ansah. Mit einem Glas in der Hand stand er etwas abseits und beobachtete sie voll Stolz.

Er war ganz in ihren Anblick versunken, bis Francesca an seiner Seite sagte: »Sie muß sehr gut sein, diese Kleine, daß sie dein Interesse so lange halten kann. Die anderen, die du hierhergebracht hast, konnten sich schon glücklich schätzen, wenn sie einen Monat bleiben durften.«

»Sie ist nicht wie die anderen.«

»Nein.« Ihre Stimme klang nachdenklich. »Ich glaube fast, du liebst sie.«

»Bist du eifersüchtig?«

»Caro, um eifersüchtig zu sein, muß man lieben, und meine Liebe ist schon vor vielen Jahren gestorben.« Sie hob ihr Glas und prostete ihm zu. »Beeile dich mit deinem Stück. Ich bin schon sehr gespannt darauf.« Lachend entfernte sie sich entlang des Teichs, der das schillernde Sprühen der Pfauenräder unter den chinesischen Lampions auffing.

VIERTER AKT

LÄRM UND TUMULT

Such welcome and unwelcome things at once
'Tis hard to reconcile.

William Shakespeare, »Macbeth«,
4. Akt, 3. Szene

I

Das Haus kam mir stiller vor ohne Edwina.

Sie hatte sich zwar nicht viel im Haupthaus aufgehalten, aber ich vermißte sie bei den Mahlzeiten. Ihr Scharfsinn und ihre schnelle Zunge hatten Daniela Forlani mehr als einmal aus dem Konzept gebracht und gezwungen, sich in ein trotziges Schweigen zurückzuziehen. Doch nach Edwinas Abreise beanspruchte Daniela umgehend wieder ihren Platz im Mittelpunkt der allgemeinen Aufmerksamkeit.

Poppy konnte sie nicht leiden, das sah ich. Schon ein paarmal hatte ich beobachtet, daß das Mädchen Daniela mit demselben Blick bedachte wie Nicholas, einer Mischung aus offener Verachtung und dem Wunsch, sie möge sich ganz einfach in Luft auflösen.

Was Daniela betraf, konnte ich es Poppy wirklich nicht verdenken, denn ich wünschte mir oft dasselbe. Nicht nur wegen ihres Benehmens in Alex' Gegenwart, das mich mit seinem koketten, weibchenhaften Gegurre an meine Mutter erinnerte. Auch nicht wegen der vorhersehbaren Reaktionen von Alex, obwohl ich zugeben muß, daß mir diese nicht ganz gleichgültig waren. Jedesmal, wenn er Daniela anlächelte, wuchs meine Abneigung gegen sie, auch wenn ich mir zehnmal sagen konnte, daß die Beziehung der beiden mich nichts anging. Aber was mich wirklich störte, war die Art und Weise, wie sie mit Poppy umsprang.

Am Samstag nach Edwinas Abfahrt vergaß ich sogar beinahe meinen Vorsatz, mich zu beherrschen und den Mund zu halten, als Daniela beim Abendessen auf eine Bemerkung

Poppys über Geister und Séancen barsch erwiderte: »An so etwas glauben doch nur Dummköpfe.«

Zum Glück kam Den mir zuvor. Ihr Angriffsziel absichtlich mißverstehend entgegnete er ruhig: »Ach, ich weiß nicht. Alex' Großmutter wirkte auf mich nicht wie ein Dummkopf.«

Mit Genugtuung sah ich Danielas kühle Überlegenheit bröckeln, als sie in der Falle ihrer eigenen Worte zappelte und schnell zu Alex sagte: »Natürlich habe ich nicht gemeint ...«

»Ich weiß, was du meinst«, schnitt er ihr das Wort ab und wandte sich wieder seinem Gespräch mit Rupert zu. Sie redeten über Bücher. »Aber wenn es Theaterstücke sind, die Sie suchen – ich glaube, wir haben sonst keine im Haus, abgesehen von denen meines Großvaters natürlich. Falls es noch irgendwo welche gibt, dann in der Veranda della Diana, dem Zimmer, das ich als Büro nutze. Mein Großvater hat dort geschrieben, und seitdem hat kein Mensch die Bücherschränke angetastet. Sie können sie gerne durchforsten, ich fürchte nur, die Bücher werden Ihnen nicht viel sagen, es sei denn, Sie können Deutsch oder Latein.«

»Deutsch nicht, aber Latein«, sagte Rupert.

Neugierig mischte ich mich ein. »Stammen die deutschen Bücher noch aus der Casetta Fiorita?« fragte ich, weil mir Edwina ja erzählt hatte, daß Galeazzo die Besitztümer des Österreichers ausgeräumt hatte, als er Venedig verließ.

Alex sah mich über den langen Tisch hinweg respektvoll an. »Ja, woher wissen Sie das?«

»Von Ihrer Großmutter. Als ich bei ihr in der Villa war, habe ich einen Kelch in der Vitrine gesehen, der mich an einen anderen in der Schatzkammer des Markusdoms erinnerte. Daraufhin hat sie mir die Geschichte erzählt.«

Ruperts Gesicht war ein einziges Fragezeichen. »Was ist das für eine Geschichte?«

Ich konnte sie nicht so gut wiedergeben wie Edwina, aber ich gab mein Bestes, ihm zu schildern, wie die Beutestücke vom Vierten Kreuzzug über die Casetta Fiorita in die Villa delle Tempeste gelangt waren.

Rupert war ganz Ohr. »Gibt es noch mehr Stücke hier, die aus Konstantinopel stammen?«

»Eine kleine Sammlung«, sagte Alex. »Etwas Silber, den Kelch, ein paar Schalen, ein Schwert. Diese Sachen sind alle unten in der Villa. Dann gibt es noch die Wandteppiche in der Stanza d'Arazzo, sie wurden ebenfalls aus Venedig mitgebracht und sind byzantinisch. Und diese Büsten« – er zeigte auf die marmornen Köpfe in den Nischen hinter ihm. »Mein Vater nannte sie immer ›Jason und Medea‹, aber sie könnten genausogut ein anderes Paar darstellen.«

Ich war die ganze Zeit davon ausgegangen, daß es sich um Galeazzo und Celia handelte, obwohl ich mich schon über die mangelnde Ähnlichkeit gewundert hatte. Die Köpfe waren also keine vom Dichter in Auftrag gegebenen Porträtbüsten, sondern Trophäen, die beim Vierten Kreuzzug von antiken Statuen abgeschlagen worden waren. Ich betrachtete sie mit neuen Augen, den tapferen, aber treulosen Jason und seine verbitterte Frau Medea ... Sie paßten trotzdem in dieses Haus, wenn man an Galeazzo und seiner Frau Francesca dachte. Sie mußte auch sehr verbittert gewesen sein.

Daniela hatte irgendwie einen mißtrauischen Gesichtsausdruck, als fürchtete sie, wir würden alle gleich hinunter zur Villa rennen und in ihre Privatsphäre eindringen. »Diese Sachen in der Villa delle Tempeste sind fast alle in Kisten verpackt, nicht zum Ansehen.«

Alex erklärte, daß vieles während der Restaurierungsarbeiten aus Sicherheitsgründen weggepackt worden sei. »Aber ich könnte Ihnen einmal ein paar Stücke zeigen, wenn Sie möchten. Sie sind wirklich schön.«

Den hob die Augenbrauen. »Und ziemlich wertvoll, nehme ich an.«

»Ja, wir haben sie separat versichern lassen.«

Bei der Erwähnung von Geld erwachte erwartungsgemäß auch Nicholas' Interesse. »Sie werden diese Stücke doch nicht auch der Stiftung übergeben? Die sind doch sicher ein Vermögen wert. Ich würde sie behalten, als Geldanlage.«

Alex winkte ab. »Ich habe andere Anlagen. Außerdem sollten so schöne Dinge nicht weggeschlossen werden, sie gehören der ganzen Menschheit.«

Daniela lächelte süß. »Du hast ja so recht, Caro. Deine Schenkung ist eine wunderbare Sache, und die Sammlung aus Konstantinopel wird einen guten Platz bekommen und von vielen Besuchern bewundert werden.« Als das Mädchen hereinkam, um unsere Teller abzuräumen, lenkte sie das Gespräch auf ein anderes Thema. »Du hast Neuigkeiten von diesem Mädchen, das weggelaufen ist? Pietro hat so etwas gesagt.«

Ich fragte mich, was dieser Pietro über die Angelegenheit wissen konnte, bis mir einfiel, daß er angeblich etwas mit dem vermißten Hausmädchen gehabt hatte und sie wegen eines Streits mit ihm das Weite gesucht haben sollte.

Alex nickte. »Ja, ihre Familie hat gestern einen Brief von ihr bekommen, in dem sie schreibt, daß sie einen Job in Mailand gefunden hat. Sie sind alle sehr erleichtert. Ihre Mutter hat mich angerufen und es mir gesagt.«

Madeleine sah auch erfreut aus. »Das ist ja wirklich eine gute Neuigkeit. Ich muß gestehen, daß ich ein ungutes Gefühl hatte wegen des Mädchens. Heutzutage kann soviel passieren.«

Den stimmte ihr zu. »Meine Mutter hätte mir ein paar hinter die Löffel gegeben, wenn ich ihr einen solchen Schreck eingejagt hätte. Einfach eines schönen Tages nicht zur Arbeit zu erscheinen und sich zu verdrücken.«

»Ich möchte wissen, warum sie weggegangen ist«, sinnierte Rupert.

»Das kann ich Ihnen auch nicht sagen«, antwortete Alex. »Schwer zu erraten, was im Kopf von jungen Frauen vor sich geht.«

Den zeigte sein typisches Grinsen. »Nicht nur von jungen Frauen. Frauen jeden Alters sind ein Rätsel«, bemerkte er mit einem schnellen Augenzwinkern zu Madeleine, das mich auf die Idee brachte, daß sich zwischen den beiden möglicherweise etwas anbahnte. Den wäre mir als Partner für Madeleine jedenfalls sehr viel lieber als Nicholas, der nie eine überzeugende Erklärung für seine Abwesenheit in der Nacht vom Montag vorgebracht hatte, als Poppy und ich an seine Tür geklopft hatten. Er behauptete, geschlafen zu haben, aber ich bezweifelte, daß jemand so tief und fest schlafen konnte. Dann war da noch die Sache mit dem vergessenen Feuerzeug in der Villa am Sonntag.

Er nahm es gerade zur Hand und zündete sich eine Zigarette an, während wir auf den Kaffee warteten. »Damit wäre also nur noch einer von ihren Leuten vermißt«, sagte er zu Alex. »Giancarlo ist wohl nicht zufällig ebenfalls in Mailand?«

Alex überhörte die Anspielung geflissentlich. »Ich weiß es wirklich nicht. Er wird schon wieder auftauchen, wenn er soweit ist. Das tut er immer.«

Daniela schüttelte verständnislos den Kopf. »Ich verstehe nicht, warum du einem Dienstboten ein solches Verhalten durchgehen läßt. Wenn er wiederkommt, solltest du ihm sagen, daß er seine Sachen packen kann. Aber das wirst du nicht tun, ich weiß. Du hast ein zu weiches Herz.«

»Das hier ist genauso Giancarlos Zuhause wie meines«, sagte Alex ruhig und fügte erklärend für uns andere hinzu: »Sein Vater hat schon für meinen Vater gearbeitet.«

Ich überlegte, ob er Giancarlo aus reiner Loyalität behielt oder weil er in ihm eine Verbindung zu seiner Vergangenheit sah. Da seine Eltern beide tot waren und Edwina weit weg lebte, bedeutete Giancarlo vielleicht ein Stück Familie für ihn.

Das Mädchen kam mit dem Kaffee, aber Alex lehnte ab. »Wenn Sie mich bitte entschuldigen wollen, ich habe noch eine Verabredung. Aber wie gesagt«, wandte er sich an Rupert, »Sie können sich gern jederzeit die Bücher in der Veranda della Diana ansehen.«

»Das hat keine Eile. Es wäre mir nicht recht, in Ihrem Büro herumzustöbern, wenn Sie nicht da sind.«

»Unsinn.« Er stand auf und sagte ganz lässig: »Celia kann Sie hinführen, sie müßte den Weg inzwischen kennen.«

Mit einem Nicken in die Runde verabschiedete er sich,

während ich mit halb erhobener Espressotasse zurückblieb und lauter fragende Augenpaare auf mich gerichtet sah.

Er zerknüllte das Blatt mit beiden Händen und schleuderte es durch das sonnendurchflutete Arbeitszimmer. Es war hoffnungslos, sagte er sich, einfach hoffnungslos.

Er hätte jung sterben sollen. Ein Talent wie seines war dazu bestimmt, in jungen Jahren aufzulodern und sich hell brennend zu verzehren. Im Alter flackerte es nur noch schwach und erstickte an seiner eigenen Asche. Er hatte das schon lange gewußt, hatte es seinem Schreiben angemerkt. Doch das Feuer seiner Jugend war so strahlend und funkensprühend gewesen, daß die meisten Leute noch immer geblendet waren, noch immer willens, ihn für ein Genie zu halten, und es lange genügt hatte, von Zeit zu Zeit Andeutungen über ein großes, im Entstehen begriffenes Meisterwerk fallenzulassen.

Francesca jedoch, so vermutete er, durchschaute ihn. Deshalb hatte sie vorgeschlagen, er solle ein neues Stück für seine Celia schreiben, deshalb sprach sie ständig mit diesem feinen Lächeln davon, als hätte sie ihm einen gordischen Knoten geknüpft und sähe nun amüsiert zu, wie er sich damit abplagte.

Aber warum sollte Celia ihr Stück nicht bekommen? Er hatte so viele für die anderen geschrieben, auch für Francesca … und Celia übertraf sie alle, unterschied sich von ihnen wie Wein von Wasser. Wäre er ihr begegnet, als er noch jünger war, hätte sie ihn womöglich zu einem unsterblichen Werk inspiriert.

Er hielt die in Tinte getauchte Feder übers Papier und ließ seinen Blick über die Bücherregale schweifen, suchte die Rücken der ledergebundenen Bände ab. Ein unsterbliches Werk … Seine Celia verdiente nichts Geringeres.

Denn schließlich, er lächelte in sich hinein, löste man einen gordischen Knoten am besten, indem man ihn durchschlug.

II

»Soso«, sagte Rupert und sah sich in der maskulinen Gemütlichkeit der Veranda della Diana um, »du warst also schon öfter hier, ja?«

Ich seufzte. »Nur um Bryan eine E-Mail zu schicken, das habe ich dir doch schon erklärt.«

»Diese Version hast du den anderen erzählt, und sie klingt ja auch ganz glaubwürdig, aber ...«

»Ru, bitte.«

Lächelnd gab er nach. »Ich will dich doch nur ein bißchen aufziehen. Im übrigen mag ich Alex«, bemerkte er, während er eine Stehlampe neben einem hohen Bücherschrank mit Glasfront anknipste. »Und die Tatsache, daß er dich mag, bestätigt mir nur, daß er einen guten Geschmack hat.«

»Er mag mich nicht«, widersprach ich. »Nicht auf diese Weise.«

»Liebes, ich habe doch Augen im Kopf. Es gibt da ein deutliches Interesse.«

Ein bißchen zu hastig sagte ich: »Das kann nicht sein. Ich meine ... er hat doch schon eine Beziehung.«

»Jaja«, meinte Rupert nur.

»Außerdem«, fuhr ich fort, ohne auf seine wissenden Laute einzugehen, »ist Alex zu alt für mich. Er ist schon zweiunddreißig, hat Den gesagt.«

Darauf erwiderte er ganz sachlich, ein Unterschied von zehn Jahren würde sich mit der Zeit ausgleichen. »Zwischen Bryan und mir liegen auch fast zehn Jahre, und glaub mir, in unserem Alter fällt das niemandem mehr auf.« Er schwieg einen Moment, als beschäftigte ihn etwas. »Wann hast du mit Den über Alex gesprochen?«

»Vor ein paar Tagen, ich weiß nicht mehr genau. Wir haben uns auch nicht speziell über Alex unterhalten, wir haben einfach nur geredet.« Dann, weil Rupert wieder diesen besorgten Blick bekam: »Ich glaube, Den hat etwas übrig für Madeleine.«

»Möglich«, sagte Rupert. »Den hat für viele Frauen etwas übrig.« Damit schien das Thema für ihn beendet zu sein, und er öffnete sachte die Glastür eines Bücherschranks. »Jetzt wollen wir doch mal sehen, was wir hier haben.«

Gemeinsam sah ich mit ihm die Bücherreihen durch und atmete den anheimelnd muffigen Geruch von altem Papier und Leder ein. Die Bücher in diesem Schrank hatten fast alle den gleichen Einband und waren, wie Alex gewarnt hatte, fast alle auf deutsch.

»Genau«, sagte er, als ich ihn fragte, ob er noch immer nach dem ominösen Theaterstück suche, von dem Galeazzo für »Il Prezzo« abgeschrieben haben sollte. »Obwohl ich das Gefühl habe, daß wir es hier nicht finden werden, weil das Buch viel größer sein müßte als diese Bände und sehr viel älter.«

»Wie kommst du denn darauf?«

»Durch die Geschichte, die du beim Abendessen erzählt hast. Ich wußte nicht, daß die Casetta Fiorita von einem Kreuzritter erbaut wurde.«

»Na ja, Edwina hat gesagt, es könnte auch der Sohn von einem Kreuzritter gewesen sein.«

»Egal. Wenn der Kreuzritter, wer er auch war, Kelche und Wandteppiche und Silberzeug aus Konstantinopel herausgeschafft hat, dann vielleicht auch noch etwas anderes. Etwas, das für Galeazzo von besonderem Reiz war.«

Stirnrunzelnd folgte ich seinem Gedankengang. »Bücher, meinst du?«

»Könnte schon sein. Ich habe dir doch erzählt, daß die Bibliothek von Konstantinopel eine der bestbestückten der Welt war, ehe sie im Jahr 1204 abbrannte. Sie enthielt die gesamten Werke von Euripides, Sophokles ...«

»Ach, Ru«, ich mußte lachen, weil die Theorie so weit hergeholt war. »Du glaubst doch nicht etwa, daß Galeazzo ein Stück von Euripides geklaut hat?«

Ganz ernsthaft antwortete er: »Ich dachte eher an Sophokles. Es gibt ein paar interessante Übereinstimmungen: der Tonfall der Dialoge, der Held, beziehungsweise in unserem Fall die Heldin, die blind ihrem Verderben entgegengeht, trotz der Warnungen anderer – das ist alles sehr sophokleisch. Daneben war Sophokles der erste, der den dritten Schauspieler einführte, um die Handlung zu komplizieren. Vor ihm gab es nur zwei Rollen neben dem Chor.« Er schloß die Tür des Bücherschranks und ging zum nächsten.

»Du meinst also, hier könnte irgendwo ein unbekanntes Stück von Sophokles unentdeckt herumliegen?«

»Denk doch mal nach. Er hat insgesamt über hundert Stücke geschrieben, von denen nur sieben erhalten sind. Wir wissen aber aus Fragmenten, die auf Papyrusfetzen überlebt haben, oder aus Briefzeugnissen von Zeitgenossen – ›Ich habe gestern abend diese großartige neue Tragödie gesehen, in der eine Person dies und jenes sagt‹, oder so ähnlich –, daß Sophokles ein Stück namens ›Die Hirten‹ geschrieben hat, in dem es um Protesilaos und die Landung der Griechen vor Troja geht. Du erinnerst dich doch an Protesilaos?«

Zum Beweis, daß ich nicht geschlafen hatte, als er mir den Mythos in Venedig erzählte, plapperte ich brav nach: »Protesilaos war der Typ, der sich in Troja opferte, damit die Griechen den Krieg gewannen, wie es das Orakel prophezeit hatte.«

»Genau.«

»Aber in unserem Stück geht es doch nicht um Troja.«

»Die Griechen«, dozierte Rupert, »hatten eine Vorliebe für Trilogien. Es wäre durchaus möglich, daß Sophokles seinen ›Hirten‹ die Geschichte folgen ließ, wie Laodameia, die Frau von Protesilaos, ihn aus der Unterwelt zurückruft.«

»Aha.«

»Zugegeben, es ist nur eine Möglichkeit ...«

»Eine sehr vage Möglichkeit, würde ich sagen.« Ich hielt es für höchst unwahrscheinlich, daß ein so alter und wichtiger Text über so viele Jahrhunderte unentdeckt geblieben sein sollte. Rupert zuckte nur die Schultern auf meinen Einwand.

»Ist alles schon vorgekommen. Es tauchen immer wieder

alte Manuskripte auf, und unbekannte Rembrandts werden auf irgendwelchen Dachböden entdeckt.«

»Trotzdem ...«

»Ich sehe mich einfach nur ein bißchen um. Das kann doch nichts schaden, oder?«

»Nein.«

»Na also.« Er reckte sich und zog einen Band aus einem der Regale. »Sieht so aus, als hätte Galeazzo sich auch schon für die Geisterwelt interessiert.« Er drehte ihn um, damit ich den Titel lesen konnte: »Gespenster und Erscheinungen – eine Studie der Geisterwelt«.

»Kann ich mal sehen?« Ich nahm das Buch und blätterte zum Inhaltsverzeichnis. »Das scheint tatsächlich ganz interessant zu sein.«

»Nicht gerade die ideale Bettlektüre für dich. Du wirst Alpträume davon bekommen.«

Weiterlesend überlegte ich laut: »Ob Alex wohl etwas dagegen hat, wenn ich es mir ausleihe?«

»So, wie er dich beim Essen angesehen hat, hätte er wohl nichts dagegen, dir die ganze Bibliothek auszuleihen.«

Ich stöhnte entnervt auf. »Du willst mich bloß ärgern, stimmt's? Er hat mich doch nicht wirklich beobachtet? Ich habe nämlich nichts getan, um ihn zu ermutigen.«

»Vielleicht solltest du das aber.«

Ich starrte ihn an, als hätte er auf einmal zwei Köpfe. »Soll das etwa eine *Empfehlung* sein?«

»Aber nein, das war nur ein Kommentar. Tu, was du willst. Aber denk dran, daß man nicht jeden Tag von einem reichen, gutaussehenden jungen Mann den Hof gemacht bekommt.«

»Dieser reiche und gutaussehende junge Mann hat aber zufällig schon eine Freundin.«

»Verstehe«, nickte Rupert. »Und du bist nicht deine Mutter, richtig?«

»Richtig. Es ist, wie Bryan immer sagt ...«

»O Gott, Bryan!« Er sah auf seine Uhr. »Ich sollte ihn um zehn anrufen. Verflixt. Gibt es hier ein Telefon?«

»Auf dem Schreibtisch.« Hoffnungsvoll sah ich zu, wie er

die Nummer wählte. »Kann ich auch kurz mit ihm sprechen?«

Rupert lächelte mich nachsichtig an. »Ich dachte, du kommunizierst lieber per E-Mail.«

»Es ist nicht dasselbe, wie mit ihm zu sprechen.«

Ich vermißte den Klang von Bryans Stimme, die jetzt klar und deutlich und wie eine beruhigende Melodie an mein Ohr drang. »Engelchen, was machst du denn noch auf? Du solltest längst im Bett sein.«

»Ich bin erwachsen, weißt du.«

»Aber noch nicht lange. Hast du meine Mails bekommen?«

»Ja, aber du solltest nicht so viele schreiben. Sie kommen nämlich auf Alex' Bürocomputer an, und er muß sie mir dann immer bringen.«

»Wer ist Alex?«

»D'Ascanio.«

»Ach so. Mach dir darüber keine Gedanken. Meine Witze sind bestimmt der Höhepunkt des Tages für ihn.« Er lachte, und ich merkte, wie sehr ich auch das vermißte. »Wie war deine Woche, Engelchen?«

»Nicht übel. Am Montag gab es einige Aufregung bei der Probe.« Ich berichtete ihm in Kurzfassung von Edwinas Séance. »Es war irgendwie ganz schön unheimlich, und Madeleines Tochter hat sich halb zu Tode erschreckt. Ich glaube, sie träumt immer noch davon.« Poppy schlief seitdem in Madeleines Zimmer, und ihre Mutter hatte sämtliche Bilder von Celia der Ersten abgehängt, um sie zu beruhigen. »Wir wollten, daß Edwina eine zweite Séance abhält, um Poppy davon zu überzeugen, daß der Geist weg ist, aber Edwina weigerte sich. Sie nahm die Sache sehr ernst und meinte, wir sollten die Vergangenheit ruhen lassen.«

Bryan fragte überraschend: »Und was meinst du?«

»Oh, ich glaube nicht wirklich daran ...«

»Nein, was die Vergangenheit betrifft. Findest du auch, man soll sie ruhen lassen?«

Ich wußte nicht, worauf er hinauswollte, aber da Bryan

selten ohne Grund fragte, dachte ich einen Moment darüber nach. »Nein, ich glaube nicht. Ich denke, ich würde es erfahren wollen, wenn es da etwas Wichtiges zu wissen gäbe.«

»Verstehe.« Eine kurze Pause, dann begann er, von etwas ganz anderem zu sprechen. »Und was treibt Dennis O'Malley so?«

Ich hätte ihn stundenlang mit Anekdoten unterhalten können, aber Rupert scharrte neben mir mit den Füßen, und ich wußte, daß es ihm nicht gefiel, wenn ich über Den sprach. »Nicht viel«, sagte ich. »Hör mal, ich geb dich jetzt an Ru weiter, er wartet schon die ganze Zeit, und wie du weißt, muß ich jetzt ins Bett.«

»Alles klar, Engelchen.« Bryans fröhliche Stimme klang ein bißchen verwundert. »Ich hab dich lieb.«

»Ich dich auch.« Zögernd gab ich Rupert den Hörer, küßte ihn auf die Wange und ging nach oben, das ausgeliehene Buch unter den Arm geklemmt.

III

Im Bett griff ich als erstes nach Galeazzos Gedichten, um etwas nachzusehen. Bei dem Gespräch über die Marmorbüsten im Eßzimmer, die Köpfe von Jason und Medea, die angeblich aus Konstantinopel stammten, war mir plötzlich eingefallen, daß irgendwo in »The Season of Storms« Medea erwähnt wurde.

Ja, da war es, im neunundzwanzigsten Gedicht »An Celia«. Nachdem er Celia zum neunundzwanzigsten Mal versichert hatte, wie unvergleichlich sie war, hob er an, sie mit einer namenlosen Frau – wahrscheinlich seiner Gattin – zu vergleichen, die durch einen verwesenden Garten irrte,

»... wie Medea, das Blut meiner Kinder an ihren Händen,
ein übler Atem auf ihren Lippen,
Flammen der Eifersucht um ihr Haupt gleich einem
entweihten Heiligenschein ...«

»Puh«, machte ich und klappte das Buch zu. Ich konnte verstehen, warum manche Galeazzos letztes Stück für ein Plagiat hielten, auch wenn ich ihnen nicht zustimmte. Man mußte bedenken, daß die meisten dieser Gedichte in den Jahren nach seiner Liebesaffäre mit Celia entstanden waren. Das Stück hingegen hatte er während ihrer gemeinsamen Zeit geschrieben, und die Liebe hatte schon viele Dichter zum Gipfel ihrer Schaffenskunst geführt. Petrarca hatte seine Laura gehabt, Dante seine Beatrice, und Galeazzo hatte ein paar wenige Jahre lang seine Celia gehabt. Daher hielt ich es für absolut plausibel, daß »Il Prezzo« aus einem genialen Winkel seines Schriftstellergehirns hervorgebrochen war, ein letzter Akt der Schönheit, ein Schwanengesang.

Die Gedichte jedoch kamen, da mußte ich Rupert zustimmen, aus einem ganz anderen Winkel.

Ich legte sie beiseite und nahm die »Studie zur Geisterwelt« zur Hand, die mir weniger düster und deprimierend zu sein schien. Erst nachdem ich schon zwei Kapitel verschlungen hatte, merkte ich, daß es ein Fehler war. Rupert hatte recht gehabt – dieses Buch war nicht die richtige Einschlaflektüre für mich. Dank meiner Einbildungskraft war ich schon fleißig dabei, mir Kobolde unterm Bett und unsichtbare Beobachter in den Ecken vorzustellen.

Selbst nachdem ich das Buch weggelegt hatte, konnte ich mich nur durch gutes Zureden davon überzeugen, daß ich wirklich allein im Zimmer war. Jedes kleinste Geräusch, jedes Dielenknarren oder Ächzen der Wasserrohre in der Wand nahm einen neuen, bösartigen Klang an. Als sich die Vorhänge durch einen Zug leicht bewegten, bildete ich mir ein, Teresas strenges Gesicht hinterm Fenster zu sehen. *Das ist kein Zimmer für Gäste,* sagte sie. *Dinge geschehen.*

Ich spürte die Augen Celias der Ersten auf mich gerichtet, zog die Decke über den Kopf und schloß die Augen.

IV

Nach einer wenig erholsamen Nacht wachte ich früh morgens von so hellem Sonnenschein und so lautem Vogelgesang auf, daß an Weiterschlafen nicht mehr zu denken war. Soviel zum genüßlich langen Liegenbleiben am Sonntag, dachte ich, als ich die Treppe hinunterging und mir den Schlaf aus den Augen rieb.

Es war noch niemand auf, noch nicht einmal Teresa. Die Küche lag still und verlassen da.

»Mist«, schimpfte ich. Mir war so nach einer Tasse Tee, doch selbst wenn ich gewußt hätte, wo Teresa den Kessel aufbewahrte, hätte ich mich nicht an dieses Ungeheuer von Herd herangewagt. Ich hätte bestimmt den falschen Schalter betätigt und das Haus abgebrannt.

Ich schob die Ärmel meines Pullovers hoch, sah mich um und beschloß, es mit der Mikrowelle zu versuchen. Es würde natürlich kein besonders guter Tee werden, aber in diesem Moment war mir das egal. Einen Becher fand ich schnell in dem Schrank, aus dem Den neulich nachts die Gläser geholt hatte. Ich füllte ihn mit Wasser, stellte ihn in die Mikrowelle und machte mich auf die Suche nach Teebeuteln.

Mit wachsender Frustration steckte ich den Kopf in alle möglichen Schrankfächer und wühlte darin herum. »Es sollte doch nicht so schwer sein, einen verdammten Teebeutel aufzutreiben.« Meine Beschwerde war an niemand bestimmten gerichtet, und die Mikrowelle rauschte so laut, daß ich kaum mein eigenes Wort verstand. Aber jemand hatte mich gehört. Eine Hand griff an meiner Schulter vorbei nach einer Blechdose auf einem oberen Bord und senkte sie ab wie ein Kran, bis ich sie selbst nehmen konnte.

Im Herumfahren stieß ich meinen Kopf an der Schranktür und ließ die Dose fallen, die mit lautem Scheppern auf dem gefliesten Boden landete und Teebeutel über ihn verstreute.

»Vorsichtig«, sagte Alex und streckte einen Arm aus, entweder in dem Reflex, mich aufzufangen, als ich strauchelte, oder in dem Versuch, sich vor meinen unberechenbaren Bewegungen zu schützen.

Ich hatte die Luft angehalten und ließ sie nun langsam ausströmen. »Ich habe Sie nicht kommen gehört.«

»Aber ich habe mich nicht angeschlichen«, verteidigte er sich. »Ich dachte, Sie hätten mich bemerkt.«

»Nein, hab ich nicht.« Das kam gereizter heraus als beabsichtigt, und mein Herz, statt sich zu beruhigen, schlug bei seinem Anblick noch schneller. Um meinen inneren Aufruhr zu verbergen, war ich gezwungen, mich zu bücken und umständlich die Teebeutel aufzusammeln, wobei ich meine Haare als gnädigen Schleier vor mein hochrotes Gesicht fallen ließ.

Alex, der anscheinend nichts von meiner Verwirrung ahnte, kniete nieder und half mir. Er hatte die Hunde nicht bei sich, was wohl bedeutete, daß er entweder gerade von Daniela kam oder auf dem Weg zu ihr war. Mit dieser ernüchternden Erkenntnis versuchte ich, mein inneres Gleichgewicht zurückzugewinnen. »Ich dachte, Teresa wäre hier«, rechtfertigte ich meine Anwesenheit in der Küche, obwohl er nichts gesagt hatte. »Ich wollte nur eine Tasse Tee.«

»Es ist Ostersonntag. Ich habe Teresa bis heute abend freigegeben, damit sie bei ihrer Familie in Mira sein kann.«

Das Brummen der Mikrowelle endete abrupt mit einem Klingeln, das an das Einläuten von Kampfrunden beim Boxen erinnerte. Alex sammelte die letzten Teebeutel ein, stopfte sie in die Dose und sah sich in der Küche um. »Sie hat gesagt, sie würde ein paar Körbe mit Brot und Marmeladen bereitstellen, die ich nur noch ins Eßzimmer zu tragen bräuchte. Ich wollte gerade Kaffee kochen.« Er lächelte knapp. »Ich denke, ich schaffe es auch, einen Kessel Wasser für Ihren Tee aufzusetzen.«

»Nein, schon gut. Ich habe gerade Wasser heiß gemacht.«

Mit einem Blick zur Mikrowelle sagte er: »Das können Sie nicht trinken.«

»Ist gar nicht so schlecht.«

»Das gibt doch keinen richtigen Tee«, tadelte er. »Dazu braucht man eine Teekanne.« Er ging zu einem anderen Schrankfach, holte eine silberne Teekanne hervor und setzte sie mit solcher Entschiedenheit auf der Arbeitsfläche ab, daß ich lachen mußte.

»Jetzt kommt Ihre englische Seite heraus«, sagte ich.

Er sah mich erstaunt an und antwortete mit einem ausgesprochen südländischen Schulterzucken. »Ich weiß nicht. Wir Italiener legen viel Wert auf gutes Essen und Trinken – und auf die richtige Zubereitung.«

»Stimmt.« Ich sah zu, wie er nach dem Wasserkessel suchte, ihn fand und an der Spüle füllte. Mit seinem konzentriert gebeugten Kopf sah er fast wie ein Junge aus, und ich mußte wieder an Edwinas Bemerkung über sein Hin- und Hergerissensein zwischen zwei Kulturen denken.

Verständlich, daß er als Italiener akzeptiert werden wollte und sogar seinen Familiensitz hergab, um mit Danielas Hilfe Anerkennung bei seinen Landsleuten zu finden.

Der Gedanke an Daniela brachte mich wieder auf den Boden der Tatsachen zurück. Als ich gähnen mußte, fragte Alex: »Haben Sie nicht gut geschlafen?«

»Nein, nicht besonders.« Ich erzählte ihm nichts von meinen kindischen Phantasien und den nächtlichen Geräuschen, sagte aber wahrheitsgemäß, daß ich schon seit ein paar Tagen unter Schlafstörungen litt. »Den meint, es liegt am Wetter.«

»Na, wenn Den das sagt, wird es wohl stimmen.« Hörte ich eine Spur von Sarkasmus in seiner Stimme? Ich konnte sein Gesicht nicht sehen, weil er den Kessel gerade auf den Herd setzte. »Er ist auch schon putzmunter. Ich habe ihn auf meinem Weg hierher gesehen. Er wollte, glaube ich, zum Theater.«

Ich hatte nur vier Worte registriert. »Auf Ihrem Weg hierher?« Von der Villa, vermutete ich. Von Daniela.

Alex antwortete, ohne sich umzudrehen. »Ja, vom Bootshaus. Wir haben ein paar von den Booten überholt, und ich wollte nachsehen, welches vollgetankt und fertig ist. Ich muß später nach Sirmione hinüberfahren.«

»Sirmione ...« Der Name kam mir bekannt vor, aber ich wußte nicht mehr, wo ich ihn ...

»Das ist eine kleine Stadt am äußersten Südufer des Sees, auf einer Halbinsel gelegen. Eine sehr alte Stadt.«

»Ach ja, ich habe davon gehört.« Wir hatten am ersten Tag darüber gesprochen. »Der Ort mit den Mineralquellen. Die Römer haben dort ein Bad gebaut, sagt Den.«

Er drehte sich zu mir um. »Die Grotten von Catull, ja.« Das Wasser kam zum Kochen, und er goß den Tee auf. Schweigen breitete sich zwischen uns aus.

»Sie haben sich einen schönen Tag ausgesucht«, sagte ich schließlich. »Für Ihre Bootsfahrt, meine ich.« Ich zeigte zum Fenster, hinter dessen Spitzengardinchen ein strahlend blauer Himmel zu sehen war.

»Ja.« Er stellte die Teekanne neben mich auf die Arbeitsplatte. »Sie brauchen eine Tasse.«

»Ich habe noch eine in der Mikrowelle. Nein, lassen Sie, ich hole sie schon. Ich hätte nur noch gern etwas Milch, wenn Sie so nett ...«

»Kommen Sie mit«, sagte er plötzlich.

Verdutzt drehte ich mich mit dem Becher in der Hand um. »Wie bitte?«

»Nach Sirmione. Ich habe doch versprochen, Ihnen die Gegend zu zeigen, und in Sirmione gibt es viel zu sehen. Wir könnten dort zu Mittag essen, und Sie könnten sich die Grotten ansehen, während ich meine Geschäfte erledige.«

»Oh. Ich weiß nicht ...«

»Sie haben doch heute frei, oder?«

»Ja.«

»Dann kommen Sie mit.«

Die Versuchung war groß, aber ... »Tut mir leid«, sagte ich. Ich wäre keinen Deut besser als meine Mutter, wenn ich mich auf einen romantischen Ausflug mit diesem Mann einließe, der nicht mehr frei war. Aber ich konnte ihm nicht einfach einen Korb geben, das wäre zu unhöflich. Ich brauchte eine Ausrede. »Ich meine, es ist wirklich nett von Ihnen, mich einzuladen, aber ich kann nicht. Ich habe Rupert versprochen, den Tag mit ihm zu verbringen. Da fällt mir ein, er hat mich gebeten, ihn zu wecken, weil sein Wecker nicht funktioniert«, untermauerte ich meine Ausrede mit einer Lüge. »Danke für den Tee.«

Nach diesen etwas konfusen Abgangszeilen hastete ich mit dem Becher hinaus und ließ ihn den Frühstückstisch alleine decken.

V

Es war natürlich nicht nötig, Rupert zu wecken. Jeder, der ihn kannte, wußte das. Er besaß eine unfehlbare innere Uhr, die ihn jeden Morgen gegen halb sieben aufwachen ließ. Als er auf mein Klopfen die Tür öffnete, war er bereits vollständig angezogen und rasiert, hatte das Bett gemacht und ein Buch auf dem Tisch am Fenster aufgeschlagen.

Er starrte auf den Becher in meiner Hand. »Ist der für mich?«

In dem Moment fiel mir auf, daß ich in meiner Eile ganz vergessen hatte, Milch in den Tee zu tun, und ich trank meinen Tee nur mit Milch, während Rupert seinen schwarz nahm. Ich drückte ihm den Becher in die Hand. »Ja. Ich dachte, du würdest dich auch mal über Zimmerservice freuen.«

Er ließ mich kopfschüttelnd ein. »Und ich dachte, du hättest die Nase voll davon, andere zu bedienen.«

»Ist besser, wenn ich nicht aus der Übung komme. Spätestens Weihnachten werde ich bestimmt wieder im Restaurant arbeiten.«

»Wart's ab«, sagte Rupert. Er ging zum Tisch und klappte das Buch zu, in dem er gelesen hatte.

Neugierig schielte ich auf den Titel. »Die ›Mythologien‹ von Bulfinch?«

»Das ist mir gestern abend in Alex' Büro in die Hände gefallen. Ich habe schon jahrelang nicht mehr darin gelesen.«

»Du warst fleißig«, stellte ich fest, als ich das Lesezeichen am Ende des Buchs entdeckte.

»Ja, ich bin gerade bei den Legenden um Karl den Großen. Sehr interessant. Obwohl mir die griechischen Sagen immer noch die liebsten sind.«

»Das hast du mit Galeazzo gemeinsam. Er streut in jede dritte Zeile seiner Gedichte irgendeinen Gott oder eine Heldengestalt ein. Die letzte, auf die ich gestoßen bin, war Medea.«

»Ich hatte schon immer eine kleine Schwäche für Medea«, sagte Rupert. »Eine viel verleumdete Figur. Madeleine hat sie vor Jahren einmal gespielt, weißt du.«

Das war mir neu. Madeleine hatte bei vielen Inszenierungen als Hauptdarstellerin mitgewirkt, und ich hatte das Glück gehabt, sie in einigen zu sehen, aber ihre Medea war mir entgangen. Um ganz ehrlich zu sein, hatte ich sie wahrscheinlich absichtlich verpaßt. Madeleine eine Frau spielen zu sehen, die von ihrem Mann verlassen wird und allein mit den Kindern zurückbleibt – das wäre mir zu sehr an die Nieren gegangen. Aber ich wußte, wenn überhaupt eine Schauspielerin dem Publikum Mitgefühl für Medea abringen konnte, die ihre Kinder umbringt und die Geliebte ihres Mannes vergiftet, dann war sie es.

»Du warst damals erst zwei, glaube ich«, fuhr Rupert fort, »noch ein bißchen jung, um dich mitzunehmen, aber es war eine großartige Aufführung. Deine Mutter fand das natürlich nicht. Sie hatte sich selbst um die Rolle beworben und konnte es nicht fassen, daß sie sie nicht bekam. Damit fing alles an.«

»Fing was an?«

Er sah mich über den Becher hinweg an, als er von seinem Tee trank, und ich merkte, wie er seine Worte am liebsten mit hinuntergeschluckt hätte. »Nichts. Das hätte ich nicht sagen sollen.«

»Erzähl's mir.«

»Dann schulde ich Bryan ein Pfund«, erwiderte er, auf ihre alte Abmachung anspielend, in meiner Gegenwart nichts Negatives über meine Mutter zu sagen.

»Ach, komm schon, du könntest dir mittlerweile ein Schloß kaufen von dem, was Bryan dir schuldet. Außerdem muß er es ja nicht erfahren. Also, was fing damals an?«

»Die Sache zwischen deiner Mutter und Madeleine.« Als ich immer noch ein verständnisloses Gesicht machte, fragte er: »Du weißt doch, daß sie erbitterte Rivalinnen waren?«

»Ja, sicher, wegen Mutters Affäre mit ...«

»Nein, nein«, widersprach er. »Es begann schon früher, viel früher. Diese Affäre war das Ende, nicht der Anfang.«

»Im Ernst?« Ich fühlte mich wie die ersten Entdecker, als sie den Beweis hatten, daß die Erde rund war, und trotzdem noch nicht von ihrem Glauben an eine flache Scheibe mit Ungeheuern an den Rändern lassen konnten.

»Eindeutig das Ende. Der Gnadenstoß, sozusagen. Deine Mutter hat vielleicht die letzte Schlacht gewonnen, aber bis dahin war der Krieg zwischen den beiden ziemlich unentschieden verlaufen, soweit ich mich erinnere. Du mußt Madeleine bei Gelegenheit mal danach fragen. Sie kann dir bestimmt ein paar üble Geschichten erzählen.«

»Das glaube ich gern«, sagte ich geistesabwesend, während ich meine Kindheitserinnerungen nach Spuren dieses Kriegs durchforschte, aber keine fand. Ich war immer noch dabei, diese Neuigkeit zu verkraften, als Rupert fragte: »Warst du schon frühstücken?«

»Nein, ich ...« Ich dachte an Alex, der unten Brotkörbe auf die Anrichte stellte, den Tisch deckte und Kaffee kochte, und mir fiel wieder ein, weshalb ich eigentlich gekommen war. »Ich wollte dich um einen Gefallen bitten.«

»Ja?«

»Alex hat mich eingeladen, mit ihm nach Sirmione zu fahren, und ...«

»Siehst du? Hab ich's dir nicht gesagt, daß der Junge ein Auge auf dich geworfen hat?«

»Ru, ich werde nicht mitfahren. Ich habe ihm erzählt, ich wäre schon mit dir verabredet, deshalb ...«

»Möchtest du, daß ich dein Spielchen mitspiele?« beendete er den Satz für mich.

»Nur bis Alex fort ist. Wir müssen ja nichts Besonderes unternehmen, ich trotte einfach ein bißchen neben dir her, wenn es dir nichts ausmacht.«

Er antwortete mit einem unverbindlichen Schulterzucken und nahm einen Schluck Tee. »Ich wollte gerade meinen Spaziergang machen. Zieh dir lieber was über.«

VI

Ich hätte Alex weismachen sollen, ich sei mit Madeleine verabredet oder mit Poppy, mit jemandem, dessen Bewegungsfreude sich in Grenzen hielt. Schon nach einer Viertelstunde im Park schwitzte ich, und meine Beine schmerzten von der Anstrengung, mit Rupert Schritt zu halten. Zum Glück war es noch recht kühl, wenn die Sonne auch warm auf mein Gesicht schien und aus einem kobaltblauen Himmel strahlte, der über den Berggipfeln in ein helles Pastellblau überging. Ein paar unschuldig aussehende Schäfchenwolken hingen fast unbeweglich über uns, und die Spitze des Monte Baldo war von feineren Wolken umgeben, so durchsichtig, daß ich die Falten des Bergmassivs darunter erkennen konnte.

Der Regen der letzten Nacht hatte einen Belag aus nassen Blättern und Forsythienblüten auf den Wegen zurückgelassen, und Wassertropfen funkelten wie verstreute Diamanten in den dichten Hecken und auf den Palmwedeln.

Singvögel flatterten aufgeregt zwischen den Zypressen und Pinien herum, durch deren fröhliche Stimmen hindurch hin und wieder das Läuten der Kirchenglocken vom Ort unten drang und uns daran erinnerte, daß heute Ostern war.

»Ein schöner Morgen«, bemerkte Rupert mit typischer Untertreibung. »Da kannst du mal sehen, was Langschläfer alles verpassen.«

Ich ging nicht darauf ein, denn ich hatte eine vertraute Weggabelung erkannt. »Warst du eigentlich schon beim Pfauenteich?« keuchte ich.

»Wo?«

Ich ging langsamer und holte erst mal Luft. »Das mußt du sehen, Ru. Es wird dir gefallen.« Ich führte ihn den gewundenen Pfad hinauf, mit jedem Schritt zuversichtlicher, daß es der richtige Weg war, war meiner Sache aber erst sicher, als wir vor der Zypressenallee standen. »Edwina hat ihn mir kurz vor ihrer Abreise gezeigt. Er ist wirklich toll. Da«, sagte ich, ein paar Meter weiter.

Die Pfauen sahen an diesem Morgen etwas weniger verloren aus inmitten ihrer Schilfinseln und der sonnenbeschienenen Wasserfläche.

Rupert stimmte mir zu, daß der Pfauenteich auf den ersten Blick wie das Taj Mahal in Miniatur aussah. »Aber das Mausoleum hier ist sehr westlich und klassizistisch. Kein bißchen indisch.«

»Es ist kein Mausoleum«, widersprach ich, als er vor mir die Stufen des hellen Marmortempels hinaufging und um die Säulen spähte. Steinerne Windhunde bewachten die Treppe; sie stammten zweifellos von demselben Bildhauer, der auch die Pfauen geschaffen hatte. Ich streichelte dem einen über den Kopf. »Edwina sagte, daß früher hier Bälle abgehalten wurden. Ich glaube, es ist eher so eine Art Teehaus, in dem die Tanzgesellschaft sich ausruhen konnte, weißt du.«

Rupert stand mit dem Rücken zu mir und hatte die Hände hinter sich verschränkt wie ein Museumsbesucher. »Du hast nicht genau genug hingesehen.«

Die geschlossenen Seiten des Tempels hielten zwar den frischen Wind ab, aber ich fröstelte trotzdem beim Hineingehen. Dort im Schatten, wo die Sonne nicht hindrang, waren die Marmorwände mit grünen Flechten überzogen und atmeten Feuchtigkeit. Mit gerümpfter Nase über den Modergeruch stellte ich mich neben Rupert und folgte seinem Blick zu einer Reihe stumpf gewordener Messingtafeln, die in die Wand eingelassen waren.

»Brutus«, las ich die Namen laut vor, »Jango, Napoleon. Was sind das, Hunde?«

»Das will ich hoffen. Es wären ausgesprochen unglückliche Namen für Kinder.«

»Galeazzo hatte doch nur den einen Sohn, oder? Alex' Vater. Und seinen Namen sehe ich nirgends.« Ich begann, die Tafeln zu zählen, gab aber auf, als ich bei dreißig angekommen war. »Meinst du, die sind wirklich alle hier begraben?«

Rupert hielt es für möglich. »Es muß hier unten eine Art Gruft geben, obwohl ich keinen Eingang erkennen kann ...«

Die Antwort erreichte uns von hinten. Wie immer hatte ich Alex nicht kommen gehört. »Mein Vater hat die Gruft versiegeln lassen. Er fand sie zu gefährlich, weil ich als Kind oft hier gespielt habe.«

Rupert drehte sich lächelnd zu ihm um. »Guten Morgen, Alex. Frohe Ostern.«

»Frohe Ostern.«

»Wir befinden uns doch nicht auf unerlaubtem Gelände, oder? Riskieren nicht Pietros Zorn?«

Alex deutete ein Grinsen an. »Nein, der ganze Park steht Ihnen zur Verfügung. Falls Pietro Ärger macht, sagen Sie es mir bitte gleich. Dann werde ich ihn mir vorknöpfen.« Im Gebüsch raschelte es, und die Hunde, die offenbar ihren Auslauf im Park genossen, ehe Alex nach Sirmione fuhr, sprangen auf uns zu. Max kam sofort, um sich von mir streicheln zu lassen. Ich merkte, wie Alex mich beobachtete.

»Wir haben uns die Hundenamen angesehen«, sagte ich, um seine Aufmerksamkeit auf die Tafeln zu lenken. »Zumindest nehmen wir an, daß es sich um Hunde handelt ... oder vielmehr handelte.«

»Ja, die Windhunde meines Großvaters. Er war ein sentimentaler Mann.« Alex kam nicht zu uns herauf in das kleine

Mausoleum, sondern blieb unten beim Teich stehen, die Hände in die Taschen des dunklen Jacketts vergraben, das er über Hemd und Jeans gezogen hatte. »Er wollte auch selbst hier begraben werden. Hatte sich schon einen Sarkophag aus Marmor anfertigen lassen, ein riesiges Ding, das jetzt noch in der Krypta steht, aber leer. Mein Vater wollte nichts von einem solch heidnischen Begräbnis wissen. Er war sehr fromm und ein ganz praktischer Mensch, kein bißchen romantisch. Von seinen Hunden ist keiner hier begraben worden.«

Unwillkürlich sah ich zu Max und Nero und fragte mich, ob Alex sie einmal bei den Gebeinen ihrer Vorfahren bestatten würde, unten in der Krypta, neben Galeazzos leerem Sarkophag.

»Was haben Sie beide denn Schönes vor heute?« erkundigte sich Alex.

Ich schielte zu Rupert in der Hoffnung, er würde darauf antworten. Das tat er auch, aber anders, als von mir beabsichtigt. »Leider ist etwas dazwischengekommen«, sagte er. »Ich muß ein paar Sachen mit Den besprechen.« Meinem vorwurfsvollen Blick begegnete er mit einem unschuldigen Lächeln.

Alex sah mich an. »Dann hätten Sie ja Zeit, mit nach Sirmione zu fahren.«

»Also, ich …«

»Geh nur, Liebes«, flötete Rupert mit einer Handbewegung, als wollte er mir seinen Segen erteilen. »Amüsier dich. Wir machen ein andermal was zusammen.«

»Ein andermal«, versprach ich und funkelte ihn an, aber er wirkte sehr zufrieden mit sich selbst.

Da mir keine höfliche Rückzugsmöglichkeit blieb, sagte ich zu Alex: »Danke, ich komme gern mit. Wann wollen Sie los?«

VII

Vom Wasser aus gesehen bildeten die Häuser und Hotels von Mira del Garda einen langen Bogen aus Ocker und Ziegelrot, hinter dem sich einzelne Häuserpunkte über den Hängen verteilten und immer spärlicher wurden, bis sie zwischen dem üppigen Grün der Laubbäume und den Zypressenlanzen kaum noch zu sehen waren. Noch weiter oben konnte ich die ausgedehnte Pracht von Il Piacere erkennen – hier ein Flecken Rot, dort eine gelbe Mauer, ein Stück terrassierten Gartens und die Schornsteine der Villa delle Tempeste.

Zum erstenmal sah ich die Berge, die steil hinter unserem Hügel aufragten und vom Haus aus nicht sichtbar waren: graue, schneebedeckte Felsmassive wie der noch gewaltigere Monte Baldo gegenüber.

Die Sicht aufs andere Ufer war weniger klar. Ein dünner Nebelstreifen hatte sich darübergelegt und verwischte die Kleckse der Orte und den Hintergrund der Hügel zu einer einzigen, sonnengebleichten Farbimpression. Dazwischen lag der Gardasee, tiefblau und mit glitzernden, kleinen Wellen getupft, die das Boot schwanken ließen, wenn Alex den Motor drosselte.

Ich hatte erwartet, daß sein Boot schnittig und teuer sein würde, und wurde nicht enttäuscht. Im Bootshaus hatte es sich neben den größeren Jachten noch recht bescheiden ausgenommen, aber hier draußen auf dem Wasser erregte das Motorboot Aufmerksamkeit mit seinen etwa sieben Metern Länge und dem spitz zulaufenden Bug. Es war mit Ledersitzen, einer stromlinienförmigen Windschutzscheibe und einem flügelartigen Heckspoiler ausgestattet, der es vermutlich bei hoher Geschwindigkeit stabilisieren sollte.

Außerdem hatte ich erwartet, seekrank zu werden, aber wir fuhren anscheinend zu schnell, als daß mein Körper die Bewegungen des Bootes überhaupt richtig wahrnehmen konnte. Ich war erst ein paarmal in einem Boot gefahren, und Alex hatte mein Zutrauen nicht gerade gestärkt, als er mir an Bord als erstes eine Schwimmweste reichte. Doch als wir nun dahinglitten, das Boot eine kalte, dreistrahlige Gischt hinter uns aufwirbelte und der See sich vor uns ausbreitete, begann ich, mich zu entspannen.

Es kam mir entgegen, daß der Lärm des Motors eine Unterhaltung erschwerte und zeitweise sogar unmöglich machte. Wenn Alex das Bedürfnis verspürte, mir etwas zu zeigen, nahm er Gas weg, damit ich ihn verstehen konnte, und drehte sich dann wieder um, ohne auf eine Antwort zu warten. Was mir nur recht war. Je weniger ich sagte, desto besser, dachte ich. Ich arbeitete gerade daran, wie eine weitgereiste Kosmopolitin zu wirken, für die Fahrten auf einer schnellen Motorjacht nichts Besonderes waren, und wollte den Eindruck nicht durch eine naive Bemerkung verderben.

Als Alex fragte, ob mir kalt sei, schüttelte ich daher nur den Kopf, lehnte mich gegen den Ledersitz und schob meine Sonnenbrille zurecht. Ich wünschte allerdings, ich hätte mir etwas anderes angezogen, weniger aus praktischen als aus modischen Gründen, aber ich mußte nun mit den eher unscheinbaren Sachen Vorlieb nehmen, in die ich am Morgen geschlüpft war. Außerdem wünschte ich, ich hätte mir Zeit zum Frühstücken genommen, denn mein Magen machte sich knurrend bemerkbar. Ich wußte jedoch, daß ich bis zum Mittagessen durchhalten konnte, das hatte ich schon öfter getan.

Um mich von den Gedanken an Essen abzulenken, betrachtete ich die vorbeiziehende Uferlinie. Wir passierten einige Orte, die wie kleinere Schwestern von Mira aussahen, jede mit Promenade und Hafen versehen und mit prunkvollen Reihen säulenverzierter Häuser und zu Hotels umgewandelter Villen, die an mehrstöckige Hochzeitstorten erinnerten und in Bonbonfarben von Zitronengelb bis Knallrosa leuchteten. Um sie herum erhoben sich die allgegenwärtigen Zypressen, Olivenbäume und Palmen sowie Hänge voller Weinstöcke und blühender Büsche, die der gesamten Westseite des Sees den Anschein eines riesigen, tropischen Gartens gaben.

Ich wußte nicht, was mir besser gefiel – der Blick aus der Höhe über den See oder die Sicht vom Wasser aus auf die umgebenden Berge und Hügel, zwischen denen man sich ganz klein vorkam. Beides hatte seinen Reiz.

Alex drosselte den Motor und zeigte nach vorn, wo eine schmale Landzunge dem flachen, südlichen Seeufer vorgelagert war. Ich konnte keine Einzelheiten ausmachen, nur einen Felsgrat an der Spitze der Landzunge mit Grünbewuchs obendrauf. »Das ist Sirmione«, erklärte er. »Wir sind bald da.«

Wir fuhren in einem weiten Bogen darauf zu, so daß ich die Halbinsel besser überblicken konnte. Sie war am Anfang schmal und wurde zur Spitze hin breiter, und entlang des gesamten Ufers auf unserer Seite deuteten schmale Landestege auf die zwischen Bäumen versteckten Kurhotels und Pensionen hin. Der Haupthafen, der etwa in der Mitte des Uferstreifens lag, hieß die ankommenden Boote durch eine Reihe hoher Fahnenstangen mit den Flaggen zahlreicher Nationen willkommen.

Alex steuerte unser Boot darauf zu und manövrierte es geschickt durch die enge Hafeneinfahrt und um die anderen Boote herum zu einem freien Anlegeplatz. Nachdem ich meine Schwimmweste ausgezogen hatte, hielt ich es für das beste zu warten, bis Alex mir auf den Steg half. Ich war keine erfahrene Matrosin und stand nicht sehr sicher auf den glatten Planken.

Es war das erste Mal, das wir uns seit dem Händedruck bei meiner Ankunft berührten, und ich war nicht auf das elektrisierende Gefühl vorbereitet, das mich durchfuhr, als seine Finger sich fest und ohne Zögern um meine schlossen. Als er mich losließ, schien der Boden unter meinen Füßen immer noch zu schwanken, und ich war froh, daß die Sonnenbrille meine Augen verbarg.

»Heute an Ostern wird hier ein ziemliches Gedränge herrschen, fürchte ich«, sagte Alex.

Der Kai war nicht übermäßig bevölkert, aber seitlich davon quoll ein unaufhörlicher Strom von Touristen aus einem großen Parkplatz. Sie schlenderten unter den schattenspendenden Bäumen entlang, blieben an Ständen mit bunten Markisen stehen, an denen Zitronen und Orangen feilgeboten wurden, drängten über eine kleine Steinbrücke und verschwanden schließlich durch ein massives, mittelalterliches Stadttor.

Wir reihten uns in die schwatzende, lachende Prozession ein und gingen ebenfalls über die Brücke, die einen eingefaßten Kanal oder Burggraben überspannte. Es war ein Graben, entschied ich, als wir das Tor passiert hatten und auf einem weitläufigen Platz vor einer trutzigen Burg mit eckigen, zinnenbewehrten Türmen standen. Ich entfernte mich von der Menge und stützte die Ellbogen auf die Mauer um den Graben, der die gesamte Anlage umgab.

»Das ist die Rocca Scagliera«, sagte Alex an meiner Schulter. »Im dreizehnten Jahrhundert wurde der Gardasee von Verona und der Familie della Scala beherrscht. Sie bauten Festungen – *rocche* bedeutet Festung – rund um den See, um ihr Gebiet zu verteidigen.«

»Gegen wen?«

»Ich weiß es nicht. Gegen alle möglichen Eindringlinge, schätze ich.«

Die einzigen Eindringlinge heutzutage waren offenbar die verschiedenen Entenarten, die im Burggraben mit riesigen Goldfischen um Brotstücke von Touristen um die Wette paddelten. Doch die Festung hätte sich nach wie vor gegen Angreifer behaupten können. In einem blendenden Gelbweiß ragte sie wehrhaft in der Vormittagssonne auf und ließ alles neben sich klein erscheinen, sogar die hohen Palmen auf dem Platz.

Alex sah auf die Uhr. »Ich habe leider keine Zeit mehr vor meiner Verabredung, Sie durch die Rocca zu führen, aber vielleicht nach dem Mittagessen?«

Ich war einverstanden und gab mich fürs erste mit einem kleinen Bummel durch die engen Gassen mit ihren Geschäften zufrieden.

Dieser Teil Sirmiones erinnerte mich an die Einkaufsstraßen in Venedig und erschien mir wie diese irgendwie künstlich und nur auf Tourismus ausgerichtet. Die Umgebung war zwar echt, die alte Stadt gut erhalten, doch trotz ihrer Burg und der mittelalterlichen Atmosphäre lebte Sirmione ganz in der Gegenwart. Alles war zu glatt, zu hektisch, zu voll von Touristen. Wohlhabenden Touristen, nebenbei bemerkt, wenn man nach der Zahl der Leute gehen konnte, die mit Tüten beladen aus den Geschäften kamen.

Die Osterfeiertage hatten viele Ausländer hergebracht, vor allem Deutsche, wie ich den Gesprächsfetzen entnehmen konnte, die ich hie und da aufschnappte, und vor allem Paare oder Gruppen von Paaren, die fest entschlossen waren, ihren Kurzurlaub zu genießen, trotz des noch relativ kühlen Wetters. Es wurde viel und laut gelacht, und alle Altersgruppen waren vertreten: ältere Paare, Quartetts um die Dreißig und ein ganz junges Pärchen, Romeo und Julia, das so aussah, als dürfte es noch gar nicht allein unterwegs sein, aber frisch glänzende Eheringe an den Händen trug. Italiener gab es natürlich auch, vorwiegend Familien mit Babys in Sportwagen und Kleinkindern, die an den Händen ihrer Eltern zerrten. Auch Französisch hörte ich hier und da, aber kein Englisch.

Nur einmal begegneten wir einer Amerikanerin, die einen Spielzeughund von der Größe eines ausgewachsenen Schäferhundes für ihre Tochter kaufte, ein Mädchen in Poppys Alter. Was mich auf die Idee brachte, ein kleines Souvenir für Poppy zu erstehen, denn sie war schließlich noch krank und konnte ein bißchen Aufmunterung gebrauchen.

Ich suchte eine Kette aus zierlichen Muscheln aus, und Alex wartete geduldig neben mir, während der Verkäufer sie in buntes Seidenpapier mit einer Schleife einpackte.

»Für Poppy?« fragte er ein wenig verwundert.

»Ja. Man fühlt sich gleich besser, wenn man krank ist und kleine Geschenke bekommt, finden Sie nicht?«

»Ich weiß nicht. Ich habe nie etwas bekommen, wenn ich krank war.«

»Oh«, sagte ich betroffen. Rupert und Bryan hatten mir immer etwas mitgebracht – Süßigkeiten und Bilderbücher,

Puzzles und andere Spiele. Als ich die Windpocken hatte, hatte Bryan mir jeden Abend auf dem Nachhauseweg ein kleines Geschichtenbuch gekauft, das wir dann zusammen an meinem Bett lasen. »Es hilft einem, glauben Sie mir. Außerdem ist es ja nichts Teures. Wenn es ihr nicht gefällt, kann sie es gleich wieder wegwerfen.« Ich nahm mein Päckchen und schlenderte weiter. »Ich hoffe, Sie kommen wegen mir jetzt nicht zu spät zu Ihrer Verabredung?«

Er warf einen Blick auf seine Uhr. »Nein, ich habe noch einen Moment Zeit. Kommen Sie, ich zeige Ihnen den Weg zur Catull-Grotte.« Er dirigierte mich in die richtige Richtung. »Sie können sie gar nicht verpassen. Sie gehen einfach diese Straße hinauf, die Via Catullo. Der Eingang zur Grotte ist direkt an ihrem Ende.«

Ich nickte. »Wollen wir einen Treffpunkt und eine Zeit ausmachen?«

»Ich finde Sie«, versicherte er mir. Wahrscheinlich meinte er nur, daß er die Grotte gut kannte und keine Schwierigkeiten haben würde, jemanden darin zu finden, aber die Gewißheit, mit der er das sagte, ließ kleine Schmetterlinge in meinem Bauch auffliegen. Ich sah ihm nach, wie er durch die Touristenmenge davonging. Sein heller Schopf fiel unter den Deutschen kaum auf, und doch konnte ich ihn leicht ausmachen, als wäre mir seine Gestalt schon lange vertraut.

Mir knurrte der Magen. Er hatte schon seit einiger Zeit Geräusche von sich gegeben, aber jetzt wurden sie so laut und hartnäckig, daß sie bestimmt durch den Lärm der Passanten hindurch zu hören waren. Also verschob ich meinen Besuch der Grotte zunächst und machte mich auf die Suche nach etwas Eßbarem, die mich auf einen offenen Platz am Seeufer mit Restaurants und Straßencafés führte.

Ich verglich noch nicht einmal die Speisekarten, sondern ließ mich am erstbesten Tisch nieder und bestellte ein Panino und etwas zu trinken. Hungrig wie ich war, schmeckte es köstlich, und ich hätte meinen Imbiß noch mehr genossen, wenn mich nicht ein geschniegelter Typ in einem knallroten Hemd zwei Tische weiter dauernd angestarrt hätte. Sein Blick war eher freundlich-anerkennend als machohaft, aber trotzdem unangenehm.

Ich wartete absichtlich, bis er gegangen war, ehe ich bezahlte und den Weg zur Grotte einschlug.

Es war nicht nötig, sich zu orientieren – ich brauchte einfach nur der Menge zu folgen, die mich aus den engen Gassen der Altstadt in die breitere, von Bäumen gesäumte Via Catullo mitschob, als wäre ich aus Versehen in einen Pilgerzug geraten.

Ich hatte den Hügel schon zur Hälfte erklommen, als ich mein Päckchen vermißte.

»Mist.« Ich hatte es neben meine Tasche auf den Tisch gelegt, aber offenbar vergessen. Ärgerlich über meine Vergeßlichkeit machte ich kehrt und ging den ganzen Weg wieder zurück. Nach alledem würde ich natürlich nicht mehr viel Zeit zur Besichtigung der Grotte haben.

Zum Glück hatte der Kellner meinen Tisch noch nicht abgeräumt. Die hübsch verpackte Kette wartete treu und brav an ihrem Platz, und ich verwahrte sie nun sicher in meiner Handtasche.

Inzwischen hatte ein großes weißes Tragflächenboot am Kai vor dem Platz angelegt und entließ eine neue Flut von Tagesausflüglern in die bereits überfüllten Straßen. Der Mann in dem knallroten Hemd war immer noch da, lehnte am Anleplatz und musterte die vorbeigehenden Frauen. In meiner Hast zu verschwinden, ehe er mich entdeckte, stieß ich mit einem anderen Mann zusammen, der gerade das Café passierte.

»Oh, tut mir leid, Entschuldigung«, sagte ich, doch er nickte nur geistesabwesend und eilte weiter.

Sein Gesicht kam mir irgendwie bekannt vor – scharf geschnitten, grüblerisch, mit einer Raubvogelnase … Dann wußte ich es. Es war der Mann, der Alex an unserem ersten Probentag in der Veranda della Diana aufgesucht hatte. Ich hatte ihn damals für einen der Arbeiter gehalten, doch jetzt schien er mir eher ein Geschäftspartner zu sein. Vielleicht war er sogar derjenige, mit dem Alex sich treffen wollte … Was allerdings bedeuten würde, daß ihr Treffen schon zu Ende war. Ich ließ das Raubvogelgesicht Raubvogelgesicht sein und eilte zurück zur Via Catullo, damit ich die Grotte wenigstens noch erreichte, bevor Alex mich suchte.

Ich schaffte es fast bis zu dem ebenen Platz am Ende der Straße, wo das eiserne Gittertor des Eingangs schon zu sehen war, als eine Bande von Kindern den Hang hinuntergerannt kam und mich anrempelte, so daß ich taumelte und meine Schultertasche in hohem Bogen aufs Pflaster flog. Die Mutter murmelte im Vorbeihasten eine Art Entschuldigung, hielt es aber nicht für nötig stehenzubleiben. Seufzend bückte ich mich, um den herausgefallenen Tascheninhalt aufzusammeln: italienische und britische Münzen, ein paar Kugelschreiber, ein Lippenstift, das kleine Päckchen mit der Muschelkette ...

»Warten Sie, ich helfe Ihnen.« Ein zweites Paar Hände suchte den Boden ab. Alex stopfte ein paar Dinge zurück in die Tasche und sah sich um. »Ist das alles?«

»Ich glaube, ja. Danke.«

Er richtete sich gleichzeitig mit mir auf und wartete, bis ich meine Hose abgeklopft und die Tasche wieder umgehängt hatte. »Sind Sie fertig mit der Besichtigungstour? Hat es Ihnen gefallen?«

Natürlich hätte ich gestehen können, daß ich noch gar nicht dringewesen war und meine Zeit mit Essen und Hin- und Herlaufen verschwendet hatte, aber es schien einfacher zu sagen: »Es war sehr schön, aber auch sehr voll. Deshalb bin ich wieder rausgegangen.« Ich zeigte auf die niedrige Steinmauer, die den weiten Platz auf dieser Anhöhe über dem See umgab. »Ich wollte mich gerade dorthin setzen und den Blick genießen. Außerdem dachte ich, Sie würden mich hier leichter finden.«

Er sah mich wieder auf diese aufmerksame Art an, ohne etwas zu sagen, und ich glaubte schon, er hätte meine Lüge durchschaut. Das Blut pochte mir laut und schuldbewußt in den Ohren, so daß ich ihn kaum verstand.

»Es gibt bessere Aussichtsplätze«, sagte er. »Kommen Sie.«

VIII

Ich hatte den Wegweiser und den Pfad, der von der Via Catullo abzweigte, auf dem Hinweg gar nicht gesehen, aber selbst wenn, wäre ich ihm wohl kaum gefolgt. Das Wort »Lido« darauf hätte mich eher abgeschreckt, weil ich glaubte, daß ein Strand an einem solchen Tag furchtbar überfüllt sein würde, auch wenn man noch nicht baden konnte.

Ich wurde angenehm überrascht. Es gab zwar auch dort Touristen, aber viel weniger als in der Stadt, und sie schienen einer anderen, ruhigeren Spezies anzugehören. Sie schlenderten, statt zu drängeln.

Der Strand bestand aus einem langen Streifen goldgelben Sandes, unterbrochen von einem Restaurant mit blauem Dach, vor dem eine hölzerne Mole ins Wasser ragte. Hinter dem Sandstreifen stieg ein Olivengarten in grasbedeckten Terrassen an, schläfrig und heiter, mit gepflegten Pfaden und Sitzbänken, die von einer hohen Stützmauer beschirmt wurden. Über der Mauer ragte ein kleiner Kirchturm auf.

Wir waren gar nicht so weit gegangen, denn die hohe, bleiche Felswand, auf der die Catulltherme lag, erhob sich gleich neben uns in nördlicher Richtung, und südwärts konnte ich den hohen Turm der Scaglieri-Burg in der Altstadt sehen. Und doch schienen wir meilenweit von Sirmione entfernt zu sein.

Wir schlenderten an der sonnenschirmgespickten Terrasse des Restaurants vorbei auf die Mole zu. Alex war womöglich noch stiller als sonst oder noch mit seinem Treffen beschäftigt, aber jedenfalls tief in Gedanken. Ich sah ihn schon einen falschen Schritt machen und ins Wasser stürzen.

Wenigstens war der See an dieser Stelle flach und von einem wunderbaren, klaren Hellgrün, so daß man bis zu den algenbewachsenen Steinen auf dem Grund sehen konnte. Zwei Enten dösten unter uns in ihrer Wellenwiege, und eine Eidechse sonnte sich auf der Mole. Etwas weiter vorn hatte sich ein kleiner Junge in Nachahmung der Eidechse bäuchlings auf die Bretter gelegt und beobachtete Schwärme von Elritzen, die zwischen den Steinen hin und her schossen. Ich stieg über die Beine des Jungen hinweg und ging bis zum Ende des Stegs, freute mich an dem elastischen Holz unter meinen Füßen, dem Klatschen der Wellen gegen die Bohlen, der frischen Brise und der wärmenden Sonne in meinem Nacken.

Blinzelnd drehte ich mich zu Alex um. »Sie hatten recht, der Blick ist wunderbar.«

Das riß ihn endlich aus seiner Versenkung. Er blieb stehen und betrachtete die sonnenbeschienenen Felshänge, das Wasser und das dunkelviolette, ferne Ufer mit der Kette der schneebedeckten Gipfel dahinter. »Ja, das finde ich auch jedesmal wieder. Es ist wie eine Mischung aus Schweizer Alpen und Mittelmeer.«

Ich war noch nie in der Schweiz gewesen und noch nicht oft am Mittelmeer, aber weil ich mein Image als Kosmopolitin nicht zerstören wollte, nickte ich nur wissend und richtete den Blick auf das smaragdgrüne Wasser, das zur Seemitte hin in ein tiefes Saphirblau überging.

»Dort drüben«, sagte Alex und zeigte in meine Blickrichtung, »ist die Fonte Boiola, die heiße Quelle, die die Thermalbäder von Sirmione seit der Zeit der Römer speist.«

Selbstverständlich konnte ich sie nicht sehen, aber ich nickte wieder. »Ja, Den hat mal davon erzählt.«

»Das Wasser von Sirmione wirkt angeblich besonders lindernd bei Arthritis und allgemeinen Altersgebrechen. Deshalb weiß er vermutlich so gut darüber Bescheid.«

Ich lachte. »So alt ist er doch noch gar nicht.«

»Nein? Ich dachte, er wäre etwa im selben Alter wie Rupert.«

»Ein paar Jährchen jünger, denke ich doch.«

Er warf mir einen Seitenblick zu. »Den war schon einmal verheiratet, oder?«

Es wunderte mich, daß er eine derart persönliche Frage

stellte, aber ich sah keinen Grund, sie nicht zu beantworten. »Ja, er ist geschieden.«

»Aha. Hat er nur die eine Frau gehabt?«

Ich sah ihn neugierig an und erwiderte, daß ich keine Ahnung hätte. »Warum fragen Sie?«

»Interessiert mich einfach. Er scheint mir die Sorte Mann zu sein, der schon mehrere Ehefrauen verschlissen hat.«

»Den – ein Blaubart?« Ich mußte grinsen bei der Vorstellung. »Das glaube ich nicht. Er hat sicher schon Scharen von Freundinnen gehabt, aber Ehefrauen? Nein, das ist nicht sein Stil. Er hat selbst gesagt, daß er nicht zur Ehe taugt.«

»Das hat er zu Ihnen gesagt?«

»Gleich am ersten Tag, als wir ihn zufällig in Venedig trafen. Aber wer weiß, vielleicht ist er ja gerade dabei, seine Einstellung zu ändern.«

Alex drehte sich abrupt zu mir um. »Meinen Sie?«

Ich verkniff mir eine Antwort, um nicht indiskret zu sein und noch mehr über Dens Interesse an Madeleine auszuplaudern. Erstens wäre Alex als Produzent des Stücks wahrscheinlich nicht sehr erfreut zu hören, daß sich eine Dreiecksgeschichte zwischen seinem Inspizienten und zwei der Schauspieler anbahnte, und zweitens war alles sowieso nur Spekulation. Bryan sagte immer, daß man sich durch Tratsch nur Ärger einhandelte.

Also wich ich seiner Frage aus. »Die Sonne ist jetzt ganz schön warm, nicht?«

»Wir können gern in den Schatten gehen, wenn Sie möchten.«

Wir mußten die Mole verlassen und den Olivenhain erklimmen, um eine freie Bank zu finden. Von dort oben wirkte der Strand noch schöner, abgeschiedener und die Menschen noch ferner und unbedeutender. Über uns raschelten die Olivenblätter leise in dem kleinen Lüftchen, und zu meinen Füßen breitete sich ein Teppich aus Gänseblümchen aus. Ich fürchtete schon, daß Alex wieder in Schweigen verfallen würde, aber er fragte überraschenderweise: »Und, wie läuft es mit den Proben?«

»Sehr gut. Ich bin Ihnen wirklich dankbar, daß Sie mir die Rolle gegeben haben. Es war schon immer ein Traum von mir, mit Madeleine zusammenzuarbeiten. Sie ist einfach wunderbar.«

»Und Nicholas? Wie ist die Zusammenarbeit mit ihm?«

»Da muß ich passen.«

»Wie bitte?«

Ich schüttelte den Kopf. »Bryan sagt, wenn man nichts Nettes über jemanden sagen kann, soll man den Mund halten.«

Alex lächelte. »Verstehe.«

»Im übrigen kann ich von ihm halten was ich will, der Mann ist einfach hochbegabt und außerdem erfolgreich, während ich immer noch Komparsenrollen spiele. Das heißt«, verbesserte ich mich in dem Bewußtsein, daß mein erfahrenes Image gerade zum Teufel gegangen war, »bis jetzt natürlich, meine ich ...«

Ein Moment verging. Eine kleine graubraune Eidechse war herausgekommen, um sich auf einem Baumstamm neben mir zu aalen, und ich konzentrierte mich auf sie und beneidete sie um ihre Unbefangenheit.

»Sie hatten aber keine Komparsenrolle in dem Stück, das ich gesehen habe. Das war eine Sprechrolle.«

Mein Kopf schnellte zu ihm herum, wodurch ich die Eidechse erschreckte, die wie der Blitz den Stamm hinunter ins Gras sauste. Ich starrte Alex an und fragte etwas dämlich: »Sie haben mich in einem Stück gesehen?«

»Letzten Herbst. Im Oktober, um genau zu sein. In ›Liebe und Zufall‹.«

Eine fürchterliche Posse. Ich hatte vier Sätze zu sprechen gehabt und war nur so kurz auf der Bühne gewesen, daß sogar meine eigenen Freunde mich übersehen hätten. »Dann gehören Sie zu den wenigen Besuchern dieses Stücks. Es hat vernichtende Kritiken bekommen und lief nur eine Woche, ehe es abgesetzt wurde.«

»Ja, ich weiß. Ich muß gerade noch die letzte Vorstellung erwischt haben. Als ich mir das Stück am nächsten Tag noch einmal ansehen wollte, war das Theater geschlossen.« Er ließ seinen Blick träge über den See schweifen und verfolgte das Kielwasser eines kleinen Boots weit draußen. »Es gelang mir immerhin, über die Schauspielergewerkschaft Ihre Agentin ausfindig zu machen, aber am selben Tag war auch mein erstes Treffen mit Rupert, der sagte, er würde eine junge Schauspielerin kennen, die perfekt wäre für die Rolle der Witwe. Ihr Name sei Celia Sands, das wäre doch gut für die Publicity. Dann zog er ein Foto aus seiner Brieftasche und zeigte es mir.« Er unterbrach sich und sah mich an. »Ich habe zu ihm gesagt, ja, er hätte recht. Sie wären genau das, was mir vorschwebt.«

Die Zeit blieb stehen, und mein Herz machte einen komischen kleinen Salto in meiner Brust. Ich wußte nicht, was ich sagen sollte. Nach einer Weile ließ sein Blick von mir ab und richtete sich wieder auf das Wasser.

Die Eidechse, von der Stille ermutigt, kam vorsichtig wieder aus dem Gras geschlichen und huschte den knorrigen Baumstamm hinauf bis zu ihrer vorigen Sonnenstelle. »Moment mal«, sagte ich. »Im Programm von ›Liebe und Zufall‹ war ich nicht als Celia Sands aufgeführt, sondern unter meinem Künstlernamen, Celia Sullivan.«

»Ja, ich weiß.«

»Sie hatten also keine Ahnung, daß ich Celia Sands war, bis Sie mit Rupert sprachen?«

»Genau.«

»Aber Sie haben es zur Bedingung gemacht, daß ich meinen richtigen Namen verwende.«

Ein kleines Achselzucken. »Weil Rupert auch damit recht hatte, es ist toll für die Publicity. So ein Glücksfall ist unbezahlbar, und es wäre dumm gewesen, ihn nicht zu nutzen.«

Das alles schien mir eine geradezu unmögliche Verkettung von Zufällen zu sein: daß er mich überhaupt in dieser furchtbaren Komödie gesehen hatte, daß der Regisseur, den er verpflichtet hatte, in so enger Verbindung zu mir stand und daß ich auch noch denselben Namen trug wie die Schauspielerin, für die das Stück einst geschrieben worden war. Doch als ich das alles aufzählte, lächelte Alex nur.

»Edwina würde sagen, es gibt keine Zufälle.«

Er sah mich wieder an, und auf einmal war mir, als hätte ich von der langen Mole einen Schritt ins Wasser gemacht, das über meinem Kopf zusammenschlug.

»Sollen wir jetzt irgendwo zu Mittag essen?« fragte Alex.

Von dem, was dann passierte, ist mir nicht allzu viel im Gedächtnis geblieben, weder wo wir aßen noch was genau, nur, daß es ein kleines Restaurant in einer Seitengasse war und der Ober sich wie schwerelos zwischen den Gästen bewegte und auf unserem Tisch eine kleine Vase mit frischen Frühlingsblumen stand. Wir tranken Wein und aßen und tranken noch mehr Wein und redeten über Gott und die Welt, über das Theater und Bücher und Astronomie, ohne daß ich wüßte, wie wir auf letzteres gekommen waren. Danach ging ich satt und träge vom Wein mit Alex durch die Gassen und versuchte, die Sehenswürdigkeiten aufzunehmen, die er mir zeigte, aber nur weniges davon hinterließ einen bleibenden Eindruck. Eine stille Kirche mit Säulen und einem Portal aus rotem und weißem Marmor im Karomuster, eine blaue Tafel an einer alten Mauer zum Gedenken an eine englische Schriftstellerin, die in Sirmione gestorben war, ein versteckter Garten am Seeufer mit einem kleinen Brunnen in der Mitte und den Statuen eines Mannes und einer Frau in mittelalterlicher Kleidung.

Alex sagte mir, wen sie darstellten, aber ich hatte es schon wieder vergessen, als wir das Boot erreichten, und danach war es mir egal, weil ich ganz von dem Sonnenlicht in meinen Augen, der kühlen Gischt auf meinem Gesicht und der berauschenden Geschwindigkeit in Anspruch genommen war.

Die Rückfahrt kam mir viel schneller vor, aber das mag am Wein gelegen haben oder daran, daß ich die meiste Zeit über träumerisch auf die Schultern von Alex vor mir am Steuer schaute. Als wir am Bootshaus von Il Piacere ankamen, wußte ich, daß ich nicht nur bis über beide Ohren verliebt war, sondern rettungslos verloren. Dieser Mann, der sich jetzt umwandte, um mir an Land zu helfen, hatte mir den Kopf verdreht, und zwar gründlich.

Ich wußte nicht, wie oder wann es genau passiert war, aber

es war nicht mehr zu leugnen, und ich konnte nichts dagegen tun.

Ich war nicht besser als meine Mutter. Auch sie hätte Alex angelächelt, als er ihr die Hand reichte, ihn mit Augen angesehen, die keinen Zweifel an ihren Gefühlen ließen, und sich von ihm auf die Wange küssen lassen. Ein kleiner, freundschaftlicher Kuß, nur ein Hauch, aber er durchfuhr mich wie ein Blitz.

Schnell wich ich einen Schritt zurück, strich eine Haarsträhne hinter die Ohren und stammelte irgend etwas Unzusammenhängendes, daß ich Rupert suchen müsse. »Danke für den schönen Ausflug«, brachte ich noch heraus, bevor ich wie ein Feigling aus dem Bootshaus floh und den langen Pfad zum Haus hinaufstieg.

IX

Gedankenverloren erreichte ich die Terrasse und hatte sie schon halb überquert, ehe ich merkte, daß dort jemand saß.

Daniela, elegant in Schwarz und mit Sonnenbrille, richtete sich wie eine Katze in ihrem Liegestuhl auf und sprach mich an. »Sie sind zurück«, sagte sie schlicht, doch ihr Ton bewirkte, daß ich mich einen Augenblick lang wie ein Teenager fühlte, der zu spät nach Hause gekommen war. Schuldbewußt blieb ich stehen.

Sie lächelte. »Hatten Sie einen schönen Tag?«

Sie wußte also Bescheid. »Ja, danke.« Mir war nicht klar, wie ich mich verhalten sollte, ob ich etwas erklären oder mich gar entschuldigen sollte. Während ich noch zauderte, lehnte Daniela sich wieder in ihrem Stuhl zurück und starrte mich an wie die Schlange das Kaninchen.

Die Sonnenbrille verunsicherte mich, weil ich ihren Gesichtsausdruck nicht lesen konnte. Ihre Stimme, als sie wieder sprach, klang ganz neutral. »Als ich noch ein Kind war«, sagte sie, »kam immer ein Nachbarshund auf unser Grundstück und jagte unsere Ziegen, bis meine Mutter eines Tages vergiftetes Fleisch für ihn auslegte. Der Hund starb, und die Nachbarn waren sehr wütend, konnten aber nichts tun. Meine Mutter hatte recht, so zu handeln, weil der Hund in einem fremden Revier gewildert hatte.« Sie zündete sich eine Zigarette an und hielt sie zwischen ihren langen Fingern, während sie aalglatt hinzufügte: »Sie verstehen doch, was ich sage?«

Ich hätte schon schwachsinnig sein müssen, um die Drohung nicht zu kapieren, aber da sie mir absurd und übertrieben schien, fiel mir einfach keine Erwiderung ein. Wenn ich nicht so verblüfft gewesen wäre, hätte ich laut gelacht. Stattdessen merkte ich, wie mein Gesicht heiß wurde, wie immer bei einer ungerechten Anschuldigung. Langsam sagte ich: »Ich denke, Sie wollen mir mitteilen, daß Alex eine Ziege ist.«

Sie preßte die Lippen aufeinander, ein Zeichen, daß ich es geschafft hatte, sie zu verärgern. »Sie wissen, daß er nicht mehr frei ist.«

Allmählich wurde ich selbst ärgerlich und vergaß mein schlechtes Gewissen immerhin so lange, um zurückzublaffen: »Dann sagen Sie *ihm* das doch.« Das war ein guter Abgang, glaubte ich, drehte mich um und wollte davongehen.

Danielas Stimme folgte mir schneidend. »Wie ich gehört habe, liegt es bei Ihnen in der Familie, anderen Frauen die Männer zu stehlen.«

Wie vom Donner gerührt blieb ich stehen. Das Brennen in meinem Gesicht breitete sich auf den ganzen Körper aus, vernebelte meinen Verstand und machte es mir unmöglich, mich mit Worten zu verteidigen. Obendrein hörte ich auch noch Schritte näher kommen, hörte, wie Alex von Daniela in honigsüßem Italienisch begrüßt wurde und etwas antwortete. Dann ein kurzes Schweigen, ich konnte seine Augen auf mir fühlen. »Alles in Ordnung, Celia?«

»Natürlich.« Ich drehte mich nicht ganz um, weil meine

Wangen immer noch in Flammen standen und ich Daniela den Triumph nicht gönnte. »Natürlich ist alles in Ordnung.« Erhobenen Hauptes entschuldigte ich mich und ging weiter, ruhig und gelassen, als wäre nichts.

Aber in mir tobten Stürme.

X

In meiner Zimmerflucht angekommen brauchte ich eine Weile, um mich wieder zu fangen. Ich spritzte mir kaltes Wasser ins Gesicht, betrachtete stirnrunzelnd mein Spiegelbild und spielte die Szene im Geiste noch einmal durch. Nur daß ich diesmal auf jede von Danielas Bemerkungen die perfekte Antwort hatte, die nicht grob war, sich nicht auf ihr gehässiges Niveau begab, sondern Geist und Überlegenheit zeigte. Je öfter ich den Wortwechsel probte, desto besser wurde er und desto mehr Befriedigung empfand ich, obwohl es mir zweifellos lieber gewesen wäre, die schlagfertigen Erwiderungen hätten sich im rechten Moment eingestellt.

Aber es war nicht wichtig, sagte ich mir. *Sie* war nicht wichtig. Und was Alex betraf, so konnte sie ihn gerne behalten. Die beiden hatten meinen Segen.

Als ich in mein Wohnzimmer hinüberging, hörte ich Danielas Lachen von der Terrasse heraufperlen und schloß energisch das Fenster. Im selben Augenblick erklang ein helleres, natürlicheres Lachen draußen im Flur, und ich machte die Tür auf und sah Poppy und Den an der Treppe stehen. Den hielt eine flache Pappschachtel in der Hand.

»Hallo, du bist ja zurück«, sagte er, als er mich sah. »Prima. Willst du mit uns eine Runde Schlangenfraß spielen?«

»Schlangengrube«, verbesserte Poppy.

»Auch recht. Wir wollten gerade hinunter ins Eßzimmer gehen, der Tisch dort eignet sich besser für Brettspiele. Wie war dein Ausflug?«

»Wunderbar. Oh, wartet mal, ich habe etwas für dich«, sagte ich zu Poppy. Einladend schob ich die Tür ganz auf und ging zurück ins Zimmer, auf der Suche nach meiner Handtasche.

Den folgte mir interessiert. »Was, hast du mir etwa ein Geschenk mitgebracht?«

»Nicht dir, sondern Poppy.«

Das Mädchen blieb an der Tür stehen, ihr dunkeläugiges Gesicht eine Mischung aus Neugier und Zweifel. »Für mich?«

Ich fand das kleine Päckchen, das mir an diesem Tag soviel Ärger gemacht hatte, und gab es Poppy. »Wir waren ein bißchen bummeln in Sirmione, und da habe ich das gesehen und gedacht, es könnte dir gefallen. Es ist nichts Besonderes ...«

»Für mich?« wiederholte sie.

Den gab ihr einen kleinen Schubs. »Mach's auf, Mensch.«

Sie riß das Einwickelpapier und die Schleife ab, und die Muschelkette fiel in ihre Handfläche. »Wie schön!« Sie hielt die Kette in die Höhe und bestaunte die winzigen Muscheln, als wären es Diamanten. »Vielen, vielen Dank.«

Ihre Freude war rührend und entschädigte mich hundertfach für meine Lauferei. »Gern geschehen.«

»Die muß ich gleich meiner Mutter zeigen«, sagte sie und zog die Kette über den Kopf, während Den neben ihr schmollend die Unterlippe vorschob.

»Und ich bekomme nichts? Das ist wieder mal typisch.«

»Vielleicht beim nächstenmal«, tröstete ich ihn.

»Ich werd dich daran erinnern. Ihr seid also nur zum Shopping nach Sirmione gefahren?«

»Und zum Sightseeing.«

»Eine gewisse Person ist jetzt deswegen auf dem Kriegspfad«, vertraute er mir verschwörerisch an. »Ich hoffe, das war es wert.«

Noch vor einer Stunde hätte ich mich hektisch gerechtfertigt und vollstes Verständnis dafür gehabt, daß Daniela wütend war. Doch nach der Begegnung auf der Terrasse fiel mein Verständnis geringer aus. »Ich wüßte nicht, daß er Halsband und Leine trägt.«

Den grinste, aber meine Antwort machte Poppy hellhörig. »Sprecht ihr von den Hunden? Ich durfte heute mit ihnen spielen. Wir haben uns die Zwinger angesehen, stimmt's, Den?«

»Ja, das haben wir.«

»Ich glaube, Max und Nero gefällt es nicht im Zwinger. Sie sind ans Haus gewöhnt.«

Den erklärte ihr, daß die Zwinger praktisch zum Haus gehörten und Alex die Hunde nur dort einsperrte, wenn er den ganzen Tag unterwegs war. »Jetzt ist er aber zu Hause, und sie dürfen bestimmt bald wieder raus.«

Nicht, solange Daniela auf der Terrasse ist, dachte ich. Die Windhunde wurden von ihr ferngehalten, was sicher keine große Tragödie für die Tiere bedeutete. Es war besser, irgendwo eingesperrt zu sein, als diese Frau ertragen zu müssen.

»Wo sind denn die anderen?« fragte ich.

»Sie haben uns allein gelassen, stimmt's, Poppy? Sind in die Stadt gegangen, um im Grand Hotel Tee zu trinken.«

»Und warum haben sie euch nicht mitgenommen?«

»Na ja, Poppy hat noch geschlafen«, sagte Den mit einem Achselzucken, aus dem ich schloß, daß er freiwillig als Babysitter zurückgeblieben war. »Und ich hatte keine Lust, so weit zu laufen.«

»Ach so.« Ich hätte nichts dagegen gehabt, eine Runde Schlangengrube mit den beiden zu spielen, doch das Eßzimmer lag für meinen Geschmack zu nahe an der Terrasse. »Wann sind sie denn los?«

»Vor etwa einer Stunde.« Er interpretierte meine Frage richtig und sah auf seine Armbanduhr. »Sie sind bestimmt noch da, falls du zu ihnen stoßen willst. Aber das würde natürlich bedeuten, daß du uns auch alleine läßt ...«

»Macht es euch etwas aus?«

»Nö. Wir amüsieren uns schon, nicht wahr, Poppy?«

Sie nickte, aber ihre leicht enttäuschte Miene veranlaßte mich zu dem Versprechen: »Ich fordere euch später zu einer Partie heraus, einverstanden? Sagen wir, nach dem Essen?«

»Abgemacht«, sagte Den. »Aber sei gewarnt, ich bin verflixt gut.«

Er war in vielem gut, ging es mir durch den Kopf, als ich zusah, wie er mit Poppy die Treppe hinunter verschwand und sie auf seine ungezwungene Art wieder fröhlich stimmte. Ich fragte mich, ob er in New York Kinder hatte. Vielleicht war er als Ehemann ein Versager, aber ich konnte ihn mir prima als Vater vorstellen.

Von dort, wo er saß, konnte er den Jungen spielen sehen, eine einsame Gestalt, die Modellautos über den schmalen Weg schob.

Er schämte sich in diesem Moment, daß er kein besserer Vater war. Sicher, der Junge war ganz und gar Francescas Sache, sie hatte ein Kind gewollt und es alleine aufgezogen, doch die Erkenntnis, daß er seinem Sohn zusehen konnte, ohne Liebe für ihn zu empfinden, verstörte ihn zutiefst. Etwas ähnliches verspürte er, wenn ein Bekannter von einer Reise in ein Land zurückkehrte, das er selbst noch nicht besucht hatte – das nagende Gefühl, etwas verpaßt zu haben.

Aber bei seinem zweiten Kind, beschloß er, würde er alles anders machen. Seine melancholische Stimmung wurde von einer Welle aus hoffnungsvoller Freude und Erwartung hinweggespült, als er die Augen schloß und daran dachte, wie sie es ihm in der vergangenen Nacht im Bett gesagt hatte, wie er seine Hand auf ihren noch flachen, weichen Bauch gelegt hatte und von einem tiefen, dankbaren Staunen erfüllt worden war. Dann waren die ersten Bedenken und Ängste gekommen: Er war zu alt, zu selbstsüchtig, er würde sie enttäuschen …

Aber sie hatte nur gelächelt und seine Hand genommen und war, immer noch lächelnd, eingeschlafen. Er hatte sie zärtlich betrachtet, bis die Morgendämmerung das Zimmer langsam mit Licht erfüllt und ein neuer Tag voller Verheißungen begonnen hatte.

Ja, dachte er, als er die Augen öffnete und sie wieder auf seinen Sohn unten im Park richtete, diesmal würde alles anders sein. Er hatte aus seinen Fehlern gelernt.

XI

Max und Nero spähten hoffnungsvoll durch das Drahtgitter ihres Auslaufs, als ich den Innenhof durchquerte. Sie wirkten irgendwie verloren in dem langgestreckten Zwinger, der früher bestimmt einmal dreißig oder mehr Hunde enthalten hatte. Max stieß ein unterdrücktes Bellen aus und wedelte so heftig mit seinem peitschenähnlichen Schwanz, daß ich hinübergehen und mit ihm sprechen mußte.

»Ist ja gut, mein Schöner«, sagte ich, als er seine lange Schnauze auf der Suche nach meiner Hand durch den Draht steckte. »Haltet noch ein bißchen durch, es dauert nicht mehr lange. Er kommt sicher bald und läßt euch raus.«

Wenn das Schloß am Gatter nicht gewesen wäre, hätte ich es selbst getan, schon allein, um Daniela einen Schreck einzujagen. Doch so konnte ich Max nur über die samtweiche Nase streicheln, bevor ich mich auf den Weg machte und die lange Treppe zur Auffahrt hinunterging.

Es war gar nicht so weit bis zur Straße, wenn man keine Koffer zu schleppen hatte. Außerdem besaß ich ausnahmsweise eine vage Vorstellung davon, in welche Richtung ich gehen mußte, denn ich hatte das Grand Hotel am Morgen schon vom Wasser aus gesehen. Alex hatte es mir im Vorbeifahren gezeigt, und sein unverwechselbarer hoher Turm würde es mir leicht machen, es zu finden, sobald ich unten in Mira war.

Die Straße zum Ort war völlig verlassen. Einmal hörte ich das moskitoartige Heulen einer Vespa weiter oben am Hang, aber das war alles. Trotzdem hielt ich mich vorsichtshalber am linken Straßenrand, wo Butterblumen und Gänseblümchen hell leuchteten. Auf der Wiese daneben stand eine Gruppe von Obstbäumen, die zu blühen begonnen hatten, seit ich zuletzt dort vorbeigekommen war.

Ich war so in den Anblick der Bäume vertieft, daß ich das Auto nicht bemerkte.

Es fuhr viel zu schnell, so schnell, daß es schon vorbei war, als ich einen Satz in den Graben machte. Ich strauchelte und wäre beinahe hingefallen, aber der tomatenrote Mercedes sauste unbekümmert weiter, Schotter und Staub hinter sich aufwirbelnd.

»Vollidiot!« brüllte ich, während ich mich aufrappelte und mir die Haare aus dem Gesicht strich. Mehr empört als verletzt wanderte ich weiter bergab, um die nächste Kurve herum.

Ich erkannte die merkwürdige Form am Straßenrand zuerst nicht. Mein erster Gedanke war, glaube ich, daß jemand seinen Müll dort abgeladen hatte. Nein, es schien ein Haufen Kleider zu sein … Beim Näherkommen sah ich, daß die Kleider nicht leer waren.

Ein Mann lag mit dem Gesicht nach unten neben dem Seitenstreifen im Gras, einen Arm ausgestreckt, als hätte er seinen Fall abfedern wollen. Er atmete noch, als ich bei ihm ankam.

»O mein Gott.« Ich hockte mich neben ihn, um festzustellen, wie schwer seine Verletzungen waren. Das eine Bein sah eindeutig gebrochen aus, es war unterhalb des Knies verdreht, so daß der Fuß in einem unnatürlichen Winkel abstand. Ein roter Fleck im Gras neben seinem Brustkorb breitete sich stetig aus. Sein Gesicht war von mir abgewandt. Ich berührte seinen Kopf, warum, weiß ich nicht, wahrscheinlich einfach aus dem menschlichen Bedürfnis heraus, einem Verletzten Trost zu spenden. »Keine Angst«, sagte ich. »Es ist alles gut. Ich werde Hilfe holen …«

Meine Worte sollten ihn beruhigen, aber sie kamen so gepreßt und voll Panik heraus, daß sie wohl eher das Gegenteil bewirkten. Außerdem konnte er mein Englisch wahrscheinlich sowieso nicht verstehen.

Aber er hörte mich. Als ich aufstehen wollte, ruckte er mit dem Kopf und versuchte, seinen ausgestreckten Arm zu bewegen, der ebenfalls gebrochen sein mußte, wie ich jetzt sah, und blutete. Es mußte ihm ungeheure Schmerzen bereiten, aber er schaffte es, seinen Kopf auf die andere Seite zu drehen, als stünde er unter dem Zwang, mich anzusehen.

Da erkannte ich ihn. Der Mann mit dem Raubvogelgesicht.

Mein Atem stockte, und ich riß vor Überraschung die Augen auf, während sein Blick sich verschleierte. Ich hatte noch nie zuvor jemanden sterben sehen, noch nie beobachtet, wie das Leben aus einem menschlichen Körper wich, oder gehört, wie ein rasselnder Atemzug plötzlich unvollendet abbrach. Ich glaube, ich hatte mir den Tod immer als gewaltsam oder friedlich vorgestellt, aber dieser war weder das eine noch das andere. Er erschütterte mich mehr, als ich mir zunächst eingestehen wollte.

Wie lange ich dort kniete, starr vor Schock, weiß ich nicht mehr. Es kann eine Minute oder auch eine Stunde gewesen sein. Ich weiß nur, daß das nächste Geräusch, das ich wahrnahm und das mich aus meiner Erstarrung riß, Ruperts Stimme war. Ich hörte nicht die Worte, sondern nur den warmen, vertrauten Klang, der mich schon als Kind beruhigt hatte, wenn ich nachts aufwachte und er noch nebenan im Wohnzimmer mit Bryan sprach.

Ich richtete mich auf und sah ihm entgegen. An meiner Hand klebte Blut vom Kopf des Mannes, und ich hielt sie steif von mir weg, als hätte ich etwas Schmutziges angefaßt. In diesem Moment merkte ich nicht, daß ich weinte, aber ich muß beängstigend ausgesehen haben, denn als Rupert endlich vor Nicholas und Madeleine um die Kurve kam, warf er einen einzigen erschrockenen Blick auf mich und rannte sofort los. Ich ließ mich in seine Arme fallen. »Schon gut«, sagte er und strich mir über die Haare. »Schsch, ist ja schon gut.«

Dann waren Madeleine und Nicholas da, und ich berichtete mit seltsam tonloser Stimme, was passiert war, und Madeleine beugte sich über den Mann und sagte so etwas wie »O Gott!«, so daß Nicholas fragte: »Was?«, und sie antwortete: »Sieh mal, wer das ist«, worauf er zu ihr trat und einen Fluch ausstieß.

Ich drehte meinen Kopf an Ruperts Schulter in ihre Richtung und zwang mich, nicht nach unten zu sehen. »Kennt ihr ihn?«

Madeleine nickte, ihre dunklen Augen vor Schreck geweitet. »Ja. Es ist Giancarlo, Teresas Mann Giancarlo.«

XII

Die frische Brise war schneidend geworden. Ich zog meine Knie an die Brust und hielt den Wind so gut wie möglich mit dem Rücken ab. Meine Jacke hatte ich unter mir als improvisierte Plane ausgebreitet, um die Feuchtigkeit abzuhalten und meine Hose vor Grasflecken zu bewahren. Die Füße gegen den sanft abfallenden Hang gestützt, sah ich zu dem Amphitheater hinunter, das friedlich in seiner Bodensenke ruhte.

Ich war mir nicht sicher, was mich hierhergeführt hatte; eigentlich hatte ich nur einen kurzen Spaziergang im Park machen wollen, um von den anderen wegzukommen und meinen Kopf durchzulüften. Aber meine Füße hatten offenbar einen eigenen Willen entwickelt, so daß ich mich in dem geschützten Rund aus Pinien wiederfand, mit dem im Wind nickenden Gras und der holzüberdachten Bühne in der Mitte.

In weniger als drei Wochen würde ich dort unten auf diesen Brettern stehen und versuchen, die Zuschauer davon zu überzeugen, daß ich jemand anderer war, sie dazu zu bringen, die Wirklichkeit für eine Weile zu vergessen und sich der Illusion hinzugeben. Sie mußten überredet werden, Wände zu sehen, wo keine waren, zu glauben, daß ein Geist sich redend unter den Lebenden bewegen konnte und daß die Gefühle meiner Figur so echt und ernstzunehmend waren wie ihre eigenen. Die Schauspielkunst war nun einmal eine Kunst der Täuschung.

Ich hatte damit nie Schwierigkeiten gehabt und mich daran gewöhnt, daß die Dinge im Theater nicht das waren, was sie zu sein schienen. Eine Tür, die auf die Straße hinausführen sollte, öffnete sich in Wirklichkeit nur zu einer kleinen, dunkeln Ecke hinter den Kulissen, ein Sonnenaufgang war das Werk der Beleuchter, und der eisgekühlte Gin Tonic, den der Butler servierte, war nur lauwarmes Leitungswasser.

Aber das gehörte zum Theater. Jenseits der Bühne ließ ich mich nicht gerne täuschen. Und es gefiel mir nicht, daß Alex gelogen hatte.

Ich grübelte noch darüber nach, das Kinn auf die Knie gestützt, als etwas Kaltes, Feuchtes an meinen Nacken stieß.

Das kalte Etwas gab ein forschendes Schnuppern von sich, und ich drehte mich um und sah mich Max, dem Charmeur gegenüber, der seine Lefzen zu einem selbstzufriedenen Grinsen hochzog, weil er mich gefunden hatte.

Nero, der reserviertere, war bei der hohen Gestalt am Waldrand geblieben.

Als Alex herbeikam, kehrte ich ihm absichtlich den Rücken zu und beschäftigte mich damit, Max die Ohren zu kraulen, worauf er sich anmutig neben mir niederließ. Sein Herrchen verstand meine abweisende Haltung entweder nicht oder wollte sie nicht verstehen, denn kurz darauf sah ich aus dem Augenwinkel zwei lange, jeansbekleidete Beine auftauchen.

»Ich dachte mir, daß ich dich hier finden würde.«

Darauf gab es nichts zu antworten, also schwieg ich.

Er setzte sich und schlang einen Arm um das hochgezogene Knie, während Nero sich grunzend an seiner Seite in das hohe Gras fallen ließ. »Du warst nicht beim Abendessen.«

»Ich dachte, das Essen würde heute ausfallen«, sagte ich,

ohne ihn anzusehen. Das war zumindest ein Teil der Wahrheit. Teresa war verständlicherweise nicht in der Lage gewesen, eine Mahlzeit zuzubereiten, und im Haus hatte Chaos geherrscht, als ich weggegangen war.

»Wir haben uns mit kaltem Schinken und Pasta beholfen«, berichtete er. »Rupert hat etwas improvisiert. Er ist ein guter Koch.«

»Ja, ich weiß.«

Meine Einsilbigkeit ließ ihn für einen Moment verstummen. Dann sagte er: »Wir haben dir etwas übriggelassen.«

»Danke, ich habe keinen Hunger.« Ich rupfte ein paar Grashalme aus, behielt den längsten in der Hand und spielte damit herum, wickelte ihn schließlich sorgfältig um meinen Daumen. Alex sah mir eine Weile zu und richtete seinen Blick dann ebenfalls hinunter auf die Bühne.

»Es muß ein großer Schock für dich gewesen sein, Giancarlo zu finden.«

»Ja.«

»Eine schmerzliche Erfahrung.«

»Ja.« Ich atmete tief durch. »Obwohl ich natürlich nicht wußte, daß es Giancarlo war.«

Er zuckte die Achseln. »Woher auch. Du hast ihn ja nie kennengelernt.«

Ich schwieg, aber mein Schweigen war sehr beredt. Er musterte mich von der Seite, und ich hörte den beunruhigenden Unterton in seiner Frage. »Was ist?«

Der Grashalm riß, ich warf ihn weg. »Ich wußte nicht, daß es Giancarlo war«, wiederholte ich, »aber ich habe den Mann erkannt.«

»Woher ...«, begann er, brach aber ab, als wäre ihm gerade ein Gedanke gekommen.

Da drehte ich mich um und sah ihm ins Gesicht. »Ich hatte ihn schon mehrmals vorher gesehen, wenn auch einmal nur undeutlich, weil es dunkel war. Du hast mit ihm auf der Terrasse gesprochen«, sagte ich und beobachtete, wie er sich erinnerte. »Beim zweitenmal ist er in dein Arbeitszimmer gegangen. Und heute war er in Sirmione.«

»Celia ...«

»Du hast gelogen.«

Er sah weg, riß seinerseits ein Büschel Gras aus und verstreute es im Wind, während er nachdachte.

Ich konnte keine Ruhe geben. »Du hast gesagt, du hättest nichts von ihm gehört, das hast du zu Edwina gesagt, ich war dabei. Und du hast es zugelassen, daß Teresa sich Sorgen machte ...«

»Nein«, unterbrach er mich. »Teresa wußte Bescheid. Zwar nicht von Anfang an, aber sie wurde eingeweiht.«

Dunkel erinnerte ich mich, daß sich Teresas Laune an dem Tag, als ich den Mann mit dem Raubvogelgesicht in Alex' Büro gehen sah, auffallend gebessert hatte. »Aber warum überhaupt diese Lügen?«

»Weil ich es versprochen hatte.« In seinem Ton schwang Ungeduld mit, und ich wußte nicht, ob sie gegen mich gerichtet war oder gegen sich selbst. »Giancarlo hatte mich darum gebeten, nichts über seinen Aufenthaltsort zu sagen.«

Eine seltsame Bitte für einen Angestellten, und noch seltsamer, daß Alex sie ihm gewährt hatte, doch andererseits wußte ich so gut wie nichts über das Verhältnis der beiden Männer. Ich wußte noch nicht einmal viel über Alex. Ganz sicher hatte ich noch nie diesen Ausdruck auf seinem Gesicht gesehen, die müden Linien um Augen und Mund, die verrieten, daß Giancarlos Tod ihn tief getroffen hatte.

Ich drängte ihn nicht weiter. Ich saß einfach da, streichelte Max' Kopf und spürte, wie die Distanz zwischen uns größer wurde.

Alex holte tief Atem, als wollte er mir etwas Wichtiges sagen, aber es kam nichts heraus. Er warf mir einen schnellen Seitenblick zu, und ich fühlte sein Zögern, als er das Risiko abwog, mich in sein Geheimnis einzuweihen.

Schließlich sagte er: »Es ist eine lange Geschichte.« Ich wartete. Er streckte sich im Gras aus und stützte sich auf die Ellbogen. »In der Nacht, als du Giancarlo und mich auf der Terrasse gesehen hast, war er gekommen, um mir zu erklären, wo er den ganzen Tag gewesen war. Ich war ganz schön wütend auf ihn, weil er euch einfach in Desenzano hatte stehenlassen. Ich dachte, er hätte sich betrunken – das war zwar schon lange nicht mehr vorgekommen, sonst hätte ich ihn bestimmt nicht geschickt, um euch abzuholen – aber er schwor, er sei vollkommen nüchtern. Er hatte nur ein bißchen Detektiv gespielt.« Er machte eine nachdenkliche Pause. »Du mußt verstehen, daß Giancarlo ein sehr loyaler Mensch ist.« Mit leiser Stimme korrigierte er sich: »Er war ein sehr loyaler Mensch. Mir gegenüber und auch Il Piacere gegenüber. Er wurde hier geboren, hat sein ganzes Leben hier verbracht und ist nie für längere Zeit weggegangen so wie ich. Deshalb fühlte er sich dem Haus und allem, was darin ist, viel enger verbunden als ich. Meine Entscheidung, den Besitz der Forlani-Stiftung zu überschreiben, machte ihn nicht gerade glücklich. Es schmerzte ihn, daß Il Piacere nicht länger im Besitz meiner Familie sein sollte, doch andererseits freute er sich, daß es endlich restauriert wurde und daß die Möbel und Kunstgegenstände von der Stiftung gepflegt und erhalten werden sollten. Giancarlo war kein gebildeter Mann, aber in ihm schlug das Herz eines Kunstliebhabers. Er hatte eine angeborene Leidenschaft für schöne Dinge.«

Wieder hielt er inne, aber weil ich ahnte, daß er auf etwas Bestimmtes hinauswollte, nickte ich nur, zum Zeichen, daß ich ihm zuhörte.

»Vor einer Weile – etwa eine Woche, bevor du ankamst – entwickelte Giancarlo die fixe Idee, daß Gegenstände aus dem Haus entwendet würden. Er behauptete, einige Dinge wären verstellt worden oder würden ganz fehlen und er wäre nicht der einzige, der das bemerkt hätte. Ich sah mich daraufhin um, konnte aber nichts feststellen. Giancarlo machte die Stiftung dafür verantwortlich, aber ich versuchte, ihm zu erklären, wie absurd das war. Die Forlani-Stiftung ist eine hochangesehene Organisation, und ich hielt es für lächerlich, daß sie ihren Ruf aufs Spiel setzen würde, indem sie Kunstgegenstände stahl, die ihr in ein paar Monaten sowieso gehören würden. Aber um ganz sicherzugehen, rief ich den Freund an, der mich auf die Stiftung aufmerksam gemacht hatte, und fragte ihn, ob während der Arbeiten an seiner Villa irgend etwas verschwunden sei. Er sagte nein, ihm sei nichts aufgefallen. Und von meinen Leuten hier würde niemand so etwas tun.«

Ich zog kritisch eine Augenbraue hoch. »Auch nicht das Mädchen, das Hals über Kopf nach Mailand abgehauen ist?«

»Sie ganz besonders nicht. Sie ist sehr gläubig, hat nie etwas Schlechtes über jemanden gesagt und nie gelogen. Ihr Gewissen würde es nicht zulassen, etwas zu stehlen.«

Meine Augenbraue wanderte noch höher. »Und dieses Mädchen soll etwas mit Pietro gehabt haben?«

»Zu Pietro wollte ich gerade kommen. Er ist schuld daran, daß ihr nicht am Bahnhof abgeholt wurdet. Giancarlo war gerade auf dem Weg zum Auto, um nach Desenzano zu fahren, als er Pietro in die Garage gehen sah – schleichen sah, wie er sich ausdrückte. Pietro hatte eine Art Rucksack bei sich und machte offenbar einen verstohlenen Eindruck. Giancarlo konnte Pietro nicht leiden«, ergänzte Alex.

Wer sollte ihm das verübeln, dachte ich. »Pietro ist nicht gerade ein besonders liebenswerter Mensch.«

»Sie hatten sich schon öfter in die Wolle bekommen, bei mehr als einer Gelegenheit. Keine Ahnung, worum es dabei ging, aber Giancarlo mochte ihn nicht. Als er Pietro mit dem Rucksack sah, wurde er sofort mißtrauisch. Er glaubte, er hätte seinen Dieb gefunden. Also setzte er sich ins Auto und folgte Pietro, statt nach Desenzano zu fahren. Sie landeten schließlich in Sirmione.«

Die Geschichte mit Pietro und seinem Rucksack begann mich zu packen. »Und was passierte dort?«

Alex breitete resigniert die Hände aus. »Giancarlo war sich nicht sicher. Er sah Pietro in einen Juwelierladen gehen und mit dem Rucksack wieder herauskommen, der aber anders, leerer, gewirkt hätte. Nur konnte er natürlich nichts beweisen. Deshalb wollte er mit mir sprechen, in dieser Nacht. Ich sollte ihm Zeit geben, Nachforschungen anzustellen, Beweise zu finden. Ich kannte Giancarlo schon als Junge und wußte, er würde nicht nachgeben, bis er der Sache auf den Grund gegangen war, also habe ich zugestimmt. Es kam mir einigermaßen harmlos vor, ihn für ein paar Tage so tun zu lassen, als wäre er auf einer Sauftour, während er in Wirklichkeit Detektiv spielte.«

»Aber du hast nicht erwartet, daß er irgendwelche Beweise finden würde, stimmt's?«

Wieder die resignierte Geste. »Soweit ich sehen kann, fehlt nichts im Haus, und diese Sache zwischen Pietro und Giancarlo war etwas Persönliches, so daß ich die Anschuldigungen nicht sehr ernst genommen habe, das stimmt. Ich dachte, er würde nach einer Woche oder so zurückkommen, wenn er genug vom Spionieren hätte.« Nero legte den Kopf auf das Bein seines Herrn und rollte seine dunklen Augen mit gespielter Gleichgültigkeit in meine Richtung. »Aber er ist nicht zurückgekommen«, fuhr Alex fort. »Nur das eine Mal, als du ihn in die Veranda della Diana gehen sahst. Da hat er mich um Geld gebeten, damit er sich in Sirmione ein Zimmer nehmen konnte.«

Sie mußten wirklich ein besonderes Verhältnis zueinander gehabt haben, daß Alex ihm immer wieder nachgegeben hatte. »Dann wolltest du dich also heute mit Giancarlo in Sirmione treffen?«

»Das hatte ich vor. Er hat mich gestern angerufen, weil ich mir das Juweliergeschäft ansehen sollte, zu dem er Pietro gefolgt war. Er meinte, es sei wichtig. Ich bin hingegangen, aber das Geschäft war geschlossen, und Giancarlo ist nicht aufgetaucht. Ich habe eine Stunde lang auf ihn gewartet, dann habe ich es aufgegeben und dich bei der Grotte gesucht. Ich hatte keine Lust, den Tag zu vergeuden.«

Stirnrunzelnd sah ich ihn an. »Aber er war da.«

»Wer?«

»Giancarlo. Er war in Sirmione. Ich habe ihn selbst gesehen, aus nächster Nähe.« Ich erzählte ihm die Episode mit dem Zusammenstoß vor dem Straßencafé.

Alex runzelte jetzt ebenfalls die Stirn. »In welche Richtung wollte er?«

»Zum Anleger, glaube ich, aber ich bin nicht sicher ... Es

kamen gerade ganz viele Leute von dem Tragflügelboot, und der Platz war ziemlich voll. Vielleicht ist er auch in eine der Gassen abgebogen.«

»In jedem Fall wäre er dann in die entgegengesetzte Richtung vom Juwelierladen gegangen. Warum bloß?«

Darauf wußte wohl nur Giancarlo eine Antwort, und der konnte uns nichts mehr erzählen. Ich hatte bisher möglichst jeden Gedanken an die Leiche im Straßenstaub verdrängt, aber jetzt gelang es mir nicht mehr. Es war unvorstellbar, daß jemand einen Menschen überfuhr und einfach weiterraste …

In die Stille hinein fragte ich: »Alex, was fährt Pietro für einen Wagen?«

»Einen Fiat Panda, warum?«

»Nur so. Ein roter Mercedes ist an mir vorbeigefahren, kurz bevor ich Giancarlo gefunden habe. Er hatte es furchtbar eilig. Ich frage mich, ob es das Auto war, das ihn überfahren hat.«

»Hast du der Polizei davon erzählt?«

»Ja, ich habe es erwähnt.« Sie hatten sich meine Aussage notiert, waren aber nicht lange am Unfallort geblieben.

»Es kann nicht Pietro gewesen sein«, sagte Alex bestimmt. »Vielleicht ein Tourist. Am Osterwochenende wimmelt es hier immer von Fremden – man erkennt sie gleich an ihren Audis und Porsches und Mercedeslimousinen.« Seine Mundwinkel verzogen sich. »Wenn Pietro bei seinem Gehalt plötzlich einen Mercedes fahren würde, wäre ich auch langsam davon überzeugt, daß er in dunkle Machenschaften verstrickt ist.«

Als ich nichts darauf sagte, sah er auf die Bergkette in der Ferne. »Es wird langsam dunkel.«

Die Abenddämmerung senkte sich unweigerlich herab und nahm allem die Farbe, was sie mit ihrem rauchblauen Mantel berührte. In einer halben Stunde würde es stockfinster sein.

Der Wind frischte auf. Max neben mir hob den Kopf und witterte.

»Ich denke, wir sollten zurückgehen«, sagte Alex und stand auf.

»Ja, ich …«

Max unterbrach mich, indem er mit einem durchdringend scharfen Bellen auf alle viere sprang. Nero tat es ihm gleich und hielt die Nase sichernd in den Wind. Sein tiefes Knurren klang wesentlich bedrohlicher als Max' Bellen.

Wie auf Kommando brachen beide Hunde plötzlich los und sausten den Hang hinauf, so daß sie nur noch als graue Schatten zu erkennen waren. Alex rief ihnen einen Befehl nach, worauf sie kurz vor den Pinien haltmachten.

Ungeduldig winselnd warteten sie, bis wir bei ihnen waren. Es war nichts zu sehen, keine Gefahr lauerte im Wald, die dieses Anschlagen gerechtfertigt hätte. Doch als ich mit den Augen den Boden absuchte, entdeckte ich neben dem Weg einen noch glimmenden Zigarettenstummel, mit leuchtendroten Lippenstiftspuren am Filter.

Heiße Wut stieg in mir auf, als ich begriff, daß Daniela uns belauert hatte. Dieses Biest! Sollte sie uns doch beobachten, sollte sie denken, was sie wollte, ich hatte jedenfalls nichts Unrechtes getan. Ich war alleine zum Theater gekommen, um ein wenig Ruhe zu haben – Alex war *mir* nachgelaufen, nicht umgekehrt. Und wenn sie glaubte, sie könnte mir mit Geschichten von vergifteten Hunden Angst einjagen …

Max und Nero winselten wieder, doch Alex sagte nur: »Falscher Alarm.«

Ich widersprach ihm nicht. Es war nicht meine Aufgabe, ihm zu sagen, was für eine Frau Daniela war. Ich hatte nichts mit der Beziehung der beiden zu tun.

Er lächelte mich entschuldigend an. »Muß wohl ein Tier gewesen sein.«

»Eine Katze vielleicht«, sagte ich und trat den Zigarettenstummel unter meinem Absatz aus.

XIII

Poppy kam uns entgegen, als wir über die Terrasse ins Haus traten. Die Art, wie sie sich auf die Hunde stürzte und sie begrüßte, ließ vermuten, daß sie ungeduldiger auf deren Rückkehr gewartet hatte als auf unsere. Das Mädchen war ganz verrückt nach den Tieren, und angesichts von soviel Begeisterung und Zuneigung ließen sie sich majestätisch dazu herab, gestreichelt zu werden. Geduldig standen sie da und wedelten vornehm mit den langen Schwänzen, was wohl die Windhundversion eines königlichen Winkens darstellte.

»Sie mögen dich«, sagte Alex lächelnd.

»Früher hatte ich auch mal einen Hund«, erzählte Poppy wehmütig. »Ich würde so gerne wieder einen haben, aber Mami sagt, das geht nicht, solange ich in der Schule bin, weil dann niemand zu Hause ist, der sich um ihn kümmert.«

Alex konnte nur bestätigen, daß Hunde viel Aufmerksamkeit und Gesellschaft brauchten. »Die beiden hier sind sauer auf mich, weil ich den ganzen Tag weg war.«

Poppy streichelte Neros Hals. »Sie sind nicht gern im Zwinger eingesperrt.«

»Nein, da hast du recht«, sagte Alex. Er legte den Kopf schräg, als dächte er nach. »Wenn ich das nächste Mal länger wegmuß, könntest du ja vielleicht nach den Hunden sehen und ihnen Gesellschaft leisten. Was hältst du davon?«

»Wirklich?« Ihre Augen strahlten. »Das wäre toll, das würde ich furchtbar gern. Hast du gehört, Nero?«

Neros Reaktion war von nobler Zurückhaltung – nur ein Zucken mit dem Ohr –, aber das schien Poppy zu genügen, und sie schlang ihm stürmisch die Arme um den Hals. Im nächsten Atemzug legte sie ihr kindliches Benehmen ab, richtete sich auf und gab sich ganz erwachsen. »Wir haben dir etwas vom Abendessen aufgehoben, Celia. Soll ich es für dich aufwärmen? Rupert hat mir gezeigt, wie man die Mikrowelle bedient.«

Sie sah mich mit solchem Eifer an, daß ich unwillkürlich nickte, obwohl ich immer noch keinen Appetit hatte. »Ja, gern. Danke.«

»Und danach«, sagte sie, »können wir vielleicht eine Runde Schlangengrube spielen? Wenn du möchtest. Es sei denn, du willst lieber etwas anderes spielen ...«

»Nein, Schlangengrube finde ich prima.« Es war mir auf jeden Fall lieber, als mit den anderen zusammenzuhocken und die Einzelheiten von Giancarlos Tod wieder und wieder durchzugehen. Ich war dabeigewesen, als er starb, und hatte kein großes Bedürfnis, darüber zu reden. Ich wollte vergessen.

Alex schien das zu verstehen. »Ich bin nicht besonders gut im Spielen«, sagte er, nickte uns beiden freundlich zu und ging davon, wie immer gefolgt von Max' und Neros tapsenden Pfoten.

Poppys offensichtliche Freude darüber, mich einmal ganz für sich zu haben, machte mich beinahe verlegen. Sie führte mich ins Eßzimmer und ließ mich Platz nehmen, ging dann in die Küche, um mein Essen aufzuwärmen, und servierte den Teller mit solch vollendeter Förmlichkeit, als würde sie die Queen bedienen. Ich achtete darauf, nicht zu grinsen, weil ich mich noch gut erinnern konnte, wie ich in Poppys Alter meine Schuldirektorin verehrt hatte und von ihr als gleichrangig angesehen werden wollte und nicht als kleines Mädchen. Eines Tages hatte ich ihr Tee serviert und mich verzweifelt bemüht, die perfekte Gastgeberin zu spielen. Alles ging schief, was nur schiefgehen konnte – der Tee war viel zu stark und bitter, die Kekse waren alt und pappig –, aber die Direktorin hatte sich nichts anmerken lassen. Sie ließ das Ganze gutmütig über sich ergehen, und ich war stolz und glücklich zugleich.

Ich mußte nun wieder an sie denken, als ich eine Gabel voll klebriger, lauwarmer Pasta herunterschluckte und Poppy versicherte, es würde vorzüglich schmecken. Zur Belohnung erhielt ich ein schüchternes Lächeln, das mich im nachhinein verstehen ließ, warum meine Schulleiterin nicht nur den furchtbaren Tee heruntergewürgt, sondern sogar um eine zweite Tasse gebeten hatte.

Poppy brachte mir auch Wein, den sie extra in eine Karaffe gegossen hatte, und ein Brötchen mit Butter. Dann, weil ich darauf bestand, setzte sie sich zu mir.

Ihr konzentrierter Gesichtsausdruck verriet mir, daß sie sich darüber den Kopf zerbrach, wie sie ein angemessen erwachsenes Gespräch anfangen könnte. »Schrecklich, was mit Teresas Mann passiert ist, nicht wahr?« Als ich zustimmte, fuhr sie ermutigt fort. »Alex hat gesagt, sie soll die nächsten Tage lieber bei ihren Verwandten bleiben, bis nach der Beerdigung. Er will solange eine andere Köchin finden. Das ist doch nett von ihm, oder?«

»Ja, sehr.«

»Reiche Leute sind meist nicht so rücksichtsvoll zu ihrem Personal«, bemerkte sie altklug, als hätte sie seit Jahren die Welt bereist und in den Häusern der Superreichen gewohnt. »Aber Alex schon. Er ist zu allen nett, auch zu mir.«

»Ja, er ist wirklich ein sehr aufmerksamer Mensch«, sagte ich und drehte noch ein paar Nudeln auf.

»Er hat sich richtig Sorgen um dich gemacht.«

»Ach ja?« Ich sah auf, und Poppy nickte.

»Ja, weil du nicht zum Essen gekommen bist. Rupert hat gesagt, daß du manchmal gern allein bist, wenn dich etwas bedrückt, aber Alex meinte, einen Toten zu finden wäre schlimmer als bedrückt zu sein, und jemand müßte dich suchen und nachsehen, ob alles in Ordnung ist.«

Sie hatte ein gutes Gedächtnis für Dialoge, merkte ich, und nahm mir vor, in Zukunft aufzupassen, was ich in ihrer Gegenwart sagte.

»Mami wollte gehen und nach dir suchen, aber Alex sagte, er würde lieber selbst gehen.« Sie überlegte kurz, bevor sie hinzufügte: »Daniela hat das nicht gefallen.«

Ich griff nach meinem Wein, um einen Klumpen Nudeln hinunterzuspülen. »Nein, das kann ich mir vorstellen.«

Poppy musterte mich einen Moment mit frühreifem Blick und vertraute mir dann im Tonfall einer Verbündeten an: »Ich mag Daniela nicht. Es gefällt mir nicht, wie sie mit Mami spricht. Und sie ist zu Männern viel netter als zu Frauen. Manche Frauen sind so, ich weiß, aber ich finde das blöd.« Sie runzelte die Stirn. »Aber die Männer merken das nicht, stimmt's? Nicholas jedenfalls merkt nichts.« Sie hielt inne, als fürchtete sie, zuviel gesagt zu haben. Ich fragte mich, was das Mädchen gesehen hatte, wieviel es darüber wußte, was sich zwischen Daniela und Nicholas abspielte. Poppy war ziemlich helle, und ich hatte den Eindruck, daß ihr nicht viel entging. Mit ernster Miene richtete sie sich auf und warf ihre Haare zurück. »Nicholas ist so ein Blödmann. Ich verstehe nicht, was meine Mutter an ihm findet.«

Ich kaute und hütete mich, etwas zu sagen, das Madeleine zu Ohren kommen könnte. »Sie sind schon lange zusammen.«

»Noch gar nicht so lange. Erst seit letzten Sommer. Und das nur, weil Nicholas aus seiner Wohnung geworfen wurde, weil er die Miete nicht bezahlt hatte. Davor war er gar nicht so nett zu Mami.« Ihr Schnauben war viel zu zynisch für ihr Alter. »Er ist genau wie die anderen. Es geht ihm gar nicht um Mami, nur um das, was er von ihr bekommen kann.«

Nicht nur zynisch, sondern auch scharfsinnig, dachte ich. Während ich noch nach einem unverbindlichen Kommentar suchte, plapperte sie schon munter weiter.

»Den ist nicht so. Er ist ganz anders, stimmt's?«

Ich nickte. »Ganz anders als Nicholas, ja.«

»Ich mag Den.«

Es lag mir auf der Zunge zu antworten, daß ihre Mutter ihn meiner Ansicht nach auch mochte, aber ich behielt meine Beobachtung lieber für mich. Es hatte keinen Sinn, dem Kind vorzeitige Hoffnungen zu machen. Außerdem würde Poppy mit ihrem wachen Blick sicher bald von selbst darauf kommen, wenn sie nicht schon etwas ahnte.

Ich zwang den letzten Bissen mit einem Schluck Wein herunter und schob den Teller von mir. »Das war sehr gut, Poppy. Genau das richtige.«

»Das war nur der erste Gang, weißt du. Es gibt noch Schinken und Gemüse ...«

Abwehrend legte ich die Hand auf den Bauch. »Nein, danke, ich bin wirklich satt.«

»Gut, dann mache ich den Tee.« Sie sprang auf, um meinen Teller abzuräumen. »Und danach können wir spielen.«

Ihr Tee war zu meiner Erleichterung sehr viel besser als das Gebräu, das ich meiner Direktorin damals serviert hatte. Ich nahm einen langen Schluck, während sie das Spielbrett aufbaute, das ziemlich alt und abgestoßen aussah.

»Unter der Treppe ist ein ganzer Schrank voller Spiele«, sagte Poppy, als ich sie fragte, wo sie es gefunden hatte. »Teresa hat ihn Den gezeigt, vorhin, nach dem Mittagessen. Sie meinte, Alex hätte bestimmt nichts dagegen, wenn wir sie benutzen. Das hier ist eigentlich nur etwas für Babys«, ergänzte sie etwas befangen, »aber die anderen kannte ich alle nicht, und die Gebrauchsanleitungen waren auf italienisch.«

»Das macht nichts. Ich spiele gern Schlangengrube.« Ich berührte das Brett und versuchte, mir vorzustellen, wie Alex als kleiner Junge dieses Spiel gespielt hatte. Vielleicht war es ein Geschenk von seiner englischen Mutter gewesen, an die er sich nicht erinnern konnte.

»Den ist nicht sehr gut darin«, bemerkte Poppy. »Er ist heute nachmittag ständig auf den Schlangen gelandet.«

Das paßt, dachte ich, denn die Schlangen stellten menschliche Laster da, von denen Den O'Malley sicher reichlich besaß.

»Er hat fast alle Runden verloren. Aber er sagte, wenn wir die amerikanische Version gespielt hätten, hätte er mich jedesmal geschlagen.« Sie schien dieses Argument nicht sehr ernst zu nehmen. »Er kommt aus New York, in Amerika. Warst du schon einmal in New York?«

»Nein.« Ich würfelte und kam zwei armselige Felder voran.

»Schade. Wenn du eine Drei gehabt hättest, wärst du auf eine Leiter gekommen.« Sie würfelte eine Sechs und schob ihr

Hütchen auf eine Leiter, ohne ihren Redefluß zu unterbrechen. »Mami war schon ein paarmal mit einem Stück in New York. Sie sagt, es ist schön dort. Nicht so gefährlich, wie sie es immer im Fernsehen zeigen. Mami reist viel herum durch das Theater.« Sie sah mich zögernd an. »Ich will auch Schauspielerin werden«, verkündete sie und beobachtete aufmerksam meine Reaktion. Als ich nicht lachte und keine herablassende Bemerkung machte, wurde sie sicherer. »Den glaubt, ich könnte eine gute Schauspielerin abgeben. Er sagt, ich hätte ein gutes Gedächtnis für Worte, und mit ein bißchen Glück hätte ich auch die Gene.«

»Also, Den ist schon ziemlich lange in der Branche«, ermutigte ich sie, während ich eine Leiter für gute Taten erklomm. »Er weiß, wovon er redet.«

Sie sah erfreut aus. »Aber was hat er damit gemeint, daß ich die Gene hätte?«

»Wahrscheinlich, daß du das Talent von deiner Mutter geerbt hast.«

»Und von meinem Vater«, erinnerte sie mich. »Er ist nämlich auch Schauspieler.«

Das wußte ich nur zu gut.

»Ich bin ihm aber nicht sehr ähnlich«, sagte sie. »Zum Glück. Er hat meiner Mutter das Herz gebrochen.« Das klang ernst und feierlich, als hätte sie es während ihrer Kindheit oft gehört. »Er hat sie wegen einer anderen Frau verlassen, als ich noch ganz klein war.«

»Oh«, machte ich lahm. Sie hatte also keine Ahnung, daß ich die Tochter dieser anderen Frau war. Auf einmal konnte ich ihr nicht mehr ins Gesicht sehen. Ich beugte den Kopf und würfelte, als hinge mein Leben davon ab.

»Sie war auch eine Schauspielerin. Ist es immer noch«, sagte Poppy und sprach den Namen meiner Mutter voll Abscheu aus. »Aber sie hat sich bald wieder von meinem Vater getrennt, um mit einem anderen Mann zusammenzusein. Sie ist ein richtiges Miststück«, erklärte sie, wobei sie das Erwachsenenwort genüßlich aussprach, »und ich hasse sie.«

Ich ließ den Würfel rollen. Er sprang vom Brett und kam

kurz vor der Tischkante zum Stehen. Poppy las die Zahl ab. »Fünf«, sagte sie. »Oh, so ein Pech. Das ist eine Schlange.«

Für meine Sünden, dachte ich, als ich mein Hütchen auf die lachende Schlange schob. *Für meine Sünden.*

XIV

Am nächsten Tag bei der Probe arbeiteten wir zum erstenmal ohne Textbuch.

Das war der gefürchtete Moment, in dem ich jedesmal überzeugt war, die schlechteste Schauspielerin aller Zeiten zu sein, überzeugt, daß sogar Rupert mich angesichts meiner Unfähigkeit mitleidig nach Hause schicken und die Rolle neu besetzen würde. Obwohl wir das Stück nun schon seit zwei Wochen probten, schien mich mein Gedächtnis wie üblich vollkommen im Stich zu lassen. Ohne die Stütze des Texts in meiner Hand war ich hoffnungslos verloren, erinnerte mich an eine Zeile, vergaß die nächste, stockte und mußte alle paar Minuten um ein Stichwort bitten.

Neue Verzweiflung stieg in mir auf, als ich mich flehend an Madeleine, das Medium, wenden sollte, das gerade dabei war, mir die Tür zu weisen. »Nein, bitte, hören Sie, ich ...« Mist, schon wieder vergessen. »Text«, sagte ich.

»Sie sind meine letzte Hoffnung«, soufflierte Den.

Natürlich. »Sie sind meine letzte Hoffnung, der einzige Mensch, der mir Frieden geben kann.« Wie konnte ich nur einen so simplen Satz vergessen haben?

Madeleine richtete ihre schönen Augen auf mich und antwortete: »Ich kann die Vergangenheit nicht ändern. Tot ist tot.«

»Aber ich habe gehört, daß Sie den Toten eine Stimme geben können.«

Sie machte nachdenklich ein paar Schritte, was mich verwirrte, weil ich nicht mehr wußte, ob ich mich ebenfalls bewegen sollte.

»So etwas hat seinen Preis, und der ist nicht gering«, warnte sie. »Sind Sie bereit, ihn zu bezahlen?«

Meine Gedanken waren völlig blockiert, ich sah sie nur groß an. »Text.«

»Ich habe genügend Geld«, half Den mit ruhiger, klarer Stimme nach.

»Ich habe genügend Geld.«

An dieser Stelle unterbrach uns Rupert, ob aus Erbarmen oder weil er es nicht mehr ertragen konnte, weiß ich nicht. »Gut, Leute«, rief er aus seiner Ecke. »Wir machen jetzt zehn Minuten Pause und fangen dann bei …«

Den beugte sich zu ihm und murmelte etwas, worauf Rupert überrascht auf seine Uhr sah. »Ach so, stimmt. Alle mal herhören, kleine Programmänderung. Celia und Maddy, eure erste Kostümprobe ist für drei Uhr angesetzt, und da es fast schon drei ist, machen wir eine volle Stunde Pause und beginnen wieder um vier mit …« Er blätterte seine Seite in seinem Textbuch zurück. »Mit der dritten Szene. Alles klar?«

Von meiner Qual erlöst, wollte ich mich gerade bei Madeleine für meine Stümperei entschuldigen, als sie mir einen kameradschaftlichen Blick zuwarf und sich seufzend den Nacken massierte. »Gott, wie ich das hasse. Ich fühle mich wie eine komplette Idiotin ohne Text – warum kann ich mir bloß meine Zeilen nie richtig merken? Und mit dem Alter wird es noch schlimmer.«

»Aber du warst doch perfekt«, widersprach ich.

»Wohl kaum. Den, wie oft mußtest du mir ein Stichwort geben?«

Er kam grinsend zu uns herübergeschlendert. »Ich habe irgendwann aufgehört zu zählen. Ihr habt mich beide ganz schön auf Trab gehalten.«

»Siehst du?« sagte Madeleine.

Den sah fragend von einer zu anderen. »Um was geht's?«

»Celia hält mich für perfekt.«

Den zwinkerte mir zu. »Keine Sorge, Schätzchen, niemand ist perfekt, wenn er den Text weggenommen bekommt. Ich könnte dir da ein paar Geschichten erzählen ...«

»Darling«, unterbrach ihn Madeleine, und das Kosewort kam ganz selbstverständlich heraus, »wärst du wohl so nett und würdest uns eine Tasse Tee holen? Wir haben keine Zeit mehr vor der Kostümprobe, uns selbst darum zu kümmern.«

»Wird gemacht. Findet die Anprobe hier statt oder wo?«

»Ich glaube schon. Uns ist nichts anderes gesagt worden.«

»Okay«, sagte er. »Bin gleich wieder da.«

Er hatte wohl vergessen, daß Teresa nicht im Haus war und daß ihre Vertretung – eine verdrießlich dreinschauende Leihgabe aus einem Hotel in Mira – weder so tüchtig noch so zuvorkommend war. Es hätte mich nicht überrascht, wenn er gezwungen gewesen wäre, den Tee eigenhändig zuzubereiten.

Jedenfalls tauchte er erst zwanzig Minuten später wieder auf, als die Gewandmeisterin mit ihrer lebhaften Assistentin uns schon in unseren halbfertigen Kostümen festgesteckt hatte und mir gerade eine Perücke anpaßte.

Mir persönlich gefiel die Perücke überhaupt nicht. Die Frisur war in Ordnung und historisch richtig – dicht am Kopf anliegende Wellen mit kleinen Löckchen an der Stirn – und die Farbe leider notwendig. Galeazzo hatte »Il Prezzo« schließlich für Celia die Erste geschrieben, und es gab im Text mehrere Bezüge auf das blonde Haar der jungen Witwe. Das Problem war nur, daß der Blondton der Perücke der gleiche wie der meiner Mutter war. Dabei spielte es keine Rolle, daß ihre Haarfarbe aus der Tube kam und wir ganz unterschiedliche Gesichtszüge hatten: Wenn ich in den Spiegel blickte, sah ich meine Mutter und war entsetzt.

Falls Madeleine die Ähnlichkeit auffiel, war sie zu feinfühlig, um etwas zu sagen. Sie selbst sah wunderschön aus in ihrem enganliegenden Kleid aus lavendelfarbener Seide, das sie sanft umfloß, wenn sie ihre Haltung veränderte und die Arme anmutig ausstreckte wie eine Tänzerin, damit die Gewandmeisterin die Ärmel abstecken konnte. Ich fand sie so umwerfend, daß ich glaubte, Den würde seine Augen nicht mehr von ihr abwenden können, und war daher sehr erstaunt, als ich aufsah und feststellte, daß er mich anstarrte.

Madeleine bemerkte ihn schließlich auch. »Ach, unser Tee. Vielen Dank, Dennis. Du kannst die Tassen dort auf den Tisch stellen, ja?«

Er sah auf die Tassen in seiner Hand, als sei er überrascht, sie dort zu finden, stellte sie dann wie gebeten auf den Tisch und starrte mich wieder mit diesem seltsamen Blick an.

»Wie sehen wir aus?« fragte Madeleine.

»Was? Ach so, toll, ihr seht beide ganz toll aus.«

Die Gewandmeisterin richtete sich drohend auf wie eine Wächterin und verscheuchte ihn. »Keine Männer«, sagte sie fest mit starkem italienischem Akzent. »Sie jetzt gehen und machen Tür zu.«

»Aber ich kann doch wohl ...«

»Keine Männer.«

Ergeben trollte er sich, blieb aber an der Tür noch einmal kurz stehen. Mit der blonden Perücke war ich meiner Mutter offenbar wie aus dem Gesicht geschnitten. Den, der sie ja von früher kannte, schien einen Geist zu sehen. Ich wartete darauf, daß er sie erwähnen würde, doch seine Stirn glättete sich, und er sagte nur: »Blond steht dir, Celia«, ehe er die Tür hinter sich schloß.

Er verschränkte die Hände und beobachtete, wie sein Verleger die letzte Seite zu Ende las. Im Zimmer war es so still geworden, daß er nicht nur das Schwingen des Pendels in der Standuhr hinter sich hören konnte, sondern auch das noch leisere Ticken des Minutenzeigers. Schließlich legte sein Verleger die Seite ab und ordnete das Manuskript.

»Erstaunlich«, lautete sein Urteil. »Sie haben sich selbst übertroffen, mein Freund.«

»Ich war ... inspiriert.« Er richtete seinen Blick auf die beiden Gestalten draußen im Park unter dem Walnußbaum: die

immer noch schlanke, junge Frau, hell wie der Sonnenschein in ihrem gelben Organdykleid, und den jungen Mann neben ihr auf der Bank ...

»Beeindruckender Schnurrbart«, sagte der Verleger, seinem Blick folgend. »Ich nehme an, das ist der Junge, der den Soldaten spielen soll?«

»Ja, er war früher einmal mit Celia befreundet, in London. Sie hat ihn vorgeschlagen.« Er versuchte, es leichthin zu sagen, ohne seine Bedenken durchblicken zu lassen. Hatte Celia nicht beteuert, daß der Junge ihr nichts mehr bedeute, daß es neben ihm keinen anderen geben könne? »Werden Sie zur Aufführung kommen?«

»Ich möchte sie um nichts in der Welt verpassen. Darf ich das Manuskript mitnehmen?«

»Natürlich. Auch die Gedichte.«

»Ah ja, die Gedichte.« Der Verleger nahm das zweite Manuskript höflich, aber mit deutlich weniger Enthusiasmus an sich. »Haben Sie schon einen Titel für diese neue Sammlung?«

»Ich nenne sie ›The Season of Storms‹ nach einer Zeile, die ich in einem englischen Roman über die Kreuzzüge gefunden habe. Darin gibt es eine Rede des Dogen von Venedig, der den Kreuzfahrern darlegt, warum sie ihre Weiterreise ins Heilige Land aufschieben müssen. ›Edle Herren‹, sagt der Doge, ›der Winter ist gekommen und die Zeit der Stürme ...‹« Unwillkürlich sah er wieder zum Fenster, zu den beiden redenden und lachenden Gestalten auf der Parkbank, und fühlte sich plötzlich sehr alt.

Leise wiederholte er: »Der Winter ist gekommen.«

XV

Allmählich begann ich selbst schon, Geister zu sehen oder sie vielmehr zu hören. Als ich an jenem Abend nach dem Essen in meinem Schlafzimmer saß, bildete ich mir ein, den Boden in gleichmäßigen Abständen knarren zu hören, als käme jemand auf mich zu. Daß ich wieder in der Geisterstudie las, die ich aus Alex' Arbeitszimmer entliehen hatte, machte die Sache nicht besser.

Ich zog mich abends gern mit einem Buch zurück. Die anderen hatten sich angewöhnt, in der Stanza d'Arazzo zusammenzukommen, um noch etwas zu trinken und zum hundertstenmal durchzukauen, was bei der Probe falsch und – seltener – richtig gelaufen war. Manchmal gesellte ich mich zu ihnen, aber immer häufiger ging ich lieber nach oben und las, um mich zu entspannen. Schon in London hatte ich nie zu den Kollegen gehört, die jeden Abend noch in den Pub gingen und übers Theater redeten. Für mich war die Arbeit schon anstrengend und erschöpfend genug, so daß ich mich nicht auch noch in meiner Freizeit damit beschäftigen wollte. Außerdem war das Arbeiten fern von zu Hause und in einer kleinen Gruppe, die noch dazu unter einem Dach zusammenlebte, eine besonders intensive Erfahrung, zu der ich einen Ausgleich brauchte.

Doch das Buch über die Geisterwelt war einfach nicht das richtige an diesem Abend, und die »Season of Storms« hatte ich schon zweimal gelesen. Da fiel mir ein, daß es in Ruperts Zimmer einen Bücherschrank gab. Froh, einen Grund gefunden zu haben, um mich eine Weile von dem geräuschvollen Fußboden und den stets wachsamen Augen Celias der Ersten entfernen zu können, ging ich zu ihm hinüber.

Rupert antwortete nicht auf mein Klopfen, und seine Tür war verschlossen, also ging ich hinunter in die Stanza d'Arazzo, weil ich dachte, ich würde ihn dort bei den anderen finden. Doch der einzige, der dort saß, war Nicholas, einen Brandy und eine Zigarette in der Hand.

Ich blieb in der Tür stehen. »Hallo, hast du Rupert zufällig irgendwo gesehen?«

»Vor kurzem war er noch hier. Er wollte sich irgendwelche Bücher oder so was ansehen, in D'Ascanios Arbeitszimmer.«

»Danke. Wo sind denn die anderen alle?«

»Wenn ich das wüßte.« Er nahm einen tiefen Zug Brandy. »Mir erzählt ja niemand was.«

»Ach so.« Nicht willens, mich in die Liebeswirren meiner Schauspielerkollegen verwickeln zu lassen, ließ ich ihn allein und lenkte meine Schritte der Veranda della Diana zu. Rupert mußte seine Bedenken, Alex' Arbeitszimmer in dessen Abwesenheit aufzusuchen, fallengelassen haben, denn Alex war nicht zu Hause, wie ich wußte. Er hatte die Hunde kurz nach dem Mittagessen in Poppys Obhut gegeben, mit der Ankündigung, er werde voraussichtlich erst spät zurückkommen. Poppy war fast geplatzt vor Freude und Stolz. Daniela dagegen hatte sich wenig erbaut gezeigt, als sie Alex nicht beim Abendessen antraf. »Soviel Theater um eine Beerdigung«, war ihr Kommentar. »Es ist Aufgabe der Familie, so etwas zu arrangieren, nicht Alessandros.«

Madeleine entgegnete, daß Giancarlo für Alex wohl zur Familie gehört hatte. »Die beiden müssen zusammen aufgewachsen sein.«

Daniela schüttelte den Kopf. »Nein, Giancarlo war zehn Jahre älter.«

Aber ich verstand, was Madeleine meinte, und stimmte ihr zu. Alex hatte mir selbst erzählt, daß Giancarlo sein ganzes Leben auf dem Anwesen verbracht und eine enge Verbindung zu Il Piacere gehabt hatte. Man konnte sogar den Eindruck bekommen, daß das Haus ihn betrauerte, denn die Zimmer, durch die ich auf der Suche nach Rupert ging, wirkten dunkler als sonst, und alles war in eine respektvolle Stille getaucht.

Es widerstrebte mir, diese Stille durch Anklopfen zu stören, doch dann sah ich, daß Rupert die Tür zum Arbeitszimmer angelehnt gelassen hatte, und steckte meinen Kopf hinein.

»Ah, Celia«, rief er und winkte mich herein. »Komm her und sieh dir das an.«

Er stand zusammen mit Alex über einen Folianten gebeugt, der aufgeschlagen auf einem Beistelltisch lag. Alex hatte sich ebenfalls zu mir umgedreht und trat beiseite, als ich neugierig näher kam.

»Was habe ich dir gesagt?« fragte Rupert mit leuchtenden Augen, so daß ich für einen Augenblick glaubte, er habe tatsächlich sein ersehntes, verloren geglaubtes Stück von Sophokles gefunden. Groß genug war das Buch, und eindeutig alt, doch als ich die Seiten betrachtete, sah ich, daß es sich nicht um ein Theaterstück handelte. Es schien eher eine religiöse Handschrift zu sein, verziert mit bunten Bildern von Bibelszenen oder Heiligenlegenden.

»Ich habe dir doch erzählt, daß die Kreuzfahrer Bücher aus Konstantinopel mitbrachten«, sagte Rupert. »Sieh dir mal dieses Gebetbuch an – hast du schon einmal so etwas Herrliches vor Augen gehabt? Alex hat es extra heruntergebracht, um es mir zu zeigen.«

Alex zuckte abwiegelnd die Schultern. »Na ja, Sie haben mich nach dem Vierten Kreuzzug gefragt, und ich weiß, wie sehr Sie sich für Bücher interessieren. Das hier war einer der liebsten Schätze meines Vaters. Ich glaube, das Buch hat zu seinen Lebzeiten nie sein Zimmer verlassen, und er hätte es sicher nicht aus der Hand gegeben, um es untersuchen und datieren zu lassen. Ich schätze, ich sollte das irgendwann einmal tun und es an einen Experten schicken.«

»Die Gefahr besteht allerdings, daß Sie es nie zurückbekommen«, erwiderte Rupert. Er hatte selbst einen ziemlich begehrlichen Blick, fand ich. Alte Bücher waren nun mal seine Leidenschaft, und dieses war mehr als alt – ledergebundene Pergamentseiten, die die Spuren der Jahrhunderte trugen, in Form von rauhen, vergilbten Rändern und Moderflecken.

Die griechische Schrift konnte ich nicht lesen, aber Rupert übersetzte laut ein paar Stellen aus Gebeten und Riten der griechisch-orthodoxen Kirche, wobei er behutsam die Seiten umwandte.

Ich hörte jedoch nicht richtig zu, weil Alex so dicht neben mir stand und meine Konzentration störte. Als ich kurz zu ihm aufsah, begegneten sich unsere Blicke; meiner zögerlich, seiner mit einem Anflug von Ungeduld. Schnell brach ich den Kontakt ab und richtete meine Augen wieder auf das Buch.

»Hier ist etwas für Ihre Großmutter, Alex«, sagte Rupert. »Ein Gebet zur Bannung von Geistern.«

Die Illustration zu diesem Gebet war unerwartet schön und zeigte eine durch Wolken hindurchbrechende Sonne, als hätten sich die Himmel geöffnet, um eine ruhelose Seele aufzunehmen, die endlich ihren Frieden gefunden hatte.

Rupert begann, uns die Worte vorzulesen, wurde aber durch das Klingeln des Telefons auf dem Schreibtisch unterbrochen.

Alex nahm ab und meldete sich mit einem knappen »Pronto.« Dann veränderte sich seine Stimme, und obwohl ich kein Wort verstand, merkte ich, daß er mit einer Frau sprach. Er murmelte etwas Freundliches, Beruhigendes, nickte einmal und legte auf. »Ich muß leider noch einmal weg«, sagte er.

Rupert schloß widerstrebend das Gebetbuch. »Sie nehmen das hier besser wieder an sich.«

»O nein, behalten Sie es ruhig ein paar Tage, wenn Sie möchten. Im Bücherschrank staubt es sowieso nur ein. Es verdient, daß jemand es liest und sich daran erfreut, und ich weiß, daß ich es Ihnen bedenkenlos anvertrauen kann.«

Man hätte meinen können, Rupert bekäme die Kronjuwelen überreicht. »Sind Sie auch ganz sicher?«

»Ja, natürlich. Nehmen Sie es mit auf Ihr Zimmer.«

»Ich komme mit dir«, sagte ich und meinte Rupert, aber Alex, der schon an der Tür war, fühlte sich angesprochen.

»In Ordnung«, sagte er.

»Oh … äh …«, stammelte ich, »ich habe eigentlich Rupert gemeint …«

Der hatte natürlich überhaupt nichts mitbekommen, weil er völlig versunken in seinen Wälzer war.

»Ach so«, sagte Alex, fast enttäuscht.

In dem Versuch, das Mißverständnis zu überspielen, lächelte ich. »Ich glaube kaum, daß du mich dabeihaben willst.«

»Im Gegenteil.« Er warf mir einen ganz untypisch verschmitzten Blick zu. »Ich hätte dich gern dabei.«

»Im Ernst?«

Meine offene Ungläubigkeit entlockte ihm ein Lächeln. »Ich sage nie etwas, das ich nicht so meine, Celia.«

XVI

Er sprach auf der Fahrt nach Mira del Garda kein Wort. Wir fuhren zwar nicht lange, fünf Minuten vielleicht, aber durch sein Schweigen auf so engem Raum kam es mir wie eine Stunde vor.

Ich wußte noch nicht einmal genau, warum ich mitgekommen war. Das war schließlich kein Ausflug wie der nach Sirmione, zu dem mich Rupert mehr oder weniger gezwungen hatte. Diesmal hätte ich ablehnen können, ohne unhöflich zu sein. Doch mich beschlich der Verdacht, daß es nicht zuletzt Danielas unverschämte Reaktion auf den Sirmione-Ausflug gewesen war, weshalb ich eingewilligt hatte. Nach ihren Drohungen und ihrer herablassenden Art fiel es mir schwer, auf sie Rücksicht zu nehmen, zumal sie sowieso das Schlimmste denken würde, egal, was ich tat.

Außerdem hatte Alex mich gebeten mitzukommen.

Ich konnte nicht feststellen, welchen Weg er am Fuß des Hügels einschlug, nur daß die Häuser, vor denen wir hielten, klein und hell erleuchtet waren und einen Essensduft verströmten, der mich beim Aussteigen wie ein Willkommen umwehte.

»Hier entlang«, sagte Alex und wartete kurz, bevor er auf eines der Häuser zuging und an die Tür klopfte. Die alte Frau, die uns öffnete, kannte ihn offenbar. Während sie uns hereinbat, rief sie über ihre Schulter: »Teresa!«

Jetzt wußte ich, wer ihn angerufen hatte, und entspannte mich ein wenig.

Die arme Teresa machte den Eindruck, als hätte sie nicht viel geschlafen. Sie trug Trauer und sah blaß und gealtert aus, aber ihr Gang war nach wie vor von fester Entschlossenheit. Das unverkennbare Erstaunen über meine Anwesenheit und das Mißtrauen in ihren Augen verschwanden nach ein paar Worten von Alex. Danach sagte sie leise und schnell etwas in Italienisch und deutete auf ein angrenzendes Zimmer.

Alex wandte sich an mich. »Mauro, Teresas Bruder, möchte kurz mit mir allein sprechen. Kannst du so lange hier warten?«

Ich blickte von Teresas düsterem Gesicht zu den bohrend neugierigen Augen der alten Frau, die sich wieder an den Küchentisch gesetzt hatte und Kräuter mit einem kleinen, bösartig aussehenden Messer hackte. Tapfer lächelnd antwortete ich: »Natürlich.«

Als er verschwunden war, blieb ich unsicher stehen, bis die Alte mit dem Messer gestikulierte und etwas sagte. Ich verstand nichts, aber sie hatte eine freundliche Stimme.

»Meine Mutter sagt, Sie möchten Platz nehmen«, übersetzte Teresa.

Als ich am Tisch saß, aufrechter als gewöhnlich unter den prüfenden Blicken der beiden Frauen, stellte Teresas Mutter eine Frage, worauf Teresa sagte: »Möchten Sie ein Glas Wein, Signorina Sands?« und zum Küchenschrank ging.

»Bitte machen Sie sich keine Umstände«, antwortete ich. Sie hatte schließlich gerade ihren Mann verloren, und ich wollte nicht, daß sie mich bediente.

»Das sind keine Umstände.« Sie kam mit Gläsern und einer bereits geöffneten Flasche zurück, schenkte uns dreien ein und setzte sich neben ihre Mutter.

»Grazie«, bedankte ich mich bei beiden.

Die scharfen Augen der Alten blickten weicher und verschwanden fast in den kleinen Fältchen um die Lider. Dann erhob sie sich höchstpersönlich und holte einen Teller. Auf einer Anrichte standen Tabletts voll kleiner Brote und salziger Gebäckteilchen, die wahrscheinlich extra für die Beerdigung gebacken worden waren. Sie lud ein paar davon auf den Teller und stellte ihn zwischen uns auf den Tisch. »Mangi«, befahl sie und zeigte mit einem runzligen Finger darauf.

Gehorsam nahm ich ein gefülltes Gebäckteil. Die Gastfreundschaft der beiden Frauen machte mich verlegen, und ich schluckte und versuchte, Teresa zu sagen, wie leid mir der Tod ihres Mannes tat. Meine Worte kamen ungeschickt und holperig heraus, aber sie schien sich nicht daran zu stören.

»Signor D'Ascanio sagt, Sie waren bei Giancarlo, dort auf der Straße.«

»Ja, das stimmt.«

Sie musterte mich einen Moment und sagte dann: »Das ist gut. Ich bin froh, daß er nicht allein sterben mußte.«

Die alte Frau warf etwas ein. »Meine Mutter fragt, wie alt Sie sind.«

»Ich bin zweiundzwanzig.«

Die Mutter lächelte, als sie die Übersetzung hörte, und sagte etwas, das belustigt klang. Ich verstand nur »Signora Forlani«, aber Teresa gab die Bemerkung nicht an mich weiter, sondern erwiderte ihrerseits etwas, worauf die Alte verblüfft aufsah. »No!«

Teresa nickte nur und wandte sich wieder an mich. »Ich habe meiner Mutter gesagt, daß Sie im Damenflügel wohnen, in den Räumen der englischen Schauspielerin. Sie kennt viele Geschichten über Il Piacere und seine Zimmer.«

Anscheinend wollte sie mir einige davon erzählen. Ihre Mimik wurde lebhaft, und sie gestikulierte ausholend mit dem Messer in der Hand. Als sie geendet hatte, sah ich Teresa fragend an, doch diese zuckte nur die Achseln. »Es ist, wie ich Ihnen gesagt habe. In diesen Zimmern geschehen seltsame Dinge.«

Die Mutter war offenbar nicht zufrieden mit dem Dolmetscherservice und versuchte, selbst auf mich einzureden, wobei sie mit der Messerspitze immer wieder auf meine Halskette zeigte. »*Angelo* … gut, sähr gut.« Sie lächelte mich an. »*Dio* Sie beschützen.«

Sie wollte mir wohl sagen, daß Gott und seine Engel mich vor Bösem bewahren würden. Ich berührte den kleinen Goldengel und lächelte zum Zeichen, daß ich sie verstanden hatte.

Bestimmt hätte sie mir noch mehr zu sagen gehabt, aber in diesem Moment ging die Tür zum Zimmer nebenan auf, und Alex kam heraus. Er trug ein Päckchen von der Größe eines Schuhkartons unterm Arm, das in braunes Packpapier eingewickelt war. Nachdem er ein paar Worte mit Teresa und ihrer Mutter gewechselt hatte, sah er mich an. »Wollen wir gehen?«

Ich hatte meinen Wein noch nicht ganz ausgetrunken, stand aber auf und dankte den Frauen. Als wir schon an der Tür waren, rief Teresas Mutter Alex eine Bemerkung hinterher, für die sie von ihrer Tochter mit einem empörten »Mamma!« getadelt wurde.

Doch Alex nickte der Alten zu und lächelte flüchtig, ehe die Küchentür sich hinter uns schloß.

XVII

Als wir nach Hause kamen, wollte ich gute Nacht sagen und auf mein Zimmer gehen, aber Alex hielt mich zurück. Während der Rückfahrt war er wieder so stumm und grüblerisch gewesen, daß ich annahm, er wolle mit seinen Gedanken und dem braunen Päckchen, das er so vorsichtig von der Garage heraufgetragen hatte, allein sein. Aber er legte mir unerwartet eine Hand auf den Arm und sagte: »Bitte geh noch nicht.

Ich könnte etwas Gesellschaft gebrauchen, jemanden zum Reden.«

Zuerst überraschte es mich, daß er sich einer praktisch Fremden anvertrauen wollte, aber dann sagte ich mir, daß er bestimmt nicht viele Freunde hatte und Daniela kaum der Typ der verständnisvollen Zuhörerin war.

Er ist wirklich ein moderner Hamlet, dachte ich, der grübelnd zwischen den Geistern seines Vaters und seines Großvaters durch dieses große, leere Haus wandert. Doch während Hamlet wenigstens seinen Horatio hatte, stand Alex niemand zur Seite. Sein Horatio, vermutete ich, war am Sonntag abend am Straßenrand gestorben. Die einzigen Vertrauten, die ihm noch blieben, waren seine Windhunde, und selbst die hielten sich im Moment oben bei Poppy auf.

Also war es keine Frage, daß ich ihm in die Veranda della Diana folgte, um noch ein wenig zu reden.

Alex schaltete eine Stehlampe an, die einen warmen Lichtkegel auf einen der alten Ledersessel und den weinroten Teppich warf. Die zugezogenen Vorhänge an den drei Fensterseiten verliehen dem Raum etwas Behagliches, was durch die niedrige Kassettendecke und den Geruch alter Bücher noch unterstrichen wurde. Hinter dem Schreibtisch blickte die bronzene Diana mit ihren Jagdhunden heiter über Alex' Schulter hinweg, während er eine zweite Lampe anknipste.

Er legte das schuhkartongroße Päckchen behutsam auf dem Schreibtisch ab und starrte es so lange an, daß ich schon glaubte, er habe mich vergessen. Trotzdem setzte ich mich in einen Korbsessel mit weichen Kissen, der dem Lederfauteuil gegenüberstand, und wartete. Schließlich tauchte Alex aus seinen Gedanken auf. »Ich nehme an, du trinkst keinen Scotch?« war seine erste Frage. »Nein? Es stört dich doch nicht, wenn ich mir einen einschenke?« Er zog eine Schreibtischschublade auf, holte eine schlanke Flasche und ein Glas hervor und trug beides zu dem Ledersessel.

Die klare Bernsteinfarbe des Whiskys leuchtete im Lampenlicht auf, als er sich den Drink eingoß. Alex' Gesicht jedoch war umschattet, und er runzelte die Stirn.

Irgend etwas lag ihm auf der Seele, das vermutlich von dem Gespräch mit Teresas Bruder und dem ominösen Päckchen herrührte. Aber ich mochte ihn nicht drängen, und da er es war, der sich aussprechen wollte, ließ ich ihn anfangen.

»Es tut mir leid, daß ich dich bei Teresa allein gelassen habe. Ich wußte nicht, weshalb Mauro mich sprechen wollte, und dachte, es dauert nicht lange ...« Er sah mich besorgt an. »Ich hoffe, es hat dir nichts ausgemacht.«

»Aber nein. Teresa und ihre Mutter haben sich lieb um mich gekümmert, haben mir Wein eingeschenkt und mir Gebäck ...«

»Mauro war nicht nur Giancarlos Schwager, sondern auch sein Freund«, unterbrach er mich, weil sein Herz und sein Kopf übervoll waren. »Was er mir vorhin berichtet hat ...« Er hielt inne, trank einen großen Schluck Whisky und sah mich endlich direkt an. »Du kennst ja schon die Geschichte von Giancarlos Verdacht, also kann ich dir auch den Rest erzählen.«

Ich wollte gerade sagen, daß er mir nichts zu erzählen brauche, weil es schließlich eine Privatangelegenheit sei, die mich nichts anginge ... aber Alex hatte sich schon zurückgelehnt, entschlossen, sich Luft zu machen.

»Mauro hat erst heute abend von Giancarlos Tod erfahren. Er ist LKW-Fahrer und war seit gestern nachmittag auf der Straße, und in all der Aufregung hat die Familie sich wohl nicht darum bemüht, Kontakt mit ihm aufzunehmen. Sie wußten, daß er heute im Laufe des Tages zurückkommen würde. Als er es hörte, drehte er vollkommen durch, wie Teresa sagt, und wiederholte dauernd, daß er mit mir sprechen müsse. Deshalb hat Teresa mich angerufen, und deshalb bin ich zu ihnen gefahren.« Er trank einen Schluck und fuhr fort. »Jedenfalls hat sich herausgestellt, daß du recht hattest – Giancarlo war tatsächlich gestern in Sirmione. Auf dem Rückweg ist er bei Mauro vorbeigegangen. Er kam nicht mit dem Auto, sagt Mauro, sondern tauchte einfach zu Fuß auf. Sagte, er hätte das Tragflügelboot genommen, was ihm gar nicht ähnlich sah. Giancarlo war wasserscheu und mied Schiffe, wo er nur konnte.« Ein Schatten der Erinnerung und des Verlusts fiel über Alex' Gesicht, aber er riß sich zusammen. »Mauro wollte gerade mit seinem Laster los, schob die Abfahrt aber auf, um noch ein Glas mit Giancarlo zu trinken. Er wollte hören, was aus seinen Nachforschungen geworden war, ob er irgendwelche Beweise dafür gefunden hatte, daß Pietro stiehlt. Mauro kann Pietro auch nicht ausstehen«, fügte er hinzu und ließ nachdenklich den Whisky in seinem Glas kreisen. »Giancarlo sagte, ja, er hätte den Beweis. Er hätte sich mit einem Gehilfen aus dem Juweliergeschäft angefreundet, in dem Pietro neulich mit dem Rucksack verschwunden war. Nach ein paar Tagen – und wahrscheinlich nach einigen Flaschen Wein – hätte sich der Assistent bereit erklärt, ihm zu helfen und das Beweisstück aus dem Laden zu schmuggeln. Das war es, was Giancarlo mir in Sirmione zeigen wollte.«

Verwirrt sah ich ihn an. »Warum hat er die Verabredung dann nicht eingehalten?«

»Er hat es offenbar versucht, aber irgend etwas ging schief. Laut Mauro war dieser Gehilfe plötzlich überzeugt, daß sie beobachtet würden, und weigerte sich, das Beweisstück wie geplant auszuhändigen. Er bestand darauf, die Übergabe woanders abzuwickeln, an einem neutralen, sicheren Ort, und verfiel am Ende auf das Tragflügelboot. Alles sehr dramatisch und mysteriös«, seufzte Alex. »Sie hätten im letzten Moment an Bord springen müssen, sagt Mauro, um sicherzugehen, daß diese Person, die den Gehilfen erschreckt hatte, ihnen nicht folgen konnte.«

»Aber Giancarlo hat seinen Beweis schließlich bekommen?«

»Ja, dieses Päckchen dort.« Alex deutete mit dem Kopf auf den Schreibtisch. »Giancarlo hat Mauro gebeten, es für ihn aufzubewahren, weil er es nicht unnötig mit sich herumschleppen wollte und Angst hatte, etwas zu zerbrechen. Vielleicht hat er auch die Gefahr geahnt. Und dann ist er gegangen. Mauro hat ihm noch angeboten, ihn mit dem Laster hinauf nach Il Piacere zu fahren, aber Giancarlo lehnte ab. Der erste sonnige Tag nach all dem Regen – er wollte gern einen Spaziergang machen ...« Alex' Gesicht verdüsterte sich wieder, er hob das Glas zum Mund.

»Es tut mir so leid«, sagte ich. »Ihr wart euch sehr nahe, ja?«

»Wie Brüder.« Er sagte es mit einem ironischen Zucken um den Mund. »Es heißt, jede Familie hat ihren Fluch. Bei meiner ist es die Untreue der Väter. Die Affären meines Großvaters waren berühmt-berüchtigt, und mein Vater ... na ja, der Apfel fällt nicht weit vom Stamm. Giancarlos Mutter war eine wunderschöne Frau.«

Es dauerte einen Moment, bis ich begriff. »Oh«, sagte ich, weil ich nicht wußte, wie ich darauf reagieren sollte.

»Mein Vater hat sich nie zu ihm bekannt, aber der Verdacht kam mir irgendwann. Giancarlo hat auch etwas geahnt, glaube ich. Er war in mancher Hinsicht mehr ein D'Ascanio als ich – auch auf ihm lastete der Fluch.« Wieder das flüchtige Zucken um die Mundwinkel. »Aber davon abgesehen war er ein guter Mensch und ein guter Freund. Ja, wir haben uns nahegestanden.« Er sah zu der Schachtel auf dem Tisch. »Ich habe ihm unrecht getan. Ich dachte, er würde sich diese Geschichte mit Pietro nur einreden.«

»Pietro hat also wirklich etwas gestohlen?«

Anstatt zu antworten, stand Alex auf, holte die Schachtel und legte sie sorgsam auf den kleinen, runden Tisch neben meinem Sessel. Er löste das braune Papier, das nur mit einem Klebestreifen befestigt war, und hob den Deckel ab. Dann zog er aus einem Nest von Styroporflocken den »Beweis«, den Giancarlo dem Gehilfen des Juweliers abgerungen hatte: Es war ein Kelch – der byzantinische Kelch aus Alabaster und Gold, den Edwina mir in der Vitrine der Villa delle Tempeste gezeigt hatte.

Alex stellte ihn auf den Tisch, wo er wie ein Schatz aus dem Märchen funkelte, und sah mich an. »Wie du siehst, habe ich ein Problem.«

XVIII

Am nächsten Morgen platzte Daniela in mein Zimmer.

Ich hatte gerade meine Stimmübungen beendet, als ich hörte, wie die Tür zum Wohnzimmer aufging und wieder geschlossen wurde. Überrascht drehte ich mich um, weil normalerweise alle anklopften, und dachte schon, es wäre vielleicht die neue Haushälterin, Teresas Vertretung, die sich über das ungeschriebene Gesetz hinwegsetzte, als Daniela im Durchgang zum Bad auftauchte.

Sie zog ein ganz anderes Gesicht als noch vor einer Stunde beim Frühstück, wo sie die großäugige Unschuld gegeben hatte.

»Ich war natürlich vollkommen ahnungslos«, hatte sie Nicholas über den Tisch hinweg zugeflötet. »Als Alessandro gestern nacht zu mir kam« – eine winzige Pause mit bedeutungsvollem Blick zu mir – »und mir davon erzählte, konnte ich es nicht fassen, daß Pietro so etwas getan haben soll. Es ist schockierend, daß er quasi unter meinen Augen Dinge aus der Villa genommen hat, aber ich sehe ja nicht immer in die Schränke und kontrolliere, ob noch alles da ist, verstehen Sie. Zum Glück hat er nur den Kelch und eine kleine Schale mitgehen lassen, so wie es aussieht, und den Kelch haben wir wieder, Gott sei Dank.«

Ich strich weiter Marmelade auf mein Croissant und beobachtete Daniela mit demselben Gleichmut, wie ich meine Mutter auf der Bühne beobachtete. Wir waren zu viert am Frühstückstisch: Den, ich, Daniela und Nicholas. Madeleine und Poppy hatten offenbar schon gefrühstückt, denn ihre benutzten Teller standen noch da, und Rupert machte seinen Spaziergang. Alex war … irgendwo.

Obwohl ihr nicht das komplette Publikum zur Verfügung stand, hatte Daniela sich voll ins Zeug gelegt. Man hätte glauben können, Pietro habe sie im Schlaf ermorden wollen, statt lediglich einen Diebstahl zu begehen. »Noch nie ist so etwas auf einem unserer Anwesen vorgekommen. Dieser Pietro ist wirklich ein Scheusal!«

»Und jetzt ist er verschwunden?« fragte Den.

»Heute morgen, ja, bevor wir ihn stellen konnten. Alessandro denkt, dieser Juwelier in Sirmione hat bemerkt, daß der Kelch nicht mehr da ist, und Pietro gewarnt. Der Juwelier ist auch verschwunden, der Laden ist geschlossen.«

Ich fragte mich, was aus dem Gehilfen geworden war, der Giancarlo den Kelch zugespielt hatte. Hoffentlich lag er nicht ebenfalls irgendwo im Straßengraben ... Aber ich behielt meine Gedanken für mich, weil ich nicht wußte, ob Daniela über die ganze Geschichte im Bilde war. Schließlich hatte sie Giancarlo nicht ein einziges Mal erwähnt und war von Alex vielleicht nur über die schlichte Tatsache des Diebstahls informiert worden.

Den bemerkte, daß die Polizei nicht allzulange brauchen sollte, um einen derart häßlichen Vogel wie Pietro aufzuspüren, und Nicholas sagte: »Ich wette, er ist in Mailand untergetaucht, zusammen mit seiner Freundin, diesem Hausmädchen. Sie stecken bestimmt unter einer Decke.«

An dieser Stelle hatte ich mich zum erstenmal eingemischt. »Das glaube ich nicht. Alex meint, sie ist sehr gläubig.«

Nicholas reagierte mit einem Achselzucken. »Die meisten Menschen vergessen ihre Prinzipien, wenn es ums Geld geht.« Und weil ich unvorsichtigerweise Alex erwähnt hatte und er gern Zwietracht säte, fügte er hinzu: »Du scheinst viel Zeit mit unserem Signor D'Ascanio zu verbringen, Celia. Warst du zufällig auch der Grund, weshalb er gestern abend so spät zurückgekommen ist? Poppy hatte die verdammten Hunde bis kurz vor Mitternacht.«

Den kam mir unerwarteter- und galanterweise zur Hilfe, indem er das Gespräch mit einer Anekdote über Poppy und die Windhunde an sich riß, was mir Gelegenheit gab, meinen Kaffee auszutrinken und mich zu meinen Aufwärmübungen nach oben zurückzuziehen.

Doch er hatte mir nur eine vorübergehende Atempause

verschafft, denn jetzt stand Daniela plötzlich zornfunkelnd vor mir.

Einen Moment lang war ich so verdutzt über ihr dreistes Eindringen in meine Privatsphäre, daß ich sie nur wortlos anstarrte, während sie sich mit den Händen auf den Hüften vor mir aufbaute, als wäre ich der Eindringling.

»Sie waren letzte Nacht mit Alessandro zusammen«, fauchte sie.

Mein erster Impuls war, sie mit einem kräftigen Schimpfwort hinauszuwerfen, doch ich versuchte, ruhig zu bleiben, obwohl mein Blutdruck rapide anstieg. Jede Gefühlsregung aus meinem Gesicht verbannend, entgegnete ich kühl: »Ich kann mich nicht entsinnen, Sie hereingebeten zu haben.«

»Waren Sie bei ihm?«

»Hat er das gesagt?« Ich kehrte ihr den Rücken zu und suchte mit langsamen, beherrschten Bewegungen meine Kleider für die Probe zusammen.

Das gefiel ihr nicht. »Wenn Sie glauben, Sie können Ihr Spielchen mit mir treiben, wird Ihnen das noch leid tun. Ich habe Ihnen eine Frage gestellt ...«

»Und ich schlage vor, daß Sie Alex fragen.« Ich sah ihr ins Gesicht, mein Probenkostüm an meine Brust gedrückt. »Wenn Sie mich jetzt entschuldigen wollen, ich muß mich fertigmachen.«

Einen langen Augenblick glaubte ich, sie würde nicht weichen, doch schließlich warf sie den Kopf zurück und ließ mich vorbei. Ich ging zur Wohnzimmertür und öffnete sie demonstrativ.

Auf der Schwelle drehte sich Daniela noch einmal um. »Macht er Liebe mit Ihnen, mein Alessandro?«

Bestimmte Fragen, sagte Bryan immer, verdienten es nicht, durch eine Antwort gewürdigt zu werden.

Daniela zeigte ein Vipernlächeln. »Nein«, zischte sie, »das glaube ich nicht. Dazu braucht er eine Frau, kein kleines Mädchen.« Ihr Ton wurde überlegen. »Paß auf, mit wem du dich anlegst. Es könnte gefährlich für dich werden.«

»Ich habe keine Angst«, sagte ich.

»Dann bist du ein Dummkopf.« Damit verließ sie meine Suite und behielt wieder einmal das letzte Wort.

Verdammt, dachte ich. Warum fiel mir nie die richtige Retourkutsche ein? Wahrscheinlich würde ich abends im Bett oder in der Badewanne darauf kommen, wenn es längst zu spät war.

Seufzend wollte ich wieder ins Zimmer gehen, aber etwas hielt mich zurück.

Madeleine stand lächelnd in ihrer halb geöffneten Tür. »Ich habe Danielas Stimme gehört und dachte, du könntest vielleicht Hilfe gebrauchen.«

»Alles in Ordnung, danke.« Doch meine Stimme und mein Gesichtsausdruck mußten meine Worte Lügen gestraft haben, denn sie sah mich aufmerksam an.

»Hast du deine Aufwärmübungen schon beendet? Dann komm doch herein und leiste mir Gesellschaft, während ich mich fertigmache.«

Auf mein Probenkostüm deutend, sagte ich: »Ich muß mich noch umziehen.«

»Das kannst du auch hier drin machen«, lud sie mich ein und hielt die Tür auf. »Es ist genug Platz.«

XIX

Ich war zum erstenmal in Madeleines Zimmer, und ich sah sofort, wie gut es zu ihr paßte: Seine klare, harmonische Schönheit, der erlesene Geschmack, den jeder Winkel ausstrahlte. Dicke Teppiche bedeckten den Parkettboden, und die mit altrosa Brokatstoff bezogenen Wände gaben dem hellen Morgenlicht, das durch die Spitzengardinen vor der Balkontür fiel, eine weiche Note. Die Chaiselongue an der einen

Wand war als Bett für Poppy hergerichtet worden – Poppy hatte seit der Séance nicht mehr in ihrem eigenen Zimmer geschlafen –, und die blanken Nägel in dem rosa Brokat markierten die Stellen, wo die Fotos von Celia der Ersten gehangen hatten, ehe sie von Madeleine abgenommen worden waren.

»Ich muß nur noch ein wenig Make-up auflegen«, sagte Madeleine und ging nach nebenan ins Badezimmer. »Bin gleich wieder da.«

Als sie zurückkam, hatte ich bereits meinen Probenrock und die Bluse angezogen. Weil ich nicht wußte, wohin ich mich setzen sollte, war ich stehengeblieben und hatte mir die Einrichtung angesehen, als würde ich durch ein Museum wandern. Allerdings nahm ich nicht viel davon wahr, weil ich in Gedanken immer noch die Auseinandersetzung mit Daniela durchspielte. Madeleine sah es mir sofort an, als ich mich zu ihr umdrehte, obwohl ich mir eingebildet hatte, meine Züge gut unter Kontrolle zu haben.

»Meine Liebe, du darfst dir von der Schlange nicht das Leben schwermachen lassen.«

»Wie bitte?«

»Daniela Forlani. Sie will dich nur auf die Palme bringen, wie mein Großvater sagen würde.«

»Tja, das gelingt ihr ziemlich gut«, gestand ich.

»Frauen wie sie«, sagte Madeleine, »leben nur von ihrer Macht, ihrem Überlegenheitsgefühl. Du mußt den Spieß umdrehen und ihr zeigen, daß sie dir nicht das Wasser reichen kann.«

»Keine Chance«, lächelte ich schief. »Dazu bin ich nicht clever genug, mir fällt nie das Richtige ein.«

»Darling, das geht uns allen so. Ich bin genauso verloren, wenn man mir keinen Text in die Hand gibt. Aber es kommt nicht so sehr darauf an, was man sagt, als wie man es sagt. Das ist reine Schauspielkunst.«

»Ich bin nicht sicher, ob ich dich verstehe.«

Sie ging zum Toilettentisch, wählte ein Paar Ohrringe aus ihrer Schmuckschatulle und legte sie vor dem Spiegel an. »Du mußt dir einfach vorstellen, daß du … was weiß ich, eine Königin bist, zum Beispiel. Denk daran, wie eine Königin sich bewegt, wie sie ihre Hände hält, wie sie spricht. Und dann tust du so, als wäre die andere Person die niedrigste Dienerin in deinem Palast. Es ist alles eine Frage der Haltung«, erklärte sie. »Du könntest auch dastehen und gar nichts sagen und trotzdem die richtige Wirkung erzielen.«

»Ich werd's mal versuchen, wenn du meinst, es hilft.«

»Da bin ich ganz sicher.« Lächelnd wandte sie sich vom Spiegel ab. »Ich hatte in meinem Leben schon viele Zusammenstöße mit schwierigen Frauen.«

Sie meinte natürlich meine Mutter. Beschämt sah ich zur Seite und nahm ein kleines, gerahmtes Foto von Poppy zur Hand, auf dem sie mit ernstem Gesicht in ihrer Schuluniform posierte. »Du hast Poppy nicht gesagt, wessen Tochter ich bin.«

»Nein. Ich sah keinen Sinn darin. Poppy ist noch zu jung, um die Kompliziertheit von Erwachsenenbeziehungen zu verstehen. Ihre Welt ist schwarzweiß – sie liebt und sie haßt, und dazwischen gibt es nichts.«

»Sie haßt meine Mutter«, bemerkte ich.

»Ich weiß. Deshalb wollte ich nicht, daß sie dir mit Vorurteilen begegnet. Ich wollte, daß sie dich mag. Und das tut sie.«

Mit gesenktem Kopf stellte ich das Foto ab. »Ich mag sie auch.«

»Na, siehst du. Eines Tages wird Poppy alt genug sein um zu verstehen, daß du nichts für die Handlungen deiner Mutter kannst, ebensowenig wie Poppy für etwas verantwortlich ist, daß ich …«

»Aber ich kann etwas dafür.« Das Gewicht meiner Schuld war auf einmal so drückend, daß die Worte mit der Intensität einer Beichte aus mir herausstürzten. »Es war alles meine Schuld.«

»Celia, das ist doch nicht dein Ernst.«

»Doch. Ich habe meine Mutter provoziert, verstehst du. Ich habe gesagt, sie wäre eine miserable Schauspielerin im Vergleich zu dir.«

»Darling.« Madeleines Stimme klang sanft und tröstend.

»Ich hätte das niemals sagen dürfen. Ich habe gleich an ihrem Blick erkannt, daß es ein Fehler war, aber …«

»Celia«, unterbrach sie mich, »es war nicht deine Schuld. Die beiden hatten früher schon einmal etwas miteinander, lange vor meiner Zeit. Außerdem – wenn es nicht deine Mutter gewesen wäre, dann eben eine andere. Es gab viele andere. Er war mir nie treu.«

Verwirrt versuchte ich zu verarbeiten, was sie mir gerade gesagt hatte. Meine Mutter und Madeleines Mann … Rupert hätte doch sicher einmal erwähnt, daß sie schon früher eine Affäre miteinander gehabt hatten, vor dem großen Skandal, oder? Andererseits, welchen Grund hätte er gehabt, mir davon zu erzählen? Er hatte nie mit mir über die Liebhaber meiner Mutter gesprochen, so wie ich ihm nie von dem Streit und meinen Schuldgefühlen erzählt hatte.

»Hast du etwa all die Jahre geglaubt, du wärst daran schuld?« Madeleine kam auf mich zu, ihre großen Augen waren voll Mitgefühl. Sie schüttelte den Kopf und sagte etwas, das ich für ein Zitat aus einem Stück oder einem Gedicht hielt: »›Ach, daß die Schuld der Alten zur Last der Kinder wird.‹« Dann nahm sie mich in die Arme, als wäre ich nicht älter als Poppy, und strich mir über den Kopf. »Liebe Celia, es war nicht deine Schuld.«

Ich war nie besonders gläubig gewesen, jedenfalls nicht im strengen Sinne. Doch als ich dort in dem stillen Zimmer in ihrer mütterlichen Umarmung stand, fühlte ich mich, als wäre mir die Absolution erteilt worden.

FÜNFTER AKT

EIN STURM, MIT DONNER UND BLITZ

Sleep ...
Secure from human chance, long ages out,
While all the storms of fate fly o'er your tomb;

John Dryden,
»All For Love, Or The World Well Lost«

I

In der folgenden Nacht träumte ich lebhaft und unablässig. Ich wachte auf, drehte mich um und wurde in das nächste Traumgeschehen gezogen – eine Abfolge von unzusammenhängenden Geschichten, die im Laufe der Nacht immer abstruser und verwickelter wurden.

In einem der angenehmeren Träume ging ich mit Poppy spazieren, nur daß sie fast gleichaltrig mit mir war, eine hübsche junge Frau. Wir gingen einen gepflegten, von Kastanien gesäumten Weg in einem Park entlang, und plötzlich wurde der Weg zu einer goldenen Leiter und der Park zu einem riesigen Spielbrett, und wir schwebten Arm in Arm die Leiter hinauf. Poppy sah mich lachend an. »Ich habe mir schon immer eine Schwester gewünscht«, rief sie.

Doch wo es Leitern gibt, gibt es auch Schlangen. Im nächsten Traum zerrte mich meine Mutter an der Hand durch einen ähnlichen Park. Ich war noch klein, vielleicht vier oder fünf Jahre alt, und bemühte mich, Schritt zu halten. Dann stolperte ich, und meine Mutter ließ meine Hand los und eilte ohne mich weiter. Sie drehte sich nicht einmal um, und ich saß auf dem Weg und weinte herzzerreißend, bis sich Schritte näherten. Als ich hochsah, stand Edwina vor mir, aufrecht und kompromißlos. »Laß die Vergangenheit ruhen«, sagte sie. »Laß die Vergangenheit Vergangenheit sein.«

Dann, so merkwürdig und selbstverständlich zugleich, wie Träume nun mal sind, kam Celia die Erste in einem hellgelben Sommerkleid vorbei und hob mich lachend in ihre Arme. Sie trug mich davon und setzte mich als Erwachsene in meinem Schlafzimmer in Il Piacere wieder ab. Im Traum war ihre Stimme sanft und melodiös, fast singend. »Wirst du ihm sagen, daß ich nicht fortgelaufen bin?« fragte sie, als wollte sie mich an ein Versprechen erinnern. »Ich kann es nicht ertragen, daß er das glaubt. Es ist eine gemeine Lüge, denn ich liebe ihn. Sag ihm, daß ich ermordet worden bin. Sag ihm, daß ich immer noch hier bin.«

Immer noch hier ... Die Worte hallten durch das dunkle Zimmer, als ich erwachte. Auf dem Nachttisch zeigten die Leuchtziffern meines Weckers drei Uhr zweiundzwanzig an. Erschöpft wie eine Läuferin nach einer Marathonstrecke schaltete ich das Licht an, setzte mich auf und strich mir die feuchten Haare aus dem Gesicht.

Dann hörte ich die Stimme. Die Stimme einer Frau, kaum mehr als ein Murmeln, als würde jemand leise telefonieren. Sie schien aus dem Wohnzimmer zu kommen.

Ich dachte an Danielas Überfall vom Morgen und lauschte angestrengt. Es klang jedoch nicht nach Daniela, die Stimme war zu sanft und erinnerte eher an Madeleine. Aber was sollte Madeleine in meinem Zimmer machen, noch dazu mitten in der Nacht?

Mittlerweile hellwach warf ich meinen Morgenmantel über und ging durchs Badezimmer nach nebenan.

Es war niemand zu sehen.

Das Wohnzimmer war leer, bis auf meinen Schatten, den das Licht hinter mir riesengroß auf den Teppich warf. Das Murmeln hatte aufgehört, alles war still.

Stirnrunzelnd ging ich zurück, schloß die Tür und lehnte mich dagegen. Ich hörte ein leises Knarren, und dann begann ein Rohr in der Wand zu klopfen, und ich entspannte mich.

Dies war ein altes Haus, das nicht nur seine eigenen Geräusche hatte, sondern auch die der Bewohner auf seltsame Weise übertrug. Die Stimme war wahrscheinlich ein Echo aus Madeleines Zimmer gewesen, das irgendwie über den Flur gewandert war.

Das hielt mich jedoch nicht davon ab, die Tür zum Bad abzuschließen und mir die Decke über den Kopf zu ziehen, damit ich nichts mehr hörte.

Ich war froh, als es endlich hell wurde. Die Vögel übertönten mit ihrem jubelnden Morgengesang jedes andere Geräusch und flatterten derart lebhaft in den Bäumen um die Terrasse herum, daß ich mich dagegen ganz schlapp fühlte.

Als ich auf den Balkon hinaustrat, sah ich Rupert in Richtung des Obstgartens durch den Park gehen. Er schien langsamer zu laufen als sonst, mit gebeugtem Kopf und auf dem Rücken verschränkten Händen – eine einsame Gestalt. Wie ich ihn von dort oben so sah, kam er mir plötzlich sehr alt vor.

Mein Gewissen meldete sich. Ich zog mich schnell an und lief hinunter, um ihn einzuholen.

II

Von Rupert war natürlich nichts mehr zu sehen, als ich in den Park kam, aber ich wußte, welchen Weg er genommen hatte, und eilte ihm nach.

Die strahlende Sonne hatte mich zu der Annahme verleitet, es wäre warm, aber jetzt wünschte ich, ich hätte mir etwas Dickeres angezogen. Ein frischer Wind wehte, und als ich den Obstgarten erreicht hatte, waren meine Hände so kalt, daß ich kaum die Finger bewegen konnte. Ich rieb meine Arme, während ich nach Rupert Ausschau hielt und überlegte, wo er abgebogen sein mochte.

Es gab mehrere Möglichkeiten: Entweder war er nach rechts gegangen, durch einen der von Säulen getragenen Bögen, die einer römischen Ruine nachgebildet worden waren und dem Obstgarten zeitlose Friedlichkeit verliehen. Oder er war links dem Pfad gefolgt, der in den Wald führte. Er konnte auch geradeaus zur nächsten Terrasse hinuntergegangen sein, in den ordentlichen, geometrisch angelegten Rosengarten, Celias kleines Stück England. Die neu angelegten Beete waren inzwischen mit dornigen Sträuchern bepflanzt und von Lavendelbüschen eingerahmt worden. Dahinter war ein Weg zu erkennen, der an den Blutbuchen vorbei direkt zur Villa delle Tempeste führte.

Über den Baumwipfeln ragte ein Stück der verwaschenterrakottafarbenen Hausfront heraus, und obwohl die Fensterläden fest geschlossen waren, konnte ich mich des Eindrucks nicht erwehren, angestarrt zu werden. Ich fühlte mich ungeschützt und exponiert, von allen Seiten beobachtet, als würde jemand hinter der abgebrochenen Säule dort lauern oder hinter jener Hecke oder dieser efeubewachsenen Wand …

Alles nur Einbildung, sagte ich mir, ein Rest von Verfolgungswahn, nachdem ich den Zigarettenstummel am Sonntag abend beim Theater gefunden hatte. Doch das ungute Gefühl ließ sich dadurch nicht vertreiben.

So kam es, daß ich, als ich ein Rascheln im Gehölz hörte, nicht in der logischen Annahme, es wäre Rupert, darauf zuging, sondern mich in die entgegengesetzte Richtung wandte und dem schmalen Pfad zwischen den künstlichen Säulenruinen folgte.

Er führte in einen kleinen japanischen Garten mit kunstvoll beschnittenen Kiefern und hohen Bambusstauden ringsum. Mir war aufgefallen, daß die meisten Gärten im Park um einen Brunnen herum angelegt worden waren, doch hier gab es keinen Brunnen, zumindest nicht das, was man normalerweise darunter versteht. Statt dessen fing ein wippenartiger Bambustrog ein Rinnsal auf, das von einem überhängenden Felsen heruntertropfte: Wenn der Trog voll war, kippte er seinen Inhalt mit einem dumpfen Geräusch in einen kleinen Bach darunter aus und richtete sich anschließend laut klappernd wieder auf, um den Ablauf in ruhigem Takt von neuem zu beginnen.

Als ich den japanischen Garten durch einen Laubengang

verließ, der mit Ranken voller winziger weißer Blüten bewachsen war, folgte mir das Geräusch des Bambustrogs rhythmisch wie ein Metronom. Es war so hypnotisierend, daß ich ein anderes Geräusch anfangs damit vermischte, ein regelmäßiges Knacken, das mir folgte, als ich an duftenden Oleander- und Jasminbüschen vorbei zur nächsten geschützten Enklave weiterging, wo die Statue eines weinenden Mädchens Wasser in einen runden Teich unter immergrünen Büschen goß. Der Weg wurde hier feucht und ein wenig rutschig, da ein Ring aus Zedern den trocknenden Wind und die Sonne abhielt. Das Fehlen von Fußspuren sagte mir, daß nicht nur Rupert hier nicht entlanggekommen war, sondern auch sonst seit Tagen niemand.

Als ich stehenblieb und mich umsah, hörte das knackende Geräusch auf, wodurch es mir überhaupt erst zu Bewußtsein kam.

Ich wartete und lauschte der plötzlichen Stille.

Da das Knacken beim Stehenbleiben verstummt war, hatte ich es womöglich selbst verursacht, ohne es zu merken. Um meine Theorie zu testen, ging ich langsam weiter. Ein paar Schritte lang hörte ich nichts, dann fing das Knacken wieder an, als würde jemand schwer auf trockene Zweige treten, und diesmal konnte ich eindeutig feststellen, daß es aus der Richtung hinter mir kam.

Wieder blieb ich stehen und drehte mich um. »Hallo?« rief ich. »Ist da jemand?«

Nur der Wind und vereinzeltes Vogelgezwitscher antworteten. Der Weg hinter mir lag unschuldig leer und idyllisch da, doch wie zuvor im Obstgarten konnte ich beobachtende Augen auf mich gerichtet fühlen.

Trotzig hob ich mein Kinn. »Sie verschwenden Ihre Zeit. Ich habe keine Angst.«

Aber als das Geräusch von neuem anhob, flitzte ich los wie ein erschrecktes Kaninchen, knickte Zweige, die mir im Weg waren, und stolperte an der Stelle, wo der Pfad in einen gepflasterten Weg überging. Den Sturz auffangend rannte ich weiter, als wäre der Tod höchstpersönlich hinter mir her.

Hinter einer Biegung stieß ich mit einem Mann zusammen, der mich an den Armen festhielt, und wehrte mich heftig.

»Hey, langsam, langsam!« Dens Stimme. »Was ist denn los? Wo brennt's?«

Schwer atmend blickte ich mich um. Hinter mir war nichts, auch kein Geräusch mehr. Meine Feigheit machte mich jetzt verlegen. »Es ist nichts. Ich dachte, ich hätte etwas gehört dort hinten, aber ...«

»Du hast dich erschreckt, was?« Er ließ meine Arme los. »Ich kenne das, geht mir manchmal in diesem Park genauso. Komm, setz dich und verschnauf ein bißchen.«

Ich ließ mich von ihm zu einer niedrigen Steinmauer führen, die den Weg an dieser Stelle einfaßte. Eine dichte Eibenhecke in meinem Rücken vermittelte ein wenig Sicherheit und Geborgenheit.

Den setzte sich neben mich und betrachtete mich von der Seite. »Willst du meine Jacke haben? Es ist ziemlich kalt heute morgen.«

»Nein, danke.«

Er zog sie trotzdem aus. »Hier, nimm sie«, riet er. »Du frierst dich sonst zu Tode.«

»Wirklich, Den ...«

»Okay, ich kann's mir nicht leisten, daß du dir einen Schnupfen holst, klar? Wir haben keine zweite Besetzung, wie du weißt. Zieh sie an.«

Ich schlüpfte in die Jacke, in der ich versank wie ein Kind beim Verkleidenspielen. Aber mir wurde sofort wärmer. »Was machst du so früh hier draußen?« fragte ich.

»Bin auf der Suche nach Rupert. Ich wollte etwas mit ihm besprechen, und weil ich weiß, daß er gern vorm Frühstück eine Runde durch den Park dreht ... Aber er ist nicht leicht zu finden.«

»Wem sagst du das. Er war auf dem Weg zum Obstgarten, als ich ihn zuletzt sah, aber weiß der Teufel, wohin er von dort aus gegangen ist. Wahrscheinlich sitzt er längst wieder zu Hause und fragt sich, wo *wir* sind.«

»Wahrscheinlich.« Den verschränkte die Arme vor der

Brust, als wäre ihm selbst kalt, aber er beklagte sich nicht. Er ließ den Blick ringsum schweifen und fragte: »Was meinst du, wie viele Gärtner nötig sind, um all das hier in Schuß zu halten?«

Ich hatte nicht den blassesten Schimmer. »Jedenfalls sind es nicht mehr so viele wie früher. Edwina fand, daß die Gärten ziemlich vernachlässigt sind.«

»Stimmt, das sehe sogar ich, obwohl ich kein Gärtner bin. Ich habe noch nicht mal den Rasen gemäht, als ich einen hatte. Den größten Teil meines Lebens habe ich in Mietwohnungen gewohnt – jetzt auch wieder. Meine geschiedene Frau hat das Haus mit dem Rasen behalten.« Er sagte es ganz beiläufig, aber ich hörte aus seinem scherzenden Ton eine Spur von Enttäuschung heraus, als hätte er die Scheidung nicht wirklich gewollt. Vielleicht sehnte er sich manchmal nach dem Haus mit Garten, nach einer Frau, einer Familie ...

Neugierig sah ich ihn an. »Hast du eigentlich Kinder, Den?«

Seine Augenbraue schoß in die Höhe. »Warum fragst du das?«

»Ach, ich weiß nicht. Du kannst so gut mit Poppy umgehen, deshalb dachte ich ...«

»Na ja, Poppy ist ja auch ein tolles Kind«, sagte er mit einem lässigen Achselzucken. »Es macht Spaß, mit ihr zusammenzusein.«

»Das scheint auf Gegenseitigkeit zu beruhen. Sie findet dich auch ziemlich toll.«

»Wirklich? Hat sie das gesagt?«

Er sah so erfreut aus, daß ich mich an ihre Worte zu erinnern versuchte. »Sie sagte, sie mag dich, und daß du nicht wie die anderen bist.«

»Wie welche anderen?«

Zu spät erkannte ich meinen Fehler. »Wie die anderen Verehrer ihrer Mutter.«

Es entstand ein kurzes Schweigen, während er die Antwort verdaute. Dann lächelte er. »Verstehe«, sagte er nur, ohne etwas zu bestreiten oder zu bestätigen.

»Sie hat sich nicht wortwörtlich so ausgedrückt, weißt du. Sie sagte etwas über Nicholas und daß du anders bist, viel netter.«

»Also, das versteht sich ja wohl von selbst.« Sein Lächeln wurde großspurig. »Jeder Mensch mit Geschmack würde mich netter finden.«

»Soll ich das Nicholas erzählen?«

Mit erneutem Achselzucken antwortete er: »Von mir aus. Sein Ego ist so ausgeprägt, daß ihn das kaum erschüttern würde.« Dann, als hätte er gemerkt, wie undiplomatisch es war, mit einem Mitglied des Ensembles über ein anderes zu lästern, kam er wieder auf Poppy zurück. »Jedenfalls bin ich froh, daß Poppy mich mag. Es würde mich ganz schön fuchsen, wenn ich mich umsonst bei diesem Schlangengrubenspiel von ihr hätte demütigen lassen.«

»Du hast also mit Absicht verloren?«

»Klar.« Er grinste mich an, und sein Blick fiel auf meinen Hals. »Hey, du verlierst gleich deine hübsche Kette.«

Ich tastete nach dem offenen Verschluß der Kette mit dem Engelsanhänger und schloß ihn schnell. »Danke. Ich muß beim Laufen irgendwo hängengeblieben sein. Ein Glück, daß du es bemerkt hast – ich wäre todtraurig gewesen, wenn ich sie verloren hätte. Bryan hat sie mir gerade erst zu meinem Geburtstag geschenkt. Sie ist von Tiffany.«

»Na, der einundzwanzigste Geburtstag ist ja auch etwas Besonderes, stimmt's?«

»Ich bin schon zweiundzwanzig.«

Das schien ihn zu überraschen. »In meinen Unterlagen steht aber einundzwanzig. Und ich könnte schwören, daß Rupert gesagt hat ...« Er unterbrach sich und lauschte.

Ich hörte es auch – ein fröhliches Pfeifen aus der Richtung, aus der ich gekommen war. Die Melodie war mir vertraut, und ich drehte mich erwartungsvoll um, als Rupert auch schon mit seinem typisch energischen Schritt auftauchte. Kaum hatte er uns entdeckt, ging er langsamer, und das Pfeifen erstarb auf seinen Lippen. Ich kannte ihn gut genug, um selbst aus der Entfernung zu erkennen, daß ihm nicht gefiel, was er sah: Den und ich in trauter Zweisamkeit in einem verschwiegenen Winkel des Parks, und ich noch dazu mit Dens Jacke.

»Guten Morgen«, sagte ich. »Wir haben nach dir gesucht.«

»Ach ja?« Er baute sich vor uns auf und sah vom einen zum anderen.

»Ja. Ich habe dich beim Obstgarten verloren«, erklärte ich. »Dann bin ich ein bißchen herumgeirrt und auf Den gestoßen.«

»Im wahrsten Sinne des Wortes«, warf Den ein. »Hast du deinen Morgenspaziergang beendet, Rupert? Wenn du jetzt kurz Zeit hättest, würde ich gern einen Termin für das nächste Produktionsmeeting festlegen. Ich soll heute morgen den Beleuchtungsmenschen anrufen.«

»Ja, sicher«, sagte Rupert und sah auf die Uhr. »Es ist sowieso fast acht – wir sollten zurückgehen und frühstücken.«

Den zog eine Grimasse beim Aufstehen. »Hoffen wir, daß es besser ist als gestern.«

»Du vermißt Teresa, was?« neckte ich ihn.

»Das kann man wohl sagen. Diese neue Köchin brät die reinsten Gummieier.«

Rupert mußte grinsen. »Kopf hoch. Teresa kommt bestimmt bald wieder. Wenn sie erst einmal die Beerdigung überstanden hat ...«

»Wann ist denn die Beerdigung?« unterbrach ich.

»Heute nachmittag, glaube ich. Warum, überlegst du etwa, hinzugehen?«

»Um Himmels willen, nein, ich hasse Beerdigungen. Ich wollte es nur wissen.« Alex würde ganz sicher hingehen, und Daniela würde ihn wahrscheinlich begleiten. Sie schien ihren Besitzanspruch seit Montag abend verstärkt geltend gemacht zu haben, denn ich hatte Alex am Vortag nur beim Abendessen zu Gesicht bekommen, und da war er wieder sehr höflich und zurückhaltend gewesen.

»... wirklich eine Schande«, beendete Rupert gerade eine Bemerkung, die ich nicht mitbekommen hatte.

Schuldbewußt riß ich mich aus meinen Tagträumen, aber er hatte nicht zu mir gesprochen.

Den nickte weise. »Das zeigt nur mal wieder, daß man nie weiß, was das Morgen bringt.«

Ich vertrieb Alex aus meinen Gedanken, zog Dens Jacke gegen den auffrischenden Wind enger um mich und trottete hinter den beiden Männern her.

III

»Verdammtes Scheißwetter«, beschwerte sich Nicholas und ging zum Bühnenrand, um durch die vom Dach herunterstürzenden Wasserkaskaden finster in die nasse Landschaft zu blicken.

Eine volle Woche ging das jetzt schon so: kühle Tage und Nächte mit immer wieder von neuem einsetzenden heftigen Regenfällen. Rupert, dem viel daran gelegen war, uns endlich vom Probenraum auf die Bühne zu bringen, hatte die ganze Zeit auf besseres Wetter gehofft, und als dieser Morgen mit Sonnenschein und nur vereinzelten Wölkchen einen schönen Tag versprach, hatte er uns sofort zu Galeazzos Amphitheater gelotst.

Doch gegen elf war plötzlich ein Gewitter mit strömendem Regen aufgezogen, der die grünen Hügel im Umland in einen dichten Urwaldnebel hüllte. Das hinderte uns zwar nicht am Proben, denn das Dach über der Bühne und den ersten Zuschauerreihen war groß genug, um ausreichend Schutz zu bieten. Aber das ständige Donnern verlieh der ruhigen, ergreifenden Szene, die wir gerade spielten, eine unpassende Dramatik, und der kühle Wind, der immer wieder in meine Röcke fuhr, erschwerte die Konzentration.

Nach fast zwei Wochen freien Sprechens ohne Textbuch hatte ich mein Selbstvertrauen zurückgewonnen, doch an diesem Morgen mußte ich wieder um Soufflierhilfe bitten. Was allerdings nicht allein meine Schuld war. Wir probten Szenen aus dem zweiten Akt, mit langen Dialogen zwischen Nicholas und mir: Ich war mit Hilfe des Mediums für eine kurze Stunde wieder mit meinem Mann vereint, und wir sprachen über seinen Tod, das Jenseits, Moral und Unmoral des Krieges … Der Dialog, ob von Sophokles abgeschrieben oder nicht, war sprachlich ein Genuß und reich an Gefühlen, doch Nicholas hatte die unglückliche Angewohnheit, seinen Text nach Belieben abzuwandeln, was mich nicht nur verwirrte, sondern auch meine Zeilen oft unstimmig klingen ließ und die Anschlüsse verdarb.

Normalerweise machte Den sich einfach eine Notiz für später, wenn einer von uns seinen Text nicht richtig parat hatte, und die Probe lief ungestört weiter. Rupert unterbrach nur selten mitten im Spiel, um uns zu korrigieren. An diesem Morgen aber erlebte ich zum erstenmal, daß er die Geduld verlor.

In Einklang mit dem Wetter hatte er eine Weile in brütender Stille zugesehen, um dann beim ersten Donnerkrachen ebenfalls zu explodieren. Zumindest kam es mir wie eine Explosion vor, weil ich ihn erst wenige Male so gereizt gesehen hatte, während Den und Nicholas den Ausbruch wohl eher zahm fanden: Er warf den Stift auf das Klemmbrett mit dem Manuskript, gab schroff die Anweisung, Pause zu machen, und schmetterte, als er aufstand, das Klemmbrett auf die Sitzreihe vor ihm. Dann schritt er den Gang zwischen den Reihen hinauf und blieb unter dem überhängenden Dach stehen, die Hände auf dem Rücken verschränkt.

Wohl wissend, daß er sich auf diese Weise abzuregen versuchte, sagte ich nichts und nutzte statt dessen die Gelegenheit, meine verspannten Schultern zu lockern. Nicholas war an den Bühnenrand gegangen, um eine Zigarette zu rauchen.

Ohne Madeleine herrschte stets eine andere Stimmung bei den Proben. Sie brauchte an diesem Morgen nicht dabeizusein, weil sie in den Szenen, an denen wir arbeiteten, keinen Auftritt hatte. Manchmal wurden wir alle drei gebraucht, manchmal nur Madeleine und ich, so daß die anderen beiden ab und zu eine Probenpause hatten, während ich ständig anwesend sein mußte.

Trotzdem war ich immer noch besser dran als Rupert und Den, die sich zusätzlich an manchen Abenden mit den Technikern und Bühnenbildnern treffen mußten, um die Abläufe der Inszenierung zu koordinieren. Sie hatten auch am Abend zuvor eine Besprechung gehabt, die bis in die frühen Morgenstunden gedauert hatte, und die Anstrengung war Den heute vormittag deutlich anzusehen.

Normalerweise pflegte er uns in der Pause durch Pfeifen oder Witzeerzählen zu unterhalten, doch diesmal blieb er still auf seinem Sitz und machte sich Notizen, die Füße auf das Geländer vor der Bühne gestemmt.

Die Bühne sah nicht viel anders aus als an meinem ersten Tag, nur daß jetzt die Requisiten aufgestellt worden waren: Stühle und ein Tisch unter einer phantastischen, originalgetreu nachgebildeten Gaslampe mit einem roten Glasschirm, die wie ein kostbares Juwel von der Decke hing.

Ich bewunderte sie gerade eingehend, als ich Rupert durch den Gang zurückkommen hörte.

»Nicholas«, sagte er, »kann ich dich bitte kurz sprechen.«

Ich kannte diesen Ton und wußte, daß er Ärger bedeutete. Zwar hätte ich gerne zugehört, wie Nicholas eins aufs Dach bekam, aber ich beschloß, lieber für ein paar Minuten in Deckung zu gehen. »Ich verschwinde mal kurz«, sagte ich zu Den und deutete auf den Gang, der hinter die Bühne führte. »Bin gleich zurück.«

»Ja, klar, kein Problem.« Als ich die Bühne verlassen hatte, rief er mir nach: »Aber sieh dich vor, wenn du das Wasser aufdrehst bei diesem Gewitter. Halte die Hände nicht zu lange unter den Hahn.«

»Okay, wird gemacht.«

»Und paß auf, wo du hintrittst. Die Arbeiter sind noch nicht ganz fertig dort.«

Seine Fürsorglichkeit wurde langsam so lästig wie Ruperts, aber da Samstag in einer Woche schon Premiere sein sollte, gehörte es wohl zusehends zu seinem Job, über uns zu wachen. Wenn einer von uns Schauspielern krank wurde oder sich verletzte, bedeutete das im besten Fall Terminverschiebungen und verminderte Einnahmen für Alex.

Der Gang war dämmerig und wurde nur von dem wenigen Tageslicht erhellt, das von der Bühne hereinfiel. Eine einzelne Wandleuchte am anderen Ende zeigte mir einen groben, sich abwärts neigenden Betonboden, der mehrere Meter unter die ersten Sitzreihen des Theaters führte. Der Durchgang endete in einem breiten, halbkreisförmig dem Bühnenrund folgenden Korridor mit rosafarben gestrichenen Wänden.

Wie ich von Alex wußte, handelte es sich immer noch um den ursprünglichen Anstrich. Rosa war offenbar die Lieblingsfarbe Celias der Ersten gewesen.

Der Waschraum mit den Toiletten war ebenfalls in Rosa gehalten und mit goldgerahmten Spiegeln über zwei modernen Waschbecken auf Sockeln geschmackvoll restauriert. Ich trödelte so lange wie möglich dort herum, wusch mir aber eingedenk Dens Warnung nur kurz die Hände. Plötzlich – ich betrachtete gerade mein Spiegelbild und probierte verschiedene Mimiken aus – erhaschte ich aus dem Augenwinkel eine Bewegung.

Hastig drehte ich mich um, aber da war nichts zu sehen. Ich war allein im Waschraum. Doch als einen Moment später ein Donner loskrachte und die Lichter ausgingen, stürzte ich zur Tür, als wäre eine ganze Armee von Geistern hinter mir her.

Der Gang lag ebenfalls im Dunkeln, bis auf das wenige, gefilterte Tageslicht am anderen Ende, das allerdings genügte, um hinauszufinden. Das heißt, ich hätte hinausgefunden, wenn ich nicht unversehens von blankem Entsetzen gelähmt worden wäre, weil ich das Gefühl, nein die Gewißheit hatte, daß ich nicht allein war.

Kein eingebildetes Gespenst diesmal, sondern ein lebendiger, atmender Mensch. Dicht hinter mir. Ich bildete mir den Luftzug, die fremde Körperwärme und den leichten Schweißgeruch genausowenig ein wie das Prickeln, das meine Wirbelsäule hinaufstieg und sich als Eisklumpen im Nacken festsetzte. Ich konnte mich immer noch nicht bewegen.

Vom Eingang rief Dens Stimme: »Celia?«

»Hier! Ich bin hier unten!« wollte ich schreien, doch meine Stimmbänder verweigerten ihren Dienst.

»Celia?« Er war jetzt unten im Gang. Ich konnte seinen Umriß erkennen, grau und schemenhaft in dem dämmerigen Licht und noch sehr weit weg. Er hatte eine Taschenlampe, richtete ihren Strahl auf den Boden. »Alles in Ordnung?«

Wieder erwärmte sich die Luft hinter mir von einem Atemzug, und mit einer gewaltigen Anstrengung riß ich mich aus meiner Erstarrung und lief auf Den zu.

Zum zweitenmal innerhalb weniger Tage rannte ich ihn fast über den Haufen. Nur daß ich mich diesmal nicht wehrte, sondern meine Arme um seinen Hals schlang und mich an ihn drückte.

»Hey!« machte er überrascht. Manche Männer hätten die Umarmung vielleicht mißdeutet, aber nicht Den. Er nahm mich in die Arme und streichelte mir tröstend über den Rücken. »Ist ja gut, du brauchst keine Angst zu haben. Der Sturm hat irgendwo eine Stromleitung gekappt und ...«

»Da ist jemand«, flüsterte ich in sein Hemd.

»Was? Wo denn?«

»Vor dem Waschraum. Ein Mann, glaube ich. Er stand direkt hinter mir.«

Er richtete die Taschenlampe auf den Gang und durchleuchtete die Dunkelheit nach allen Seiten. »Nichts zu sehen.«

Immer noch an ihn geklammert drehte ich mich um, und in diesem Moment gingen die Lampen im Korridor flackernd wieder an und beleuchteten nichts als rosa Wände und kahlen Betonboden.

»Siehst du?« sagte Den. Er hob mit der freien Hand mein Kinn an und drückte mir einen beruhigenden Kuß auf die Stirn. »Niemand da. Du hast bloß Gespenster gesehen.«

Ein Hüsteln unterbrach ihn.

Rupert stand in der Mitte des Gangs und starrte uns ausdruckslos an. Es war absolut nichts Sexuelles an der Art, wie Den mich hielt – ich hätte ein Kind sein können, so jung wie Poppy oder noch jünger –, aber aus Ruperts Position war das nicht zu erkennen.

Über uns grollte das Gewitter weiter, und ich spürte, wie die Spannung zwischen den beiden Männern mich in ihrem Kraftfeld gefangenhielt. Dann sagte Rupert schlicht: »Wenn ihr fertig seid ...«

Ohne ein weiteres Wort drehte er sich um und ging zurück zur Bühne.

IV

»Ja, ich weiß, aber ...« Ein Lastwagen polterte vorbei, und ich drückte den Hörer an mein Ohr und versuchte den Straßenlärm vor der Telefonzelle zu übertönen, während ich die Vermittlung bat, die Nummer erneut anzuwählen. »Nur noch einmal, bitte. Er ist immer zu Hause um diese Zeit.«

Seufzend fügte sich die Frau meinem Wunsch.

Ich wußte, daß man nach Bryans Tagesablauf die Uhr stellen konnte: Er ging immer zu Fuß vom Büro nach Hause und betrat die Wohnung genau zehn Minuten vor sieben; um zehn nach sieben saß er mit einer Flasche Bier in der Hand in seinem Lieblingssessel und überlegte, was er zum Abendessen machen sollte. Auch wenn er auswärts aß oder etwas anderes vorhatte, ging er nie vor acht Uhr weg. Was bedeutete, daß er jetzt um halb acht in seinem Sessel neben dem Telefon sitzen und sein Bier austrinken sollte.

Es läutete und läutete am anderen Ende, bis mir die Vermittlung sagte, ich solle es aufgeben. Sie drückte sich natürlich höflicher aus, aber ich hörte die Entschiedenheit in ihrer Stimme und widersprach nicht.

»Okay«, sagte ich. »Vielen Dank.« Ich legte auf und verließ enttäuscht die Zelle.

Das war einfach nicht mein Tag, entschied ich. Die Probe war am Nachmittag trotz Madeleines Gegenwart nicht besser verlaufen als am Morgen. Das Wetter hatte sich zwar aufgehellt, nicht aber Ruperts Stimmung, und als wir endlich Schluß machten, waren alle ein wenig gereizt. Es hatte mir den ganzen Tag auf den Nägeln gebrannt, ihm zu sagen, daß nichts zwischen Den und mir vorgefallen war, doch in diesem Zustand brauchte ich gar nicht erst mit ihm zu reden. Er hätte mir sowieso nicht zugehört. Der einzige Mensch, der ihn bei mieser Laune zu nehmen wußte, war meilenweit weg in London und ging nicht ans Telefon.

Mein erster Gedanke war gewesen, Bryan eine Mail zu schicken und ihn zu bitten, Rupert anzurufen und mit ihm zu sprechen, aber ich hatte Alex nicht finden können und wollte seinen Computer oder sein Telefon nicht in seiner Abwesenheit benutzen. Und der Apparat in der Stanza d'Arazzo war ständig von jemand anderem in Beschlag genommen.

Also war ich zu dieser Telefonzelle am Fuß des Hügels gegangen, wo die Serpentinenstraße nach Il Piacere auf die stark befahrene Hauptstraße des Ortes traf.

Der kleine Spaziergang wäre ganz angenehm gewesen, wenn es nicht auf halbem Weg angefangen hätte zu regnen und ich nicht an der Stelle vorbeigemußt hätte, an der Giancarlo gestorben war. Der Regen hatte aufgehört, während ich in der Telefonzelle war, doch kaum war ich draußen, fing er wieder an, kälter noch und so stark, daß ich die Kapuze meiner Regenjacke überziehen mußte.

Auf der anderen Straßenseite küßten sich ein Mann und eine Frau leidenschaftlich im Schutz eines überdachten Hauseingangs. Zuerst war es vor allem Neid, was mich hinsehen ließ, weil sie offensichtlich glücklich verliebt und im Trockenen waren, während ich pudelnaß wurde und mich elend fühlte. Auf den ersten, oberflächlichen Blick folgte jedoch ein zweiter und das vage Gefühl, die beiden von irgendwoher zu kennen. Ich konnte zwar nicht viel von dem Paar sehen, denn der Mann stand mit dem Rücken zu mir und verdeckte mit seinem breiten Rücken den größten Teil der Frau. Aber er hatte eine herzförmige kahle Stelle in seinen dunklen Haaren, und als die Frau sich bewegte und ihren Kopf hob, hatte ich Gewißheit.

Danielas Verehrer aus Venedig war jetzt also in Mira. Ich hatte sie schon für reichlich tollkühn gehalten, weil sie direkt unter Alex' Nase mit Nicholas herumflirtete, doch sie liebte anscheinend das Risiko. Die Versuchung war groß, zu winken und hallo zu rufen, damit sie wußte, daß ich sie gesehen hatte, aber das Wasser drang schon durch meine Schuhsohlen, und im Grunde fand ich es nicht der Mühe wert.

Ich drehte mich um und begann mit eingezogenem Kopf den Hügel hinaufzustapfen, wobei ich mich dicht an der Hecke hielt, um nicht überfahren zu werden. Nur zwei Autos kamen vorbei, doch jedesmal traf mich eine aufspritzende Wasserfontäne in die Seite. Niedergeschlagen und durchweicht patschte ich zu dem großen, schmiedeeisernen Tor hinauf und drückte den Knopf an der Sprechanlage.

Die Haushälterin in Vertretung antwortete. Sie klang mißtrauisch, und da sie kaum Englisch sprach und mein Name ihr nichts sagte, machte sie einfach nicht auf. »No, no«, krächzte sie durch den Lautsprecher und unterbrach die Verbindung.

»Herrgott noch mal!« Ich klingelte erneut.

»No, no«, sagte sie wieder, als müßte sie einen lästigen Vertreter verscheuchen, und war weg.

»Ich glaub es einfach nicht.« Es regnete inzwischen noch stärker, und wenn ich meinen Kopf bewegte, rann das Wasser von der Kapuze meinen Hals hinunter. Ich drückte mit einem Nachdruck auf den Klingelknopf, der die arme Frau wohl vollends verschreckte, denn es dauerte eine ganze Weile, bis sich wieder jemand meldete. Eine andere Stimme fragte: »Celia? Bist du das?«

Alex. Gott sei Dank. »Ja. Laß mich rein.«

»Wo warst du denn bloß? Wir haben dich ...«

»Alex«, unterbrach ich ihn, »es schüttet. Mach mir einfach auf.«

Das Schloß klickte, und das Tor schwang auf. »Geh nicht die Haupttreppe rauf, die Stufen sind sehr schlüpfrig«, warnte er. »Komm über die Terrasse.«

Er verließ sich nicht darauf, daß ich seinen Rat befolgen würde, sondern kam mir mit einem Schirm entgegen. Ich muß einen schönen Anblick geboten haben, denn die Besorgnis in seinen Augen verwandelte sich sofort in leise Belustigung. »Wo warst du?« wiederholte er und hielt den Schirm über mich, während wir an der Garage vorbei zur Rückfront des Hauses gingen.

»In der Telefonzelle.«

»Telefonzelle?« Er hob die Augenbrauen. »Wieso das denn? Es gibt doch im Haus Telefone.«

»Eine lange Geschichte. Außerdem hätte ich nicht gehen müssen, wenn du irgendwo aufzutreiben gewesen wärst, also könnte ich genausogut fragen, wo *du* die ganze Zeit ...«

»In Mailand«, antwortete er bewundernswert ruhig angesichts meines Ausbruchs. »Ich hatte dort etwas zu erledigen.« Er warf mir einen entschuldigenden Seitenblick zu, als wir die Terrassentreppe hinaufstiegen. »Ich muß an dir vorbeigefahren sein. Bin selbst gerade erst zurückgekommen.«

Wenigstens hatte er mich nicht naßgespritzt, denn die Wagen der beiden Rüpel waren ganz andere Modelle gewesen als die, die ich in Alex' Garage gesehen hatte. Ein wenig besänftigt sagte ich: »Da war ich wahrscheinlich noch in der Telefonzelle, so daß du mich nicht sehen konntest.«

Ich schlitterte über die Terrasse und blieb in der Tür stehen, während er den Schirm ausschüttelte und nach meiner Regenjacke griff. »Ich hänge sie zum Trocknen auf«, sagte er.

Im selben Moment hörte ich Gelächter aus dem Eßzimmer. Gelächter! Und Ruperts Stimme war auch darunter. Das ist nicht gerecht, dachte ich. Da hatte ich eine Lungenentzündung riskiert, um Rupert aufzuheitern, und dabei war er schon wieder bester Dinge.

Neues Gelächter, noch lauter diesmal. Ich machte mich finster auf den Weg nach oben, um die nassen Sachen loszuwerden.

»Celia!« rief Rupert, als ich an der offenstehenden Eßzimmertür vorbeihuschen wollte. »Du kommst gerade richtig. Guck mal, wer da ist.«

Ich guckte.

Der Mann neben ihm betrachtete mich grinsend von oben bis unten. »Engelchen, du siehst aus, als müßte dich jemand mal kräftig in die Arme nehmen«, sagte Bryan.

V

»Ich mag deinen Alex.« Bryan war auf meinen Balkon getreten, um die nächtliche Szenerie zu genießen, und seine Stimme drang durch die offene Tür zu mir.

Inständig hoffend, daß sich niemand auf der Terrasse unten aufhielt, sagte ich: »Er ist nicht mein Alex.«

»Wem er auch gehört, er ist jedenfalls in Ordnung. Sieh dir nur mal diesen See an, einfach phantastisch«, schwärmte er, als er wieder hereinkam und die Balkontür hinter sich schloß. »Nur'n bißchen kalt. Hätte ich nicht erwartet, um diese Jahreszeit in Italien. Warum hast du mich nicht vorgewarnt?«

»Ha, ha, ich wußte ja nicht, daß du kommst.«

»Stimmt. Ich wußte es bis gestern selbst noch nicht«, räumte er ein. »Zumindest war ich nicht sicher. Es war unglaublich schwierig, einen Flug zu bekommen.«

»Alex hat mit dir unter einer Decke gesteckt, oder?«

»Von Anfang an.« Er setzte sich aufs Bett und grinste immer noch wie ein Honigkuchenpferd über die gelungene Überraschung. »Es war sein Vorschlag, daß ich hier im Haus wohnen soll. Ich hatte ihm letzte Woche eine Mail geschrieben und ihn gebeten, mir ein Hotel in Mira zu empfehlen, aber er wollte nichts davon wissen. Er ist wirklich ein netter Kerl. Meinen Segen hast du.«

»Vielen Dank«, erwiderte ich trocken. »Aber er ist schon vergeben.«

»Abwarten.«

»Was soll das heißen?«

»Es heißt, daß ich Augen im Kopf habe, Engelchen. Ich habe schließlich beim Abendessen zwischen euch gesessen, erinnerst du dich?«

»Na und?«

»Wenn ihr beide zehn Jahre jünger wärt, hätte ich euch wegen unanständigen Benehmens auf eure Zimmer geschickt.«

Ich zog die Beine an und lehnte mich mit dem Rücken gegen das Kopfbrett. »Bryan, übertreib nicht so.«

Er zuckte nur die Achseln und wechselte das Thema. »Also, was hat Ru angestellt, das dir solche Sorgen macht?«

Seufzend strich ich meine Haare zurück und versuchte, es ihm zu erklären. Ich erzählte, was am Morgen passiert war, wie ich aus Angst vor dem Unbekannten in Dens Arme gerannt war und Rupert falsche Schlüsse daraus gezogen hatte. »Ich weiß nicht, er war schon die ganze Woche so komisch, und dann hat Nicholas ihn während der Proben ständig geärgert. Daß er mich mit Den gesehen hat, war nur der letzte Tropfen, der das Faß zum Überlaufen brachte. Aber ...«

»Aber?«

Ich blinzelte ein paar Tränen weg und war froh, jemanden bei mir zu haben, der verstand, wie verletzend Ruperts Mißbilligung für mich war. »Er hat mich mit diesem Blick angesehen ... du weißt schon, dieser Blick, den er immer hat, wenn er furchtbar enttäuscht ist. Und er hat mich noch nicht mal erklären lassen ...«

»Ach, Engelchen.« Er kam zu mir, legte einen Arm um meine Schultern und drückte mich an sich. »Wein doch nicht, das kriegen wir schon wieder hin.«

Ich weinte gar nicht, nicht wirklich. Schniefend sagte ich: »Es ist überhaupt nichts zwischen mir und Den.«

Bryan legte sein Kinn auf meinen Kopf. »Ich rede mit ihm«, versprach er. »Laß dir deswegen keine grauen Haare wachsen.«

»Danke.« Ich seufzte erneut, der kleine Stoßseufzer eines getrösteten Kindes. »Bryan?«

»Ja?«

»Ich bin froh, daß du hier bist.«

Sein Kinn bewegte sich, und ich wußte, daß er lächelte. »Ich hab mich allmählich ganz schön einsam gefühlt in der Wohnung, das kann ich dir sagen. Und Fertigfraß krieg ich auch nur eine begrenzte Zeit runter.« Er rückte ein Stück von mir ab und sah sich ausgiebig im Zimmer um. »Tolle Bude übrigens. Ich hätte schon viel früher kommen sollen.«

Ich folgte seinem Blick. »Ja, es ist wirklich nicht übel.«

»Verdammt elegant.« Er deutete mit dem Kopf auf das Porträt überm Bett. »Und das ist die berühmte Dame höchstpersönlich?«

»Celia die Erste, ja.« Ich verdrehte den Hals und sah hinauf. »Sie ist sehr schön, nicht wahr?«

»Sieht traurig aus, würde ich sagen.«

Ich betrachtete das Bild nachdenklich und sah es ebenfalls: die Schatten in den großen, blauen Augen, das fast wehmütige Lächeln. »Edwina sagte, sie hätte eine unglückliche Aura gehabt.«

»Edwina?«

»Alex' Großmutter.«

»Ach so«, sagte er; offensichtlich erinnerte er sich an meine E-Mail-Berichte. »Die Frau mit den übernatürlichen Fähigkeiten.«

»Mach dich nur lustig, aber das Lachen wäre dir vergangen, wenn du bei der Séance dabeigewesen wärst. Ich meine, ich weiß, daß das alles Blödsinn ist, aber Edwina kann furchtbar überzeugend sein. Und ich bin sicher, daß sie nicht nur eine Schau abgezogen hat, sie glaubt wirklich, daß Geister durch sie sprechen können. Es war ganz schön unheimlich.« Celias Augen hielten meinen Blick einen Moment wie gebannt fest. »Ich frage mich«, sinnierte ich, »ob sie tatsächlich ermordert worden ist?«

»Das würde jedenfalls erklären, warum sie nie ein Comeback versucht hat.«

»Ich meine es ernst. Vielleicht ist sie ja gar nicht mit diesem anderen Schauspieler weggelaufen. Was wäre, wenn jemand sie getötet und hier im Park vergraben hätte?« Das wäre nicht weiter schwer gewesen, überlegte ich und dachte an das frisch umgegrabene Beet im Rosengarten ... Auch heute noch könnte jemand eine Leiche dort verscharren, ohne daß sie je ans Tageslicht käme.

»Du denkst, der alte Galeazzo hat sie um die Ecke gebracht?« Bryan sah wieder zum Porträt hinauf und schüttelte den Kopf. »Kann ich mir nicht vorstellen.«

Ich erwiderte, daß nicht unbedingt Galeazzo dahinterstecken müsse. »Es könnte eine von seinen anderen Frauen gewesen sein, die eifersüchtig war.«

»Gut, dann würde ich mein Geld auf die Ehefrau setzen«, sagte Bryan, der langsam Spaß an dem Spiel bekam. »Sie war bestimmt nicht sehr erfreut darüber, daß Celia die Erste sich ihren Mann schnappte und ihren Platz an seiner Seite einnahm.«

Ich wurde ein wenig rot und erwog, ihm von Daniela und ihren Drohungen zu erzählen, entschied mich jedoch dagegen. Bryan hatte sie noch nicht einmal kennengelernt – sie war nicht beim Abendessen gewesen –, und außerdem war ich mittlerweile zu alt, um ihn jedesmal in die Bresche springen zu lassen, sobald mich jemand schikanierte.

»Andererseits kann es nicht die Ehefrau gewesen sein. Wenigstens nicht allein«, spekulierte er weiter.

»Warum nicht?«

»Weil, meine kleine Miss Marple, eine durchschnittlich gebaute Frau keine Leiche beiseite schaffen kann, ohne daß ihr jemand dabei hilft.«

»Oh.« Daran hatte ich nicht gedacht.

»Aber wir sollten eigentlich nicht über Morde reden vorm Schlafengehen. Sonst bekommst du noch Alpträume.«

»Die habe ich sowieso schon.«

»Das wundert mich nicht. So hast du schon immer auf Streß reagiert.«

Ich sah ihn fragend an. »Wie kommst du darauf, daß ich Streß habe?«

»Engelchen.« Sanfter Tadel in seinem Ton. »Ich kenne dich, seit du ein Baby warst. Ich kenne deine Stimmungen und kann in deinem Gesicht lesen. Außerdem sagt mir das mein gesunder Menschenverstand. Du spielst deine erste Hauptrolle, obendrein neben Maddy Hedrick, und in gut einer Woche ist Premiere. Das ist schon genügend Druck für jeden normalen Menschen. Und dann stolperst du auch noch über einen Sterbenden am Straßenrand. Kein Wunder, daß du im Dunkeln Geister und Unholde siehst. Du müßtest aus Stein sein, um davon nicht berührt zu werden.«

»Wahrscheinlich hast du recht.«

»Ich habe immer recht«, erwiderte er. »Jetzt sei ein braves Mädchen, geh ins Bett und mach das Licht aus. Es ist fast Mitternacht.«

»Deckst du mich noch zu?«

Er lachte. »Wie alt bist du eigentlich?« Aber er zog trotzdem die Decke über mich und streifte mein Haar mit einem Gutenachtkuß, wie er es schon unzählige Male getan hatte. »Schlaf schön«, sagte er. »Bis morgen.«

Ich fühlte mich geborgen und geliebt und hätte wunderbar schlafen müssen. Aber die Alpträume kamen trotzdem.

Einmal wachte ich auf und hörte den Wind am Fenster rütteln, dann schlief ich wieder ein und träumte, daß ich verfolgt würde. Es war ganz dunkel in meinem Traum und totenstill, bis auf das Geräusch meines Atems und der Schritte, die hinter mir her waren: zuerst in den labyrinthischen Gängen des Hauses, dann draußen im Park, wo ich rannte, so schnell ich konnte, und voll Panik nach einem Versteck suchte. Ich kam zum Pfauenteich und drückte mich hinter eine der Säulen des Mausoleums, zwischen die in Stein gehauenen Hunde. Der

Marmor war kalt an meiner Haut, während ich das Herannahen meines unbekannten Verfolgers erwartete. Ich konnte sein Gesicht nicht sehen, nur seinen Rücken, als er verstohlen an mir vorbeischlich. Er hatte eine herzförmige kahle Stelle am Hinterkopf, und ich schnappte entsetzt nach Luft, worauf er stehenblieb und sich langsam umdrehte …

Ruckartig und mit rasendem Herzen wachte ich auf. Ich blinzelte in das Halbdunkel und versuchte, mich durch die vertrauten Dinge meiner Umgebung zu beruhigen. Dort war das Fenster, mein Nachttisch, der Sessel in der Ecke, das lebensgroße Porträt Celias der Ersten, die Tür zum Bad …

Meine Lider schlossen sich flatternd.

Erst, als ich fast schon wieder am Wegdämmern war, fiel es mir auf: Celias Bild befand sich am falschen Platz. Es hätte überm Bett hängen müssen, statt einsam am Fußende vor mir zu stehen.

VI

»Du siehst aus, als hättest du nicht gut geschlafen«, sagte Madeleine.

»Mir geht's gut.« Poppy hüpfte vor uns den Parkweg entlang und lenkte ihre Mutter vorübergehend ab.

»Liebling, nicht so schnell«, bat sie. »Du bist noch zu krank, um wie ein Känguruh herumzuspringen.«

»Ich fühl mich aber nicht krank.«

»Das ist ja schön und gut, aber denk daran, was gestern passiert ist – du hast dich zu früh verausgabt und mußtest den Rest des Tages im Bett verbringen.«

Das überzeugte Poppy, die ihr Tempo verlangsamte und nur hin und wieder einen Hüpfer einlegte. Ihr Gesicht hatte jetzt wieder mehr Farbe, aber ihre Augen waren immer noch trüb und umschattet, die Augen einer Genesenden.

Madeleine sah mich an, als ob meine Augen ähnlich trübe blickten.

»Du machst dir doch keine Sorgen wegen der Aufführung, oder? Das brauchst du nämlich wirklich nicht. Du machst das ganz großartig, du hast die Rolle vollkommen im Griff.«

Das Lob ließ mich vor Stolz ein wenig anschwellen. Nie hätte ich erwartet, daß eine Schauspielerin vom Rang Madeleine Hedricks etwas derart Nettes zu mir sagen würde. Es war beinahe unwirklich. »Danke«, konnte ich nur antworten.

»Aber ich muß gerade reden«, fuhr sie fort und sah nostalgisch in die Ferne. »Als ich das erste Mal in einer Hauptrolle auftreten sollte, habe ich eine ganze Woche vorher nicht geschlafen. Ich bekomme immer noch Lampenfieber, selbst heute.«

»Wirklich?«

»Und wie. Die Proben sind eine Sache, aber dann einem Premierenpublikum gegenüberzustehen ... Nicht, daß ich es mir anders wünsche. An dem Tag, an dem ich vor dem Auftritt nicht nervös bin, weiß ich, daß ich keinen Ehrgeiz mehr habe und aufhören sollte.«

»Dann hoffe ich, daß du immer nervös sein wirst. Nein, wirklich«, sagte ich, als sie mich mit einem nachsichtigen Blick bedachte. »Ich kann mir das West End nicht ohne dich vorstellen. Außerdem brauchen Anfängerinnen wie ich, die noch am Fuß der Erfolgsleiter stehen, große Vorbilder wie dich als Ansporn.«

»Meine Liebe, wie nett von dir.«

»Mami?« Poppy kam auf uns zugelaufen. »Haben wir noch Zeit, uns die Hunde aus Stein anzusehen?«

Madeleine sah auf ihre Uhr. »Ich glaube schon. Aber nicht lange – Celia und ich müssen gleich zur Probe.«

»Ich auch«, verkündete sie wichtig. »Den hat gesagt, daß er mich als Assistentin braucht, damit ich ihm beim Soufflieren helfe.« Sie hüpfte wieder voraus, schlug den Weg hinauf zum Pfauenteich ein.

Madeleine zwinkerte mir zu. »Auf jeden Fall hat sie das nötige Gedächtnis dafür. Ich glaube, sie kennt unsere Texte inzwischen alle auswendig.«

Es war gar nicht so ungeschickt von Den, Poppy mit einzuspannen. Er mußte bei den Proben an so vieles gleichzeitig denken, daß ich nicht verstand, wie er überhaupt bisher allein zurechtgekommen war. Er schien sechs Hände, zwei Augenpaare und zwei verschiedene Gehirne zu haben, die jede Einzelheit, jede kleinste Bewegung von uns registrierten. Selbst Rupert hatte bemerkt, Den sei einer der besten Inspizienten, mit denen er je gearbeitet habe, und das hieß schon eine Menge aus seinem Mund.

Madeleine schien meinen Gedanken zu folgen. »Immerhin dürfte Rupert heute bessere Laune haben, meinst du nicht auch?«

»Weil Bryan hier ist?« Ich nickte. »Das will ich doch hoffen.«

»Sie sind schon sehr lange zusammen, oder?«

»Seit zweiundzwanzig Jahren«, sagte ich stolz. Mein ganzes Leben.

»Das merkt man. Bryan ist Australier, ja? Dachte ich mir. Ich habe ihn im Laufe der Jahre öfter mal auf Partys mit Rupert gesehen, aber gestern abend haben wir uns zum erstenmal richtig unterhalten. Er ist sehr charmant.« Sie lächelte. »Ich kann die Ähnlichkeit zwischen euch beiden sehen.«

»Im Ernst?«

»O ja. Nicht im Gesicht, aber in euren Angewohnheiten. Es ist ziemlich auffällig.«

»Wirklich?« Erfreut bat ich sie um ein Beispiel.

»Ihr rührt beide auf die gleiche Weise Zucker in euren Tee, und ihr habt beide diesen speziellen Blick, wenn euch etwas amüsiert, und ... na ja, ich müßte euch öfter zusammen sehen, dann kann ich dir sicher noch mehr sagen. Wahrscheinlich hängt es auch mit schauspielerischer Begabung zusammen, mit einem Hang zur Nachahmung. Poppy macht das auch, ich habe schon beobachtet, wie sie Leute nachahmt, die sie bewundert.« Sie lächelte mich an. »Und mir ist aufgefallen, daß sowohl Poppy als auch du eine von Dens Eigenarten übernommen habt.«

»So? Welche denn?« Ich sah sie erstaunt an, und Madeleine lachte.

»Genau das«, nickte sie. »Das Hochziehen einer Augenbraue.«

»Ach, das habe ich immer schon gemacht.«

»Tatsächlich?« Das brachte sie zum Nachdenken. »Tja, dann ahmt Poppy vielleicht dich nach und nicht Den. Sie findet dich nämlich ganz toll, mußt du wissen.« Wir hatten das Ende der Zypressenallee erreicht und standen vor dem Pfauenteich. Madeleine sah erneut auf ihre Uhr. »Noch zehn Minuten, Poppy, dann müssen wir zurück.«

»Okay.« Poppy war vollkommen unbeeindruckt von der morbiden Schönheit um sie herum und interessierte sich nur für die steinernen Windhunde. Sie stieg die Stufen zum Mausoleum hoch, hockte sich zwischen die Säulen und tätschelte den starr blickenden Statuen den Kopf.

»Dieses Mädchen ist völlig verrückt nach Hunden«, sagte Madeleine zärtlich. »Ich kann von Glück sagen, daß es nicht Pferde sind.«

Wir standen neben dem flachen Teich und betrachteten die Seerosen, als Poppy uns rief. »Mami, Celia, kommt mal her! Der Keller ist offen.«

Tatsächlich war eine Steintafel vor der Gruft beiseite geschoben worden, so daß nun eine rechteckige Öffnung freilag, die in das Dunkel darunter führte. Ich konnte keine Treppenstufen sehen, dafür die obersten Sprossen einer rostigen Eisenleiter. Ein dumpfer, feuchter Geruch stieg aus dem Loch empor.

»Die Arbeiter müssen die Gruft geöffnet haben«, sagte ich mit Blick auf ein paar verstreute Werkzeuge am Rand. »Offenbar soll das Mausoleum auch restauriert werden. Das wird Edwina freuen.«

»Was ist dort unten?« Poppy steckte den Kopf in die Öffnung und versuchte, durch die Dunkelheit zu spähen, doch Madeleine packte sie fest am Kragen.

»Nichts, was du unbedingt sehen müßtest, Schatz. Nur ein Keller. Komm jetzt, die zehn Minuten sind um, und Den wird es nicht gefallen, wenn seine Assistentin zu spät zur Probe kommt.«

Das genügte, um Poppy schnurstracks den Weg zum Theater einschlagen zu lassen. Die steinernen Hunde, Wächter der Windhund-Ahnen, waren schon vergessen. Als ich noch einmal zu ihnen zurückblickte, streifte mich ein Kältehauch aus meinem Traum von vergangener Nacht, und ich beschleunigte meine Schritte, um nicht allein zurückzubleiben.

VII

Bryan kam nicht zu den Proben. Wir hätten ihm sicher erlaubt zuzusehen, aber er besaß zuviel Respekt vor unserer Arbeit und wollte nicht stören. »Ihr könnt keine Ablenkung gebrauchen«, hatte er beim Frühstück gesagt. »Ich warte bis zum Beginn der Kostümproben, wenn auch die ganzen Techniker und anderen Produktionsleute dabei sind. Dann falle ich nicht weiter auf und bringe euch nicht aus dem Konzept. In der Zwischenzeit werde ich mich schon beschäftigen, damit ich nicht auf dumme Gedanken komme.«

Er hielt Wort.

In der Mittagspause fanden wir ihn auf der Terrasse, wo er Max und Nero beibrachte, Hundekuchen auf ihren Nasenspitzen zu balancieren. »Wartet einen Moment, wir stehen kurz vorm Durchbruch«, verkündete er, ohne sich umzudrehen. »Mein Boxer hat es darin zu einer wahren Meisterschaft gebracht. Alex, würden Sie mir noch einen Hundekuchen geben?«

Alex, der in einem Liegestuhl danebensaß und sich anscheinend köstlich über die Dressurnummer amüsierte, tat ihm den Gefallen. »Max kriegen Sie nie dazu«, behauptete er. »Er ist viel zu gierig ...«

»Na also. Guter Junge«, sagte Bryan mit einem stolzen Grinsen, als Max seinen Kopf vollkommen still hielt und den Hundekuchen auf seiner langen Schnauze ruhen ließ. »In Ordnung, du kannst ihn haben. Los!« Der Hund warf den Bissen in die Höhe und fing ihn geschickt auf, während Bryan sich an Alex wandte. »Sehen Sie? Er ist ganz schön clever, dieser Bursche. Man sollte sie nie unterschätzen.«

Poppy näherte sich entzückt. »Kann ich es auch mal versuchen?«

»Natürlich. Alex, bitte einen Hundekuchen. Danke. Also, Süße, du legst ihn einfach hier drauf ... genau da ... so ist's gut ...«

Alex sah mich an und lächelte. »Wie läuft's bei der Probe?«

Von dem Lächeln geblendet, mußte ich mich erst einmal an die Brüstung lehnen, bevor ich antworten konnte. »Nicht schlecht.« Rupert kam herbei, und ich bezog ihn mit ein. »Ich habe allerdings immer noch Probleme mit der Schlußszene. Irgendwie bekomme ich den Messerstich nicht richtig hin.«

Bryan hatte offenbar sein Versprechen gehalten und bereits mit Rupert gesprochen, denn der war an diesem Morgen wie ausgewechselt und ähnelte wieder mehr seinem heiteren, geduldigen Alter ego. »Wir können heute nachmittag daran arbeiten, wenn du möchtest«, sagte er.

Alex versuchte, sich stirnrunzelnd an den Schluß zu erinnern. »Du erstichst jemanden?«

»Ja, mich selbst. Am Ende, wenn ich Selbstmord begehe, um meinem Mann ins Jenseits folgen zu können. Aber die Szene sitzt einfach nicht richtig.«

Nicholas, der nicht weit entfernt stand, mischte sich ein. »Das Problem ist die Waffe. Ich meine, seien wir doch mal ehrlich, sie ist einfach lächerlich altmodisch. Frauen haben sich vielleicht im Mittelalter erstochen, aber doch nicht mehr um Neunzehnhundertachtzehn. Um diese Zeit konnte man längst an eine hübsche, kleine Pistole gelangen, mit der die Sache im Handumdrehen erledigt war.«

Rupert entgegnete, daß die altmodische, aber klassische Art meines Selbstmords höchstwahrscheinlich beabsichtigt war. »Wie in einer Tragödie von Sophokles.«

»Quatsch«, sagte Nicholas. »Bei Sophokles hätte sich die Witwe nicht auf der Bühne umgebracht. Die Griechen haben die Gewalt im Stück nie gezeigt – die Figuren gingen immer ab, wenn sie getötet wurden, und dann kam ein Bote oder so jemand und berichtete dem Publikum davon. Außerdem verstehe ich nicht, warum wir uns so sklavisch an den Text halten müssen. Kunst sollte immer offen für Interpretation sein.«

Madeleine rauschte mit beinahe mütterlichem Ausdruck an ihm vorbei. »Nicky, Darling, ich glaube in dieser Frage hast du schon einmal den kürzeren gezogen.«

Er machte ein finsteres Gesicht bei der Erinnerung an seine Auseinandersetzung mit Rupert. »Ich finde nach wie vor, daß meine kleinen Änderungen eine Verbesserung darstellten.«

Rupert lächelte, seine wiederhergestellte gute Laune machte ihn großzügig. »Das habe ich nie bestritten. Ich habe nur darauf hingewiesen, daß wir uns im Interesse dieser speziellen Inszenierung um größtmögliche Authentizität bemühen sollten.«

»Schon gut, schon gut.« Nicholas hob abwiegelnd die Hände, sagte aber zu mir: »Ich glaube trotzdem, daß es das Messer ist, das dir Probleme bereitet. Keine Frau würde sich heutzutage noch mit dem Messer töten.«

»Ich verstehe, was du meinst«, sagte ich, »aber ich bin mir nicht sicher, ob ich statt dessen eine Pistole nehmen würde.«

Madeleine stimmte mir zu. »Kaum eine Frau würde sich in anderer Leute Wohnzimmer in den Kopf schießen, Nicky. Denk doch mal an die Schweinerei. Ich könnte nicht mit dem Gedanken sterben, daß jemand das wegmachen muß.«

Den war gerade erst auf die Terrasse gekommen und gab

dem Gespräch eine neue Wendung. Verwundert beobachtete ich, wie eine einfache Frage von Alex sich zu einer Art Gesellschaftsspiel entwickelte. Mit herausforderndem Grinsen fragte Den: »Wie würdest du es denn tun, Maddy?«

»Mich umbringen? Oh, mit Schlaftabletten, denke ich. Aber in meiner eigenen Wohnung, hingegossen auf dem Sofa und in einem schicken Kleid. Dazu Puccini aus der Stereoanlage.«

»Du hast dir alles bis ins Detail überlegt, wie ich sehe.« Dens Grinsen wurde noch breiter. »Also, ich würde eine Flasche alten Scotch nehmen und mich raus in einen Schneesturm setzen.«

»Du würdest erfrieren«, entgegnete sie.

»Das ist der Sinn der Sache.«

»Ich meine, es wäre eine sehr unangenehme Art zu sterben.«

Den fand das nicht. »Höchstens in den ersten paar Minuten. Dann würde einen die Kälte betäuben und der Scotch würde einen glücklich machen und zack!« – er schnippte mit den Fingern – »wäre man weg.«

»Na super«, sagte Nicholas gedehnt und blies eine Rauchwolke aus. »Und was ist, wenn man nicht gleich auf einen günstigen Schneesturm trifft?«

»Dann trinkt man den Scotch trotzdem«, antwortete Den, ohne mit der Wimper zu zucken.

Madeleine lachte. »Los, Nicky, jetzt bist du dran. Wie würdest du es machen?«

»Überhaupt nicht.«

»Rein theoretisch.«

»Nein, im Ernst. Ich würde es nicht tun. Ich halte es für moralisch verwerflich.«

Bryan, der sich von Poppy und den Windhunden hatte ablenken lassen, drehte sich um. »Was ist verwerflich?«

»Selbstmord«, sagte Nicholas.

»Ah.« Bryan lockerte seine Schultern, wie immer, wenn er eine Debatte beginnen wollte, aber Rupert kam ihm zuvor. »Ich denke, es hängt immer ganz von den Umständen ab. Erinnerst du dich noch an diese Geschichte von dem Farmer, eurem Nachbarn, die du mir mal erzählt hast, Bryan?«

»Du meinst den, der Krebs hatte?«

»Genau. Dieser Mann nahm einfach eines Morgens sein Gewehr und ritt an eine Stelle, wo seine Frau und seine Kinder nie hinkamen, so daß er ziemlich sicher sein konnte, von einem der Leute von der Ranch gefunden zu werden. Dort erschoß er sich. Schnelle, saubere Sache, kein Aufhebens. Für ihn war das die moralischste Lösung. Niemand fällt gern seiner Familie zur Last.«

Nicholas fragte Bryan herablassend: »Ist das die Aussie-Methode? Würden Sie das auch tun?«

Bryan, der Rupert nachdenklich ansah, fuhr auf. »Wer, ich? Nee, ich hasse Schußwaffen.« Mit seinem typischen jungenhaften Grinsen drehte er sich wieder zu den Hunden um. »Ich würde ein Bier aufmachen, den Fernseher anstellen und mir einen kräftigen Schuß Insulin spritzen. Das Beste daran ist, daß man es kaum nachweisen kann und die Lebensversicherung zahlen muß.«

Rupert erklärte den anderen, daß Bryan in der Pharmaindustrie arbeitete. »Er ist Experte für medizinische Gifte.«

Nicholas blies eine neue Rauchwolke aus. »Wirklich? Dann sollte ich ihn besser von meinem Mittagessen fernhalten.«

»Apropos«, warf Den ein und schnupperte angeregt. »Irgendwas duftet hier ganz köstlich. Nach Brathähnchen.«

Alex lächelte. »Teresa ist zurück.«

»Tatsächlich?« Dens Gesicht leuchtete auf, als hätte er in der Lotterie gewonnen. »Wunderbar. Dann werd ich mir mal die Hände waschen gehen.«

Das war das Signal zum allgemeinen Aufbruch. Madeleine folgte ihm, nachdem sie Poppy von ihrem Spiel mit den Hunden losgeeist hatte. Nicholas spielte den Gleichgültigen, gähnte und schnippte seine Zigarette über die Brüstung, ehe er ihnen nachschlenderte, wobei er die Augen gedankenvoll auf Madeleines Rücken gerichtet hielt, so daß ich mich fragte, ob ihm endlich aufgefallen war, wie gut sie sich mit Den verstand.

Rupert wollte es sich gerade in einem Liegestuhl bequem machen, als Bryan mit einem schnellen Blick zu Alex und mir sagte: »Komm, Ru. Ich muß mir auch die Hände waschen, sie sind voller Hundehaare.«

»Die nächste Toilette im Erdgeschoß ist ...«

»Nein, nein, du mußt sie mir schon selbst zeigen. Ich finde mich in diesem Haus noch nicht zurecht.«

Seufzend stand Rupert wieder auf und ging mit Bryan hinein, so daß Alex und ich mit den Hunden allein zurückblieben.

Ich hatte Alex seit Tagen kaum gesehen. Seine Geschäfte schienen ihn mehr als gewöhnlich in Anspruch zu nehmen.

Er sah mich an, aber sein Gesichtsausdruck war wie so oft schwer zu deuten, weshalb ich dazu neigte, in ihn hineinzuinterpretieren, was ich gerne sehen wollte. In diesem Moment zum Beispiel glaubte ich Zärtlichkeit in seinem Blick zu erkennen.

»Du bist froh, daß Bryan hier ist.« Es war keine Frage, aber ich nickte.

»Ja, sehr. Es war wirklich nett von dir, ihn einzuladen und vom Flughafen abzuholen. Danke.«

»Das war keine Mühe.«

»Natürlich war es das. Aber du hast Rupert damit sehr glücklich gemacht.«

Alex sah mich einen Moment unverwandt an, blickte dann zur Seite und sagte: »Ich habe dabei eigentlich nicht an Rupert gedacht.«

»Oh«, machte ich, denn was sollte ich sonst darauf sagen. Während ich das Spiel des Lichts auf dem See betrachtete, merkte ich, wie die beiden Hunde uns beobachteten, als wären sie das Publikum und wir die Schauspieler.

Ich grübelte gerade darüber nach, ob ich ihn richtig verstanden hatte und ob ich etwas darauf erwidern sollte oder lieber nicht ...

»Um die Wahrheit zu sagen«, unterbrach er meine Gedanken, »war ich vor allem neugierig.«

»Ach ja? Worauf?«

»Ständig höre ich von dir: Bryan hat dies gesagt, Bryan meint jenes und so weiter. Du sprichst noch öfter von ihm als von Den. Deshalb wollte ich ihn kennenlernen.«

Mir war bewußt, daß ich Bryan oft zitierte, aber nicht, daß ich Den so häufig erwähnte. Ich würde aufpassen müssen, damit Rupert nicht wieder einen Anfall bekam. »Und was hältst du von ihm?«

»Er macht einen sehr unkomplizierten Eindruck, sehr nett. Ich mag ihn.«

»Er mag dich auch. Er meinte, er wäre einverstanden ...«

Ich biß mir auf die Zunge und wurde knallrot, als Alex fragte: »Einverstanden womit?«

»Och, mit dir, ganz allgemein.«

»Ach so.«

»Es duftet wirklich ganz verführerisch aus der Küche. Wir sollten jetzt wohl besser ...«

»Celia«, unterbrach er mich ruhig, »wann hast du mal wieder frei? Am nächsten Sonntag?«

Wieso fragt er, dachte ich, der Probenplan ist seit Wochen derselbe. Aber er wollte wohl nur eine Bestätigung, daß sich nichts geändert hatte, und redete weiter, ohne auf meine Antwort zu warten. »Ich dachte, wir könnten mal wieder eine Spritztour mit dem Boot machen.«

»Wir?«

»Du und ich. Wir beide.«

Ich zögerte ein paar Sekunden, ehe ich antwortete. »Daniela würde das nicht gefallen.«

»Kümmert dich das?«

»Ich dachte, es könnte dich vielleicht kümmern.«

»Daniela bestimmt nicht über meine Freizeit.« Er schwieg einen Moment, ehe er fragte: »Oder hat sie dir etwas anderes erzählt?«

Ich spürte die subtile Machtverschiebung und wußte, in diesem Augenblick hätte ich ihm alles über Daniela erzählen können: daß sie sich hinter seinem Rücken mit einem anderen traf, daß sie mir gedroht hatte ... Doch es war mir einfach zu blöd, Danielas intrigantes Spiel mitzuspielen, also antwortete ich nur: »Nein.«

»Dann kommst du also mit am Sonntag?«

»Hängt davon ab, wohin wir fahren.«

»Wohin du willst«, sagte er. »Ich möchte nur weg von diesem Haus.«

»Warum?« In dem Moment rief Rupert von der Terrassentür: »Mittagessen, ihr beiden.«

Alex sah mich an und lächelte schelmisch. »Ja, warum nur?«

VIII

»Celia, Liebes, würdest du dich bitte konzentrieren. Danke.« Rupert lehnte sich zurück und begann von vorn. »Also, du gehst nach links zum Bühnenrand … ja, genau so … drehst dich ein wenig mit dem Messer in der Hand, damit das Publikum es sieht, und … ja, so ist's richtig, prüfst zuerst die Spitze, faßt es mit beiden Händen und stichst zu. Gut. Schon viel besser.«

Mein Oberkörper krümmte sich über der eingebildeten Klinge zusammen, dann fiel ich auf die Knie und sackte zur Seite, wie wir es besprochen hatten. Es fühlte sich schon viel natürlicher an, aber ich war mir nicht ganz sicher. »Es kommt mir immer noch falsch vor.«

»Wißt ihr«, sagte Den, der sich nur zu Wort meldete, wenn die Probe an einem toten Punkt angelangt war, »so ungern ich Nicholas zustimme, aber ich denke, er hat recht mit der Pistole.«

»Danke, sehr großzügig«, ließ sich Nicholas von seiner Position neben Madeleine im mittleren Bühnenbereich vernehmen.

Den ignorierte ihn und versuchte, Rupert zu überzeugen. »Die Handlung wäre nicht nur leichter auszuführen, sondern auch besser geeignet für ein Amphitheater. Im Moment ist das Messer für die Hälfte des Publikums von ihrem Körper verdeckt, siehst du? Wenn sie sich dagegen eine Pistole an den Kopf hielte, könnten das alle sehen. Außerdem würde der Schuß den Leuten klarmachen, was passiert ist – sie würde nicht einfach grundlos zusammenbrechen für diejenigen, denen sie den Rücken zukehrt.«

»Aber sie haben das Messer doch vorher alle gesehen«, widersprach Rupert. »Sie holt es heraus und hält es während des Schlußmonologs in der Hand, wobei sie sich auch noch dreht, so daß alle mit einbezogen werden. Im übrigen macht ihre Rede ziemlich deutlich, was sie vorhat.«

»Ich sage ja nur, daß es mit einer Pistole leichter wäre, das ist alles.«

Rupert gab die Entscheidung an mich weiter. »Celia, was meinst du?«

Ich zögerte. Persönlich mußte ich einräumen, daß die Idee mit der Pistole einigen Sinn machte, aber so wie Rupert dasaß, kampflustig und mit stechendem Blick, hatte ich das Gefühl, daß er meine Entscheidung als eine Entscheidung zwischen sich und Den ansehen würde. Es war ein Loyalitätstest.

Ich räusperte mich. »Ich glaube nicht, daß meine Figur eine Pistole benutzen würde. Ein Messer paßt besser zu ihr.«

»Gut, dann laßt uns die Szene noch einmal versuchen«, beendete Rupert die Diskussion.

Wir probten sie noch einmal und noch einmal, und ich stieß mir das imaginäre Messer gerade zum hundertstenmal in die Brust, als Poppy aufschrie.

Gleichzeitig mit Madeleine wirbelte ich zu ihrem Sitz herum, aber sie war nicht da. Erst beim zweiten Schrei verstand ich, daß sie unten bei den Garderoben sein mußte.

»O Gott.« Die Erinnerung an meine unheimliche Begegnung im Dunkeln mit all ihrem Schrecken überkam mich, und ich stürzte vor allen anderen in den Gang.

»Poppy? Poppy, wo bist du?«

»Ich bin hier!« kam die entsetzte Stimme aus einem der noch nicht fertiggestellten Garderobenräume am Ende des Gangs.

Ich fand sie gegen die nackte Wand gepreßt, zu verängstigt, um sich zu bewegen. »Er wollte mir weh tun!«

Sanft löste ich sie von der Wand und nahm sie in die Arme. »Wer wollte dir weh tun, Liebes?«

»Der da.« Mit schreckensgeweiteten Augen zeigte sie auf einen Haufen zerwühlter Decken in der Ecke, wo offenbar jemand geschlafen hatte.

Die anderen hatten uns inzwischen erreicht und kamen atemlos in die Garderobe gestürmt. »Was ist passiert?« fragte Den.

Ich drückte Poppy an mich. »Sie sagt, ein Mann war hier und wollte ihr weh tun.«

»Er hat dort drüben gelegen«, sagte Poppy und deutete wieder auf die Decken. »Ich habe ihn nicht gleich gesehen, als ich reinkam, aber dann habe ich mich umgedreht und er hat ... er ...« Sie brach ab und vergrub ihr Gesicht an meiner Schulter. »Er ist weggelaufen, als ich geschrien habe.«

Nicholas bemerkte, das sei ja sehr praktisch, was ihm einen bitterbösen Blick von Madeleine eintrug.

»Mein Schatz.« Sie streichelte ihrer Tochter mitfühlend über den Kopf. »Jetzt ist alles gut, er ist weg. Wahrscheinlich war es einer der Arbeiter, der ein Nickerchen gemacht hat.«

»Er wollte mir weh tun«, beharrte Poppy.

Ich sah auf die Decken und dachte an meinen Verfolger in der Dunkelheit, den warmen Atem in meinem Nacken, das Gefühl, gleich gepackt zu werden ... Schaudernd sah ich Den an, der sofort verstand.

Seine Miene war grimmig. »Ich werde Alex Bescheid sagen.«

IX

Daniela hatte den Schuldigen schnell bei der Hand: einen Stuckateur, der, wie Madeleine vermutet hatte, bei einem Schläfchen während der Arbeitszeit überrascht worden war. Er habe Poppy nicht erschrecken wollen und sei nur davongelaufen, weil er keinen Ärger bekommen wollte, sagte Daniela und entschuldigte sich für ihn. Doch als Alex anregte, es wäre doch nett, wenn der Mann sich persönlich bei Poppy entschuldigen würde, stellte sie sich stur und verteidigte ihn, so daß ich mich zynisch fragte, ob er möglicherweise einer ihrer Liebhaber war, den sie zur allzeitigen Verfügbarkeit im Theater versteckt hielt.

Andererseits hatte sie weiß Gott schon genug Männer um sich herum, die sie auf Trab hielten. Den Kerl mit der kahlen Stelle hatte ich in den letzten Tagen nicht mehr gesehen, wobei es fraglich war, ob ich ihn von vorne oder mit Hut überhaupt erkannt hätte. Ich ging jedoch davon aus, daß er noch in einem Hotel in Mira herumhing und geduldig auf die Brosamen wartete, die nach ihren Rendezvous mit Alex und Nicholas von Danielas Zeit abfielen.

Falls ich noch irgendwelche Zweifel wegen eines Techtelmechtels zwischen ihr und Nicholas gehabt hätte, so wurden sie an diesem Abend gründlich ausgeräumt.

Es war einer von diesen Zufällen: Ich ging gegen Viertel nach zehn noch einmal in den Park, aber nicht mit der Absicht, Nicholas nachzuspionieren, sondern um Poppy einen Gefallen zu tun. Sie war ganz verzweifelt in mein Zimmer gekommen, weil ihr die Hunde weggelaufen waren. Sie seien in den Park entwischt, keuchte sie, und sie habe gerufen und gerufen, aber umsonst. Sie hatte Angst, daß Alex böse auf sie sein könnte, weil sie nicht gut genug auf Max und Nero aufgepaßt hatte, und bat mich inständig, mit ihr zusammen nach ihnen zu suchen.

Natürlich ging ich hinaus, aber ohne Poppy. Der Park bei Dunkelheit war kein Platz für ein Kind, und ich selbst fühlte mich dort draußen nicht allzu wohl, auch wenn ich nicht vorhatte, mich weit vom Haus zu entfernen. Es war sinnlos, den Hunden hinterherzurennen – sie waren schnell wie der Wind, und niemand konnte sie einholen, wenn sie sich nicht einholen lassen wollten. Besser war es, zu pfeifen und zu hoffen, daß ihr feines Gehör sie statt dessen zu mir bringen würde.

Pfeifen war meine einzige, wirklich beeindruckende Fähigkeit, wie ich fand. Ich konnte laut und schrill durch die Finger pfeifen wie ein Junge, was ich jetzt auch tat. Dann rief ich: »Nero! Max!« und spitzte die Ohren.

Ich glaubte, ein fernes Bellen als Antwort zu hören, und ging in die entsprechende Richtung. Es regnete ausnahmsweise mal nicht, und die aufgerissene Wolkendecke ließ genug Mondlicht hindurch, so daß ich meine Taschenlampe nicht anzuknipsen brauchte. Der Weg war aufgeweicht, und meine Schritte machten fast kein Geräusch, als ich mich dem kleinen Brunnen mit den Delphinen näherte.

Weshalb mich das Paar, das engumschlungen dort stand, nicht kommen hörte.

Ich erkannte Nicholas sofort und nahm zuerst an, daß es sich bei der Frau um Madeleine handelte. Doch dann sah ich, daß ihre Haare viel länger waren, und als die beiden sich voneinander lösten, sprachen sie Italienisch miteinander.

Es gab keine Deckung, in die ich mich taktvoll hätte zurückziehen können, wenn ich das gewollt hätte. Ich stand mitten auf dem Weg, und die nächsten Büsche waren gut fünf Meter entfernt. Aber es war sowieso egal. Sie sahen nicht in meine Richtung.

Daniela stellte sich zu einem Abschiedskuß auf die Zehenspitzen, dann verschwand sie auf dem Weg, der zur Villa führte. Nicholas drehte sich nach einem Moment um und blieb wie vom Donner gerührt stehen, als er mich erblickte.

Während er noch um Fassung rang, schaltete ich die Taschenlampe ein. »Du hast wohl nicht zufällig die Hunde gesehen? Nein? Na ja, du warst schließlich mit anderen Dingen beschäftigt. Macht nichts.«

Er holte mich nach knapp zehn Metern ein. Der Schreck hatte ihn etwas atemlos gemacht, so daß seine Worte nicht mit der üblichen Lässigkeit herauskamen.

»Warte«, sagte er. »Bleib doch mal kurz stehen, ja?«

Ich hielt an, aber nur, weil er mich am Arm gepackt hatte und mich zu sich herumdrehte. »Hör mal«, setzte er wieder an und ließ meinen Arm los, um sich mit einer jungenhaft-einnehmenden Geste durch die Haare zu fahren. »Ich weiß, was du jetzt von mir denkst, aber so war es nicht, ehrlich.«

»Ach nein?«

»Nein, wir haben nur ein bißchen herumgeknutscht, das ist alles. Ich könnte Madeleine nie wirklich untreu sein. Niemals.«

»Verstehe.« Ich wandte mich ab, um meinen Weg fortzusetzen.

Er hielt mich von neuem zurück, und diesmal ließ er mich nicht wieder los. »Du wirst ihr doch nichts sagen, oder? Es war wirklich nichts weiter dabei, aber Maddy hat nun mal diese Vorstellungen von Treue ...«

Ich glaubte meinen Ohren nicht zu trauen. »Na so was, wie überspannt von ihr.«

Neben uns in den Büschen krachte es, und die Windhunde kamen herausgestürmt, zuerst mit wedelnden Schwänzen vor Aufregung über ihren nächtlichen Ausflug. Doch als Max bemerkte, daß Nicholas mich festhielt, legte er die Ohren an und knurrte.

»Ist schon gut, Max«, sagte ich und befreite meinen Arm, ohne Nicholas anzusehen.

»Celia ...«

»Spar dir die Mühe.« Ich pfiff den Hunden und ließ ihn stehen.

X

Ich brauchte Madeleine gar nichts zu sagen, wie sich herausstellte.

Beim Frühstück am nächsten Morgen lag es auf der Hand, daß sie einen Streit gehabt hatten. Zumindest war es für mich offensichtlich – ein Fremder am Tisch hätte vielleicht nichts bemerkt, weil Madeleine sehr geschickt darin war, die Fassade zu wahren. Aber ich hatte sie nun lange genug beobachtet, um zu wissen, daß sie Theater spielte. Ich sah die Anstrengung hinter ihrer Ausgeglichenheit.

Poppy bemerkte es ebenfalls, glaube ich. Kinder waren meiner Erfahrung nach wie Kanarienvögel im Kohlenschacht, wenn zwei Erwachsene sich nicht verstanden: Sie registrierten schon den leisesten Anflug von Spannungen in der Luft und wurden unruhig. Poppy war an diesem Morgen eine echte Plappertasche, was sich jedoch als Vorteil erwies, weil wir nur zu viert waren und drei davon nicht miteinander redeten.

»... und Den sagt, er hätte noch nie erlebt, daß jemand einen Text so schnell lernt wie ich. Er denkt, daß ich die Schauspielerei in den Genen habe. Ich wußte zuerst nicht, was er damit meint, aber Celia hat mir erklärt, daß es bedeutet, ich hätte dein Talent geerbt, Mami.«

Nicholas bemerkte träge: »Celia muß es ja wissen.«

Poppy sah ihn an. »Warum?«

»Ihre Mutter ist auch Schauspielerin«, sagte er. »Hat sie dir das nicht erzählt?«

»Wirklich? Wie heißt sie? Kenne ich sie?« fragte mich Poppy eifrig.

Ich sah das selbstzufriedene Lächeln auf Nicholas' Gesicht und wußte, daß er das mit Absicht getan hatte. Madeleine durchschaute ihn ebenfalls sofort, doch bevor sie einschreiten konnte, hatte er schon den Namen meiner Mutter genannt.

Es entstand ein betretenes Schweigen, dann rief Poppy: »Das ist nicht wahr!«

Ich nahm meinen ganzen Mut zusammen und sah ihr ins Gesicht, aber die Enttäuschung, die sich darauf abzeichnete, war noch schlimmer als erwartet. »Poppy ...«

»Nein.« Ihre großen Augen füllten sich mit Tränen. »Das ist nicht wahr.«

»Leider doch.«

Sie schüttelte den Kopf. Tränen liefen über ihre Wangen, und sie sprang auf und rannte mit vor der Brust geballten Fäusten hinaus, als hätte man ihr gerade einen schmerzhaften Stoß versetzt.

Mit süffisantem Grinsen sagte Nicholas: »Oh, sorry. Habe ich da etwa ein Geheimnis ausgeplaudert?«

Madeleine durchbohrte ihn mit ihrem Blick. »Manchmal bist du ein richtiges Schwein, Nicky«, sagte sie ruhig. Sie stand auf und hielt mich zurück, als ich ihr folgen wollte. »Nein, schon gut, Celia. Ich werde mit ihr reden. Mach dir keine Sorgen.«

Damit saß ich Nicholas allein gegenüber. »Warum hast du das getan?«

»Wie du mir, so ich dir.« Er prostete mir spöttisch mit seinem Orangensaft zu. »Da du es für deine Pflicht hieltest, Madeleine über mich und die liebliche Daniela in Kenntnis zu setzen, wollte ich dir auch einen kleinen Gefallen erweisen.«

Mir verschlug es vor Wut die Sprache, sonst hätte ich ihm noch etwas Schlimmeres als Madeleines »Schwein« an den Kopf geworfen. Ich starrte ihn an. »Ich habe nichts gesagt«, brachte ich schließlich hervor. »Ich habe kein Wort gesagt ... bis jetzt. Aber vielleicht sollte ich es tun.«

Seine Selbstgefälligkeit bekam Risse, als ich aufstand. »Hey, warte mal ...«

»Wie du mir, so ich dir.«

XI

Von da an ging es an dem Tag nur noch bergab. Poppy blieb der Probe fern, was ganz gut war, da zwischen uns dreien auf der Bühne nicht die beste Stimmung herrschte. Das wiederum brachte Rupert auf, der Den anschnauzte, der seinerseits die Geduld verlor. Es überraschte mich nicht im geringsten, als sich am Nachmittag dunkle Wolken am Himmel zusammenballten und Donnergrollen vom See herüberhallte. Wäre ich so abergläubisch gewesen wie Sally, hätte ich gesagt, daß die negativen Energien unserer Gruppe das Wetter beeinflußten und das Gewitter nichts als eine Widerspiegelung unserer Stimmung darstellte.

Allein das Wissen, daß es Samstag war, ließ mich durchhalten. Morgen würde ich mich vom Probenstreß erholen und etwas Abstand gewinnen können. Ich klammerte mich den ganzen Abend an diesen Gedanken: während des endlosen, angespannten Abendessens, bei dem Alex wieder einmal fehlte, während der langen Stunden, die ich lesend vor dem Zubettgehen in meinem Zimmer verbrachte, und während der ruhelosen Nacht, in der wirre Träume mit dem Geräusch des Regens am Fenster um meine Aufmerksamkeit wetteiferten.

Doch der Sonntag dämmerte so düster herauf wie der Tag zuvor.

Regen und Sturm schienen nicht nachlassen zu wollen, und als ich auf die Suche nach Bryan ging, in der Hoffnung, er würde mich aufmuntern, stritt er sich gerade mit Rupert. Die Tür zu ihrem Zimmer war nur angelehnt, und weil ich sie nicht belauschen wollte und schon gar keine Lust hatte, mir eine Auseinandersetzung anzuhören, machte ich wieder kehrt. Da fiel plötzlich mein Name.

»Celia hat ein Recht darauf, es zu erfahren«, sagte Bryan, nicht laut, aber eindringlich.

Ruperts Antwort klang aufgebrachter. »Ich werde es ihr

nicht sagen. Ich werde es nicht tun, und das ist mein letztes Wort.«

»Das werden wir ja sehen, verdammt noch mal.«

»Warum, willst du es ihr etwa selbst sagen?«

»Könnte schon sein.«

Ich stieß die Tür auf. »Mir was sagen?« Es war mir in diesem Moment egal, daß ich in eine private Unterhaltung hineinplatzte. Bei all dem Chaos um mich herum konnte ich nicht auch noch einen Streit zwischen den beiden ertragen. Da sie vor Schreck verstummt waren, sah ich erwartungsvoll von Bryan zu Rupert und wiederholte: »Mir was sagen?«

Rupert antwortete lange nicht. Dann hüstelte er und sah Bryan an, und ich merkte, wie sie sich gegen mich verbündeten. Das hatten sie schon immer getan, wenn ich einen von ihnen zur Rede stellen wollte: Sie vergaßen ihren Streit und bildeten eine einheitliche, unangreifbare Front. Als Teenager hatte ich keine Chance gegen sie gehabt, und ich bezweifelte stark, daß meine Chancen mit den Jahren besser geworden waren.

»Engelchen«, sagte Bryan sanft, »es ist nichts, was nicht bis nach Ablauf des Stücks warten könnte. Jetzt ist wirklich nicht der richtige Zeitpunkt, glaub mir.«

Was bedeutete, daß es etwas war, das mich aufregen oder traurig machen würde. Sie hatten schlechte Nachrichten schon immer von mir ferngehalten, wenn mir etwas Wichtiges bevorstand. Einmal hatten sie mir den Tod eines gemeinsamen Freundes verheimlicht, bis ich mit dem Examen fertig war. Mißtrauisch sah ich sie an. »Ist jemand gestorben?«

Bryan schüttelte den Kopf. »Nein, nichts dergleichen.«

Die zweite Möglichkeit, die mir in den Sinn kam, war noch schrecklicher: »Ihr wollt doch nicht … ihr wollt euch doch nicht trennen?«

»Natürlich nicht, Engelchen.«

»Hört mal, ihr würdet euch nicht streiten, wenn es nicht um etwas Wichtiges ginge, deshalb könnt ihr es mir genausogut jetzt sagen, denn was ich mir in meiner Phantasie ausmale, wird wahrscheinlich hundertmal schlimmer sein als die Wahrheit.«

Erneuter Blickwechsel, dann streckte Rupert seine Hand aus. »Celia, Liebes, komm her und setz dich.«

Zögernd hockte ich mich auf die Bettkante und wappnete mich mit hochgezogenen Schultern gegen das, was da kommen würde.

»Erinnerst du dich noch daran, wie meine Mutter starb?« fragte Rupert.

»Nur sehr verschwommen.«

Hinter uns sagte Bryan warnend: »Ru ...«, aber Rupert brachte ihn mit der Hand zum Schweigen und sah mir ruhig in die Augen. »Du warst damals noch sehr jung, und ihre Krankheit hatte sich schon über längere Zeit hingezogen. Sie litt an der huntingtonschen Krankheit oder Chorea Huntington, wie man es zu der Zeit nannte.«

»Ru, um Himmels willen«, flehte Bryan beinahe, aber es war zu spät. Rupert ließ sich nicht mehr aufhalten.

»Es ist eine heimtückische, unaufhaltsame Hirnkrankheit – man verliert nach und nach die Fähigkeit zu gehen, zu sprechen, logisch zu denken. Es gibt bis jetzt kein Heilmittel dagegen.« Er schwieg einen Moment und blickte stirnrunzelnd auf den Teppich, als würde er seine nächsten Worte besonders sorgfältig wählen. »Bei den meisten Betroffenen, wie auch bei meiner Mutter, bricht die Krankheit erst im mittleren Alter aus, und selbst dann sind es zunächst harmlose Symptome: Man stolpert mal oder ist öfter unausgeglichen und launisch.«

Mir schwante etwas. »O Ru ...«

»Es ist eine Erbkrankheit«, fuhr er fort. »Wenn ein Elternteil davon betroffen war, besteht eine fünfzigprozentige Wahrscheinlichkeit, daß man sie selbst auch bekommt. Man lebt praktisch mit einer inneren Zeitbombe, von der man noch nicht mal weiß, ob der Zünder aktiviert ist, weil man erst feststellen kann, ob die Krankheit ausbricht, wenn man selbst ein gewisses Alter erreicht hat.«

»Nein.« Ich schüttelte den Kopf, unfähig zu akzeptieren, was er mir da sagte.

»Ich habe die Symptome schon seit einiger Zeit an mir beobachtet. Und Bryan auch.«

Ich sah Bryan an und fand die Bestätigung in seinen aufeinandergepreßten Lippen und dem ungewöhnlichen Ernst seiner Augen. Mein Inneres fühlte sich an, als hätte eine herzlose Hand hineingegriffen und es zusammengedrückt, doch meine Stimme klang merkwürdig ruhig, wenn auch etwas hohl. »Bist du dir ganz sicher? Wegen der Symptome, meine ich? Könnte es nicht sein, daß du nur überarbeitet bist?«

»Die ärztliche Diagnose steht fest«, sagte er sanft. »Ich hatte gehofft, dir die Nachricht noch eine Weile ersparen zu können, zumindest, bis wir mit dieser Produktion fertig sind, aber ...« Ein bedauerndes Schulterzucken. »Bryan meint, mein Verhalten würde dir langsam Sorgen machen.«

Wie sehr wünschte ich mir nun, ich hätte nie etwas gesagt, mich nie beklagt, als könnte mein Nichtwissen die furchtbare Nachricht aus der Welt schaffen.

Mit brennenden Augen sah ich ihn an. »Ich will nicht, daß du stirbst.«

»Liebes.« Er setzte sich neben mich und zog mich in seine Arme. »Davon ist noch keine Rede. Ich kann noch fünfzehn Jahre leben, oder sogar zwanzig. Huntington ist eine langsam fortschreitende Krankheit.«

Das tröstete mich nicht darüber hinweg, daß ich würde zusehen müssen, wie er schwächer wurde und sich veränderte. »Es ist einfach nicht gerecht.«

»Das ist das Leben selten, mein Herz«, sagte er und drückte mir einen Kuß auf die Stirn. »Das ist es selten.«

Wir saßen eine Zeitlang so da, Bryan neben mir auf der anderen Seite, ebenfalls einen Arm um mich gelegt, während Rupert über das Stück redete und was für ein Glück es war, daß wir diese schöne, intensive Zeit zusammen hatten. Aber mein Geist war wie betäubt und nahm seine Worte nicht richtig auf, nur der tröstende Ton seiner Stimme erreichte mich. Der Rest meines Bewußtseins war mit dem verschlungenen Muster der handgewebten Tagesdecke beschäftigt, das sich in meiner Handfläche abdrückte. Ich werde mich immer an diese Decke erinnern, dachte ich, länger als an Ruperts Worte oder an meine Gefühle. Die Erinnerung arbeitet auf seltsame Weise.

»In Ordnung?« fragte Rupert. Ich wußte nicht, ob er das generell meinte oder in bezug auf eine bestimmte Frage, aber ich nickte, und er schien zufrieden. »Gut«, sagte er, »dann werde ich mich jetzt rasieren, und danach gehen wir frühstücken und trinken eine schöne Tasse Tee. Paß auf, du wirst dich bestimmt gleich besser fühlen.«

Als er aufstand, begegnete er Bryans vorwurfsvollem Blick, dem er nicht standhalten konnte. Mit einem betretenen Hüsteln verteidigte er sich. »Wie du schon sagtest, sie hatte ein Recht, es zu erfahren.«

Damit wandte er sich ab und verschwand im Badezimmer.

XII

»Sagen Sie ihm, ich kann nicht«, trug ich Teresa auf, die in mein Zimmer gekommen war, um eine Botschaft von Alex auszurichten.

Ihre dunklen, mißtrauischen Augen musterten mich eingehend, als wollte sie sich selbst von meinem Zustand überzeugen, bevor sie die Nachricht überbrachte. »Sie sind krank?«

Ich fühlte mich krank und sah zweifellos auch so aus. Die letzte Stunde hatte ich damit zugebracht, auf diese stille, untröstliche Art vor mich hinzuweinen, die bewirkte, daß meine Augen rot anschwollen und meine Nebenhöhlen verstopften. »Mir geht es nicht gut«, antwortete ich wahrheitsgemäß.

Teresa wirkte nicht vollkommen zufrieden, aber nach einem weiteren prüfenden Blick nickte sie forsch. »Ich werde es Signor D'Ascanio sagen.«

Ich dankte ihr, lehnte mich gegen die geschlossene Tür und ließ eine Welle der Niedergeschlagenheit über mir zusammenschlagen. In Wahrheit hätte ich liebend gern den Nachmittag mit Alex verbracht, weit weg von diesem Haus und seinen Menschen und Problemen. Aber das war unmöglich, denn ich hatte Rupert versprochen, nichts über seine Krankheit verlauten zu lassen, und mein schauspielerisches Talent reichte nicht aus, mir einen ganzen Nachmittag lang nichts anmerken zu lassen. Schon gar nicht gegenüber Alex.

Doch Alex machte mir einen Strich durch die Rechnung, indem er eine halbe Stunde später selbst an meiner Tür auftauchte.

Seine klaren Augen erforschten mein Gesicht. »Darf ich hereinkommen?«

Ich versuchte, ihn abzuwimmeln. »Alex, es tut mir leid, aber ich fühle mich wirklich nicht gut …«

»Ja, Teresa hat es mir ausgerichtet.« Er kam trotzdem herein und schloß die Tür hinter sich mit einer unabsichtlichen Arroganz, die entweder von seiner privilegierten Erziehung herrührte oder der Tatsache, daß ihm dieses Haus gehörte. »Sie hat auch gesagt«, fuhr er fort, »daß du eher einen traurigen als einen kranken Eindruck machst. Sie meinte, du hättest geweint. Ist das wahr?«

Ich legte eine Hand an die Schläfe und umging die Frage. »Ich habe furchtbare Kopfschmerzen, Alex.«

»Und deshalb weinst du? Das glaube ich dir nicht.«

»Ach nein?«

»Nein.« Er klang leicht ungeduldig. »Ich weiß, was passiert ist.«

»So?«

»Ja. Ich habe sie heute morgen zusammen im Park gesehen. Es war ganz offensichtlich, selbst für mich.«

Stöhnend preßte ich meine Hand fester an die Schläfe, wo der Schmerz hämmerte. »Ach, wirklich?«

Ich klang wie eine Schwachsinnige, und seine Ungeduld wuchs. »Hör mal, ich weiß, daß du leidest, aber wenn du mir die Bemerkung gestattest – das ist reine Zeitverschwendung. Er ist es nicht wert.«

»Er ist es nicht …?«

»Erstens ist er zu alt für dich – er könnte dein Vater sein. Du denkst vielleicht, das ist kein Problem, aber in zehn oder zwanzig Jahren wird es zu einem, darauf kannst du …«

»Alex …«

»Ist doch wahr. Du willst dein Leben wegwerfen für so einen Kerl. Das ist doch nicht normal.«

»Alex«, sagte ich, als er auf und ab zu gehen begann und sich frustriert durch die Haare fuhr, »wovon redest du eigentlich? Wen hast du heute morgen im Park gesehen?«

Er drehte sich um, wahrscheinlich um zu prüfen, ob ich mich absichtlich dumm stellte. »Den und Madeleine.«

»Und was hat das mit mir zu tun?«

»Sie schienen … sehr vertraut miteinander.«

»Ich weiß.« Mit lauter, deutlicher Stimme, die jedes weitere Mißverständnis im Keim ersticken sollte, sagte ich: »Ich weiß schon seit einiger Zeit von den beiden und freue mich sehr darüber.«

»Tatsächlich?« Jetzt war es an ihm, entgeistert auszusehen. »Dann ist nichts zwischen Den und dir?«

»Natürlich nicht.« Entnervt, weil alle anscheinend so versessen darauf waren, mir eine Affäre mit Den anzuhängen, verschränkte ich die Arme. »Tut mir leid, dich zu enttäuschen.«

»Glaub mir«, sagte er nach einem Moment, »ich bin alles andere als enttäuscht.« Dann lächelte er, und bei diesem Lächeln wußte ich ohne den Anflug eines Zweifels, daß nichts mehr zwischen ihm und Daniela war, egal, was einmal gewesen sein mochte, egal, was sie behauptete.

Dieses Lächeln gehörte mir, mir ganz allein.

Es kam auf mich zu, das Lächeln, und als er mein Gesicht in seine Hände nahm und sein Mund sich dem meine näherte, sah ich nichts anderes mehr.

XIII

»Es tut mir leid, wenn ich euch den Nachmittag verdorben habe«, sagte Edwina und bückte sich, um eine verwelkte Blüte von einem der niedrigen Sträucher am Wegrand abzupflücken. »Teresa sagt, Alex und Sie hätten einen Ausflug geplant.«

Wie eine gute Fee war sie wieder einmal aus heiterem Himmel aufgetaucht, munter und braungebrannt von der griechischen Inselsonne.

Die Hunde, wie immer ganz aus dem Häuschen über Edwinas Rückkehr, begleiteten uns, und ich mußte kurz stehenbleiben, um nicht über Nero zu stolpern, der mitten auf dem Weg etwas zum Beschnüffeln gefunden hatte. »Sie haben uns gar nichts verdorben«, sagte ich. »Es war zwar die Rede davon, irgendwohin zu fahren, aber dann habe ich mich nicht wohl gefühlt heute morgen und …«

Edwinas stummer Seitenblick sagte mir, daß sie genausowenig wie Alex und Teresa an mein Unwohlsein glaubte, aber sie war so höflich, das für sich zu behalten. »Um so mehr ein Grund, an die frische Luft zu gehen«, sagte sie. »Vom Stubenhocken werden Kopfschmerzen nicht besser.«

Sie pflegte offenbar ihre medizinischen Theorien mit Eifer in die Praxis umzusetzen, denn sie hatte mich praktisch aus meinem Zimmer entführt, mir befohlen, bequeme Schuhe und eine Strickjacke anzuziehen, und mich in den Park geschleppt. Doch im Vergleich zu Alex hatte ich ein leichtes Los – die Hunde waren nämlich bei uns, weil ihr Herrchen in die Villa delle Tempeste geschickt worden war, um Daniela beizubringen, daß sie erneut Platz für Edwina machen mußte.

Das allein schon hatte mich fast wieder fröhlich gestimmt.

Edwina knickte eine neue Blüte ab und schnalzte mit der Zunge. »Wofür werden diese Gärtner eigentlich bezahlt? Das möchte ich zu gerne wissen. Da drüben ist einer«, rief sie, auf einen Mann in Arbeitshosen deutend, der gerade Anstalten machte, einen blühenden Busch zu beschneiden. »Ich werde mal eben mit ihm reden.«

Der Mann hatte keine Chance. Edwina, die ihr mangelhaftes Italienisch dadurch wettmachte, daß sie sehr laut sprach und heftig gestikulierte, überrumpelte den armen Gärtner völlig, der nur noch ergeben nicken konnte.

»Hoffnungslos«, urteilte sie kopfschüttelnd, als sie zurückkam. »Hat nicht die geringste Ahnung vom Beschneiden.«

Hinter ihrem Rücken sah ich, wie der Gärtner seine Geräte zusammensuchte und sich schleunigst aus dem Staub machte. Lächelnd nahm ich ihn in Schutz. »Vielleicht ist er einer von den neuen. Alex erwähnte neulich, er hätte ein paar zusätzliche Männer zur Pflege des Parks eingestellt.« Jedenfalls waren während der vergangenen Woche deutlich mehr von ihnen zu sehen gewesen. Mir begegnete immer mindestens einer, wenn ich hinausging. Ich erzählte Edwina davon und fügte hinzu: »Übrigens haben Danielas Männer auch mit irgendwelchen Arbeiten am Pfauenteich begonnen. Ich war jetzt ein paar Tage nicht mehr dort, aber beim letztenmal konnte man erste Anfänge erkennen.«

»Tatsächlich? Wollen wir mal nachsehen?«

Es hatte sich jedoch nichts verändert seit dem Tag, an dem ich mit Madeleine und Poppy dort gewesen war. Der langgestreckte Teich mit den faulig riechenden Seerosen und der Reihe schwanzloser Pfauen sah unberührt aus, ebenso die steinernen Windhunde, die stoisch das Stupsen und Beschnuppern ihrer Vettern aus Fleisch und Blut ignorierten. Unsere Schritte klangen an diesem trüben Nachmittag sehr laut und verloren auf den Marmorplatten um den Teich.

»Max, komm da raus«, rief Edwina, als Max in einer dunklen Ecke des Mausoleums zu scharren begann.

»Dort haben die Männer angefangen zu arbeiten«, sagte ich. »Sie haben die Gruft geöffnet.«

»Wie merkwürdig.« Sie ging die Stufen zum Grabmal hinauf, um selbst nachzusehen. Es lagen diesmal weniger Werkzeuge herum, aber die Steinplatte lehnte immer noch auf der

Seite, und die rechteckige Öffnung mit der alten Eisenleiter gähnte im Boden.

»Sie werden wohl Reparaturen am Fundament ausführen«, vermutete Edwina und spähte neugierig hinunter. Max drückte sich an ihr vorbei und steckte seine lange Schnauze in das Loch, doch sie zog ihn am Halsband zurück. »Weg da, du Dummkopf. Jaja, du riechst lauter interessante Dinge dort unten, ich weiß, aber sie sind es nicht wert, daß du dir den Hals brichst. Schluß jetzt, geh weg.« Sie vertrieb ihn mit gebieterischer Geste.

Max wich nur widerwillig zurück und jaulte dabei leise, so daß ich mich fragte, ob er vielleicht seine Vorfahren in dem dunklen Gewölbe roch. Ich selbst konnte nichts riechen, außer dem Moder einer Gruft, in die nie das Tageslicht fiel, aber Max mit seiner feineren Nase hatte möglicherweise den Geruch des Todes wahrgenommen.

Edwina teilte meine Phantasie nicht. »Hat wahrscheinlich eine Ratte gewittert«, lautete ihre nüchterne Interpretation. »Dort unten haust bestimmt eine ganze Bande davon.« Sie richtete sich auf. »Apropos Ratten, Sie müssen mir noch die Geschichte von diesem Arbeiter erzählen, der sich verdrückt hat ... wie hieß er doch gleich?«

»Pietro?«

»Genau. Ich wollte Teresa nicht zu sehr mit Fragen quälen – sie ist immer noch ganz erschüttert von Giancarlos Tod, die Arme –, aber soviel ich ihren Worten entnehmen konnte, hat dieser Pietro Gegenstände aus dem Haus entwendet, und Giancarlo ist ihm auf die Schliche gekommen. Stimmt das?«

Ich nickte und berichtete in groben Zügen, was geschehen war, unter Auslassung der Einzelheiten, die Alex mir im Vertrauen erzählt hatte.

»Unfaßbar«, sagte sie, als ich fertig war. »Ich habe Giancarlo nie besonders gemocht, er hatte für meinen Geschmack zuviel von seinem Vater, aber bei all seinen Fehlern war er der Familie treu ergeben. Sein Tod muß ein schwerer Schlag für Alex gewesen sein.« Der undefinierbare Ausdruck auf ihrem Gesicht ließ mich überlegen, ob sie ebenfalls glaubte, daß ihr

Schwiegersohn auch Giancarlos Vater war. Aber ihre Gedanken wanderten schon wieder in eine andere Richtung. »Sie sagen, Giancarlo konnte eines der gestohlenen Stücke wieder zurückbringen? So ein Glück. Oft verschwinden wertvolle Kunstgegenstände einfach spurlos. Bei einer Nachbarin von mir ist letzten Winter eingebrochen worden, und die Diebe haben mehrere Gemälde mitgehen lassen. Man sollte meinen, so etwas Sperriges und Auffälliges wie Bilder wäre leicht ausfindig zu machen, aber die Polizei sagte, es gebe einen riesigen internationalen Schwarzmarkt für gestohlene Kunst und ausreichend Privatsammler mit mehr Geld als Moral. Viele Dinge würden nie wieder auftauchen. Daher ist es wirklich ein Glück, daß dieser Pietro rechtzeitig gestoppt wurde, bevor er noch mehr Schaden anrichten konnte. Ein Glück auch für Daniela«, fügte sie hinzu. »Sie kann es sich nicht leisten, daß ihr Name mit einem Diebstahl in Verbindung gebracht wird. Nach allem, was ich gehört habe, ist sie nicht sehr beliebt bei den anderen Stiftungsvorsitzenden, die sie nur wegen ihres verstorbenen Mannes dulden. Ihnen wäre jeder Grund recht, um sie loszuwerden, und was sollte sie dann tun? Sie könnte ihren gewohnten Lebensstil ohne die Stiftung nicht aufrechterhalten.« Edwina ließ nachdenklich ihren Blick über die Giebel des Hauses hinter uns schweifen. »Mich würde mal interessieren ... Sind noch bei anderen Leuten, die ihren Besitz der Stiftung überantwortet haben, Gegenstände vermißt worden?«

»Alex hat schon Nachforschungen in diese Richtung angestellt«, versicherte ich ihr, »und es sieht nicht so aus.«

»Aha. Nun, ich glaube auch nicht, daß jemand mit einer Gaunerei dieser Größenordnung davonkäme, jedenfalls nicht lange. Das würde sich schnell herumsprechen. Und selbst wenn es innerhalb der Stiftung eine Bande von Schwindlern gäbe, würden sie sich doch nicht die Mühe machen, Kunstgegenstände zu entwenden, *bevor* sie einen Besitz übernehmen, oder? Sie würden warten, bis sie freie Bahn haben und der Eigentümer nicht mehr vor Ort ist.«

»Aber Alex wird weiterhin hier sein«, gab ich zu bedenken.

»Meinen Sie?« Sie sah sich zweifelnd in dem zypressengeschützten Garten um. »Ehrlich gesagt kann ich ihn mir hier nicht vorstellen – dieser Ort paßt nicht zu Alex. Er ist eher ein bescheidener Mensch. Sicher wird er hin und wieder auf Besuch herkommen, aber hier leben?« Sie schüttelte den Kopf. »Nein, das sehe ich nicht. Es ist nicht sein Haus, verstehen Sie? Es ist das Anwesen seines Großvaters, und das wird es sein, solange es steht.«

Sie hatte recht. Il Piacere trug überall den Stempel Galeazzos: Sein Geschmack, sein Stil, seine Dekadenz hatten sich in jedem Raum angesammelt wie Staub, der bloß aufwirbelte, wenn man ihn wegzuwischen versuchte, um sich anschließend noch hartnäckiger abzusetzen. Egal, wie lange Alex hier lebte oder wie viele Veränderungen er vornahm, das Haus würde ihm nie wirklich gehören.

»Aber wohin soll er gehen, wenn er nicht hier lebt?«

Sie antwortete mit einem gleichmütigen Achselzucken. »Die Welt ist groß. Es ist besser, sich ein Fleckchen zu suchen, an dem nicht so viele Geister umgehen.«

Sie meinte das natürlich im übertragenen Sinn, aber ich mußte trotzdem grinsen.

»Was ist?« fragte sie.

»Nicht so wichtig. Bloß, daß ich nach den vergangenen Wochen schon beinahe selbst an Gespenster glaube.« Ich erzählte ihr von den »Schritten« in meinem Zimmer, von der murmelnden Frauenstimme und meinem Wachtraum, in dem ich Celia die Erste am Fuß meines Bettes gesehen hatte. Zum Scherz sagte ich: »Vielleicht hat Ihre Séance ja Celias Geist auf den Plan gerufen.«

Edwina konnte nicht darüber lachen. Mit todernster Miene sagte sie langsam: »Ja, das wäre möglich.«

»Bitte, ich habe das nicht ernst gemeint ...«

»Wenn wir sie herbeigerufen haben, sucht sie jetzt vielleicht weiter nach einem Medium, um sich mitzuteilen.«

Ich bemühte mich erneut, einen leichten Ton anzuschlagen. »Na, in dem Fall ist sie an die Falsche geraten. Ich bin für solche Sachen nicht zu haben.«

»Nein. Ich hätte es auch für wahrscheinlicher gehalten, daß sie es bei dem kleinen Mädchen versucht.«

»Bei Poppy?«

Edwina nickte. »Die Geister wenden sich oft an Kinder dieses Alters, ich weiß nicht, warum. Möglicherweise hat es etwas mit der beginnenden Pubertät zu tun. In diesem Lebensstadium scheinen junge Menschen eine besondere Form von Energie auszustrahlen, die die Geister anzieht.« Ihr fiel auch gleich ein Beispiel ein: »Dieser Traum, den Poppy nach der Séance hatte, könnte ein Kontaktversuch von Celias Geist gewesen sein.«

Oder schlichtweg die blühende Phantasie einer Zwölfjährigen, dachte ich. Doch weil ich Edwina mochte und ihren Glauben respektierte, behielt ich meine Skepsis für mich und sagte statt dessen: »Also, wenn das so war, war es ein Fehlschlag, denn sie hat Poppy seitdem in Frieden gelassen und es auf mich abgesehen.« Ich lächelte. »Sie sind wirklich sicher, daß Sie keine zweite Séance abhalten und ihren Geist dorthin zurückschicken wollen, wo er hergekommen ist?«

»Ganz sicher. Ich habe Ihnen schon einmal gesagt, meine Liebe, daß eine Wiederholung der Séance schwerwiegende Folgen haben könnte. Schließlich geht es hier um Mord.« Mit einem letzten Blick in das gähnende Loch zu unseren Füßen drehte sie sich um und schlenderte die Stufen zum Teich hinunter. »Celia Sands' Geist hat behauptet, sie sei von einer Frau ermordet worden. Und meine Befürchtung ist, daß damit Francesca Tutti gemeint war.«

Ich folgte ihr stirnrunzelnd. »Galeazzos Frau?«

»Sie wäre nicht die erste Frau in der Geschichte, die eine Rivalin umbringt.«

Ich mußte wieder an Medea denken, die Jasons neue Frau und seine Kinder vergiftet hatte, und an Galeazzos düsteres Gedicht, in dem er von einer Frau spricht *wie Medea, das Blut meiner Kinder an ihren Händen … Flammen der Eifersucht um ihr Haupt …* Hatte er Francesca Tutti gemeint?

»Außerdem«, bemerkte Edwina, »waren nicht allzu viele andere Frauen in der Nacht anwesend, als Celia verschwand.« Sie blieb am Fuß der Treppe stehen, verschränkte die Hände hinterm Rücken und blickte so ernst über den schlammigen Pfauenteich, daß ich mir in Erinnerung rufen mußte, was wir hier taten: Wir sprachen rein hypothetisch über die Vorwürfe eines nicht existenten Geistes.

»Haben Sie sie gekannt?« fragte ich.

»Francesca? Nein, wir sind uns nie begegnet. Sie starb lange bevor meine Tochter hierherkam.«

»Aber was würde es jetzt noch ausmachen, wenn Francesca den Mord begangen hätte? Sie ist tot – alle von damals sind tot. Die Wahrheit könnte ihr nicht mehr schaden.«

»Nein, aber die Sünden der Väter – in diesem Fall der Mütter – fallen auf die Söhne zurück. Oder die Enkelsöhne.« Sie sah mir forschend in die Augen, um sicherzugehen, daß ich sie verstand. »Es ist nicht schön zu erfahren, daß man von einer Mörderin abstammt.«

»Nein, bestimmt nicht.«

»Das ist der Grund, weshalb ich keine Séance abhalten will.«

Endlich begriff ich, warum sie so unnachgiebig in dieser Sache war. Sie wollte Alex keinen Kummer bereiten, indem sie ein dunkles Licht auf seine Vorfahren warf. Ihre Sorge war nicht ganz unbegründet, mußte ich zugeben, denn es würde keinen Unterschied machen, ob die »Botschaft« eines angeblichen Geistes bei der Séance nur eine Projektion von Edwinas Unterbewußtsein war und ob Alex an solche Dinge glaubte oder nicht. Schon die kleinste Andeutung, seine Großmutter väterlicherseits habe Celia die Erste umgebracht, könnte sich als fatal erweisen. Vermutungen würden zu Gerüchten werden, und Gerüchte, die nicht eindeutig widerlegt werden konnten, setzten sich fest wie ein Virus und infizierten den guten Namen einer ganzen Familie.

Edwina hatte recht, es war besser, die Vergangenheit ruhen zu lassen.

Als wir am Teich entlang zurückgingen, sagte sie: »Sie könnten versuchen, das Celias Geist zu erklären, falls er Sie wieder heimsucht.«

Sie sagte das so selbstverständlich, als würde jeder ständig mit Geistern plaudern, und ich mußte lächeln und wieder an Sally und ihre »Weiße Magie« denken – die komischen Beschwörungsgesänge, die Runensteine und die Tarotkarten. Edwina und Sally teilten einen Glauben an übernatürliche Dinge, den ich nicht nachvollziehen konnte. Andererseits – wenn ich ehrlich war, mußte ich einräumen, daß die Weissagung der Tarotkarten sich bisher auf unheimliche Weise bewahrheitet hatte: die selbstsüchtige, grausame Frau, die mir das Leben schwermachte, Streit und Krankheit in meiner Familie – denn wer sollte meine Familie sein, wenn nicht Rupert und Bryan? – und der Mann mit den hellbraunen Haaren, nach außen ruhig, doch leidenschaftlich im Innern, wie ich an diesem Morgen hatte feststellen können …

Edwina entging meine plötzliche Röte nicht, und sie wollte mich wohl gerade darauf ansprechen, als die Hunde, die rechts und links vom Teich herumgeschnüffelt hatten, uns mit ihrem Bellen erschreckten. Die Köpfe vorgestreckt, das Fell gesträubt, richteten sie ihre Nasen gleichzeitig auf eine Lücke in der hohen Zedernhecke, die uns umgab. Dann machten sie in perfektem Einklang einen langen Satz und hechteten davon.

XIV

»Und, haben sie etwas aufgespürt?« fragte Madeleine am nächsten Morgen und richtete den Blick auf mein Spiegelbild, während ich mir die Haare kämmte. Wir saßen in meiner zukünftigen Garderobe und nutzten die Teepause dazu, um uns mit den Räumen vertraut zu machen, in denen wir uns während der Aufführungen umkleiden und ausruhen würden.

Meine Garderobe war für Celia die Erste ausgestattet worden und schimmerte daher ganz in Rosa wie die Wände des Korridors, nur daß es sich um ein wärmeres, anheimelnderes Rosa handelte. Die großen Spiegel an den Wänden – einer über dem Toilettentisch und ein zweiter, bodenlanger an der Schmalseite des Raums – hatten Rahmen aus demselben hellen Holz, aus dem der Toilettentisch bestand, und es gab ein kleines Waschbecken aus poliertem weißen Marmor. Mein Stuhl war ebenso wie der, auf dem Madeleine saß, mit hellrosa Brokat bezogen. Der Raum wirkte eigentlich viel zu elegant für seinen praktischen Zweck, doch unter all der Feinheit glaubte ich, noch den Geruch von Fettschminke wahrnehmen zu können, und auf dem Toilettentisch waren Brandspuren von Zigaretten zurückgeblieben – eine kleine, aber greifbare Verbindung zu der Schauspielerin, die vor über siebzig Jahren auf diesem Stuhl gesessen hatte.

Im Spiegel konnte ich ihr Gesicht sehen, das mich aus den Schwarzweißfotografien an der gegenüberliegenden Wand anblickte – es waren die gleichen Fotos wie in Madeleines Zimmer, bevor diese sie abgenommen hatte. Die Aufnahmen zeigten die Schauspielerin in künstlerischen Posen an verschiedenen Plätzen des Anwesens: Celia als Portia in einem langen, fließenden Renaissancegewand vor den Säulen des Obstgartens; Celia als Kameliendame, hingegossen auf eine steinerne Bank im Rosengarten und fast unter überhängenden Blüten begraben; Celia geisterhaft und ganz in Weiß, eine Hand theatralisch unter einem hauchdünnen Gazeschleier erhoben, durch den man den Schrecken auf ihrem Gesicht erkennen konnte ... Wahrscheinlich war es dieses Foto gewesen, das Poppys Alpträumen Nahrung gegeben hatte.

Ihretwegen hatte ich Madeleine auch von dem Zwischenfall mit den Hunden am Pfauenteich erzählt. »Nein, sie haben nichts aufgespürt, und vielleicht war es auch nur ein Eichhörnchen oder so was. Ich glaube nicht, daß ein Mensch einem Windhund entkommen könnte, die Tiere sind viel zu schnell. Aber ich dachte, du solltest es wissen, weil Poppy gern dort spielt, und wenn sich wirklich jemand am Pfauenteich herumtreibt ...«

»Ganz recht. Ich habe ihr schon verboten, allein dorthin zu gehen«, erwiderte Madeleine. »Mir gefällt diese offene Gruft nicht, das ist viel zu gefährlich. Außerdem ist der Ort ziemlich abgelegen, und wenn die Männer dort zugange sind ... man weiß heutzutage nie.«

Ich konnte sie gut verstehen. Selbst ich hätte mich dort nicht sicher gefühlt nach meinem Erlebnis in dem Garderobengang vor ein paar Wochen. Obwohl die Arbeiter inzwischen mit den Räumen fertig waren und alle Werkzeuge weggeräumt hatten und obwohl mir mein Verstand sagte, daß es nichts zu fürchten gab, fühlte ich mich nie ganz wohl hinter der Bühne und vermied es, mich allein dort aufzuhalten.

»Allerdings weiß ich nicht«, sagte Madeleine und begegnete meinem Blick im Spiegel, »ob mein Verbot etwas nützen wird. Mädchen in dem Alter hören nicht gern auf ihre Mütter.«

»Tja, auf mich hört sie ganz sicher nicht mehr.« Wehmütig legte ich meine Haarbürste ab. »Sie behandelt mich, als wäre ich Luft.«

»Oh, meine Liebe, es tut mir so leid. Sie wird darüber hinwegkommen, weißt du. Sie braucht nur ein bißchen Zeit zum Nachdenken, da ist sie ganz wie ihr Vater. Ich habe versucht, mit ihr zu sprechen, und Den auch, aber wie gesagt, Zwölfjährige haben ihren eigenen Kopf.«

»Schon gut. Sie hätte es früher oder später sowieso herausgefunden.«

Madeleine fand den Zeitpunkt trotzdem recht unglücklich. »Es war wirklich unverzeihlich, was Nicky getan hat. Er ist manchmal wie ein Kind. Wenn er sich aufregt, feuert er wahllos in alle Richtungen, und es war einfach Pech, daß du gerade in seiner Schußlinie gestanden hast. In Wirklichkeit war er nämlich wütend auf mich. Wir hatten uns kurz vorher gestritten, wegen seiner Besuche in der Villa delle Tempeste. Ich bin nämlich nicht blöd«, sagte sie auf meine überraschte Miene hin, »und blind bin ich auch nicht. Aber das Ganze wurde langsam etwas zu offensichtlich, und ich fand, daß er wenigstens um Poppys willen etwas diskreter vorgehen könnte.«

Mit neuem Respekt sah ich in Madeleines gelassenes Gesicht. »Kann ich dich etwas fragen?«

»Natürlich.«

»Warum bleibst du mit ihm zusammen?«

»Mit Nicky? Ach, aus Bequemlichkeit, denke ich. Und aus Eitelkeit. Tausende von Frauen wollen ihn, und ich habe ihn – in meinem Alter ist so etwas Balsam für das Selbstbewußtsein. In dieser Hinsicht bin ich deiner Mutter nicht unähnlich. Wir benutzen beide jüngere Männer als Jungbrunnen.«

Das konnte ich nicht so stehenlassen. »Du bist überhaupt nicht wie meine Mutter, kein Stück.«

»Lieb von dir. Aber im Ernst ...«

Ein Klopfen unterbrach uns.

»Herein«, sagte ich.

Den steckte seinen Kopf durch die Tür. »Die Pause ist gleich um. Wir fangen wieder an.«

Madeleine sah auf die Wanduhr über ihrem Kopf. »Wir haben noch sechs Minuten.«

»Ja, ich weiß, aber Nicholas scharrt schon mit den Hufen und ...«

»Wir kommen in sechs Minuten«, sagte sie entschieden.

Den grinste. »Alles klar.« Nachdem er die Tür hinter sich geschlossen hatte, griff Madeleine in ihre Handtasche und beugte sich zum Spiegel, um ihre Lippen nachzuziehen.

»Setz dich wieder, Celia. Nicholas kann warten. Soll er mit den Hufen scharren, soviel er will, er hat seinen Auftritt erst, wenn wir mit der Séance-Szene fertig sind, und das ist erst der Fall, wenn ich richtig zufrieden damit bin. Am liebsten würde ich Edwina noch einmal zu Rate ziehen.« Sie schraubte ihren Lippenstift zu und lächelte mein Spiegelbild an. »Hat sie dir erzählt, warum sie zurückgekommen ist? Nein? O Celia, das mußt du hören. Ich habe gestern zufällig mitbekommen, wie sie mit Alex darüber sprach, gleich nach ihrer Ankunft, denn offenbar hatte sie nicht geplant, hier noch einmal einen Zwischenstop einzulegen. Sie hatte einen direkten Flug von Athen oder sonstwo nach Hause gebucht, also fragte er sie, warum sie sich umentschieden hätte, und sie sagte, sie hätte eine Nachricht bekommen, daß sie hier gebraucht würde. Und rate mal, was sie antwortete, als Alex sie fragte, von wem die Nachricht wäre?«

»Von einem Geist?« riet ich.

»Fast. Von ihren *Geisterführern.* Ist das nicht großartig? Sie behauptet, diese Führer aus der Geisterwelt zu haben, die sie beraten, und die seien plötzlich während ihrer Rundreise in Griechenland aufgetaucht und hätten ihr zugeflüstert, daß etwas Entscheidendes auf Il Piacere geschehen würde, ziemlich bald, glaube ich, und daß sie hier sein sollte, wenn es passiert.«

Ich konnte mir Alex' Reaktion auf diese Begründung lebhaft vorstellen. »Und diese Geisterführer haben nicht zufällig angedeutet, was dieses entscheidende Ereignis sein wird?«

»Leider nicht.« Vergnügt lehnte sie sich auf ihrem Stuhl zurück. »Vielleicht haben sie unsere bevorstehende Premiere gemeint.«

»Erinnere mich bloß nicht daran. Ich bin schon nervös genug.«

»Das habe ich mir gedacht.« Auf meinen fragenden Blick sagte sie: »Du hast heute nicht dein übliches sonniges Gemüt. Da liegt es nahe zu vermuten, daß dir der Gedanke an die Premiere etwas auf den Magen geschlagen ist.«

Das war nicht der eigentliche Grund für meine bedrückte Stimmung. Ich mußte ständig an Rupert denken und hatte ihn den ganzen Morgen mit einer Eindringlichkeit beobachtet, als würde ich mein Augenlicht verlieren und müßte mir jede Bewegung, jedes Mienenspiel für immer einprägen. Aber davon konnte ich Madeleine nichts erzählen, also zuckte ich nur die Achseln. »Na ja ...«

»Es wird alles gutgehen«, sagte sie lächelnd.

Ich war mir da nicht so sicher.

XV

Gegen Mitte der Woche hatten sich die Proben, die bis dahin regelmäßig von zehn Uhr morgens bis sechs Uhr abends angesetzt gewesen waren, auf die Zeit von mittags bis Mitternacht verschoben, weil nun auch die Technik und die Kostüme mit einbezogen wurden. Diese Phase ist immer besonders hektisch und anstrengend: Das Bühnenpersonal aus allen Abteilungen – Beleuchtung, Ton, Elektrik, Requisiten, Maske, Garderobe und so weiter – kommt nun ebenfalls ins Spiel, und alle rennen wie verrückt durcheinander. Der erste dieser Tage, ein Mittwoch, war der längste und schlimmste; an ihm fand die technische Generalprobe statt oder, wie man in Schauspielerkreisen auch gern sagt, die »Nervenprobe«.

Sinn und Zweck dieser Sitzung war es, jedes Problem sofort bei seinem Auftauchen zu beheben, was zur Folge hatte, daß wir alle paar Sätze auf Ruperts Befehl innehalten mußten, während jemand einen Strahler ausrichtete oder sonst etwas zu bemängeln hatte.

Allerdings war an richtiges Spielen sowieso nicht zu denken. Es wäre ein Ding der Unmöglichkeit gewesen, bei den ständigen Unterbrechungen, dem Herumstehen und Warten, bis ein Problem behoben war und niemand mehr meckerte, das Gefühl für die Rolle zu behalten.

Im Verlauf dieser Woche wurden die Zügel nach und nach von Rupert an Den übergeben. Es begann mit der Nervenprobe, bei der Rupert uns zwar sagte, wann wir unterbrechen sollten, aber nur Den uns das Signal zum Weitermachen geben konnte. Am Donnerstag schließlich übernahm er ganz das Kommando und leitete die Marathonprobe so, wie er auch die Aufführungen leiten würde, während Rupert schweigend weiter hinten saß und sich Notizen machte.

Die Spannungen zwischen den beiden Männern schienen sich etwas gelöst zu haben, und ich erwähnte dies gegenüber

Bryan, als wir am Freitag morgen im unerwarteten Sonnenschein auf der Terrasse saßen und Kaffee tranken.

»Sieht so aus, als hätte es etwas gefruchtet, daß du mit Ru gesprochen hast«, sagte ich.

»Tja, manchmal kann ich richtig nützlich sein.« Er streckte die Beine aus, lehnte sich lächelnd zurück und blickte über die Zypressenspitzen auf den blaufunkelnden See. »Offen gesagt hat ihn wohl auch das Arbeitstempo in dieser Woche sanftmütiger gemacht. Er hat viel zuviel zu tun, um unfreundlich zu sein.«

»Das geht uns allen so.«

»Außer Nicholas. Der schafft es anscheinend immer, gemein zu sein, egal unter welchen Bedingungen.«

»Ich meinte eigentlich, daß wir alle viel zu tun haben«, sagte ich grinsend. Einschließlich Alex, den ich seit dem vergangenen Sonntag nicht mehr gesehen hatte, noch nicht einmal bei den Mahlzeiten. Unter normalen Umständen hätte mir das Sorgen gemacht, und ich hätte mir den Kopf darüber zerbrochen, ob das, was zwischen uns vorgefallen war, mir möglicherweise mehr bedeutete als ihm. Doch da die Produktion nun auf Hochtouren lief, blieb mir nicht viel Zeit zum Nachdenken.

»Weißt du, ich habe diesen Streß in den letzten Tagen vor der Premiere noch nie verstanden«, bemerkte Bryan. »Kann man das nicht anders organisieren? Ich meine, ihr seid nach dieser Phase alle total erschöpft und praktisch krank, was mir keine gute Ausgangsbedingung für die Aufführung eines Stücks zu sein scheint.« Er sah mich prüfend an. »Hast du dich heute morgen mal im Spiegel betrachtet?«

Ich gestand, daß ich Spiegeln bislang aus dem Weg gegangen war. »Es ist nicht so schlimm, wie es aussieht. Heute ist unser letzter langer Tag – die Generalprobe.«

»Na, dann sieh zu, daß du nicht zusammenklappst. Noch etwas Kaffee?«

»Ja, gern.«

Er schenkte mir aus der Kanne auf dem kleinen runden Tisch zwischen uns nach, und ich dachte daran, wie oft er das schon getan hatte, wie oft wir schon bei einer zweiten Tasse Kaffee über meine Probleme gesprochen hatten. »Bryan?«

»Mmm?«

»Kannst du dich daran erinnern, wie Ruperts Mutter gestorben ist?«

Er setzte die Kaffeekanne ab und reichte mir vorsichtig meine Tasse. »Ja, das kann ich.«

»War es sehr schrecklich?«

»Schön war es nicht.« Bryan lag es nicht, eine bittere Pille zu versüßen. »Es ist eine üble Krankheit, Engelchen, aber sie schreitet langsam voran. Ru hat noch Jahre vor sich.«

»Aber sie ist schon dabei, ihn zu verändern, stimmt's? Deshalb will er sich zur Ruhe setzen.«

»Ja.« Er goß sich ebenfalls Kaffee ein und lehnte sich wieder zurück. »Er vergißt häufig etwas, und die Stimmungsschwankungen werden schlimmer. Es gibt auch körperliche Einschränkungen, Bewegungen, die er nicht mehr kontrollieren kann. Bis jetzt hat er das ganz gut verborgen – dir ist vielleicht aufgefallen, daß er gern die Hände verschränkt hält –, aber es wird sich alles verschlechtern. Am Ende wird er nicht mehr laufen können.«

»Er wird es hassen.«

»Er wird sich daran gewöhnen. Wie wir alle.« Bryan beugte sich vor und sah mir in die Augen. »Ich weiß, es ist schwer, aber versuch, nicht allzusehr darüber nachzugrübeln, ja? Man weiß nie, was die Zukunft bringt, was für medizinische Fortschritte in den nächsten Jahren gemacht werden. Es hat keinen Sinn, sich große Sorgen zu machen, bevor es nicht wirklich etwas gibt, worüber wir uns sorgen müssen.«

»Ja, aber ...«

»Außerdem wird Rupert es dir nicht danken. Vor allem nicht jetzt, wenn du dich auf das Stück konzentrieren sollst. Er könnte sich jetzt bestimmt dafür ohrfeigen, daß er es dir gesagt hat.«

Ich hätte entgegnen können, daß Rupert wahrscheinlich nichts gesagt hätte, wenn Bryan ihn nicht dazu gedrängt hätte, doch in diesem Moment ging eine Tür hinter uns auf, und

Poppy kam auf die Terrasse. Als sie mich sah, zögerte sie zuerst und blieb stehen, dann warf sie exaltiert den Kopf zurück, um mir zu zeigen, daß ich für sie nicht existierte. »Guten Morgen, Bryan«, sagte sie ganz bewußt.

»Morgen.«

»Ich habe fertig gefrühstückt«, teilte sie ihm mit, »falls du noch mal dieses Spiel spielen willst.«

»Einverstanden. Bau schon mal alles auf, ich komme nach, sobald ich meinen Kaffee ausgetrunken habe.«

Als sie wieder hineingegangen war, hob ich fragend eine Augenbraue.

»Ich bringe ihr Cribbage bei«, sagte Bryan.

»Du schummelst doch immer beim Cribbage.«

»Eben. Ich habe es satt, ständig bei den Schlangen und Leitern geschlagen zu werden.« Er führte seine Tasse zum Mund und fügte hinzu. »Du solltest mit dem Mädchen reden, Engelchen.«

Verblüfft über die Einmischung sagte ich: »Sie will aber nicht mit mir reden. Du hast es doch gerade gesehen. Sie hat mich einfach ignoriert.«

»Das heißt aber noch lange nicht, daß sie auch von dir ignoriert werden will. Zwölfjährige sind keine rationalen Wesen. Glaub mir, ich weiß das.« Sein Blick war ironisch. »Wenn ich einen Penny für all die Male bekommen hätte, die du nicht mit mir geredet hast in dem Alter, wäre ich längst im Ruhestand und würde von den Zinsen leben.«

»War ich wirklich so schlimm?«

»Gnadenlos. Aber mein Trick war, daß ich nie aufgehört habe, mit *dir* zu reden«, erklärte er. »Wenn man sich nicht mehr bemüht, heißt das für ein Kind, daß einem nichts an ihm liegt.«

»Aber mir liegt etwas an Poppy. Ich mag sie.«

»Dann sprich mit ihr.«

»Also, heute werde ich es wohl kaum schaffen«, redete ich mich heraus. »Ich habe noch diese Pressekonferenz vor dem Mittagessen, dann einen Fototermin und dann die Generalprobe ... Mit viel Glück sind wir bis Mitternacht fertig.«

»Bestimmt findest du zwischendrin mal ein Minütchen.«

Ich hielt es immer noch für Zeitverschwendung. »Sie wird nicht auf mich hören.«

»Versuch es. Vielleicht überrascht sie dich.«

XVI

Poppy überraschte mich tatsächlich später, indem sie zur Generalprobe auftauchte. Sie war eine Woche lang nicht dabeigewesen, und es brachte mich etwas aus dem Konzept, als ich meinen Platz auf der abgedunkelten Bühne einnahm und Poppy auf halber Höhe neben dem Mittelgang sitzen sah. Bryan hatte sich wie immer in die letzte Reihe gesetzt, angeblich, um mich nicht abzulenken, doch ich konnte mich des Verdachts nicht erwehren, daß ich sein Gesicht nicht sehen sollte, wenn es schlecht lief. Der einzige Mensch, der mich wirklich hätte ablenken können, war nicht in der Nähe. Alex ließ sich nicht nur nicht blicken, sondern schien auch Poppy die Aufsicht über die Hunde für den Abend gegeben zu haben, denn sie lagen ruhig zusammengerollt an ihrer Seite – Nero halb schlafend, während Max mit der wohlerzogenen Geduld eines erfahrenen Theatergängers den Blick auf die Bühne gerichtet hielt.

Ich konnte nicht mehr feststellen, ob Edwina oder Daniela zugegen waren, denn plötzlich leuchteten die Scheinwerfer auf, der erste Akt begann, und ich dachte nur noch an mein Spiel, bis die Lichter um Punkt elf wieder verlöschten.

Zum erstenmal ernteten wir Applaus, ein wunderbares Geräusch, das eine heiße Welle der Freude durch meinen Körper jagte und mich daran erinnerte, warum ich so versessen darauf war, mit dieser seltsamen Kunst meinen Lebensunterhalt zu verdienen. Es war natürlich nur ein dünner Applaus, hauptsächlich von den Bühnentechnikern und Bryan, aber in Verbindung mit Ruperts Lächeln war er Belohnung genug.

»Ausgezeichnet«, sagte Rupert. »Ihr könnt alle stolz auf euch sein. Macht es morgen genauso, und es kann nichts schiefgehen. So, ein oder zwei Anmerkungen habe ich noch …«

Wie ich vorausgesehen hatte, ging es bereits auf Mitternacht zu, als ich Kostüm und Perücke schließlich gegen Jeans und Pulli vertauschte, und Poppy war nicht mehr da. Niemand konnte sich erinnern, sie weggehen gesehen zu haben, aber Den beruhigte Madeleine sofort.

»Es kann ihr nichts passieren. Sie haben doch jetzt all diese Lampen auf dem Weg zum Haus installiert«, sagte er, »da wird sie sich nicht verirren. Außerdem hat sie die Hunde bei sich. Ich bin sicher, daß sie längst brav in ihrem Bettchen liegt. Wir müssen sie zu Tode gelangweilt haben. Hier, trink ein Glas Wein, du hast es dir verdient.« Er schenkte ihr ein und hielt dann die Flasche einladend in die Höhe. »Celia?«

»Nein, danke, ich bin fix und fertig. Ich werde auch zum Haus zurückgehen und mich hinlegen. Wenn du möchtest, schaue ich kurz bei Poppy rein, Madeleine.«

»Würdest du das tun?«

»Kein Problem.« Das wäre eine gute Gelegenheit, Bryans Ratschlag zu befolgen und mich mit Poppy auszusprechen.

Ich lehnte Bryans Angebot ab, mich zu eskortieren, und überließ die anderen ihrer kleinen Feier. Während ich langsam auf dem nun hell erleuchteten Weg zurückschlenderte, überlegte ich, wie ich es am besten anstellen sollte, Frieden mit dem Mädchen zu schließen, was gar nicht so einfach war. Ich verwarf gerade den vierten Ansatz, als das Bellen eines Hundes schließlich in mein Bewußtsein drang, das von irgendwo rechts kam, etwas weiter oben am Hang.

Es war kein normales, spielerisches Bellen, sondern das schrille, kontinuierliche Melden eines Jagdhunds, der die Verfolgung aufgenommen hatte. Dann ging das Bellen plötzlich in ein Jaulen über und brach mittendrin ab.

Einer der Windhunde war verletzt oder in Gefahr, und falls

sich Poppy noch bei ihnen befand, brauchte sie Hilfe. Ohne zu überlegen, ob es klug war, den beleuchteten Pfad zu verlassen, machte ich kehrt und rannte in die Richtung, aus der die Laute gekommen waren.

Es war der Schauspieler, der im Haus anrief. »Sie müssen kommen«, drängte er. »Ihre Frau ... Sie müssen schnell kommen.«

»Ist Francesca etwas passiert?« Das war kaum möglich. Noch vor knapp einer Stunde, nach dem Ende der Generalprobe, war sie gesund und munter gewesen und so guter Laune, daß sie sie alle drei auf ein Glas Champagner in die Villa eingeladen hatte. Er selbst war nicht hingegangen, er war müde ...

»Nein, nicht Francesca«, sagte der jüngere Mann. »Es ist Celia. Sie ist ... ich glaube, sie ist tot.«

Er erinnerte sich nicht, den Hörer aufgelegt zu haben oder durch den Park gerannt zu sein. Eben hatte er noch in seinem Schlafzimmer gestanden, und im nächsten Moment war er in der Villa und hielt Celias leblosen Körper in seinen Armen, wiegte sie hin und her und beschwor sie, aufzuwachen.

Francesca beobachtete ihn seelenruhig aus einer Ecke, wie eine Spinne in ihrem Netz. »Du kannst nichts mehr für sie tun, caro. *Sie ist tot. Ich habe ihr das Zyanid gegeben, mit dem deine Gärtner die Wespen vernichten.«*

»Der Champagner«, der Schauspieler zeigte auf das Glas, das neben Celia auf den Teppich gefallen war. »Sie hat jedem davon eingeschenkt. Ich habe nicht gesehen, wie sie ...«

»Warum?« fragte er Francesca, benommen vor Schmerz. »Warum hast du das getan? Ich hatte schon andere Frauen, zahllose andere ...«

»Du hast selbst gesagt, sie ist nicht wie die anderen«, erwiderte Francesca. »Sie hat ein Kind von dir erwartet. Mir hat sie zwar nichts davon gesagt, aber ich habe Augen im Kopf. Du hast bereits einen Sohn. Ich konnte nicht zulassen, daß der Bastard seine Zukunft gefährdet.«

»Ich rufe die Polizei«, sagte der Schauspieler.

»Nein.« Er hob die Hand. Selbst in seinem erschütterten Zustand konnte er die Folgen absehen. »Warten Sie«, sagte er,

legte Celia sanft auf das Sofa und nahm den Schauspieler beiseite. »Ich habe einen Sohn, der nicht unter der schändlichen Tat seiner Mutter leiden soll. Wenigstens das kann ich ihm ersparen.«

Der Schauspieler starrte ihn ungläubig an. »Sie erwarten von mir, daß ich lüge?«

»Nur, daß Sie Schweigen bewahren. Werden Sie das tun?« Einen Moment lang glaubte er, der Mann würde sich weigern. Er war schließlich eng mit Celia befreundet gewesen.

»Ich werde es tun«, sagte der Schauspieler kalt, »aber es wird Sie einiges kosten.«

XVII

Es kam mir vor, als wäre ich wieder in einem meiner Träume und würde gejagt: Ich rannte, während schwarze Baumschemen von allen Seiten näher rückten … Nur waren diesmal keine Schritte hinter mir, und es fielen keine Schatten auf den mondbeschienenen Marmorboden, als ich in die langgestreckte Einfriedung des Pfauenteichs stürmte.

Ich blieb stehen, um Atem zu schöpfen, und sah mich um. Die schwanzlosen Pfaue schienen zu schlafen, das Wasser lag still unter seiner Seerosendecke. Auch das kleine Mausoleum ließ sich von meinem Eindringen nicht stören, und die Reihe der steinernen Wachhunde starrte ausdruckslos in der schläfrigen Stille vor sich hin.

Während ich so dastand, erwachte eine der Statuen zum Leben, streckte sich langsam, löste sich von der Treppe und kam geisterhaft auf mich zu.

Doch es war kein Geist, in Neros Augen funkelte das Leben. Er stieß ein hohes Winseln aus, wie Hunde es unter Streß tun, und blieb ein paar Meter vor mir stehen. Dann drehte er sich wieder um, drängte mich, ihm zu folgen. Besorgt versuchte ich, die Dunkelheit zu durchdringen. »Poppy?«

Keine Antwort, also hob ich meine Stimme und versuchte es noch einmal.

»Hier!« rief sie. »Ich bin hier!« Ihre Stimme hallte merkwürdig, und Nero bellte ein paarmal scharf, als wollte er sichergehen, daß ich sie gehört hatte. Mit dem Hund an meiner Seite ging ich auf das Mausoleum zu.

Der Strahl einer Taschenlampe tauchte schwankend zwischen den Säulen auf, aus der dunklen Ecke, wo sich der Eingang zur Gruft befand. »Hier unten«, schrie Poppy und wedelte wieder mit der Taschenlampe, um mich zu der rechteckigen Öffnung zu dirigieren. »Ich kann nicht raus, ich sitze fest. Die Leiter ist kaputt.«

Ich konnte die aufsteigende Panik in ihrer Stimme hören. Geblendet von dem Lichtstrahl versuchte ich, sie zu beruhigen. »Hab keine Angst, ich hol dich da schon raus. Dreh die Taschenlampe mehr zur Seite, ja? Gut, so ist es besser.« Als das Licht mir nicht mehr direkt in die Augen schien, entdeckte ich sie etwa drei Meter unter mir, am Fuß der Eisenleiter. Sie weinte nicht, aber ihr nach oben gekehrtes Gesicht sah blaß und ängstlich aus. Ängstlich genug, daß sie sich nicht darum kümmerte, wer sie gefunden hatte.

»Wie bist du denn bloß da reingeraten?« fragte ich. »Bist du gefallen? Hast du dich verletzt?«

Sie schüttelte den Kopf. »Es war Max. Er ist gesprungen, weißt du. Und als ich hinuntergeklettert bin, um ihm herauszuhelfen, ist die Leiter zerbrochen.«

Da sah ich erst das schimmernde Augenpaar neben ihrem Bein und die dazugehörige dunkle Gestalt des Hundes, der freudig mit dem Schwanz wedelte. Ich kniete mich hin, um die rostigen Leitersprossen besser erkennen zu können. »Kannst du mir zeigen, wo sie zerbrochen ist? Halt die Taschenlampe drauf. Ah ja, ich sehe es.« Es war nicht sehr schlimm, die Bruchstelle befand sich etwa einen Fußbreit über ihrer ausgestreckten Hand. Ich würde Poppy ohne weiteres hochheben und dann selbst hinausklettern können. »Kein Problem. Ich werde runterkommen und dich auf die Leiter heben, okay?«

»Was ist mit Max?«

»Tja, ich werde versuchen, ihn auch auf die Leiter zu hieven, aber falls das nicht funktioniert, gehen wir und holen Hilfe. Vorsicht jetzt, ich komme.«

Sie trat ein Stück zurück, als ich meinen Abstieg begann. Die Leiter ächzte unter meinem Gewicht und rüttelte vibrierend an den Schrauben, die sie in dem Steinquader oben verankerten. Ich war froh, als ich loslassen und das letzte Stück zu Boden springen konnte, aber die Landung war hart und schickte einen Ruck durch meine Wirbelsäule.

Ich war erst einmal zuvor in einer Krypta gewesen, bei einem Schulausflug zur Kathedrale von Canterbury, doch diese Gruft war etwas völlig anderes. Ein unverkennbarer Geruch nach Verfall und Tod hing in der Luft, und von den Wänden ging eine alles durchdringende Feuchtigkeit aus. Froh über Max' stürmische Begrüßung streichelte ich seine Ohren und sah mich um, konnte aber nicht viel erkennen. Poppys Taschenlampe wanderte über eine Nische in der Wand, die einen kleinen Steinsarkophag zu enthalten schien – mit einem von Galeazzos Windhunden, nahm ich an –, doch dahinter lag nichts als Dunkelheit.

Armes Kind, dachte ich. Poppy mußte sich wirklich halb zu Tode geängstigt haben, allein hier unten. Ich lächelte ihr aufmunternd zu. »Okay, halt die Taschenlampe gut fest, dann helfe ich dir hinauf. Stell einfach deinen Fuß hier drauf«, sagte ich und bildete mit den Händen eine Räuberleiter. »So ist's gut, als würdest du auf ein Pferd steigen. Jetzt halt dich an meinen Schultern fest ...« Ich stemmte sie so hoch wie möglich, bis ich an dem nachlassenden Gewicht merkte, daß sie die Leiter gepackt hatte. Als ihr Fuß meine Hände verließ, warnte ich: »Sei vorsichtig«, doch sie war schon fast oben, kletterte heraus und kniete sich neben Nero, der geduldig bei der Öffnung Wache gehalten hatte.

»Wollen mal sehen, ob Max das auch so gut kann«, sagte

ich, hatte aber meine Zweifel. Der Hund war zwar leichter als Poppy, aber unbeholfener beim Klettern, und ich konnte ihm nicht verständlich machen, was er tun sollte. Schließlich mußte ich in die Hocke gehen und ihn überreden, die Vorderpfoten auf meine Schultern zu legen, während ich sein Hinterteil an meine Brust drückte. Dann richtete ich mich auf, schob ihn zur Leiter und brachte ihn dazu, seine Vorderpfoten auf die Sprossen zu setzen und sich abzustützen, aber das gefiel ihm nicht besonders. Das Wackelige der Situation machte ihn nervös, und es waren mehrere tastende Versuche nötig, ehe er sich endlich nach oben arbeitete. Mit beiden Händen von unten schiebend rief ich Poppy zu: »Leg dich auf den Bauch und versuch, ihn am Halsband zu packen und hinaufzuziehen.« Das gefiel ihm auch nicht, aber es funktionierte. Mit einem großen Satz verschwanden seine Hinterläufe und der Schwanz über dem Rand des Lochs.

Poppy richtete sich überglücklich auf. »Ich hab ihn.«

»Gut. Jetzt leuchte mit der Taschenlampe wieder hier runter auf die Leiter … danke.«

Ich mußte mich strecken, um die unterste Sprosse zu erreichen, und mich dann mit aller Kraft hinaufziehen, eine sportliche Übung, die ich seit den Klettergerüsten meiner Kindertage nicht mehr trainiert hatte. Meine Armmuskeln zitterten unter der Anstrengung und machten nach ein paar Sprossen schlapp, so daß ich mich fallen lassen und wieder von vorn beginnen mußte. Diesmal war es die Leiter, die schlapp machte – mit einem protestierenden Krachen brach das rostige Metall ein paar Zentimeter über meinen Händen entzwei und ließ mich erneut nach unten stürzen.

Ich landete hart, verlor das Gleichgewicht und rollte mich seitlich ab. Der Strahl der Taschenlampe folgte mir. »Alles in Ordnung«, rief ich, während ich mich aufsetzte und mein Knie massierte. »Ich bin nicht verletzt. Aber jetzt sitze *ich* fest, fürchte ich. Wir brauchen eine zweite Leiter oder ein Seil oder so was. Du mußt die anderen holen, damit mir jemand hilft.«

Die Taschenlampe bewegte sich nicht, sondern blendete mich mit ihrem Schein.

»Poppy?« Ich schirmte meine Augen mit der Hand ab und sah hinauf. »Sie sind wahrscheinlich alle noch beim Theater. Geh einfach und hole Rupert oder Bryan, sie werden wissen, was zu tun ist.«

Es folgte eine lange Stille, in der mir die Lampe immer noch voll ins Gesicht schien und ich langsam unsicher wurde. Ein paar unangenehme Gedanken begannen, sich in meinen Kopf zu schleichen. Meine Lage konnte nur als unvorteilhaft bezeichnet werden, und Poppy war noch ein kleines Mädchen, das bereits deutlich gemacht hatte, wie nachtragend es sein konnte. Sie hatte mich eine ganze Woche lang geschnitten und hätte wahrscheinlich damit weitergemacht, wenn sie nicht in der Klemme gesteckt und meine Hilfe gebraucht hätte. Jetzt, da sie in Sicherheit war, bestand kein Grund mehr für sie, mir zu helfen. Was sollte ich tun, wenn sie einfach mit den Hunden wegging und mich die ganze Nacht hier unten in der Gruft ließ?

»Poppy?«

Diesmal bewegte sich der Lichtstrahl. »Ich gehe«, sagte sie. Das klang in meinen Ohren nicht besonders ermutigend, doch ehe ich noch etwas anderes sagen konnte, war sie schon weg, und ich hörte, wie sich ihre Schritte auf den Marmorplatten entfernten und mit den nächtlichen Geräuschen des Parks verschmolzen.

Mir war kalt in diesem dunklen Loch. Ich schlang meine Arme um mich und trat an die Stelle, wo das Mondlicht indirekt in die Gruft fiel. Langsam gewöhnten sich meine Augen an die Dunkelheit, und ich erkannte die nächstgelegene Wand, während die anderen drei in der undurchdringlichen Schwärze verborgen blieben und ich ihre Lage nur aus meiner Erinnerung an die Ausmaße des Mausoleums erraten konnte. Die Wand war glatt und mit Marmortafeln verkleidet, welche so gut aneinandergepaßt waren, daß sie keinen Mörtel zu brauchen schienen. Galeazzo mußte die besten Handwerker für dieses letzte Geschenk an seine geliebten Windhunde beschäftigt haben, in dem er auch selbst die ewige Ruhe zu finden gehofft hatte. Sein Sarkophag stand ebenfalls irgendwo hier unten, allerdings leer, nach Alex' Worten, weil sein Vater sich geweigert hatte, ihn darin zu begraben. Zweifellos war er genauso kunstvoll gefertigt wie alles andere, und zu jedem anderen Zeitpunkt wäre ich sicher in Stimmung gewesen, die Handwerkskunst zu bewundern, aber nicht in dieser Nacht.

Nicht, während ich allein und fröstelnd dort herumstand und es möglichst vermied, daran zu denken, wo ich war und was mich umgab. Vor allem versuchte ich, nicht daran zu denken, was Max veranlaßt haben mochte, in dieses Loch zu springen, und verbannte Edwinas Stimme aus meinem Kopf, die sagte: »Er hat wahrscheinlich eine Ratte gewittert.«

In meinem kleinen Viereck aus Mondlicht stehend spitzte ich die Ohren und lauschte auf das Geräusch herannahender Hilfe.

Zuerst hörte ich nur den Wind in den Bäumen und ein Blatt, das über den Boden des Mausoleums wehte, verblüffend laut in der Stille. Ganz in der Nähe rief ein Nachtvogel, ein leiser, verstohlener Schrei, und dann hörte ich endlich Schritte, die näher kamen.

Ich atmete vor Erleichterung auf. Poppy hatte mich also nicht im Stich gelassen. Es klang, als würden sogar mehrere Personen zielstrebig auf das Mausoleum zugehen. Die leichten, schnelleren Schritte gehörten sicher Poppy, die anderen waren schwerer. Männer, dachte ich. Die Hunde konnte ich nicht hören, aber …

Einer der Männer sagte plötzlich etwas auf italienisch, und eine weibliche Stimme antwortete. Nicht Poppys, sondern Danielas.

Ich klappte meinen Mund wieder zu, den ich schon zu einem Hilferuf geöffnet hatte, und zog mich ins Dunkel zurück, wobei ich mich vorsichtig bewegte und hinter mir nach Hindernissen tastete. Als ich gegen die Seitenwand stieß, benutzte ich sie zur Orientierung und tastete mich Nische für Nische rückwärts, auf der Suche nach einem Versteck.

Die Nischen dienten offenbar hauptsächlich zur Verzierung, denn sie waren nicht tief genug, um sich darin zu verbergen, und die Hundesarkophage waren zu klein, als daß sie irgendwelchen Schutz geboten hätten. Hätte ich gewußt, wo sich Galeazzos Steinsarg befand, wäre ich sofort darauf zugegangen, doch so konnte ich mich nur in den hintersten Winkel drücken und hoffen, daß mich in der Dunkelheit niemand entdeckte.

Ich hätte im nachhinein nicht erklären können, warum ich so reagierte, wie ein Tier, das sich beim ersten Anzeichen von Gefahr in seinen Bau zurückzieht, aber einen Augenblick später wußte ich, daß ich die richtige Entscheidung getroffen hatte. Daniela sprach den zweiten Mann an: »Pietro …«, und er antwortete mit rauher, barscher Stimme.

Sie waren inzwischen ganz nahe. Ihre Schritte hallten auf den Stufen des Mausoleums wider und kamen am Rand der Öffnung zum Stehen. Ich hörte ein metallisches Kratzen, als etwas über den Marmorboden geschleift wurde, und begrub meine schwache Hoffnung, sie könnten wegen der zerbrochenen Leiter nicht herunterkommen – sie hatten ihre eigene Leiter mitgebracht, ein solides Modell aus Aluminium, das mit unheilverkündender Endgültigkeit auf dem Boden der Gruft landete. Eine Taschenlampe wurde angeknipst und streute ihr helles Licht nach unten, während ein Paar Stiefel – Männerstiefel – auf der obersten Leitersprosse auftauchte.

Ich stand wie festgewachsen in der Ecke und hatte wieder das Gefühl, in meinem Alptraum zu sein. Die Traumhandlung war zwar ein wenig anders gewesen, aber die Umgebung stimmte und auch die Furcht und das Herzrasen, die mit der verzweifelten Hoffnung einhergingen, daß mich niemand entdecken möge.

Der Mann mit den Stiefeln blieb nicht auf meiner Seite der Grabkammer, sondern ging zur gegenüberliegenden Wand, wo seine Taschenlampe eine große, gewölbte Nische beleuchtete, die mit in Stein gehauenene Heiligen und Engeln ausgeschmückt war und einen mannsgroßen Sarkophag aus weißem Marmor mit einer liegenden Figur darauf enthielt – Galeazzos, vermutete ich.

Wer der Mann mit den Stiefeln war, konnte ich allerdings

nicht erkennen. Er hatte mir den Rücken zugedreht, so daß er nur als Schemen vor dem Licht der Lampe zu sehen war, aber er schien mir zu klein für Pietro und bewegte sich anders.

Die Leiter quietschte und klapperte wieder, und zwei weitere Schatten gesellten sich zu ihm, zuerst Pietros, unverwechselbar in seinem Umfang, dann der kleinere, schmalere von Daniela. Sie hatte ebenfalls eine Taschenlampe dabei, und als sie den Strahl über die Wand vor sich gleiten ließ, erfaßte er auch die beiden Männer. Ich sah Pietros bärenhafte Schultern und den Hinterkopf des ersten Mannes mit seiner herzförmigen, kahlen Stelle …

Das überraschte mich zunächst nicht. Mir war bereits der Verdacht gekommen, daß es sich um Danielas geheimnisvollen Verehrer handeln könnte, aber da ich ihn nie von vorn gesehen hatte, war ich erstaunt, als er sich zu den anderen beiden umdrehte und ich auch sein Gesicht kannte.

Ich hatte ihn doch schon einmal von vorn gesehen, nämlich auf dem kleinen Platz in Sirmione, wo ich etwas gegessen hatte. Er war der Mann in dem roten Hemd, der mich so nervös gemacht hatte und der später wie ein Geier die Menge beobachtet hatte, als ich wegen Poppys Kette zurückgekommen war.

Meine Gedanken rasten zurück zu jenem Abend in der Veranda della Diana, nachdem Alex und ich von Teresas Haus zurückgekommen waren, und ich dachte daran, wie Alex mir erklärt hatte, warum Giancarlo ihr Treffen in Sirmione nicht eingehalten hatte: *Der Gehilfe war überzeugt, daß sie beobachtet würden …*

War das der Mann, der sie beobachtet hatte? Der Mann, der Giancarlo mit einiger Sicherheit nach Mira gefolgt war und ihn am Straßenrand hatte sterben lassen?

Ich betrachtete ihn mit zusammengekniffenen Augen, als er lächelte und die Hand erwartungsvoll zu Daniela ausstreckte. Weil sie hinter dem Licht stand, hatte ich nicht bemerkt, daß sie noch etwas anderes als die Taschenlampe trug. Es sah aus wie ein Koffer, einer, der gut als Requisite in einem

Stück hätte dienen können, das in den sechziger Jahren spielte: kastenförmig und mit hellblauem Kunstleder bezogen, das schon ein paar Dellen und Kratzer abbekommen hatte. Kaum die Sorte Koffer, die ich mit Daniela in Verbindung gebracht hätte, aber sie behandelte ihn sehr vorsichtig und händigte ihn nur zögernd aus.

Pietro trat dazwischen und unterbrach die Übergabe. Einen Augenblick lang dachte ich, der Mann mit der kahlen Stelle würde Widerstand leisten, denn er runzelte die Stirn und holte Atem, als wollte er etwas sagen, doch dann gab er nach und machte sogar eine einladende Geste, als Pietro den Koffer auf dem Sarkophag abstellte und die Schließen aufschnappen ließ.

Beide Taschenlampen richteten sich nach unten und beleuchteten den Inhalt des Koffers. Zuerst sah ich nur irgendein weißes, aufgeschäumtes Verpackungsmaterial. Pietro wollte es beiseite schieben, doch Danielas behutsamere Hand ging dazwischen, nahm das weiße Zeug weg und enthüllte eine Reihe von Gegenständen, die unter dem starken Lampenlicht funkelten und glitzerten. Sie sagte etwas zu Pietro, das so etwas wie »Siehst du? Was hab ich dir gesagt?« bedeuten mochte, aber er griff trotzdem nach einem der Objekte und nahm es heraus, bevor sie ihn aufhalten konnte.

Sofort brachen Daniela und der andere Mann in aufgeregte Warnungen aus, und ich sah auch, warum. Pietros riesige Pranke hielt eine Vase, die aus einem gelblichen, mit Edelsteinen besetzten Glas gemacht war und so aussah, als würde sie unter dem leichtesten Druck zerbrechen. Achselzuckend legte er sie wieder zurück und ließ Daniela mit einem Klicken den Koffer schließen.

Sie war also doch an dem Diebstahl beteiligt und schien weniger Wert auf ihren guten Ruf und den der Stiftung zu legen, als Edwina angenommen hatte. So, wie ich Daniela einschätzte, war es wohl gerade das Risiko, das sie anzog – sie liebte es, ein doppeltes Spiel zu spielen. Außerdem ging es natürlich um eine Menge Geld. Die Vase im Koffer ähnelte im Stil sehr dem byzantinischen Kelch, den Giancarlo von dem

Juwelier in Sirmione zurückgeholt hatte, und mußte ebenfalls aus Galeazzos Sammlung von Gegenständen aus dem Vierten Kreuzzug stammen. Diese Sachen würden auf dem illegalen Kunstmarkt zweifellos hohe Summen einbringen.

Ich war ganz in meine Betrachtungen über das Komplott vertieft, als irgend etwas – vermutlich ein Insekt – an meiner Wand herunterkrabbelte und ich reflexartig wegzuckte, wobei ich eine kleine Lawine von feuchten Steinbröckchen auslöste, die vielleicht nicht bemerkt worden wäre, wenn die anderen gerade gesprochen hätten ... aber das taten sie nicht. Ich sah, wie ihre Köpfe herumfuhren, sah den Schein der Taschenlampe in meine Richtung schwingen.

Es gab nichts, wo ich mich hätte verstecken können, und ich wollte auf keinen Fall, daß mich der Lampenstrahl in der Ecke hockend erwischte, als wäre ich diejenige, die hier etwas Verbotenes tat. Also stieß ich mich von der Wand ab, machte ein paar Schritte und stand ruhig und aufrecht da, als die Taschenlampen mich erreichten. Das Licht blendete mich und stach mir in die Augen, aber ich hielt den Kopf hoch erhoben und blickte starr geradeaus, wie es mir Madeleine für heikle Konfrontationen geraten hatte: Tu so, als wärst du eine Königin und die anderen die Diener.

Um den richtigen Ton bemüht sagte ich laut und deutlich: »Guten Abend.«

Aus dem Dunkel hinter den Lichtstrahlen ertönte Gemurmel. Es war ein ähnliches Gefühl, wie allein auf der Bühne im Rampenlicht zu stehen, hinter dem sich das Publikum verbirgt. Die Stimmen der Männer waren zuerst zu hören, dann übertönte Daniela sie beide auf englisch: »Was machen Sie hier?«

Entschlossen, mich trotz meiner Furcht nicht einschüchtern zu lassen, begegnete ich ihrer feindseligen Frage mit überlegen hochgezogener Augenbraue. »Eigentlich wollte ich Sie gerade dasselbe fragen«, sagte ich. »Ich habe den Eindruck, Ihre Erklärung dürfte interessanter ausfallen als meine.«

Wieder das Murmeln der Männerstimmen, das von Daniela mit einem kurzen Befehl zum Schweigen gebracht wurde, worauf Pietro auf mich zukam, mich hart am Arm packte und zu den anderen beiden zerrte. Obwohl ich regelrecht spürte, wie sich unter seinen dicken Fingern blaue Flecke bildeten, unterdrückte ich jeden Schmerzenslaut. Mein einziger Vorteil lag im Moment darin, keine Angst zu zeigen.

Der Mann mit der kahlen Stelle fragte Daniela etwas auf italienisch, das sie für mich übersetzte. »Woher wußten Sie, daß wir heute nacht hierherkommen würden?«

Auf diese nahe Distanz blendete mich das Licht seiner Taschenlampe nicht mehr, und ich hatte keine Mühe, sein Gesicht zu sehen. Die Art, wie er mich beobachtete, bestätigte mir, daß ich äußerst vorsichtig sein mußte. Ich zuckte die Achseln. »Reine Intuition.« Um weitere Fragen abzuwenden, ging ich in die Offensive und deutete auf den Koffer. »Sie glauben doch nicht im Ernst, daß Alex das Fehlen dieser Gegenstände nicht bemerken wird?«

Aus irgendeinem Grund schien Daniela meine Bemerkung amüsant zu finden, so sehr, daß sie sie den anderen übersetzte, damit sie auch ihren Spaß haben konnten. Pietro, der dicht hinter mir stand, stieß ein kurzes, bellendes Lachen aus, während der andere Mann nur dünn lächelte und seine Taschenlampe auf eine kleine Holzkiste in einer Nische zwischen der Wand und dem leeren Sarkophag richtete. Er hob den Deckel der Kiste ab und schob sorgfältig die Verpackung beiseite, um mir zu zeigen, was sich darin befand. Seine Lampe ließ eine Reihe von geschliffenen Edelsteinen aufblitzen, die eine zerbrechliche Vase aus gelbem Glas umringten. Dann sagte er etwas zu Daniela, worauf diese den Koffer ein zweites Mal öffnete und die andere, vollkommen gleich aussehende Vase erneut zum Vorschein brachte.

Unter der Vase erspähte ich den Rand von etwas, das wie ein Kelch aussah, und als ich die Bedeutung all dessen zu begreifen begann, fragte Daniela: »Was ist das Original und was die Nachbildung? Wissen Sie es? Natürlich nicht. Und Alex wird es genausowenig erkennen können. Für ihn wird nichts fehlen.«

Das war es also, was Giancarlo herausgefunden hatte – nicht

nur Diebstahl, sondern Diebstahl und Fälschung. Nachdem er Pietro bis zu dem Juweliergeschäft in Sirmione gefolgt war, mußte er von dem Assistenten erfahren haben, daß der Besitzer an der Herstellung von gefälschten Objekten beteiligt war.

Der Gedanke an Giancarlo ernüchterte mich, denn schließlich war er zum Schweigen gebracht worden, als er aufgedeckt hatte, was ich jetzt wußte, und in all den Krimis, die ich gelesen hatte, war es nie ein gutes Zeichen, wenn die Verbrecher der Heldin bereitwillig alle Einzelheiten ihrer Unternehmung schilderten. Es bedeutete, daß sie bereits beschlossen hatten, sie aus dem Weg zu schaffen.

Meine einzige Hoffnung war, daß Poppy bald mit den anderen – vor allem mit den Hunden – zurückkehrte.

»Gute Qualität, nicht?« Daniela berührte die Vase in der Kiste, stolz auf ihre Leistung. »Viele geschickte Künstler waren zu ihrer Herstellung nötig. Das Glas wurde speziell in Venedig mundgeblasen ...«

»Ach, deshalb waren Sie beide dort? Jetzt verstehe ich.« Als Daniela mich stirnrunzelnd ansah, fuhr ich ruhig fort: »Ich dachte, Sie hätten nur eine kleine Affäre hinter Alex' Rücken gehabt, aber es war wohl eher eine Geschäftsreise.«

Sie sah nicht erfreut aus. »Sie haben uns in Venedig gesehen?«

»Komischer Zufall, was? Und ich habe Sie auch zusammen in Mira gesehen, an dem Tag, als Bryan ankam.«

Ich sah, wie sie ihr Gedächtnis anstrengte. »Haben Sie Alex etwas davon gesagt?«

Weil es ihr so wichtig zu sein schien, wählte ich die Antwort, die ihr am wenigsten gefallen würde. »Natürlich. Ich fand, er hatte das Recht, es zu erfahren.«

Die beiden Männer hatten unseren Wortwechsel stumm verfolgt, doch jetzt stellte Pietro eine Frage, und Daniela antwortete mit einem knappen Satz, der mit »Signor D'Ascanio« begann. Vielleicht konnte ich mir ein dünnes Sicherheitsnetz knüpfen, indem ich sie glauben ließ, daß noch jemand außer mir über ihre Pläne Bescheid wußte. »Alex weiß sowieso alles«, sagte ich. »Noch mehr als ich. Giancarlo hat es ihm gesagt.«

Der Mann mit der kahlen Stelle sah mich an, und ich wußte, er hatte mich verstanden, denn seine Augen wurden schmaler und blickten durchdringend. Er gab nicht länger vor, eine Dolmetscherin zu brauchen und sagte: »Das glaube ich nicht. Nein, ich denke, Sie erzählen Lügen. Ich habe Giancarlo beobachtet, seit unser Mann in Sirmione sagt, es gibt vielleicht Problem. Ich würde es wissen, wenn Giancarlo etwas gesagt hat zu D'Ascanio.«

»Er ist nachts zum Haus gekommen.«

»Ja, aber das ist lange her, und Giancarlo hat selbst noch nichts gewußt zu der Zeit. Er hat immer noch Fragen gestellt.« Ohne daß er sich bewegt hätte, schien der Abstand zwischen uns geschrumpft zu sein, seine Körpersprache war selbstsicher.

Ich versuchte, meine Furcht zu verbergen, und sah ihm in die Augen. »Dann war es also Giancarlo, den Sie an jenem Sonntag auf dem Platz in Sirmione beobachtet haben?«

»Sie erinnern sich an mich? Ich bin geschmeichelt.«

»Und Sie waren es wohl auch, der ihm hierher gefolgt ist und ihn überfahren hat?«

Mit gespielter Bescheidenheit schüttelte er den Kopf. »Nein, nein, diese Aufgabe habe ich Pietro überlassen. Er ist schon hier, er kann leicht einen Wagen stehlen und auf Giancarlo warten. Ich kümmere mich solange um den Verräter.« Der Gehilfe des Juweliers, dachte ich verzweifelt, der Mann, der Giancarlo den Kelch gegeben hatte. Das Lächeln meines Gegenübers wurde zu einem selbstzufriedenen Haifischgrinsen. »Ich fürchte, er kann nichts mehr sagen, der Arme.«

Das Grinsen ließ mein Blut gefrieren, und ich widerrief im stillen meinen Wunsch von vorhin und hoffte geradezu, daß Poppy mich im Stich gelassen hatte und nicht ahnungslos mit jemand anderem zurückkam. Ein Mann, der so eiskalt lächeln konnte, war gefährlich und mit Pietro an seiner Seite zu allem fähig.

Daniela sah ihn fragend an. »Was machen wir jetzt?«

»Wir ändern den Plan.«

Ehe ich seine Absicht bemerken konnte, hatte er Pietro zugenickt, und ich spürte einen Schlag und sah tausend Lichter in meinem Kopf explodieren und danach nichts mehr.

Die Gruft war still und friedlich, der geeignete Ort. Hier würde sie wenigstens nicht gestört werden. Mit tränennassem Gesicht stemmte er sich gegen den Deckel des Sarkophags, bis dieser sich qualvoll Stück für Stück bewegte. Er war nicht mehr jung. Er brauchte lange.

Endlich hatte er ihn so weit verschoben, daß er sie vorsichtig hineinlegen konnte. Er hatte nicht daran gedacht, ein Kissen für ihren Kopf mitzunehmen … Vielleicht würde er ihr morgen eines bringen. Und Rosen. Ja, sie sollte auf Rosen gebettet sein, deren Duft sie so geliebt hatte.

Er drückte einen Kuß auf ihre Stirn und glättete das weiche, helle Haar. Hier konnte sie schlafen. An diesem Ort, wo er alles begrub, was er am meisten geliebt hatte, und wohin er selbst kommen würde, wenn die Zeit reif war, um in ihren Armen zu ruhen und Frieden zu finden.

»Bitte, Gott«, betete er laut, »laß es bald sein.«

Dann kniete er nieder, legte sein Gesicht auf die Stelle ihres Körpers, wo ihr gemeinsames Kind hätte wachsen sollen, und weinte um alles, was hätte sein können, und alles, was er verloren hatte.

XVIII

Ich öffnete die Augen und blickte in einen blaßorangenen Nebel. Träge trieb ich dahin … Ich wollte schlafen, aber das flackernde Licht hielt mich in seinem Bann. Ich hatte keine Ahnung, wo ich war – wahrscheinlich in einem Traum. Alles hatte diese unwirkliche, verzerrte Qualität von Träumen.

Auch die Frau an meinem Bett war nicht wirklich. Ihr hellgelbes Sommerkleid stammte aus einer anderen Epoche, und sie selbst war von einem schwachen Leuchten umgeben, das sie als etwas nicht Menschliches kennzeichnete. Ich begegnete kurz ihrem Blick und lächelte, ehe wieder alles verschwamm, weil ich in meinem seltsamen Schwebezustand meine Augen nicht scharf einstellen konnte.

Da ich nichts in dem Zimmer wiedererkannte, ließ ich mich eine Weile treiben, dann zwang ich meine Augen erneut in ihre Richtung. Sie war immer noch da, am Ende des Bettes. Aber das ist doch ganz falsch, dachte ich verwirrt, sie sollte in dem Porträt sein.

»Liebes, du mußt jetzt aufwachen«, sagte Celia die Erste mit der melodiösen Stimme, von der ich schon einmal geträumt hatte. »Alle warten.«

Ich versuchte, ihre Worte zu begreifen. »Warten? Worauf?«

»Wach einfach auf und komm mit, sei ein braves Mädchen.« Sie erhob sich und streckte auffordernd eine Hand aus. »Beeil dich.«

Es waren mehrere Versuche nötig, ehe ich stehen konnte – anfangs hatte ich keine Kontrolle über meine Beine, sie knickten unter mir zusammen, bis ich gelernt hatte, sie gerade zu halten –, und die ersten Schritte waren so wackelig, als würde ich auf Wellen gehen, aber ich gab mein Bestes, ihr zu folgen.

Der orangene Nebel wurde dichter und heller und verschluckte ihre Gestalt, als sie mich die Treppe hinunterführte. Unten wartete sie auf mich und lächelte. »Hier entlang.«

Ich schleppte mich im Zeitlupentempo hinter ihr her und fühlte mich sehr weit weg; mein Kopf war ein Ballon, der über meinen Schultern schwebte. Irgendwo vor uns hörte ich einen Hund bellen.

Celia die Erste verlor sich wieder im Nebel, blickte jedoch noch einmal zu mir zurück. »Du wirst ihm sagen, daß ich nicht weggelaufen bin, ja? Du wirst ihm sagen, daß ich ihn liebe?«

Dann verschwand sie, und der Nebel wurde erstickend heiß, brannte in meiner Kehle und meinen Augen, und als er sich wieder lichtete, sah ich plötzlich Ruperts erleichtertes Gesicht vor mir. »Gott sei Dank«, sagte er und legte einen Arm um mich. »Nichts wie raus hier.«

Auf einmal war ich wieder völlig bei Bewußtsein. Ich hörte lautes Knistern und erkannte, daß der Nebel kein Nebel war, sondern Rauch, und das orangene Licht Feuer. Einen kurzen Moment war ich gelähmt vor Schreck, weil ich nicht wußte, wo ich mich befand oder wie ich hierhergekommen war, und dann verstand ich, daß wir in der Villa delle Tempeste waren, ein paar Schritte von der Eingangshalle entfernt. Hinter uns konnte ich gerade noch die Überreste des Wohnzimmers ausmachen, wo flammende Stoffbahnen sich von den Fenstern neben dem Kamin lösten.

Als Rupert mich weiterzog, stolperte ich beinahe über etwas, das ich für einen Tisch hielt, bis es sich bewegte. Ich spürte weiches Fell, einen wedelnden Schwanz und eine lange Schnauze, die gegen mein Bein schubste. Der Hund – ich wußte nicht, welcher von beiden – drängte vorwärts mit einem nervösen Winseln, während ein brennender Balken von der Decke fiel und krachend neben uns landete.

»Geh jetzt, schnell.« Rupert dirigierte mich zur Vordertür. »Geh mit Max, er wird dich hinausführen.«

»Aber Ru …«

»Ich komme sofort nach. Ich muß noch schnell Edwina suchen.«

Es war mir vorher nicht in den Sinn gekommen, daß noch jemand in der Villa sein könnte, doch nun, da mein Verstand wieder arbeitete, entsetzte mich der Gedanke. Ich wandte mich um. »Edwina …«

»Geh«, sagte Rupert, packte meine Schultern und schob mich zur Tür. Ein weiterer Brocken fiel von der Decke, und Max jaulte auf. Ich faßte sein Halsband, duckte mich unter den dicksten Qualmwolken hindurch und ließ mich von ihm durch die Trümmer nach draußen zerren.

Jemand rannte auf mich zu, dann wurde ich von kräftigen Händen umfaßt, hochgehoben und an einen grobgestrickten Pullover gedrückt, der nach Alex roch. Unter meiner Wange schlug sein Herz stark und schnell, und als er seinen Kopf senkte, klang seine Stimme merkwürdig unsicher an meinem Ohr. Ich verstand nicht, was er sagte, aber der Klang war beruhigend. An ihn gelehnt nahm ich nur vage die Menschen und Rufe um uns herum wahr, eine hektische Betriebsamkeit.

Schließlich hob er den Kopf und strich mir die Haare aus dem Gesicht. »Ist alles in Ordnung mit dir?«

»Mir geht es gut. Aber Edwina …«

»Keine Sorge.« Er führte mich über den Rasen in eine sichere Entfernung zur Villa, bis die hohen Palmen einen Rahmen um sie bildeten. Von dort überblickte ich das ganze Ausmaß des Brandes, die Flammen, die bereits das obere Stockwerk verschlangen und sich hungrig nach dem Ziegeldach reckten, und die dunklen Gestalten, die einander Befehle zuriefen und sich gezielt um das Inferno bewegten. Eine der Gestalten löste sich von den anderen und kam auf uns zu, über dem Arm etwas, das wie eine Decke aussah.

Ich vergrub mein Gesicht in Alex' Pullover, weil ein neuer Hustenanfall mich schüttelte, und fühlte, wie die Decke um meine Schultern gelegt wurde.

»Um Himmels willen, Alex, laß ihr ein bißchen Luft.« Edwinas Stimme. »Das arme Mädchen kann ja nicht atmen, wenn du es so an dich drückst.«

Folgsam lockerte er seinen Griff, ließ mich aber nicht los. Der Anfall verebbte, und ich sah auf.

Edwina wirkte erstaunlich unversehrt für jemanden, der wie ich gerade aus den Flammen gerettet worden war. »Ein Glück, er hat dich gefunden«, keuchte ich. »Wo ist er?«

»Wer, Liebes?«

»Rupert.« Ihr verständnisloser Blick machte mir angst. »Er ist zurück ins Haus gegangen, um dich zu suchen. Er …«

Sie sah Alex mit großen Augen an, und in diesem Augenblick dämmerte mir, daß Edwina gar nicht in der brennenden Villa gewesen war. Meine Vernunft setzte aus, ich brüllte Ruperts Namen und rannte auf die Villa zu, aber Alex war schneller. Er umschlang mich erneut mit seinen Armen und hielt mich fest. »Celia!«

»Nein!« Ich schrie und schlug mit beiden Fäusten auf ihn ein, um mich zu befreien, doch selbst wenn er mich losgelassen hätte, hätte ich nichts mehr tun können. In der Ferne war das Heulen von Sirenen zu hören, aber die Silhouetten der Menschen zerstreuten sich, wichen laut rufend zurück, und ich sah, wie das Dach der Villa mit krachendem Gebälk einstürzte und helle Flammen triumphierend in den schwarzen Nachthimmel schossen.

XIX

Wenn ich später an jenen Morgen zurückdachte, kam er mir wie der längste in meinem ganzen Leben vor, und doch hatte ich keine klare, zusammenhängende Erinnerung daran. Ich erinnerte mich zum Beispiel nicht daran, mit den anderen zum Haus zurückgegangen zu sein, aber als die ersten Strahlen des Tageslichts über die Berggipfel kletterten, saß ich in meinem Zimmer und wurde auf Alex' Anweisungen von einem Arzt untersucht. Ich wußte nicht, wo der Arzt hergekommen war, und akzeptierte seine Gegenwart fraglos, protestierte aber heftig – keine Ahnung, warum –, als er vorschlug, mich zur Beobachtung ins Krankenhaus einweisen zu lassen. Er bestand nicht darauf. Da er keine schwerwiegenden gesundheitlichen Schäden feststellen konnte, hinterließ er Alex eine Liste von Symptomen, auf die er achten sollte, gab Anweisung, mich nicht allein zu lassen, und verschwand wieder. Etwas später war auch Alex verschwunden, und an seiner Stelle saß mir Madeleine gegenüber, Tee trinkend und betrübt.

»Sie hat ein schrecklich schlechtes Gewissen«, sagte sie, und irgendwann ging mir auf, daß sie von Poppy sprach. »Sie hat uns nämlich nicht gleich gesagt, wo du bist, und als wir endlich zum Mausoleum kamen, warst du schon weg, und wir dachten, du hättest dich irgendwie allein aus der Gruft befreit und wärst zurück zum Haus gegangen. Den lief voraus, um nachzusehen, und wir wären ihm alle gefolgt, wenn Max nicht gewesen wäre.«

Was hatte denn jetzt der Hund damit zu tun? »Max?«

»Er spielte vollkommen verrückt – ich habe noch nie erlebt, daß ein Hund sich so benommen hat. Er ist wie toll herumgesprungen und hat gebellt … er hat uns praktisch hinunter zur Villa gezerrt, und Poppy war sicher, daß er deine Spur aufgenommen hatte. Und dann haben wir auch schon das Feuer gesehen.« Sie blickte zur Seite, als wollte sie mich nicht daran erinnern. »Jedenfalls ist meine Tochter zur Zeit ein sehr unglückliches Mädchen. Sie wollte kommen und sich bei dir entschuldigen, aber ich habe ihr gesagt, sie soll noch ein bißchen warten …«

Dann schien sich der Raum zu drehen, und Edwina nahm Madeleines Platz ein, aber ohne Tee. Sie sah mich warmherzig an. »Du brauchst dich nicht zu schämen«, sagte sie. »Es ist gut zu weinen. Du hast einen schlimmen Schock erlitten und einen geliebten Menschen verloren. Obwohl du mit der Zeit verstehen wirst, daß du ihn nicht wirklich verloren hast – er ist nur in eine andere Welt hinübergegangen. Im Geist ist er immer noch bei dir.«

Warme Tränen liefen mir übers Gesicht, als ich mich umdrehte und halb erwartete, Ruperts Geist neben mir zu sehen. Mit Edwina im Zimmer war alles möglich. Ich war zwar immer noch skeptisch, fragte aber: »Können sie uns hören, wenn wir zu ihnen sprechen, die Geister?«

»Ja, ich glaube schon, wenn sie in der Nähe sind.«

Das tröstete mich ein wenig. Ich wischte mir mit der Hand über die Wangen und überlegte, ob ich ihr von meiner Begegnung mit Celia der Ersten in der Villa letzte Nacht erzählen sollte. Edwina würde mein Erlebnis nicht in Frage stellen, das wußte ich, aber genau das war es, was mich zögern ließ. Ich wollte es nicht bestätigt haben, ich wollte nicht denken, daß es Wirklichkeit gewesen sein könnte. Es war leichter, die Episode als eine Folge meiner leichten Gehirnerschütterung abzutun.

Meine Wahrnehmung funktionierte eindeutig nicht ganz richtig, aber ob das an der Gehirnerschütterung oder an meiner Trauer lag, konnte ich nicht sagen. Die Zeit verging schubweise, mit großen Lücken dazwischen. Edwina wurde irgendwann von Bryan abgelöst, der das alte pergamentene Gebetbuch mitgebracht hatte, um darin zu lesen, während er bei mir saß.

Beim Anblick dieses Buchs mußte ich an Rupert denken und daran, wie aufgeregt er gewesen war, als er es gefunden hatte; wie er vergeblich versucht hatte, seine Begeisterung mit mir zu teilen.

»Er hat es doch nicht mit Absicht getan, oder?« fragte ich. Bryan saß am Fenster und blätterte langsam darin. »Dieser Tag auf der Terrasse geht mir nicht aus dem Kopf, als wir über Selbstmord gesprochen haben und Ru uns diese Geschichte von deinem Nachbarn in Australien erzählt hat – du weißt schon, der sich erschossen hat, weil er seiner Familie nicht zur Last fallen wollte … Meinst du, Rupert hatte Angst, er würde zu einer Last für uns werden?«

»Nein, das glaube ich nicht.«

»Aber er muß doch gewußt haben, daß Edwina nicht in der Villa war.«

Bryan hob den Kopf. »Woher hätte er das wissen sollen? Sie war doch mit Alex weggefahren, oder? Sie waren gerade erst zurückgekommen.«

Vage erinnerte ich mich, daß Alex etwas dergleichen gesagt hatte. Er hatte mir erzählt, was in ihm vorgegangen war, als er die Villa bei seiner Rückkehr in Flammen vorfand und hörte, daß Max meine Spur vom Pfauenteich dorthin verfolgt hatte und ich wahrscheinlich darin war. Seine Stimme klang mir noch im Ohr: »Ich war halb wahnsinnig vor Angst …«

Mein Blick verschwamm, ich dachte wieder an Rupert und sah zu dem sonnenhellen Fenster hin, hinter dem sich die schneebedeckten, fernen Berge mit der gleichgültigen Schönheit der Natur vom Morgenhimmel abhoben, als hätte der Tod eines Menschen nichts verändert. Aber er hatte alles verändert.

»Jetzt wird er nie unser Stück sehen«, sagte ich.

»Er wird es sehen«, widersprach Bryan sanft. »Außerdem ist es ihm nie so sehr um die Aufführung gegangen, als um die Proben – er wollte mit dir arbeiten, wollte bei deiner ersten Hauptrolle Regie führen, das war sein größter Wunsch. Und der wurde ihm erfüllt.«

Er hatte natürlich recht. Rupert hatte den Großteil seiner Regiearbeit beendet und die Leitung bereits an den Inspizienten abgegeben – von nun an war das Stück Dens Kind.

Es half mir zu denken, daß Rupert nicht gestorben war, ohne seine Hoffnung erfüllt zu sehen; daß wir unsere besondere Zeit zusammen gehabt hatten, so wie es von ihm geplant worden war.

Bryan beobachtete mich. »Ich wünschte nur, er hätte dir nichts von seiner Krankheit erzählt. Das war wirklich schade. Damit hätte es noch gut ein Jahr Zeit gehabt.«

»Noch ein ganzes Jahr?« Ich sah ihn verdutzt an. »Was sollte dann überhaupt dieser Streit? Warum hast du gesagt, du würdest es mir erzählen, wenn er es nicht tut?«

»Ach das.« Er starrte auf die Pergamentseiten, die seine ziellosen Finger aufgeblättert hatten. »Dabei ging es nicht um seine Krankheit.«

»Worum dann?«

»Wie bitte?«

Wenn es nicht so untypisch für ihn gewesen wäre, hätte ich geschworen, daß er mir auswich, in der Hoffnung, ich würde das Thema fallenlassen. Geduldig fragte ich nach: »Was war es, daß er mir sagen sollte?«

Mit gesenktem Kopf gab er vor zu lesen. »Engelchen, das ist jetzt wirklich nicht der Zeitpunkt ...«

»Bryan, wenn du es mir nicht sagst, rege ich mich erst recht auf.«

Schweigend blätterte er eine weitere Seite um, dann seufzte er und klappte das Gebetbuch zu.

Und erzählte es mir.

XX

Die leere, runde Bühne wirkte in der Nachmittagsstille, als würde sie den Atem anhalten. Leise knarrten die Bretter unter meinen Füßen, dann umgab mich die Stille wieder wie ein Kokon, als ich am Bühnenrand stehenblieb und die dreizehn Sitzreihen überblickte, die aufwendig restauriert auf das Publikum warteten. Unwillkürlich mußte ich an den Tag denken, an dem ich zum erstenmal hier gestanden hatte, staunend und glücklich, als die Sonne sich wie heute über die Hügel ringsum ergoß und ein weiches Lüftchen unter dem spitzen Dach säuselte. Ich schloß die Augen, um die Erinnerung festzuhalten, und atmete den würzigen Duft der Pinien ein.

Heute wie damals kam mir der Monolog aus Sophokles' »Elektra« in den Sinn, den ich für Den und Rupert rezitiert hatte – Elektras Eröffnungsklage, jetzt noch passender, nach allem, was geschehen war. Elektra beweint Agamemnons Tod: »Daß ich nicht gleich ihr, die ihr Kind erschlug/ Der Nachtigall, mit dem Weheruf/ Vor diesen väterlichen Türen/ Den Widerhall allen hinausschrei!«

Vor diesen väterlichen Türen …

Hinter mir knarrten die Bühnenbretter.

Ich drehte mich nicht um. Dens Stimme sagte: »Entschuldige, ich habe nicht bemerkt, daß jemand hier ist.«

Ich schlug die Augen auf, nicht mehr Elektra, sondern wieder die einfache Celia. »Ich wollte nur …« Es war mir nicht möglich zu erklären, was ich gerade getan hatte, also drehte ich mich um und sagte schlicht: »Ich mußte weg vom Haus.«

Er stand am Eingang zu den Garderobenräumen, einen Kaffeebecher in der Hand, und lächelte befangen. »Ja, ich weiß, was du meinst. Ich kann auch nicht gut in der Gruppe trauern.« Er hielt seinen Becher in die Höhe. »Möchtest du einen Kaffee? Ich habe da hinten gerade frischen aufgesetzt.«

»Nein, danke.« Ich machte ein paar Schritte hinüber zu meiner markierten Eröffnungsposition und wandte mich wieder den leeren Sitzreihen zu, die in wenigen Stunden voller Menschen sein würden.

Den sah mir zu. »Hör mal«, sagte er, »willst du das wirklich durchziehen? Es ist nicht zu spät, die Vorstellung abzusagen, weißt du. Ich kann ...«

»Nein.« Ich hatte bereits mit Madeleine darüber diskutiert und war immer noch genauso entschlossen. »Ru wäre stinksauer, wenn wir wegen ihm absagen würden. Diese Inszenierung sollte ein Triumph für ihn werden, die Aufführung des unaufführbaren Stücks. Wir würden ihm diesen Triumph nehmen, wenn wir jetzt nicht weitermachten.«

Sein Blick war verständnisvoll, aber besorgt. »Es ist halt so kurz nachdem ... ich meine, es wird eine große Belastung für dich sein.«

»Ich schaffe es schon.«

»Wie geht's deinem Kopf?« fragte er und kam herüber, um nach der Beule an meinem Hinterkopf zu tasten. »Dieses Schwein hat dir ganz schön eins übergebraten, was? Hat der Arzt wirklich erlaubt, daß du schon wieder herumlaufen darfst?«

Ich versicherte ihm, daß ich mit vollem Einverständnis des Arztes auf den Beinen war.

»Tja, wenn du meinst ...« Er sah nicht sehr überzeugt aus, aber schließlich zog er seine Hand zurück und fragte: »Weißt du, ob Alex schon zurück ist?«

»Ich habe ihn nicht gesehen.« Jedenfalls nicht mehr seit dem frühen Morgen. Ich erinnerte mich verschwommen, daß er gleich nach den Polizeibeamten weggegangen war und mir auch gesagt hatte, wohin er wollte, aber es war einfach nicht in meinem Gedächtnis haftengeblieben.

Den wußte offenbar Bescheid, denn er nickte und bemerkte, daß Alex' Erledigung wohl einige Zeit dauern werde. »Hoffentlich ist er rechtzeitig zurück, ehe der Vorhang aufgeht. Ich wollte ihn nämlich bitten, die Ankündigung vorzulesen. Wegen Rupert. Ich glaube, keiner von uns könnte das heute tun, ohne eine traurige Figur abzugeben.«

Das war ein Argument. Ich jedenfalls war nicht routiniert genug als Schauspielerin, um Ruperts Nachruf verlesen zu können, ohne daß meine Stimme versagte und die Trauer mich überwältigte. Aber ich hätte nicht erwartet, Den mit demselben Problem konfrontiert zu sehen. Ich betrachtete ihn auf einmal mit anderen Augen. »Ihr habt euch lange gekannt, du und Rupert, nicht wahr?«

»Ja.« Die eine Silbe kam steif hinter seinem Kaffeebecher heraus.

»Es ist wirklich verrückt, daß ich dir in all den Jahren nie begegnet bin«, sagte ich, als er sich ein paar Schritte zum Bühnenrand entfernte und sich an das gebogene Geländer lehnte.

»Na ja, ich war nicht oft in England.«

»Du hast eine Zeitlang dort gelebt, sagt Bryan.«

»Nur kurz. Bevor du geboren wurdest.«

»Hast du damals mit meiner Mutter zusammengearbeitet?«

Er nickte. »Sie wird sich wohl kaum an mich erinnern.«

Ich spielte mit meinen Fingern und suchte nach Worten. »Hast du sie geliebt?«

Seine Hand mit dem Becher hielt auf halbem Weg zum Mund inne. Er senkte sie langsam und sah mich durchdringend an. »Ja«, sagte er endlich, »das habe ich.« Ich erkannte an seinen Augen, wie sich die Frage formte. »Was hat Bryan dir sonst noch erzählt?«

Ich blickte zu Boden. »Alles.«

»Ach du Schande.« Damit hatte er nicht gerechnet. Er stellte schnell den Kaffeebecher ab und fuhr sich mit der Hand übers Gesicht. »So solltest du das nicht … verdammt, ich hab ihn gebeten, das nicht zu tun.«

Ich hätte das falsch verstehen können, hätte mich vielleicht sogar zurückgewiesen gefühlt, wenn Bryan mir nicht auch erzählt hätte, wie bewegt Den vorigen Sonntag gewesen war, als sie miteinander gesprochen hatten. Daher wußte ich, wieviel Beherrschung es ihn kostete, mir ruhig und mit einem Blick, der um Verzeihung bat, ins Gesicht zu sehen.

»Ich habe nichts davon gewußt, verstehst du. Sie hat es mir nicht gesagt.«

In all den Jahren hatte ich mir immer wieder ausgemalt, wie ich mich bei dieser Begegnung verhalten würde, wenn es je dazu käme: Selbstsicher und beherrscht würde ich meinem Vater gegenübertreten; ich würde aufrecht den Raum durchschreiten – aus irgendeinem Grund hatte ich mir diese Szene immer auf einer Party vorgestellt, mit vielen Leuten drum herum – und ihm ganz erwachsen die Hand geben …

Doch Phantasien waren unzuverlässige Genossen, wie Bryan so gerne betonte. Alles andere als beherrscht stürzte ich auf Den zu und schlang ihm die Arme um den Hals.

Er hielt mich fest, als wollte er mich nie wieder loslassen, und ich spürte seinen Stoßseufzer als Luftzug in meinen Haaren. »Ich hatte solche Angst, daß du enttäuscht sein könntest und mich ablehnst.«

»Spinnst du? Die ganze Zeit habe ich gedacht, was für einen tollen Vater du abgeben würdest, wie gut du mit Poppy umgehen kannst und all das und hatte keine Ahnung …«

»Tja, ich auch nicht, bis zu dem Tag, als du und Maddy eure Anprobe in dem Saal hattet. Es gab zwar vorher schon ein paar Kleinigkeiten, die mir aufgefallen waren, aber als ich dich so herausgeputzt und mit der blonden Perücke sah, traf es mich wie ein Blitz.«

Stirnrunzelnd erinnerte ich mich an den Zwischenfall und wie Den mich angestarrt hatte. »Habe ich meiner Mutter da wirklich so ähnlich gesehen?«

Er schüttelte den Kopf. »Nicht deiner Mutter, *meiner* Mutter. Sie starb, als ich noch ein Kind war, aber ich habe Fotos von ihr als junge Frau. Du hast ihr Lächeln und ihre Augen … Aber das habe ich erst gesehen, als du diese Perücke trugst. Sie war blond, meine Mutter, weißt du.«

»Und ab da wußtest du Bescheid?«

»Ich hatte zumindest einen starken Verdacht. Gewißheit bekam ich erst, als ich mit deiner Mutter sprach.«

Ich wich ein Stück zurück und sah ihn an. »Du hast mit meiner Mutter gesprochen?«

»Ja, ich habe sie angerufen. Sie weigerte sich zuerst, es zuzugeben – ich denke, sie wollte ihre Fans gern in dem Glauben lassen, daß dein Vater ein berühmter Schauspieler ist und nicht so ein kleines Licht wie ich –, aber als ich schweres Geschütz auffuhr und mit einem DNA-Test drohte, rückte sie endlich mit der Sprache raus.«

»Und wann war das?«

»Oh, vor ein paar Wochen.«

»Du hättest es mir sagen können.«

»Das ist nicht unbedingt etwas, mit dem man beim Abendessen herausplatzt. Nicht nach zwanzig Jahren.«

»Zweiundzwanzig.«

»Ja, das war auch so eine Sache. Rupert sagte mir, du wärst einundzwanzig ...«

»Vielleicht hat er es wirklich verwechselt. Sein Gedächtnis war in letzter Zeit nicht das beste.« Doch die Entschuldigung klang selbst in meinen Ohren lahm. In Wahrheit hatte Rupert ganz offensichtlich nicht gewollt, daß Den von mir erfuhr, entweder aus Eifersucht oder aus Angst, er könnte mich verlieren, oder weil er mich einfach in diesem Sommer für sich allein haben wollte. Er war sogar so weit gegangen, mir von seiner Krankheit zu erzählen, was er gar nicht geplant hatte, statt Bryans Drängen nachzugeben und mir zu sagen, daß Den mein Vater war.

Allerdings konnte ich den Vorwurf, mir meinen Vater verheimlicht zu haben, ebensogut Bryan machen, der nicht minder lange Bescheid gewußt hatte. »Deine Mutter hat es uns einmal erzählt, als sie betrunken war«, hatte er mir gestanden, »und wir konnten später auch die Ähnlichkeit sehen, aber Dennis war ... na ja, er hatte gern seinen Spaß und war nicht gerade das, was man einen verantwortungsbewußten Menschen nennt. Außerdem«, hatte er sanft hinzugefügt, »warst du *unser* Mädchen.«

Für den letzten Grund hatte ich Verständnis, und deshalb konnte ich ihnen die Geheimniskrämerei verzeihen. Ob Den das ebenfalls konnte, wußte ich nicht.

»Egal, wie viele Jahre es waren«, sagte er jetzt, »jedenfalls bist du gut ohne mich zurechtgekommen. Du warst glücklich. Welches Recht hätte ich gehabt, das zu zerstören?« Er sagte es leichthin, um seine Verletzbarkeit nicht zu zeigen, aber ich sah den Hoffnungsschimmer in seinen Augen.

»Du hast nichts zerstört«, sagte ich und legte meinen Kopf an seine Schulter. »Ich bin glücklich.«

Er streichelte mir schweigend über die Haare, bis seine Hand wieder auf die Beule stieß. »Bist du ganz sicher, daß der Arzt ...«

»Ja.«

»Hm, vielleicht sollte ich ihn selbst anrufen.«

»Den ...«

»Hey«, verteidigte er sich. »Ich bin gerade Vater geworden. Ich habe zweiundzwanzig Jahre nachzuholen. Was mich daran erinnert ...« – er beugte sich zurück, um mich forschend anzusehen – »was läuft eigentlich genau zwischen dir und D'Ascanio?«

XXI

Alex kam eine Stunde vor Beginn der Vorstellung in meine Garderobe.

Ich war noch nicht umgezogen und hatte gerade erst begonnen, Make-up aufzulegen. Lächelnd begrüßte ich ihn und sah mich suchend um. »Wo sind die Hunde?«

»Im Zwinger. Menschenmengen machen sie nervös.«

»Verstehe. Das Publikum trudelt also schon ein?«

»Ja, ein paar Busse sind bereits da. Es wird eine ausverkaufte Premiere.«

Wenigstens hatte das Wetter gehalten, so daß die Leute auf den unüberdachten Plätzen im Trockenen sitzen konnten. Vielleicht war jetzt Schluß mit dem Regen und den Stürmen für diesen Sommer. »Komm herein und setz dich.«

»Nein, nein. Ich will dich nicht bei deinen Vorbereitungen stören«, sagte er, blieb jedoch wie festgewachsen an der Tür stehen und fixierte eine Stelle neben meiner Schulter. Nach all den Wochen kannte ich diese Haltung und wußte, daß er etwas auf dem Herzen hatte, aber zögerte, damit herauszurücken.

Ich machte mit meinem Make-up weiter und warf ihm einen Blick im Spiegel zu. »Hat Den dich gefunden? Er möchte, daß du vor der Vorstellung etwas über Rupert sagst ... «

»Ja«, antwortete er knapp und fügte dann verbindlicher hinzu: »Es wird mir eine Ehre sein, das zu tun.« Dabei schien ihm noch etwas anderes einzufallen, und er sah mich an, als wollte er eine Wunde abtasten und hätte Angst, mir Schmerz zuzufügen. »Wegen der Einäscherung ... Sie könnte morgen früh um zehn stattfinden. Wäre dir das recht?«

»Ja. Ich muß zuerst noch Bryan fragen, aber ich denke, das geht in Ordnung. Danke.«

»Bist du sicher, daß du keinen Trauergottesdienst möchtest? Wir haben eine Kapelle hier im Haus und ... «

Ich unterbrach ihn mit einem Kopfschütteln. »Ru hat so etwas gehaßt. Er hat immer gesagt, daß er kein feierliches Begräbnis will, wenn er mal stirbt, sondern daß wir einfach seine Asche im Garten verstreuen sollen. Bryan wird wahrscheinlich ein paar Freunde zu einer formlosen Trauerfeier einladen, wenn er wieder zu Hause ist.«

»Er wird wohl bald abreisen?«

»Am Mittwoch, glaube ich.«

»Aber du bleibst hier?«

Ich sah ihn verwundert an. »Natürlich.«

»Du warst dir gestern nacht noch nicht sicher.«

»Ach so. Na ja, ich war auch nicht ganz bei mir gestern nacht. Ich kann mich kaum noch daran erinnern, was ich gesagt habe.«

»Verstehe.«

»Stimmt etwas nicht?«

Mir fiel auf, daß er reservierter als je zuvor war, was nicht nur damit zusammenhängen konnte, daß er mich wegen Ruperts Tod schonen wollte. Er hatte sich wieder in sich zurückgezogen, war auf Distanz gegangen.

»Nein, alles in Ordnung. Mir ist klar, daß du gestern nacht unter Schock gestanden und Dinge gesagt hast, die du nicht gemeint hast. Ich werde dich nicht darauf festnageln. Ich bin Gentleman genug, um deine Entscheidung zu respektieren und den Weg freizugeben.«

Als müßte ich eine Blockade lösen, schüttelte ich den Kopf. »Den Weg freigeben? Für was? Für wen?«

»Für Den natürlich.«

Ich seufzte. »Ich habe dir doch gesagt ...«

»Ja, hast du, aber ich glaube dir nicht mehr. Ich bin heute nachmittag früher zurückgekommen als erwartet, und Teresa hat mir gesagt, daß Den mich sprechen will, also bin ich hierhergegangen, um ihn zu suchen ...«

»Ach, Alex ...«

»Schon gut. Aber erzähl mir nicht mehr, daß nichts zwischen euch ist. Ich habe gesehen, wie du ihn umarmt hast, und das war eindeutig mehr als freundschaftlich. Ich bin kein Dummkopf, weißt du.«

»Doch, das bist du«, sagte ich zärtlich.

»Was?«

»In einem hast du allerdings recht: Den und ich sind mehr als Freunde.« Ich erzählte ihm die ganze Geschichte von Anfang an und beobachtete, wie sich sein stoischer Gesichtsausdruck zuerst in Erstaunen und dann in offene Erleichterung verwandelte.

»Dein Vater ...« Er deutete ein Lächeln an und studierte mein Gesicht im Spiegel. »Man kann tatsächlich eine Ähnlichkeit erkennen, wenn man es weiß.«

»Deine Großmutter hat es gleich gesehen.«

»Das wundert mich nicht.« Immer noch etwas verstört zog er einen Stuhl an den Toilettentisch und setzte sich. Die Distanziertheit war aus seinen Augen verschwunden, und er war wieder der Alex, der mich letzte Nacht in seinen Armen gehalten und mich geküßt und mir zärtliche Dinge zugeflüstert hatte ...

»Was macht dein Kopf?« Wie Den konnte er es nicht lassen, nach der Beule zu tasten.

»Besser.«

»Wenn es dir hilft – ich habe von der Polizei gehört, daß sie Pietro bei seiner Festnahme ein wenig mit dem Gummiknüppel bearbeiten mußten. Er war nicht gerade sanft wie ein Lamm.«

Ich beneidete die Polizisten nicht, die diesen Riesen hatten festnehmen müssen. »Er ist immer noch der einzige, den sie gefaßt haben, oder?«

»Ja, aber keine Sorge. Sobald er gemerkt hat, daß die anderen ihn im Stich gelassen haben, ist er sehr gesprächig geworden. Es ist nur eine Frage der Zeit, bis sie Daniela und ihren Mann finden.«

Mein Kopf fuhr so schnell herum, daß mein Hals schmerzte. »Ihren *Mann*?«

»Genau.« Er sagte das mit einer Gleichgültigkeit, daß ich mich fragte, ob er seine Gefühle vor mir verbarg, aber er wirkte tatsächlich weder überrascht noch betroffen von Danielas ungeahntem Familienstand. »Celetti heißt er, glaube ich, die Polizei kennt ihn aber noch unter ein paar anderen Namen. Pietro hat ausgesagt, Danielas Heirat mit Forlani sei Celettis Idee gewesen. Ein millionenschwerer Greis schien ihnen wohl eine sichere Investition zu sein. Nur hat der Greis leider alles der Stiftung vermacht, so daß sie einen anderen Weg finden mußten, um an Geld zu kommen.«

»Sie haben die Anwesen der Stiftung ausgeraubt, indem sie wertvolle Kunstgegenstände durch Fälschungen ersetzten.« Er nickte bestätigend, und ich fragte neugierig: »Hast du gewußt, was sie vorhatten?«

»Ich hatte so meinen Verdacht. Der Kelch stieß mich darauf, den Giancarlo aus Sirmione zurückgebracht hatte. Armer Giancarlo«, sagte er düster. »Wenn er nicht soviel Sinn für Dramatik gehabt hätte, wäre er vielleicht noch am Leben. Er muß schon alles gewußt haben, als er mich an dem Tag vor unserem Ausflug nach Sirmione angerufen hat, aber er wollte es mir einfach nicht am Telefon sagen. Er wollte seine große Szene haben und mir den Gehilfen des Juweliers als Zeugen präsentieren, den Kelch als Beweis und sich selbst als den cleveren Detektiv, der alles enthüllt.« Er seufzte. »Alles, was ich am Telefon aus ihm herausbekommen konnte, war, daß wir es nicht mehr bloß mit Diebstahl zu tun hatten. Das war mir dann selbst klar, als ich den Kelch sah.«

»Wieso?«

»Ich war am Tag nach Giancarlos Tod in der Villa ...«

»Um Danielas Feuer zu entzünden?« fragte ich unschuldig.

»Um es zu löschen, wenn du es genau wissen willst. Dabei habe ich gesehen, daß der Kelch wie immer an seinem Platz in der Vitrine stand. Als Teresas Bruder mir dann einen zweiten Kelch gab, wußte ich natürlich, daß einer von beiden eine Fälschung sein mußte. Und als Daniela den Kelch am nächsten Morgen an sich nahm, ohne etwas zu sagen, schloß ich daraus, daß sie in dieser Sache mit drinsteckte.«

Es mußte ein schöner Schreck für Daniela gewesen sein, als sie erfuhr, daß der Kelch aus dem Juweliergeschäft in Sirmione verschwunden war. Ihr war sicher ein Stein vom Herzen gefallen, als Alex ihr den Kelch mit der Erklärung zurückgab, Pietro habe ihn gestohlen, und dann hatte sie Pietro schleunigst in ein Versteck geschickt.

»Ich war zuerst noch unschlüssig, was ich mit meinem Verdacht anfangen sollte«, fuhr Alex fort. »Ich wollte ganz sicher sein, ehe ich die Polizei hinzuzog, also habe ich mich mit einem Freund in Verbindung gesetzt – demselben, den ich gleich zu Anfang angerufen hatte, als Giancarlo mir von seinem Verdacht erzählte. Er hat der Stiftung sein Sommerhaus auf Sardinien überschrieben. Ich bat ihn, noch einmal nachzusehen, ob bei ihm vielleicht etwas Ähnliches vorgefallen ist, weil mit seinem Haus ein paar wertvolle Gemälde und Glaswaren an die Stiftung gegangen sind. Ich glaube, ich habe ihn am Dienstag angerufen, und am Mittwoch ist er mit einem Kunstsachverständigen in sein ehemaliges Sommerhaus gefahren.«

Ich bewunderte das kurzentschlossene Handeln des Mannes. »Und?«

»Keines der Gemälde war echt. Sie waren ausnahmslos

durch Fälschungen ersetzt worden. Gute Fälschungen«, betonte er. »Erstklassig. Daniela und ihr Mann haben sich nicht mit Stümpern abgegeben. Sie müssen ein ganzes Netzwerk von hochspezialisierten Fälschern oder ahnungslosen Kopisten beschäftigt haben, die ihr Handwerk verstehen. Mein Freund sagt, ihm selbst wäre nie etwas aufgefallen. Er war unheimlich wütend. Nicht, weil die Originale verschwunden waren, die er sowieso nie leiden konnte, sonst hätte er sie nicht weggegeben, sondern weil er den Diebstahl nicht beweisen konnte und am Ende noch selbst unter Verdacht geriet, die echten Gemälde behalten und sie gegen Kopien ausgetauscht zu haben. Ich glaube, einer der Stiftungskuratoren hat diese Möglichkeit dezent angedeutet, als der Kunstsachverständige sein Gutachten einreichte.«

Der Gedanke war mir noch gar nicht gekommen, aber natürlich hätte auch Alex' Ruf Schaden nehmen können, wenn später herausgekommen wäre, daß er der Stiftung einen Haufen wertloser Kopien statt der Schätze vom Vierten Kreuzzug überlassen hatte. »Die Leute von der Stiftung haben deinem Freund also nicht geglaubt?«

»O doch, er hat sie schließlich überzeugt«, grinste Alex. »Er kann sehr überzeugend sein bei voller Lautstärke. Die Stiftungsvorsitzenden selbst waren es, die die Polizei eingeschaltet haben.«

»Die Polizei war informiert?«

»Ja. Ich mußte allerdings schwören, Stillschweigen zu bewahren. Ich weiß, daß du nichts verraten hättest«, beeilte er sich, mir zu versichern, »aber es war ihre Aktion, und sie dachten wohl, je weniger Leute Bescheid wissen, desto geringer die Chance, daß jemand Daniela und ihre Spießgesellen aus Versehen warnt. Verzeih mir, ich hätte dich eingeweiht, wenn es mir möglich gewesen wäre.«

»Schon gut«, sagte ich. »Du kannst mich ja jetzt einweihen.«

Sein belustigtes Lächeln wäre mir beinahe entgangen, wenn ich nicht gerade zu ihm hingesehen hätte, aber es schimmerte noch in seinen Augen, als er weitersprach. »Der Plan war, ihnen eine Falle zu stellen: Ein Polizeibeamter sollte sich als Käufer byzantinischer Kunst ausgeben und über ein paar Umwege Kontakt mit Daniela aufnehmen. Bei Zustandekommen des Handels wären sie dann auf frischer Tat ertappt worden. Unterdessen haben andere Beamte Haus und Grundstück überwacht, damit nichts ohne unser Wissen entwendet wurde.«

»Die Gärtner!«

»Genau. Sie waren nicht besonders gut in der Gartenpflege, was Edwina natürlich sofort aufgefallen ist, aber sie haben sich gut verteilt und die Augen offengehalten. Einer sollte auch ein Auge auf dich haben«, gestand er, »aber er schien dich nervös zu machen, also habe ich ihn vor ein paar Tagen wieder abgezogen. Das war ein Fehler – wenn er letzte Nacht auf dich aufgepaßt hätte ...« Er ließ den Satz unvollendet und räusperte sich. »Jedenfalls wußten sie, daß Pietro hier unten kampierte und ...«

Eine Gänsehaut überlief mich, ich legte die Puderquaste aus der Hand. »Es war also Pietro, den Poppy überrascht hat?« Wieder spürte ich die bedrohliche Präsenz hinter mir in der Dunkelheit des Korridors. »Ein Glück, daß wir alle hier waren, als sie schrie. Der Mann hat immerhin einen Mord begangen.«

»Zwei«, korrigierte mich Alex. »Ich glaube nicht, daß unser Hausmädchen nach Mailand abgehauen ist. So etwas sieht ihr überhaupt nicht ähnlich. Wahrscheinlich hat sie Verdacht geschöpft – Giancarlo sagte nämlich, er wäre nicht der einzige, der das Fehlen und Verstelltwerden von Gegenständen bemerkt hätte – und den Fehler begangen, Pietro davon zu erzählen. Es wäre Pietro nie gelungen, sie auf seine Seite zu ziehen, sie war viel zu ehrlich. Also ...« Er breitete in einer resignierten Geste die Arme aus. »Die Polizei hat ein paar Blutspuren hier unten gefunden, aber keine Leiche. Noch nicht.«

»Hier unten? In den Garderoben?«

»Nicht in deiner«, beruhigte er mich, als ich mich entsetzt umsah. »In dem Raum am Ende des Gangs. Vermutlich hat er ihre Leiche dort ein oder zwei Tage lang aufbewahrt, bis er sie verschwinden lassen konnte.«

Das war wohl auch der Grund, weshalb Pietro damals auf uns losgegangen war, weshalb er niemanden in der Nähe des Theaters haben wollte. Dabei fiel mir noch etwas anderes ein. »O Gott«, sagte ich, »der Rosengarten. Alex, hat die Polizei schon im Rosengarten nachgesehen? Jemand hat dort ein frisches Beet gegraben, kurz nachdem ...«

»Ja, es ist der Polizei auch aufgefallen, aber dort liegt nichts, zumindest nicht mehr. Die Beamten waren sehr gründlich, das muß ich ihnen lassen. Sie haben sogar eine der Kopien aus den Überresten der Villa herausgefischt.«

Ich vergaß das arme Mädchen vorübergehend und fragte: »Woher wissen sie, daß es nicht der echte Gegenstand ist? Ich hätte sie nicht auseinanderhalten können.«

»Du hättest den Unterschied gesehen, wenn du die Gelegenheit gehabt hättest, die Gegenstände zu vergleichen. Giancarlo hatte der Bande einen dicken Knüppel zwischen die Beine geworfen, verstehst du. Er hat ihnen nicht nur das beste Stück weggenommen, sondern auch genug Hinweise hinterlassen, daß der Juwelier untertauchen mußte, bevor man ihm auf die Schliche kam. Dummerweise war der Juwelier noch nicht ganz fertig mit seiner Arbeit, aber Daniela und ihr Mann hatten schon eine Absprache mit einem Käufer getroffen – nicht mit unserem Undercover-Mann, sondern mit einem anderen, von dem wir nichts wußten. Dieser Käufer wollte nicht warten, also mußten die drei einen Weg finden, die echten Schätze gegen die Fälschungen auszutauschen, ohne daß die unfertigen Details auffielen. Deshalb haben sie die Villa in Brand gesteckt«, schloß er.

Ich verstand gar nichts mehr. »Ich dachte, das hätten sie getan, um mich loszuwerden und es als Unfall zu tarnen.«

»Nein, es gehörte zu ihrem Plan, die Villa anzuzünden. Sie haben das Feuer extra so gelegt, daß möglichst viel Schaden an den Glasvitrinen mit der Sammlung vom Vierten Kreuzzug entstand und nicht viel davon übrigblieb. Wie du gerade gesagt hast, ist es sehr schwer, auf den ersten Blick festzustellen, ob ein geschmolzener, geschwärzter Klumpen echt ist oder eine Fälschung, und soweit sie wußten, hatten wir keinen Grund zu der Vermutung, daß die Gegenstände nicht echt waren.« Er machte eine Pause, und ich nickte zum Zeichen, daß ich ihm folgen konnte. »Daniela und Genossen brauchten nur die echten Objekte aus der Villa zu holen und durch die Nachbildungen zu ersetzen. Als du sie in der Gruft erwischt hast, waren sie gerade dabei, den Austausch vorzunehmen.«

Es beschäftigte mich immer noch, daß sie das Feuer nicht meinetwegen gelegt hatten. Den ganzen Tag hatten mich Schuldgefühle geplagt, denn wenn ich nicht zur falschen Zeit am falschen Ort gewesen wäre, dachte ich, hätte es kein Feuer gegeben und Rupert wäre nicht gestorben. »Ich habe noch gehört, wie sie sagten, sie wollten den Plan ändern ...«

»Ja, sie wollten die Villa eigentlich erst heute abend anzünden. Pietro hat ausgesagt, ihr Käufer hätte sich eine Karte für die Premiere besorgt und vorgehabt, mit einem der Busse herzukommen, um seine Ware abzuholen.«

Das erklärte, warum die gestohlenen Gegenstände in einem Koffer verpackt waren. In all der Aufregung wegen des Feuers wäre niemandem ein Zuschauer aufgefallen, der mit einem Handkoffer zu seinem Touristenbus zurückging.

»So sah zumindest der Plan aus. Doch wie Pietro so intelligent bemerkt hat, ist eben nicht alles nach Plan gelaufen.«

»Wegen mir.«

»Wegen dir.«

Diesen Teil brauchte er mir nicht zu erklären – ich wußte, daß meine Auftauchen in der Gruft Daniela und ihre Komplizen in eine vertrackte Situation gebracht hatte. Die drei konnten mich unmöglich laufenlassen nach dem, was ich gesehen hatte, doch mich aus dem Weg zu schaffen bedeutete, ihr Treffen mit dem Käufer platzen zu lassen, denn ohne mich gab es keine Premiere, keine gemieteten Busse, kein Publikum.

Kein Wunder, daß sie entschlossen waren, mich umzubringen. Mit einem Schlag hatte ich zunichte gemacht, was sie Wochen der Planung und Organisation gekostet haben mußte.

Statt eine glatte, unauffällige Übergabe abzuwickeln, waren sie plötzlich gezwungen, ihre Flucht zu improvisieren.

Die Villa war also einen Tag früher als geplant in Brand gesteckt worden. Die Kopien mußten schließlich immer noch vernichtet werden, und da ihres Wissens niemand Grund zu dem Verdacht hatte, daß die echten Gegenstände aus der Villa entfernt worden waren, hätte die Versicherung für die verlorenen »Kunstschätze« zahlen müssen. Daneben wäre ich ein für allemal zum Schweigen gebracht worden.

»Was ich noch nicht ganz verstehe, ist, warum Daniela das Weite gesucht hat, wenn sie doch glaubte, ich wäre bei dem Feuer umgekommen? Ich meine, Pietro stand unter Diebstahlsverdacht, das ist klar, und ihr Mann hat wahrscheinlich Kontakt mit dem Käufer aufgenommen. Aber Daniela hätte doch bleiben können. Wenn ich tot gewesen wäre, hätte sie niemand wegen irgendwas beschuldigt.«

Seine Augenbrauen schossen in die Höhe. »Wie kommst du darauf, daß ich sie nicht beschuldigt hätte?«

Ich fand es schwer, einem Mann zu erklären, wie bestimmte Frauen es schafften, sogar mit einem Mord davonzukommen. Es hatte mit Schönheit und sexueller Anziehungskraft zu tun und wie diese Waffen eingesetzt wurden. Ich hätte zum Beispiel wetten können, daß Alex' Freund mit dem Sommerhaus auf Sardinien, wie intelligent er sonst auch sein mochte, zuerst nicht glauben wollte, daß Daniela eines solch raffinierten Betrugs fähig war. Selbst als er seinen gefälschten Bildern gegenüberstand, hatte er wahrscheinlich noch Ausreden für sie gefunden und behauptet, sie sei unschuldig in etwas hineingeraten oder gezwungen worden ... »Die meisten Männer hätten sich von ihr täuschen lassen«, sagte ich.

»Ich bin nicht wie die meisten Männer.« Er machte eine nachdrückliche Pause. »Außerdem ist sie zuerst tatsächlich geblieben. Sie stand im Morgenmantel vor der Villa, als wir dorthin kamen, und spielte das hilflose Weibchen in Not. Wenn deine Leiche gefunden worden wäre, hätte sie sicher eine Geschichte parat gehabt, um deine Anwesenheit in der Villa zu erklären.« Seine Stimme hatte auf einmal eine ungewohnte

Härte, und ich erkannte zu meiner Freude, daß Daniela ihn wirklich nicht eingewickelt hatte und daß er sie zur Verantwortung gezogen hätte, wenn mir etwas passiert wäre. »Aber dann bist du lebend herausgekommen«, sagte er, »und kurz darauf ist Daniela verschwunden. Niemand hat es bemerkt.«

»Sie kann sich nicht ewig verstecken.«

»Abwarten. Sie und ihr Mann werden sich inzwischen woanders mit ihrem Käufer getroffen haben, und wenn er ihnen auch nur die Hälfte von dem zahlt, was die Objekte aus dem Vierten Kreuzzug wert sind, werden sie sich eine ganze Weile in aller Bequemlichkeit verstecken können.«

»O Alex, das tut mir leid.«

»Was, daß ich die Sammlung verloren habe? Das ist mir egal.« Er winkte ab. »Mein Besitzanspruch ist schließlich mehr als fragwürdig. Großvater Galeazzo hat die Sachen aus einem Haus gestohlen, dessen Erbauer sie siebenhundert Jahre zuvor selbst gestohlen hatte, und wie sie nach Konstantinopel gekommen sind, ist wieder eine ganz andere Frage. Kunstschätze wie diese gehören niemandem. Sie wandern durch die Zeit, und wir dürfen sie nur bewahren.«

»Aber du würdest sie doch sicher gern zurückbekommen?«

»Wenn du fragst, ob ich will, daß Daniela und ihr Mann gefaßt werden, heißt die Antwort ja. Aber vor allem, weil sie für den Tod von Giancarlo und Rupert bestraft werden sollen, und nicht, weil ich meine Sachen wiederhaben will. Dich zu verlieren«, sagte er, »wäre der einzig unverwindliche Verlust gewesen.«

Er beugte sich vor, um mich zu küssen, doch ein Klopfen an der Garderobentür unterbrach uns.

Ich lächelte. »Das wird Den sein, um anzukündigen, daß wir nur noch eine halbe Stunde haben. Sein Timing ist schon richtig väterlich, muß ich sagen.«

Aber es war nicht Den, sondern Poppy. Sie kam auf meine Aufforderung etwas schüchtern herein, und ihr Blick wanderte sofort zu Alex.

»Oh«, sagte sie. »Ich wollte nicht … ich dachte, du wärst allein. 'Tschuldigung.«

»Schon gut«, sagte ich, was ihr aber nicht aus ihrer Verlegenheit half.

Von einem Fuß auf den anderen tretend murmelte sie: »Den schickt mich, um dir zu sagen, daß die Vorstellung in einer halben Stunde beginnt.«

Den war selbst draußen im Gang zu hören, wie er gerade Nicholas Bescheid sagte. Es gab in diesen Räumen keine Lautsprecheranlage wie in den großen Theaterhäusern, deshalb mußte Den auf altmodische Weise den Laufburschen spielen.

Poppy schien es nicht eilig zu haben, nachdem sie ihr Sprüchlein aufgesagt hatte. Sie blieb mit unglücklichem Gesicht in der Tür stehen, und ich erinnerte mich daran, was Madeleine mir am Morgen über ihr schlechtes Gewissen erzählt hatte. Normalerweise war ich in der halben Stunde vor dem Aufgehen des Vorhangs gern allein, um mich innerlich auf meinen Auftritt vorzubereiten, aber ich brachte es nicht übers Herz, sie wegzuschicken, weil ich aus Erfahrung wußte, wie niederdrückend Schuldgefühle sein konnten. Poppy sollte nicht so lange unter ihnen zu leiden haben wie ich.

»Komm rein und setz dich«, forderte ich sie auf.

»Ach nein, ich sollte besser ...«

Alex stand auf. »Hier, du kannst meinen Stuhl haben. Ich muß mich jetzt selbst für die Ankündigung fertigmachen.« Er küßte mich, obwohl wir eine Zuschauerin hatten. »Ich sehe dich dann später. Hals- und Beinbruch.«

Als er gegangen war, lächelte ich Poppy aufmunternd zu. »Komm ruhig rein. Ich bin nicht sauer auf dich oder so was.«

Sie ging mit schleppenden Schritten zu dem Stuhl, als hätte ich gedroht, sie zur Schnecke zu machen. Erfreut bemerkte ich, daß sie die Halskette aus Sirmione trug, deren kleine Muscheln leise klackend ihren roten Pullover streiften.

»Du hättest allen Grund«, sagte sie. »Sauer auf mich zu sein, meine ich. Durch meine Schuld wärst du beinahe umgebracht worden.«

»Ach Poppy ...«

»Wenn ich sofort jemandem Bescheid gesagt hätte ...«

»Dann wärt ihr in eine sehr gefährliche Situation geraten«,

ergänzte ich. »Es hätte alles noch viel schlimmer kommen können, und vielleicht wären noch mehr Leute verletzt worden. Nein, du hast genau den richtigen Zeitpunkt erwischt.«

»Ehrlich?«

»Ja, und wie ich gehört habe, warst du es, die die anderen davon überzeugt hat, Max zu folgen.«

Sie sah verlegen auf ihre Knie. »Na ja, er hat sich benommen wie die Hunde im Film, weißt du, ist immer ein Stück vorausgerannt und dann wieder zurück und hat wie verrückt gebellt dabei.«

»Siehst du, du hast also geholfen, mir das Leben zu retten.«

Ihr kleines Gesicht hellte sich kurz auf, verfinsterte sich jedoch gleich wieder. »Aber Rupert mußte auch helfen, und jetzt ist er tot, und das wäre alles nicht passiert, wenn ...«

»Was mit Rupert passiert ist, war ein Unfall, Poppy. Manchmal geschehen Dinge einfach, und niemand ist daran schuld.«

Das alles schien sie nur noch zerknirschter zu machen. In ihren Augen standen Tränen. »Du bist so ...« Sie brach ab, blinzelte die Tränen weg und fuhr fester fort: »Und ich war so furchtbar zu dir. Mami hat recht. Ich habe mich kindisch benommen, und das tut mir leid.«

Tapfere Worte für eine Zwölfjährige. »Jetzt bist du jedenfalls nicht kindisch«, sagte ich. »Es gehört schon ganz schön viel Reife dazu, sich bei jemandem zu entschuldigen. Eine Menge Leute, die viel älter sind als du, bringen das nicht fertig.«

Sie wurde vor Freude rot, und die alte, unerschrockene Poppy schimmerte durch ihre geknickte Miene hindurch. »Ich wollte dich fragen ...«, begann sie kühn, hielt dann aber inne und suchte nach dem richtigen Ansatz. »Das heißt, ich würde gerne morgen mit dir zu Mittag essen, im Grand Hotel in Mira, wenn du Lust hast. Ich bezahle natürlich – ich habe Geld.«

Sie brachte das so ernsthaft vor, daß ich wieder an meine Schwärmerei für meine Schuldirektorin denken mußte und wie ich mich danach gesehnt hatte, sie zu beeindrucken. Dann kam ich plötzlich darauf, daß Poppy und ich so etwas wie

Schwestern würden, falls Den und Madeleine zusammenblieben, und der Gedanke gefiel mir. »Ja, das wäre nett«, sagte ich.

»Wirklich?«

»Und ob. Jetzt komm und hilf mir in mein Kostüm. Ich kann Hilfe gebrauchen.«

Sie verließ mich, als Den mit dem Viertelstunde-Aufruf herumging und alle Wertgegenstände einsammelte, die in seinen Schreibtisch eingeschlossen werden sollten. »Ich hoffe, du willst mir nicht das hier geben«, sagte er. »Was ist das überhaupt?«

Ich zupfte gerade meine Perücke zurecht und schielte zu ihm hinüber, um zu sehen, wovon er redete. »Ach so. Das ist ein Gebetbuch.«

Bryan hatte es am Morgen in meinem Zimmer liegenlassen, und da ich wußte, wie angetan Rupert davon gewesen war, hatte ich es als Glücksbringer mitgenommen. Auf diese Weise würde mich ein Stück von ihm während der Aufführung begleiten.

Den blätterte in dem Buch und bewunderte die Malereien. »Es ist wohl sehr alt?«

»Mindestens achthundert Jahre, glaube ich.« Wahrscheinlich das einzige Stück aus der Kreuzzugs-Sammlung, das die Diebe übriggelassen hatten, dachte ich bedauernd. Ich gab ihm meine Armbanduhr und die Handtasche zum Wegschließen.

Als ich allein war, nahm ich den anderen Wertgegenstand, den ich ihm nicht gegeben hatte – meinen kleinen Diamantenengel –, und hängte ihn vorsichtig an den Rand des Spiegels, wo er über mich wachen sollte. Eigentlich war ich nicht abergläubisch, doch die volle Last dessen, was vor mir lag, begann sich allmählich auf mich herabzusenken. In weniger als zehn Minuten würde ich einem Publikum in meiner ersten Hauptrolle gegenüberstehen, in einem Stück, das bisher niemand hatte auf die Bühne bringen können. In weniger als zehn Minuten würde ich dort hinausgehen müssen, um vor einem vollbesetzten Theater meinem Namen Ehre zu machen, mich neben Nicholas und Madeleine zu behaupten und eine Darbietung zu geben, auf die Rupert stolz sein könnte …

»Fünf Minuten«, rief Den aus dem Korridor.

Verzweifelt blickte ich auf das Gebetbuch und wünschte, ich könnte Griechisch lesen und eine höhere Macht um Beistand anrufen. Aber ich erkannte die Illustration auf der Seite, die Den aufgeschlagen gelassen hatte – Sonnenstrahlen, die durch Wolken hindurchbrachen, als hätten sich die Himmel geöffnet, um eine ruhelose Seele aufzunehmen, die gerade ihren Frieden gefunden hatte. Ich erinnerte mich an Ruperts Übersetzung: ein Gebet zur Bannung von Geistern.

Die Augen Celias der Ersten auf den vielen Fotos an der Wand schienen mich zu beobachten, als wartete sie auf etwas. Ich wurde von ihren Augen angezogen und suchte in ihnen nach einer Verbindung über die vielen Jahre hinweg, die unsere Leben trennten. Natürlich wußte ich, daß ich sie nicht wirklich in dem brennenden Zimmer gesehen oder ihre Stimme in der Nacht gehört hatte, denn Geister waren Hirngespinste, und doch ...

»Er weiß es«, sagte ich zu ihr und kam mir fast gar nicht albern vor, weil ich mit einem Foto sprach. »Er weiß, daß du ihn liebst und daß du nicht fortgelaufen bist.« Während ich zu ihrem berühmten, schönen Gesicht aufsah, kam es mir in den Sinn, daß ich dabei war zu vollenden, was sie begonnen hatte. Sie war nie dazu gekommen, die Rolle zu spielen, die Galeazzo im Rausch seiner Liebe für sie geschaffen hatte, hatte nie die berühmten Zeilen vor einem Publikum gesprochen. Vielleicht hat sie das Stück höchstpersönlich verflucht, dachte ich in wilder Phantasie, damit keine andere ihren Platz einnimmt.

Doch sie lächelte wohlwollend auf mich herab, als sähe sie in mir eine verwandte Seele.

Und auf einmal legten sich all meine Ängste und Befürchtungen wegen des Stücks und meiner Leistung und wurden von einem Gefühl innerer Ruhe und Zuversicht abgelöst. Das Gefühl blieb, als Den kam, um mich auf die noch dunkle Bühne zu führen, und hielt auch während des Moments an, als ich alleine dort stand, umgeben vom Gemurmel des unsichtbaren Publikums. Dann flammten die Scheinwerfer auf und durchbrachen die Dunkelheit mit ihren blendenden Strahlen wie auf dem Bild im Gebetbuch, und in diesem Augenblick wußte ich, daß alles gut werden würde.

Ich drehte mich ins Licht und sprach die erste Zeile.

Er hatte vergessen, wie man betete. Langsam blätterte er die Seiten des Gebetbuchs um, hoffnungsvoll, aber es kam keine Hilfe. Diese Worte waren steril, sie waren von Mönchen niedergeschrieben und konnten nicht die Leidenschaft seines Herzens ausdrücken.

Er merkte, daß er beobachtet wurde, und als er sich umdrehte, sah er seinen Sohn ernst und stumm in der Tür stehen. Der Junge war alles, was ihm geblieben war. »Komm herein«, sagte er. »Komm, hab keine Angst.«

Der Junge trat zögerlich ein, seine Augen auf das Gebetbuch gerichtet. »Was ist das?«

»Ein Palimpsest. Weißt du, was das ist?«

»Nein.«

»Ein Buch, das doppelt beschrieben wurde. In früheren Zeiten war Pergament teuer und schwer zu bekommen, so daß die Leute, die etwas schreiben wollten, oft gezwungen waren, altes Pergament wiederzuverwenden. Dieses Buch enthielt ursprünglich einmal ein Theaterstück, ein griechisches Stück, aber die Mönche, die es fanden, schnitten die Seiten entzwei und schabten das Pergament sauber, um ihre Gebete und Beschwörungen darauf zu schreiben. Allerdings konnten sie die Worte darunter nicht ganz entfernen. Hier, siehst du, und dort, schau es dir an.«

Der Junge kam neugierig näher. »Ein Palim … Palims …«

»Palimpsest.« Ihm gefiel das Interesse seines Sohns, seine Ernsthaftigkeit und Wißbegier. »Es ist ein ganz besonderes Buch. Ich habe es noch niemandem gezeigt außer dir.«

Er sah, wie der Junge sich freute, und legte ihm eine Hand auf die Schulter. »Vielleicht wirst du eines Tages alle Geheimnisse dieses Hauses erfahren«, sagte er mit einem wehmütigen Lächeln. »Vielleicht, eines Tages.«

EPILOG

But my fate ever in a frequent round
Turns ... and changes character.

Sophokles, »Fragmente«

Wir kommen nicht mehr oft nach Il Piacere.

Die Stiftung verwaltet das Haus und den Park, und obwohl die öffentlichen Führungen um unsere Privaträume herumgeleitet werden, während wir sie bewohnen, kommen wir uns doch immer ein wenig ausgestellt vor. Teresa hat schon mehrmals Touristen aus ihrer Küche verjagen müssen, und ich bin einmal einem Nachzügler begegnet, der gerade unser Bad benutzt hatte. Trotzdem finde ich, daß Il Piacere besser als Besichtigungsobjekt denn als Zuhause geeignet ist, und ich bezweifle nicht, daß Galeazzos Geist irgendwo herumschwebt und entzückt verfolgt, wie die Leute Schlange stehen, um einen Blick in sein legendäres Schlafzimmer oder auf den Schreibtisch in der Veranda zu werfen, wo er seine letzten Gedichte schrieb. Was den Geist Celias der Ersten betrifft, so hält er sich sehr bedeckt, falls er noch im Damenflügel herumspukt. Weder von den Angestellten der Stiftung noch von Touristen sind Klagen eingegangen, daß in Celias Suite »Dinge« geschähen, wie Teresa sich ausdrücken würde.

Ich selbst denke heute, daß meine Erlebnisse damals reine Einbildung waren, und doch … und doch wäre ich nicht überrascht, wenn eines Tages jemand über die Ruhestätte von Galeazzos Celia stolpern würde, verborgen in den Gärten von Il Piacere. Wenn ich dort spazierengehe, kann ich ihre Gegenwart beinahe spüren.

Bis jetzt ist allerdings erst eine Leiche auf dem Anwesen gefunden worden, und zwar nicht im Park, sondern auf dem kleinen Stück Strand unten beim Bootshaus. Wie Alex befürchtet hatte, war das verschwundene Hausmädchen tatsächlich nicht nach Mailand abgehauen; es war überhaupt nicht abgehauen. Man sagt, der Gardasee würde seine Toten nicht wieder hergeben, aber er hat das Mädchen hergegeben und es sanft ans Ufer gespült, als stumme Mordanklage.

Pietro, der immer noch im Gefängnis sitzt, behauptet, Danielas Mann habe sie umgebracht, nicht er, aber die Wahrheit wird wahrscheinlich nie ans Licht kommen. Daniela und ihr Mann sind ihrer Festnahme nun schon so lange entkommen, daß sie wohl nie verhaftet und vor Gericht gestellt werden. Vergangene Ostern haben wir sogar eine Postkarte von Daniela bekommen, das heißt, Alex hat sie bekommen, an die Adresse von Il Piacere. Es war eine Ansicht von Buenos Aires mit ihrer Unterschrift auf der Rückseite, sonst nichts. Ich sagte zu Alex, daß sie wirklich etwas für ihn empfunden haben müsse, um ein solches Risiko einzugehen, aber er schüttelte nur den Kopf und meinte, Frauen wie sie seien zu keinen tieferen Empfindungen fähig und betrachteten Männer nur als Spielzeuge. Ich verstand, warum er so dachte, denn Daniela hatte sich wie meine Mutter und die böse Königin im Märchen so daran gewöhnt, die Schönste im ganzen Land zu sein, daß sie blind für andere war, aber trotzdem glaubte ich, daß sie in Alex' Fall wirklich etwas empfunden hatte. Ich hatte es in ihren Augen gesehen an jenem Tag auf der Terrasse, als sie ihre Drohungen ausstieß.

»Außerdem geht sie kein Risiko ein«, fuhr Alex fort, die Postkarte in der Hand. »Inzwischen sind sie längst schon wieder weitergezogen, darauf kannst du wetten.«

Mit dem Geld aus ihrem Kunstraub werden sie sicher noch eine Weile weiterziehen können. Wo die gestohlenen Gegenstände geblieben sind, wissen wir nicht – sie haben ihre Reise von Hand zu Hand durch die Jahrhunderte lediglich fortgesetzt, wie Alex sagt. Die wenigen nach dem Brand aus der Villa delle Tempeste geretteten Kopien sind von der Stiftung ausgestellt worden, und die Geschichte des Raubs ist in die Anekdotensammlungen der Reiseleiter eingegangen und unterhält die Touristen.

Das Gebetbuch aber ist immer noch in meinem Besitz – Alex hat mir erlaubt, es mitzunehmen, als wir aus Italien weggegangen sind. Das Buch und das Porträt Celias der Ersten, das in meinem Schlafzimmer hing und nun über mir hängt, während ich dies schreibe, sind die einzigen Dinge, die wir nicht zurücklassen wollten. Der Rest gehört der Stiftung, und das ist gut so, sagt Alex.

Hin und wieder redet er davon, ein zweites Stück seines Großvaters für das Theater im Park zu inszenieren, aber ich glaube nicht, daß etwas daraus wird. Es wäre jedenfalls nicht dasselbe, und wir könnten den Triumph von »Il Prezzo« niemals wiederholen.

Der Erfolg des Stücks war es auch, der uns auf eine Einladung hin nach New York brachte, nachdem die Spielzeit in Italien abgelaufen war. Es läuft immer noch und bekommt gute Kritiken, obwohl von der ursprünglichen Besetzung nur Madeleine übriggeblieben ist. Nicholas hat seine Rolle nach zwei Monaten in New York abgegeben. Er lebt jetzt in Los Angeles, und wie ich höre, ist er in letzter Zeit häufig auf Partys mit der Schauspielerin gesehen worden, die im vergangenen Jahr den Oscar für die beste Nebenrolle bekam.

Ich selbst wäre noch länger bei »Il Prezzo« geblieben, wenn mir nicht die Hauptrolle in einer Fernsehserie angeboten worden wäre und Madeleine mir nicht so zugeredet hätte, sie anzunehmen. Sie und Den gaben zu diesem Zeitpunkt gerade eine ihrer berühmten Partys in ihrem Haus in New Jersey, und Madeleine zog mich irgendwann auf die ruhige Veranda hinaus, wo wir unsere Drinks leerten und zusahen, wie Poppy mit ihrem neuen Cockerspanielwelpen spielte. Dann fing Madeleine wieder mit der Fernsehserie an und argumentierte mit einem Zitat aus Shakespeares Julius Cäsar: »Der Strom der menschlichen Geschäfte wechselt: Nimmt man die Flut wahr, führet sie zum Glück …«

Während ich ihr zuhörte, schoß es mir durch den Kopf, daß ich meine Flutwelle schon genutzt und mein Glück gefunden hatte. Nicht nur im finanziellen Sinn, obwohl ich zugeben muß, daß ich mich ein gutes Stück von der zugigen Wohnung in Covent Garden entfernt habe, sondern vor allem in dem, was einen wahrhaft reich macht: Freunde, meine ständig wachsende Familie und Freude an meiner Arbeit, der Schauspielerei. Ich habe die Rolle in der Fernsehserie trotzdem angenommen. Nach meiner Erfahrung ist es immer gut, Madeleines Ratschläge zu befolgen.

Auch was Alex betrifft, habe ich auf sie gehört. Sie hat mir geraten, ihn zu heiraten, und das habe ich getan und es nicht bereut. Der Beweis liegt hier neben mir in seinem Moseskörbchen, streng bewacht von Max und Nero. Bryan und Edwina werden in der kommenden Woche zur Taufe anreisen. Wir hatten einen kleinen Streit wegen des Namens – Alex fand, daß der Kleine Rupert heißen sollte, aber ich gab zu bedenken, daß Rupert seinen eigenen Namen nie gemocht hat, und da es mir unmöglich war, mich zwischen Den und Bryan zu entscheiden, einigten wir uns am Ende auf Christopher.

»Der Name gehört ihm ganz allein«, sagte ich mit Blick auf unseren schlafenden Sohn. »Er braucht ihn mit niemandem zu teilen.«

Ich bin froh, daß er nicht mit einer Last von Erwartungen aufwachsen muß, die an seinen Namen geknüpft sind, daß er nicht erst beweisen muß, dieses Namens würdig zu sein. Dabei stört es mich gar nicht mehr so sehr wie früher, Celias Namen zu tragen. Nach dem Erfolg von »Il Prezzo« und der Fernsehserie, deren erste Folge nächsten Sonntag ausgestrahlt wird, bin ich zuversichtlicher, daß ich meinen eigenen Weg machen werde.

Madeleine zufolge habe ich das schon getan. Heute morgen ist sie extra vorbeigekommen, um mir zu erzählen, daß sie und Den gestern beim Abendessen mit einem einflußreichen Kritiker geplaudert haben, der meine Leistung in »Il Prezzo« lobte. »Den mußte natürlich ein bißchen angeben, du kennst ihn ja, und meinte, du hättest die Rolle besser gespielt, als die erste Celia Sands es je gekonnt hätte.« Worauf der Kritiker, so Madeleine, ihn überrascht ansah und fragte: »Gab es noch eine andere Celia Sands?«

Vielleicht schreiben sie das einmal auf meinen Grabstein. Ich glaube, das würde mir gefallen.

Glanz und Schatten

The splendour falls on castle walls
And snowy summits old in story:
The long light shakes across the lakes,
And the wild cataract leaps in glory.
Blow, bugle, blow, set the wild echoes flying,
Blow, bugle; answer, echoes, dying, dying, dying.

Dieses und alle anderen Zitate entstammen
Alfred Lord Tennysons (1809–1892)
Verserzählung »The Princess«.

Vorbemerkung

Wer heute durch die Straßen Chinons spaziert, findet alles so wieder, wie ich es in meinem Roman beschrieben habe, und daher möchte ich die Leserinnen und Leser dieses Buches daran erinnern, daß alle vorkommenden Personen selbstverständlich rein fiktiv sind.

Paul Rhoads, der in Chinon mein Fremdenführer gewesen ist, gilt ebenso mein herzlicher Dank wie Dorothée Kleinmann, die mir Zutritt zu ihrer Kapelle gewährt hat.

All meinen jetzigen und zukünftigen Freunden aus dem Hotel de France sei dieses Buch zugeeignet.

Prolog

... als alles verloren war oder doch verloren schien ...

Die erste Nacht war die schlimmste gewesen. Sie waren so unvermittelt und in so großer Zahl gekommen. Gerade hatte sie noch in der Kapelle friedsam beim Gebet gesessen, als im nächsten Augenblick der Anführer ihrer Wachmannschaft mit lautem Pochen an der Tür erschien und ihr Order gab, eiligst den Schutz ihrer Kammer aufzusuchen. Und dann hatte jemand geflüstert, sie würden belagert ...

Sie war schrecklich gewesen, jene erste Nacht – die Finsternis und das Heulen des Windes, und überall in der Ebene brennende Feuer. Doch dann kam das Tageslicht, und das Schloß hatte standgehalten. Natürlich hatte es standgehalten, dachte Isabelle. Schließlich handelte es sich hier um Schloß Chinon, und wie die Könige des Hauses Plantagenet, als deren Trutzburg es erbaut worden war, besaß es einen eisernen Willen. Es würde sich nie der Gewalt eines Angreifers beugen.

Zunächst hatte sie überhaupt nicht glauben wollen, daß Guillaume des Roches so dreist, so niederträchtig sein konnte und sie als Gefangene nehmen wollte. Er war der Vertraute des Königs, ihres Gemahls, gewesen und hatte stets nur die anständigste Behandlung erfahren. Hatte John ihn, des Roches, nicht zum Statthalter von Chinon ernannt? Und doch hatte sie es mit ihren eigenen Augen gesehen, hatte des Roches unter den Männern erkannt, wie er ungezwungen inmitten ihrer Reihen umherschritt, als sei er auch noch stolz, einen solchen Verrat zu begehen.

Wenn doch nur John zugegen wäre, dachte sie; er würde den Verräter Mores lehren. Ja, wenn John hier wäre …

Sie schlang das samtene Gewand fester um ihren zitternden Leib und blickte einmal mehr über die Ebene gen Westen hinaus. Die Sonne war mittlerweile beträchtlich tief gesunken, hatte sich auf den violett schimmernden Dunst der Hügel gelegt, warf ihren Glanz auf den dunkel dahinfließenden Strom. Bald, wußte sie, wären sie wieder ganz von Schwärze umfangen. Vier Nächte lang hatte sie nun schon hier in diesem hohen, einsamen Turm gestanden und zugesehen, wie das Sonnenlicht drüben im Westen am Himmel erstarb. Dieses Mal aber suchte ihr Blick die Feuer, um die herum die Aufrührer ihre Lagerstätten aufgeschlagen hatten.

»Sie sind recht nahe gerückt, heute nacht«, sagte sie zu sich selbst, und eine ihrer Zofen regte sich neben dem Kaminfeuer.

»Mylady?«

Isabelle sah sich um. Ihr langes Haar ringelte sich auf dem purpurnen Samt. »Ich sagte nur, die Feuer scheinen mir heute abend besonders nahe.«

»Jawohl, Mylady.«

»Es muß sehr kalt sein …« Sie ließ den Blick wieder hinausschweifen, mußte an den Wahn denken, der einen Menschen zu so einer Zeit, im tiefsten Winter, von der Behaglichkeit seines Kaminfeuers forttreiben konnte.

Ihre Zofen beobachteten sie, sie konnte ihre Blicke spüren. Sie wußte, daß ihre Gefaßtheit die Frauen mit Erstaunen erfüllte. Sie hielten sie noch für ein halbes Kind, so wie damals, vor drei Jahren, als sie zu ihnen gekommen war, damals, als John sie zu ihrer Eheschließung hierher nach Chinon geführt hatte. In jenem Sommer hatte es am Hof einen Skandal deswegen gegeben – sie hatte die Flüstereien hinter vorgehaltener Hand wohl mitbekommen. Ein Mann in seinen Dreißigern nimmt ein Mädchen von zwölf Jahren zur Gemahlin …

Aber selbst da war sie kein Kind mehr gewesen. Sie war bereits Hugo, dem Sohn des Hauses Lusignan, versprochen gewesen, als sie John in Angoulême zum erstenmal begegnete. Und wenn? So wie beim Schachspiel der König den Springer aus dem Feld wirft, mußte der Ritter auch hier dem König unterliegen, und Isabelle hatte seit ihrem allerersten Beisammensein mit John bereits gewußt, wie die Partie ausgehen würde. Manche behaupteten zwar, daß sie immer noch Hugo von Lusignan begehrte, aber das waren Dummköpfe, die so dachten. In all ihren fünfzehn Lebensjahren hatte sie nur einen einzigen Mann geliebt – einen bedächtigen, liebevollen Mann mit mitternachtsblauen Augen, die nur für sie allein lächelten. Und wäre es damals, vor drei Jahren, an ihr gewesen, die Entscheidung zu treffen, sie hätte John gewählt.

Er war nicht wie seine Brüder, nicht wie Richard. Sie hatte den Mann mit dem Löwenherzen, von dem soviel Sagenhaftes berichtet wurde, kennengelernt – einen gepanzerten Hünen mit goldglänzender Bartpracht. Das Abbild seines Vaters, sagten die Leute, das Abbild des Löwen höchstpersönlich, König Heinrichs, dieses geistesmächtigen, streitbaren Potentaten, der mit der unbezähmbaren Eleonore von Aquitanien eine Reihe von fürstlichen Nachfahren gezeugt hatte, die ihresgleichen suchten.

Es war, dachte Isabelle, schon eine ganz außergewöhnliche Familie. Sie liebten und haßten einander gleichermaßen, beweinten und bekriegten und hintergingen einander, bewegten sich stets auf einem schmalen Grat zwischen Verrat und Treue. Bei ihnen allen hatte dies seine Narben hinterlassen, vor allem bei John. Er sprach nicht darüber, doch oft hatte sie ihn still in der Andachtskapelle hier auf Chinon stehen sehen, tief in grüblerische Gedanken versunken an eben der Stelle, an der sein gebrochenes Herz den alt gewordenen Löwen Heinrich schließlich doch dahingerafft hatte.

Es ging das Gerücht, es sei Johns Schuld gewesen, daß der Löwe zu brüllen aufgehört hatte – Johns Schuld, weil er der Lieblingssohn Heinrichs gewesen war und der König angeblich Johns Namen auf einer Liste der Männer, die gegen ihn aufbegehrten, entdeckt hatte. Aber Heinrichs Herz war nicht so schwach gewesen, dachte Isabelle. Er wußte es stets unerschrocken mit seinen ungebärdigen Söhnen aufzunehmen. Er hatte seine eigene Gemahlin in den Kerker werfen lassen und mit John so lange wie mit einer Schachfigur gespielt, bis niemand mehr mit Sicherheit zu sagen wußte, wem dessen Treue galt. Und doch hatte John ihn verehrt. Wenn er so kummervoll und andächtig in der Kapelle stand, mußte Isabelle nur ins Antlitz ihres Mannes blicken, um zu wissen, wessen Herz es gewesen war, das an dieser Stelle vor so vielen Jahren gebrochen wurde.

Und doch beharrten die Menschen auf ihren Gerüchten. Sie galten nun dem jungen Arthur von der Bretagne, der auf seinem Erbanspruch bestanden und die alternde Königin in Mirabeau gefangengehalten hatte und jetzt dafür in Rouen eingekerkert saß. John war von Arthur, dem einzigen Sohn seines Bruders Geoffrey, einmal sehr eingenommen gewesen, und Geoffrey, der jung gestorben war, hatte von all seinen Brüdern John im Aussehen und im Alter am nächsten gestanden. Aber Arthur war nicht Geoffrey. Während seines Vaters Schläue sich in verschlagenen Listen offenbarte, schien Arthur überhaupt jedes Denkvermögen abzugehen, und sein unbesonnenes Vorgehen hatte John keine andere Wahl gelassen, als ihn festzusetzen.

Und so kamen jeden Tag neue Gerüchte auf. Arthur von der Bretagne sei frei ..., er liege in Ketten in seiner Kerkerzelle ..., er würde seine Flucht planen ..., er sei zu schwach, um auch nur den Kopf zu heben ..., man habe ihn in aller Heimlichkeit von Rouen an einen anderen Ort verbracht ... Manche behaupteten – sie hatte das erst gestern gehört –, daß Arthur bereits tot war, daß John ihn hatte hinrichten lassen. Welche Torheit, das zu glauben. John könnte dem Knaben nie ein Haar krümmen.

Das hätte sie vielleicht den Männern sagen sollen, die nun um die Mauern von Schloß Chinon herum ihre Zelte aufgeschlagen hatten, wenn diese nur geneigt gewesen wären, ihr Gehör zu schenken, denn war es doch um Arthurs willen, daß sie nun dort draußen ausharrten. Sie beabsichtigten, mit ihrer Gefangennahme die Freilassung des jungen Thronanwärters zu erzwingen. Toren, dachte sie noch einmal. Was wußten sie schon von John?

Der Wind blies einen eisigen Hauch durch das hohe, schmale Fenster. Er besaß eine Stimme, dieser Wind – halb menschlich, halb dämonisch –, die die Seele betäubte und das Herz zu Stein erstarren ließ. Isabelle wandte sich langsam von dem immer undeutlicher werdenden Anblick ab und durchquerte den großen, runden Raum zu einem kleineren, nach Norden hinausgehenden Fenster. Der Himmel auf dieser Seite war von tiefstem Dunkelblau und wolkenverhangen, ohne einen Stern, der die finstre Wand durchstach. Gab es über Le Mans Sterne, fragte sie sich? Ihre Nachricht mußte ihn inzwischen gewiß erreicht haben. Le Mans war nicht so weit entfernt. Sie mußte höchstens noch ein paar Tage lang durchhalten, dann würde die Verstärkung eintreffen. Isabelle lächelte leise im Schein des Feuers. Selbst falls John sie überhaupt nicht liebte, würde er doch keinesfalls seine Schätze hergeben, das wußte sie. Ja, es mochte ihr sogar so vorgekommen sein, als ginge John nichts über seine geliebten Reichtümer, wäre da nicht jener Tag gewesen, an dem sie ihn damit geneckt und er sie vor den Augen aller fest zu sich herangezogen und ihr gesagt hatte: »Du bist all mein Reichtum.« Noch immer konnte sie seinen Kuß auf ihren Lippen spüren …

Ohne daß sie es wollte, bewegte sich ihre Hand zu dem perlenbesetzten Goldanhänger um ihren Hals, und sie erschauderte. »Alice«, sagte sie leise über die Schulter, »ich hätte gerne meine Schmuckschatulle.«

»Jawohl, Mylady.« Die Zofe stand gehorsam vom Feuer auf.

»Und, Alice …«

»Ja, Mylady?«

»Wer von den Bediensteten kennt sich am besten in den unterirdischen Gängen aus?«

Unnötig zu fragen, von welchen Gängen Isabelle sprach. Unter Schloß Chinon wimmelte es nur so davon. John erwähnte oft, es sei ihm ein Rätsel, daß die Mauern nicht in sich zusammenstürzten.

»Der alte Thomas, Mylady«, kam schließlich die Antwort. »Er arbeitet in der Küche.«

»Dann wünsche ich, daß man ihn zu mir bringt«, sagte Isabelle, »und zwar unverzüglich. Ich brauche ihn.«

Die Frauen starrten sie an, flüsterten untereinander,

aber sie hüteten sich davor, ihre Wünsche in Frage zu stellen. Denn trotz ihrer Jugend handelte es sich bei der kindhaften Gestalt am Fenster doch schließlich um Isabelle von Angoulême; sie war ihre Königin, und ihre Wünsche waren Befehl. Der alte Thomas mußte mit der gebotenen Eile herbeigeholt werden.

Zufrieden wandte sich Isabelle wieder dem kleinen Fenster und den Feuern, die sich unten in der Ebene erstreckten, zu. Sie nahm weder wahr, wie sich die Tür hinter ihr schloß, noch hörte sie die Schritte der Frauen, die von der kalten Steintreppe widerhallten. Sie hörte nur den Wind. Sie stand immer noch bewegungslos da, die Augen auf die Berge im Norden gerichtet, als Alice wieder hereinkam und die kleine Schmuckschatulle neben das Bett stellte.

Alice war ihre älteste Zofe. Zärtlich blickte sie die kleine Königin mit den traurigen Augen an. »Er wird kommen, Mylady«, sagte sie leise, und beide wußten, daß nicht der alte Thomas damit gemeint war.

Isabelle nickte schweigend und gab dem stechenden Winterwind die Schuld daran, daß ihr mit einemmal Tränen in die Augen traten ...

I

... und so gedieh ein vortrefflicher Plan
aus dieser Saat ...

»Und? Ist er gekommen?« Ich setzte mich im Schneidersitz aufs Sofa und goß mir eine Tasse Tee ein.

Mein Vetter betrachtete abwesend mein Wohnzimmerfenster, auf dem die Regentropfen einander in taumelnden Linien die Scheibe hinab verfolgten. Nur ungern schien er sich von dem Anblick loszureißen, drehte sich aber schließlich zu mir um. »Was?«

»John«, erinnerte ich ihn geduldig. »Ist er denn gekommen, um Isabelle zu befreien?«

»Ach so.« Er lächelte. »Selbstverständlich. Er hat Jean de Préaux, seinen tapfersten Ritter, mit einer Truppe Söldner losgeschickt, um die arme Isabelle wohlbehütet nach Le Mans zurückzubringen.«

Ich zog eine Grimasse. »Ach, das war aber edel von ihm.«

»Es gab mal Zeiten, da hättest du das auch romantisch gefunden«, sagte Harry und reichte mir seine Tasse, damit ich auch ihm nachschenkte. Das war eine liebevolle Spitze gewesen, und ich wußte, daß er ja eigentlich auch recht hatte, schob den Gedanken aber sogleich wieder beiseite.

»Dann erzähl mir mal was über deine neue Theorie«, sagte ich statt dessen.

»Das ist nicht bloß eine Theorie, meine Liebe. Sie ist in drei angesehenen Fachzeitschriften publiziert worden.«

»Entschuldige.«

Er schien mir augenblicklich zu vergeben. »Du erinnerst dich ja wohl noch, wie sie letztes Jahr in Angoulême diese alte Chronik entdeckt haben?«

»Von dem William de – Soundso? Ja, ich weiß.«

»Genau. Aus diesen Aufzeichnungen wissen wir, daß Isabelle während ihrer Belagerung auf Chinon etwas versteckt hat, etwas so Wertvolles, daß sie es unbedingt vor der Entdeckung durch die aufständischen Fürsten bewahren wollte. Soviel können wir jedenfalls daraus schließen. Sie hatte nach ihrer Schmuckschatulle verlangt und dann nach jemandem gefragt, der sich im unterirdischen Gängesystem auskannte. Anschließend ist sie dann mit diesem alten Thomas beinahe eine Stunde lang verschwunden gewesen, und keiner weiß, wo die beiden gesteckt haben.«

»Aber sowie die Gefahr vorüber war, hätte sie doch, was immer sie auch versteckt haben mag, zurückgeholt«, wandte ich stirnrunzelnd ein.

»Nicht unbedingt. Du darfst nicht vergessen, daß sich Chinon keineswegs außer Gefahr befand, und tatsächlich mußte John die Burg schon bald danach aufgeben, also kann es sein, daß Isabelle nie dazu gekommen ist. Der Chronik entnehmen wir klipp und klar, daß unsere Isabelle in ihren späteren Lebensjahren häufig von einem ›unschätzbaren Reichtum‹ gesprochen hat, den sie in Frankreich hatte zurücklassen müssen. Und wenn man zwei und zwei zusammenzählt …«

»… hat man ein Semester lang einen bis auf den letzten Platz gefüllten Hörsaal«, neckte ich ihn.

Er grinste. »Aber nicht dieses Semester. Ich habe eine

halbe Stelle, falls du dich erinnerst. Ein Semester an der Uni, eines frei. Und dieses Semester ist frei.«

»Man kann dich um deinen Job nur beneiden.«

»Nun, ich brauche die Zeit schließlich zum Schreiben. Ich arbeite an einem Buch ...«

»Laß mich raten: über das Haus Plantagenet.« Man brauchte nicht viel Köpfchen, um zu diesem Schluß zu kommen. Mein Vetter Harry war von der Geschichte dieses Fürstenhauses hin und weg, seit wir beide in unseren Kinderschuhen steckten, und ich hatte bei unseren Spielen früher oft den Kopf dafür hinhalten müssen, sei es, weil ich als Sarazene dazu verdammt wurde, durch die Hand von Richard Löwenherz auf einem seiner Kreuzzüge zu fallen, oder Thomas Becket zu sein, eine Rolle, die ich ganz lustig fand, bis ich erfuhr, was in Wirklichkeit mit dem Erzbischof geschehen war. Aber richtig spannend wurde es immer dann, wenn mir der Part der Eleonore von Aquitanien zukam, was oft genug der Fall war, bis Harry mich eines Tages im »Turm von Salisbury« einkerkerte, einem alten Bunker hinten in einem Nachbarsgarten, und mich bis zum Abendessen nicht mehr herausließ. Heute noch kostet es mich große Überwindung, die Londoner U-Bahn zu benutzen oder mich auch nur länger als zehn Minuten in meinem eigenen Keller aufzuhalten.

Mein Vetter lächelte. »Nicht alle derer von Plantagenet – mir geht's nur um John. Ich versuche mich an einer Art unvoreingenommenem Zugang zu seiner Biographie. Johann Ohneland, der mißverstandene König. Wobei mir einfällt: Habe ich dir schon gezeigt, was dein Vater mir geschickt hat?« Ohne meine Antwort abzuwarten, griff er in seine Tasche und holte eine harte Kunststoffscheibe hervor, in deren Mitte eine tadellos erhaltene Silbermünze eingefaßt war. »Das ist er, King John im Profil. Das Ding muß ein Vermögen wert sein, aber dein Vater schmeißt sie ganz einfach in den Briefkasten.«

Er reichte mir die Münze, und ich ließ sie zwischen den Fingern kreisen. »Wo hat Daddy die bloß aufgetrieben?«

»Gott weiß wo.« Harry zuckte die Achseln. »Onkel Andrew hat an den unmöglichsten Stellen Freunde sitzen. Manchmal denke ich, es ist besser, nicht so genau nachzufragen.«

Da gab ich ihm recht. »Man bekommt von ihm sowieso nur ausweichende Antworten. Vermutlich würde er uns weismachen wollen, er hätte sie auf einem Flohmarkt entdeckt.« Und würde keine Miene dabei verziehen, fügte ich in Gedanken hinzu. Wenn er es für angebracht hielt, konnte mein Vater der charmanteste Lügner sein – eine Eigenschaft, die er sich Zeit seines Lebens im diplomatischen Dienst erworben hatte.

»Er schreibt, du möchtest ihn mal etwas öfter anrufen«, ließ mich mein Vetter wissen.

»Ich telefoniere jeden Monat mit ihm. Schließlich ist er in Uruguay. Würde ich ihn öfter anrufen, wären meine Ersparnisse bald aufgebraucht – oder was davon überhaupt noch übrig ist.«

»Weiß ich ja. Ich denke, er macht sich bloß Sorgen um dich, mehr nicht.«

»Dazu gibt es keinen Anlaß.« Ich drehte die Münze, um mir die Rückseite anzusehen. »Ich schätze, du wirst in Kürze nach Frankreich aufbrechen, um dort weiterzuforschen?«

»Ja, Ende des Monats.«

»Genau rechtzeitig zur Weinlese.«

»Exakt.«

Ich nahm einen Schluck Tee und seufzte. »Ich beneide dich, darauf kannst du Gift nehmen.«

»Dann komm doch einfach mit.« Er hatte die Bemerkung ganz beiläufig fallenlassen und verdrehte dann unschuldig die Augen, während er auf meine Reaktion wartete.

»Red keinen Unsinn. Du weißt genau, daß das nicht geht.«

»Und wieso nicht?«

»Es gibt Leute«, erklärte ich geduldig, »die arbeiten müssen, um sich ihren Lebensunterhalt zu verdienen, und ich kann nicht einfach von heute auf morgen freinehmen und verreisen.«

»Komm mir nicht damit«, sagte mein Vetter ganz unverblümt, »Himmel noch mal, schließlich arbeitest du für meinen Vater! Ich weigere mich zu glauben, daß Braden Glass gleich in Schutt und Asche fällt, wenn du vierzehn Tage lang nicht da bist. Dad oder Jack werden doch wohl mal selber ans Telefon gehen können ...«

»Und dann ist da noch das Haus«, fuhr ich hartnäckig fort. »Ich habe die Aufgabe, während Daddys Abwesenheit darauf aufzupassen. Soll ich es allein lassen, damit irgendein Einbrecher dort einsteigen und sich nach Herzenslust bedienen kann?« Ich sah den verständnislosen Ausdruck auf seinem Gesicht. »Hör mal, wenn du mich stur und langweilig findest, dann tut mir das leid, aber ...«

»Nein, langweilig bist du wirklich nicht«, korrigierte mich Harry, »nur eben auch nicht gerade allzu unternehmungslustig. Nicht mehr so wie früher. Nicht mehr, seit ...«

»Das hat nichts mit der Scheidung meiner Eltern zu tun. Aber ich werde auch nicht jünger, muß Verantwortung übernehmen ...«

»Es gibt solche und solche Verantwortung. Mutter sagt, sie sieht dich kaum noch unter Leute gehen.«

»Und was hat deine Mutter sonst noch über mich zu erzählen?«

»Daß sie dich fast nie lächeln sieht, und daß du letzten Monat in London schnurstracks am Brunnen von Trafalgar Square vorbeigegangen bist, ohne auch nur einen Penny hineinzuwerfen.«

»Nur Touristen werfen Pennies in Springbrunnen.«

»Früher hat dich das jedenfalls nicht davon abgehalten.« Er stellte seine leere Teetasse auf den Couchtisch. »Apropos Kleingeld, würdest du mir bitte meine Münze zurückgeben? – Danke. Du magst aufgehört haben, an die kleinen Dinge zu glauben, die einem im Leben Glück bringen, Emily Braden, aber ich nicht. Ich würde eher meinen rechten Arm hergeben als diesen kleinen König. Also«, sagte er fröhlich und ließ die Silbermünze in der sicheren Tiefe seiner Tasche verschwinden, »das wäre dann also geklärt. Du kommst mit mir nach Chinon.«

Ich schüttelte den Kopf. »Harry ...«

»Zur Zeit gibt's ganz billige Flüge von Heathrow, aber wir sollten noch diese Woche buchen. Dad sagt, die zweite Septemberhälfte würde ihm gut passen, nur damit er schon mal ...«

»Harry ...«

»Und ich habe auch schon ein wunderbares Hotel für uns entdeckt, sechzehntes Jahrhundert und gleich am Marktplatz, mit Blick aufs Schloß.«

»Harry«, versuchte ich es noch einmal, aber er hatte bereits die Prospekte hervorgeholt. Die Fotos darin ließen Chinon wirken wie einen Traum aus Kindertagen – kleine helle Häuschen mit ebenso kleinen Ecktürmen daran, enge, verwinkelte kopfsteingepflasterte Gassen und das Schloß, das darüber vor einem lavendelfarbenen Himmel wie ein Wächter auf seinem Felsen thront, mit dem Fluß

Vienne wie ein glänzendes Band aus Licht zu seinen Füßen.

»Das hier ist der Turm, in dem Isabelle das Ende der Belagerung abgewartet haben dürfte«, sagte Harry und zeigte auf eine verfallende, schmale Säule am äußersten Rand der Festungsanlage. »Der Mühlenturm.«

Ich sah es mir an und schüttelte noch einmal energisch den Kopf. »Ich kann dich nicht begleiten.«

»Selbstverständlich kannst du.«

Ich seufzte hörbar. Mein Vetter hatte die seltene Gabe, sämtliche Probleme dieser Erde mit einer Handbewegung aus der Welt zu schaffen. Auch mein Vater tendierte gelegentlich dazu, und mein Onkel Alan ebenfalls. In diesem Augenblick kam ich mir wieder vor wie das arme Opfer dieses verschworenen Triumvirats. Hatte ich denn gar nichts dazugelernt? Wenn die Eltern eines Menschen nach dreißig Jahren Ehe beschließen, fortan getrennte Wege zu gehen, betrachtet man das Leben auf eine etwas nüchternere Weise. Und, dachte ich, wen wundert's? Also war die glückliche Ehe meiner Eltern letzten Endes doch nicht so glücklich gewesen. Also war Liebe nicht dafür bestimmt, auf ewig zu halten. Es war besser, daß ich diese Lektion schon in jungen Jahren gelernt hatte, anstatt die gleichen Fehler wie sie alle auch noch einmal zu machen.

Es soll nicht so klingen, als sei ich verbittert über die Entscheidung meiner Eltern. Ein wenig enttäuscht vielleicht, aber nicht verbittert. Meine Mutter war ... ja, sie war eben meine Mutter – lebenslustig, eigensinnig, unabhängig. Selbst jetzt noch schickte sie mir Postkarten aus den griechischen Hafenstädten oder türkischen Hotels, in denen sie und ihr neuester Galan gerade ihr Unwesen trieben. Und mein Vater ... mein Vater arbeitete weiter, wie er es seit jeher schon getan hatte, nur befand sich sein Büro jetzt im Britischen Konsulat in Montevideo anstatt in London. Daß er mittlerweile geschieden war, schien ihm kaum aufzufallen.

Aber mein Vater war auch nie richtig erwachsen geworden. Wie alle männlichen Abkömmlinge der Familie Braden verfügte er über eine kindliche Unschuld, einen schlichten Glauben an das Gute und eine unerschöpfliche Quelle der Energie. Mein Onkel Alan war genauso, und Harry auch. Es machte sie alle drei recht charmant, und ich liebte sie dafür, aber sie schwebten damit auch in gewissen Sphären, die andere nicht immer erreichen oder mit ihnen teilen konnten.

In dieser Hinsicht war Harry der schlimmste. Obwohl ich meinen Vetter ausgesprochen gern mochte, hatte er mich doch so oft an den Rand einer Bluttat getrieben, daß ich mich an die einzelnen Gelegenheiten gar nicht mehr erinnern wollte. Unzuverlässig hatte meine Mutter ihn genannt. Ich hätte ihn statt dessen lieber als »schusselig« bezeichnet, aber das lief auf dasselbe hinaus, wenn man am Flughafen festsaß, weil Harry gerade mal wieder auf irgendwelchen Exkursionen war. Bei der Erinnerung an solche Geschichten mußte ich plötzlich lächeln.

»Ich muß vollkommen bekloppt sein, mit dir eine Reise zu unternehmen«, sagte ich. »Gott weiß, in was für Katastrophen du mich diesmal wieder stürzt.«

Er hatte nur ein Grinsen dafür übrig. »Vielleicht ist es das, was du brauchst. Ein tüchtiges Abenteuer. Damit du mal wieder merkst, was das Leben ist.«

»Ich stehe sehr wohl mitten im Leben, herzlichen Dank.«

»Nein, tust du nicht.« Hinter dem Lachen in seinen

Augen verbarg sich bitterer Ernst. »Nicht richtig. Mir fehlt die alte Emily.«

Ich blickte auf das bunte Durcheinander von Prospekten, das er auf dem Tisch ausgebreitet hatte. Es war Einbildung, eine optische Täuschung, die mich glauben ließ, den Umriß einer Frau zu sehen, die immer noch an einem Fenster des Turmes am äußersten Rand dieser zerstörten Burg wartete, aber einen Augenblick lang war sie ganz deutlich zu erkennen. Eine junge Frau, die gedankenverloren über all die Jahre hinwegblickte, wartete, wünschte, hoffte ... aber worauf? Ihren Märchenprinzen mit seinem schneeweißen Roß, auf dem er zu ihrer Rettung herangaloppiert kam? Nein, alles war vergebens, er würde nicht kommen. Du bist ganz auf dich allein gestellt, Mädchen, sagte ich der verschwommenen Gestalt im Geiste, und du findest dich besser mit dieser Tatsache ab. Und wenn sie nicht gestorben sind ... Nein, dazu kommt es nicht, so ist es nicht im wirklichen Leben. Der Schatten verschwand, und ich blickte wieder zum Fenster, auf dem immer noch die Regentropfen tanzten.

Harry goß die letzte Tasse kalt gewordenen Tees aus der Kanne und lehnte sich im Sessel zurück. Seine blauen Augen wirkten eigentümlich liebevoll, während er mit geradezu unheimlicher Genauigkeit meine Gedanken zu lesen schien. »Wenn du nicht daran glaubst, daß in Chinon ein Märchen wahr werden könnte«, sagte er, »dann gibt es für uns alle keine Hoffnung mehr.«

2

... Wirrnisse bei der Ankunft ...

Ich hätte es besser wissen sollen. Alle waren wieder schlauer als ich. Aus Erfahrung wird man klug, heißt es doch. Selbst meine Tante Jane runzelte die Stirn, als ich ihr erzählte, ich würde mit Harry auf eine Reise gehen.

»Mit meinem Harry? Wozu denn das?«

»Er meint, ich müßte mal ein paar Tage ausspannen«, hatte ich geantwortet. »Er hat mir ein Abenteuer versprochen.«

»Und auf wieviel Abenteuer«, fragte sie mich trocken, »bist du vorbereitet?«

Ich tat die Warnung mit einem Achselzucken ab. »Ich bin sicher, daß alles gutgeht. Außerdem mag ich Harry.«

»Meine liebe Emily, darum dürfte es hier wohl kaum gehen. Wir alle mögen Harry. Aber er hat die Angewohnheit, ziemlich, nun, eben ziemlich ...«

»Unberechenbar zu sein?« half ich ihr, und sie grinste.

»Das hast du sehr nett ausgedrückt.«

Ich versicherte ihr, daß wir nur nach Frankreich fuhren, nicht ins finstere Afrika. Was konnte einem in Frankreich schon groß zustoßen? Und falls doch etwas passierte, wäre ich darauf vorbereitet, die Situation zu retten – Französisch war, dank der Jahre, während derer mein Vater an der Britischen Botschaft in Paris gearbeitet hatte, eine mir zumindest geläufige Sprache. Außerdem fand ich den Gedanken, zwei ganze Wochen im Loiretal Ferien zu machen, einigermaßen unwiderstehlich.

Tante Jane hatte sich alles mit einem gelegentlichen Aufblitzen ihrer blauen Augen und bisweilen mit einem Zucken einer Braue angehört. »Hast du auch an alle Versicherungen gedacht?« fragte sie mich schließlich und stand dann auf, um den Tee aufzubrühen.

Mein Onkel Alan reagierte weniger zynisch. »Genau, was du jetzt brauchst«, erklärte er sichtlich befriedigt. »Kleiner Tapetenwechsel, was? Vielleicht eine kleine Romanze.« Und dabei hatte er mir zugezwinkert und mich mit dem Ellenbogen angestoßen, und ich hatte gelächelt, wie es von mir erwartet wurde, und dabei nur gedacht, daß mir jetzt am allerwenigsten nach einer Romanze zumute war. Ein kleiner Urlaubsflirt vielleicht, vergänglich und schmerzlos, aber eine richtige Romanze ... Nein, so etwas hatte nie eine Zukunft, und wie mit meinem Vetter Harry konnte man sich damit höchstens Schwierigkeiten einhandeln.

Harry seinerseits tat in den Wochen vor Reisebeginn sein Bestes, sämtliche Befürchtungen zu zerstreuen. Er kam mir zuvor, indem er den langweiligen Teil unserer Reisevorbereitungen selbst übernahm – ich hatte mich in Lesesälen nie allzu wohl gefühlt. Und er ging sehr gewissenhaft dabei vor, schickte mir Stadtpläne und eine Bestätigung unserer Reservierung im Hotel de France in Chinon. Am Sonntag vor meiner Abreise rief er sogar noch aus Bordeaux an, um mir letzte Instruktionen zu geben.

»Nicht zum Gare d'Austerlitz, Liebes«, hatte er mich korrigiert. »Montparnasse. Du kennst dich in Paris doch noch einigermaßen aus, oder? Vom Flughafen nimmst du den Bus in die Stadt und dann den Zug vom Montparnasse nach St.-Pierre-des-Corps, das ist der günstigste Weg. Du wirst noch vor Mittag da sein.«

Ich hörte auf, seine Anweisungen mitzuschreiben, und klopfte mit dem Stift auf meinen Notizblock. »Und du kommst auch bestimmt, um mich abzuholen?«

»Selbstverständlich. Ich fahre über Tours nach St.-Pierre-des-Corps und treffe dich dort am Bahnhof. Ich komme mit dem roten Wagen. Du kannst mich gar nicht verfehlen. Sagen wir um zwölf?«

»Also um zwölf Uhr mittags am Freitag, dem vierundzwanzigsten?« bestätigte ich noch einmal.

»Keine Sorge«, sagte er und klang amüsiert dabei, »ich vergesse es schon nicht. Bin ja schließlich kein kompletter Idiot. Außerdem habe ich doch diesen Brief bekommen, habe ich dir nicht davon erzählt?« Hatte er natürlich nicht, also fuhr er fort: Der Brief stammte von einem Amateurhistoriker, der eine der Abhandlungen meines Vetters über Isabelles verlorengegangenen Schatz gelesen hatte. »Also kann er offenbar Englisch lesen«, kommentierte Harry, »obwohl sein Brief auf französisch geschrieben war. Er drückt sich ziemlich umständlich aus, aber es hat den Anschein, als verfüge er über einige Informationen das Tunnelsystem unterhalb des Schlosses betreffend, die mich interessieren könnten. Fragt mich, ob ich mich mit ihm in Verbindung setzen könnte. Ich finde das alles äußerst spannend, so wie damals mit diesem Informanten bei der Watergate-Affäre, weißt du noch ...«

»Und hat dein Informant auch einen Codenamen?«

»Nein.« So, wie er das sagte, klang es fast, als enttäuschte ihn dieser Umstand. »Nein, ich kenne nur seinen richtigen Namen ... Didier ... Didier irgendwas. Ich müßte noch mal nachsehen, habe ihn vergessen. Na, jedenfalls lebt er in Chinon, und deshalb brauchst du dir keine Sorgen zu machen, daß ich vergesse, dich abzuholen. Ich bin selber ganz erpicht darauf, hinzufahren und herauszubekommen, was der Knabe weiß.«

»Fein, dann sehe ich dich ja am Freitag.«

»Mittags um zwölf in St.-Pierre-des-Corps. Versprochen.«

Mich beschlich das unbestimmte Gefühl, als hätte dies letzte Wort mir eine Warnung sein sollen, aber da knackte es schon in der Leitung, und die Verbindung wurde unterbrochen. Ich hatte gerade noch die Stimme meines Vetters sagen hören: »Tut mir leid, muß auflegen«, und danach noch etwas, das sich vage wie »bis Freitag« anhörte. Das war's dann erst mal.

Ich hätte es wissen sollen.

»Harry, verdammt noch mal!« sagte ich laut. Die junge Frau am Nebentisch blickte überrascht auf und sah dann wieder weg, während sie ihre zierliche Kaffeetasse zum Mund führte. Meine eigene Tasse war schon lange leer und ruhte kalt zwischen meinen Fingern. Ich schob sie irritiert beiseite, stützte das Kinn auf die Hände und stierte durch die Glasscheibe vor mir hinaus. Der Blick aus dem Café auf den Bahnhof war nicht gerade erhebend. Das Schachbrettmuster der Bodenplatten aus Beton, die dicken Betonsäulen mit den futuristisch geformten Lampenbögen darauf und der langgezogene, niedrige Springbrunnen, ebenfalls aus grauem Beton, mit den schäumenden weißen Fontänen betonten nur noch mehr die Kälte der Architektur. Auf der anderen Straßenseite erhoben sich drei große Wohnblöcke wie Schandmale aus der Landschaft, farblos und unpersönlich, mit langen Fensterreihen, die durch die Gefängnisgitter ihrer Balkone stupide und ausdruckslos auf mich zurückstarrten.

Ich seufzte.

Dieser Teil der Stadt Tours war deprimierend modern. Chinon befand sich irgendwo im Südwesten – gar nicht so weit entfernt, obwohl es mir in diesem Augenblick wie tausend Meilen weit weg vorkam. Und doch konnte ich es beinahe nach mir rufen hören, dieses herrliche Schloß über der Biegung des Flusses unter einem violetten Himmel. »Die Blume im Garten Frankreichs« hatten die Prospekte mir versprochen. Aber ich war nicht in Chinon, ich war hier, in St.-Pierre-des-Corps, und es erinnerte mich in keiner Weise an eine Blume.

Er kommt nicht, dachte ich düster. Harry verspätete sich nie um eine Stunde. Er kam pünktlich, oder er kam gar nicht.

»Na, wenn schon«, sagte ich, und die Frau am Nebentisch warf mir erneut einen argwöhnischen Blick zu. Sie schien erleichtert, als sie sah, wie ich das Kleingeld zusammenzählte, um meine Rechnung zu bezahlen, und um so mehr, als ich einen Augenblick später entschlossen meinen Koffer ergriff und den Stuhl zurückschob. Ich hatte große Lust, ihr zu versichern, daß ich normalerweise nicht mit mir selbst redete, daß alles die Schuld dieses Hallodris von einem Vetter sei, aber eigentlich konnte es mir völlig egal sein, was diese Frau von mir hielt, denn ich war ohnehin am Aufbrechen. Mit oder ohne Harry, ich würde es schon irgendwie nach Chinon schaffen.

Als ich erhitzt, wie ich war, hinaustrat, schlug mir die Luft kühl entgegen. Der Himmel hatte schon den ganzen Vormittag mit Regen gedroht, und es wehte ein frischer Wind, aber zumindest hatte doch ein wehmütiger blaßblauer Fleck die Energie besessen, das unerbittlerliche Grau zu durchbrechen. Meine Stimmung hob sich etwas, als ich dem Taxistand zustrebte.

Drei Taxis warteten neben der geschwungenen Betonarkade des Bahnhofsvorplatzes, aber nur eines von ihnen, das am Ende der Reihe, schien auch mit einem Fahrer besetzt zu sein. Er stand gegen die Motorhaube eines grauen Renault Safrane gelehnt, den Blick gedankenverloren auf den Springbrunnen gerichtet. Eine Hand steckte tief in der Tasche seiner gut geschnittenen Stoffhose, in der anderen hielt er eine halbgerauchte Zigarette. Er war nicht sehr groß, aber die Vorstellung vom Franzosen als dunklem, gutaussehendem Typen traf doch auf ihn zu. Er war auch nicht mehr jung – vielleicht zehn Jahre älter als ich mit meinen achtundzwanzig. Meine Mutter hätte ihn als »distinguiert« bezeichnet, und er wirkte tatsächlich ein wenig vornehm mit seiner unaffektierten Nonchalance, wie nur die Franzosen sie zu beherrschen scheinen.

Während ich näher kam, wanderte sein Blick vom Springbrunnen in meine Richtung, und in seinen dunklen Augen funkelte etwas auf. Er schien meine Kleidung zu mustern und dann den Anhänger von British Airways entdeckt zu haben, der immer noch an meinem Koffer baumelte. Ehe ich mein Französisch hervorkramen konnte, hatte er mich bereits in tadellosem, fließendem Englisch angesprochen. »Kann ich Ihnen behilflich sein, Madame?« Er wußte, daß ich nicht verheiratet war. Sein Blick war auf den Fingern meiner linken Hand haftengeblieben. Es war die reine Höflichkeit, mich mit »Madame« anzureden.

»Äh, ja. Ich suche bitte ein Taxi.«

Er runzelte die Stirn. Sonderbar, wenn man bedachte, daß er gegen eines gelehnt stand, aber ich begriff, als er einen raschen Blick auf den Wagen vor ihm warf.

»Ich weiß, daß Sie der letzte in der Reihe sind«, sagte ich daher, »aber die anderen Taxis sind nicht besetzt.«

Er sah wieder mich an und lächelte. »Wohin möchten Sie, Madame?«

»Nach Chinon.«

»Chinon?« Er hob den Arm mit der Zigarette und kniff gegen den Rauch die Augen zusammen. »Aber das ist fast eine Stunde von hier entfernt. Eine teure Fahrt mit dem Taxi.«

»Ach?« Ich versuchte, mir den Anschein zu geben, als würde mir das nichts ausmachen, aber natürlich machte es mir etwas aus. Ich konnte nicht gleich am ersten Tag meine Reisekasse plündern.

Noch einmal glitt sein Blick über die beiden Wagen vor ihm, dann wandte er sich wieder mir zu, als versuchte er, zu einer Entscheidung zu gelangen. Ich entband ihn der Mühe.

»Gibt's denn einen Zug nach Chinon?« fragte ich.

»Nicht von diesem Bahnhof, nein.« Seine Züge entspannten sich. »Aber es gibt den Autocar ... den Bus. Ich glaube, er geht um halb zwei, von dort drüben.« Sein Kopf wies in Richtung auf den Brunnen. »Sie können sich im Bahnhof ein Ticket kaufen, es ist noch genug Zeit.«

Ich warf einen Blick auf meine Armbanduhr und stellte sie auf kontinentaleuropäische Zeit um. Mir blieb eine volle Viertelstunde, die Fahrkarte zu kaufen und den Bus zu besteigen – mehr als genug. »Danke, Monsieur«, sagte ich und nahm meinen Koffer. »Vielen Dank.«

»Nichts zu danken, Madame.« Mit einem zuvorkommenden Kopfnicken lehnte er sich gegen seinen grauen Safrane, hob die Zigarette zum Mund und sah wieder in die andere Richtung. Als ich zum zweitenmal aus dem Bahnhof kam, war er gerade in eine Unterhaltung mit einem älteren, rotgesichtigen Mann vertieft, der unter der Last seines teuer aussehenden Reisegepäcks schwitzte.

Ohne aufzublicken, ging ich rasch an den beiden vorbei und beeilte mich, zum bereits wartenden Autocar zu kommen, wo ich mich auf den freien Fensterplatz vorne hinter dem Fahrer setzte. Ich wollte den Blick auf die vorüberziehende Landschaft genießen, aber bei der schaukelnden Bewegung des fahrenden Busses nickte ich ein, noch ehe wir das Stadtzentrum von Tours erreicht hatten. Kein Wunder, war ich doch mitten in der Nacht aufgestanden, um den Flug nach Paris zu bekommen, hatte dann die holpernde Busfahrt und ein Stück Strecke in einem Hochgeschwindigkeitszug über mich ergehen lassen, bevor ich als Frühstück zwei Tassen Bahnhofskaffee mit der Konsistenz von Flußschlamm genießen durfte.

Ich wäre möglicherweise erst in Chinon wieder aufgewacht, wenn nicht plötzlich unmittelbar unter meinem Fenster die Hupe eines Autos erklungen wäre. Beim zweiten Hupen fuhr ich mit einem solchen Ruck in die Höhe, daß mir die Zähne aufeinanderschlugen, und als ich die Augen aufriß, sah ich gerade noch, wie sich der graue Safrane mit elegantem Schwung und doppelt so schnell, wie es für das Überholmanöver notwendig gewesen wäre, vor uns setzte. Also, dachte ich lächelnd, hatte sich mein schneidiger Taxichauffeur doch noch eine Fuhre ergattert. Schön für ihn. Als der Bus den nächsten Ort erreichte, war er längst außer Sichtweite.

»Azay-le-Rideau«, verkündete der Fahrer durchs Mikrofon.

Ich war jetzt wieder vollkommen wach und hielt die Luft an, als der Bus sich durch die schmalen, eng gewundenen Straßen schob und Fußgänger gegen die Steinmauern oder in den Schutz von Hauseingängen zwang. Es ging schwindelerregend steil bergab, vor einer Reihe von Läden spuckte der Wagen eine Handvoll Fahrgäste aus und setzte seine Fahrt über eine Brücke fort, von der man einen atemberaubenden Blick auf das scheinbar auf dem Wasser gebaute, wie ein Juwel glänzende Château hatte, dessen Umrisse sich mitsamt seiner schmucken Insel in dem hellen, stillen Wasser des Sees spiegelten.

Das also, dachte ich zufrieden, war nun endlich das Tal der Loire aus den Prospekten und Reiseführern – das Frankreich, das ich aus meiner Kindheit in Erinnerung hatte. Die Stadt wich einem Waldstück, das wiederum in ein Feld und einen Weinberg überging. Ich saß vorgebeugt in meinem Sitz und verfolgte mit Interesse die vorbeihuschenden Straßenschilder. Als wir La Devinière erreichten, die Geburtsstätte des Dichters Rabelais – das jedenfalls erinnerte ich aus einer meiner Broschüren – wußte ich, daß Chinon gleich hinter der nächsten Kurve liegen mußte ...

»Oh!« entfuhr es mir plötzlich lauter, als ich wollte.

Der Busfahrer lächelte verständnisvoll und verlangsamte das Tempo. »Ist dies Ihr erster Besuch in Chinon?« fragte er auf französisch.

Ich brachte als Antwort nur ein Kopfnicken zustande, und der Bus wurde noch langsamer.

»Man muß ihn auskosten, diesen ersten Blick«, riet er mir.

Auskosten, in der Tat. Die weißen Ruinen des Schlosses von Chinon ragten majestätisch über uns auf dem Felsen auf wie die Kulisse für eine große tragische Szene in einem Shakespearschen Drama, eine fensterlose lange Mauer, deren Kamm sich dahinfranste und deren abbröckelnde, von den Jahren verwitterte Türme ihre Profile wie schartige Speerspitzen in den grauen, nie ganz unbewegten Himmel emporreckten.

Obwohl der Fahrer es so gut mit mir meinte, hatte ich

kaum Zeit, das ganze Bild aufzunehmen, ehe die Straße schon wieder einen scharfen Knick nach unten machte und an uralten, dicht mit Efeu zugewachsenen Mauern entlang tiefer in die Stadt hineinführte. Das Schloß blieb hinter uns auf seinem Bergsporn zurück, während ich mich in den Anblick des Flusses Vienne und die breite Allee hochaufragender Platanen, die an ihrem Ufer entlangführte, vertiefte. Nichts – weder Harrys Beschreibung noch meine eigene verblaßte Erinnerung an die französische Landschaft – hatte mich auf die erhabene Schönheit dieser Gegend vorbereiten können.

»Oh«, entfuhr es mir noch einmal. Kein sehr vielsagender Kommentar, aber der Busfahrer schien mit mir zufrieden zu sein.

»Ergreifend, nicht wahr?« sagte er und hielt sich demonstrativ die Faust vor sein Herz.

Ich fand endlich meine Stimme wieder. »Das kann man wohl sagen.«

Ja, ich war in der Tat so ergriffen, daß ich, als der Fahrer den Place Jeanne d'Arc ausgerufen und ich mitsamt einer Handvoll anderer Fahrgäste, die sich rasch verstreuten und entschlossen ihrer Wege gingen, den Bus verlassen hatte, mitten auf dem Platz stehenblieb, weil mir in diesem Moment erst aufging, daß ich ja gar keine Ahnung hatte, wie ich von hier zum Hotel de France gelangen sollte. Ich hatte mich gerade dazu durchgerungen, den nächstbesten Passanten anzusprechen, als ich plötzlich ein bekanntes Gesicht sah.

Er hatte seinen Safrane im Parkverbot am Straßenrand abgestellt und lehnte wie schon vorhin am Bahnhof gegen die Motorhaube, während er mit etwas skeptischem Gesichtsausdruck das Treiben der Menge beobachtete. Ich weiß nicht, was mich dazu brachte, die Straße zu überqueren und auf ihn zuzugehen – war es einfach nur, weil ich ja jemanden brauchte, der mir den Weg wies, oder fühlte ich mich auch von seinem angenehm sympathischen Gesicht angezogen? Diesmal jedenfalls hatte er mich nicht kommen sehen, als ich auf ihn zutrat.

»Ist die Fahrt zum Hotel de France auch so teuer?« fragte ich ihn auf englisch.

Sein Stirnrunzeln wich einem freundlichen Lächeln, als er sich nach mir umdrehte. »Nein«, sagte er, »die nicht. Ich fahre Sie.« Er warf seine Zigarettenkippe aufs Pflaster und ging um den Wagen herum, um mir die Beifahrertür aufzuhalten. »Sie haben nur diesen einen Koffer?« fragte er, als er ihn mir abnahm.

»Ja.«

Auf dem Rücksitz des Taxis lagen bereits Gepäckstücke, dieselben Koffer, mit denen ich den dicken, rotgesichtigen Mann in St.-Pierre-des-Corps sich hatte abmühen sehen.

»Aber Sie sind doch bereits besetzt, Monsieur«, wandte ich mit einem Blick auf die fremden Koffer ein. »Tut mir leid, das habe ich nicht gewußt ...«

»Kein Problem«, versicherte er und schob das teure Gepäck achtlos beiseite, um Platz für meinen längst nicht so edlen Koffer zu machen. »Der Herr hat eine geschäftliche Verabredung. Ich fahre nachher wieder zurück, um ihn abzuholen. Er wird mich nicht vermissen; es ist nicht weit bis zu Ihrem Hotel.«

Was dann folgte, war in der Tat die kürzeste Taxifahrt meines Lebens. Wir fuhren ein Stück den Fluß entlang, den gleichen Weg, den ich gerade mit dem Bus gekommen war, bogen dann in einen mit Platanen bestandenen Platz ein und von diesem in einen noch kleineren, auf dem windschiefe Akazien Schatten spendeten.

»Das Hotel de France«, verkündete mein Chauffeur mit einem nur allzu verständlichen Grinsen. Ich hätte den Weg vermutlich in weniger als fünf Minuten auch zu Fuß zurücklegen können und dabei noch Geld gespart. Ich warf einen Blick auf den Taxameter am Armaturenbrett, und das Grinsen meines Fahrers wurde noch breiter. Das Instrument zeigte nichts an.

»Das kostet nichts, Madame.«

»Aber das geht doch nicht.« Ich griff nach meiner Geldbörse. Ich blieb nicht gerne etwas schuldig.

»Ich möchte kein Geld. Wir haben uns ja kaum bewegt.«

»Wieviel schulde ich Ihnen?«

Er sah mich einen Moment lang an und maß schweigend die Stärke meiner Entschlossenheit an der seinen. »Zehn Francs«, sagte er endlich.

»Für zehn Francs bekommt man gerade mal eine Tasse Kaffee.«

»Gut, dann fünfzehn.«

Ich gab ihm fünfundzwanzig Francs, die er mit einem etwas besorgten Blick entgegennahm. »Ich hoffe, Sie genießen Ihren Aufenthalt in Chinon, Madame.«

Damit werde ich keine Probleme haben, dachte ich einen Augenblick später, als ich mich in der stillen Empfangshalle des Hotels umsah. Bei allen Fehlern, die man meinem Vetter anlasten konnte, hatte er doch seine lichten Momente, und in einem solchen mußte seine Wahl auf das Hotel de France gefallen sein.

Es war ein älteres Haus, liebevoll renoviert und in kräftigen Rosa- und Beigetönen gestrichen. Von der Eingangshalle führte eine elegante Wendeltreppe aus Holz zu den oberen Etagen. Zu meiner Linken ging es ein paar Stufen hinauf in den sonnendurchfluteten Frühstücksraum, rechts von mir lag hinter einer offenstehenden Tür die Hotelbar. Nirgendwo war ein Mensch zu sehen außer der hübschen jungen Frau an der Rezeption. Sie war freundlich, wenn auch scheinbar nicht besonders intelligent. Nein, Monsieur Braden sei noch nicht eingetroffen, aber unsere Zimmer seien bereit ... zwei Zimmer ... Ob ich sicher sei, daß wir wirklich zwei Zimmer wollten? Sehr sicher, bestätigte ich, und mit einem verwunderten Schulterzucken reichte sie mir den Schlüssel. »Ihr Zimmer liegt im zweiten Stock, Madame. Nummer zweihundertfünfzehn.«

So fangen also meine Ferien an, dachte ich. Ohne eine Spur von Harry, wie ich es mir hätte denken können. Habe ich es dir nicht gesagt, Liebes? konnte ich fast Tante Janes gütige Stimme sagen hören, während ich die Wendeltreppe in den zweiten Stock hinaufstieg.

Mein Zimmer wenigstens erfüllte alle Erwartungen – es war hell, duftete frisch, hatte eine hohe weiße Decke, und die Wände waren in einem weichen, beruhigenden Goldschimmer gehalten. Aber das Beste war das Fenster mit den riesig weiten Flügeln, das auf den Platz und die eng aneinandergeschmiegten Dächer des mittelalterlichen Städtchens hinausging.

Ich öffnete einen der Fensterflügel nach innen und beugte mich so weit hinaus, wie ich es nur wagte, um den Ausblick in Augenschein zu nehmen. Zwischen den Akazien entdeckte ich einen Springbrunnen. Bei meiner Ankunft war er mir gar nicht aufgefallen, aber nun sah ich ihn, einen großen bronzenen Springbrunnen mit Figuren am Rand. Selbst über den Lärm aus den umliegenden Straßen hinweg konnte ich das stetige Plätschern seines Wassers hören. Das Geräusch löste eine Erinnerung in mir aus, und für einen verschwindend kurzen Augenblick war ich wieder fünf Jahre alt und strich mit den Fingern über den Rand eines anderen Springbrunnens, während mein Vater mich drängte, mir doch etwas zu wünschen ...

Aber ich wischte diese Erinnerung rasch beiseite und konzentrierte mich wieder auf den Platz. Ein Mann saß auf dem Rand des Springbrunnens, und zu seinen Füßen schlief ein gefleckter Hund. Neben den beiden begann ein Blumenhändler gerade, seinen Stand abzubauen – Ringelblumen und Rosen, die die Köpfe hängen ließen. Auch ich fühlte mich ein bißchen schlapp, die Erschöpfung von der Reise machte sich bemerkbar. Ich riß mich von dem Anblick los und sah auf die Uhr. Fast vier. Zeit für eine Ruhepause.

Es war himmlisch, unter die Bettdecke zu kriechen und sie mir bis ans Kinn hochzuziehen. Ich war so müde, daß ich nicht geglaubt hätte, ich würde träumen. Und doch hatte ich einen Traum, in dem vor meinem offenen Fenster ein Engel Geige spielte. Eigentlich hätte es ja ein schöner Traum sein können, war es aber nicht.

Der Engel hatte das grinsende Gesicht meines Vetters.

3

Wir waren derer sieben ...

Erholt wachte ich auf und krönte meine Wiederherstellung mit einem halbstündigen Vollbad. Der kleine, gekachelte Raum war voller Dampf, als ich endlich das heiße Wasser abstellte und aus dem Bad stieg. Meine Haut war so rot wie ein frisch gekochter Krebs und gab einen guten Kontrast zu dem schneeweißen Frotteetuch ab. Der Dampf folgte mir in dunstigen Schwaden, als ich tropfnaß über den Teppich und um das verwühlte Bett herumging, um das Fenster noch ein Stück weiter zu öffnen.

Ich hatte nur etwa eine Stunde geschlafen, aber es war, als sei inzwischen ein neuer Tag angebrochen. Der graue Himmel hatte aufgeklart und war nun in ein wolkenloses Blau getaucht, aus dem die Sonne nur so strahlte. An der Stelle, an der ich vorhin den Blumenverkäufer gesehen hatte, saßen jetzt drei Touristen auf roten Plastikstühlen an einem kleinen weißen Tisch und tranken Bier. Um sie herum stand noch mindestens ein weiteres Dutzend solcher Tische, die wie Pilze aus dem Erdboden geschossen zu sein schienen.

Ich trat wieder vom Fenster zurück und fuhr mir mit den Fingern durch das langsam trocknende Haar. Trotz der Sonne war es immer noch kühl draußen, zu kühl, um an einem der Tische Platz zu nehmen, aber einen Drink wollte ich mir dennoch gönnen.

Als ich nach unten kam, war die Hotelbar längst nicht mehr so verlassen wie bei meiner Ankunft. Eine Handvoll Gäste hatte es sich in den terrakottafarbenen Plüschmöbeln gemütlich gemacht und genoß die anheimelnde, intime Atmosphäre.

Als ich eintrat, verstummten die Gespräche kurz, wurden aber sogleich wieder aufgenommen. Ich stellte fest, daß ich anscheinend das wohlwollende Interesse zweier junger Männer geweckt hatte, die an einem der Fenster saßen. Einer der beiden, ein Dunkelhaariger mit lustigen Augen, lächelte mir schüchtern zu und sprach mich auf französisch an.

»Möchten Sie sich nicht zu uns setzen?« sagte er. »Es ist Platz genug.« Auf mein Zögern wurde sein Lächeln noch einladender. »Ich verspreche, daß wir uns nicht danebenbenehmen werden. Aber wissen Sie, wir sind jetzt seit vier Monaten zusammen auf der Reise und können uns gegenseitig nicht mehr reden hören. Bitte«, drängte er noch einmal und zeigte auf den feien Platz ihm gegenüber. »Dürfen wir Sie auf einen Drink einladen?«

Sein Begleiter schenkte mir ebenfalls ein flüchtiges, aber nicht unfreundliches Lächeln, als ich mich auf den Platz setzte, der mir angeboten worden war. Er erinnerte mich ein wenig an einen Jungen, den ich früher in der Schule gekannt und der auch immer buntbedruckte T-Shirts und das Haar lang bis auf die Schultern getragen hatte. Wie von meinem ehemaligen Schulkameraden ging auch von meinem Tischnachbarn die leicht nervöse Aura eines jungen Mannes aus, der sich entschlossen hatte, partout jung zu bleiben – so wie seinerzeit die Hippies in den sechziger Jahren. In Kontrast zu ihm war der Dunkelhaarige gepflegter, konservativer gekleidet und schien auch die besseren Umgangsformen zu besitzen. Er hob den Arm, um den Barkeeper auf sich aufmerksam zu machen. »Sie sind noch nicht lange hier im Hotel, nicht wahr?« fragte er mich. »Ich habe Sie hier noch nie gesehen.«

Ich nickte und versuchte ohne Erfolg, seinen Akzent einzuordnen. Provence? Nein, auch nicht bretonisch, aber seiner Art nach, die Vokale auszusprechen, bestimmt aus einer ländlichen Region ...

»Ich bin sozusagen eben erst angekommen«, sagte ich. »Heute nachmittag. Aus England.«

Er grinste. »Sie sind Engländerin?« fragte er in meiner eigenen Sprache. »Hätte ich mir denken können. Sooft ich versuche, mit jemandem ins Gespräch zu kommen ...«

»Ach so«, fiel ich ihm ins Wort. »Sie sind Amerikaner?«

Dem langhaarigen Jungen schien das sichtlich unangenehm. »Kanadier, um genau zu sein«, korrigierte er mich. Genau die gleiche etwas störrische Reaktion, wie ich sie aus Agatha Christies Kriminalromanen von Hercule Poirot kannte, wenn man ihn, den Belgier, als Franzosen anredete.

Sein Freund vergab mir meinen Irrtum sofort. »Der Akzent hört sich für Sie natürlich gleich an, das ist klar.«

»Nie im Leben.« Der Hippie grinste verächtlich. »Wir hören uns doch nicht wie die Whitakers da drüben an.«

»Ja, natürlich nicht, aber die kommen ja von tief unten aus dem Süden. Da merkt man's natürlich.« Noch einmal warf er einen Blick hinüber zur Bar, an der sich ein Paar mittleren Alters angeregt mit dem Barkeeper unterhielt.

Wie ich bei genauerem Hinsehen feststellte, war »mittleren Alters« vielleicht doch nicht ganz die passende Bezeichnung für die beiden. Die Frau hätte sich mit Sicherheit dagegen verwahrt. Sie war auf eine zerbrechliche Art und Weise ganz hübsch, trug ihr brünettes Haar in kunstvoll drapierten Locken und hatte jede Menge Glitzerschmuck an ihren flatterigen Händen. Ihr Mann wirkte auf den ersten Blick erheblich älter, bis einem auffiel, daß sein silbergraues Haar nicht ganz zu seinem sonnengebräunten vitalen Gesicht passen wollte.

»Die werden Sie auch noch kennenlernen«, versicherte mir der Junge mit den langen Haaren. »Garland hält sich stets auf dem laufenden über Neuankömmlinge. Sie ist ziemlich ... na ja, ziemlich eigen.«

»Aber ihr Mann ist wirklich nett«, fügte der andere hinzu. »Er heißt Jim.« Dabei fiel ihm ein, daß er sich selbst noch gar nicht vorgestellt hatte. »Ich bin übrigens Paul. Paul Lazarus. Und das ist mein Bruder Simon.«

»Emily Braden.« Ich schüttelte nacheinander beiden die Hand und ließ mich dann wieder in den dick gepolsterten Sitz zurücksinken. Entgegen ihrem Erscheinungsbild entschied ich, daß Paul der jüngere von beiden sein mußte. Meiner Erfahrung nach gibt es bei Geschwistern immer klar strukturierte Verhaltensmuster, anhand derer man den Erstgeborenen erkennen kann. Simon Lazarus mochte weniger reif wirken, aber er war der aktivere, der aggressivere, und nun, als wir unsere Unterhaltung auf englisch fortsetzten, übernahm er wie selbstverständlich die Rolle des Sprechers für sie beide.

Er schenkte mir ein etwas freundschaftlicheres Lächeln. »Wir ›machen‹ sozusagen Europa. Paul hat im vergangenen Frühjahr die Universität abgeschlossen, und weil wir beide keinen Job finden konnten, haben wir uns entschlossen, statt dessen unsere Ersparnisse auf den Kopf zu hauen. Wenn das Geld reicht, wollen wir einmal um die ganze Welt. Vorausgesetzt, daß ich Paul jemals von diesem Ort hier loseisen kann.« Er grinste noch breiter. »Es war schwer genug, ihn aus Holland wegzubekommen und jetzt sitzen wir hier schon wieder fest.«

Auch Paul lächelte und hätte wohl gern etwas gesagt, kam aber nicht dazu, denn der Barkeeper hatte sich bei dem amerikanischen Ehepaar entschuldigt und kam mit jugendlichem Eifer an unseren Tisch gefegt.

Aus der Nähe wirkte er sogar noch jünger, als ich ursprünglich angenommen hatte. Er konnte allerhöchstens zwanzig sein, aber es war offensichtlich, wieso ich mich hatte täuschen lassen. Nur den Franzosen schien es zu gelingen, sich schon in ganz jungen Jahren so gewandt, ja geradezu weltmännisch zu geben. Dieser junge Mann würde so manches Herz brechen. Hatte es wahrscheinlich bereits getan.

Ich sah fasziniert zu, wie er sich vor unserem Tisch aufbaute, einmal entrüstet durchatmete, um dann einen kurzen Kommentar über »les américains« von sich zu geben, wobei er Paul Lazarus verschwörerisch zuzwinkerte. »Was darf es sein?« fragte er.

»Mal hören, was Thierry dazu zu sagen hat.« Wenn Simon den Namen des Barkeepers aussprach, wurde »Terry« daraus. »Thierry, erklär doch Miss ...«

»Braden«, sprang Paul ein.

»Emily«, verbesserte ich die beiden, »erklär doch Emily einmal den Unterschied zwischen Kanadiern und Amerikanern.«

Der Barkeeper blickte mich mit ernster Miene an. »Die Kanadier, Madame, sind viel komplizierter. Sie sind unmöglich. Der hier«, und dabei zeigte er auf Simon, »sorgt immer dafür, daß der Vorhang oben im Zimmer zu Boden fällt, und ich muß dann jedesmal die Leiter holen, um ihn wieder aufzuhängen.«

»Zweimal«, verteidigte sich Simon, »zweimal ist mir das erst passiert. Und abgesehen davon seid ihr selber schuld, wenn ihr Vorhänge vor die Fenster hängt. Solche Fenster wie die hier sind dafür gedacht, daß man sie öffnet, damit man etwas davon hat. Ich kann auch nichts dafür, wenn eure dämliche Gardinenstange dabei runterfällt.«

»Sehen Sie?« Thierry zwinkerte noch einmal. »Ganz kompliziert, diese Kanadier. Aber Sie, Madame, Sie sind doch nicht aus Kanada?«

»Noch schlimmer.« Ich lächelte zu ihm auf. »Ich bin Engländerin.«

»Non!« In gespieltem Entsetzen schlug er sich mit der flachen Hand vor die Brust, aber in seinen Augen konnte ich sehen, daß er es im Spaß meinte. »Hätten Sie gerne einen Café au lait, Madame? Alle Engländer lieben Café au lait.«

Aber nur, dachte ich, weil wir in der Schule gelernt haben, wie man den bestellt. Bis wir nach Frankreich gezogen waren, hatte ich nicht einmal gewußt, daß es so viele verschiedene Arten der Kaffeezubereitung gab, von dem stark duftenden, dicklichen Café an sich bis zur dekadenten Fülle eines Café crème. Jetzt stand ich vor der Entscheidung. »Könnte ich lieber einen Crème haben, bitte?«

»Bien sûr«, sagte er. »Mit dem größten Vergnügen.«

»Thierry«, unterrichtete mich Simon, als der Barkeeper hinter dem Tresen verschwand, um das hochglanzpolierte Monstrum von Kaffeemaschine unter Dampf zu setzen, »ist der Neffe der Hoteleigentümer, Madame und Monsieur Chamond. Haben Sie sie schon kennengelernt? Nein? Na, keine Sorge, das kommt noch. Sie sind ganz reizende Menschen, man kann sich sehr gut mit ihnen unterhalten. Ich wundere mich sowieso, daß sie jetzt nicht hier sind, normalerweise sind sie immer da. Na, jedenfalls ist Thierry ihr Neffe. Er liegt ihnen ein bißchen auf der Tasche, glaube ich, aber er ist ein lustiger Kerl. Lassen Sie ihn bloß nicht merken, daß Sie Französisch sprechen, sonst sabbelt er Sie voll, bis Ihnen die Ohren abfallen. An unserem ersten Nachmittag hier hat er Paul drei Stunden lang in die Mangel genommen.«

»Und Sie sprechen kein Französisch?«

Simon zuckte zur Antwort mit den Achseln. »Bloß das Wichtigste. Hallo ... Wo geht's zur Toilette ... Mein Hut ist blau. Solche Sachen. Den Rest überlasse ich Paul. Er ist der Experte, hat in einem Austauschprogramm des Rotary Clubs ein Jahr in der Schweiz verbracht.«

Thierry war mit meinem Café crème zurückgekommen, hatte ihn mit einem unwiderstehlichen Lächeln und einem eleganten Hüftschwung vor mich auf dem Tisch plaziert und war sogleich wieder entschwunden, weil er die Bestellung einer eng um einen der anderen Tische gedrängten Gruppe älterer Touristen entgegennehmen mußte – Deutsche, wie ich aus den Gesprächsfetzen heraushören konnte, was nicht so leicht war, denn über unseren Köpfen spielte das Radio, nicht laut, aber hartnäckig. Edith Piaf hatte gerade zu »La Vie en Rose« angesetzt, als mein umherschweifender Blick auf die einsame Gestalt in einer der hinteren Ecken fiel.

Es war, als stünde die Zeit für die Dauer eines Herzschlags still, als würde etwas in mir sagen, sieh hin, das darf dir nicht entgehen ... dieser winzige Augenblick, in dem Edith Piafs schwermütige Raspelstimme und das Klappern der Gläser plötzlich nur mehr ganz gedämpft zu hören waren ... Alles schien wie erstarrt – und dabei gab es gar keinen Grund für meine Reaktion, nicht einen einzigen. Oder jedenfalls keinen, den ich vor mir selbst zugeben wollte. Die Welt war schließlich voll mit gutaussehenden Männern.

Er saß dicht bei dem großen Verandafenster, das auf den Platz mit dem Springbrunnen hinausging. Man konnte ihn für einen Deutschen halten, oder für einen Schweden. Sein Haar war so unbeschreiblich hellblond, so weißgolden schimmernd, wie man es manchmal bei ganz kleinen Kindern sieht, und wo es über den Kragen seines schneeweißen Baumwollhemdes hing, schien es nahtlos in den Stoff überzugehen. Im Gegensatz dazu wirkten seine Augen eigentümlich dunkel, obwohl ich auf die Entfernung natürlich ihre Farbe nicht erkennen konnte. Aber wie er da saß, wirkte er einfach übermenschlich schön, wie ein kaum gealterter Popstar, mit schmalen, geschmeidigen Hüften, feingliedrig, das klassisch geschnittene Gesicht ohne die kleinste Falte. Simon Lazarus entging mein faszinierter Blick nicht. »Das ist Neil«, sagte er. »Er kommt auch aus England, so wie Sie. Er ist Musiker.«

Meine Gedanken mußten mir am Gesicht abzulesen sein, denn Paul fing sogleich zu lachen an, ein kurzes, aber verständnisvolles Kichern. »Nein, nicht diese Art Musiker. Er ist Geiger. Bei irgendeinem Sinfonieorchester. Nachmittags kann man ihn hier im Hotel bei seinen Übungsstunden hören.«

Das also war mein geheimnisvoller Engel mit der Geige. Und er sah auch aus wie ein Engel – dieses Gesicht und das weitgeschnittene weiße Hemd und dann die Sonne, die sein blondes Haar wie einen Heiligenschein glänzen ließ.

»Ich glaube, ich habe ihn vorhin spielen gehört«, sagte ich zu Paul. »Im Halbschlaf. Ich dachte, ich hätte die Musik geträumt.«

»Wenn er probt, denkt man, es wäre eine Schallplatte, so gut ist er«, warf Simon ein. »Sein Zimmer liegt gleich unter unserem im ersten Stock, also können wir ihn ziemlich deutlich hören. Warten Sie, ich mache Sie miteinander bekannt.«

Mir blieb keine Zeit für Einwände. Simon war nicht mehr zu bremsen, hatte sich schon umgedreht, um quer durch den Raum zu rufen und mich vorzustellen. »Neil Grantham«, hörte ich ihn sagen, »darf ich dich mit Emily …«

»Braden«, mußte Paul zum zweiten Mal einspringen.

»… Braden bekannt machen«, echote Simon. »Emily, das ist Neil.«

Als Neil an unseren Tisch trat, mußte ich mich richtig zurücklehnen, um seine ganze Größe zu erfassen. Er war älter als ich, obwohl ich nicht mit Bestimmtheit sagen konnte, wie alt. Fünfunddreißig? Vierzig? Ich sah, wie sich beim Lächeln Grübchen in seinen glattrasierten Wangen und Lachfältchen um seine schwarzen Augen bildeten. Sonderbar, dachte ich. Genau wie sein Haar schienen seine Augen von einem inneren Glühen erfüllt. Ich murmelte irgendeine Belanglosigkeit und schüttelte seine ausgestreckte Hand.

»Sie hat dich heute nachmittag spielen gehört.« Simon versuchte gleich, ein Gespräch zwischen mir und Neil anzuregen.

»Ist das wahr? Ich hoffe, ich habe Sie nicht gestört.«

Ich schüttelte den Kopf. »Nein, im Gegenteil. Es war sehr schön. Ich mag Beethoven.«

Er setzte sich auf den freien Platz neben mir. »Das ist mir aber eine Ehre, daß Sie sogar heraushören konnten, was ich gespielt habe«, sagte er. »Sind Sie gerade angekommen?«

»Heute nachmittag.«

»Aus England, nehme ich an?«

»Genau.«

Es ist nicht einfach, Small talk mit einem Mann zu machen, der einen so ansieht, dachte ich. Er war nicht die Art Mann, mit dem man einfach nur harmlos flirten konnte. Diese Augen waren viel zu ernsthaft, und das machte mich unsicher. Ich schärfte meine Verteidigungsinstinkte und erwiderte sein Lächeln. Zu meiner Erleichterung versuchte Neil Grantham nicht, einen Funken überspringen zu lassen. Statt dessen rieb er sich abwesend mit der Hand über das ausgestreckte Bein und richtete den Blick auf ein dickes Taschenbuch, das vor Simon auf dem Tisch lag. Es war eine Ausgabe des »Ulysses«. Das typische Buch, mit dem ein junger Intellektueller wie Simon sich befaßt, fand ich. Um so mehr überraschte es mich, als Neil Paul und nicht Simon darauf ansprach: »Du bist immer noch nicht damit durch, was?«

Paul wirkte verlegen, und es war wieder einmal sein großer Bruder, der für ihn antwortete. »Gib ihm noch eine Chance. Er liest erst seit zwei Jahren daran.«

»Ich erfahre es«, konterte Paul. »James Joyce liest man nicht einfach, man muß ihn erfahren.«

Simon schien darauf schon die passende Antwort parat zu haben, als ihn etwas, was er über meine Schulter erblickte, ablenkte. »Verdammt!« brummelte er in sein Weinglas. »Nicht hinschauen. Ich fürchte, wir bekommen Gesellschaft.«

Das mußte das Paar von vorhin sein, die Amerikaner. Entweder sie oder Scarlett O'Hara höchstpersönlich hatte sich hinter meinem Rücken angeschlichen. »Hallo«, sagte eine weibliche Stimme gedehnt neben meiner Schulter. »Ist es recht, wenn wir zu eurer kleinen Party stoßen? Ich habe gerade zu Jim gesagt, wie anstrengend ich es finde, die ganze Zeit Französisch zu sprechen. Ihr habt doch nichts dagegen, Jungs? Hallo, Neil. Ich habe Sie heute nachmittag spielen gehört, und da habe ich gleich zu Jim gesagt, das ist ja fast so, als wären wir in der Carnegie Hall, nein, nicht fast, es war so. – Hallo, ich glaube, wir kennen uns noch nicht. Ich bin Garland Whitaker.«

»Emily Braden.« Ich drückte kurz die ringbeladene Hand. Mir war von Garland Whitakers Eröffnungsrede schon ganz schwummerig. Jim Whitaker begrüßte mich mit einem festen Händedruck und nahm neben seiner Frau Platz. Seine gesetzte, fast stoische Erscheinung gab einen drolligen Kontrast zu der überschwenglichen Manieriertheit seiner Gattin ab. Ich schätzte sie beide auf Mitte Vierzig, obwohl Garland bestimmt gerne für jünger gehalten wurde.

»Die Jungs haben Sie also schon unter ihre Fittiche genommen, wie ich sehe«, sagte sie zu mir. »Bei den beiden müssen Sie aufpassen, wissen Sie. Sie wirken zwar ganz harmlos, haben es aber faustdick hinter den Ohren. Ach Paul, könntest du nicht ein Schatz sein und diesem Thierry klarmachen, daß die Heizung in unserem Zimmer zu warm eingestellt ist? Ich hab' schon versucht, es ihm zu erklären, aber ich glaube, er hat kein Wort von dem verstanden, was ich zu ihm gesagt habe, und sein Englisch ist ja auch ganz entsetzlich ...«

Für mich hatte es sich ganz passabel angehört, aber man weiß ja, daß manche Franzosen die spitzbübische Angewohnheit pflegen, sich dumm zu stellen, wenn ihnen danach ist. Ich habe so manchen Pariser Kellner mit nichtsahnenden Touristen dieses Spielchen treiben sehen, vor allem, wenn diese Touristen ihm auf die Nerven gingen. Garland Whitaker verkörperte wahrscheinlich genau diesen Typus von anstrengender Touristin.

Ihr Mann schien dagegen ein völlig anderer Mensch zu sein. »Thierry spricht ein völlig einwandfreies Englisch«, verbesserte er seine Frau mit leiser, fester Stimme. »Wenn du aufhörst, mit ihm wie mit einem zweijährigen Schwerhörigen zu reden, wirst auch du das feststellen.«

Garland Whitaker ignorierte die Zurechtweisung und strahlte fröhlich in die Runde. »Jims Mutter war Französin, müßt Ihr wissen. Oder jedenfalls behauptet er das.« Sie warf ihrem Gatten einen neckischen Blick zu. »Ich habe deine Eltern ja nie kennengelernt, Darling, also bleibt mir nichts anderes übrig, als dir zu glauben. Aber in Wirklichkeit«, sagte sie zu Paul, »spricht Jim nur ein kleines bißchen Französisch, während ihr so gut mit Thierry zurechtkommt. Ihr habt bestimmt keine Probleme mit ...«

»Ich werde sehen, was ich tun kann«, versprach Paul tapfer.

»Oh, wie wundervoll. Nun hört mir mal zu«, sagte sie und beugte sich in ihrem Sessel vor, »wo wir hier gerade alle beisammensitzen ... Ich finde, wir sollten Christian heute abend zum Essen einladen. Wißt ihr, so als eine Art Abschiedsparty.«

Paul wirkte überrascht. »Christian reist ab?«

Neil Grantham antwortete lächelnd. »Nicht ganz. Er verläßt das Hotel und zieht in ein Haus.«

»Das Haus, in dem *ihr* Mann gewohnt hat.« In Garlands Augen glitzerte die Freude am Tratsch. »Kann man sich das vorstellen? Offensichtlich gehört es ihr sogar, obwohl sie seit Jahren nicht mehr darin gewohnt hat. Hat's statt dessen einfach ihm überlassen.«

Ich hatte keine Ahnung, wer »er« war – augenscheinlich wohl »ihr« Mann, aber das half mir auch nicht weiter. Doch ich wollte nicht unhöflich sein und dazwischenfragen.

»Ich denke mal, es wird schön für Christian, ein ganzes Haus für sich allein zu haben«, fuhr Garland fort. »Aber wißt ihr, ich würde nicht in einem Haus leben wollen, in dem jemand gestorben ist ... Muß das nicht schrecklich sein? Und ist es auf gewisse Weise nicht geschmacklos von Martine, es ihm auch nur anzubieten? Hinaus mit dem Alten, der Neue hinein. Und ihr Mann ist ja noch nicht einmal unter der Erde ...«

»Exmann«, schnitt ihr Simon abrupt das Wort ab. »Er war Martines Ex-Ehemann.«

Endlich sah Paul mich an und merkte, daß ich dem Gespräch in keiner Weise folgen konnte. »Eine Frau, die wir kennen«, setzte er mich ins Bild. »Ihr ehemaliger Mann ist vorletzte Nacht ums Leben gekommen. Es war ein Unfall. Er ist gestolpert und die Treppe hinuntergefallen.«

»Nicht die Treppe hinunter«, korrigierte Simon ihn streng. »Übers Treppengeländer. Hat sich das Genick gebrochen.«

»Ach«, sagte ich.

Garland Whitaker lächelte wissend. »Vielleicht war's gar kein Unfall. Vielleicht hat auch Christian ein bißchen nachgeholfen, damit er sichergehen konnte ...« Sie brach mitten im Satz ab und wirbelte in ihrem Sessel herum, als hinter ihr die Hoteltür zugeschlagen wurde. »Aber Christian, mein Schatz, wir hatten dich schon fast aufgegeben! Komm, setz dich doch zu uns.«

Ich hatte stark den Eindruck, der Mann, der in der Tür zur Bar zögernd stehengeblieben war, würde es vorgezogen haben, einem Erschießungskommando gegenüberzutreten.

Er schien ungefähr in meinem Alter zu sein – ein schlaksiger Kerl mit sanften Augen, unbändigem blondem Haar, das aussah, als hätte er es sich selbst mit einer Gartenschere geschnitten, und einem Bart, der nicht den Eindruck machte, er hätte ihn sich wachsen lassen wollen, sondern als hätte er vollkommen vergessen, irgendwann einmal damit anzufangen, sich zu rasieren. Auch seine Kleidung war zerknittert und wirkte ziemlich wahllos zusammengesucht. Seine Jeans war mit kleinen hellen Farbklecksern übersät.

»Ich muß mich aber erst umziehen«, entschuldigte er sich ein wenig linkisch. Er hatte eine leise Stimme, der sein deutscher Akzent etwas von ihrem weichen Klang nahm. »Ich habe den Anschlußbus zurück von Saumur verpaßt und bin deswegen jetzt spät dran.«

»Aber beim Abendessen wirst du uns doch Gesellschaft leisten«, drängte Garland und beglückte unsere Runde mit einem triumphierenden Lächeln. »Wir gehen doch heute abend alle zusammen zum Essen aus, oder? Um Christian standesgemäß zu verabschieden!«

Das war weniger eine Einladung als eine Regieanweisung, fand ich. Der Mann namens Christian zögerte noch einen Augenblick lang in der Tür und gab dann wie der Rest von uns klein bei.

»Selbstverständlich«, sagte er höflich und verschwand in der Halle. Der schwere Tritt seiner Schuhe auf der Treppe erinnerte mich an einen armen Sünder, der zum Schafott geführt wird.

Simon ließ sich mit düsterer Miene in seinen Sessel zurücksinken. Dann machte er den Mund auf, um etwas zu sagen. Ich bekam nicht mit, wie Pauls Ellenbogen sich bewegte, aber ich sah sehr wohl, wie Simon leicht zusammenzuckte, und was immer er hatte äußern wollen, behielt er nun für sich. Garland Whitaker begann von einem Tagesausflug zu reden, den sie und ihr Mann unternommen hatten oder unternehmen wollten ... Ich muß zugeben, daß ich nicht mehr zuhörte.

Sie schwatzte unbeirrt weiter, ihre brünetten Locken tänzelten mit jeder Bewegung ihres Kopfes, und die honigsamtene Südstaatenstimme unterbrach nur sich selbst mit gelegentlichen Ausbrüchen von raspelndem Gelächter. Ebenso wie Simon war auch ich ziemlich unbeeindruckt. Ich spürte förmlich, wie sich mir die Stirn krauste, und hätte auch einen Knuff von Pauls Ellenbogen vertragen können, der mich an meine guten Manieren erinnerte. Statt dessen blickte ich schräg nach oben, in das Gesicht des Mannes neben mir.

Neil Grantham erwiderte meinen Blick, aber er lächelte weder, noch sagte er etwas zu mir. Also gab es eigentlich wirklich keinen Grund für mich, so rasch wieder wegzuschauen und puterrot zu werden wie eine prüde viktorianische Jungfer. Oder plötzlich das lächerliche Bedürfnis zu haben, auf und davon zu rennen.

4

… laß das Vergangene ruhen, laß ruhen …

An diesem Freitag abend war das Restaurant gerammelt voll, aber mir machte es nichts aus, auf einen Tisch zu warten. Es war gemütlich und mit einem Gespür für geschmackvolle Details eingerichtet. Außerdem duftete es verheißungsvoll aus der Küche. Und dann auch noch der Name, den das Haus trug: Le Cœur de Lion. Zur Ehre von Richard Löwenherz, wie ich annahm. Schon wieder die Plantagenets. Wenn Harry in Chinon weilte, aß er hier vermutlich jeden Abend.

Während wir sieben zusammengequetscht wie die Sardinen in der Tür warteten, stellte ich mich dem schüchternen jungen Deutschen vor. Bei einem kraftvollen, aber flüchtigen Händeschütteln nannte auch er mir seinen vollen Namen: Christian Rand.

»Christian ist Künstler«, erklärte Simon, der sich zum Abendessen ein wenig herausgeputzt hatte, indem er einen dicken schwarzen Pullover über sein T-Shirt gezogen und sich das Haar zu einem kurzen Zopf zusammengebunden hatte. »Er ist kein Tourist wie wir. Er lebt schon seit … wie lange war das jetzt, Christian? … fünf Jahren in Chinon.«

»Sechs.«

»Ach, wirklich? Und die ganze Zeit im Hotel de

France?« fragte ich Christian Rand. »Ich habe zwar schon viel von Komponisten, Dichtern, Schriftstellern gehört, die in Hotelzimmern lebten, aber noch nie jemanden kennengelernt, der ...«

»Nein.« Er schüttelte seinen Zausekopf und lächelte. »Nur für die letzten zwei Monate. Ich hatte bis Juli ein kleines Haus, gar nicht weit von Chinon, aber keine besonders angenehmen Nachbarn. Und da haben meine Freunde, die Chamonds, gesagt, ich könnte im Hotel wohnen, während ich ein anderes Haus suche.«

»Und jetzt hast du eines gefunden«, verkündete Garland.

»Ja.« Christian blickte schweigend zu Boden. Er ist gar nicht so unbeholfen, wie er wirkt, dachte ich. Er wußte nur zu gut, daß Garland Whitaker sich danach verzehrte, ihn in ein Gespräch zu verwickeln, um möglichst alles über ihn und seine Beziehung zu dieser Frau namens Martine in Erfahrung zu bringen, wer immer das auch war. Aber Christian Rand wollte sich nicht auf dieses Spielchen einlassen.

Dem Kellner gelang es schließlich, für uns einen Tisch etwas abseits der anderen Gäste zu finden, an dem wir die ruhigeren, zurückhaltenderen Franzosen nicht beim Essen stören würden.

Garland Whitaker vertiefte sich mit einem Ausdruck leichten Mißtrauens in die Speisekarte. »Vielleicht eine Pizza«, entschied sie endlich. »Obwohl sie hier keine richtigen Pizzas machen, nicht so, wie man sie bei uns zu Hause kriegt. Jim hat vor ein paar Tagen hier eine Pizza bestellt, und als sie auf den Tisch kam, war in der Mitte ein Ei. Kann man sich das vorstellen? Ein zerlaufenes Ei. Ich kann euch sagen, ich wäre fast gestorben ...«

»Hört sich ja ganz gut an«, sagte Simon. »Welche war denn das, Jim?«

Garland war entsetzt. »Oh, tu das nicht, Simon. Wenn es irgend etwas gibt, was ich nicht ausstehen kann, ist es der Anblick eines zerlaufenen Eis.« Sie wandte das Gesicht ab, so daß ihr Simons süffisantes Grinsen entging, und heftete ihren forschenden Blick auf Christian Rand. »Morgen ziehst du also in dein neues Zuhause, nehme ich an?«

»Ja.«

Garland wandte sich Neil zu und setzte ihr süßestes Lächeln auf. »Ja, Darling, dann bleiben Sie wohl unser einziger Künstler in unserer Residenz.«

Ich meinerseits bemühte mich die ganze Zeit, überhaupt nicht auf Neil zu achten, seit wir das Hotel verlassen hatten – aus Gründen, bei denen ich es vorzog, mich im Augenblick nicht zu intensiv mit ihnen zu beschäftigen, fand ich es einfacher, mich mit Simon und Paul – oder sogar dem schweigsamen Christian – zu unterhalten, als mich dem durchdringenden Blick aus diesen stillen, dunklen Augen auszusetzen. Aber bis in alle Ewigkeit konnte ich mein Vorhaben auch nicht durchhalten, vor allem nicht, nachdem er sich für den Platz unmittelbar mir gegenüber entschieden hatte. Als ich aufblickte, sah ich gerade noch, wie er Garlands Bemerkung mit einem nachsichtigen Lächeln abtat. »Ich habe ja wohl kaum Christians Format.«

»Unsinn«, sagte Simon. »Deinetwegen hat Paul heute sogar Gedichte rezitiert, unterhalb der Wendeltreppe.«

»Gedichte?« fragte Neil.

»Genau. Auf französisch natürlich, also habe ich nichts davon verstanden. Was war das noch mal, Paul?«

Paul hob den Kopf, wirkte etwas peinlich berührt und

zuckte die Achseln. »Bloß eine Zeile, die mir eingefallen war. Kein Gedicht. Nur etwas, was George Sand über Liszt in ihr Tagebuch geschrieben hat.«

»Und was war das?« Das wollte ich jetzt aber auch gerne hören. Er warf mir einen Blick zu, so, wie Caesar Brutus angesehen haben muß, und wiederholte das Zitat laut. Es war ein hübscher Satz, von beinahe lyrischer Gefühlstiefe, und er sagte mir mehr über diesen Jungen Paul Lazarus als über die Qualitäten von Neils Geigenspiel.

»Und dürfen wir anderen nun auch erfahren, worum es geht?« meldete sich Garland Whitaker leicht pikiert.

Erst als ich aufblickte und Neil Granthams ahnungslos-erwartungsvolles Gesicht sah, fiel mir plötzlich ein, daß Paul und ich sehr wahrscheinlich als einzige hier am Tisch der französischen Sprache auf dieser Ebene mächtig waren.

»Verzeihung«, entschuldigte ich mich. »Es bedeutet ungefähr soviel wie: ›Mein Kummer verfliegt wie Äther, und meine Gefühle sind …‹« Da wußte ich nicht weiter und sah Paul an. »Wie würdest du dieses letzte Wort übersetzen?«

»Mit ›himmelhochjauchzend‹ vielleicht?«

»Das trifft's.« Ich nickte. »… meine Gefühle sind himmelhochjauchzend.«

»Wie sinnreich.« Garland ließ sich befriedigt in ihren Stuhl zurücksinken.

»Kann man wohl sagen.« Neil sah Paul von der Seite an. »Vielen Dank.«

Paul zuckte wieder die Achseln. »Einfach nur, was mir in diesem Augenblick in den Sinn kam.«

»Trotzdem ein hohes Lob für einen Musiker. Ich wüßte nicht, wann ich das letzte Mal jemandes Kummer wie Äther habe verfliegen lassen.«

»Üben Sie jeden Tag?« fragte ich Neil.

»Jeden Tag. Nicht soviel, wie ich sollte, natürlich, aber soviel, wie ich schaffe.«

»Neil ist nicht hier, um Ferien zu machen«, warf Garland ein. »Er ist auf Genesungsurlaub. Er hat sich die Hand gebrochen.«

»Erzähl ihr, wie«, verlangte Simon.

Neil grinste. »Reine Dummheit. Ich habe mich in einer Kneipe in München in eine Schlägerei hineinziehen lassen.« Er hielt seine linke Hand hoch, um sie mir zu zeigen. Es war eine schöne Hand, ebenmäßig, mit schlanken Fingern und sorgfältig manikürt. »Es wird schon besser, aber ich kann noch nicht alle Finger wie früher bewegen. Also hat man mir freundlicherweise eine Weile Urlaub gegeben. Unter der Bedingung«, fügte er hinzu, »daß ich mich nicht zu sehr amüsiere.«

»Und sind Sie zum ersten Mal in Chinon?« fragte ich ihn.

Er schüttelte den Kopf. »Nein. Dies müßte mein achter Besuch hier sein – vielleicht sogar der neunte. Chinon ist wie eine Sucht. Wenn Sie lange genug hierbleiben, werden Sie es verstehen.«

Neben mir nickte Simon. »Monsieur Chamond meint, wenn man einmal in Chinon gewesen ist, zieht es einen das ganze Leben lang immer wieder hierher.«

»Ach ja, Monsieur Chamond, den habe ich ja noch gar nicht kennengelernt«, sagte ich.

»Sie werden ihn und seine Frau bestimmt noch treffen«, versicherte mir Jim Whitaker. »Ganz reizende Leute, alle beide.«

»Und sie sprechen Englisch«, sagte Garland. »Nicht wie dieser Neffe. Wirklich, bei all den Touristen, die herkommen, sollte man doch meinen, daß ein jeder hier sich die Zeit nimmt, Englisch zu lernen. Es ist oft so frustrierend, wenn man sich mit jemandem unterhalten möchte.«

Am anderen Ende des Tisches lächelte Paul nachsichtig. »Die Franzosen empfinden bestimmt dasselbe, wenn sie in die Staaten kommen.«

Unser Kellner verstand uns gut genug. Er nahm zunächst Pauls Bestellung entgegen, dann Neils, wartete geduldig, bis Garland sich für einen Wein entschieden und Simon herausgefunden hatte, welche Pizza das Ei in der Mitte hatte. Ich für meine Person wählte eine Galette, eine Crêpe aus Buchweizen mit Käse und Pilzen gefüllt, die ich mit einem halben Liter süßen Cidres hinunterzuspülen gedachte.

Das Essen war ausgezeichnet, und doch herrschte während des ganzen Abends eine etwas merkwürdige Stimmung. Ich versuchte vergeblich herauszubekommen, woran das lag. Die Atmosphäre an unserem Tisch war, oberflächlich betrachtet, vollkommen normal für eine Gruppe von Menschen, die einander gerade in ihrem gemeinsamen Feriendomizil kennengelernt hatten – ein wenig gezwungen vielleicht, aber völlig normal. Und doch spürte ich eine gewisse Spannung, und dieser Spannung lag weit mehr zugrunde als der Mann, der mir am Tisch gegenübersaß. Ich wurde das Gefühl nicht los, daß irgend etwas hinter den lächelnden Gesichtern und den höflich herübergereichten Salzstreuern steckte, ein tiefer liegender, dunkler Konflikt, der bisweilen angedeutet, aber nie ganz offenbart wurde. Ich kam mir ein bißchen ausgeschlossen vor, verzehrte mein Abendessen größtenteils schweigend und überließ den anderen das Reden. Nach einer Weile reduzierte sich das Gespräch auf eine Art Schlagabtausch zwischen Simon und Garland Whitaker, die beide in der Lage schienen, die Unterhaltung ganz allein zu bestreiten. Garland erwies sich als die erfahrenere Verbalkämpferin, und immer öfter gewann ihre Stimme die Oberhand.

Ich mußte zugeben, daß sie über ein beachtliches Durchhaltevermögen verfügte. Das Tischgespräch hatte bereits mehrere Themen erschöpfend behandelt, aber sie ließ noch keinerlei Zeichen von Ermüdung erkennen. Ihr Gatte hatte es seinerseits längst aufgegeben zuzuhören. Er aß still vor sich hin, und nur gelegentlich konzentrierte sich sein Blick mit müdem Interesse auf etwas oder jemanden an einem der übrigen Tische – ein lachendes Kind, einen alten Mann, der ganz allein zu Abend speiste, eine aufgedonnerte Dame, die dem Pudel unter ihrem Tisch Bröckchen zusteckte ... Nur die Stimme seiner Frau schien er völlig ausgeblendet zu haben. Ich mutmaßte, daß dies ein Verteidigungsmechanismus war, den er sich über die Jahre angeeignet hatte.

Garland ließ sich gerade über das Schloß aus, das sie an diesem Vormittag besucht hatten. »Wir bleiben immer an einer Stelle«, sagte sie zu mir gewandt, »und machen von dort unsere Tagesausflüge. Das ist viel erholsamer, als von einem Ort zum anderen zu hetzen, finden Sie nicht auch? Und ich komme auch wirklich dazu, alle meine Kleider auszupacken, Gott sei Dank. Dieses Mal haben wir uns die Schlösser der Loire vorgenommen. Wir verreisen gerne unter einem bestimmten Thema, nicht wahr, Jim? Immer. Auf unserer Hochzeitsreise haben wir uns damals die Strände in der Normandie angesehen, wo die Alliierten 1944 an Land gegangen sind.«

»Wie romantisch«, kommentierte Simon. Er brach ein Stück Brot in zwei Hälften, um damit die Reste seines zerlaufenen Eis aufzutupfen, und wandte sich Jim Whitaker zu. »Waren Sie im Krieg in der Army?«

Es war das erste Mal, daß ich den Amerikaner lächeln sah. »So alt bin ich nun auch wieder nicht, mein Freund«, sagte er. »Ich bin ja erst nach Kriegsende geboren.«

»Oh«, sagte Simon, »tut mir leid.«

Garland lachte wieder laut auf. »Aber dein Vater hat im Krieg in Frankreich gekämpft, nicht wahr?« sagte sie zu ihrem Mann. »So hat er deine Mutter kennengelernt.«

»Stimmt.«

»Simon, Jim war in der Army, als wir geheiratet haben. Wir haben zwei ganze Jahre in Deutschland gelebt.« Sie schüttelte sich. »Gott, dieses scheußliche kleine Apartment, weißt du noch, Darling? Aber für deutsche Verhältnisse war es wahrscheinlich ganz in Ordnung.«

Christian warf einen kurzen Blick über den Tisch, sagte aber nichts dazu. Neil war es, der von den Whitakers wissen wollte, wo genau sie in Deutschland gelebt hatten. Er nickte, als sie es ihm erzählten. »Das kenne ich«, sagte er. »Nicht weit von dort gibt es jedes Jahr im Juni ein wunderbares Musikfestival. Hübsche Ecke.«

»Ich hab's gehaßt«, sagte Garland. »Die Leute waren so unfreundlich. Waren wahrscheinlich alle Nazis.«

Ihr Ehemann schob seinen leeren Teller beiseite und lächelte sie gnädig an. »Nun komm, Schatz, du weißt genau, daß das nicht stimmt.«

»Doch, Darling, das ist wahr. Erinnerst du dich an die vielen kleinen Löcher, die jemand überall in der Stadt gegraben hat? Margret Jürgens Hund ist in eines gefallen, und da hat die Polizei Verdacht geschöpft. Ja, das waren die Nazis, die Polizei hat's herausgekriegt. Da war bei Kriegsende Geld oder so was versteckt worden, und diese Leute sind dreißig Jahre später zurückgekommen, um danach zu suchen. Unvorstellbar. Und weißt du noch, als ...«

Sie redete immer noch wie eine Aufziehpuppe, als wir

die Rechnung bezahlten, aufstanden und uns durch das Gewirr von Tischen und Stühlen unseren Weg zum Ausgang bahnten.

Es war herrlich, die frische Luft draußen zu atmen. Das Restaurant befand sich am langgezogenen Place du Général de Gaulle, und die Straßenlampen zwischen den dunkelgrünen Bäumen verbreiteten ein warmes, gelbes Licht. Ein Stück weiter den Platz hinauf plätscherte fröhlich der Springbrunnen, und durch die sich bewegenden Blätter hindurch erkannte ich die Leuchtreklame des Hotel de France.

Offenbar war sie auch Christian nicht entgangen. Er äußerte ein paar dünne Worte des Dankes für das Abendessen und zog in Richtung auf die einladende Leuchtschrift davon. Einen Moment später folgte Neil Grantham seinem Beispiel. Er ging in weiten, aber nicht eiligen Schritten, und ich ertappte mich schon wieder dabei, wie ich ihm nachstarrte. Rasch konzentrierte ich mich wieder auf das, was um mich herum vorging.

Simon und Garland waren über die Nazis bei den Neonazis angelangt und damit bei den aufkommenden Spannungen in Europa. »Und alles nur wegen der vielen Einwanderer«, sagte Garland gerade und warf ihre rotbraune Mähne zurück. »Es ist überall das gleiche, immer kommen die Ausländer und reißen alles an sich. Man kann natürlich nicht gutheißen, was die Nazis den Juden angetan haben, obwohl es aus damaliger Sicht aber doch schon beinahe wieder verständlich war.«

»Mein Gott, Garland ...« entfuhr es Jim, und nach einem Augenblick entsetzter Sprachlosigkeit brach es auch aus Simon hervor, und er gab ihr zum Glück tüchtig Kontra. Inmitten des Gezänks nahm mich Paul beiseite und fragte, ob ich Lust auf einen Spaziergang hätte.

»Klar.«

Ich denke nicht, daß die anderen drei unseren Rückzug überhaupt wahrnahmen. Paul lenkte unsere Schritte dem Fluß zu, vom Hotel fort, und ich schlenderte zufrieden neben ihm her. Wir kamen an einem Standbild vorbei, das ich aus meinen Reiseführern erinnerte – einem Denkmal des großen Humanisten Rabelais, einst ein vielgereister Freund der Köstlichkeiten des Lebens, den es nun auf dieses Stück Rasen am Ende des Place du Général de Gaulle verschlagen hatte. In Flutlicht getaucht wirkte der sitzende Gelehrte riesengroß, wie er da in düsterem Schweigen seinen Gedanken nachhing, während hinter ihm der murmelnde Fluß behäbig dahinströmte.

Paul spazierte auf die andere Straßenseite und um die Statue herum zu einer Stelle, an der die Flußmauer durch eine zum Wasser hinunterführende Steintreppe unterbrochen war. Auf der siebten Stufe setzte er sich hin und wartete auf mich.

»Ich habe gelogen«, gestand er mit einem verlegenen Grinsen. »Ich hatte gar keine Lust spazierenzugehen. Ich hatte Lust auf eine Zigarette.« Er schüttelte die Packung und bot auch mir eine an, aber ich lehnte ab und betrachtete sein Gesicht, als es kurz von dem aufflackernden Streichholz erhellt wurde.

»Ich habe gar nicht gewußt, daß du rauchst«, sagte ich.

»Nur, wenn Simon nicht in der Nähe ist. Er hat gegen alle möglichen Dinge was, und Rauchen gehört auch dazu. Ich versuche stets, einer Auseinandersetzung aus dem Wege zu gehen. Falls dir das noch nicht aufgefallen ist.« Er grinste, und ich wußte, daß er dabei weniger an seinen Bruder als an Garland Whitaker dachte und die Szene, deren Zeuge wir soeben geworden waren.

Ich gestand Paul, daß ich ihn um seine Selbstbeherrschung beneidete. »Es würde mich rasend machen, mich mit so einem dummen Geschwätz auseinandersetzen zu müssen.«

»Es bringt Unglück, am Sabbat unbesonnen zu handeln – sagt meine Mutter immer.«

»Dann kann mir ja nichts passieren. Heute ist erst Freitag.«

»Nach Sonnenuntergang am Freitag beginnt für mich der Sabbat.«

Ich brauchte einen Augenblick, um das zu verstehen. »Du bist Jude?«

»Kaum zu vermeiden, bei einem Namen wie Lazarus.«

Ich mußte zugeben, daß ich mir bei seinem Familiennamen überhaupt nichts gedacht hatte, und sah jetzt in einem noch anderen Licht, was Garland über die Juden gesagt hatte. »Es steckt so viel Haß in dieser Frau.«

»Nein, das stimmt nicht. Nicht eigentlich. Sie übertreibt die Dinge nur manchmal, das ist alles.« Unsere Blicke trafen sich kurz; dann wandte er sich wieder ab und schaute über die weite Fläche des Stromes hinweg zu den dunklen Schatten der Bäume, die das andere Ufer säumten. »Sie meint es nicht so, wie sie es sagt. Es ist nur Ignoranz, nicht Verachtung.«

Ich war nicht so überzeugt. »Bist du dir da so sicher?«

»Ziemlich sicher. Außerdem gewöhnt man sich mit der Zeit daran.«

Er machte eine Pause und tat einen tiefen Zug an seiner Zigarette, den Blick immer noch auf das gemächlich dahinfließende Wasser gerichtet. »Siehst du die Bäume da drüben? Das ist nicht die andere Seite des Flusses, es ist eine Insel. Man kann's nicht erkennen, außer von oben vom Berg, oder wenn man über die Brücke da drüben geht. Im vierzehnten Jahrhundert haben sie die Juden von Chinon auf dieser Insel verbrannt. Man hatte sie beschuldigt, die Brunnen der Stadt vergiftet zu haben. So etwas ist natürlich nicht nur hier passiert, das hat's überall gegeben. Frauen, Kinder, niemand wurde geschont. Sie haben sie einfach verbrannt.« Er warf mir einen kurzen Blick zu, und es sah fast so aus, als würde er lächeln. »Die Nazis waren gar nicht die ersten. Vorurteile gegen Juden gab es schon immer.«

»Trotzdem ist das kaum eine Entschuldigung.«

»Nein«, sagte er und stieß eine Rauchwolke aus, die von dem Licht der Straßenlaterne hinter uns aufgesogen wurde. »Aber manchmal hilft es, sich die historischen Hintergründe vor Augen zu führen. Judenhaß ist keine Erfindung der Neuzeit. Mit dieser Erkenntnis muß man sich abfinden. Simon sieht das ein wenig anders. Er möchte jede Kränkung mit gleicher Münze heimzahlen. Aber ich glaube nicht, daß man damit so viel weiterkommt. Es gibt schon so zuviel Haß auf dieser Welt, weißt du?« Plötzlich sah er alt aus, uralt. Er schnippste seine Zigarette fort, und sie erlosch mit einem leisen Zischen im schwarzen Wasser. »Meine Güte«, sagte er, »ich rede ja schon wie mein Vater. Komm, jetzt machen wir einen richtigen Spaziergang über die Brücke rüber. Von dort hat man einen herrlichen Blick aufs Schloß.«

Paul hatte nicht zuviel versprochen: Von Flutlicht angestrahlt, erhob sich die langgezogene Festungsanlage majestätisch über den wie zu ihrem eigenen Schutz zusammengekauerten mittelalterlichen Häusern darunter, alles beinahe glasklar widergespiegelt im Wasser der Vienne zu unseren Füßen, die die Brückenpfeiler umspülte und das lästige Hindernis wohl am liebsten mit sich fortgetragen hätte, wenn sie nur ein bißchen schneller hätte fließen können. Aber so störte kaum ein Zittern auf der Wasseroberfläche die Perfektion des Spiegelbildes.

»Ist das nicht wundervoll?« fragte Paul.

Ich nickte stumm und blickte gedankenverloren zum äußersten westlichen Punkt der Burgmauern hinauf. Der Mühlenturm. Isabelles Turm. Wieder sah ich den Schatten, der sich langsam an der Fensteröffnung vorbeibewegte, doch bevor dieser Schatten auf dem Fluß Form annehmen konnte, sandte ein Windstoß ein Kräuseln über die Wasseroberfläche, und das glänzende Spiegelbild zerbarst auf den dahinrollenden Wogen der Finsternis.

5

»Komm heraus«, sagte er ...

Als ich am nächsten Morgen aus der Dusche kam, läutete das Telefon. Immer noch triefend naß, zog ich das Badehandtuch von der Stange und nahm den Hörer ab.

Auf mein »Hallo?« antwortete mir nur ein Knistern in der Leitung, bis ich einen Augenblick später eine tiefe, vertraute Stimme am anderen Ende hörte. »Emily? Bist du das etwa?«

»Daddy?«

Es wäre in diesem Moment nicht leicht gewesen herauszufinden, wer von uns beiden überraschter war, den anderen am Telefon zu haben.

»Was treibst du denn in Frankreich? Du solltest doch in Essex sein?« verlangte mein Vater zu wissen.

»Ich mache Ferien.«

»Was?«

»Ferien«, wiederholte ich etwas lauter, um das Knistern der Transatlantikverbindung zu übertönen. »In Chinon. Woher hast du diese Nummer?«

»Wußte ja nicht, daß das deine Nummer ist. Die müssen mich an der Rezeption nicht richtig verstanden haben ... haben mich ins falsche Zimmer durchgestellt.«

»Daddy? Wovon redest du?«

»Ich wollte eigentlich Harry sprechen.«

»Harry?« Meine Stimme wurde von einem erneuten Knacken in der Verbindung fast verschluckt, während das Fluchen noch recht deutlich zu mir herüberdrang.

»Misttelefon«, schimpfte er. »Wir können einen Menschen zum Mond schießen, aber reden können wir nicht miteinander. Es ist wirklich ein Elend. Kannst du mich jetzt verstehen? Ich habe gerade gesagt ...« Er gab sich Mühe, deutlicher zu sprechen, »daß ich versucht habe, Harry zu erreichen. Ich sollte ihn nämlich zurückrufen.«

»Harry hat dich angerufen?«

»Habe ich doch gesagt. Hat mir eine Nachricht auf dem Anrufbeantworter hinterlassen.«

»Wann?«

»Keine Ahnung, Kleines. Gestern, schätze ich, oder vorgestern. Ich war ein paar Tage geschäftlich in Buenos Aires.«

»Du meinst, du hast wieder mit Carlos Golf gespielt.«

»Carlos bedeutet Geschäft für mich, Mädchen, also brauchst du dich gar nicht so aufzublasen. Außerdem habe ich ja nicht dich anrufen wollen, oder? Jetzt hol mir bitte Harry an den Apparat.«

»Er ist nicht hier.«

»Er kraxelt doch nicht schon da draußen auf der Ruine herum, oder? Bei euch muß es doch noch früh am Morgen sein.«

»Halb sieben. Und er ist wirklich nicht hier. Wir waren gestern hier verabredet, aber bis jetzt ist er noch nicht aufgekreuzt.«

»Noch nicht aufgekreuzt?« Mein Vater tat überrascht. »Unser Harry? Na, das ist aber eine ungewöhnliche Neuigkeit«, sagte er trocken. »Wir sprechen doch über meinen Neffen, nicht wahr? Denjenigen, der dich sieben Stunden lang am Flughafen hat stehenlassen, weil er gucken wollte, wo ein bestimmter Trampelpfad hinführt?«

Ich mußte grinsen. »Genau der.«

»Derselbe Junge«, fuhr mein Vater fort, »der sich seinerzeit beim Festival in Edinburgh mit dir treffen sollte?«

»Eben der.« Ich war auch in Edinburgh gewesen, aber Harry hatte es nicht weiter als bis nach Epping geschafft, wo er sich mit einer früheren Freundin traf ... Aber das war wieder eine ganz andere Geschichte.

»Na gut«, sagte mein Vater. »Wenn er denn auftaucht, sag ihm, daß ich mit angehaltenem Atem darauf harre zu erfahren, warum er mich angerufen hat.«

»Werde ich tun.«

»Andererseits hat es sich auch nicht so dringend angehört. Wahrscheinlich hat er es schon längst wieder vergessen. Jagt jetzt den Mantelknöpfen von King John hinterher, oder sonst so ein Quatsch.«

Ich mußte schon wieder grinsen. »Das erinnert mich an etwas ... Wo hast du diese Münze für ihn aufgetrieben? Die mit King John darauf?«

Mein Vater hüstelte, tat so, als hätte er mich nicht verstanden, und stellte mir dann seinerseits eine Frage: »Wieso machst du gerade jetzt Ferien? Du bist doch jahrelang nicht weg gewesen.«

»Es war Harrys Idee. Er meinte, es würde mir guttun, einmal rauszukommen.«

»Na gut«, sagte mein Vater nicht mehr ganz so gereizt, »damit mag er sogar recht haben. Die ganze Zeit in dem Dorf da zu hocken, ist auf die Dauer auch nicht gut für dich, so ganz am Arsch der Welt.«

Ich hätte ihn daran erinnern können, daß es ihm in keiner Weise geschadet hatte, »am Arsch der Welt« aufgewachsen zu sein, und daß ich überhaupt nur in sein Dorf gezogen war, weil er mich gebeten hatte, auf sein Haus aufzupassen, aber er ließ mir gar nicht die Zeit dazu.

»Muß jetzt auflegen, Kleines. Genieß deine Ferien.«

»Daddy ...« sagte ich noch, aber da hatte es am anderen Ende schon geknackt, und die Leitung war tot. Seufzend legte ich den Hörer auf. Sie waren doch alle gleich, die Männer in meiner Familie. Einer wie der andere.

Ich schlüpfte in meinen Morgenmantel und öffnete das Fenster weit, um den Dampf aus dem Badezimmer hinauszulassen. Ich stützte mich auf die Brüstung, sog tief die frische Luft ein und versenkte mich in den Anblick des noch schlafenden Städtchens.

Das Schloß konnte ich von meinem Zimmer aus nicht sehen – dieser Blick war mir durch ein anderes Gebäude verstellt, das man im rechten Winkel an das Hotel angebaut hatte und dessen Fensterläden alle noch gegen die Morgensonne geschlossen waren. Aber wenn ich mich ein wenig vorbeugte und nach links sah, konnte ich über die Wipfel der Bäume und den Kopf des Rabelaisdenkmals hinweg gerade noch den silbrig schimmernden Fluß erkennen.

Irgendwo in der Nähe zählte eine Turmuhr die Stunden. Siebenmal erklang der Glockenton, dann herrschte wieder Stille. Ich versuchte, mich noch weiter vorzubeugen, um einen besseren Blick zu bekommen, als die Ruhe plötzlich durch ein dröhnendes Scheppern aus dem Zimmer nebenan unterbrochen wurde. Auch das Fenster neben meinem hatte sich nach innen geöffnet, jemand fluchte im Scherz, und weil ich mich selbst auch durch ein Geräusch bemerkbar gemacht haben mußte, tauchte Pauls Kopf mit zerknirschtem Gesichtsausdruck im Fensterrahmen auf.

»Tut mir leid«, sagte er mit gedämpfter Stimme, »Simon hat wieder einmal die Gardinenstange runtergerissen. Haben wir dich geweckt?«

Ich schüttelte den Kopf. »Ich war schon auf.«

Nun erschien auch Simons Kopf im Fenster. »Hat ganz schön gekracht, was? Bestimmt hängt Thierry das Ding extra niedrig auf, um mir das Leben schwer zu machen. Hast du keine Schwierigkeiten damit, wenn du dein Fenster aufmachst?«

»Nein.« Ich warf einen Blick hinauf auf meine Vorhangstange, die gut drei Zentimeter über dem oberen Fensterrahmen befestigt war.

»Hab' ich's dir doch gesagt«, hörte ich Simons Stimme, »das ist nur bei uns so. Er macht das absichtlich.«

»Ja, und diesmal kannst du alleine sehen, wie du damit klarkommst. Kannst es ihm selber erzählen.«

»Ich weiß das französische Wort für Vorhang nicht«, versuchte sich Simon herauszureden, aber Paul blieb ungerührt.

»Dann schlag's halt im Wörterbuch nach. Nur so kannst du die Sprache lernen. – Wunderschöner Tag heute«, sagte er, wieder an mich gerichtet, »du mußt das gute Wetter mitgebracht haben. Wir hatten hier drei Tage lang nur Regen.«

Ja, es war wirklich ein herrlicher Tag, da konnte ich ihm nur beipflichten. Die Schatten der Ecktürmchen zeichneten sich scharf auf dem Gewimmel der Hausdächer ab, und jenseits der Baumwipfel glänzte die helle Steinmauer der Festung in der Sonne. Zwei Autos kamen über den Platz gefahren, aber ihr Geräusch ging unter in dem fröhlichen Plätschern des Springbrunnens.

Ganz in der Nähe begann eine zweite Glocke kraftvoll und widerhallend zu schlagen. Ich sah Paul verdutzt an.

»Die Glocken haben doch gerade erst geläutet?«

»Es gibt hier zwei Glockentürme. Ich habe mich schon bemüht, herauszuhören, welches die zweite ist – entweder die Kirche von St. Maurice gleich oben an der Rue Voltaire oder die vom Rathaus. Das ist dies große Gebäude dort drüben.«

Er zeigte auf das rechteckige Haus zu unserer Linken, wo der Platz mit dem Springbrunnen in den Place du Général de Gaulle überging. »Ich hab's noch nicht ausmachen können, aber die erste Glocke, die, die du vor ein paar Minuten gehört hast, kommt von oben, vom Château.« Er bemühte das korrekte französische Wort für »Burg« oder »Schloß«. »Was ich dich fragen wollte«, sagte er, »hast du für heute schon was geplant? Weil Simon und ich nämlich zum Château raufwollen, um uns ein Stündchen oder so dort umzusehen, und wir dachten, wenn du nichts Besseres vorhast ...«

Nein, gewiß wollte ich meinen ersten richtigen Tag in Chinon nicht damit verbringen, im Hotel herumzusitzen – in der Hoffnung, Harry würde sich vielleicht blicken lassen. Der kommt schon früh genug, dachte ich, und in der Zwischenzeit konnte mir keiner verbieten, mir die Stadt anzusehen. »Gerne komme ich mit«, sagte ich zu Paul. »Danke.«

»Fein. Es gibt da oben wirklich allerhand zu sehen, und gerade heute, wo die Sonne so schön scheint. Das Wetter hier kann ziemlich launisch sein.«

Wir hörten beide das energische Klopfen an ihrer Zimmertür.

»Das muß Thierry sein«, sagte Paul augenzwinkernd. »Jetzt wird er wieder sauer.«

»Wäre es nicht einfacher, den Vorhang unten zu lassen, anstatt ihn jeden Morgen wieder aufzuhängen?«

»Ach, sicher.« Er zuckte die Schultern. »Aber für die

beiden scheint das eine Art Wettstreit zu sein. Simon sieht es als persönliche Herausforderung an. Simon«, versicherte Paul mir, »liebt Herausforderungen.«

Was, wie ich nach dem Frühstück erfuhr, eine ziemlich gründliche Beschreibung von Simons Charakter abgab.

Sowie wir durch die Hoteltür aufs Pflaster hinausgetreten waren, übernahm er sofort die Führung unserer kleinen Reisegruppe. »Okay«, begann er kurz und bündig, »dies ist also Emilys erster Tag in Chinon, und da denke ich, wir sollten mit ihr zunächst die Rue Voltaire hinuntergehen und dann von dort aus zum Schloß hinauf. Das ist wesentlich einfacher, als diese ganzen Stufen hinaufzuklettern.«

Damit meinte er den kopfsteingepflasterten Aufgang, der sich rechts von uns zwischen den Häusern befand und dessen Stufen an sich mir gar nicht so steil vorkamen, aber bis ganz oben hinauf schien es doch ein recht weiter Weg zu sein. Ich konnte gerade noch das Grüppchen gelblichweißer Häuser am Rande des Bergsporns erkennen, zu dessen Füßen die Stadt lag.

»Was für eine Art Stein ist das?« fragte ich meine selbsternannten Fremdenführer. »Hier sind anscheinend alle Häuser daraus gebaut.«

Simon war stolz, gleich die richtige Antwort parat zu haben. »Das ist Tuffstein, auf französisch Tuffeau. Übrigens der gleiche Stein, den sie für Westminster Abbey verwendet haben.«

»Er hat fleißig im Reiseführer gelesen«, mischte sich Paul ein. »In Wirklichkeit ist es bloß poröser Kalkstein. Man gewinnt ihn aus den Bergen in der Umgebung.«

Tuffstein. Das wollte ich mir merken. An einigen Häusern sah er fast aus wie Marmor, hart und glatt und leicht spiegelnd, in wuchtigen Blöcken geschnitten, die so sorgsam übereinandergesetzt waren, daß man manchmal kaum die Übergänge erkennen konnte. In Verbindung mit den spitzen, hellgrauen Dächern der Häuser verlieh er der Stadt ein sehr einheitliches Erscheinungsbild in Form und Farbe, das dem Auge wohltat. Die meisten Fensterläden waren inzwischen aufgeklappt, manche aus gestrichenem Metall voller Rostflecken, ein paar ältere aus unbemaltem Holz, die schief in ihren Angeln hingen und mit uralten Eisenriegeln an den Wänden der Häuser befestigt waren.

Die Rue Voltaire bot neben der Treppe die zweite Möglichkeit, die Stadt hügelan zu verlassen. In den Anblick der liebevoll restaurierten Häuser konnte ich mich bei dem atemlosen Tempo, in dem Simon uns voranhetzte, allerdings kaum vertiefen.

»Und hier«, verkündete er und blieb abrupt stehen, als wir zu einer kleineren Straße gelangten, die die Rue Voltaire kreuzte, »stehen wir am Grand-Carroi, der Großen Kreuzung. Nun, in früheren Tagen dürfte sie einen großartigen Anblick geboten haben. Diesen Weg«, sagte er und wies auf die schmalere, bergan führende Gasse, »mußten die Leute damals nehmen, wenn sie zum Château hoch wollten. Und bei diesem Brunnen dort an der Mauer ist Jeanne d'Arc vom Pferd gestiegen, als sie nach Chinon kam.«

Um Simon nicht die Freude an seiner Führung zu nehmen, inspizierte ich alles mit der gebotenen Ehrfurcht und unterließ es auch nicht, meine Verzückung kundzutun. Zufrieden wandte er sich ab, um uns die ansteigende Gasse hinaufzuführen. »Wir gehen hier entlang. Achtet darauf, wo ihr hintretet. Das Pflaster kann gemein uneben sein.«

Und ziemlich steil war es auch, obwohl die Straße ein

paar abflachende Biegungen vollführte, um den Aufstieg nicht gar so beschwerlich zu machen. Etwa auf halbem Wege wäre ich beinahe auf dem Kopfsteinpflaster hingeschlagen und hielt kurz inne, um mir eine Pause zu gönnen.

»Kein Wunder, daß Jeanne d'Arc von ihrem Pferd abgestiegen ist«, sagte ich, nach Luft japsend. »Jedes Roß, das etwas auf sich hält, würde sich weigern, hier hinaufzusteigen.«

Paul lachte und ging sicheren Schrittes an mir vorbei. »Wir haben's bald geschafft.«

Das kam mir nicht so vor. »Ist das hier wirklich einfacher, als die Stufen zu nehmen?«

»Ja«, beteuerten die beiden einmütig.

»Neil geht hier ein paarmal am Tag rauf und wieder runter«, versicherte mir Simon. »Er sagt, Musiker müssen sich fit halten.«

»Schön für ihn«, murmelte ich und zwang meine zitternden Beine weiter voran. Als ich gerade glaubte, sie könnten mich keinen Schritt weiter tragen, kamen wir um die letzte Ecke und blickten über die Dächer und den sich windenden Strom hinweg. Dieser Ausblick belohnte tatsächlich für die Mühe, die hinter uns lag.

Noch ein paar Schritte, und wir erreichten eine moderne Pflasterstraße, die am Rand des Bergabhangs entlanglief. Vor uns erhob sich die rissige, an manchen Stellen bröckelnde Schloßmauer. Ihre steinerne Wucht wurde nur von einzelnen durch das Mauerwerk hindurchwachsenden Efeuranken und durch kleine Türen, die Eingänge zu längst verlassenen Gemächern markierten, unterbrochen.

»Da hätten wir das Château«, verkündete Simon und zeigte hinauf.

»Immer langsam«, sagte ich und ließ mich gegen die Mauer sinken, »ich muß mir erst mal den Schweiß aus den Augen wischen, bevor ich etwas erkennen kann.«

Simon hörte gar nicht hin, war schon wieder mehrere Schritte voraus und strebte scheinbar unermüdlich unserem Ziel zu. Paul wartete auf mich. »Jetzt ist es wirklich nicht mehr weit«, tröstete er mich. »Wir sind fast da.«

Ich blickte Simon hinterher und sah nicht den hoch aufragenden, schmalen Turm, der als Eingang zum Schloß diente, sondern nur das alarmierend lange Stück Asphaltstraße, das wir bis dahin noch zurückzulegen hatten. »Noch weiter rauf?« fragte ich mit schwacher Stimme.

»Ich dachte, ihr Briten seid hügelige Landschaften gewohnt?«

»Ja, mag schon sein, aber ich stamme aus dem Flachland.«

Endlich merkte Simon, daß wir zurückgeblieben waren. Mißmutig drehte er sich nach uns um und rief, wir sollten kommen. Paul sah mich mitleidig an. »Geht's wieder?«

»Bleibt mir denn etwas anderes übrig?«

Das letzte Stück war dann auch nicht mehr so schlimm, aber das lag mehr daran, daß der auffällig schmale Turm vor uns meine ganze Aufmerksamkeit auf sich zog. Der Tour de l'Horloge, wie Paul mir auf meine dementsprechende Frage antwortete, der Uhrenturm. Eine Steinbrücke führte über den heute grasüberwachsenen Burggraben, der in alten Zeiten unwillkommenen Besuchern den Zugang zum hohen Rundbogen des Tordurchlasses verwehrt hatte. Heute stand das hölzerne Tor weit offen und lud uns ein, die schmale Brücke zu überqueren. Simon wartete bereits ungeduldig bei einem Postkartenstand.

»Die bieten hier Führungen an«, sagte Paul, als wir unsere Eintrittskarten lösten. »Simon und ich aber gehen lieber auf eigene Faust los. Falls du es natürlich vorziehst ...«

»Ich hasse geführte Rundgänge«, versicherte ich den beiden. »Vielen Dank. Ich sehe mich auch lieber alleine um.«

Und zu sehen gab es wirklich allerhand. Ich hatte eigentlich erwartet, nur eine Ruine vorzufinden, aber inmitten der teilweise zertrümmerten Mauern waren zahlreiche Räume und Türme beinahe unversehrt erhalten geblieben. Ich konnte fast die Schritte tapferer Ritter und edler Burgdamen, der Könige und Höflinge in den leeren Gemächern widerhallen hören. Das durch die hohen Fenster hereinfließende, von den weißen Steinmauern reflektierte Sonnenlicht verlieh den verzweigten Räumen eine gewisse luftige Helligkeit und ließ alles größer wirken, als es in Wirklichkeit war. In jeder Ecke gab es gewundene Treppen zu entdecken, die wiederum zu weiteren, versteckten Kammern mit ihren eigenen Fenstern und Herdöffnungen führten, kleinen privaten Räumlichkeiten, in die sich eine Königin gemächlich zu ihrer Handarbeit zurückziehen konnte, oder um mit ihrem Liebhaber zu poussieren ... so lange, bis der König den beiden dahinterkam und den Galan einen Kopf kürzer machen ließ, dachte ich mir.

In einem der Türme wies mich Simon auf ein großes gerahmtes Gemälde der Burganlage hin – fast genau der Blick, den Paul mir von der Brücke aus gezeigt hatte. »Das ist eines von Christians Bildern. Nicht schlecht, was?«

»Das ist ja fabelhaft.« Erstaunt trat ich einen Schritt näher heran. »Und das hat wirklich Christian gemalt?« Mit kraftvollen, geschwungenen Pinselstrichen hatte er genau den Stil der großen Landschaftsmaler getroffen, exakt die ungewöhnlich blasse Farbe des Tuffsteins wiedergegeben, wenn dieser an einem stürmischen Tag hellglänzend gegen einen wilden, dunkelblauen Himmel abstach.

»Er hat unglaubliches Talent«, sagte Paul neben mir.

»Nicht zu übersehen.« Mich beschlich das etwas kribbelige Gefühl, beobachtet zu werden, und ich ließ meinen Blick von dem Gemälde zu der Gestalt in einer der Mauernischen schweifen. »Sieh mal an«, entfuhr es mir, »das ist ja Philipp.«

Auch Paul sah zu dem heldenhaften jungen Gesicht hinauf.

»Wer?«

»Philipp II. August, ein französischer König aus dem Mittelalter. Er war derjenige, der dieses Schloß als erster für die französische Krone eroberte«, erklärte ich und schöpfte dabei aus den unzähligen Vorträgen, die Harry mir gehalten hatte.

Simon zog die Stirn in Falten. »Wem hat's denn vorher gehört?«

»Den Grafen von Blois und Anjou, glaube ich. Und dann den Plantagenets.«

»Dem Schwarzen Prinzen etwa?«

»Nein, noch ein bißchen früher. Richard Löwenherz und seiner Bande. John, Richards Bruder, war der letzte König von England, der Chinon beherrschte.«

Simon war neugierig geworden. »Wie in Robin Hood?« forschte er nach. »Der böse Prinz John? Meinst du den?«

»Genau.«

»Man lernt nie aus!«

»Du weißt eine ganze Menge über die Geschichte dieses Schlosses«, meinte Paul.

»Kann man so sagen. Ich muß mir ständig Vorlesungen darüber anhören. Mein Vetter ist eine Art Experte, was die Plantagenets betrifft. Er ist übrigens schuld daran, daß ich überhaupt hier bin – hat mir eingeredet, daß ich hier mit ihm Ferien machen soll.«

Die Brüder sahen sich an. »Und wo ist er dann?« stellte Simon als erster die unvermeidliche Frage.

»Noch nicht eingetroffen. Aber das ist bei Harry nichts Ungewöhnliches. Wenn er gerade wieder an einer Theorie arbeitet, gerät er ständig auf irgendwelche Abwege. Apropos – wie kommt man eigentlich zum Mühlenturm?«

Da kam jemand. Isabelle hob den Kopf, vergaß jeden Gedanken an Schlaf, während das schwere Stampfen der Stiefel auf den Steinquadern sich näherte. O bitte, selige Mutter Gottes, betete sie, laß es John sein.

Neben ihr erhob sich ihre alte Zofe Alice erschrocken. »Mylady ...«

»Still.« Isabelle flüsterte, aber mit Nachdruck. Die Schritte waren jetzt bei der Tür angelangt. Sie hielt den Atem an.

Ein grobes Klopfen und eine noch gröbere Stimme ... eine Stimme, die sie kannte. »Seid Ihr wach, Eure Majestät?«

Er war nicht gekommen. Sie schluckte den bitteren Geschmack der Tränen hinunter und tastete in der Dunkelheit nach ihrem Gewand. Er hatte versprochen, sogleich zu ihr zu eilen, sowie sie nur nach ihm sandte ... Mit einem feierlichen Blick in den Augen hatte er es ihr geschworen. Aber der Mann, der jetzt vor der Tür ihrer Kammer stand, war nicht ihr Gemahl. Zitternd richtete sie sich in dem samtenen Kleid auf und ging zur Tür, um sie zu entriegeln. Sie mußte sich eine Hand gegen den plötzlichen Schein des Leuchters schützend vor die Augen halten. Der hünenhafte Mann im Gang wirkte grimmiger, als sie ihn erinnerte. Er machte ihr angst, er hatte ihr immer schon Furcht eingeflößt, und doch wäre sie lieber gestorben, als ihn das spüren zu lassen. Sie brauchte all ihre Willenskraft, um einen gefaßten Eindruck zu machen. »Mylord de Préaux.«

»Majestät.« Er kniete vor ihr nieder und nahm ihre Hand. Der Kerzenschein beleuchtete eine alte Narbe auf seiner Wange, als er den Kopf hob. In seinen Augen sah sie keine Gnade, keine Wärme – dies waren die kalten Augen eines unbarmherzigen Mannes, der seinen Lebensunterhalt mit dem Schwert bestritt. »Macht Euch reisefertig und kommt mit mir«, befahl er ihr, »ich soll Euch sicher nach Le Mans geleiten.«

»John hat Euch geschickt?«

»So ist's.«

Sie hatte nichts als sein Wort, und das Wort eines solchen Mannes war in diesen unruhigen Zeiten ein schwacher Trost. Wenn er nun zum Verräter geworden war wie all die anderen …

Und doch war sie ohne John ganz auf sich allein gestellt – sie hatte keine andere Wahl, als diesem Mann zu vertrauen. Und außerdem, dachte sie, war de Préaux Soldat – Soldaten hatten keinen Grund zu lügen. Um sie als Gefangene zu nehmen, hätte er sie nur an Ort und Stelle zu ergreifen brauchen. Und wünschte er ihren Tod, hätte er sie einfach kurzerhand erschlagen können. Daß er keines von beiden getan hatte, bewies, daß de Préaux die Wahrheit sprach.

Sie hob das Kinn. »Mylord«, sagte sie, »wir sind von Rebellen umstellt.«

»Ich weiß.«

»Gewährt mir die Frage, wie ... wie seid Ihr ...«

»Unter Schwierigkeiten.« Er wurde ungeduldig. De Préaux liebte es nicht, tatenlos vor seiner Majestät zu knien. »Kommt Ihr nun oder nicht? Ich habe unten im Hof zwölf Männer, die am Feuer warten und frieren. Sie sind weit geritten und haben auf etwas Schlaf gehofft, doch halte ich es für unklug, noch bis zum Morgen zu warten.«

Sie erschauderte in dem Luftzug, der ihr durch den Gang entgegenwehte. »Was wünscht Ihr, das ich tun soll?«

»Euch warm kleiden und Eile walten lassen.«

»Meine Zofen ...«

»Nur Ihr allein.« Er schüttelte den Kopf. »Wir haben nur noch ein weiteres Pferd. Eure Zofen müssen hierbleiben.«

Sie warf einen Blick auf Alice. »Aber Mylord ...«

»Königin Isabelle.« Er blieb ungerührt, das abweisende Gesicht fest entschlossen. »Für Euch riskiere ich mein Leben. Ich habe nicht den Auftrag, den Hausstand zu retten – nur Euch. Ihr seid es, die die Verräter wollen, und sobald sie erfahren, daß ihre Beute ausgeflogen ist, werden sie die Belagerung aufgeben. Das Schloß ist außer Gefahr.«

»Aber da ist noch der Schatz.«

»Diese Männer treibt nicht das Verlangen nach einem Schatz.«

Nein, dachte sie. Diese Männer hatten nur ein Verlangen, ein einziges nur – John zu zwingen, seinen Neffen Arthur freizulassen. Und das würde er tun, wenn die Zeit dafür gekommen war. Sie wich zurück, raffte den Saum ihres Kleides. »Gibt es Neuigkeiten von Arthur von der Bretagne?« fragte sie. »Ist er wohlauf?«

Die Augen, die ihrem Blick standhielten, verrieten einen Anflug von Mitleid. Und dann sah er an Isabelle vorbei zu Alice hin, die schweigend neben dem Bett stand, und für einen kurzen Moment nur schien zwischen dem finsteren Ritter und der alten Frau stummes Einverständnis zu herrschen. »Seht, daß Eure Herrin sich warm kleidet«, sagte er, machte eine Verbeugung und wandte sich zum Gehen.

Als sie das letzte Flackern des Leuchters die Wendeltreppe hinunter verschwinden sah, kam es Isabelle vor, als seufzte jeder Stein um sie herum in kummervoller Verzweiflung, als sei durch einen bösen Fluch ihre eigene Schlafkammer ihre Kerkerzelle geworden ... oder ihr Grabgewölbe.

6

Aus alledem erwuchs ein waches Augenmerk ...

»So, jetzt hast du es geschafft«, sagte Paul, als Simon sich kurz von uns trennte.

»Was meinst du?«

»Die Geschichte, die du uns gerade erzählt hast. Über Königin Isabelle. Du hast einen Schatz erwähnt. Das war ein großer Fehler.«

Als er Simon außer Sichtweite wähnen durfte, wühlte er in seiner Tasche nach Zigaretten und trat aus dem Schatten des Turms heraus. Es war nur noch eine Ruine von dem Mühlenturm übriggeblieben, eine leere Steinhülle, in deren dachlosen Kammern das Unkraut wucherte. Nichts rührte sich mehr in ihnen. Ein Schild neben der fest verschlossenen Tür warnte eindringlich: Gefahr! Also hielten wir uns an die flechtenüberwucherte Mauer, die die westliche Begrenzung des Schloßgeländes bildete. Hinter uns strebte die Vienne leise schwappend unbekümmert dem Meer zu.

Paul schützte mit der Hand das Streichholz gegen den Wind. »Simon so eine Geschichte zu erzählen«, eröffnete er mir, »ist, wie einem wütenden Stier das rote Tuch hinzuhalten. Jetzt läßt ihn das nicht mehr los.«

»Aber Paul, er hat doch gesagt, daß er nur mal auf die Toilette muß.«

»Nicht mein Bruder. Der hat eine Blase wie ein Kamel. Nein, wart's nur ab. Er schleicht sich jetzt zum Eingang, um zu sehen, was er über das Tunnelsystem in Erfahrung bringen kann.«

Ich sah ratlos in die Richtung, in der Simon verschwunden war. »Aber er spricht ja nicht mal Französisch.«

»Das kann ihn nicht davon abhalten.« Paul setzte sich, stützte die Arme auf den von der Sonne gewärmten Mauerstein, streckte die Beine aus und wühlte mit den Hacken im Kies. »Und«, sagte er, »was dann?«

»Wann?«

»John und Isabelle. Du hast die Geschichte nicht zu Ende erzählt.«

»Ach so. Ich fürchte, die Geschichte endet eher traurig. John hat Arthur umgebracht, oder hat es zumindest befohlen, je nachdem, an welchen Geschichtsschreiber man sich halten will. Der französische König, Philipp II. August, geriet ziemlich in Wut. Schließlich hatte er den Jungen ja persönlich aufgezogen. Er war auch ein guter Freund von Johns älterem Bruder Geoffrey gewesen, Arthurs Vater, und hat Arthur nach Geoffreys Tod zu sich nach Paris geholt. John hätte ebensogut Philipps leiblichen Sohn töten können.«

»Also gab's Krieg.«

Ich nickte. »Einen verheerenden Krieg. John büßte beinahe alle seine Ländereien ein. Chinon war eines der ersten Schlösser in Frankreich, die genommen wurden, und fiel nicht lange nach Arthurs Tod an Philipp.«

»Und Isabelle?«

Ich blickte hinauf zum Mühlenturm, wie er einsam und verlassen dastand, die Fensteröffnungen fest in der Hand des Unkrauts. »Auch sie hat er am Ende verloren. John hatte oft schlechte Laune, er neigte zu unbeherrschten

Wutausbrüchen und trat noch in einer anderen Hinsicht in die Fußstapfen seines Vaters – er hielt Isabelle unter Arrest und unter Bewachung, ganz wie es auch seiner Mutter ergangen war.«

»Wirklich eine traurige Geschichte«, sagte Paul.

»Ja, nun, es ist halt kein hübsches Königsmärchen«, sagte ich achselzuckend. »Aber wann kann man das vom Leben schon behaupten?«

»Also glaubst du nicht an die ewige Liebe?«

»Ich glaube nicht einmal an eine Liebe, die bis zur Teestunde andauert«, erwiderte ich trocken.

»Zynikerin«, sagte er, aber er lächelte dabei.

Wir verbrachten ein paar Minuten in gemeinsamem Schweigen, während Paul seine Zigarette rauchte, die Augen halb geschlossen, in Gedanken versunken. Ich mußte wieder daran denken, wie verschieden er und sein Bruder Simon waren. Bei Paul blieb einem wenigstens Luft zum Atmen.

»Tragisch«, sagte er plötzlich mitten ins Blaue.

»Wie bitte?«

»Das ist nur so eine Art Spiel von mir, immer das passende Adjektiv zu finden. Ich versuche, alle Empfindungen, die ich an einen Ort knüpfe, zu destillieren, die ganze Atmosphäre, um alles in ein bestimmtes Wort zu fassen. Château Chinon hat mir eine ganz hübsche Nuß zu knacken gegeben, aber nun habe ich es – tragisch.«

Damit hatte er den Nagel auf den Kopf getroffen, wie ich zugeben mußte. All dem Sonnenschein und dem blauen Himmel und der Schönheit der weißen Mauern zum Trotz schien dieser Ort von einer Aura des Tragischen umgeben, von zerschlagenen Hoffnungen und unerfüllten Wünschen.

Eine plötzliche Brise beraubte die Sonne ihrer wärmenden Kraft, und ich blickte auf. »Simon kommt zurück.«

»Mist.« Paul drückte seine Zigarette an der Mauer aus, verursachte damit aber nur einen sprühenden Funkenregen. Doch als Simon schließlich vor uns stand, waren alle Beweise im Kies unter Pauls Schuh verscharrt.

»Ich habe eine Karte besorgt«, verkündete Simon triumphierend.

Ich registrierte Pauls wissenden Blick sehr wohl, als er mit gespielter Unschuldsmiene fragte: »Eine Karte? Wovon?«

»Von den Gängen, du Dummkopf. Also, wie die Frau am Eingang mir sagte, sollte es für uns schon etwas zu sehen geben, gleich da drüben ...« Er wandte sich entschlossenen Schrittes einer Gruppe Buchsbäume im Schloßhof zu. »Kommt mit, ihr beiden«, rief er uns nach.

Mit einem Seufzen erhob sich Paul von der Mauer und streckte sich. »Hab' ich's nicht gesagt?«

»Keine Sorge. Sobald mein Vetter aufkreuzt, können sich die beiden gegenseitig hochschaukeln.«

Es dauerte einen Moment, Simon wiederzufinden, der bereits hinter den Bäumen verschwunden war. Zuerst sah es so aus, als hätte er sich in Luft aufgelöst, bis wir mitten auf dem gepflegten Rasen den Eingang zu einem engen Stollen entdeckten. Eine mit den Jahren ausgetretene Treppe, die auch noch voll welker Blätter lag, führte hinunter, endete aber abrupt an einer Steinmauer. Am Fuße dieser Treppe stand Simon. »He, kommt mal runter«, forderte er uns auf, »das ist wirklich interessant.«

»Aber die Treppe führt ja nirgendwohin«, gab ich zu bedenken.

»Klar tut sie das.« Er zeigte nach der Seite, in die tiefe Finsternis. »Guckt es euch doch selber an.«

Ich verschwinde ja nicht wirklich unter der Erdoberfläche, sagte ich mir. Der blaue Himmel ist ja immer noch über mir. Doch als ich die unterste Stufe erreichte, war die Luft ganz feucht, und das einzige, was mich davon abhielt, sofort wieder die Treppe hinauf ins Freie zu stürzen, war, daß ich dabei Paul hätte über den Haufen rennen müssen. Auch er beugte sich nun vor und lugte in die Richtung, in die Simon gedeutet hatte. Es war kaum zu erkennen, was sich hinter den eisernen Gitterstäben verbarg. Irgendwelche Gänge, die irgendwo hinführen mochten. »Hast ja recht«, sagte Paul zu seinem Bruder. »Das ist interessant. Und wo geht's hier hin?«

Das wiederum konnte man sich unschwer ausmalen. Und ebenso leicht fiel mir die Vorstellung, was sich hier zu noch früherer Zeit zugetragen hatte. Ich konnte beinahe die Leuchterkerzen sehen, die ihr Licht auf den gewölbten Wänden des Ganges tanzen ließen, und in der Ferne das verstohlene Rascheln eines samtenen Kleides in der unheilvollen Stille hören. Ich fragte mich, ob dies der Tunnel war, den Isabelle benutzt hatte, als sie ihren Schatz verstecken ging ...

Ich war so tief in meinen Phantasien versunken, daß ich bei dem Geräusch jäh zusammenzuckte; ein ziemlich reales Geräusch und keineswegs bloß eingebildet: Das leise Zufallen einer Tür, irgendwo im Halbdunkel der langgestreckten Schatten.

»Habt ihr das gehört?«

»Was gehört?« Beide Brüder sahen mich verständnislos an.

»Hat wie eine Tür geklungen.«

Paul legte den Kopf auf die Seite und lauschte, aber die staubigen Mauern schwiegen. »Vielleicht benutzen die

Arbeiter vom Château diese Tunnel noch, als Lagerräume oder so was.«

Das schien mir zwar als Erklärung ganz plausibel, aber ich fühlte mich doch wesentlich besser, als wir wieder an die Oberfläche gestiegen waren und in der Sonne standen. Meine Gänsehaut verschwand augenblicklich.

»Ah ja«, sagte Simon und sah wieder auf seine Karte, »das könnte der Tunnel gewesen sein, der zum Weinberg führt.« Völlig gebannt ging er der Zeichnung auf der Karte nach und versuchte dabei, seine Schritte zu zählen, so daß er es gar nicht merkte, als er die Grasfläche verließ und sich plötzlich in einem breiten, gepflasterten Kreis, einer Art Balkon, der aus der Schloßmauer herausragte, befand. Hier mochte früher ein Turm gestanden haben oder eine andere Art von Befestigung, die die Zeitläufte dem grasüberwachsenen Innenhof des Schlosses gleichgemacht hatten. Und Simon, hätte Paul ihn nicht mit einem scharfen Pfiff zurückgerufen, wäre immer weitergegangen und womöglich noch in die Tiefe gestürzt.

»Was?« Er blickte verwundert auf. Zehn Zentimeter vor dem Geländer blieb er stehen, beugte sich darüber und nickte. »Ja, genau hier geht's der Karte nach lang. Falls Isabelle hier ihre Juwelen versteckt hat«, sagte er, als wir ihn eingeholt hatten, »kann dein Vetter sich den Schatz aus dem Kopf schlagen.«

Unter uns erstreckte sich die Straße, auf der ich gestern mit dem Bus nach Chinon gekommen war. Heute waren so viele Autos unterwegs, daß man sie gar nicht zählen konnte. Und jenseits der Straße erhob sich der gewaltigste Weinberg, den ich je gesehen hatte, so groß, daß sich die Reihen dunkelgrüner Weinstöcke bis zum Horizont und noch darüber hinaus erstreckten, beschützt durch eine hohe, unüberwindbare Mauer, die an der Straße entlangführte. Nein, nicht ganz unüberwindbar, bemerkte ich sogleich, denn da gab es ein Tor, ein großes Eisengebilde, das dem Buckingham-Palast zur Ehre gereicht hätte, und von diesem Tor führte eine breite Auffahrt gebieterisch hinauf zu einer blendend weißen, klassizistischen Villa.

Über unseren Köpfen schob sich eine Wolke vor die Sonne und warf einen weiten Schatten über den zerfurchten Weinberg, so, wie der Schatten eines Habichts seine Beute über eine windzerzauste Weide jagen mochte.

Paul begriff mein ehrfürchtiges Staunen. »Clos des Cloches. Das hat doch was, nicht wahr? Hier sollen sie den besten Wein von Chinon anbauen.«

Clos des Cloches – der Weinberg der Glocken, übersetzte ich in Gedanken. »Wundervoll.«

Simon trat einen Schritt näher. »Martine meint, im Sommer kann man dort Führungen mitmachen und eine Weinprobe, aber jetzt ist ja keine Saison. Alle sind zu beschäftigt mit der Lese.« Die Ellenbogen auf das Geländer gelehnt, stand er weit vorgebeugt da und schien sich an der steil abfallenden Kante gar nicht zu stören. »He, seht mal, wenn das nicht Neil ist.«

Auch ich sah hinunter. Beim hellen Glanz von Neil Granthams Haaren fiel es nicht schwer, ihn auf dem schmalen Pfad neben der Straße unter uns auszumachen. Er war in Begleitung zweier weiterer Männer und einer Frau mit kurzen dunklen Haaren. Simon stieß einen anerkennenden Pfiff aus.

»Dieser verdammte Neil, immer kommt er mir zuvor.«

»Das«, sagte Paul, »ist Martine Muret.«

Martine Muret. Die Frau, über die sich Garland gestern nachmittag in der Hotelbar das Maul zerrissen hatte. Die, deren früherer Ehemann gerade gestorben war ... wann war das gewesen? Vor drei Tagen? Mir fiel auf, wie eng sie sich an Neil drückte, wie besitzergreifend sie sich bei ihm eingehakt hatte. Sie mußte sich ja schnell von dem Schock erholt haben, dachte ich mir.

Simon schrie und winkte über das Geländer, und ich machte rasch einen Schritt nach hinten. »Hört mal ... es dürfte inzwischen auf Mittag zugehen. Ich muß jetzt wieder zurück, falls mein Vetter inzwischen angekommen ist.«

»Bestimmt?« Simon drehte sich nach mir um. »Denn im Uhrenturm gibt es ein kleines Jeanne-d'Arc-Museum ...«

Ich beeilte mich ihm zu versichern, daß ich für diesen einen Tag bereits genug gesehen hatte und es immer besser war, sich noch etwas für das nächste Mal aufzusparen ...

»Klar, das ist dein erster Tag hier«, gestand mir Simon gnädig zu, »wir sollten dich vielleicht nicht zu viel herumhetzen.« Er sah auf die Uhr. »Und stimmt, es ist Zeit fürs Mittagessen. He, Paul, laß uns doch mal Neil und Martine fragen, ob sie mit uns den Chinesen auf der anderen Flußseite ausprobieren wollen.«

Paul lächelte. »Sie ist zu alt für dich.«

»Alter«, sagte sein Bruder indigniert, »ist eine rein relative Größe. Du bist der Arzt, du solltest das wissen.« Energiegeladen eilte er davon, und Paul seufzte. »Willst du bestimmt nicht mitkommen?«

»Na ja ...«

»War nur Spaß. Ich würde dir das nicht antun wollen. Zwei Stunden mit uns sind mehr als genug. Vergiß nur nicht, deinen Vetter zu warnen.«

»Ich soll ihn warnen?«

»Daß Simon hinter Königin Isabelles Schatz her ist.«

»Ach so!« Ich versprach ihm, es nicht zu vergessen.

»Bis später dann.«

Wir verabschiedeten uns auf der Straße vor dem Schloß. Anstatt auf dem gleichen Weg zurückzugehen, auf dem wir gekommen waren, die Straße hinunter, die sich durch die Altstadt wand, ging ich ein kleines Stück weiter und fand, wie Paul gesagt hatte, den Escalier de la Brèche, eine steile Treppe, die zurück zum Platz mit dem Springbrunnen führte.

Die Treppe war natürlich nicht so beschwerlich wie die kopfsteingepflasterte Straße, auf der ich mich hinaufgekämpft hatte, obwohl die Stufen zu tief waren, um sie in normalem Gehtempo hinunterzuschreiten; ich mußte sie wie ein Kind nehmen, erst den einen Fuß auf die nächste Stufe, dann den anderen. Aber schließlich war ich doch wieder sicher auf dem Springbrunnenplatz gelandet, blieb einen Augenblick lang stehen und wollte gerade weitergehen, als der Mann, der auf dem Rand des Brunnens saß, mich zögern ließ.

Gestern, bei meiner Ankunft, hatte ich ihn an exakt derselben Stelle sitzen sehen, als ich aus dem Fenster schaute. Es konnte in Chinon doch nicht zwei Männer mit genau dem gleichen Hund geben, einer kleinen gefleckten Promenadenmischung, die sich zu den Füßen ihres Herrn ausgestreckt hatte. Und der Mann trug auch dieselbe Kleidung, eine Lederjacke über einem abgewetzten Hemd und eine schmutzige, ausgefranste Jeans. Ich fand, daß er – nun, sagen wir, nicht gerade respektabel aussah. Kein Grund, sich durch ihn bedroht zu fühlen, aber irgendwas an seinem gegerbten Gesicht – wobei ich nicht zu sagen vermochte, was genau es war – gefiel mir nicht.

Der Mann wiederum schien von mir überhaupt keine Notiz zu nehmen, rauchte gelassen seine Zigarette und starrte offenbar ins Leere. Nur in seinen kleinen Hund kam plötzlich Bewegung, er hob den Kopf, spitzte die Ohren, und ich hatte das Gefühl, daß er mich wachsam beäugte. Als ich zum Hoteleingang ging, spürte ich, wie diese kleinen Augen nicht von mir lassen wollten, wie ein Jäger, der seine Beute ins Visier nimmt.

7

Weder ahnte ich, wessen Blicke auf mir ruhten …

Monsieur Chamond stand hinter dem Empfangstresen auf, um mich mit einem herzlichen Lächeln zu begrüßen. Er war mittleren Alters, aber immer noch sehr gutaussehend, gepflegt und nur eine winzige Spur zu kompakt, doch seine sparsamen Bewegungen hatten etwas Effizientes an sich, das mir gefiel. In seiner Jugend hätte er seinem Neffen Thierry als Herzensbrecher Konkurrenz machen können.

Wir stellten uns einander vor, und weil ich ihm auf französisch antwortete, behielt er seine Muttersprache bei, war jedoch darauf bedacht, jederzeit sofort ins Englische zu wechseln, sowie ich mir Verständigungsschwierigkeiten anmerken ließ. Er entschuldigte sich dafür, bei meiner Ankunft nicht persönlich zugegen gewesen zu sein, und wollte wissen, ob ich mit meinem Zimmer zufrieden sei.

»Ausgesprochen zufrieden, Monsieur.«

»Das freut mich. Nummer zweihundertfünfzehn, nicht wahr?« Er gab mir den Schlüssel. »Und es ist noch eine weitere Nachricht für Sie gekommen, Mademoiselle. Gerade heute morgen erst.«

Ich nahm den schmalen Umschlag entgegen und sah ihn ein wenig mißtrauisch an. Er war in dicker schwarzer Schrift ganz schlicht und einfach an »Braden« adressiert, und zwar in einer Handschrift, die ich nicht kannte. »Noch eine Nachricht ...?«

Monsieur Chamond bewies seine sehr rasche Auffassungsgabe. Er hörte sofort den verdutzten Ton meiner Frage heraus und blickte eilig in ein Fach unter der Tischplatte, worauf er den Kopf über das schüttelte, was er dort entdeckte. »Es tut mir so leid, Mademoiselle, aber ich war davon ausgegangen ...« Er zog einen Notizblock hervor, auf dem besagte erste Nachricht geschrieben stand. »Yvette, unsere reguläre Empfangsdame, hat zwei Wochen Urlaub, und ihre Schwester Gabrielle vertritt sie so lange. Sie gibt sich Mühe, die arme Gabrielle, aber sie ist eben nicht Yvette. Sie ist ... ein bißchen konfus und vergißt leicht etwas.« Er lächelte entschuldigend. »Ihr Cousin hat gestern abend angerufen, während Sie beim Essen waren.«

»Ach, tatsächlich?«

»Er spricht gut Französisch, Ihr Cousin – wie Sie selber übrigens auch. Er läßt ausrichten, er würde sich verspäten – um ein paar Tage vielleicht. Falls Sie nichts dagegen hätten ...«

»Verstehe.« Ich wußte, daß mein Hotelchef diesen letzten Satz selbst hinzugedichtet hatte. Harry war es völlig egal, ob ich etwas dagegen einzuwenden hatte oder nicht. »Und hat er gesagt, von wo er angerufen hat?«

»Nein, leider nicht.« Er sah mich an, als wundere er sich, wieso ich die Mitteilung so gelassen aufnahm. »Ich hoffe doch, daß das Ihre Ferien nicht beeinträchtigt?«

»O nein, keineswegs.« Schon seit gestern, seit Harrys Ausbleiben am Bahnhof, hatte ich eigentlich mit nichts anderem gerechnet. Mein Vetter hielt sich selten an Termine. Bei ihm wurden aus Stunden Tage, aus Tagen Wochen, und es konnte sein, daß ich schon längst wieder zurück in England war und meine Urlaubsfotos sortierte, bis er es endlich schaffte, nach Chinon zu kommen. »Ich werde mich auch sehr gut allein zurechtfinden«, versicherte ich Monsieur Chamond.

»Aber ich muß mich dafür entschuldigen, daß man es Ihnen nicht schon gestern abend ausgerichtet hat. Wir hätten Ihnen vielleicht Ihre Sorgen ersparen können.«

Sorgen? Ich? Um Harry? Kaum. »Es ist überhaupt nicht schlimm«, sagte ich und sah wieder auf den Umschlag, den er mir gegeben hatte. »Und das hier kommt auch von meinem Cousin?«

»Nein, Mademoiselle – das kam heute morgen, wie ich schon sagte. Wurde abgegeben.«

»Sonderbar. Wer mag wohl ...?« Ich riß den Umschlag auf und zog eine Einladungskarte hervor. Ich sei bei einer geführten Tour einschließlich Weinprobe willkommen, teilte man mir mit, zu jeder mir genehmen Zeit, obwohl ein handschriftlicher Zusatz am unteren Rand der Karte mich bat, vorher telefonisch einen Termin zu vereinbaren. Sehr sonderbar.

Monsieur Chamond beobachtete mich. »Es ist wohl vom Clos des Cloches?«

»Ja.« Ich zeigte ihm die Einladung. »Komisch. Ich frage mich, woher die meinen Namen wissen.«

»O nein«, sagte er, »das ist meine Schrift auf dem Umschlag, Mademoiselle. Der Junge, der den Brief gebracht hat, sagte, er sei für die englische Lady, die hier im Hotel wohnt. Und Sie«, erklärte er schulterzuckend, »sind die einzige englische Lady, die wir zu Gast haben.«

»Aber ...« Ich unterließ meinen Einwand; es wäre unhöflich, ihm zu unterstellen, er hätte etwas verkehrt gemacht. Es spielte ja auch keine Rolle. Es war bloß eine Einladung; vermutlich ein Verkaufstrick, mit dem sie von

Hotel zu Hotel zogen. Kommen Sie unsere Weine probieren, und vergessen Sie nicht, Ihre Brieftasche mitzubringen. Nur merkwürdig, daß sie noch zur Zeit der Lese Führungen veranstalteten. Ich ließ die Karte in meiner Handtasche verschwinden und vergaß die Einladung.

Oder hatte jedenfalls vor, sie zu vergessen, denn wie ich feststellte, konnte man Clos des Cloches in Chinon nicht so einfach aus seinen Gedanken verbannen. Schon eine halbe Stunde später sprang mir der Name wieder entgegen, als ich mich gerade in die Speisekarte des Restaurants, das ich mir für mein Mittagsmahl ausgesucht hatte, vertiefen wollte. »Dürfen wir Ihnen«, stand dort geschrieben, »einen Rotwein von Clos des Cloches empfehlen?« Ja, warum eigentlich nicht, dachte ich. Eine halbe Flasche des jüngsten Jahrgangs würde meine Reisekasse noch verkraften. Der Kellner nahm mit sichtlichem Wohlwollen meine Bestellung entgegen und zog sich zurück. Ich vertrieb mir die Wartezeit, indem ich die Gesichter der Passanten beobachtete, die auf der schmalen Straße vor meinem Fenster vorüberflanierten.

Das Restaurant war winzig, bloß sechs Tische und eine kleine Bar, aber es war mir von Monsieur Chamond so wärmstens empfohlen worden, daß ich tapfer die Gassen abgesucht hatte, bis ich es endlich fand.

Ich wußte schon gar nicht mehr, wie herrlich die französische Küche war und wie wunderbar der französische Wein. Daheim in England trank ich selten Wein zum Essen, aber hier kam es mir fast selbstverständlich vor, und die halbe Flasche wirkte auch so harmlos klein, daß ich bereits drei Gläser getrunken hatte, bevor ich daran dachte mitzuzählen. Aber da war es ohnehin schon zu spät – ich war bereits angenehm angesäuselt.

So angesäuselt immerhin, daß ich mich, nachdem ich

endlich meine Rechnung bezahlt hatte und wieder auf die Straße hinaustrat, nicht mehr erinnerte, in welche Richtung ich jetzt gehen mußte. Ich sah mich um und versuchte, mich zu orientieren. Dort, zu meiner Rechten, war das Schloß, was wohl bedeutete, daß ich mich dort hinwenden sollte, oder ... obwohl ich meinte, eine breitere Straße entlanggekommen zu sein als diese hier ... und zweimal die Richtung gewechselt zu haben, oder sogar dreimal? Mist, dachte ich, jetzt hast du dich verlaufen.

Der Touristenstadtplan, den ich eingesteckt hatte, half mir überhaupt nicht weiter. Er konzentrierte sich auf den Stadtkern, und all die namenlosen Straßen und Gassen darum herum waren nichts als ein rätselhaftes Spinnennetz auf Hochglanzpapier. Zwecklos. Ich mußte jemanden fragen.

Es war keine Kleinigkeit, sich hier in Frankreich nach dem Weg zu erkundigen. Die Etikette schrieb da ihre ganz eigenen Regeln vor – die Person, die man fragte, war verpflichtet, einem zu helfen, auch wenn sie selbst keinerlei Vorstellung davon hatte, wohin sie einen schicken sollte. Für die Franzosen war es besser, eine falsche Auskunft zu geben, als gar keine. Und wenn man nicht mehr weiterwußte, wurde eine dritte Person hinzugezogen, um helfend einzuspringen. Einmal hatte ich in Paris einen Menschenauflauf verursacht, als ich nur jemanden nach der nächstgelegenen Buchhandlung gefragt hatte.

Also studierte ich sorgfältig die Gesichter der vorbeikommenden Passanten, um genau das richtige abzupassen. Die Morgensonne war hinter einer grauen Wolkenwand verschwunden, und die Einheimischen hatten ihre Kragen hochgeschlagen, um sich gegen die aufziehende Kühle zu schützen. Ich suchte mir eine Frau in einem eleganten Kostüm aus, die nur wenig älter schien als ich. Mit leichtem Entsetzen blickte sie auf meinen Stadtplan und zog es vor, mir mit ihren eigenen Worten zu erklären, wie ich zum Hotel de France zurückfände.

Es hörte sich komplizierter an, als ich es mir vorgestellt hatte, aber ich bedankte mich und versuchte dabei, möglichst nicht zu nuscheln. Dann machte ich mich in die angegebene Richtung auf. Das Problem bei einer mittelalterlichen Stadt wie Chinon ist, daß alle Straßen ständig Kurven beschreiben, so daß es schier unmöglich war, die mir gegebenen Anweisungen genau zu befolgen.

Der Gehsteig wurde immer schmaler, bis er nur noch Platz für eine einzige Person bot, und ich hielt mich dicht an den schiefen Hauswänden. Die Häuser hier waren nicht saubergeschrubbt wie an der Rue Voltaire, und die vorüberziehenden Jahrhunderte hatten ihnen eine einheitlich triste graubraune Farbe verliehen. Wo hier und dort zwischen den Häusern eine Lücke war, hatte man den dunklen Durchgang mit Brettern vernagelt, und manchmal erhaschte ich auch einen Blick in einen dahinterliegenden Garten.

Eine alte Frau, deren unförmiger Körper von einer Seite auf die andere schwankte, sah mich mißmutig an, als sie an mir vorüberging, und von einer Gruppe junger Männer, deren Schritte etwas zielgerichteter wirkten, fühlte ich mich unverhohlen angestarrt.

Hinter der nächsten Straßenecke wurde das Viertel noch gottverlassener. Hinter mir verklangen die Geräusche der menschlichen Stimmen und der Autos, bis meine eigenen Schritte unnatürlich laut widerhallten. An jedem Haus waren die Läden aufgeklappt, aus offenen Fenstern wehten Gardinen, frisch gestrichene Türen hingen schief in ihren uralten Angeln über blankgefegten Treppenabsätzen. Überall Zeichen menschlichen Lebens, aber es war niemand zu sehen. Die sich dahinwindende Gasse lag in völliger Stille da.

Ich hätte der einzige lebende Mensch auf Erden sein können.

Und so kam es, daß die Katze, die plötzlich an mir vorbeihuschte und von der ich nur einen schwarzweißen Schatten wahrnahm, mich fast zu Tode erschreckt hätte. Ich sprang beiseite, als ihr Verfolger, ein großer, zotteliger Hund, herangestürmt kam, aber die Katze war doch schneller und, ehe es sich der Hund versah, über eine hohe Steinmauer verschwunden.

Die Mauer, über die die Katze gesprungen war, gehörte zu einer engen Passage, deren Name, Ruelle des Rèves, deutlich sichtbar an der Wand zu lesen stand. Gasse der Träume. Ein ziemlich grandioser Name für so einen mickrigen Durchgang.

Aber ich war neugierig geworden. Es gab keine Fenster in dieser Gasse, und es schien auch nur eine einzige Tür vorhanden zu sein, die aber so dick mit Efeu überwachsen war, daß man sie kaum bemerkte. Hier wuchs eine andere Sorte Efeu als die dunkelgrüne, die ich aus England kannte; der hier in Chinon war von blasserer Farbe, ein wirres Rankengestrüpp, dessen kleinere Blätter an den Rändern in einen blutroten Farbton übergingen.

Ich schätzte, daß die Tür in den Garten des Gebäudes, das sich hinter besagter Mauer erhob, führte. Das Haus selbst machte einen eher unfreundlichen Eindruck. Als ich einen Schritt zurücktrat, um es besser sehen zu können, wurde über mir ein Fenster zugeschlagen. Ich blickte mich erschrocken um und sah den Bruchteil einer Sekunde lang ein Gesicht hinter diesem Fenster. Ich kannte dieses Gesicht. Es gehörte Christian Rand, dem jungen deutschen Maler.

Also mußte dies sein Haus sein. Das Haus, in dem diese Martine ... wie hieß sie doch gleich ... Martine Muret ihn wohnen ließ. Das Haus, in dem vor drei Tagen ein Mensch umgekommen war. Wieder hörte ich Garland Whitaker höhnen, es sei gar kein Unfall gewesen, Christian habe möglicherweise seine Hand im Spiel gehabt ...

Man brauchte nicht viel Einbildungskraft, um sich vorzustellen, daß in so einem Haus ein Mord geschehen konnte.

Es gehörte auch nicht viel dazu, hier eine Gänsehaut zu bekommen – die verlassene Straße, die schmuddelige, klaustrophobisch enge Gasse, der Hauch des Todes, der noch über dem Haus hing. Wie giftiger Efeu, dachte ich.

Und dann war mit einemmal die Katze wieder da. Ich hatte kein Geräusch gehört, aber da hockte sie auf der Mauer zwischen den rotstichigen Ranken und starrte mich unverwandt an. Einen Augenblick später beschloß sie, mich zu ignorieren, und kniff die blassen Augen zu.

Ich wandte mich ab. Wenn ich mich nun schon hoffnungslos verlaufen hatte, war es auch gleich, in welche Richtung ich weiterging. Ich durchquerte die Traumgasse und kam auf eine andere schmale Straße, die genauso verschlafen dalag wie diejenige, aus der ich gerade gekommen war. Aber wenigstens standen hier überall geparkte Autos, und dann entdeckte ich am Ende der Straße den Grund für die unheimliche Stille, die dieses Viertel durchzog: eine alte Kirche, vor deren vergilbter Fassade ein langer Leichenwagen wartete, umgeben von schwarzgekleideten Trauergästen, die einander mit flüchtigen Küssen und Händeschütteln ihr Mitgefühl ausdrückten.

Ein Gesicht in der Menge weckte meine Aufmerksamkeit. Es war das klassische Profil meines Taxifahrers. Er hatte den Kopf gesenkt, um etwas zu der jungen Frau im

Eingang der Kirche zu sagen – einer jungen Frau mit kurzem schwarzem Haar, die so zerbrechlich wirkte, daß es ihrer Schönheit beinahe eine tragische Note verlieh. Ich zögerte. Ich hatte sie irgendwo schon einmal gesehen, es war gar nicht lange her ... aber wo? Dann hakte sie sich bei ihm ein, und ich wußte es wieder.

Das also war Martine Muret. Heute vormittag hatte ich sie von der Mauer des Schlosses aus noch lachen gesehen, wie sie sich ausgelassen an Neil Grantham schmiegte. Jetzt wirkte sie ein wenig gesetzter, ernster, doch ich konnte in dem hübschen Gesicht nur wenig Trauer entdecken. Aber vielleicht war sie auch gar nicht wirklich traurig. Paul hatte den Dahingeschiedenen als ihren Exmann bezeichnet, also waren sie ja wohl schon nicht mehr verheiratet gewesen. Sie könnte ihn gehaßt haben, was wußte ich denn? Sie mochte ihm den Tod gewünscht haben.

Würdevoll blickte sie zu Boden, als die Blumen hinaus zum Leichenwagen getragen wurden – aufwendige, große Buketts. Eine Frau – aber nicht die Witwe – fing weithin hörbar zu weinen an, und weil ich nicht aufdringlich sein wollte, wandte ich den Blick schließlich ab. Und dann traf es mich wie ein Schlag.

Auf der anderen Seite der Straße, keine fünf Meter von mir entfernt, lehnte der finstere, unrasierte Mann vom Springbrunnen gegen die stuckverzierte Hauswand und zündete sich in aller Seelenruhe eine Zigarette an. Als sich unsere Blicke trafen, wirkten seine Augen seltsam ausdruckslos. Einen nervenzerreißenden Augenblick lang blieben wir so stehen, aber dann setzten die Trauerglocken ein, der Hund zu seinen Füßen warf den Kopf zurück und fing in Einklang mit dem allgemeinen Wehklagen um uns herum zu heulen an.

Das plötzlich ausbrechende Geläut brach den Bann, der mich für einen Moment gefangengehalten hatte. Mit raschen Schritten entfernte ich mich von der Kirche und der Trauergemeinde. Wie dämlich, dachte ich, mich am hellichten Tag mitten auf der Straße von so einem Fremden aus der Fassung bringen zu lassen. Und dämlich war es auch, daß ich auf unheimliche, drohende Schritte hinter mir lauschte. Dämlich hin, dämlich her, ich ging immer schneller und schneller, und als ich den Fluß erreichte, rannte ich schon fast.

8

... augenblicklich floh sie; und weiter wissen wir nicht ...

Hätte er mich nicht gerufen, wäre ich glatt an Paul vorbeigeeilt. Er saß an derselben Stelle, an der wir beide letzte Nacht gesessen hatten, oben an der Treppe, deren Stufen zum Fluß hinunterführten, in einer Haltung, die wie eine unbewußte Imitation der Statue des Denkers hinter ihm wirkte. Er legte sein Buch auf das ausgestreckte Bein, winkte und rief noch einmal.

Obwohl es einen Zebrastreifen gab, dauerte es eine ganze Weile, bis ich die vielbefahrene Straße überqueren und mich zu Paul gesellen konnte.

»Du hast was getrunken«, bemerkte er in väterlichem Ton.

»Nur ein bißchen Wein zum Essen.« Ich legte die Hände auf meine rotgewordenen Wangen. »Merkt man das wirklich so deutlich?«

»Ich fürchte ja. Du hast einen ganz glasigen Blick.«

»Ach herrje.« Ändern konnte ich es doch nicht, also stieg ich vorsichtig über sein Bein hinweg, ließ mich auf der Stufe unter ihm nieder und schlang die Arme um die Knie. Es war eine schöne Stelle, um einfach nur dazusitzen, die Welt an sich vorüberziehen zu lassen, dem vorbeiströmenden Fluß zuzusehen und dem Geschnatter der Enten zu lauschen. Hier konnte man ungestört einen ganzen Nachmittag verbringen. Alle dunklen Gedanken waren verflogen, als ich zu Paul auflächelte. »Und? Wie war euer Mittagessen?« fragte ich.

»Lassen wir das Thema«, sagte er. »Die Whitakers hatten sich heute ebenfalls entschlossen, Chinesisch zu speisen.«

»Das nennt man Pech.«

»Du sagst es. Martine und Garland haben die ganze Zeit kleine Sticheleien ausgetauscht – aber immer höflich lächelnd dabei, versteht sich –, und als Martine mehr und mehr Punkte für sich verbuchen konnte, bekam Garland plötzlich einen Migräneanfall und inszenierte einen dramatischen Abgang. Das hättest du sehen sollen.«

»Ich kann darauf verzichten. Solche Auftritte imponieren mir nicht.«

Er suchte in der Jackentasche nach seinen Zigaretten. »Jim offenbar auch nicht. Er schien nicht sehr betroffen, als Garland gehen mußte. Hat sich einfach noch einen Drink bestellt.«

»Ein wirklich ulkiges Paar.«

»Ich mag Jim«, sagte er und steckte sich eine Zigarette zwischen die Lippen. »Er hat mehr drauf, als er durchblicken läßt. Und er hat vielerlei Interessen.«

»Zum Beispiel?«

»Ach ... Geschichte, Architektur, die Landesküche. Er war derjenige, der die Reise zu den Schlössern der Loire machen wollte, nicht Garland. Garland könnte nichts gleichgültiger sein als Loireschlösser. Und die ganze Reise ist bestimmt nicht ihr Stil.«

»Aha.« Ich sah ihn interessiert an. »In welcher Hinsicht?«

»In jeder. In Paris steigt Garland immer im Ritz ab. Weihnachten verbringt sie in den Schweizer Alpen,

Ostern an der italienischen Riviera. Chinon ist sicher nicht ihr bevorzugtes Urlaubsziel.«

»Also sind die Whitakers reich?«

»Unanständig reich. Natürlich sagen sie es nie so direkt, aber Jims Anzüge sind nicht von der Stange, die sind alle maßgeschneidert. Jeder von diesen Anzügen hat mindestens tausend Dollar gekostet.«

Ich muß ihn fragend angesehen haben, denn er lachte, ahmte einen jiddischen Akzent nach und sagte: »Meine Familie ist in der Kleiderbranche. Mir kann keiner etwas vormachen.«

»Weißt du, was Jim Whitaker beruflich macht?« fragte ich Paul.

»Er sagt, er sei bei einer Ingenieursfirma, aber Simon hält das bloß für Tarnung, hinter der er seine wahre Identität verbirgt.«

»Und die wäre?«

»CIA-Agent, was denn sonst.« Er zwinkerte mir zu. »Simon ist manchmal ein bißchen paranoid – er hat zu lange Politik studiert. Er wittert überall Verrat und Verschwörung und hat ständig jeden in Verdacht, und das Schlimmste daran ist, daß es auch noch ansteckend wirkt. Er bringt das so überzeugend vor, daß sogar ich beim Anblick von Jim manchmal denke, ja, er sieht wirklich wie ein Geheimagent aus.«

»Ich glaube, ich habe das gleiche Problem«, gestand ich und umfaßte meine Knie noch fester. »Meine Phantasie hat mir heute nachmittag auch einen Streich gespielt.«

»Wieso? Was ist denn passiert?«

»Ich hatte das Gefühl, verfolgt zu werden.« So, wie ich das gesagt hatte, hörte es sich auch wirklich lächerlich an. Ich mußte verlegen grinsen.

»Wer soll dir denn gefolgt sein?«

Ich beschrieb ihm den Mann. »Ach, den Zigeuner meinst du? Den mit dem kleinen Hund – ungefähr so groß?« Er hielt die Hände etwa anderthalb Fuß weit auseinander.

»Ja, genau den. Und er ist ein richtiger Zigeuner?« Ich hatte noch nie einen Zigeuner gesehen – höchstens im Film.

Paul nickte. »Es gibt eine ganze Menge Zigeuner hier. Einige leben in Wohnwagen unten am Fluß. Es sind ein paar ungute Typen darunter, aber der, den du gesehen hast, ist harmlos. Er läßt Simon immer seinen Hund streicheln. Ich würde mir keine Gedanken ... oh, verdammt, mein Buch!«

Ich schnappte es, bevor es ins Wasser fallen konnte. »Zu dumm, jetzt ist es zugeklappt«, sagte ich und reichte es ihm.

»Macht nichts, ich finde die Stelle wieder. Ich habe eine sehr intime Beziehung zu diesem Buch.«

»Ja, bestimmt. Wo du doch nun schon seit zwei Jahren darin liest.«

Er balancierte das Taschenbuch vorsichtig auf seiner ausgestreckten Hand. »Weißt du, als Kind war das immer mein Lieblingsgedicht. ›Ulysses‹ von Tennyson. Früher konnte ich es auswendig aufsagen.«

Ich kannte das Gedicht, wußte noch, wie romantisch ich selbst es zu Schulzeiten gefunden hatte – der alte Odysseus, der sich von den Ketten der Eintönigkeit am heimischen Herd befreit, um zu neuen Abenteuern aufzubrechen, bis hinter den Sonnenuntergang zu segeln ... Früher einmal habe ich so was schön gefunden. Aber inzwischen wußte ich, was für eine vergebliche Liebesmüh es war, Sonnenuntergängen nachzujagen. Es gab nichts auf der anderen Seite zu entdecken.

»Wie bist du denn von Tennysons ›Ulysses‹ auf James Joyce gekommen? Die beiden haben doch nichts miteinander zu tun?«

»Daran ist meine Schwester schuld. Vor ein paar Jahren hat sie zu Weihnachten dieses Buch verbilligt in einem Antiquariat gesehen und es mir gekauft. Sie glaubte, jedes Buch, auf dem ›Ulysses‹ draufsteht, würde von ein- und demselben Ulysses handeln. Ich wollte sie nicht enttäuschen, also habe ich angefangen, darin zu lesen. Und so ist es dann zur Besessenheit geworden. Ich werde nicht zur Ruhe kommen, bis ich das vermaledeite Ding geschafft habe.«

Es überraschte mich ein wenig zu erfahren, daß Simon und Paul eine Schwester hatten. Nicht, daß es irgendeine Rolle spielte, aber aus einem unerfindlichen Grund hatte ich mir vorgestellt, daß es nur die beiden gab. So ist es eben mit Urlaubsbekanntschaften – man macht sich gleich ein Bild von ihnen, das auf dem allerersten Eindruck beruht. Und meistens liegt man damit verkehrt. »Wie viele Geschwister hast du denn?« fragte ich Paul.

»Wir sind insgesamt sechs.«

»Sechs!«

»Ja. Simon ist der älteste, dann kommen Rachel, Lisa, Helen, ich und Sarah.« Er zählte sie an den Fingern ab. »Sarah ist die, von der ich das Buch habe.«

»Sechs Kinder«, wiederholte ich noch einmal ungläubig.

Meine Reaktion amüsierte ihn. »Laß mich raten. Du bist ein Einzelkind.«

»Stimmt. Aber in den Ferien und über die Feiertage war mein Vetter meistens zu Besuch, so daß die Leute schon anfingen, uns für Bruder und Schwester zu halten, auch, weil wir einander so ähnlich sahen.« Was übrigens nach wie vor der Fall war, besonders um die Augen herum. »Apropos Harry, ich habe eine Nachricht von ihm bekommen. Er verspätet sich um ein paar Tage.«

»Langweilen werden wir uns deswegen aber trotzdem nicht«, meinte Paul. »Simon hat für die nächste Woche bestimmt schon allerhand für uns geplant. Wart's nur ab. Wenn er sich erst einmal etwas in den Kopf gesetzt hat ...«

»Sprichst du von Isabelles Schatz?« unterbrach ich ihn. »Er kann ja danach suchen, wenn er möchte, aber er wird ihn kaum finden. Harry sagt, allein die vorab nötigen Recherchen könnten sich Jahre hinziehen.«

»Erzähl Simon bloß nichts davon. Je schwieriger eine Sache zu werden verspricht, desto mehr verbeißt er sich in sie.« Er drückte seine Zigarette aus und steckte sich eine neue an. »Und davon erzählst du Simon bitte auch nichts, sonst macht er mir die Hölle heiß. Er glaubt, daß ich nur hier sitze, um die Enten zu füttern.«

Ich sah zum Fluß hinüber. Ein Stückchen weiter oben, um eine steinerne Bootsrampe herum, hatte sich tatsächlich ein aufgeregt schnatterndes Entenvölkchen versammelt, und ein paar mutig gesinnte hatten sich von der Strömung noch ein Stück flußabwärts zu einem alten Lastenkahn treiben lassen, der an der Stelle festgemacht war, an der wir saßen.

»So, und jetzt wollen wir mal schauen, ob Thierry die Bar schon geöffnet hat. Ich könnte einen Kaffee oder so was gebrauchen.«

Ich begleitete ihn zurück zum Hotel, aber als er mich zu einem Drink einladen wollte, schüttelte ich gähnend den Kopf. »Bitte sei mir nicht böse«, sagte ich, »aber ich bin schließlich gestern erst hier angekommen und seitdem fast ununterbrochen auf den Beinen. Ich halte nicht bis zum

Abendessen durch, wenn ich mich nicht vorher ein bißchen hinlege.« Beim Gedanken ans Abendessen fiel mir noch etwas ein. »Eßt Ihr eigentlich jeden Abend alle zusammen?«

Er schüttelte den Kopf. »Nein, für gewöhnlich geht jeder seiner eigenen Wege. Wieso? Ist es dir zuviel gewesen gestern abend?«

»Nein, ich möchte nur nicht ... Ist das Neil?« Ich starrte zur Decke.

»Ja. Er spielt gut, nicht wahr?« Einen Augenblick lang lauschte Paul den Klängen aus dem ersten Stock. »Und so, wie sich's anhört, hat er gerade erst angefangen. Ich hoffe, Beethoven stört dich nicht beim Einschlafen.«

Ich fand tatsächlich keinen Schlaf, aber das war nicht unbedingt Beethovens Schuld. Mir ging zuviel im Kopf herum. In meiner Vorstellung beschwor ich Bilder von Zigeunern und Schlössern und dunkeläugigen Männern mit weißblondem Haar herauf. Im Zimmer unter mir beendete Neil das Allegro und ging in einen Trauermarsch über. Neue Bilder gesellten sich zu denen, die sich hinter meinen geschlossenen Augenlidern bereits im Kreise drehten – eine schwarzweiße Katze, eine Kirche, in der eine Trauerfeier abgehalten wurde, ein Strauß blutroter Blumen. Und über allem das Gesicht des Zigeuners, der mich mit einem sonderbaren, geheimnisvollen Lächeln ansah.

Ich öffnete die Augen und setzte mich auf.

Es hatte keinen Zweck, hier wach herumzuliegen. Ich konnte ebensogut hinuntergehen und mit Paul etwas trinken.

Was aber dann als nächstes geschah, ging eindeutig auf Beethovens Konto. Hätte er nicht so ein schönes Stück komponiert, wäre ich auf dem Weg nach unten nicht stehengeblieben, um der Musik zu lauschen. Und wenn ich nicht auf dem Treppenabsatz der ersten Etage innegehalten hätte, wäre ich längst nach unten verschwunden gewesen, als sich etwas weiter den Flur hinunter die Tür der Whitakers öffnete. Garland sah mich nicht gleich, blickte zu Boden, hielt sich die Hand vor die Stirn – aber ich zuckte zusammen. Ich mochte die Frau nicht, wollte mich von ihr nicht in ein Gespräch verwickeln lassen, wollte nicht, daß Neil Grantham ihre durchdringende Stimme vernahm und wußte, daß ich vor seiner Zimmertür stand ...

Ich blickte mich um und suchte ein Versteck. Weiter die Treppe hinunter wäre das Naheliegendste gewesen, aber dafür schien es mir bereits zu spät. Sie würde mich sehen. Doch neben der Wendeltreppe stand eine Glastür offen, die nach außen führte, und wie ein echter Feigling senkte ich den Kopf und schlüpfte hindurch. Hinter mir hörte ich Schritte vorbeigehen und einen Herzschlag später ein ungeduldiges Klopfen. Das Spiel brach ab. Vorsichtig schob ich mich an der Wand entlang, fort von der offenen Tür, fort von den murmelnden Stimmen.

Ein ideales Versteck hatte ich mir aber auch nicht gerade ausgesucht. Ich befand mich auf der überdachten Terrasse über der Hotelgarage. Jemand brauchte nur den Kopf durch die Tür zu stecken, um mich in voller Lebensgröße vor sich stehen zu sehen. Aber wenigstens befand sich im Augenblick hier draußen niemand außer mir.

Die Stimmen verstummten. Eine Tür wurde geschlossen. Die Schritte verschwanden wieder den Korridor hinunter. Doch anstatt wieder hineinzugehen, schlich ich mich zur Mitte der Terrasse, wo ein paar um einen Tisch gruppierte Stühle von den letzten Strahlen der Nachmittagssonne beschienen wurden. Ich wischte einen der Stühle sauber und setzte mich. Von hier genoß ich einen

Panoramablick über die gesamte Peripherie, von dem Uhrenturm, der das Schloß bewachte, bis zu den Ausläufern des Burgfelsens jenseits der Stadt.

Auf dem nach oben führenden Weg hatte sich eine kleine Gruppe von Touristen an einer hüfthohen Steinmauer zu einer Verschnaufpause niedergelassen. Ihre bunten Windjacken gaben willkommene Farbkleckse auf dem eintönigen Weiß der Wand hinter ihnen ab. Ein Paar hielt sich lachend bei den Händen. Ohne ersichtlichen Grund haßte ich die beiden.

Das Geigenspiel hatte wieder eingesetzt. Ich schloß die Augen, um die ganze Schönheit der Musik auskosten zu können, und lehnte mich mit einem Seufzer in meinem Stuhl zurück. Er spielte nicht mehr Beethoven. Nein, das waren fremdartigere Klänge, süßer, verführerischer ... und doch nicht ganz unbekannt. Wo hatte ich diese Musik schon einmal gehört? Elgar, das war's. Edward Elgars »Liebesgruß«.

Neil spielte zauberhaft, mit solchem Feingefühl, daß alles um mich herum von einem wohligen Schauder erfüllt schien. Ich wünschte mir, er möge aufhören. Ich war jetzt nicht in der Stimmung für derart gefühlsbetonte Klänge. Ich weiß noch, daß plötzlich feuchte Tränen zwischen meine Wimpern traten. Was danach geschah – daran habe ich überhaupt keine Erinnerung.

Ich hatte nicht einschlafen wollen. Aber als ich wieder die Augen öffnete, lag die Terrasse in tiefer Dunkelheit, und an die Stelle der Wolken waren schwach leuchtende Sterne getreten. Die Abendkühle war mir durch und durch gekrochen. Ich stand auf, reckte meine steif gewordenen Schultern und suchte mir in der Finsternis meinen Weg zu der Glastür. Während ich auf der Terrasse geschlafen hatte, hatte jemand die Tür verschlossen. Ich probierte vergeblich den Griff. »Verdammt«, entfuhr es mir laut. Sie hatten mich ausgesperrt!

Zum Schutz vor der Kälte schlang ich die Arme um den Körper, preßte das Gesicht gegen die Scheibe und sah den Flur hinunter. Ich klopfte zweimal kräftig gegen das Glas. Keine Menschenseele. Ich verfluchte mich für meine eigene Blödheit. Doch dann entdeckte ich, mehr durch Zufall, die Stufen. Es war eine schmale Steintreppe, in der Dunkelheit fast nicht zu erkennen. Die Hand fest ans Geländer geklammert, begann ich meinen Abstieg. Ich rechnete jeden Augenblick damit, auf den unebenen Stufen auszugleiten, und war heilfroh, als ich wieder festen Boden unter den Füßen spürte und nach kurzem Umhertasten die Tür fand.

Sie führte nicht, wie ich vermutet hatte, zur Garage, sondern direkt auf den Platz hinaus. In den goldenen Schein der Straßenlaternen getaucht, gurgelte friedlich der Springbrunnen, und ein paar Meter entfernt lag hell erleuchtet die Hoteltür.

Doch bevor ich die Tür erreichte, sah ich das Kind.

Ich zögerte. Das geht dich nichts an, sagte ich zu mir selbst. Halt dich da raus. Aber man kann eben nicht aus seiner Haut.

Das Mädchen war noch sehr jung, höchstens sechs oder sieben Jahre alt, und saß doch so einsam und verlassen, unbeweglich wie eine Steinfigur, auf der Bank am anderen Ende des Platzes, die großen Augen auf den Eingang des Hotels fixiert. Als ich mich näherte, blickte sie auf, und das Herz zog sich mir zusammen. Sie hatte geweint.

Ich kniete mich vor sie hin und sprach sie auf französisch an: »Was hast du denn?«

»Ich kann nicht nach Hause.«

»Warum denn nicht? Weißt du den Weg nicht mehr?«

Sie schüttelte den braunen Lockenkopf. »Papa wird böse.«

Wieder traten Tränen in ihre großen Augen. Ich versuchte, mir schnell etwas einfallen zu lassen. »Bestimmt wird er nicht böse sein, ganz bestimmt nicht. Du kannst doch nichts dafür, daß du dich verlaufen hast.«

»Ich habe mich nicht verlaufen«, sagte sie. »Ich weiß, wie ich nach Hause komme. Aber Papa wird so böse.«

»Dann sag mir mal, warum.«

»Weil ich weggerannt bin. Sie haben nicht geguckt, da bin ich einfach weggelaufen. Papa hat gesagt, ich soll bis zum Abendessen dort bleiben, aber sie wollten mich nicht da haben, verstehen Sie?«

»Aha«, sagte ich, obwohl ich natürlich gar nichts verstand. »Und wer sind ›sie‹?«

»Meine Tante und ihr Freund.«

»Aha«, sagte ich noch einmal, und langsam dämmerte mir etwas.

»Hinterher hat's mir dann leid getan, daß ich weggerannt bin, und als ich zurücklief, waren sie nicht mehr da. Jetzt warte ich auf sie. Der Freund von meiner Tante wohnt hier im Hotel und ich ... und ich ...« Ihre Unterlippe zitterte. »Aber die sind nicht gekommen, und jetzt kann ich nicht nach Hause.«

»Unsinn.« Ich richtete mich auf und streckte ihr die Hand hin. »Natürlich kannst du nach Hause. Ich bringe dich jetzt hin.«

Sie sah mich flehend an. »Aber Papa ...«

»Deinen Papa überlaß nur mir.«

Sie schniefte kurz und schien nachzudenken. Dann schlossen sich die kleinen, kalten Finger vertrauensvoll um meine.

»Also, wo wohnst du denn?«

»Da oben«, sagte sie und zeigte hinauf. »Hinter dem Schloß.« Sie zeigte auf die steile Steintreppe.

Wundervoll, dachte ich. Wenn ich schon die barmherzige Samariterin spielen mußte, warum konnte ich mir dann nicht ein Kind aussuchen, das unten in der Stadt wohnte? Sinkenden Mutes machte ich mich auf den steilen Weg nach oben, das kleine Mädchen im Schlepptau.

Ich stellte schon bald fest, wie recht Simon und Paul gehabt hatten – aufwärts waren die Stufen weit anstrengender als der etwas flachere Anstieg von der Rue Voltaire. Als wir uns endlich unserem vorläufigen Ziel näherten, bekam ich erste Seitenstiche. Neben dem Kind, das mit unbeirrbarer Leichtigkeit voranstrebte, kam ich mir wie eine alte Frau vor. Oben an der Treppe versuchte ich verzweifelt, eine kurze Atempause herauszuschinden. »Wo geht's weiter?« fragte ich keuchend.

»Hier entlang.« Sie führte mich die lange Schräge zum Schloß hinauf, an der in Flutlichtstrahlen getauchten Mauer vorbei und ein Stück um sie herum, dann wieder hinunter. Ich wäre immer weitergegangen, wenn sie mich nicht zurückgehalten hätte.

»Halt«, sagte sie. »Hier ist es. Hier wohne ich.«

»Du wohnst hier?« Vor lauter Staunen bekam ich den Mund nicht mehr zu. Jetzt kam ich mir vor wie jemand, der sich verlaufen hatte, nun im Kreise umherirrte und dabei immer und immer wieder zur selben Stelle zurückkam. Konnte das denn ein Zufall sein? »Hier wohnst du«, wiederholte ich, als könnte mich das erst von der Tatsache überzeugen. Und dann hob ich meine ungläubigen Augen zu dem mächtigen Tor vor uns – dem Tor zum Weingut Clos des Cloches.

9

Ein Feudalherr in seidnem Gewande …

Das Tor war verschlossen. Ich wollte schon auf die Klingel drücken, aber das Kind hielt meine Hand fest.

»Nein, Madame, hier entlang«, sagte sie und führte mich zu einer kleineren Pforte in der hohen Steinmauer. Wir betraten ein friedliches Gärtchen. Von dem intensiven Duft, den die Rosen verströmten, fühlte ich mich leicht benommen. Ich ließ mich von meiner kleinen Freundin den gepflegten Aufgang zu der weißen Villa entlangführen, die nun am Abend im Licht der Strahler noch weißer, beinahe so eindrucksvoll wie das gegenüberliegende Schloß wirkte.

Mit jedem Schritt erschien das Haus noch erhabener, und ich fühlte mich dementsprechend immer kleiner, kaum größer als das Kind, das mich bei der Hand hielt. Als wir an der Vordertür ankamen, fand ich auch diese irgendwie überproportioniert.

»Die Tür ist zu«, erklärte mir das Mädchen ganz selbstverständlich. »Sie müssen da den Klingelknopf drücken.«

Ich tat, wie mir geheißen.

Es kam mir vor, als hätten wir eine halbe Ewigkeit schweigend vor der Tür gewartet, bis sie endlich aufging und wir in einen blendend gelben Lichtkegel getaucht wurden, in dem wir uns kaum zu rühren wagten. Das fahle, verschlossene Gesicht des Mannes, der in der Tür erschien, war von strengen Falten durchzogen. Unter der Habichtsnase bildete der Mund einen dünnen, waagerechten Strich. Mir wurde sogleich klar, warum das Kind sich gefürchtet hatte, nach Hause zurückzukehren. Auch mich überkam ein ungutes Gefühl.

Dementsprechend brachte ich, als ich meine Stimme endlich wiedergefunden hatte, auch nichts Besseres zustande als eine gestammelte Zusammenfassung des Dilemmas, in dem das kleine Mädchen sich befand, wobei sie zu allem Überfluß auch noch ständig an meinem Ärmel zupfte.

»... und da habe ich ihr natürlich versichert, Monsieur, Sie würden bestimmt nicht böse mit ihr sein«, schloß ich lahm meine Rede.

Noch einmal zupfte die Kleine an mir. »Aber Madame«, hörte ich sie leise flüstern, »das ist doch nicht mein Vater. Das ist doch bloß François.«

Überrascht blickte ich abwechselnd den grauhaarigen Mann und das Mädchen an. »Oh ...«

Wegen des grellen Lichts, in dem ich stand, konnte ich die Augen des Mannes nicht erkennen, nur ahnen, daß sie mich eindringlich musterten, doch nun schien er wie aus einer Trance zu erwachen, neigte den Kopf vor mir, wobei die harte Linie seines Mundes einem unerwartet freundlichen Lächeln wich. »Stimmt, Madame«, sagte er mit ernster Stimme, »Ich bin nicht der Vater von Mademoiselle Lucie. Aber treten Sie doch bitte näher.«

Unsicher machte ich einen Schritt in das nicht minder üppig erhellte Foyer und spürte, wie sich die Finger des Mädchens von meiner Hand lösten. Der Mann namens François verschloß die Eingangstür wieder hinter uns, und erst in diesem Moment ging mir auf, daß er schon älter sein mußte, sechzig, vielleicht sogar Anfang Siebzig. Alt genug jedenfalls, um der Großvater des Mädchens sein zu können. Er stellte sich beinahe feierlich vor uns auf und sah auf die kleine Gestalt neben mir hinunter.

»So, Mademoiselle, haben wir uns heute abend ein kleines Abenteuer erlaubt, nicht wahr? Aber nun ins Bad und dann sofort ins Bett.«

»Ich hab' noch nichts zum Abendessen ...«

»Heute nur Wasser und trockenes Brot«, drohte er, sah dabei aber nicht so aus, als würde er das ernst meinen, und das Mädchen ließ sich auch nicht von ihm hereinlegen. »Also bedank dich bei der netten Dame, Lucie, daß sie dich nach Hause gebracht hat.«

Ihre dunklen Augen blickten längst nicht mehr so kummervoll drein, als sie mir zum Abschied höflich die Hand gab und dann, als François ihr mit einer gespielt gebieterischen Armbewegung das Zeichen dazu gegeben hatte, kichernd die geschwungene Treppe hinaufhüpfte. Ihre kleinen Füße machten kein Geräusch auf dem dicken roten Teppich.

Ich spürte wieder, wie der Mann mich eingehend musterte, doch als sich unsere Blicke trafen, verschwand der Ausdruck aus seinem Gesicht. Er räusperte sich. »Das war eine sehr noble Geste von Ihnen, Madame. Die Straßen können für ein kleines Kind sehr gefährlich sein, und Lucies Abenteuer hätte kein so glückliches Ende finden können. Ich darf mich bei Ihnen bedanken, daß sie sie nach Hause begleitet haben.«

»Kein Problem, wirklich nicht.«

»Wenn Sie bitte hier warten würden, Madame«, hielt er mich zurück, als ich mich zum Gehen wenden wollte. »Gewiß möchte Monsieur Valcour Ihnen persönlich seinen Dank aussprechen.«

Man muß mir angesehen haben, daß es mich zum Aufbruch drängte, denn er wiederholte noch einmal: »Bitte warten Sie hier«, und ließ mich dann stehen. Der Ton seiner Stimme duldete keinen Widerspruch. Ich verschränkte die Hände hinter dem Rücken wie ein gescholtenes Schulmädchen und folgte seiner Anweisung, wobei mich eine leicht unangenehme Vorahnung beschlich, gerade so, als wäre ich es gewesen, die über die Stränge geschlagen hatte, und nicht die kleine Lucie. So kann's gehen, wenn man sich in fremder Leute Angelegenheiten einmischt, dachte ich.

Und doch muß ich zugeben, daß ich den Dingen, die da kommen sollten, mit einer gewissen Neugier entgegensah.

Wohin ich auch blickte, überall entdeckte ich Anzeichen erheblichen Wohlstands. Doch nein, sagte ich mir, die Bewohner von Clos des Cloches waren nicht einfach nur im herkömmlichen Sinne reich, so, wie wenn man es zu etwas gebracht hat, dieser Reichtum mußte Jahrhunderte alt sein und durfte mit Stolz an die jeweils nachfolgende Generation weitergereicht werden. Der edle rote Teppich, der Marmorfußboden, auf dem ich stand, die goldenen Leuchter an den weißen Wänden, die Portraits in den vergoldeten Rahmen – all das zeugte von Geld und Prestige.

Ein bestimmtes Bild nahe der Treppe erweckte mein Interesse, und ich trat näher heran. Es zeigte einen Knaben, der gerade das Stadium der frühen Jugend erreicht hatte, einen Knaben mit dichtem schwarzem Haar, dessen Augen mich ansahen, als wäre wirklich Leben in ihnen. Diese Augen waren mir doch schon einmal irgendwo begegnet …

»Guten Abend, Madame.« Wie aus dem Nichts sprach mich plötzlich eine tiefe Stimme von hinten an.

Ich hatte ihn nicht das Foyer betreten hören, aber

meine Verblüffung war nicht auf sein unvermitteltes Auftauchen hinter meinem Rücken zurückzuführen, denn als ich mich nach Monsieur Valcourt umdrehte, stellte ich fest, daß auch seine Miene erstauntes Wiedererkennen spiegelte.

»Sie sind es …«

Ich zeigte mein strahlendstes Lächeln und sagte: »Diesmal schulden Sie mir fünfundzwanzig Francs, Monsieur.« Eigentlich hätte ich stocksauer sein müssen. Zweifellos war es ihm ein Riesenspaß gewesen, sich als Taxifahrer auszugeben, und er hatte sich diesen Jux auf meine Kosten gestattet. Aber der Groll, der in mir aufwallen wollte, hielt nicht der Herzlichkeit des Lächelns stand, mit dem er mich jetzt ansah.

»Ich stehe durchaus in Ihrer Schuld, denke ich«, sagte er und trat einen Schritt näher. »Ich bin Armand Valcourt.«

»Emily Braden«, stellte ich mich vor und schüttelte etwas steif seine Hand.

»Sie ärgern sich bestimmt über mich.« Ich gab keine Antwort. »Ich habe aber auch nie behauptet, daß das mein Taxi sei. Wenn Sie mich gefragt hätten, würde ich Ihnen gesagt haben, daß ich nur auf den Fahrer wartete, der mein Gepäck vom Bahnhof holte. Aber«, er streckte in einer gespielten hilflosen Geste die Arme aus, »Sie haben mich nicht gefragt.«

»Sie hätten es mir später sagen können, als wir uns zum zweitenmal begegnet sind.«

»Ja, das hätte ich wohl tun können. Aber zu diesem Zeitpunkt waren sie schon voll und ganz davon überzeugt, daß ich der Chauffeur des Wagens sei. Ich fürchtete, es würde Ihnen peinlich sein, wenn ich Sie über ihren Irrtum aufklärte. Und es hat mich ja auch keine Mühe gekostet, Sie zu Ihrem Hotel zu fahren.«

»Aber mein Geld haben Sie genommen.«

»Sie haben darauf bestanden, falls ich mich recht erinnere.« Seine Augen blitzten listig. »Und ich habe Ihr Geld auch nicht behalten, Mademoiselle. Ich habe es meinem Freund Jean-Luc gegeben, dem das Taxi gehört. Und falls es Ihnen ein Trost ist, auch er war wenig erbaut darüber, daß ich mir sein Taxi ausgeborgt hatte. Also habe ich bereits Schelte für diesen Scherz bezogen.« Er sah nicht aus, als würde ihn ein schlechtes Gewissen plagen, als er lässig die Hände in die Hosentaschen steckte. »Können Sie mir verzeihen?«

»Schon möglich.« Mir war nicht entgangen, daß er von der förmlicheren Anrede »Madame« zu »Mademoiselle« übergegangen war.

»Aber Sie haben recht, ich schulde Ihnen noch was«, sagte er. »Haben Sie bereits zu Abend gegessen?«

»Nein, aber ...«

»Dann seien Sie bitte heute mein Gast. François bereitet immer mehr vor, als ich alleine essen kann. Mögen Sie Kalb?«

»Schon, aber ...«

»Bestens. Sie können Ihre Jacke dort bei der Tür aufhängen, wenn Sie wünschen. Darf ich Ihnen helfen ... Bitte«, sagte er noch einmal, als er mein Zögern bemerkte, »Sie haben sich über mich ärgern müssen, und meine Tochter hat Sie durch halb Chinon geschleppt. Sie zum Abendessen einzuladen ist das mindeste, was ich tun kann.«

Ich riskiere nichts, sagte ich mir, wenn ich seine Einladung annehme. Ich hatte durchaus Hunger, und die Tatsache, daß er so unverhohlen mit mir flirtete, war mir ein Hinweis darauf, daß sein Angebot harmlos gemeint war. Männer, die mit mir flirten wollen, bereiteten mir keine

Probleme. Die stillen waren es, die mich nervös machten, so wie Neil, die, die einem ins Gesicht sahen, ohne eine Miene zu verziehen.

»Falls allerdings im Hotel jemand auf Sie wartet ...«

Ich schüttelte den Kopf.

»Gut«, murmelte er, als ich ihm vom Vorraum in einen ausgedehnten Saal folgte, dessen unaufdringliche Eleganz einerseits anheimelnd, andererseits aber auch wieder übertrieben, fast surreal wirkte. Er war mit einem Blick fürs Detail eingerichtet, Stühle und Couch waren kunstvoll arrangiert, ein antikes Schreibpult, Tischlampen in der Form von Schwänen ... Aber das Ganze wirkte mehr wie ein Bühnenbild als wie ein richtiges Zimmer. So, als würde hier niemand wirklich leben. Dieser Eindruck wurde noch unterstrichen durch eine Wand, die fast vollständig aus einer Fensterfläche zu bestehen schien und die zu dieser späten Stunde entsprechend kohlrabenschwarz war. Als wir daran vorbeigingen, begleiteten uns in der Scheibe unsere verzerrten Spiegelbilder.

»Ich esse immer hier«, erklärte Armand Valcourt, »es sei denn, Sie würden den Speisesaal vorziehen ...«

»Mir gefällt's hier.«

Er mußte sich bereits zum Abendessen hingesetzt haben, als er von François unterbrochen wurde. Am anderen Ende des Raumes war ein Tisch für eine Person gedeckt.

In Filmen verfügen die Reichen immer über jede Menge Personal, aber in diesem Haus brachte mir mein Gastgeber persönlich einen Teller und Besteck und füllte dann mein Weinglas aus der offenen Flasche, die auf dem Tisch stand.

»Der Wein ist vom letzten Jahr«, erklärte er bedauernd, »kein großartiger Wein, fürchte ich, aber gut genug für François' Küche. Der richtige Koch hat heute abend frei.«

Er nahm mir gegenüber Platz und hob sein Glas. »Auf die kleinen Betrügereien des Alltags«, sagte er lächelnd.

Meiner ganz und gar nicht kennerhaften Zunge zumindest kam der Wein vorzüglich vor, und für das Essen galt das gleiche. Ich lobte François für seine Kochkünste.

»François ist ein Mann mit vielen Talenten«, sagte mein Gastgeber. »Er ist ein braver Kerl und ein loyaler Diener. Aber das werden Sie wohl noch selber erfahren.«

»Wie meinen Sie das?«

»Sie haben ihn heute abend als Freund gewonnen, darüber sollten Sie sich im klaren sein. Er vergißt nie eine gute Tat, und er verehrt meine Tochter sehr.«

»Nun, das ist ja auch nur zu verständlich. Sie ist ein reizendes Kind.«

Er lächelte verlegen. »Das hat sie von ihrer Mutter, nicht von mir. Brigitte war ein viel herzlicherer Mensch, als ich es bin.« Ich hielt es für unhöflich, ihn nach seiner Frau zu fragen, aber er beantwortete die unausgesprochene Frage von sich aus. »Meine Frau hatte ein schwaches Herz, Mademoiselle. Sie ist vor drei Jahren gestorben.«

»Oh, das tut mir leid.«

Er blickte nach unten, und ich konnte seine Augen nicht sehen. »Aber das Leben geht weiter, nicht wahr? Noch etwas Wein?«

Ich hielt ihm mein Glas hin. »Wie viele Kinder haben Sie?«

»Nur Lucie. Ihr muß manchmal langweilig sein, so ganz alleine.«

»Mir hat es gut gefallen, Einzelkind zu sein«, gestand ich. »Ich bin ein ganz schön verzogenes Biest gewesen.«

»François sagt mir, ich solle meiner Tochter nicht böse sein. Ich glaube, das waren Ihre Worte.«

»Ja, schon ... Eher ist es so, daß ich ihr versprochen habe, Sie würden nicht böse sein.« Mit der Gabel schob ich nervös das Gemüse auf meinem Teller umher. »Ich hätte mich nicht einmischen sollen, aber wenn Sie sie da sitzen gesehen hätten, wüßten Sie, was ich meine. Sie wirkte so unglücklich, da konnte ich mir nicht vorstellen, daß ihr Vater ...« Ich sprach nicht weiter und spießte statt dessen eine Möhre auf. »Außerdem wäre sie sonst auch gar nicht mitgekommen. Sie hat Angst gehabt.«

»Angst? Wovor?«

»Vor Ihrer Reaktion natürlich.«

Das schien ihn zu überraschen. »Ich pflege meine Tochter nicht zu schlagen, Mademoiselle.«

»Selbstverständlich nicht. Aber Ihre Tochter war auch sehr müde und aufgeregt. Jedes Kind bekommt es mit der Angst zu tun, wenn es sich verlaufen hat. Nun, eigentlich hatte sie sich ja auch gar nicht verlaufen, sondern nur die Verwandten verloren, mit denen sie zusammen war, was ja wohl auf das gleiche hinausläuft ...«

Wenn ich seinen Mund betrachtete, hatte ich das unbestimmte Gefühl, daß er sich über mich amüsierte, aber sein Tonfall verriet nichts dergleichen. »Sie wäre nicht verlorengegangen, wenn sie nur getan hätte, was man ihr gesagt hat. Ich hatte ihr klare Anweisung gegeben, bei ihrer Tante zu bleiben.«

»Mir hat sie aber gesagt ...« Ich unterbrach mich rasch, als ich meinen Fehler bemerkte. Das ging mich nun wirklich nichts an, dachte ich, eine Familienangelegenheit, aus der ich mich besser heraushielt.

Aber Armand Valcourt hatte bereits erwartungsvoll die Augenbrauen hochgezogen. »Ja?«

»Nichts. Ohne Belang.« Ich spießte ein Stück Fleisch mit meiner Gabel auf und versuchte, seinen forschenden

Blick zu ignorieren, mit dem er mich über den Tisch hinweg ansah.

»Wo genau war meine Tochter, Mademoiselle, als Sie sie gefunden haben?«

Ich blickte auf und erkannte sofort, daß er die Sache nicht auf sich beruhen lassen wollte. »Sie saß beim Springbrunnen direkt vor meinem Hotel.«

Er zog die Stirn kraus. »Und hat sie Ihnen gesagt, warum sie dort hingegangen ist?«

»Sie hat gesagt, der ... Freund ihrer Tante würde dort wohnen. Ich denke, sie hat gehofft, die beiden würden zum Hotel zurückkehren, also hat sie dort auf sie gewartet. Verzeihen Sie mir die Frage, Monsieur, aber die Tante des Kindes, Ihre Schwester ...«

»Die Schwester meiner Frau«, korrigierte er mich.

»Sollte sie nicht jemand informieren, daß das Kind in Sicherheit ist? Sie muß mittlerweile ja halb verrückt vor Sorge sein.«

In diesem Augenblick fiel krachend die Vordertür ins Schloß, und Armand Valcourt griff lächelnd nach seinem Weinglas. «Ich denke, das ist nicht mehr nötig«, sagte er. »Das dürfte Martine sein.«

Martine?

Das gibt's doch gar nicht, dachte ich als erstes, aber dann sah ich wieder vor mir, wie Armand Valcourt heute bei der Beerdigung neben der Witwe gestanden hatte, und es fiel mir wie Schuppen von den Augen. Gespannt erwartete ich Martines Auftritt.

Ich glaube, ich hatte mich innerlich darauf eingestellt, daß ich sie nicht mögen würde, und sei es nur wegen ihrer Schönheit, doch in dem Augenblick, da die Tür zum Flur aufgerissen wurde, warf ich meine vorgefaßte Meinung gleich wieder über Bord. Anstelle der glamourös herausgeputzten Primadonna, die ich erwartet hatte, stand nun eine Frau vor uns, die selbst noch fast wie ein Kind aussah. Die Augen in ihrem kreidebleichen Gesicht schwammen in Tränen. Und »halb verrückt vor Sorge« war noch eine Untertreibung gewesen. Martine Muret war vollkommen aufgelöst.

»Armand, ich kann sie nirgendwo finden«, brach es augenblicklich aus ihr heraus. In ihrer Verzweiflung übersah sie mich völlig. »Lucie ist verschwunden. Ich habe sie überall gesucht, aber –«

»Beruhige dich, Martine«, sagte ihr Schwager und hob die Hand, um ihrem Redeschwall Einhalt zu gebieten. »Lucie geht es gut. Sie liegt schon in ihrem Bett.«

»Oh, Gott im Himmel sei Dank.« Vor Erleichterung schienen ihr die Knie weich geworden zu sein, denn sie sackte sofort in einen der Sessel am Fenster. Erst, als sie sich mit der Hand über die Stirn fuhr, schien ihr meine Gegenwart aufzufallen, und sie warf ihrem Schwager einen fragenden Blick zu.

In knappen Sätzen erklärte er ihr, wer ich war und was mich an diesem Abend aufs Weingut geführt hatte.

»Ich bin Ihnen ja so dankbar, Mademoiselle.« Ein Lächeln huschte wie ein Schatten über ihr zartes Gesicht. »Sie können sich nicht vorstellen, was ich in den letzten Stunden durchgemacht habe, als ich nach meiner Nichte suchte. Man liest so gräßliche Sachen in der Zeitung, wissen Sie, und ich hatte solche Angst ... Sie wollte den Gedanken nicht aussprechen, strich sich noch einmal über die Stirn und schloß dann leise: »Ich hätte es mir nie verziehen.«

Wiederum gab ich zu verstehen, das wäre doch gar nichts gewesen, ich hätte Lucie gerne geholfen, man sei in diesem Hause bereits überaus freundlich zu mir ... Ich schob meinen leeren Teller beiseite und warf einen Blick auf meine Armbanduhr. »Aber ich fürchte, jetzt wird es wirklich Zeit für mich.«

»Ich fahre Sie«, erklärte Martine. »In welchem Hotel wohnen Sie?«

»Im Hotel de France.«

Mir entging nicht der leicht überraschte Gesichtsausdruck, das eine Spur zu herzliche Lächeln. »Ach, wirklich?«

»Martine hat Freunde dort«, erklärte Armand Valcourt. Er lehnte sich zurück, zündete sich eine Zigarette an, und das Klicken seines Feuerzeugs klang so bedrohlich wie der Schlagbolzen eines Revolvers. »Aber ich würde es vorziehen, Sie selber zu fahren, damit ich auch weiß, daß Sie sicher ankommen.« Er betonte deutlich das Wort »sicher«, und der giftige Blick in Martines Augen war nicht zu übersehen.

Ich sah von einem Gesicht zum anderen, spürte das Gewitter, das sich hier zusammenbraute, und entschuldigte mich diplomatisch, ich müßte mal kurz ins Bad. Ich hasse Zankereien, vor allem, wenn es dabei um mich geht, also hielt ich mich so lange wie möglich auf der kleinen Gästetoilette unter der Treppe auf. Was ich nicht hätte tun sollen, denn im nächsten Augenblick kamen Martine und Armand in die Vorhalle. Mir blieb nichts übrig, als hinter der Tür zu warten und zu versuchen, so zu tun, als würde ich ihre wütenden Stimmen nicht hören.

»Ich habe dir bereits gesagt, daß es mir leid tut«, fauchte Martine Muret. »Was verlangst du noch von mir?«

»Ich möchte, daß du dich nicht so verantwortungslos benimmst, ein wenig Respekt für meine Gefühle zeigst und für die von Lucie, anstatt ausschließlich an dich selber zu denken.« Er war nicht richtig laut geworden, aber seine Stimme war kalt und hart und hallte in dem hohen

Raum wider: »Ist dir eigentlich klar, was dem Kind alles hätte zustoßen können? Ist dir das klar?«

»Natürlich ist mir das klar«, gab sie zurück. »Was denkst du denn von mir, Armand? Glaubst du, daß ich mir keine Sorgen gemacht habe? Daß mir nicht ganz elend zumute war, als ich merkte, daß wir sie verloren hatten? Ist es das, was du glaubst?«

»Ich schätze, du bist viel zu sehr mit anderen Dingen beschäftigt gewesen, um auch nur zu merken, daß sie verschwunden war. Welcher war's denn diesmal? Der Deutsche oder der Engländer? Oder hast du etwa schon wieder einen anderen aufgegabelt?«

»Ich weiß nicht, was dich mein Privatleben angeht.«

»Einiges, wenn es meine Tochter betrifft. Meine Güte, was hast du dir bloß dabei gedacht? Wir haben ihn heute erst beerdigt, oder hast du das schon vergessen?«

»Ich vergesse nie etwas«, sagte Martine nach einem kurzen Schweigen mit ruhiger, gefaßter Stimme. »Wie kannst du es wagen, über meine Gefühle zu urteilen, Armand? Was weißt du schon von Liebe?«

Ich hörte sie durch den Vorraum und die Treppe hinaufgehen und dann ihre Schritte über mir. Ich wartete, bis die Schritte vollkommen verklungen waren, und als ich erneut Armand Valcourts Feuerzeug klicken hörte, beschloß ich, mich jetzt wieder blicken zu lassen.

Er stand am Treppenabsatz. Seinem Gesicht war nichts anzusehen, nur das hektische Zucken der Hand, mit der er die Zigarette hielt, verriet seine Erregung. Doch als er mich gewahrte, beherrschte er sich sogleich. »Fertig? Dann lassen sie uns fahren.« Er reichte mir meine Jacke und geleitete mich in die wartende Nacht hinaus.

10

… der Grazien drei umschließen
einen sprudelnden Bronn …

Er fuhr einen Porsche, was mich nicht überraschte – der schnittige rote Wagen paßte ganz gut zu ihm –, mir aber zu denken gab. Wenn Armand Valcourt einen Wagen besaß, warum hatte er dann gestern vom Bahnhof ein Taxi genommen? Und wieso war er überhaupt mit dem Zug gefahren? Nach kurzer Überlegung fragte ich ihn einfach.

Er zuckte die Schultern. »Ich nehme immer den Zug, wenn ich nach Paris fahre. Es könnte zum Beispiel sein, daß Martine den Wagen braucht, falls mit Lucie etwas ist. Und außerdem müßte ich ein Dummkopf sein, in Paris mit einem Porsche herumzufahren.« Er warf mir einen Blick von der Seite zu. »Was finden Sie daran so lustig?«

»Habe ich gegrinst? Tut mir leid. Es ist nur, weil ich auch mal in Paris gewohnt habe und das nur zu gut verstehe. Mein Vater hat beim Zurücksetzen mal einen Mercedes erwischt. Der Besitzer … nun, hatte dafür nicht viel Verständnis.«

Armand lachte. »Nein, das hat ihm bestimmt nicht gefallen.« Wieder spürte ich seinen Blick. »Wie lange sind Sie in Paris gewesen?«

»Fünf Jahre. Aber das ist eine Ewigkeit her. Ich war erst zwölf, als wir wieder weggezogen sind.«

Er lächelte und ließ den Porsche in die Haarnadelkurve gleiten, die steil zum Fluß hinunter führte. »Ich hatte mich schon gefragt, wo Sie Französisch gelernt haben.«

Es dauerte einen Augenblick, ehe ich begriff, worauf er anspielte. Ich hatte Lucie am Springbrunnen auf französisch angesprochen und war dann ... wohl einfach dabei geblieben. In all der Aufregung war mir das gar nicht aufgefallen. Aus irgendeinem Grund war ich plötzlich verunsichert. »Mein Vater ist im diplomatischen Dienst«, sagte ich. »Er wollte, daß Französisch meine Zweitsprache wird.«

»Das ist Ihnen gelungen. Sie beherrschen es sehr gut.«

»Vielen Dank.«

Als wir am Hotel ankamen, ließ Armand Valcourt es sich nicht nehmen, um den Wagen herumzugehen und mir aus dem Sitz zu helfen. »Haben Sie auch Ihren Schlüssel?« fragte er mich.

»Ja.« Ich wühlte in meiner Handtasche, als mir die Einladung zu der Weinprobe nach Clos des Cloches in die Quere kam, die mir auf so mysteriöse Weise übermittelt worden war. »Dann haben Sie mir das wohl geschickt?« Ich hielt sie ihm hin. »Das ist heute morgen für mich abgegeben worden.«

»Ach, wirklich?« Sein charmantes Lächeln wurde noch breiter, als wolle er jede Verantwortung von sich weisen.

»Ja, wirklich.«

»Ach, das ist in der Tat sonderbar. Wir machen um diese Zeit des Jahres nämlich gar keine Führungen, müssen sie wissen.« Er nahm mir die Karte aus der Hand und tat so, als würde er sie mißtrauisch inspizieren. »Scheint aber durchaus echt zu sein«, sagte er. »In diesem Falle hat sie selbstverständlich Gültigkeit.«

»Also haben Sie sie mir doch geschickt.«

Seine dunklen Augen sahen mich amüsiert an. »Da hätte ich mir die Mühe ja sparen können.«

»Wieso?«

»Weil Sie auch so zu mir gekommen sind.«

Er flirtet schon wieder ganz unverhohlen, dachte ich, als er zurück auf die Fahrerseite des Wagens ging. Ich mußte lächeln, als die Rücklichter des Porsche am Ende des Place du Général de Gaulle verschwanden.

Für Ende September war es ein sehr angenehmer Abend, frisch und klar, und in die Autoabgase um mich herum mischten sich die angenehmeren Düfte der Jahreszeit – Herbstlaub und der Rauch knisternder Kaminfeuer, der aus den Schornsteinen stieg. Meine Uhr zeigte bereits zehn nach elf, aber es waren noch jede Menge Passanten unterwegs, zumeist Gruppen von jüngeren Leuten in ausgelassener Stimmung auf dem Weg zur Hotelbar, wo um diese Zeit noch reger Betrieb herrschte. Über den Platz klangen Tanzmusik und Gelächter. Samstag abend. Ich hatte plötzlich keine Lust mehr, gleich auf mein Zimmer zu gehen. Wie lange war ich nicht mehr spät abends irgendwo eingekehrt?

Ich überlegte einen Augenblick, aber dann tat ich weder das eine noch das andere. Ich ging hinüber zum Brunnen und setzte mich auf die Bank, auf der ich Lucie Valcourt vorgefunden hatte.

Hier, unter den flüsternden Akazienblättern, würde ich einen Moment lang ungestört verweilen können. Mir gegenüber lag die hell erleuchtete Fassade des Hotel de France mit der vollgestopften Bar an der Ecke, aber ich versenkte mich in die Betrachtung des Springbrunnens.

Das untere Becken war ungefähr einen halben Meter tief, ein steinernes Sechseck auf einem abgeschrägten Sockel. Das Wasser prasselte aus einem zweiten, darüber angebrachten Becken in der Form eines umgedrehten Regenschirms herunter, und dieses zweite Becken wurde wiederum aus einer kleineren Bronzeschale gespeist. Aus der Mitte des Brunnens erhoben sich drei ebenfalls aus Bronze gegossene Frauengestalten, die dem ganzen Gebilde als Stützen dienten. Die Frauen standen Rücken an Rücken, die Finger der locker ausgestreckten Arme miteinander wie zu einem Kreis verknüpft, der sie in ewiger Schwesternschaft verband. Auch ohne die wallenden Gewänder und das sorgfältig drapierte Haar verriet schon ein Blick auf die klassisch geschnittene Schönheit ihrer Gesichter, daß sie dem antiken Griechenland entstammten.

Etwas an meinen Füßen riß mich aus meinen Gedanken. Es war eine Katze, eine mir nicht ganz unbekannte schwarzweiße Katze, die sich an mich schmiegte. Kein Zweifel, dies war dieselbe Katze, die ich am Nachmittag hoch oben auf der Mauer von Christian Rands Haus gesehen hatte. Ich klopfte sachte mit der Hand auf meinen Oberschenkel. »Komm«, lockte ich sie, »hopp, rauf mit dir.« Die Katze ließ sich das nicht zweimal sagen und kam sofort in meinen Schoß gehüpft, stupste mich sogar mit der kalten Nase wie zur Begrüßung ins Gesicht.

Jetzt erst sah ich, daß die Katze in Wirklichkeit ein Kater war. Dem schmutzigen Fell nach zu urteilen gehörte er niemandem, aber er war trotzdem sehr zutraulich und zärtlichkeitsbedürftig. Er kroch unter meine Jacke, schabte noch mit den Krallen über den Baumwollstoff und hatte schon die grünen Augen geschlossen. Den Kopf schwer an meine Brust gepreßt, vibrierte bei jedem seiner tief schnurrenden Atemzüge das dichte Fell unter meiner Hand.

Mich verließ jedes Gefühl für Zeit. Ich weiß nicht mehr,

wie viele Minuten ich da gesessen hatte, ehe ich die Schritte wahrnahm, die sich aus Richtung des Schlosses näherten. Unter den Straßenlampen sah Neil Granthams Haar beinahe weiß aus, weiß wie das Hemd, das er unter der weichen braunen Lederjacke trug. Ich zog mich noch tiefer in den Schatten zurück, hoffte, er würde an mir vorbei geradewegs zum Hotel gehen, ohne mich zu bemerken. Aber gerade so, als hätte ich nach ihm gerufen, fuhr sein Kopf herum, und schon war er mit wenigen, federnden Schritten bei mir und nahm ebenfalls auf der Bank Platz.

»Sie holen sich Flöhe«, sagte er mit einem Blick auf den Kater.

»Das kümmert mich nicht. Er braucht etwas Zuwendung, das arme Biest.«

Er lächelte und streckte seine langen Beine aus, die Ellenbogen auf die Rückenlehne der Bank gestützt. Er wirkte so zufrieden wie der zusammengerollte Kater unter meiner Jacke, und doch machte er mich nervös. Wenn er doch bloß etwas sagen würde, versuchen würde, mit mir zu flirten, wie Armand Valcourt es getan hatte, dann wäre alles in Ordnung. Aber Neil war nicht Armand. Er blieb einfach schweigend sitzen, als wartete er auf etwas.

Ich streichelte dem Kater den Kopf und räusperte mich. »Kommen Sie gerade vom Schloß?«

Er nickte. »Mein Abendspaziergang. Ich treibe keinen Sport, genieße es, einfach nur spazierenzugehen. Sie sollten mich mal begleiten.« Ich sah ihn verblüfft an, aber das war kein Versuch gewesen, mit mir anzubändeln. Sein Gesichtsausdruck verriet, daß er nichts dergleichen im Sinn hatte.

Ich wandte den Blick wieder dem Brunnen mit seinen drei Bronzegestalten zu.

Neil tat das gleiche. »Hübsch, nicht wahr?«

»Ja«, sagte ich, und weil darauf wieder nur Schweigen folgte, räusperte ich mich ein weiteres Mal: »Als ich noch klein war, gab es in unserem Garten auch einen Springbrunnen. Mein Vater war damals in Rom eingesetzt, und wir lebten in einem wundervollen Haus, mit Innenhof und allem, und in der Mitte dieses Hofes stand der Springbrunnen. Einen Wunschbrunnen hat mein Vater ihn genannt. Er hat mir jeden Morgen beim Frühstück eine Münze gegeben, damit ich sie hineinwerfen und mir etwas wünschen konnte, was auch immer ich wollte.«

Warum hatte ich ihm das bloß erzählt? Mit so etwas kam man doch keinem Wildfremden.

»Und? Hat es funktioniert?«

Hatte es funktioniert? Ich wußte noch, wie ich mir eines Tages ein Kätzchen gewünscht hatte, und schon war es in unseren Hof spaziert gekommen. Und dann der Tag, an dem das schreckliche Mädchen von nebenan vom Fahrrad gestürzt war. Ich zog die Jacke schützend um den schlafenden Kater und zuckte die Achseln. »Ich weiß es nicht mehr.« Ich wollte das Thema wechseln. »Sind das griechische Sagengestalten dort auf dem Brunnen?«

»Ganz richtig. Ruhm, Glück und Schönheit. Die drei Grazien.«

»Ach so. Und wissen Sie auch, welche welche ist?«

»Mein Gott, nein. Ich weiß ihre Namen auch nur, weil ich sie letzten Dienstag nachgeschlagen habe. Simon hatte mich danach gefragt, und ich wollte nicht unwissend erscheinen, wo ich doch schon so lange nach Chinon komme. Aber ich kann mir vorstellen, daß es möglich ist, sie auseinanderzuhalten, wenn wir es nur logisch angehen. Ruhm bedeutet doch auch strahlende Pracht, nicht wahr? Also wäre die Figur, die in den Sonnenuntergang schaut, meine Wahl für Ruhm – sie bekommt das meiste Licht, die lebendigsten Farben. Und die schönste von ihnen ist die auf der anderen Seite, die zum Hotel hingewandt steht, also würde ich sagen, daß sie die Schönheit ist. Womit wir beim Glück wären, was ja auch paßt, denn die Dritte hat das hübscheste Lächeln.«

»Aber sie lächelt ja gar nicht.«

»Natürlich lächelt sie. Sie alle lächeln. Dafür sind Grazien doch da. Sie lächeln auf uns hernieder und machen das Leben schön.«

Der Mann hat eine blühende Phantasie, dachte ich. Ich blickte die mir am nächsten stehende Statue an, die, der Neil den Namen Ruhm gegeben hatte. Sie lächelte ganz gewiß nicht. Jedenfalls nicht mich an.

Hoch droben in der Schloßruine begann die Mitternachtsglocke zu läuten und schreckte den schlafenden Kater auf. Die grünen Augen öffneten sich und sahen mich zutiefst enttäuscht an. Mit einer raschen Bewegung drehte er sich um, sprang aufs Pflaster und schlich sich steifbeinig davon.

Neil sah ihm einen Moment lang nach und wandte den Blick dann zur Bar, aus der immer noch Stimmengewirr nach draußen drang. »Wo wir beide nun noch wach sind, wie wäre es mit einem Drink? Darf ich Sie einladen?«

Vor fünf Jahren hätte ich zugestimmt. Vor fünf Jahren hätte ich allerhand angestellt.

Aber an diesem Abend stammelte ich entschuldigend, ich sei zu müde, und spielte ihm ein wenig überzeugendes Gähnen vor.

»Vielleicht ein andermal«, sagte er.

»Vielleicht.« Ich erhob mich von der Bank und wünschte ihm eine gute Nacht.

»Gute Nacht, Emily.«

Der kurze Weg vom Springbrunnen bis zum Hoteleingang kam mir viel länger vor als sonst, vor allem, weil ich bei jedem Schritt seine dunklen Augen in meinem Rücken spürte, doch als ich mich an der Tür noch einmal umblickte, sah Neil überhaupt nicht in meine Richtung, sondern wieder zu den Treppen zum Schloß hinauf.

Der schwarzweiße Kater war zurückgekommen und kuschelte sich jetzt um Neils ausgestreckte Beine. Abwesend beugte er sich vor und kraulte dem Tier die Ohren, ohne es dabei anzusehen. Seine leicht zugekniffenen Augen waren auf etwas oder jemanden in der Dunkelheit fixiert, den ich nicht erkennen konnte.

II

»Oh, lang ist's her«, sagte sie, »daß zwischen diesen beiden Trennung schwelte im Verborgenen.«

Am nächsten Morgen wirkte Thierry, der junge Barkeeper, ein wenig übernächtigt. Er stellte das Körbchen mit den Croissants und dem Brot zwischen die beiden Brüder und mich und stützte sich auf den freien vierten Stuhl an unserem Tisch.

»Sie sind heute unter sich«, sagte er. »Sie kommen nicht zum Frühstück herunter. Madame Whitaker hat seit gestern nachmittag Kopfschmerzen – Migräne. Sie bleibt heute im Bett. Und Monsieur Whitaker hat heute schon früh das Hotel verlassen.«

Es war gerade erst neun, und Simon drehte sich interessiert nach dem leeren Tisch in der Ecke um, an dem die Whitakers sonst saßen. »Ganz alleine?«

Thierry sagte, er wisse es nicht genau. »Ich achte auch nicht immer darauf. Ich glaube, er ist irgendwo in die Messe gegangen.«

»Es überrascht mich, daß du nicht zur Messe gegangen bist, mein Freund«, meinte Paul. »Du siehst aus, als hättest du allerhand zu beichten.«

Thierry grinste nur. »Aber ich muß doch am Sonntag arbeiten. Wer sonst soll Ihnen denn das Frühstück bringen?«

»Er hat übermenschliche Kräfte«, sagte Simon mit

leicht zerknirschter Bewunderung, nachdem Thierry uns verlassen hatte, um sich um ein älteres Paar, das am Fenster saß, zu kümmern. »Gestern abend in der Disco hat er uns und alle anderen in Grund und Boden getanzt. Du hättest dabeisein sollen, Emily.«

»Ich bin zu alt für die Disco.«

Paul, der sich gerade Kaffee nachschenken wollte, hielt mitten in der Bewegung inne und verdrehte die Augen. »Ganz bestimmt. Wie alt bist du denn, dreißig?«

»Achtundzwanzig.«

»Stimmt, das ist steinalt. Wann bekommst du deine dritten Zähne?«

»Außerdem«, fügte Simon hinzu, »ist Alter keine Entschuldigung. Neil ist ein paarmal mit uns mitgegangen, und er ist schon über vierzig. Für so einen alten Knacker tanzt er ziemlich gut.«

»Einigermaßen gut«, berichtigte Paul.

»Wie auch immer«, Simon verzog das Gesicht, »ich muß nachher ein Aspirin nehmen.«

»Ich habe welche dabei«, sagte ich und griff nach meiner Handtasche. »Irgendwo hier drin jedenfalls. Ich weiß nicht, warum ich das alles mit mir herumschleppe. Nie finde ich etwas.« Ich begann, nach und nach den Inhalt meiner vollgestopften Tasche auf dem Frühstückstisch auszubreiten. Meine Geldbörse, die Sonnenbrille, zwei Kugelschreiber, ein Päckchen Papiertaschentücher, den zerknitterten Touristenstadtplan von Chinon, eine weiße Karte, auf der etwas aufgedruckt stand …

»Aber hallo«, sagte Simon und tippte mit dem Finger auf die Karte. »Was ist das denn? Das hast du uns aber vorenthalten.«

Ich sah auf. »Was? Ach das, das ist bloß eine Einladung.«

»Genau.« Simon drehte die Karte um und zeigte sie seinem Bruder. »Vom Clos des Cloches.«

Paul pfiff durch die Zähne. »Wen hast du kaltmachen müssen, um da ranzukommen?«

»Niemanden«, erwiderte ich süffisant lächelnd. »Ist mir einfach so zugeflogen. – Aha!« Endlich fand ich das Aspirin und reichte es Simon.

Er schien sich gar nicht mehr dafür zu interessieren, sondern tippte immer noch mit dem Finger auf die Einladungskarte. »Der Tunnel unter dem Château führt zum Clos des Cloches.«

Paul fing meinen Blick auf. »Da haben wir's. Schon geht's los.«

»Nein, nein«, wiegelte Simon ab, »ich hab nur gedacht, daß es doch nett wäre, dort hineinzukommen. Um zu schauen, wie's am anderen Ende des Tunnels aussieht.«

»Ich würde mal sagen, es sieht so aus, wie es in einem Weinkeller eben aussieht«, erwiderte Paul trocken. »Und wenn Isabelles Juwelenschatulle da irgendwo rumgelegen hätte, wäre das vermutlich inzwischen schon mal jemandem aufgefallen.«

»Nicht, wenn sie sie vergraben hat.«

»Du wirst doch dem armen Kerl nicht seinen Weinkeller umgraben«, sagte Paul streng.

Simon ignorierte ihn und lehnte sich tief in Gedanken in seinem Stuhl zurück. »Ob man hier am Ort wohl irgendwo einen Metalldetektor ausleihen kann?«

Paul sah mich hilflos an. »Ich hab's dir ja gesagt.«

Ich mußte lachen. »Mich stört's nicht. Falls dir die Einladung zu etwas nützlich sein kann, Simon –«

»Nein, nein, bloß nicht. Die ist für dich gedacht. Allerdings –« er grinste verschwörerisch »– steht hier nichts davon, daß man keine Gäste mitbringen darf.«

Damit hatte er allerdings recht. Die Einladung war ja nicht einmal an eine bestimmte Person gerichtet. Ein spitzbübischer Gedanke begann in meinem Hinterkopf Gestalt anzunehmen. Armand Valcourt hatte mich gestern abend zu einem Besuch seines Weingutes geradezu herausgefordert – kein Zweifel, daß er sich meines Kommens sicher war. Kein Zweifel auch, daß er es gewohnt war, daß überall um ihn herum die Frauen nur so dahinschmolzen, wenn er sein selbstgefälliges Lächeln zeigte. Wahrscheinlich saß er da oben schon neben dem Telefon, wartete auf meinen Anruf und kam sich Gott weiß wie schlau vor. Jetzt wußte ich, wie ich dieses Lächeln aus seinem Gesicht verschwinden lassen konnte.

»Alles klar. Ich rufe auf Clos des Cloches an und verabrede einen Termin für uns drei. Meinetwegen noch für heute.«

»Aber ohne Metalldetektor«, mahnte Paul seinen Bruder mit wissendem Blick. »Und auch ohne Hacke und Spaten.«

Ich sah gönnerhaft auf meine Uhr. »Mal sehen, was ich erreichen kann.«

Paul hatte recht gehabt, was Simon betraf – sowie er sich etwas in den Kopf gesetzt hatte, war er nicht mehr zu bremsen. Ich hätte gerne noch die eine oder andere Minute über meiner Kaffeetasse verbracht, aber er trieb mich schon förmlich die Treppe hinauf. Am liebsten wäre er mir wohl gleich in mein Zimmer gefolgt, um sich zu vergewissern, daß ich auch die Nummer richtig wählte, hätte er sich nicht von dem unflätigen Fluchen, mit dem wir im ersten Stock begrüßt wurden, aus dem Konzept bringen lassen.

»Immer langsam, Neil«, rief Paul. »Heute ist Sonntag.«

»Ich sch... darauf«, hörten wir Neils Stimme, und

schon erschien sein Kopf in der Tür seines Zimmers. »Kennt sich einer von euch mit Hi-Fi-Anlagen aus?«

Über vierzig? dachte ich, als ich wieder sein schmales, faltenloses Gesicht sah. Das nahm ich Simon nicht ab. Neil wirkte heute morgen höchstens halb so alt. Aber irgendwas hatte ihn fürchterlich in Rage gebracht. Seine dunklen Augen funkelten voll Ungeduld.

»Stereoanlagen, meinst du«, fragte Simon. »Was für Stereoanlagen denn?«

»Solche, die nicht funktionieren.«

Paul konnte das Grinsen nicht zurückhalten. »Soll ich mal einen Blick darauf werfen? Ich habe schon mal eine repariert.«

»Bitte.« Neil beruhigte sich ein wenig und stieß die Tür noch ein Stück weiter auf, damit die beiden eintreten konnten. Als er mich sah, zeigte er sein strahlendstes Lächeln. »Keine Angst, ich beiße schon nicht.«

Ich zögerte und war erleichtert, als Simon unmißverständlich erklärte: »Sie muß dringend telefonieren.« So durfte ich mich ohne schlechtes Gewissen von Neil abwenden und meinen Weg die Treppe hinauf fortsetzen.

Auf Clos des Cloches wurde nach dem zweiten Läuten abgenommen, aber am Apparat war nicht Armand Valcourt. Möglicherweise der ältere Mann, François. Auf jeden Fall klang die Stimme freundlich. Ja, versicherte er mir, es sei durchaus möglich, noch heute vormittag an einer Führung teilzunehmen. Wie wäre es mit halb elf? Das gäbe ihnen noch fast eine Stunde, alles vorzubereiten. Eine Person? Ach, für drei. Damit schien er nicht gerechnet zu haben und fragte vorsichtshalber noch einmal nach.

»Drei Personen«, wiederholte ich und bedankte mich bei ihm. Ich legte den Hörer auf und wartete, daß Paul und Simon nach oben kamen.

Die Minuten schlichen dahin.

Schließlich ging ich zu meiner Zimmertür und machte sie einen Spalt weit auf. Sie waren noch immer einen Stock tiefer, in Neils Zimmer – ich konnte ihr Stimmengemurmel hören. Ich trat hinaus auf den Flur und ging die Treppe hinunter.

Die Tür zu Neils Zimmer stand nach wie vor weit offen, und ich sah die drei darin um etwas versammelt, was wie ein Nachttischschränkchen aussah.

»Also daran liegt's nicht«, sagte Paul gerade. Auch er hörte sich mittlerweile so an, als würde er gleich die Geduld verlieren. Er trat ein Stück zur Seite, und ich sah die Stereoanlage, die sie auf dem Schränkchen aufgestellt hatten, einen glänzenden Metallkasten mit lauter Skalen und Schaltern und unzähligen Einzelteilen. Neil wühlte in den Anschlüssen herum, zog einen roten heraus und steckte ihn an einer anderen Stelle wieder hinein.

»Wie wär's damit?« fragte er.

Simon schob eine Kassette in die Anlage und drückte auf einen Knopf. Nichts geschah. »Pech. Ich sag's nicht gerne, Neil, aber ich fürchte, das Ding kannst du vergessen.«

Ich hatte keinen Laut von mir gegeben, aber Neil mußte mich trotzdem wahrgenommen haben, denn er drehte sich plötzlich nach mir um. »Hallo«, sagte er, »können Sie zufällig ...«

»Bestimmt nicht. Von Elektronik habe ich keinen blassen Schimmer.«

»Aufgeschmissener als wir drei kann sie auch nicht davorsitzen«, lästerte Simon.

Neil verzog den Mund. Er schien sich geschlagen zu geben, indem er die Kabel einfach fallen ließ. »Kommen

Sie doch herein, Emily«, sagte er zu mir. »Nicht so schüchtern.«

Ich trat ein paar Schritte näher, behielt aber die Tür im Rücken. Neils Zimmer war größer als meines, es hatte auch eine höhere Decke, und entlang der Wände tanzten verspielte Schatten. Und es duftete in dem Zimmer nach ihm – nach Seife, nach frisch gebügelten Hemden und nach einem After-shave mit einem leicht holzartigen Aroma. Auch sein Zimmerfenster war größer als das meine, es war eigentlich mehr eine Balkontür. Bestimmt konnte er von hier aus die Blätter der Akazie unten auf dem Platz berühren.

Neil folgte meinem Blick. »Schön, nicht?«

»Und darf ich darauf hinweisen«, stimmte Simon ein, »daß er keine blöden Vorhänge hat, die ihm die Sicht versperren.«

Neil grinste. »Dazu muß ich sagen, daß ich Thierry gebeten habe, sie abzunehmen. Das verbessert die Akustik, wenn ich übe.«

»Hast du das gehört?« fragte Simon seinen Bruder. »Thierry hat sie abgenommen. Die reinste Vetternwirtschaft. Aber damit ist es vorbei, wenn Thierry erst mitkriegt, daß du seine Stereoanlage in den Sand gesetzt hast.«

»Er wird mir schon eine andere besorgen. Ich hätte sowieso lieber eine kleinere. Die hier war zu stark für meine Bedürfnisse. Man konnte die Lautstärke nicht höher als auf drei stellen, sonst platzte einem das Trommelfell.«

»Da zeigt sich das fortgeschrittene Alter, junger Mann«, neckte Simon ihn.

»Schneiden Sie Ihre Übungen auf Band mit?« fragte ich mit einem Blick auf das Durcheinander von Kassetten auf der Anlage.

»Himmel, nein. Ich verbringe schon genug Zeit damit, mir selber zuzuhören. Mein Orchester spielt in Österreich ein neues Stück ein, von einem jungen Komponisten, ziemlich abseitiges Zeug, schwer zu spielen. Da fällt es mir leichter, wenn ich das Stück auch hören kann, anstatt nur auf die Partitur zu schauen. Und das ist jetzt schon die zweite Anlage, die ich hier ramponiert habe. Als ich ankam, hatte ich meine eigene tragbare Anlage dabei, aber die hat nur zwei Tage gehalten.«

»Vielleicht ein Zeichen«, meinte Paul.

»Kann sein. Aber wenn das so weitergeht, greife ich noch zur Flasche.«

Bei diesem Stichwort fiel Simon seine Schatzsuche wieder ein. »Hast du Clos des Cloches erreicht?« fragte er mich.

»Ja.«

In diesem Augenblick huschte ein Ausdruck über Neils Gesicht, als würde er innerlich zusammenzucken, doch ehe ich versuchen konnte, diese plötzliche Gemütsbewegung zu deuten, war sie schon wieder vorbei. »Clos des Cloches?« fragte er nach. »Wieso haben Sie da angerufen?«

Simon kam mir mit der Antwort zuvor. »Sie haben Emily eine Einladung zu einer Führung und einer Weinprobe geschickt. Wir gehen alle drei hin.« Er blickte zufrieden in meine Richtung. »Und? Klappt's heute noch?«

»Ja. Um halb elf.«

Paul sah auf seine Uhr. »Ach du Schreck, da haben wir ja nur noch eine halbe Stunde. Wir sollten uns besser auf die Socken machen.«

Neil verschränkte die Arme vor der Brust und sah mich fragend an. »Sie haben Ihnen eine Einladung geschickt?«

Ich nickte. »Durch Zufall habe ich den Besitzer kennengelernt …«

Simon unterbrach mich sofort. »Du kennst sogar den Besitzer? Wirklich? Das trifft sich ja bestens! Dann kannst du ihn für mich fragen.«

Neil wurde immer neugieriger. »Fragen? Wonach?«

»Ob ich mich mal in seinem Weinkeller umschauen darf.« Ich konnte förmlich sehen, wie sich in Simons Gehirn ein neuer Gedanke entwickelte, und mir sank das Herz in die Hose, denn ich hatte keine Möglichkeit, ihn daran zu hindern, diesen Gedanken auszusprechen. »Warum kommst du nicht mit uns«, schlug er fröhlich vor und wandte sich dabei an Neil. »Du kennst den Knaben doch auch.«

»Ja, ich kenne ihn«, antwortete Neil und lächelte mir wissend zu. »Ich will mich euch gerne anschließen.«

Armand Valcourt wirkte nicht gerade begeistert, als er uns alle vier am Tor in Empfang nahm. Er versuchte es zu verbergen, aber mir entging doch nicht, wie sich sein Lächeln leicht verzog, als er Neils Händedruck erwiderte.

»Lange her«, sagte Armand.

»Kann man wohl sagen.«

»Martine hat mir erzählt, du seist wieder im Lande. Ich hatte mich schon gewundert, wieso du noch nicht vorbeigekommen bist. Wolltest du nichts mehr mit uns zu tun haben?«

»Aber keineswegs.« Eine sonderbare Spannung baute sich zwischen den beiden Männern auf, es knisterte geradezu. Als würden sie einander hassen ...

Paul mußte es auch bemerkt haben. Er trat rasch vor, um sich mit Armand bekannt zu machen, und für den Augenblick schien die Woge der Feindseligkeit abgeebbt.

Als nächstes begrüßte Armand Simon und schließlich auch mich. »So«, sagte er auf französisch, »wie ich sehe, haben Sie sich doch entschlossen, unserer Einladung zu folgen. Und Sie haben Ihre Freunde mitgebracht. Wie … reizend.«

Ich lächelte ihn unschuldig an. »Habe ich Ihnen schon erzählt, Monsieur, wie vorzüglich mein Freund Paul Ihre Sprache beherrscht?«

»Ach, ist das wahr?« Seine dunklen Augen wandten sich von mir ab und Paul zu. »Das freut mich aber für ihn.« Er sah heute ganz anders aus als gestern abend. Seine Arbeitskleidung, Baumwollhosen und Pullover, stand ihm gut, fand ich.

»Frag ihn mal«, drängte mich Simon.

»Ja? Sie haben eine Frage, Mademoiselle?«

»Es handelt sich eigentlich mehr um eine Bitte. Simon würde gerne Ihren Weinkeller sehen.«

»Ah.« Er sah abwechselnd mich und Simon an. »Selbstverständlich gehört zum Rundgang auch eine Besichtigung der Weinkeller, aber erst zum Schluß. Für die Weinprobe. Ich denke, wir sollten die richtige Reihenfolge einhalten und mit den Reben anfangen.«

Er führte uns einen schmalen Pfad im Schatten der hohen Mauer, die das Gut begrenzte, entlang. Ungeduldig, wie er war, blieb Simon dicht hinter Armand, während Paul den beiden ohne sichtliche Eile folgte. Neil kam an meine Seite und hielt mit meinem Gehtempo Schritt.

Eine Weile gingen wir nebeneinander her, ohne ein Wort zu wechseln, bis mir dieses Schweigen unangenehm wurde und ich versuchte, mir etwas Unverfängliches einfallen zu lassen, über das wir uns unterhalten konnten.

»Also sind Sie schon mal hier gewesen?« fragte ich.

»Ja. Ich habe seine Frau gekannt.«

Ich senkte rasch den Kopf. Soviel zu unverfänglichen Themen.

»Sie hieß Brigitte«, fuhr er mit sanfter Stimme fort. »Wir hatten gemeinsame Freunde in Wien. Ich war mit beiden befreundet, mit Brigitte und ihrer Schwester Martine.«

Das hatte nun doch meine Neugier geweckt, und obwohl ich es besser hätte wissen sollen, fragte ich: »Und? Waren sie einander sehr ähnlich?«

»Stimmt, Sie haben Martine ja auch schon kennengelernt, nicht wahr? Ja, äußerlich waren die beiden einander sehr ähnlich, aber von der Persönlichkeit ... Brigitte war ein Wildfang, richtig unberechenbar. Sie hat Armand getroffen und ihn gleich geheiratet, alles an einem einzigen Wochenende. Bestimmung, hat sie es genannt. Sie hat an die Vorsehung geglaubt ...« So, wie er das betonte, klang es, als glaubte er selbst ebenso daran. Er warf einen kurzen Blick hinauf zu der weißen Villa. »Sie hat immer riesige Dinnerparties gegeben, zu denen sie Maler und Schriftsteller und arme Musiker wie mich einlud und auf denen sie uns dann mit Köstlichkeiten und Wein abfüllte und uns zum Reden brachte. Kluge Köpfe und geistreiche Gespräche, darauf war Brigitte aus. Wie Madame Pompadour.«

Ich kann mir noch etwas ganz anderes vorstellen, was sie von dir wollte, dachte ich plötzlich und erschrak gleichzeitig über mich selbst. Seit Jahren schon hatte ich keine Eifersucht mehr empfunden. »Das muß ja lustig zugegangen sein«, sagte ich laut.

»Stimmt. Brigitte hat uns alle zusammengeführt, Christian und mich und ... Ach, wir waren eine richtig verschworene Gemeinschaft. Ich weiß gar nicht, was aus den meisten von ihnen geworden ist. Nach Brigittes Tod ist die Gruppe dann auseinandergebrochen, die Treffen hörten einfach auf ...«

Ich stieß mit dem Fuß einen Kieselstein vor mir her. »Woran ist sie gestorben?«

»An Herzversagen.«

»Wie schrecklich. So jung.«

»So ist das Leben. Nach Lucies Geburt mußte sie immer wieder ins Krankenhaus, soll fast jede Woche ihr Testament geändert haben. Als es dann soweit war, dürfte keiner von uns sonderlich überrascht gewesen sein.«

Armand, der weiterhin einen flotten Schritt vorlegte und uns schon ein Stück hinter sich gelassen hatte, sagte gerade etwas zu Simon und warf dabei über die Schulter einen undefinierbaren Blick in Neils und meine Richtung zurück.

Neil verzog den Mund zu einem Grinsen. »Armand und ich sind noch nie besonders gut miteinander ausgekommen. Das ist nicht deine Schuld.«

Ich warf ihm einen fragenden Blick zu. »Ich sehe nicht ganz, was ich damit zu tun haben soll.«

»Wirklich nicht?« Er lächelte mich von der Seite an. Ich wollte etwas darauf antworten, aber ehe ich meine Gedanken gesammelt hatte, waren die anderen vor uns schon stehengeblieben, und ich mußte rasch einen Schritt zur Seite tun, um Paul nicht in die Hacken zu treten. So nahm unsere Tour durch das Weingut ihren Anfang.

12

... vorbei an hundert Türen
zu einer Kammer tief drunten,
fern jeden Lautes ...

Armand Valcourt hatte uns zu einem Punkt etwa auf halbem Wege entlang der scheinbar endlosen Mauer geführt, an dem die Reihen weitgehend abgeernteter Weinreben in wohlgeordneter Formation zur Spitze des Weinbergs aufzusteigen begannen. Die Straßengeräusche drangen nur als gedämpftes Brummen von der anderen Seite zu uns herüber. Es gab nur noch den grünen Hügel und den mit ein paar Wattewölkchen gesprenkelten tiefblauen Himmel, der alles ins Sonnenlicht tauchte. Und in unserem Rücken den ewig wachenden Bergsporn mit Schloß Chinon darauf. Die moderne Welt schien wie in einem fernen Traum verschwunden.

»Es dürfte Ihnen bekannt sein«, sagte Armand gerade zu Simon, »daß es auch ein Amerikaner gewesen ist, der die französischen Weinbauern um ein Haar zugrunde gerichtet hätte.«

»Wir sind aus Kanada.«

»Macht das so einen großen Unterschied?«

Wieder einmal trat Paul als Friedensstifter auf den Plan. Seine ruhige Stimme wirkte ausgleichend auf Simon, dem sich schon die Nackenhaare sträubten. »Was hat dieser Amerikaner denn angestellt?«

»Er hat unsere Weinreben aufgefressen«, erklärte Armand und erläuterte auf unsere verwunderten Gesichter hin, wie vor beinahe anderthalb Jahrhunderten die winzig kleinen Rebläuse auf einem der damals neu eingeführten Dampfschiffe den Atlantik überquert hatten und wie Invasoren an Frankreichs Küsten gelandet waren. In den sechziger Jahren des vorigen Jahrhunderts hatte diese Insektenplage dann unentdeckt Weinberg für Weinberg verwüstet und selbst die ertragreichsten Weingüter an den Rand des Ruins getrieben, bis man endlich herausfand, daß man der verheerenden Epidemie nur Einhalt gebieten konnte, indem man französische Weinstöcke auf amerikanische Wurzeln propfte, die von Natur aus resistent gegen die Reblaus waren.

»Aber es ist nur eine Art Waffenruhe«, sagte Armand und rieb ein Weinblatt zwischen den Fingern, »wir müssen unseren Boden immer noch bearbeiten, Ungeziefervertilger sprühen und überhaupt auf der Hut sein. Die Gefahr ist bis heute nicht ganz gebannt.«

Paul bückte sich, um einen der Weinstöcke näher in Augenschein zu nehmen. »Die haben also amerikanische Wurzeln? Der ganze Weinberg?«

Armand nickte. »Ja. Zu meines Vaters Zeiten wurde diese Arbeit noch mit der Hand gemacht, aber heute haben wir eine Maschine dafür.«

»Wäre es nicht einfacher«, warf ich ein, »gleich amerikanischen Wein zu pflanzen?«

Dafür hatte Armand nur ein mitleidiges Lächeln übrig. »Aus nordamerikanischem Wein, Mademoiselle, kann man nur Essig machen. Schon die Wurzeln allein beeinträchtigen den Charakter unserer Weine, aber«, fügte er philosophierend hinzu, »man ist bisweilen gezwungen, Opfer zu bringen, um eine hohe Kultur vor dem Verfall zu bewahren. Und bei dem, was unterhalb der Erde wächst, drücke ich eben ein Auge zu.«

Ich spürte, daß Neil sich immer noch dicht hinter mir hielt, und ergriff die Gelegenheit, mich von ihm loszumachen, indem ich zwischen die Reihen der Weinstöcke trat. »Was für eine Rebensorte wächst hier?«

»Cabernet France«, sagte Armand. »Daraus machen wir hier in Chinon unseren Rotwein.«

»Aber es sind ja kaum noch Trauben daran«, beschwerte sich Simon, als sei er um etwas beraubt worden.

»Ja, weil wir vergangene Woche schon Weinlese hatten. Mir war ... wie sagt man das ... mich beschlich eine Ahnung, es könnte Regen geben, und um diese Zeit des Jahres ist der Wein besonders empfindlich gegen den Regen. Das Wasser dringt in die Wurzeln ein und von dort in die Trauben, und sie verlieren ihre Farbe, ihre Substanz – sind verdorben.«

Simon, der ohnedies nur wegen des Kellers gekommen war, verlor daraufhin das Interesse. Während Armand uns durch den Weinberg führte, trottete er hintendrein, die Hände in den Hosentaschen, mit den Gedanken ganz woanders.

Die Weinstöcke reichten den Männern bis zur Brust und mir fast bis zu den Schultern. Die rankenden Kletter-sträucher waren mit starken Schnüren an schmalen Holzpflöcken festgebunden, eher noch ausgerichtet, so daß sie sich in Reih und Glied den Hang hinaufzogen. Jeder Stock war so akkurat zurechtgestutzt, daß ich, als ich über ihre Reihen hinwegblickte, das Gefühl hatte, vor einer vollkommen plan geschnittenen Hecke zu stehen.

Neil ging schweigend hinter mir her und schien Armand zuzuhören, der uns von den notwendigen Arbeiten zum Betreiben eines Weingutes erzählte. Paul war der einzige, der sich wirklich interessiert zeigte. Seine fachmännischen Fragen schienen Armand zu erfreuen, der sich ausgiebig Zeit nahm, sie zu beantworten, wobei er die eingestreuten Fachbegriffe mit charmant-ausdrucksreichen Gesten zu veranschaulichen wußte.

Ich hatte geglaubt, Armand Valcourt in seinem Element zu sehen, als ich ihn am Abend zuvor in seiner Villa besuchte, doch hier in der duftigen Stille des Weinberges kam noch ein anderer Aspekt seiner Persönlichkeit zum Vorschein, dessen Intensität mich verblüffte. Er sprach so voll Stolz von der überragenden Güte der Weine von Clos des Cloches – von den südwärts gelegenen Hängen, denen kein einziger Strahl der Sommersonne entging, von der Qualität des Kalksteinbodens, der die Hänge natürlich bewässerte, vom Alter der Gewächse an sich ... »Die Appellation contrôlée verlangt, daß eine Rebe vier Jahre alt sein muß, bevor Wein daraus gewonnen werden kann, aber wir warten, bis unsere Reben das Alter von acht Jahren erreicht haben.«

»Was ist Appellation contrôlée?« wollte Paul wissen, und hinter meinem Rücken hörte ich Neils etwas gelangweilte Stimme die Antwort geben.

»Eine Art Komitee, das die Mindestansprüche für die Herstellung französischer Weine festlegt.«

Armand schien mit der Definition soweit einverstanden und fügte nur noch hinzu, die Regeln seien äußerst strikt. »Die Lese darf nicht vor und nicht nach einem bestimmten Zeitpunkt stattfinden. Wir müssen eine gewisse Vielfalt von Trauben anbauen, damit wir unsere Weine Chinon nennen dürfen. Wenn wir diese Regeln verletzen, drohen heftige Strafen, und vielleicht kommen sie sogar, um unsere Reben auszureißen. Das wäre dann das Ende.«

Hier sprach der Winzer, nicht der Aristokrat. Er entschuldigte sich bei Paul, daß leider nicht genug Zeit sei, uns die weitere Herstellung des Weines zu demonstrieren, er uns aber zumindest das Resultat präsentieren wolle. »Die Arbeitsvorgänge, die Geräte, die wir benutzen, all das kann man aus Büchern und Beschreibungen lernen, aber der Wein selber ... Er ist wie das Leben. Man muß ihn kosten, um ihn kennenzulernen.«

»Dann gehen wir jetzt in den Weinkeller?« meldete sich hinter uns plötzlich Simon.

»Jawohl. Ich habe ein paar gute Jahrgänge zum Probieren bereitgestellt.«

»Bestens.« Simon hatte zu seiner Munterkeit zurückgefunden, er überholte uns alle und übernahm die Führung, die Augen so zielgerichtet wie bei einem Jäger auf die weiße Villa fixiert.

Ich wünschte, ich könnte seinen Enthusiasmus teilen. Weinkeller mochten interessante Orte sein, aber sie befanden sich tief unter dem Erdboden, und die Franzosen nannten ihre Keller nicht umsonst »Höhlen«. Als Trost blieb mir nur, daß wenigstens Harry nicht zugegen war, denn der hätte jedem sogleich aufs Brot geschmiert, daß ich eine Phobie gegen unterirdische Räume hatte. »Sie bringt's einfach nicht fertig, irgendwo tief hinunterzusteigen«, hätte er ihnen erzählt. Er pflegte es immer so auszudrücken, als wäre das eine unerklärliche angeborene Eigenschaft von mir. Bisweilen erinnerte ich ihn schon daran, wie er mich seinerzeit im benachbarten Kellerbunker eingeschlossen hatte, aber Harry wollte nichts davon wissen, er könne vielleicht für meine Ängste verantwortlich sein. »Ich habe auch mal mit einem Pfeil nach dir geschossen, und dagegen hast du schließlich auch keine Phobie entwickelt.«

Ganz unrecht hatte er damit nicht. Vor die Alternative

gestellt, einer Truppe Bogenschützen gegenüberzutreten oder eine Stunde in einem Keller zuzubringen, würde ich allemal die Schützen vorziehen. Aber hier auf diesem Weinberg war weit und breit niemand mit Pfeil und Bogen zu sehen, also blieb mir keine Wahl, als einmal tief durchzuatmen und den anderen zu folgen.

Die Weinkeller von Clos des Cloches lagen weitverzweigt tief unterhalb des Hauses im Inneren des Felsens. Ihre Deckenhöhe erinnerte allerdings mehr an das Hauptschiff einer Kathedrale. Der gespenstische Kalkstein fing das Licht auf und warf seinen Schimmer auf unsere Gesichter, und sooft ich Luft holte, inhalierte ich neben dem modrigen Geruch des Gewölbes zugleich auch das süßere Aroma von uralter Eiche und Wein. Auf dem Rand eines jeden der riesigen Fässer, die in endloser Kette von Wand zu Wand aufgereiht standen, steckte eine weiße Kerze, weißer noch als die Mauer. Die Kerzen schienen die einzige Lichtquelle in dieser mittelalterlichen Zauberhalle zu sein. In den entlegeneren Ecken, in die ihr Schein nicht vordrang, begann das Reich der kriechenden Schatten. In dessen Mitte stand nun François, aufrecht und grau und ehrfurchtgebietend vor einem in der Dunkelheit fast verschwindenden Flaschenregal und stellte auf einem kleinen Tisch, der sich bereits unter der Last mehrerer Weinjahrgänge krümmte, blankpolierte Gläser für uns auf. Als wir hereinkamen, erhellte sich sein unergründliches Gesicht, sowie er mich an Armands Seite entdeckte. »Mademoiselle«, begrüßte er mich auf französisch, »es ist mir eine Freude, Sie wiederzusehen.«

Zu meiner Verblüffung hieß er Neil mit ähnlicher Herzlichkeit willkommen und faßte seine Worte dabei in etwas holperiges Englisch. Hier war nichts von der Spannung, der gegenseitigen Ablehnung zu spüren, die vorhin bei

Neils Begegnung mit Armand geherrscht hatte. Die beiden begrüßten einander wie gute Freunde.

Neben mir wartete Paul geduldig darauf, ebenfalls vorgestellt zu werden, und schaute versonnen zu der hochgewölbten Decke des Kellers hinauf. Ich kannte Paul erst seit zwei Tagen, hatte aber das Gefühl, diesen Blick an ihm schon öfter beobachtet zu haben.

»Also los«, sagte ich und stupste ihn dabei an, »was ist der treffende Ausdruck für diesen Ort?«

»Das liegt doch klar auf der Hand, oder?«

Armand sah uns beide von der Seite an. »Der treffende Ausdruck?«

»Das ist nur eines von Pauls Spielen«, erklärte Simon, »Er versucht immer, genau das passende Wort zu finden, mit dem man einen Ort beschreiben kann. Er ist recht erfindungsreich dabei, nur für Château Chinon ist ihm noch nichts eingefallen.«

»Doch«, sagte ich, »›tragisch‹ hat er es genannt.«

Armand studierte Pauls Gesicht, als hätte er ihn zuvor nur unscharf erkennen können. »Tragisch ... Das ist in der Tat das treffende Wort.« Er ließ es sich auf der Zunge zergehen. »Und meine Höhlen? Wie würden Sie die nennen?«

Paul schien die Aufmerksamkeit, die ihm mit einem Male zuteil wurde, ein wenig peinlich zu sein, aber er nahm die Herausforderung sofort an. »Diskret«, antwortete er ruhig.

»Soso«, sagte Armand. »Diskret ... also ein Ort für Heimlichkeiten, nicht wahr? Vielleicht für heimliche Liebschaften?« Sein Blick streifte mich nur kurz und fiel dann auf François. »Ja, wer weiß, ob Sie damit nicht recht haben? Dieser Ort hat viel Geschichte, und in meiner Familie gibt es manches Geheimnis.« Als François ihn ansah, wandte Armand sich sofort wieder Paul zu. »Die Herstellung von Wein«, fuhr er fort, »ist eine Kunst, die in viele Geheimnisse gehüllt ist. Wie bei Ihrem Spiel versucht man, für jeden Jahrgang die Quintessenz zu finden, die alles, was eine Beschreibung nur komplizieren würde, überflüssig macht. Sie werden es gleich merken.«

So eine Weinprobe war anstrengender, als ich es mir hatte träumen lassen. Unter François' Anleitung kostete ich mich durch die großen Jahrgänge des Gutes hindurch, versuchte, all seinen Hinweisen zu folgen – wie ich das Glas zu halten hatte, wie ich die Blume des Weins mit der Nase »schmecken« konnte – allerhand, was so ein wahrer Weinkenner anscheinend alles beachten mußte.

Aber ich gab mir redliche Mühe. Ich drehte das Glas, schnüffelte daran, prüfte kritisch seinen Inhalt und glaubte sogar, den purpurvioletten Schimmer entdeckt zu haben, der laut Armand ein charakteristisches Merkmal eines guten Rotweins sei. Doch als er von der »komplexen Struktur« seiner Weine zu sprechen begann und ich plötzlich nur noch Erdbeer- und Vanilledüfte wahrnahm, stieß ich an meine Grenzen. Es waren wundervolle Weine, vielleicht sogar »große« Weine, aber für meine ungeschulte Zunge schmeckte alles ... na ja, eben nach Wein.

Neil erkannte mein Dilemma. Seine Augen suchten die meinen und wollten sie nicht mehr loslassen. Bei seinem Lächeln überkam mich ein nervöses Kribbeln.

»Kalt?« fragte Paul, dem auch nichts zu entgehen schien. Er war schon mitten im vierten Jahrgang. Er hatte sicher keine Schwierigkeiten damit, den violetten Schimmer auszumachen, und wußte auch das Erdbeeraroma zu schätzen. Ich schüttelte den Kopf.

»Nein, nicht richtig.«

Simon sah Armand an und fragte mit gespielter Beiläufigkeit: »Wie alt, schätzen Sie, sind diese Weinkeller?«

»Älter als das Haus jedenfalls. Diese Gewölbe wurden schon von den Königen benutzt, die früher im Château ihre Residenz hatten.«

Paul schoß seinem Bruder über den Rand seines Weinglases hinweg einen mahnenden Blick zu, aber Simon hatte bereits das Stichwort aufgegriffen. »Tatsächlich? Also sind diese Höhlen irgendwie mit dem Schloß verbunden?«

Es kann sein, daß ich mir das kurze Zwinkern in François' Augen, so, als wollte er seinem Arbeitgeber etwas mitteilen, nur eingebildet hatte und auch, daß Armand seine Worte abzuwägen schien, ehe er antwortete: »Ja. Die Könige haben viele Souterrains oder Tunnel, wie Sie sie nennen, bauen lassen. Unsere dürften zu den ältesten gehören.«

Simon tat überrascht. »Und so einen gibt es noch? Sie wollen sagen, Sie haben hier einen Tunnel, der geradewegs zum Schloß führt?«

Bevor Armand darauf etwas erwidern konnte, hatte Neil sein Glas auf den Tisch gestellt und ergriff das Wort: »Es ist Jahre her, daß ich da unten war. Wenn du Monsieur Valcourt ganz höflich fragst, Simon, wird er es uns vielleicht zeigen.« Eine herausfordernde Nuance schwang in seiner Stimme mit und auch in der Art, wie er unseren Gastgeber dabei ansah.

»Der Zugang ist verschlossen«, sagte Armand schließlich.

Neil lächelte auf seine stille Weise, und die Herausforderung verwandelte sich in eine Kampfansage. »Gewiß doch, aber es ist ja nur dieses eine Mal.«

Ein kurzes Schweigen, und dann bildete sich ein harter

Zug um Armands Mund, als er den Fehdehandschuh aufnahm. »Warum eigentlich nicht?« sagte er zu François. »Hast du den Schlüssel?« Ich hätte es vorgezogen, sie nicht begleiten zu müssen. Der Weinkeller zumindest war noch ziemlich gut beleuchtet und recht luftig, so daß ich mir einreden konnte, ich befände mich gar nicht unter der Erde. Aber wieder einmal blieb mir keine andere Wahl. Die anderen schoben mich einfach mit sich, zum Keller hinaus, an einer Gruppe desinteressierter Arbeiter vorbei, zu einem dahinter liegenden, schmalen, dunklen Gang.

Die schartige, zerklüftete Decke des vor etlichen Jahrhunderten mit Hämmern und Meißeln in den Fels getriebenen Tunnels senkte sich tiefer, bis sie uns beinahe wie ein Grabgewölbe umschloß. Neil mußte sich im Gehen sogar ducken. Der feuchtmodrige Geruch wurde immer ausgeprägter. Zu beiden Seiten des Ganges gab es mindestens ein Dutzend verrammelter Ausgänge. Beim allerersten blieb Simon sogleich stehen. »Ist das die Tür, nach der wir suchen?«

»Nein«, lachte Armand, »das ist ein ... Wie nennt man das bei Ihnen? Eine Besenkammer.« Er ging noch ein paar Schritte weiter. »Das ist die bewußte Tür.«

Dahinter erstreckte sich nur wieder ein weiterer Tunnel voll Spinnweben, Dreck und Verwesungsgeruch. Ich riskierte einen kurzen Blick, machte sogleich einen Satz rückwärts und stolperte dabei in Neil hinein.

»Aber hier sind ja gemauerte Wände«, bemerkte Simon enttäuscht. Ich begriff, was ihm daran nicht gefiel. Wenn man in aller Eile unter der Erde einen Schatz verstecken wollte, machte man sich nicht erst noch die Mühe, das Versteck mit Mauerstein zu verputzen. »Geht das so die ganze Zeit weiter?« fragte er Armand, der es bestätigte.

»Darf ich mal hineingehen?«

»Ich fürchte, das kann ich nicht zulassen. Dieses Souterrain ist sehr alt und durch die Straße darüber ständigen Erschütterungen ausgesetzt. Es wäre nicht klug, sich dort hineinzubegeben.« Er schlug die Tür wieder zu und verriegelte sie. »Zu gefährlich.«

Alles ist gefährlich hier unter der Erde, dachte ich und war erleichtert, als wir wieder den freien Himmel über uns sahen und ich den Wind im Gesicht spüren konnte. Ich verharrte noch einen Augenblick auf der Stelle, während die beiden Brüder und Neil weitergingen. Auch Armand war stehengeblieben. »Nun, wie fanden Sie meinen Weinkeller?«

Ich sagte, wie fasziniert ich sei, und er schien mit meiner Antwort zufrieden. »Er ist mein ganzer Stolz, verstehen Sie. Die Familie Valcourt betreibt seit Generationen Weinbau, und eines Tages wird alles von mir auf Lucie übergehen.« Er ließ den Blick stolz über seinen Besitz schweifen. »Dieser Weinberg ist ein Stück meines Herzens. Ich bin froh, daß der Besuch Ihnen gefallen hat.«

Simon drehte sich nach uns um. Er schien sich von seinem Rückschlag schnell wieder erholt zu haben und strebte nun neuen Dingen zu, nachdem Armands Tunnel als Versteck für Isabelles verlorenen Schatz nicht mehr in Frage kam. Ungeduldig winkte er mir zu kommen. »Los, Emily. Jetzt gehen wir zum Echo.«

»Er hat ganz schön viel Energie, dieser junge Mann.«

Armand begleitete mich zum Tor, und nach einigem Händeschütteln, wobei Neil erklärte, er müsse sich nun von uns trennen, nahm Armand meine Hand. »Sie müssen mich wieder einmal besuchen.« Allein, fügte ich in Gedanken hinzu. Alter Schürzenjäger. »Dann können Sie mir von Ihrem Besuch beim Echo erzählen. Es ist ein grandioser Anblick.«

Ich war mir nicht ganz sicher, wie ein Echo überhaupt einen Anblick bieten konnte, aber jeder versicherte mir, es würde stimmen, man hätte wirklich eine schöne Aussicht von dort und ich würde es gewiß nicht bereuen.

Nachdem Neil seiner Wege gegangen war, übernahm Simon wieder stolz die Führung und geleitete Paul und mich ein Stück die Straße entlang zu einer einsam gelegenen Stelle, an der der Wind leise durch das hohe Gras pfiff. »Da sind wir«.

Es war nicht zu übersehen – ein an einer erhobenen Aussichtsplattform angebrachtes Schild verkündete »Ici l'Echo«, und die Plattform machte einen recht offiziellen Eindruck, wenn sie auch ziemlich mickrig war.

Gehorsam erklomm ich die wenigen Stufen. Von hier bot sich uns tatsächlich das versprochene Postkartenpanorama mit Schloß Chinon auf der einen Seite, dem silbern schimmernden Fluß und dem Flickenteppich aus grauen Dächern und bunten Gärten in der Mitte und den Ausläufern der Berge auf der anderen Seite. Im Vordergrund dieses Panoramas lugte hinter einer ungepflegten Hecke ein Schindeldach hervor.

»Aber ich kann doch hier nicht herumschreien«, protestierte ich. »Das wird die Leute stören.«

»Das macht nichts. Die sind das gewohnt«, meinte Simon lachend und ließ ein gellendes Jodeln vom Stapel, das jedem Schweizer Alpenbewohner zur Ehre gereicht hätte. Das Jodeln flog mit dem Wind davon, schien an den Felsen unterhalb der Burg abzuprallen wie Wellen, die sich an einer steilen Meeresküste brechen, um zu uns zurückzueilen.

»Nett, nicht wahr? Man kann ihm sogar Fragen stellen, zum Beispiel …« Wieder holte er tief Luft und rief: »Verläßt Paul jemals Chinon?«

»Non …« wehte es sogleich als Antwort zurück.

»Sehr witzig«, sagte Paul. »Laß es Emily doch mal probieren.«

»Ich wüßte nicht, was ich rufen sollte.«

Aber so einfach ließen die beiden mich nicht davonkommen, also schloß ich brav die Augen und bemühte mich, mir etwas Passendes einfallen zu lassen. Ich überlegte, ob ich Armands Namen rufen sollte, falls er auf der anderen Seite der Mauer stand und uns zuhörte. Würde seinem Ego guttun. Aber die dunklen Augen, die mich in meinen Gedanken anlächelten, waren nicht die von Armand Valcourt. Verdammt noch mal, dachte ich und versuchte, das Gesicht aus meiner Vorstellung zu tilgen. Hilfe!

Ja, und das war's dann, was ich dem Echo entgegenschrie, auf französisch, wie es sich gehört. »Au secours!«

Das war natürlich ein dummer Einfall gewesen. Jemand konnte meinen Ruf hören und angerannt kommen, am Ende noch die Polizei verständigen.

Aber niemand kam, und so erntete ich nur einen irritierten Blick von Paul, während das Echo irgendwo jenseits der Felder seine Antwort formulierte.

»Cours«, lautete sie.

Lauf.

13

Entsprungen einer gemeinsamen Spur der Erinnerung …

»Der Tag gefällt mir immer besser«, sagte Simon, als wir am Fuße der steinernen Treppe zwischen den Häusern hervortraten. Ich sah gleich, was er meinte.

Es ging bereits gegen Nachmittag, und der sonnige Himmel zeigte erste Dunstschwaden, aber Thierry hatte in einem Anfall von Optimismus Tische und Stühle auf den Platz vor dem Hotel gestellt. Und an einem der Tische saß Martine Muret. Sie sah bezaubernd aus, so begehrenswert mit ihrem kurzgeschnittenen Haar und der tadellosen Figur. Neil hatte gesagt, Armands Frau habe ihr ähnlich gesehen. Ich versuchte, in ihren Zügen diese andere Frau zu erkennen, die bereits seit drei Jahren tot war. Hatte Brigitte Valcourt das Haar auch so kurz getragen? Martine jedenfalls stand diese Frisur, und das schlichte schwarze Kleid hob ihre Schönheit nur um so deutlicher hervor, so, wie ein schmuckloser Rahmen die Erlesenheit eines Gemäldes betonen kann. Den Kopf erhoben, saß sie da und schien durch die Gläser der teuren Sonnenbrille, hinter denen man ihre Augen nicht sehen konnte, das müßige Treiben auf dem Platz zu beobachten. Sie wirkte ziemlich unnahbar.

Simon ließ sich davon nicht beeindrucken, hob die Hand zum Gruß und eilte schnurstracks auf sie zu.

Paul sah mich an. »Er gibt wohl nie auf.«

»Man kann's ihm aber auch nicht verdenken.« Ich bückte mich, um mein Schuhband zuzubinden. »Was macht Martine eigentlich?«

»Was soll sie machen?«

»Beruflich, meine ich. Arbeitet sie, oder ...«

»Ach so. Ihr gehört die Galerie.«

»Eine Kunstgalerie?«

Er nickte. »Sie ist gleich da um die Ecke, an einem der kleineren Plätze. Du kannst sie nicht verfehlen. Im Fenster steht ein Selbstporträt von Christian Rand.«

»Dann sind die beiden also ein Paar?« Ich versuchte, die Frage so zu stellen, als sei es mir eigentlich eher gleichgültig, als würde es mich nicht sonderlich interessieren, mit welchem Hotelgast Martine Muret ausgewesen war, als Lucie ihr abhandenkam.

»Ach, das würde ich eigentlich nicht sagen. Nein, ich bin mir sogar ziemlich sicher. Sie sind höchstens gute Freunde – mehr nicht.«

Vor Schreck zog ich einen viel zu festen Knoten in meinen Schnürsenkel. Welcher ist es denn gewesen? hatte ich Armand Martine fragen hören, der Deutsche oder der Engländer? Und aus irgendeinem dämlichen Grund hatte ich gehofft, daß es der Deutsche gewesen sein mochte. Ich warf noch einmal einen Blick auf das schöne Gesicht. Das Gesicht, das Neil an Brigitte Valcourt erinnerte. »Ob sie wohl absichtlich diesen Tisch gewählt hat?«

»Wieso?«

»Sie sitzt neben der Schönheit.«

»Was? Ach, du meinst die drei Grazien. Woher willst du wissen, welche welche ist?«

»Neil hat sie gestern abend bestimmt. Er meinte, Ruhm würde in den Sonnenuntergang blicken, die daneben sei die Schönheit, und Glück hätte das hübscheste Lächeln.«

»Hört sich ganz vernünftig an.«

Ich verschränkte die Arme. »Abgesehen davon, daß sie gar nicht lächeln, findest du nicht?«

»Natürlich lächeln sie. Dafür sind Grazien ...«

»... doch da. Ich weiß.« Aber soviel Mühe ich mir auch gab, das einzige Lächeln, daß ich weit und breit entdecken konnte, war das von Martine Muret. Und selbst das wirkte ein wenig gezwungen.

»So«, sagte sie, als wir an ihren Tisch kamen, »Simon hat mir gerade erzählt, ihr habt das Weingut besichtigt. Und? Hat's euch gefallen?«

»Vielen Dank, sehr gut«, antwortete Simon. »Dürfen wir uns dazusetzen?« Prompt bekam er von hinten einen kleinen Stoß und drehte sich gereizt zu Paul um. »Was ist denn?«

»Ich glaube, sie hat bereits Gesellschaft.«

Im Moment war zwar niemand bei Martine, aber es gab ein deutliches Zeichen dafür, daß sie nicht die ganze Zeit allein hier gesessen hatte. Neben ihrem Rotwein stand ein halbleeres Pernodglas. Martine zögerte einen winzigen Augenblick, dann schüttelte sie den Kopf. »Nein, ist schon in Ordnung. Setzt euch ruhig.«

Als wir alle Platz genommen hatten, fragte Martine: »Und was hat Armand euch alles so gezeigt?«

Simon faßte unseren Rundgang zusammen, erwähnte jedoch mit keinem Wort den Tunnel, was ich mir zunächst nicht erklären konnte, bis mir wieder einfiel, daß Paul seinen Bruder als »paranoid« bezeichnet hatte. Wahrscheinlich, räsonierte ich, schreckte Simon davor zurück, über den Schatz zu reden, damit nicht noch jemand anderer auf die Suche danach ging. Als er am Ende seines gestenreichen Berichts angekommen war, lehnte er sich zurück und strich sich das Haar aus der Stirn. »Ich könnte jetzt einen Kaffee vertragen«, stellte er fest. »Er hat uns bei der Weinprobe Riesengläser gegeben. Ich hatte immer gedacht, Weinprobe bedeutet einen Fingerbreit am Boden des Glases. Man lernt nie aus.«

»Also hat Armand euch betrunken gemacht?« Martines klingendes Lachen hörte sich an wie ein Echo der Wassertropfen im Brunnen neben ihr.

»Jedenfalls hat er's versucht«, sagte Paul. »Trotzdem habe ich noch Platz für ein Bier. Und du, Emily?«

Ich lehnte dankend ab, aber Paul ließ nicht locker und drängte mich so lange, bis ich mich endlich für meinen Lieblingsdrink entschied. »Dann hätte ich gerne einen Kir, bitte.«

Ich glaubte zwar, der Schwips, den ich mir bei der Weinprobe eingehandelt hatte, sei inzwischen längst verflogen, aber als Thierry an unseren Tisch kam, um die Bestellung aufzunehmen, warf er mir einen leicht väterlichen Blick zu und fragte: »Haben Sie denn überhaupt schon zu Mittag gegessen, Mademoiselle?«

»Das kann ich nicht gerade behaupten –«

»Gar nichts gegessen?« Er schüttelte mißbilligend den Kopf.

»Nein, aber ...«

»Es ist nicht gut«, ermahnte er mich, »Wein zu trinken ohne etwas im Magen.« Schließlich bekam ich dann doch noch meinen Kir, aber nicht ohne eine kleine Schüssel Erdnüsse, die er hinter der Bar hervorgekramt hatte. »Die sind nur für Sie«, sagte er, als er sie vor mich hinstellte. »Lassen Sie sich von Simon nichts wegnehmen.«

Simon sah ihn beleidigt an. »Mir bringst du nie Erdnüsse.«

»Das ist wahr«, bestätigte Thierry trocken. »Fehlt sonst noch etwas auf dem Tisch? Nein? Dann darf ich mich jetzt zurückziehen. Ich habe Monsieur Grantham versprochen, ihm eine kleine Stereoanlage aufzustellen, damit er seine Bänder spielen kann.«

»Hat er nicht schon eine Anlage von dir bekommen?« erkundigte sich Martine.

»Meine große, ja«, sagte Thierry mit einem wehmütigen Kopfnicken. »Aber heute früh ist sie ihm kaputtgegangen.« Er zuckte resigniert die Achseln. »Immer gehen ihm die Anlagen kaputt, nie seine Violine. Da hat er ja noch Glück. Ich habe ihm schon gesagt, er soll gut darauf aufpassen.«

Als ich ihn fragte, was er damit meinte, grinste Thierry verlegen. »Nur, daß er jeden Tag seine ... wie nennt man das auf englisch ...? Les gammes?«

»Tonleitern«, antworteten Paul und ich wie aus einem Munde.

»Ja, erst die Tonleitern und dann diese Sinfonie von Beethoven. Aber gestern hat er auch das Lied von der Liebe gespielt, und Isabelle liebt es nicht, solche Lieder zu hören.«

Beim scharfen Klirren eines Glases auf der Tischplatte schreckten alle hoch. Martine stellte rasch ihr Glas wieder hin und versuchte, den Fleck mit eine Papierserviette aufzutupfen. »Wie dumm von mir! Aber fast nichts passiert ... Danke.«

Als Martine sein Angebot zu helfen ablehnte, nutzte Simon diesen kleinen Moment der Verwirrung, eine Handvoll Erdnüsse aus der Schale vor mir zu stibitzen. »Sprichst du von Königin Isabelle?« fragte er Thierry, scheinbar um mit seinem Wissen zu glänzen, aber der Barkeeper schüttelte mit Nachdruck den Kopf.

»Sie ist keine Königin, diese Isabelle. Sie ist unser Phantom.« Er rollte die Augen, während er nach dem englischen Wort suchte. »Unser Geist.«

»Machst du auch keine Witze?«

»Ich mache nie Witze«, erwiderte Thierry etwas steif. »Sie hat hier gelebt, während des letzten Krieges.«

Also auf jeden Fall nicht Isabelle von Angoulême, nicht King Johns junge und tragische Königin. Irgendeine andere Isabelle aus einem viel späteren Zeitalter konnte es nicht ertragen, Neil ein Liebeslied spielen zu hören. Das machte mich nun wirklich neugierig. »Ist ihr Geist Ihnen je begegnet, Thierry?«

»Wohl kaum«, sagte Simon, auf einer Ladung Erdnüsse herumkauend, »es gibt keine Geister.«

»Ach«, meinte Thierry, »gibt es nicht?« Er sah diesen ketzerischen Skeptiker aus der Neuen Welt herablassend an. »Dann wird es euch ja nicht stören zu erfahren, daß ihr jede Nacht in dem Zimmer schlaft, in dem Isabelle gestorben ist.«

»Isabelle?« wiederholte Madame Chamond und setzte sich mir gegenüber in ihrem Sessel zurecht. Sie war in der Tat eine liebenswerte Dame, groß, dunkelhaarig, elegant und ebenso zuvorkommend wie ihr Gatte. »Aber Simon, das ist eine sehr traurige Geschichte, und ich möchte niemandem den Abend verderben.«

Die Gefahr besteht kaum, dachte ich. Die beiden Jungs und ich waren soeben vom Abendessen im Coeur de Lion zurückgekehrt, ich war von der reichlichen Mahlzeit ziemlich müde, Paul sah aus, als könne er kaum noch die Augen offenhalten, und Neil, der neben ihm in der Ecke saß, bewegte sich schon gar nicht mehr. Auch Christian Rand, der auf einen Schlummertrunk in der Bar vorbeigeschaut hatte, machte den Eindruck, er würde jeden Augenblick vor Erschöpfung vom Hocker fallen. Nur Simon wirkte aufnahmebereit, aber der war ja wohl durch nichts totzukriegen. Garland Whitaker allerdings, die sich von ihrem Migräneanfall erholt hatte, schien wieder guter Stimmung und kuschelte sich wie ein Kätzchen in den Sessel neben dem ihres Mannes.

»Nur zu, meine Liebe«, ermunterte sie Madame Chamond. »Wir sind alle sehr begierig darauf zu erfahren, was es mit dieser Isabelle auf sich hatte.«

»Ich ganz besonders«, stimmte Simon ein, »wo sie doch ausgerechnet in unserem Zimmer gestorben ist.«

Hinter mir, von der Bar, vernahm ich Monsieur Chamonds unaufdringliches Lachen. »Isabelle ist nicht in Ihrem Zimmer gestorben. Wer hat Ihnen denn das erzählt?«

»Thierry.«

»Ach so. Nun, er kennt die Geschichte nicht besonders gut. Selbst ich kann mich nicht mehr an alle Einzelheiten erinnern. Es ist zu lange her, noch bevor ich geboren wurde.«

»Sie stammte aus Chinon«, begann Madame Chamond. »Sie hat hier als Zimmermädchen gearbeitet, während des Krieges, als Frankreich besetzt war.«

»Besetzt? Hat Frankreich nicht mit den Deutschen kollaboriert?« unterbrach Garland sie.

»Nicht ganz Frankreich. Und nicht Chinon«, sagte Madame Chamond höflich, aber bestimmt. »Wir waren besetzt. Dieses Hotel diente als Garnison ... sagt man das bei Ihnen auch so? ... als Garnison für die deutschen Offiziere. Und so hat Isabelle ihren Hans getroffen.«

»Eine Romanze!« Garlands Augen leuchteten vor Begeisterung. »Oh, wie wundervoll! Ich liebe Kriegsromanzen, Sie nicht auch? So haben sich nämlich auch Jims

Eltern kennengelernt, als sein Vater in ... Wo war dein Vater noch mal stationiert, Darling?«

Jim Whitaker balancierte seinen zweiten doppelten Scotch auf dem Oberschenkel. »In der Normandie.«

Madame Chamond lächelte wohlwollend. »Schön für Ihre Eltern, daß sie sich gefunden haben. Aber der Krieg meint es nicht mit allen Menschen so gut. Nicht mit Hans und Isabelle.«

Sie hielt ihr Weinglas mit beiden Händen und lehnte sich in die Kissen zurück, als sie mit der Geschichte fortfuhr. »Es war im Frühjahr 1944. Man erzählt sich, Isabelle sei sehr schön gewesen, eine unvergleichliche Schönheit, obwohl sie damals erst sechzehn Jahre alt war. Den deutschen Offizieren blieb das natürlich nicht verborgen, aber Isabelle hat sehr auf ihren Ruf geachtet. Sie wollte nichts zu tun haben mit Nazis. Ihr älterer Bruder war bei der Résistance. Isabelle hätte sich ihnen vielleicht auch angeschlossen, aber statt dessen traf sie Hans. Hans kam aus einer guten Familie. Er sprach auch Französisch und Englisch, also nicht nur Deutsch. Er war gebildet. Die anderen Soldaten neckten Isabelle, wenn sie Dienst hatte, nicht aber Hans. Er war ein Gentleman. Immer höflich. Und so kam es ... Daß sie sich verliebt haben, das französische Mädchen und der deutsche Offizier. Die Gefahr war groß für sie beide, und sie mußten sich immer im geheimen treffen. Für eine Stunde gestohlenes Glück.«

Er trat um die Ecke des Ganges, ohne etwas zu erkennen. Noch mal sechs Schritte, und dann noch einmal nach rechts ... Im Geiste zählte er die Schritte mit. Es war zu gefährlich, die Lampe anzuzünden – noch. Der winzigste Lichtschimmer, der leiseste Schatten würde die Wachtposten auf den Plan rufen. Schon von Anfang an hatten sie diese unterirdischen Gänge nervös gemacht. Und auch ihm kamen sie unheimlich vor, allein schon der Gedanke, daß sie sich überall unterhalb seiner Füße erstreckten, leere Höhlengewölbe und unsichtbare Geheimgänge, die plötzlich irgendwo in die Finsternis abzweigten. Doch inzwischen kannte er sich in dem Tunnelsystem ganz gut aus, und an diesem Abend fürchtete er mehr die Begegnung mit seinen eigenen Kameraden als die mit den Männern der Résistance.

Noch zwei Schritte, dann links ... Er schaltete die Taschenlampe ein, blinzelte im gespenstischen Widerschein des Lichtstrahls von den Kalksteinwänden, die ihn überall umgaben.

»Hans?« Ihre Stimme bebte. »O Gott, ich habe solche Angst gehabt ...«

Was war das für ein Leben gewesen, früher, als er sie noch nicht kannte, sie noch nicht in seinen Armen halten konnte. Ein Lächeln huschte über sein Gesicht. Er berührte das ihre. »Du mußt jetzt sehr tapfer sein.«

»Ich möchte nicht tapfer sein.« Ihre Augen wirkten in der Dunkelheit unnatürlich groß.

»Bitte. Für mich.« Sie beide würden jetzt eine gehörige Portion Mut brauchen, das wußte er, bis der Monat vorüber war. Mittlerweile waren Wochen vergangen, seit der Feind oben im Norden, an den Stränden der Normandie, gelandet war. Wochen! Und in Berlin waren sie noch immer dumm genug, weiterkämpfen zu lassen. Sie wußten es, sie mußten es doch wissen, daß es aus und vorbei war. Erst gestern abend hatte Jürgen, der starke, beständige Jürgen, der schon länger hier war als alle anderen, Hans über sein Glas Whisky hinweg mit traurigen Augen angesehen. »Wir sind erledigt, das ist dir doch hoffentlich klar«, hatte Jürgen zu ihm gesagt. »Erledigt. Nur der Führer, der will's noch nicht zugeben. Glaubt, wir werden ihm schon noch die Kastanien aus dem Feuer holen, der Idiot.« Natürlich war es Hochverrat, so daherzuschwätzen, aber Hans hatte nichts darauf erwidert. Jürgen sah ihn noch einmal an und lächelte müde. »Ach ja, ich hab' wohl lange genug gelebt, und wenn ich nicht mehr nach Hause zurückkomme, wäre das auch egal, denn da ist wahrscheinlich sowieso kein Mensch mehr am Leben, der auf mich wartet. Aber sag mal, triffst du dich noch mit dem Mädchen?«

»Welchem Mädchen denn?«

»Mensch, ich hab' doch Augen im Kopf. Seht Ihr euch noch?«

»Schon.«

Und in den traurigen Augen über dem Rand des Glases war ein Funken Neugier aufgeglimmt, verständnisvolle Neugier. »Liebst du sie?«

»Ja.«

Noch einen Moment lang hatte Jürgen ihn angesehen und dann irgendwas auf den Tisch geschleudert, einen kleinen schwarzen Samtbeutel, mit einer Kordel zusammengebunden. Als er auf der Tischplatte landete, rasselte es ganz merkwürdig, als wären Kieselsteine darin. »Dann gib ihr die. Hab' keine Verwendung mehr dafür.«

»Was ist das?«

Er hatte es gestern abend nicht wahrhaben wollen, und auch jetzt noch bebte seine Hand ein wenig, als er nach eben jenem Säckchen in der Innentasche seiner Jacke tastete. »Ich habe dir etwas mitgebracht«, sagte er zu Isabelle. Er hielt ihr den Beutel hin, und sie sah ihn überrascht an.

»Ich brauche nichts.«

»Das ist nicht irgend etwas. Das sind Diamanten.« Sie wiederholte das Wort, doch in ihren dunkeln Augen sah er, daß sie ihm nicht glaubte. »Aber woher solltest du denn Diamanten haben?«

»Von einem Freund. Er hatte Befehl, sie unter dem Hotel zu vergraben. Damit sie noch hier sind, wenn unsere Armee zurückkommt.« Noch einmal berührte er ihr Gesicht. Er konnte nicht anders. »Nur wird unsere Armee nicht wieder zurückkommen ...«

»Sag so was nicht.«

»Ich sagte dir schon, du mußt sehr tapfer sein. Ich für meinen Teil habe nicht vor, schon zu sterben, Isabelle.« Sein Lächeln war ein Versprechen. »Wenn das alles vorbei ist, komme ich wieder zu dir zurück. Ganz bestimmt.«

Er spürte das Verlangen in ihrem Kuß und die Nässe ihrer Tränen auf seiner Wange, doch als er die Augen wieder öffnete, lächelte auch sie. Er murmelte leise etwas auf deutsch, was sie nicht verstehen konnte, und umschloß mit den Fingern ihre Hand, die das samtene Beutelchen hielt. »Die bewahrst du für uns an einem sicheren Platz auf. Sie sind unsere Zukunft.«

Unsere Zukunft, dachte er betrübt und nahm sie noch einmal in die Arme ...

Es dämmerte schon beinahe, als er sich den Weg zurück durch die Gänge ertastete. Sechs Schritte vor, und dann nach links ... So muß es den Blinden gehen, dachte er, während wieder nur Schwärze ihn umfing und das Geräusch seines eigenen Atems in der Stille dumpf widerhallte. Zum Verzweifeln. Vierzehn Schritte ... Er streckte die Hand aus, fuhr mit ihr an der trockenen, staubigen Wand entlang, tastete nach dem Eisenring an der Tür. Aber statt dessen fand seine Hand ein Stück Stoff. Ein warmes Stück Stoff, das atmete.

Er fühlte, wie die Finger sich um seine Kehle schlossen, sein erschrockenes Schlucken abwürgten, aber fünf Jahre beim Heer hatten auch sein Reaktionsvermögen geschult. Das war niemand von seiner Truppe, der Wache schob – der Stoff war weich, nicht fest. Keine Uniform. Und die gezischten Haßlaute waren französisch, nicht deutsch. Als er schon fast keine Luft mehr bekam, handelte Hans instinktiv. Seine eigenen Hände schossen in die Höhe, tasteten, fanden, und dann eine scharfe Drehbewegung und ein ekelhaftes Knacken. Der Griff der Finger an seinem Hals löste sich, und Hans rang schmerzvoll nach Luft.

Diesmal fand er sofort den Eisenring und bekam die schwere Tür auf. Die Nachtluft schlug ihm entgegen. Hier draußen, auf der Straße über den Dächern, lag alles in tiefster Stille. Der Himmel war nicht mehr ganz so schwarz. Ein fahles Grau, das die Konturen der Sterne verwischte und ihnen ihren Glanz stahl, aber er mußte doch das Risiko eingehen, die Taschenlampe zu benutzen, wenn er sehen wollte, wessen Körper hier zu seinen Füßen lag. Der gelbe Lichtkegel strich über ein zerrissenes Hemd, schlanke Finger und dann zum Gesicht des Unbekannten hinauf.

Ihr Gesicht. Nein. O Gott. Das Gesicht ihres Bruders. Er kannte es, denn sie hatte ihm einmal eine Photographie gezeigt. »Ihr würdet nicht miteinander auskommen«, hatte sie ihn gewarnt.

»Isabelle ...« Seine Hand zuckte, die Lampe entglitt ihm und zersprang auf dem uralten Felsgestein.

14

Vor mir der fallenden Rosenblätter Schauer; hinter mir die atemlosen Schritte der Verfolger …

Neben mir beugte sich Jim Whitaker vor, um sich eine Zigarre anzuzünden. Das Ratschen des Streichholzes zerriß die Stille im Raum.

Garland rutschte unruhig auf ihrem Sessel hin und her. »Oh, das hat sich ja angehört wie im Film. Und er hat wirklich ihren Bruder getötet? Wie aufregend.«

Wohl nicht ganz das passende Wort dafür, fand ich. Es war, wie Madame Chamond eingangs gesagt hatte, eben eine sehr traurige Geschichte. Warum war es von allen Widerstandskämpfern in Chinon ausgerechnet Isabelles Bruder gewesen, auf den Hans in jenem dunklen Gang traf? Das Schicksal ging manchmal eigenartige Wege. Drei zerstörte Leben. So war es mehr als 700 Jahre zuvor auch mit John und Isabelle gegangen, als der Tod des jungen Arthur von der Bretagne Johns Reich zu Fall gebracht hatte. Wie oft mögen sie in ihren späteren Leben ihre Tat bereut haben, König John und jener unbekannte deutsche Soldat namens Hans? Zwei Männer in zwei weit auseinanderliegenden Zeitaltern, die beide eine Isabelle liebten …

Besonders Simon war seine Ungeduld deutlich anzumerken. »Und was ist dann passiert?« fragte er Madame Chamond. »Was ist aus Hans und Isabelle geworden?«

»Das ist eine schlimme Geschichte. Einige Tage später wurde Frankreich befreit, und die Verhältnisse änderten sich grundlegend. Hans ist, soweit ich weiß, gefallen oder kam in Kriegsgefangenschaft, und Isabelle –«

Simon ahnte es als erster. »Sie hat sich das Leben genommen? In unserem Zimmer?«

»Nein, nein, nicht in Ihrem Zimmer«, antwortete Monsieur Chamond und konnte den Anflug eines Lächelns nicht verhehlen. »Nein, Isabelle hat sich im Fluß ertränkt, nicht wahr?« Er sah seine Frau an. »Nun, das ist es zumindest, was man sich hier erzählt. Niemand ist je in diesem Hotel gestorben, jedenfalls nicht eines unnatürlichen Todes.«

»Und was war mit den Diamanten?« wollte Neil wissen.

»Das weiß niemand«, sagte Christian leise. Ich war noch halb in Gedanken und erschrak, als ich plötzlich seinen deutschen Akzent hörte. Es war, als hätte Hans selbst soeben zu uns gesprochen.

»Diamanten ...« Garland hauchte das Wort dahin, als spräche sie ein Gebet. »Wo hatten die Deutschen denn nun diese Diamanten her?«

»Von verschleppten Juden.« Christian sah nur kurz Simon und Paul an, bevor er den Blick wieder senkte. »Diese Kriegsbeute ist auf der ganzen Welt versteckt. Erinnert ihr euch noch, wie wir am Freitag im Restaurant über den Ort in Deutschland sprachen, wo Garland und Jim gelebt haben?«

Garland nickte. »Und keiner hat je versucht, diese Diamanten zu finden? Wo ist denn dieser Tunnel, in dem Hans und Isabelle sich immer getroffen haben?«

»Ich weiß es nicht«, sagte Madame Chamond. »Chinon ist nicht sehr groß, aber unterirdische Gänge gibt es hier überall. Und es ist ja auch nur eine Geschichte, die sich vor vielen Jahren zugetragen haben soll. Das mit den Diamanten könnte eine Erfindung sein, die jemand später erst hinzugedichtet hat. Wer soll das wissen?«

Jim Whitaker schüttelte seinen Scotch. »Und von Isabelle ist nur ihr Geist geblieben?«

Monsieur Chamond war jetzt hinter die Bar getreten. »Wenn, dann ist sie ein sehr stiller Geist. Wir merken nichts von ihr.«

Simon war immer noch verunsichert. »Und sie ist auch ganz bestimmt nicht in unserem Zimmer gestorben?«

»Ganz gewiß nicht.«

Endlich fand auch Paul zu seinem Lächeln zurück. »Du hast doch selber gesagt, so etwas wie Geister gäbe es nicht?«

»Das schon, aber ...«

»Dann spielt es doch überhaupt keine Rolle, wo sie gestorben ist, oder?«

Neil Granthams Augen wanderten von Paul zu mir. »Ich schätze, unsere Miss Braden glaubt sehr wohl an Geister, oder nicht?«

Ich spürte wieder seinen stechenden Blick und antwortete, ohne aufzusehen. »Gelegentlich schon«, räumte ich ein, »Ja, doch, eigentlich schon. Ich habe zum Beispiel das Gefühl, daß Isabelle nach allem, was geschehen ist, jedes Recht hätte, diesen Ort heimzusuchen. Was ich sagen will – ihr Tod war doch so sinnlos. Es ist einfach schrecklich, was der Krieg mit den Menschen anrichtet.«

»Aber zuweilen ist er leider unumgänglich, Emily«, sagte Garland. »Entschuldige, Christian, aber man konnte die Deutschen doch nicht einfach so gewähren lassen, oder was meint ihr?«

Simon schlug sich auf meine Seite. »Ich denke, ich

weiß, was Emily sagen möchte. Mein Großvater spricht nie über den Krieg, mag nicht einmal daran denken, obwohl das jetzt über fünfzig Jahre her ist.« Er wandte sich Jim Whitaker zu. »Ihr Vater hat in der Normandie gekämpft, sagten Sie. Redet er je darüber?«

»Nie.«

»Mein Vater schon«, meldete sich Christian unerwartet. »Er war zu Kriegszeiten noch ein Kind. Er phantasiert im Schlaf. Er hat Alpträume.«

Wir alle schwiegen einen Augenblick und dachten an die Greuel des Krieges, die glücklicherweise keiner von uns hatte miterleben müssen. Für mich hatte der Krieg nicht mehr bedeutet als das abgewetzte Lebensmittelkartenbuch meines Großvaters und den scheußlichen Bunker im Garten unserer Nachbarn. Mir war das alles so fern erschienen wie ein Schwarzweißfilm im Fernsehen, nur eine Geschichte, wie sie die alten Männer im Pub zum besten geben, wenn der Novemberwind kalt vom Kanal herübergeweht kommt.

So fern, und doch so ... Für einen Moment nur meldeten sich hier, in der Bar des Hotel de France, die Schatten der Vergangenheit zu Wort wie ein hämisches Lachen, das urplötzlich im Raum hing und dann wieder verklungen war.

Ich schlief nicht gut in dieser Nacht, wurde von unruhigen Träumen hin und her geworfen, in denen ich die Marschschritte von Soldaten über den Platz dröhnen hörte, deutsche Stimmen im Zimmer unter mir, die leichteren Schritte einer Frau, die über den Flur gelaufen kam. Ich wälzte mich zwischen den Laken, verwickelte mich in meine Decke. Isabelle mochte nicht im Hotel de France gestorben sein, aber sie hatte hier ihre Spuren hinterlassen. Ich fühlte, wie ihr Schatten über mir schwebte, als hätte sie eben noch neben meinem Bett gestanden, und dann bauschten sich die Vorhänge des Fensters, während der Gesang des Brunnens draußen immer lauter wurde, bis ich endlich in einen fast bewußtlosen Schlaf sank.

Ich erwachte früh in seltsam melancholischer Stimmung. Nach Geselligkeit war mir überhaupt nicht zumute, also stand ich auf, zog mich an und begab mich auf einen einsamen Spaziergang am Flußufer entlang.

Der Montagmorgen ist in Frankreich immer von friedlicher Stille erfüllt; aus Tradition bleiben die meisten Geschäfte geschlossen, und die Leute nutzen die Zeit, um etwas später als sonst aus den Federn zu kommen. Während meines einstündigen Spaziergangs begegnete ich nur zwei Menschen. Ich schritt noch einmal die Wege ab, die ich hier in Chinon bereits kannte: Vom Flußufer aufwärts bis zu der Stelle an der Mauer des Schlosses, von der man die weiße Villa von Clos des Cloches inmitten ihrer grünen Umgebung liegen sah, dann um die Mauer herum am Eingangsturm des Schlosses vorbei bis zu der schmalen Bresche in der Mauer, zu der der mühselige Aufstieg vom Platz mit dem Springbrunnen heraufführte.

Hier machte ich Rast, schob die Hände in die Taschen meiner Jeans und reckte mein Gesicht der wärmenden Morgensonne entgegen. Irgendwo unter mir, im Gewirr der Dächer, Türme und mauerumschlossenen Gärten, hörte ich den Ruf einer Schwalbe. »O swallow, swallow, if I could follow ...« Wie ging das Gedicht weiter? Ich wußte es nicht mehr, hatte es zuletzt in der Schule gelesen. Auf jeden Fall Tennyson. Irgend etwas von einem Prinzen, der wollte, daß die Schwalbe eine Nachricht zu seiner Liebsten trüge, er sei auf dem Weg zu ihr ...

Laub raschelte, und ein Vogel, vielleicht derselbe, dessen Stimme ich eben gehört hatte, flog von einem Baum in dem Garten gleich unter mir auf und segelte über die Stadt hinweg. Seine spielerischen Flugbewegungen und sein unbeschwerter Ruf vertrieben meine triste Stimmung, und ich blickte ihm nach, bis er nur noch ein verschwindend kleiner Punkt am strahlend blauen Himmel war.

Und dann hörte ich Schritte die Stufen heraufkommen. Völlig grundlos hielt ich erschrocken den Atem an und riskierte einen vorsichtigen Blick über die Mauer. Doch kein Märchenprinz. Nur Garland Whitaker, die sich emporkämpfte. Als ich ausatmete, hörte es sich wie ein Klagelaut an.

Gleich darauf weitere Schritte zu meiner Rechten, in die sich das Lachen eines Kindes mischte. Ich reckte den Hals und sah einen Mann mit einem fröhlichen kleinen Kind an der Hand auf mich zukommen. Der Mann neigte den Kopf nach unten, weil er dem Geplapper des Mädchens zuhörte, und bemerkte mich deshalb nicht gleich.

Ohne lange nachzudenken, drehte ich mich um und beeilte mich davonzukommen. Auf keinen Fall wollte ich gleichzeitig Garland und Armand in die Arme laufen. Armand würde wieder mit mir flirten, und Garland hätte wieder was zum Tratschen. Ohne mich.

Ein Bankräuber mit seiner Beute hätte sich auch nicht rascher aus dem Staube machen können als ich, obwohl ein Bankräuber sich wohl besser über seinen Fluchtweg orientiert haben würde. Ich brauchte ja eigentlich nur wieder in die Stadt hinunterzugehen, aber schon an der ersten Kreuzung war der Durchgang von einem Lastwagen blockiert. Anstatt zu warten, bis der Fahrer ihn wegfuhr, entschloß ich mich, noch ein Stückchen weiter an der Bergkante entlangzugehen. Irgendwo mußte es doch noch einen anderen Weg in den Ort geben oder eine Treppe …

Aber die schmale Straße schlängelte sich immer weiter bergauf und verengte sich schließlich zu einem Fußpfad, doch ich ließ den Mut nicht sinken. Der Weg führte zwischen schlafend daliegenden kleinen Häusern mit duftenden Rosen in den Gärten hindurch, und eine Weile lang genoß ich es, scheinbar ganz allein hier unterwegs zu sein, bis die Gegend immer unwirtlicher wurde und ich plötzlich vor den ersten Höhlenbehausungen stand. Troglodytenhäuser nannte man sie hier. Das waren keine liebevoll in den Stein gehauenen Wohnstätten mit Gardinen vor den Fenstern und behaglichen Kaminen, wie man sie aus den Reiseführern des Loiretals kannte. Diese Höhlen hier waren verlassen und unheimlich, leere Fensterlöcher über verfallenden Türöffnungen, vom Unkraut, das am Berg wucherte, überwachsene breite Schornsteine. In dieser apokalyptischen Umgebung war es nicht schwer, hinter jeder blinden Fensterhöhle ein Paar Augen zu vermuten, das mich beobachtete.

Und der Pfad, auf dem ich mich befand, wurde noch einsamer. Die Häuser lagen jetzt weiter verstreut, und zu meiner Rechten trennte mich nur eine niedrige Mauer aus moosbewachsenem Geröllstein von einem steilen Abhang voll struppiger Büsche. Die Dächer der Häuser von Chinon rückten immer ferner und wirkten auch nicht mehr so verheißungsvoll.

Aus dem gepflasterten Pfad wurde bald ein Feldweg, und als ich zu einer zweiten Ansammlung unbewohnter Felshütten an dem Abhang zu meiner Linken kam, lief mir ein Schauer über den Rücken. Ich blieb stehen und sah mich um. Der Wind hatte ein verwittertes Blatt ergriffen und trieb es vor sich her den Weg entlang, bis es in dem hohen Gras hängenblieb. Sonst bewegte sich gar nichts.
»Hallo?« rief ich. »Ist hier jemand?«

Keine Antwort. Ich ging weiter. Der Weg führte genau auf ein düsteres Haus zu, bei dessen Anblick mir auch nicht wohler wurde. Ein ausgesprochen häßliches Haus mit einem Stacheldrahtzaun. Als ich daran vorbeikam, schepperten die geschlossenen Fensterläden im Wind. Wie eine Klapperschlange, die auf arglose Spaziergänger lauert, dachte ich. Angst packte mich, und ich blieb stehen, um mich umzublicken. Doch der Pfad lag verlassen da.

Aber als ich diesmal weiterging, vernahm ich ein Geräusch – wie von schlurfenden Schritten. Es kam mir auch so vor, als hörte ich jemanden atmen. Oder war das wieder nur der Wind? In dem Haus hinter mir warf sich wild knurrend irgendein Tier gegen die Tür, und ich begann zu laufen. Zweimal wäre ich fast gestolpert und hingefallen. Meine Schulter streifte eine herunterhängende Ranke, und ein Schwall kleiner weißer Blütenblätter rieselte auf mich nieder und blieb an meinem Gesicht kleben. Aber ich wagte es nicht, mein Tempo zu verlangsamen, bis ich diesen unheimlichen Ort hinter mir gelassen hatte.

Wieder kam ich zu einer Reihe Felsbehausungen, aber diesmal sahen sie bewohnt aus. Der Kies auf dem Vorplatz war ordentlich glattgerecht, und am Ende der Reihe erhob sich ein stattlicher Baum neben einem uralten Torbogen mit einer hölzernen Pforte.

Ich hielt in meinem hastenden Gang inne. Es gab keinen vernünftigen Grund dafür, aber hier fühlte ich mich plötzlich wieder sicher. Mit zitternden Knien lehnte ich mich gegen die Mauer und holte tief Luft. Ich rührte mich nicht von der Stelle, selbst als das Geräusch der Schritte lauter wurde als das Klopfen meines Herzens. Aber dies war nicht das Geräusch, von dem ich mich auf dem Pfad verfolgt gefühlt hatte. Diese Schritte klangen anders, irgendwie ruhiger, es war nichts Bedrohliches an ihnen, und sie schienen von unten, aus dem Tal zu kommen. Eine Treppe, dachte ich. Es mußte hier ganz in der Nähe eine Treppe geben, und schon hatte ich die Stelle entdeckt. Die Schritte kamen immer näher, und dann hörte ich eine Stimme, die mir vertraut war.

Als mit einemmal Martine und Christian vor mir standen, muß ich schon wieder ganz gefaßt ausgesehen haben.

Martine hatte an diesem Morgen auf ihren Trauerschleier verzichtet und sich statt dessen in eine grellgelbe Windjacke geworfen, deren Anblick fast in den Augen weh tat. Dazu trug sie einen ebenfalls gelben Rollkragenpullover und eine enge schwarze Jeans. Auch ohne das schwarze Kleid sah sie betörend schön aus, aber was mich wirklich neidisch werden ließ, waren ihre Zähne. Noch nie war mir ein Mensch mit so ebenmäßigen, perfekten Zähnen begegnet.

Martine erholte sich als erste von ihrer Verblüffung. »Hallo«, begrüßte sie mich.

Ich machte mich von meiner schützenden Mauer los und erwiderte den Gruß. »Kleiner Morgenspaziergang?«

»Ja, Christian hat die Nase voll von seinem Umzug und will heute Skizzen für ein Bild machen.« Christian, der eine Ledertasche über der Schulter trug, sah aus, als würde er noch halb schlafen. Martine hingegen war hellwach und plauderte munter drauflos. »Sie besuchen die Kapelle, Mademoiselle?«

»Sagen Sie doch bitte Emily zu mir. Welche Kapelle meinen Sie?«

»Die Kapelle Sainte Radegonde, direkt hinter Ihnen.«

Ich blickte auf die verschlossene Pforte. »Ach, dahinter befindet sich eine Kapelle? Das habe ich nicht gewußt.«

»Aber ja, die berühmteste, die wir hier in Chinon

haben. Christian kommt oft her, um Entwürfe zu zeichnen. Kommen Sie mit uns und schauen Sie sie sich an. Die Kapelle von Sainte Radegonde muß man gesehen haben, nicht wahr, Christian?«

»Wie?« Sein Kopf fuhr herum. Martines Frage hatte ihn aus der gedankenvollen Betrachtung einer vorüberziehenden Wolke gerissen. »Ja doch, stimmt. Muß man gesehen haben.«

»Die Kapelle ist meistens abgeschlossen«, erklärte Martine. »Den Schlüssel bekommt man bei der Touristeninformation. Aber Christian hat seinen eigenen.«

Es war ein alter, langer Schlüssel, so einer, wie man ihn manchmal in Gruselfilmen sieht, und Christian hatte seine Mühe, damit die Tür aufzusperren. Als sich der Schlüssel endlich drehte, öffnete er aber nicht sogleich, sondern sah mich mit ernstem Gesichtsausdruck an und sagte: »Machen Sie bitte die Augen zu.«

»Wie bitte?«

Es schien ihm ein wenig peinlich zu sein. »Tut mir leid, aber ... Sie werden nur einmal die Chance haben, dies hier zum erstenmal zu sehen, und da ist es besser, sich überraschen zu lassen.«

»Von mir aus.« Wie ein Kind, das darauf wartet, ein Geschenk zu bekommen, stellte ich mich also mit geschlossenen Augen vor die Tür. Ich hörte das Quietschen der Angeln und hatte plötzlich einen Geruch wie von Blumen und warmem Stein in der Nase.

»So«, hörte ich Christian sagen, »jetzt dürfen Sie gucken.«

Vor mir erhoben sich zwei gewaltige Säulen, die geradewegs bis in den Himmel zu reichen schienen. Ihre Kapitelle stützten den Rest einer gewölbten Mauer, aus der welke Grashalme sprossen. Eine hohe Gittertür zwischen den beiden Pfeilern schützte das Innere der Kapelle, in der sich zu beiden Seiten des Mittelganges die Säulenreihen fortsetzten. An jeder Säule befand sich eine Heiligenfigur, die mit blinden Augen auf mich hinuntersah.

Und zwischen den Säulen wuchs ein Garten, ein wilder Garten, von keines Menschen Hand berührt oder gepflegt. Hier und dort kündeten die in den Boden eingelassenen Grabstellen von der Zeit, als hier noch Gottesdienste abgehalten wurden. Doch jetzt lag alles verlassen und leergeräumt da; auch die Toten, die man in diesen Gräbern bestattet hatte, waren mittlerweile zu ihrer letzten Ruhe umgebettet worden. Das Dach dürfte schon vor ewigen Zeiten eingestürzt sein, denn es waren keine Trümmerreste mehr zu entdecken, und die einst so mächtig aufragenden Mauern waren nur mehr brüchige Ruinen, deren obere Kanten vom darauf wuchernden Efeu weichgezeichnet wurden.

Um das Taufbecken herum wuchs ein Lorbeerstrauch, und zu meinen Füßen zitterten zarte Wildblumen zwischen sattgrünen Mooskissen im Zugwind. In der Stille, die mich umgab, schien dieser verborgene Garten vor vitaler Energie nur so zu summen.

Beinahe hätte ich ihn nicht gesehen.

Er hätte ebensogut selbst ein Heiligenbild sein können, wie er da sitzend gegen die in Sonnenlicht getauchte Wand des Mittelschiffs lehnte. Erst als er die Augen öffnete, blinzelte, sich im Halbdunkel zu orientieren suchte, merkte man, daß Leben in ihm steckte. Dann hob er die Hand, um sich den Kopfhörer abzunehmen, und ich hörte das Klicken, mit dem der tragbare Kassettenrecorder abgeschaltet wurde.

»Guten Morgen allerseits«, grüßte Neil Grantham.

15

... stilles Licht schlief auf bemalten Wänden ...

Wir reagierten alle drei unterschiedlich auf seine Anwesenheit, obwohl in meinem Falle weniger von einer Reaktion als vielmehr von dem Ausbleiben einer solchen zu sprechen gewesen wäre. Ich erinnere mich nicht, auch nur eine Miene verzogen zu haben. Martine, die neben mir stand, lachte nur kurz verzückt auf und sagte: »Neil, du Verrückter! Wie bist du denn hier reingekommen?«

Christian verhielt sich weit sonderbarer. »Rühr dich nicht von der Stelle!« sagte er in einem Befehlston, der so gar nicht zu ihm passen wollte.

Neil, der sich gerade vorgebeugt hatte, als wolle er aufsehen, ließ sich wieder gegen die Mauer zurücksinken und sah zu, wie Christian auf dem feuchten Untergrund in die Knie ging, sich die schwere Tasche von der Schulter wuchtete und darin herumzuwühlen begann. Nachdem er ein Tintenfäßchen mit einer Klammer am Rand seines Skizzenblocks befestigt hatte, schlug er ein neues Blatt auf und machte sich ans Werk.

»Ihr habt mir einen ganz schönen Schrecken eingejagt«, sagte Neil leicht vorwurfsvoll und sah dabei nicht Christian, sondern mich an. »Ich habe euch gar nicht hereinkommen hören.«

»Unglaublich. Du mußt taub sein«, entgegnete Christian. »Wenn das Schloß aufschnappt, hört es sich doch an, als ob eine Pistole losgeht.«

»Ich hatte Musik an.« Die leiseste Kopfbewegung trug Neil einen strafenden Blick von Christian ein.

»Neil …«

»Schon gut.« Neil hielt seinen Kopf reglos gegen die Mauer gepreßt, aber seine Pupillen bewegten sich in meine Richtung.

»Thierry hat mir diesen Apparat geliehen. Funktioniert ganz gut.«

»Noch«, sagte Martine und stellte sich zwischen uns. »Und wie bist du hier hereingekommen? Die Tür ist doch immer abgeschlossen.«

»Ich habe meine Methoden.« Wieder die Lachfältchen um die dunklen Augen.

»Martine, du stehst mir im Licht«, Christian seufzte. Er hockte tief über seinen Zeichenblock gebeugt und ließ die Feder über das weiße Papier schnellen.

»Er malt gar nicht mich«, sagte Neil. »Sondern irgendwas, das ich unbewußt tue. Stimmt's, Christian?«

Christian blickte kurz auf. »Du hinterläßt einen Schatten da drüben auf der Säule. Den kann ich gut gebrauchen.«

»Hab ich's nicht gesagt?« meinte Neil resignierend.

»Außerdem«, fuhr Christian fort, »hast du etwas an dir, was ich einzufangen versuche. Eine ziemlich faszinierende Unbewegtheit.«

»Kein Wunder. Du erlaubst ja nicht, daß ich mich rühre.«

Aber ich wußte, was Christian gemeint hatte. Diese Unbewegtheit steckte tiefer, war mehr als bloßes Stillhalten. Es war etwas, was man nicht beschreiben konnte – er gab einem das Gefühl, die Zeit striche an ihm vorbei, ohne ihm etwas anzuhaben. Selbst, als die Skizze fertig war, Neil wieder aufstehen durfte und sich die steifgewordenen Glieder streckte, blieb etwas von dieser ganz besonderen Aura um ihn.

»Du bist wohl schon ein bißchen zu alt dafür, um über Mauern zu steigen.«

»Er ist über diese Mauer geklettert?« fragte ich ungläubig. Selbst an den niedrigsten Stellen war sie wohl noch drei oder vier Meter hoch.

»Kann sein.« Neil machte keine Anstalten, unsere Neugier zu befriedigen, und wandte sich statt dessen Christian zu. »Hast du den Schlüssel für das Gittertor dabei? Emily möchte vielleicht die Wandgemälde sehen.« Er nannte mich mit solcher Selbstverständlichkeit bei meinem Vornamen, als seien wir alte Freunde oder mehr als das. Offenbar duzten wir uns jetzt plötzlich. Es kam mir auch so vor, als würde uns Martine von der Seite einen fragenden Blick zuwerfen. Als Christian das Tor aufgesperrt hatte und wir die Apsis der Kapelle betraten, beschlich mich ein unbehagliches Gefühl beim Anblick der Heiligengestalten links und rechts über mir. Obwohl sie hier im Schatten eingeschlossen waren, erschien es mir mit einemmal so, als sei ich, nicht sie, hinter einem vergitterten Tor gefangen, als könnten ihre Augen weiter blicken als meine, in eine andere Welt schauen.

»Christian«, sagte Martine, »erzähl uns doch noch einmal die Geschichte von Sainte Radegonde. Ich bekomme sie nie richtig zusammen.«

»Muß das sein? Gut, aber nur die Kurzfassung: Sie war eine deutsche Prinzessin. Irgendwann im sechsten Jahrhundert wurden ihre Leute vom Frankenkönig Chlothar überrannt, der Radegunde – so heißt sie bei uns – zur Braut nahm. Sie war damals elf Jahre alt und wurde mit ihm nicht glücklich, also verließ sie ihn, um Nonne zu werden. Sie hat hier in Chinon ein kleines Kloster gegründet.«

»Hier an dieser Stelle?« Ich sah mich um.

»Nein, nicht hier. Hier lebte der Eremit Jean, ein Heiliger. Auf den komme ich auch gleich.« Es war nicht zu übersehen, daß er wenig Lust verspürte, den Fremdenführer zu spielen. »Hier in Chinon erreichte Radegunde der Befehl Chlothars, ihres früheren Ehemannes, sich weiter südlich nach Poitiers zu begeben und dort ein Kloster zu gründen, für das er, Chlothar, die nötigen Mittel bereitstellen würde. Aber Radegunde hatte ihre Zweifel, ob das gut und richtig war, und ist hergekommen, damit sie Jean, den Einsiedler, um Rat fragen konnte.«

»Und was hat er ihr geraten?«

»Er hielt es für eine gute Sache, nach Poitiers zu gehen. Und so machte sich Radegunde auf die Reise, wie Chlothar es verlangt hatte, und baute in Poitiers eine große Kirche. Und dort liegt sie auch begraben.«

Am hinteren Ende des Raumes befand sich eine Art Altar, ein gewaltiger Steintisch mit einer weißen Spitzendecke darüber, eingelassen in eine Nische, die mit Wandgemälden übersät war.

Auf dem Altar standen frische Blumen und ein hölzernes Kruzifix, links und rechts umrahmt von bronzenen Leuchtern. In einer der Skulpturen glaubte ich eine mittelalterliche Frau zu erkennen. Sie trug eine Krone auf dem Kopf und war tief ins Gebet versunken.

»Ist sie das?« fragte ich. »Ist das die heilige Radegunde?«

»Ja, das ist sie.« Christian nickte. »Und das hier auch.« Er zeigte auf eine zweite, noch anmutigere Figur in der danebenliegenden Nische, die ebenfalls mit Gemälden verziert war. Zu Füßen dieser Skulptur lagen frischgeschnittene Blumen und eine flache Schale mit mehreren Münzen darin. Opfergaben für eine Heilige, vermutete ich, bis Christian mich ins Bild setzte. »Das sind Spenden für die ›Freunde des Alten Chinon‹, Beiträge für den Erhalt dieser Kapelle.«

»Die Kapelle ist hier noch tiefer in den Felsen hineingetrieben«, sagte Martine und wies auf ein etwas niedrigeres Eisengitter hinten an der Wand. Hinter diesem Gitter waren keine Heiligengestalten zu erkennen, nur ein paar Schritte weit ein steinerner Fußboden und dann nichts als schwarze Finsternis. »Dort gibt es noch mehr Höhlen und sogar ein kleines Museum, und einen alten Brunnen aus der Zeit Sainte Radegondes. Hast du den Schlüssel, Christian?«

Der junge Deutsche schüttelte den Kopf. »Nein, den habe ich nicht bei mir. Wir können uns das ja ein andermal angucken.«

»Aber Christian, wieso ...«

»Ich habe den Schlüssel nicht dabei, Martine. Tut mir leid.«

Ich für meine Person war nicht allzu enttäuscht. Der Modergeruch, der aus dem Raum hinter dem Eisengitter zu mir drang, war nicht gerade einladend. Außerdem hatte ich soeben ein gemaltes Fries an der gegenüberliegenden Seite erspäht.

»Das gibt's doch gar nicht«, entfuhr es mir. »Da ist ja John.«

»Ja, das ist Jean, der Eremit«, erläuterte Martine. »Es ist eine Nachbildung seines Sarkophages. Die schlafende Figur ist nicht so alt wie ...«

»Nein, die meine ich nicht«, unterbrach ich sie. »Ich meinte das Fresko weiter hinten, dort oben an der Wand. Das ist Johann Ohneland, einst König von England.«

»Ach, das. Ja, Sie haben recht, das ist ein Gemälde der Plantagenets.« Es war vielmehr nur das Fragment eines Freskengemäldes, denn am unteren Rand war ein großes Stück herausgebrochen, aber die Farben wirkten noch frisch und lebensecht.

»Das habe ich doch schon mal gesehen«, sagte ich leise. Stimmt, ich kannte es aus einem von Harrys Büchern.

Martine bestätigte meine Vermutung. »Ja, es ist oft fotografiert worden, vor allem damals, vor dreißig Jahren, als man es entdeckt hat. Man datiert es auf die Zeit, als John herkam, um seine Königin zu heiraten. Das hier ist sie, auf dem Pferd hinter dem ihres Mannes. Nicht die ältere Frau im Hintergrund, sondern das junge Mädchen, das hier vorne reitet.«

Neil war von hinten so dicht an mich herangetreten, daß sein Atem über mein Haar strich. »Sieht mir ziemlich jung aus für eine Königin«, kommentierte er. »Und sie trägt ja auch gar keine Krone. Die hat die ältere auf.«

»Das ist Eleonore von Aquitanien«, erklärte ich ihm. »Sie war seine Mutter.« Aber ich sah dabei nicht die berühmte Königin an. Ich hatte nur Blicke für die liebreizende, tragische junge Frau im Vordergrund, deren große dunkle Augen mit soviel Hoffnung in die Zukunft schauten ...

»Man kann von Glück sagen, daß das erhalten geblieben ist«, erläuterte Martine, die Kunstexpertin. »Kurz nachdem es gemalt worden war, fiel Chinon an den französischen König. Dieser John, der König von England, hat, glaube ich, jemanden umgebracht, und daher fand man es nicht sehr angemessen, sein Bildnis hier in der Kirche zu haben, so daß man es mit Putz bedeckt hat. Und hinter diesem Putz blieb es dann bis 1966 verborgen, als ein Stück davon abfiel.«

Ich hörte kaum, was sie sagte. Ich studierte das Gemälde, und jedesmal, wenn mein Blick auf Isabelle fiel, kam es mir so vor, als würde sie geradewegs mich anschauen, so, als wollte sie mir etwas mitteilen.

Damit waren wir auch schon am Ende unserer improvisierten Führung angelangt und traten wieder hinaus in die deckenlose Vorhalle. Christian suchte sich einen Platz bei dem Taufbecken und begann eine weitere Tuschezeichnung. Mit geübtem Blick fing er die Umrisse der Ruine ein und brachte sie mit raschen Strichen aufs Papier. Weil ich ihn nicht stören wollte, gesellte ich mich zu Neil und Martine, die an den hohen Säulen beim Eingang warteten. Ich weiß nicht, ob ich mir etwas dabei gedacht habe, als ich mich zwischen die beiden setzte ... Nein, ich glaube eher nicht. Aber zu diesem Zeitpunkt begannen mir meine Reaktionen auf Neil Grantham zunehmend aus dem Ruder zu laufen.

Er schüttelte sich das dichte blonde Haar aus der Stirn, und die Mittagssonne schien ihm direkt ins Gesicht. »Für mich ist das beinahe wie das Paradies hier oben«, sagte er. »Ich wage es schon kaum, zu oft herzukommen, sonst schaffe ich am Ende gar nichts mehr. Am liebsten würde ich für immer in Chinon bleiben.« Er wollte mir zulächeln, aber mein Gesichtsausdruck ließ ihn innehalten. »Was? Was ist denn?«

»Nichts.« Wie idiotisch hätte es denn geklungen, wenn ich ihm gesagt hätte, daß mir eben gerade aufgefallen war, daß seine Augen natürlich gar nicht schwarz waren, sondern blau, von einem so dunklen, intensiven Blau wie das mitternächtliche Meer. Nicht, daß es eine Rolle spielte, welche Farbe seine Augen hatten. Daß ich mich so eingehend mit ihnen beschäftigte, war der springende Punkt.

Harry hat schon immer über mich gelacht, wenn ich

Männern so tief in die Augen schaute. »Man sieht's dir sofort an, wenn's dich erwischt hat, meine Liebe«, pflegte er mich aufzuziehen. »Ich brauche dich nur zu fragen, welche Augenfarbe er hat.« Und das stimmte leider. Wenn ein Mann mich nicht interessierte, antwortete ich einfach mit »braun«, weil mir nichts anderes einfiel, aber wenn ein Mann es mir angetan hatte, wußte ich seine Augen peinlich genau bis ins kleinste Detail zu beschreiben.

Ich fühlte, wie mir die Wangen zu glühen begannen, aber Neil merkte nichts davon. Er sah zu der Mauer hin, an der er vorhin gesessen hatte. »Da ist wieder dieser blöde Vogel«, sagte er.

»Was für ein Vogel?« wollte Martine wissen.

»Der da drüben. Die Schwalbe. Sie ist heute morgen wie wild um mich herumgeflattert. Ging mir richtig auf die Nerven. Muß irgendwo hier ihr Nest haben.«

Auch ich sah nun den kleinen Zugvogel an, und für einen Augenblick – einen winzigen Augenblick nur – war ich beinahe versucht, zu glauben ... Sei nicht dumm, sagte ich mir energisch, das war nicht die Schwalbe, die du gesehen hast, das konnte gar nicht dieselbe Schwalbe sein, und ganz gewiß hatte sie mir nicht die Botschaft eines Prinzen bringen wollen. So etwas gab es nicht. Ich spürte wieder Neils Augen auf mir ruhen, als wollte er etwas zu mir sagen, und erhob mich rasch. »Ich möchte auch eine Spende bei dem Altar hinterlassen«, sagte ich, eine Spur zu aufgekratzt. »Es ist so schön hier, daß es schade wäre, wenn das alles verfällt, bloß weil kein Geld da ist.«

Ich war augenscheinlich nicht die einzige, die diese Meinung vertrat, denn in der kleinen Schale zu Füßen der heiligen Radegunde war eine erkleckliche Summe zusammengekommen. Unter den vielen winzigen, dünnen französischen Münzen entdeckte ich auch einige dickere amerikanischer Herkunft, und halb versteckt unter diesen noch eine kleine aus gehämmertem Silber …

Ich starrte sie einen Moment lang an und wollte es nicht glauben. Das konnte doch nicht sein, das konnte doch einfach nicht wahr sein … Aber da war sie, ohne Zweifel, eine kleine, runde Münze aus angelaufenem Silber mit dem aufgeprägten Antlitz eines toten Königs – dem Bild Johns, des dritten Königs aus dem Hause Plantagenet.

Der Wind blies plötzlich eine kalte Brise zwischen den schützenden Mauern hindurch, und ich hörte wieder die lachende Stimme meines Cousins, sah ihn, wie er die Faust schützend um diese Münze schloß … »Du magst aufgehört haben, an die kleinen Dinge zu glauben, die einem im Leben Glück bringen, aber ich nicht. Ich würde eher meinen rechten Arm hergeben als diesen kleinen König hier …«

Ohne es eigentlich zu wollen, nahm ich die Münze aus der Schale und umfaßte sie mit den Fingern, drückte sie in das weiche Fleisch meines Handballens, bis ich jede einzelne ihrer abgewetzten Konturen spüren konnte. Sie befand sich nicht mehr in seiner Obhut, aber zweifellos handelte es sich hier um Harrys Münze. Ich konnte mir nicht vorstellen, daß noch andere Touristen Münzen mit King John darauf mit sich herumtrugen. Er war also hier gewesen, vor gar nicht allzulanger Zeit. Harry war hier gewesen …

Mein eigenes Fünf-Franc-Stück landete klappernd auf dem Teller, und Martine blickte auf. Sie konnte mich gegen das Sonnenlicht nur undeutlich sehen, fragte aber trotzdem: »Stimmt irgendwas nicht?«

Unter den vorwurfsvollen Augen der Heiligen ließ ich die Münze in meiner Tasche verschwinden und schüttelte den Kopf. »Nein, alles in Ordnung.« Zufrieden wandte sich Martine wieder ab, um mit Neil weiterzureden, während ich meine zitternde Hand zur Faust ballte. »Alles in Ordnung«, sagte ich noch einmal leise vor mich hin. Ich wünschte nur, ich wäre selbst überzeugt davon gewesen ...

16

Fortan hast du einen Gefährten, mich ...

Es dunkelte schon, als ich mein Zimmer verließ, um mich auf die Suche nach Paul zu machen. Ich fand ihn in der Bar, wo er an einem der Fenstertische saß, »Ulysses« aufgeschlagen auf dem niedrigen Tisch zu seinen Knien.

Er wirkte so zufrieden mit Gott und der Welt, daß ich mir überlegte, ob ich ihn überhaupt stören sollte. Aber das Telefon meiner Tante war den ganzen Nachmittag lang besetzt gewesen, und statt meines Vaters hatte ich nur seinen Anrufbeantworter erreicht, also blieb mir allein Paul, wenn ich mit jemandem reden wollte. Er war der einzige, bei dem ich mich hier in Chinon hätte aussprechen mögen, denn inzwischen kam er mir wie ein altvertrauter Freund vor. Als ich die Bar betrat, blickte er auf und begrüßte mich mit einem Lächeln. »Du kommst gerade recht«, sagte er. »Ich wollte eben zu lesen aufhören und mir was zu trinken holen.«

»Auf welcher Seite bist du gerade?«

»Fünfhundertsechsundvierzig.«

»Und wie viele Seiten hat das Buch insgesamt?«

»An die achthundert. Ich werde wohl nie damit fertig.«

»Überschlag doch einfach ein paar Seiten. Bei so einem dicken Buch merkt man das gar nicht.« Ich nahm auf der Couch ihm gegenüber Platz.

»Das hieße ja mogeln. Außerdem mache ich nicht gern halbe Sachen. Sobald ich etwas anfange, bringe ich es auch zu Ende, so bin ich eben. Ich hasse unerledigte Dinge.«

»Ist es denn wirklich so schwer zu lesen?«

»Nein, schwer zu lesen ist es nicht gerade. Kompliziert wäre wohl das treffendere Wort dafür. Für Joyce' Erzählweise mit den vielen Ausdrucksverknappungen muß man sich Zeit lassen, sonst entgeht einem zuviel. Was, zum Beispiel, soll das hier deiner Meinung nach bedeuten?« Er hielt mir das Buch hin und zeigte mit dem Finger auf eine Stelle im Text.

Ich las die Passage zweimal durch und schüttelte den Kopf. »Keinen blassen Schimmer.«

»So geht's mir auch. Aber ich weiß, daß ich irgendwann dahinterkomme. So muß man dieses Buch nämlich lesen. Man hangelt sich durch ein paar Sätze hindurch, macht eine Pause, um darüber nachzudenken, und liest dann wieder ein Stück weiter.«

»Soviel Geduld hätte ich nie.«

»Simon würde es nicht als Geduld bezeichnen. Für ihn ist es Besessenheit, ein Charakterzug, der ihm bei mir sowieso schon auf die Nerven geht. Er sagt, ich wäre der typische Arzt, müßte immer allen Dingen genauestens auf den Grund gehen.«

»Und, stimmt das?«

»Klar. Man braucht eine Sache nur aus dem richtigen Blickwinkel anzugehen, um sie zu begreifen. Für das, was man nicht versteht, muß man sich die rechte Betrachtungsweise suchen und – peng! Plötzlich erschließt sich einem das ganze Universum.«

»Ja, wenn man's kann. Ich jedenfalls habe mein Problem von allen möglichen Seiten betrachtet und komme trotzdem zu keiner Lösung.«

»Und dieses Problem wäre?«

Ich griff in meine Tasche und hielt ihm die Handfläche hin. »Das hier.«

Paul beugte sich vor, nahm die Münze und hielt sie ins Licht. »Was ist das?«

»Eine alte Münze mit King John darauf.«

»Und wo hast du die her?«

Ich schämte mich zuzugeben, daß ich sie von einem Teller mit Spenden gestohlen hatte, und nahm Zuflucht zu einer Notlüge. »Ich habe sie in der Kapelle der heiligen Radegunde gefunden.«

»Donnerwetter.« Er drehte sie langsam zwischen den Fingern. »Ich wette, davon gibt's nicht mehr viele.«

»Mein Vetter hat eine.«

Paul begriff sofort, worauf ich hinauswollte. »Aber dein Cousin hat doch ausrichten lassen, daß er erst später kommt.« Er gab mir die Münze zurück und sah mich gespannt an. »Und jetzt denkst du, das wäre seine? Daß er schon hier war und wieder abgereist ist?«

»Ich weiß nicht, was ich denken soll. Ich habe in allen anderen Hotels angerufen, aber niemand wußte etwas von ihm. Ich habe auch die Krankenhäuser überprüft – nichts. Im Umkreis von zehn Meilen hat niemand etwas von ihm gehört. Jedenfalls nicht in den letzten Tagen.«

»Hast du es beim Verkehrsbüro versucht? An die muß man sich nämlich wenden, wenn man den Schlüssel zu der Kapelle haben will.«

Ich nickte. »Sie sagen, während der letzten vier Wochen hätte niemand die Kapelle besichtigen wollen.« Christian besaß natürlich einen Schlüssel, aber wenn er sich mit Harry getroffen hätte, würde er es mir doch erzählt haben. Mein Vetter und ich sahen einander ähnlich wie Bruder und Schwester, und diese Ähnlichkeit wäre ihm zweifellos aufgefallen. Und während Neil es offenbar irgendwie geschafft hatte, die Mauer zu überwinden, traute ich das Harry eher nicht zu. »Diese Münze«, sagte ich zu Paul, »bereitet mir Kopfzerbrechen. Sie ist sein Glücksbringer. Er würde sie doch nicht einfach hergeben.«

»Aber er kann sie doch verloren haben.«

»Nicht da, wo ich sie gefunden habe. Jemand muß sie dort mit Absicht hingelegt haben. Außerdem hat Harry sie immer in einer Schatulle, wie Sammler sie benutzen, aufbewahrt und nicht so lose mit sich herumgetragen.«

»Du meinst, er hätte sie dann mitsamt der Schatulle verlieren müssen.«

»Eben. Die rationalste Erklärung wäre natürlich, daß dies hier gar nicht Harrys Münze ist. Aber sie ist aus reinem Silber und von antikem Wert, und man müßte schon verrückt sein, sie ... sie da hinzutun, wo ich sie gefunden habe.«

Paul schwieg einen Augenblick lang und schüttelte eine Zigarette aus seiner fast leeren Packung. »Wenn du dir wirklich solche Sorgen machst, solltest du da nicht die Polizei einschalten?«

»Um ihnen was zu erzählen? Daß ich eine Münze gefunden habe, die möglicherweise meinem Vetter gehört, möglicherweise aber auch nicht? Die würden mir was erzählen, sie mit so was zu behelligen.«

»Also keine Polizei«, faßte Paul zusammen. »Es muß doch noch einen anderen Weg geben herauszufinden, ob er hier gewesen ist.«

»Mir fällt keiner ein.«

»Hast du nicht gesagt, er wollte herkommen, um irgendwelche Nachforschungen anzustellen?«

»Ja.«

»Und wo würde er dazu hingehen?«

»Ich weiß es nicht genau. In die Bibliothek oder zum Schloß hinauf ... nein, warte.« Mir war plötzlich etwas eingefallen. »Er hat gesagt, er wolle sich mit jemandem treffen, einem Mann, der einen von Harrys Artikeln gelesen und ihm Informationen über die unterirdischen Gänge angeboten hat.«

»Du bist sicher, daß es ein Mann war?«

Ich schloß die Augen und versuchte, mich an das Gespräch zu erinnern, das nun schon eine Woche zurücklag. »Ja, ganz bestimmt.«

»Und weißt du noch seinen Namen?«

»Nein. Ich glaube, Harry hat mir sowieso nur seinen Vornamen genannt.«

»War er Franzose oder Engländer?«

»Franzose.« Soviel wenigstens wußte ich noch. »Er hat auf französisch geschrieben, aber Harry meinte, er müßte Englisch verstehen, weil der Artikel – in dem es übrigens um den Schatz von Königin Isabelle geht – in einer englischen Zeitschrift erschienen ist.«

»Na bitte«, sagte Paul. »Also suchen wir einen an Geschichte interessierten Mann aus der Gegend hier, der sich mit den Tunneln auskennt und englische Fachzeitschriften liest. Hört sich nach einem Fall für Sherlock Holmes an.«

»Aussichtslos, mit anderen Worten.«

»Ich denke, ich könnte dir da schon behilflich sein. So viele Leute gibt's hier in Chinon ja auch wieder nicht, auf die diese Beschreibung zutrifft, und die wenigen, die es gibt, werden sich gewiß irgendwann mal in der Bibliothek blicken lassen. Wenn du willst, kann ich mich dort morgen umhören. Und falls du noch mal in die Kapelle willst, um dich ein wenig umzusehen, ob dein Cousin dort vielleicht noch etwas zurückgelassen hat, kann ich Christian bestimmt überreden, mir den Schlüssel zu geben.«

»Würdest du das für mich tun?«

»Klar. Überredungskunst ist meine große Stärke. Bei meinem Bruder muß ich sie oft genug anwenden.«

»Wo steckt Simon eigentlich?«

»Weiß nicht. Nach dem Mittagessen ist er auf Schatzsuche gegangen, und bisher habe ich ihn nicht wieder zu Gesicht bekommen. Seit der Gespenstergeschichte von gestern abend ist er völlig Feuer und Flamme – zwei Isabelles, zwei verborgene Schätze, zweimal die Möglichkeit, auf etwas zu stoßen.«

»Du mußt es auch mal von der guten Seite sehen. Zumindest wird er jetzt nicht mehr so erpicht darauf sein, Chinon den Rücken zu kehren. Dir bleiben also noch ein paar zusätzliche Tage.«

»Wohl noch mehr. Weißt du nicht mehr? Das Echo hat gesagt, daß Simon mich hier nie wegkriegt.« Er streckte die Arme. »Etwas zu trinken? Einen Kaffee?«

Ich sah mich in dem leeren Raum um. »Ist die Bar denn überhaupt geöffnet?«

»Aber sicher. Thierry ist im Hinterzimmer. Hat Papierkram zu erledigen.«

»Papierkram?« Ich fand es witzig, daß sich der junge Barkeeper mit so was beschäftigte.

»Oder so ähnlich. Gabrielle, die Empfangsdame, scheint ihm dabei behilflich zu sein.«

Jetzt dämmerte es mir.

»Ich soll pfeifen, wenn ich etwas brauche.«

Er mußte sogar zweimal pfeifen, ehe sich in dem kleinen Zimmer hinter der Bar etwas rührte und eine gedämpfte Stimme sich meldete: »Oh-kee, bin schon unterwegs.«

Paul nahm sich eine weitere Zigarette und sah mich entschuldigend an. »Kettenrauchen, ich weiß. Meine

Mutter würde einen Anfall kriegen. Aber ich muß die Zeit nutzen, solange Simon noch nicht zurück ist.«

Ich biß mir auf die Lippe. »Paul ...«

»Ja?«

»Du wirst doch keinem von der Münze meines Vetters erzählen, nicht wahr?« Zum Glück fragte er nicht nach dem Grund, sonst hätte ich mir eine schöne Geschichte einfallen lassen müssen, denn mich beschlich das ungute, wenn auch durch nichts begründete Gefühl, daß irgend etwas mit meinen Bekannten hier in Chinon nicht stimmte. Ich hatte schon am ersten Abend beim Essen so eine Ahnung gehabt, und gestern hier in der Bar auch wieder – daß unter der Oberfläche etwas schwelte, was mir bisher verborgen geblieben war. Es erinnerte mich daran, wie mein Vater mit uns vor Jahren einmal zu einem Theaterbesuch nach London gefahren war, aber irgendwas durcheinanderbekommen hatte, so daß wir pünktlich zum dritten Aufzug eintrafen. Während des gesamten letzten Akts wurde ich nicht mehr schlau daraus, was sich auf der Bühne tat, denn die Charaktere der Figuren und das, was ihr Handeln bestimmte, waren natürlich schon weit früher im Stück enthüllt worden. Ich spürte zwar die zwischen ihnen herrschende Spannung, kam aber nicht mehr dahinter, worum es eigentlich ging.

Aber was auch immer der Grund für die im Hotel de France herrschende Spannung unter den Gästen sein mochte, Paul Lazarus schien wenig davon berührt. »Klar werde ich's für mich behalten«, sagte er. »Wenn du es möchtest.«

»Auch Simon gegenüber?«

»Auch ihm gegenüber.«

»Danke. Du bist ein Engel.«

Er balancierte seine Zigarette auf dem Rand des

Aschenbechers und lehnte sich sichtlich zufrieden in seinem Stuhl zurück. »Man gibt sich Mühe.«

»Aha!« Simon war in der Tür der Bar erschienen und sah Paul triumphierend an. »Ich wußte doch, daß ich dich früher oder später dabei erwischen würde! Ich hab's doch gewußt!«

Ich mußte es tun. Ich griff mir lässig die glimmende Zigarette, führte sie an die Lippen und tat mit perfekter Nonchalance einen tiefen Zug. »Wobei erwischen?« fragte ich Simon.

Simon fiel die Kinnlade herunter, und auch Paul war zusammengezuckt, ich aber setzte eine Unschuldsmiene auf, bei der Simon nichts mehr einfiel.

»Schon gut.« Verwirrt sah er Paul an. »Ich dachte bloß ...« Er kam nicht mehr dazu, uns zu erzählen, was er gedacht hatte. Hinter ihm, in der Eingangshalle, wurde die Tür geöffnet und wieder geschlossen, und schon kamen zu meinem Entsetzen die Whitakers herein. Aus war's mit der friedvollen kameradschaftlichen Stimmung, die sich gerade zwischen Paul und mir aufgebaut hatte.

»Aber Emily!« echauffierte Garland sich sofort. »Ich habe ja gar nicht gewußt, daß Sie rauchen!«

Ich hatte das Rauchen ja auch vor drei Jahren aufgegeben – ein Schritt auf meinem Wege in ein verantwortungsbewußteres Leben – und war deshalb auch einigermaßen erleichtert, daß die Zigarette mir überhaupt nicht schmeckte.

»Jeder hat sein kleines Laster, sagt mein Vater immer.«

»Nur eins? Wie langweilig, meine Liebste!« Mit großer Geste ließ sie sich in den der Tür nächstgelegenen Sessel sinken und stieß einen selbstmitleidigen Seufzer aus. »Ich werde hier nie wieder hochkommen«, tat sie laut kund. »Wir müssen ja wohl hundert Meilen gelaufen sein!«

»Einmal über den Fluß und zurück«, sagte Jim Whitaker, der sich zu uns ans Fenster gesellt hatte. »Aber meine Frau ist es nicht gewohnt, zu Fuß zu gehen, und dann noch in diesen Schuhen.«

Garland hob grazil einen Fuß, um ihre schmalen italienischen Pumps unter die Lupe zu nehmen. »Ich weiß. Ich muß mir ein Paar vernünftige Schuhe kaufen, so wie Ihre, Emily. Ihr Engländer tragt immer so praktische, bequeme Sachen.«

Grinsend schob Paul den Aschenbecher näher zu mir heran und klappte sein Buch zu. »Und was hast du heute nachmittag getrieben, Simon?«

»Ach, nichts Besonderes«, sagte Simon und ließ seinen schlaksigen Körper in den Sessel neben meinem fallen. »Wo ist Thierry denn? Arbeitet er heute nicht?«

»Er ist im Hinterzimmer, erledigt Bürokram«, log Paul ungerührt. »Aber er wird gleich hier sein.«

»Gott sei Dank«, stöhnte Garland. »Ich kann nach all dem Rumgerenne wahrlich einen Drink vertragen. Ich ziehe Besichtigungen vor, zu denen man mit dem Auto fahren kann. Wie steht's damit bei Ihnen, Emily?«

»Ach, mir macht es nichts aus, zu Fuß zu gehen.« Mit besonderer Sorgfalt drückte ich den Rest der Zigarette im Aschenbecher aus. »Ich gehe sogar ganz gerne.«

»Genau wie Neil. Ich bekomme schon Erschöpfungszustände, wenn ich ihn nur sehe. Den ganzen Tag diese Stufen hinauf und wieder hinunter, und er muß dabei noch nicht einmal keuchen. Geradezu abstoßend. Jim war früher auch so durchtrainiert, nicht wahr, Darling? Als ich dich kennengelernt habe. Ja, die Army, die macht was aus den Männern. – Ah, da ist ja unser Thierry, wir haben schon geglaubt, du hättest dich in Luft aufgelöst.«

Thierry war ganz rot im Gesicht, wirkte aber sonst recht zufrieden. Garland hielt sein Grinsen für ein Zeichen der Verständnislosigkeit.

»Wir ... glaub-ten ... du hät-test ... dich in Luft aufgelöst«, wiederholte sie noch etwas lauter.

»Ah ja.« Er ahmte den Akzent eines Varietékünstlers nach, der einen Franzosen imitiert, und fragte sie übertrieben genau akzentuiert: »Mösch-ten Sie ei-ne Drink, Madame?«

Darüber mußte selbst Jim grinsen, aber Garland begriff den Witz überhaupt nicht. »Ja, das ist viel besser, Thierry«, beglückwünschte sie ihn. »Siehst du? Übung macht den Meister. Nur weiter so, dann wird dein Englisch mit jedem Tag besser.«

Die nächste halbe Stunde verbrachte ich damit, an meinem Kir zu nippen und ein freundliches Gesicht zu machen. Als es deutlich wurde, daß die Whitakers für den Rest des Abends auf ihren Plätzen festgewachsen waren und daß Paul und ich bis zum Frühstück würden warten müssen, um unser Gespräch über Harry fortzusetzen, entschuldigte ich mich mit einem recht überzeugenden Gähnen und machte mich auf den Weg nach oben.

Allein in meinem Zimmer schloß ich gedankenverloren noch einmal die Finger um die kleine Silbermünze tief im Innern meiner Tasche und trat ans Fenster. Mit der aufkommenden Nachtkälte wurde es feucht, aber die Straßenlampen verteilten ihr warmes gelbes Licht auf dem schwarzglänzenden Pflaster, und aus dem Springbrunnen sprühte buntschillernd das Wasser.

Der kleine gefleckte Hund des Zigeuners gähnte herzhaft und streckte sich lang aus, während ein Windhauch die Bäume rascheln ließ. Der Besitzer des Hundes warf einen kurzen, ausdruckslosen Blick zu mir hinauf, wandte sich dann wieder ab und steckte sich in aller Ruhe eine Zigarette an. Es ist nur die Dunkelheit, sagte ich mir, die dieser Szene eine etwas unheilschwangere Stimmung verleiht. Es ist schließlich sein gutes Recht, an einem öffentlichen Platz zu sitzen, und sein Blick nach oben mochte allem möglichen gegolten haben und nicht unbedingt speziell meinem Fenster. Dennoch achtete ich darauf, den Fensterriegel fest zu schließen, und zog die schweren Vorhänge zu, bevor ich unter die Decke des breiten Bettes kroch und auf meinem Kissen die Augen schloß wie ein Kind, das Schutz sucht vor der langen Nacht und ihren Schatten.

17

»... wir gewähren dir, der du hier fremd bist, die Erlaubnis: Sprich, und laß die Sache ruhn.«

Als Paul am nächsten Morgen auf mein Klopfen öffnete, hielt er sich gerade mit der einen Hand den Hörer vor die Brust, während er mit der anderen das Telefon gegriffen hatte. Ohne sein Gespräch zu unterbrechen, winkte er mir, hereinzukommen. Er telefonierte auf französisch. »Ah, verstehe. Ja, ich warte, es macht keine Umstände.« Er bedeckte die Sprechmuschel mit der Hand und forderte mich auf, ich solle doch Platz nehmen.

Was leichter gesagt war, als getan. Das Zimmer der beiden war das genaue Spiegelbild meines eigenen, nur daß sie statt meines großen Bettes zwei schmalere hatten, von denen das eine sorgfältig gemacht, aber mit jeder Menge Landkarten übersät war, wogegen auf dem zweiten, noch völlig zerwühlten, der riesige Vorhang mitsamt seiner langen Stange ruhte. Der Boden war mit einem Sammelsurium von nach Farben sortierten Kleiderstapeln bedeckt. Es war kaum Platz genug zum Stehen, geschweige denn, um sich irgendwo hinzusetzen.

Paul hatte das Problem gelöst. Er hockte auf dem ebenfalls vollgestopften Schreibtisch, die Füße auf einen Stuhl mit einem Stapel Zeitungen darauf gestützt. Während er am Telefon wartete, bahnte ich mir vorsichtig meinen Weg zum Fenster, wo ich mich auf die Bettkante setzte. In einem Punkt mußte ich Simon wirklich recht geben. Das hohe Fenster entfaltete seine Wirkung ohne den wuchtigen Vorhang viel besser.

Paul summte vor sich hin.

»Grund zur Freude?« fragte ich.

»Kann sein. Die Bibliothek hat noch nicht geöffnet, aber die Angestellten sind schon da. Einer geht gerade den Chefbibliothekar fragen, ob der jemanden kennt, der – Ja, ich bin noch dran.« Dann, nach einer kurzen Pause: »Ich bin Student und schreibe an einer Arbeit über ... ja, genau. Und man hat mir gesagt, daß es bei Ihnen jemanden gibt, der mir vielleicht Auskunft geben könnte. Pardon?« Er beugte sich vor, um sich auf einem Block, den er neben sich liegen hatte, etwas zu notieren. »Ja, das habe ich. Belliveau, das schreibt sich B-e-l-l ...? Sie haben nicht zufällig die Telefonnummer? Ja, natürlich, das kann ich verstehen. Aber ich denke, das wird nicht schwierig sein. Haben Sie vielen Dank.« Mit zufriedenem Gesichtsausdruck legte er den Hörer auf und nahm sich eine Zigarette. »Das hat Spaß gemacht.«

»Paß lieber auf, Sherlock«, sagte ich. »Sonst kommt Big Brother und ertappt dich beim Rauchen.«

»Simon ist nicht da. Er ist vor einer halben Stunde mit den Whitakers weggegangen.«

»Simon ist mit Jim und Garland unterwegs?« Ich glaubte, meinen Ohren nicht zu trauen. »Was will er denn mit denen?«

»Sie fahren nach Fontevraud, wo deine Königin Isabelle begraben ist. Simon hofft, dort Hinweise darauf zu finden, wo sie ihren Schatz versteckt hat. Und außerdem habe ich mir erlaubt, ihn daran zu erinnern, daß wir heute Dienstag haben, unseren wöchentlichen Waschtag, und da hat er die Gelegenheit genutzt, sich um den Gang zum Waschsalon zu drücken.«

»Du bist ein ganz schöner Schlawiner.«

»Ich weiß.«

»Und wie sollen wir, bitte schön, Detektiv spielen, wenn du mit eurer ganzen Wäsche dasitzt?«

»Thierry und ich haben alles im Griff.«

»Du hast doch Thierry nichts davon erzählt?« fragte ich erschrocken.

Er sah mich beleidigt an. »Selbstverständlich nicht. Habe ich es dir nicht versprochen? Ich habe ihm nur gesagt, daß wir beide heute ganz allein etwas unternehmen wollen und daß Simon nichts davon zu wissen braucht.«

»Wie schlau von dir. Jetzt glaubt er, wir werden uns irgendwohin zurückziehen, um ganz ungestört ...«

»Nichts da.« Paul grinste. »Das könnten wir ebensogut auch hier im Hotel machen. Außerdem kennt mich Thierry dafür zu gut.«

»Ach, weil ich zu alt für dich bin?«

Er schüttelte den Kopf. »Das wohl kaum. Aber ich würde nie mit der Frau eines anderen anbändeln.«

»Was für eines anderen denn?«

»Ist egal.« Er wechselte das Thema, indem er seinen Notizblock zur Hand nahm. »Möchtest du nun hören, was ich herausbekommen habe?«

»Bitte.«

»Also, in der Bibliothek ist nur ein Mann bekannt, der ausländische Zeitschriften zur Geschichtsforschung liest und sich für die Tunnel interessiert – ein hiesiger Dichter namens Victor Belliveau.«

»Victor ...« Ich ließ mir den Namen auf der Zunge zergehen.

»War das der Name, den dein Cousin am Telefon erwähnt hat?«

»Ich weiß nicht mehr.«

»Hört sich jedenfalls so an, als könnte das unser Mann sein. Wie es aussieht, stöbert er schon seit Jahren in den Gängen da unten herum, zeichnet Karten und so. Soll wie versessen darauf sein. Falls dieser Belliveau also deinem Cousin geschrieben hat, könnte Harry sich mit ihm getroffen haben, als er hier in Chinon war. Vorausgesetzt natürlich, er war überhaupt hier. Aber fragen kostet ja nichts.« Paul sah auf seinen Block. »Er wohnt ein Stückchen außerhalb. Ich habe die Adresse, aber keine Telefonnummer. Der Mann sagte, Belliveau hätte wahrscheinlich gar kein Telefon. Soll ein richtiger Künstler sein, unser Monsieur – auch ein bißchen exzentrisch.«

»Aber er wohnt nicht so weit weg?«

»Ein Stück den Fluß hinauf. Vielleicht eine gute Viertelstunde zu Fuß. Möchtest du, daß wir da zuerst hingehen? Oder lieber noch eine Runde um die Kapelle machen? Den Schlüssel habe ich.«

»Das ging aber schnell.«

»Ich bin einfach zu Christian gegangen und habe ihn gefragt.«

»Alle Achtung, Sherlock. Du hast heute morgen ja schon einiges erreicht.«

»Also? Womit fangen wir an? Der Poet oder die Kapelle?«

Die Kapelle erschien mir vielversprechender, denn ich war mir ziemlich sicher, daß Harry dort gewesen war, aber dann mußte ich an die Klettertour dort hinauf denken und an die endlos gewundenen Stufen, die wieder hinunterführten …

»Beginnen wir mit dem Poeten.«

Das Haus von Victor Belliveau befand sich am Rande der Ortschaft – ein offenbar recht weitläufiges gelbes Bauernhaus mit brüchigem Ziegeldach etwas abseits der Straße. Ein paar windgebeugte Bäume und ein Zaun daneben begrenzten das Grundstück. Von Thierry hatten wir uns bereits die Bestätigung dafür geholt, daß es sich bei dem Mann wirklich um einen Dichter handelte. »Er war früher sehr berühmt, dieser Belliveau«, hatte er auf Pauls beiläufige Frage geantwortet, »und das nicht nur in Chinon, nein, in ganz Frankreich. In Paris, in der Schule, haben wir seine Gedichte gelesen. Aber jetzt trinkt er, und die Leute wollen nicht mehr soviel von ihm wissen.«

Ich fand, daß man das seinem Besitz fast ansehen konnte. Der Hof war ungepflegt und voller Schlaglöcher, die Scheune, lang und niedrig gebaut wie das Haus, verbarrikadiert und scheinbar außer Gebrauch. Und überall dieser Abfall! Jeder Windstoß blies Papierfetzen und Haushaltsmüll auf dem zerfurchten Weg vor uns her.

»Hübsch hat er's hier«, bemerkte Paul sarkastisch.

»Habe ich auch gerade gedacht.«

Wir kamen zu einem Gatter, das aber unverschlossen war. Mit einem knarrenden Geräusch bewegte es sich in seinen Angeln. Dieses Geräusch klang nach Einsamkeit und Verlassensein, aber es hätte mich nicht gewundert, wenn im nächsten Moment ein Hund um die Ecke geschossen gekommen wäre. Doch das einzige Tier, das zu unserer Begrüßung erschien, war ein ärmliches schwarzes Huhn. In sicherem Abstand trippelte es um uns herum und beäugte uns mißtrauisch, während wir über den Rasen hinweg aufs Haus zugingen.

Es war solide gebaut. Große, helle Steinquader um die beiden Fenster mit der Tür dazwischen, aber der Rest bestand aus wahllos zusammengesuchten Geröllsteinen. Ein paar neue Dachziegel und ein Topf Farbe für die Fensterläden, und man könnte was daraus machen, dachte ich, aber überall in den Wänden war der Mörtel herausgebrochen, so daß die Nässe durch die Ritzen zwischen den schmutziggelben Steinen kriechen konnte. Ohne Vorhänge und ohne jeden Farbtupfer – nicht ein einziger Blumentopf war zu sehen – wirkten die Fenster karg und ausdruckslos.

In meiner Vorstellung hatte ich mir schon ein recht genaues Bild von Monsieur Victor Belliveau zurechtgelegt, so daß mich der Anblick des Mannes, der uns auf Pauls höfliches Klopfen hin dann tatsächlich die Tür öffnete, vollkommen unvorbereitet traf: Er war kein Einsiedlerpoet mit wirrer Haarmähne und wild funkelnden Augen, der sich halb um den Verstand gesoffen hatte und in seiner selbstgewählten Einsamkeit delirierte. Vor uns stand ein adretter, glattrasierter kleiner Mann mit gepflegtem grauen Haar, der leicht nach After-shave duftete und uns erwartungsvoll ansah.

Paul mit seinem tadellosen Französisch ergriff für uns beide das Wort, wobei er sich nicht unbedingt buchstabengetreu an die Wahrheit hielt. Er achtete darauf, keine Widersprüche zu der Geschichte, die er dem Bibliothekar erzählt hatte, aufkommen zu lassen. Er war immer noch der Student, der an einer Semesterarbeit saß, gab jedoch zu, daß unser Besuch auch der Suche nach meinem Vetter galt. »Braden«, sagte er, »Harry Braden. Er arbeitet an der Universität, an der ich studiere. Ich glaube, er ist vergangene Woche zu wissenschaftlichen Forschungsarbeiten hier in Chinon gewesen, und ich hielt es für möglich, daß er sich in diesem Zusammenhang auch an Sie gewandt hat …?«

Victor Belliveau sah uns abschätzend an. »Nein, tut mir leid, er ist nicht bei mir gewesen.«

»Aber Sie haben ihm doch einen Brief geschrieben?«

»Keineswegs.« Noch ein langer, durchdringender Blick. »Sie erwähnten, Ihre Arbeit hätte etwas mit den Gängen zu tun?«

»Ja«, Paul schabte mit dem Fuß an der Türschwelle, »Könnte man sagen ...«

»Dann kann ich Ihnen möglicherweise behilflich sein«, erbot sich Victor Belliveau. Er machte die Tür ein Stück weiter auf und bat uns einzutreten.

Im Erdgeschoß gab es nur zwei Räume, eine große Küche und ein Zimmer, das mit einem Bett, einem Kohleofen und einem Sofa spärlich eingerichtet war. An der einen Küchenwand ächzten schwere Holzregale unter der Last der vielen Bücher, die teilweise in zwei Reihen auf ihnen abgeladen worden waren, eine bunte Mischung aus Taschenbüchern und wertvoll scheinenden Ausgaben. Die anderen Wände der Küche waren nackt, von Rissen zerklüftet, die an ihnen herunterliefen wie zuckende Blitze. In einer Ecke hatte es sogar eine Pflanze, Efeu, wie ich schätzte, geschafft, durch das Mauerwerk hindurchzuwachsen, und war für ihre Mühe belohnt worden, indem man sie ohne viel Federlesens abgeschnitten hatte. Und doch wirkte alles, als sei hier vor kurzem erst saubergemacht worden.

Victor Belliveau setzte sich mit uns in die Küche und bot uns etwas zu trinken an. Als wir dankend ablehnten, goß er sich selbst ein Glas Rotwein ein. »Ich hatte bis vor kurzem auch noch eine Flasche Cognac, aber jetzt ist sie weg. Die haben sie mitgenommen«, fügte er mit einer Kopfbewegung zum Fenster hinzu. »Immerhin wissen sie, was gut ist.«

Paul sah ihn verständnislos an.

»Verzeihung, das konnten Sie natürlich nicht wissen. Ich spreche von den Zigeunern. Für gewöhnlich lasse ich sie auf meinem Grundstück wohnen. Deswegen ist draußen alles in so einem katastrophalen Zustand. Sie meinen es nicht böse, aber sie haben keinen Sinn für Ordnung.«

»Zigeuner?« Ich sprach das Wort schärfer aus, als ich es beabsichtigt hatte, und Monsieur Belliveaus Blick wanderte von Paul zu mir.

»O ja, es gibt eine Menge Zigeuner in dieser Gegend. Meine kommen mehrmals im Jahr hier vorbei – kommen und gehen, wie es ihnen gefällt. Sie sind nicht besonders beliebt, aber mir machen sie nichts aus.«

»Ach so.« Meine Finger fühlen sich plötzlich feucht an.

»Aber was wünschen Sie denn nun eigentlich über die Gänge zu erfahren?«

Paul spielte seine Rolle ausgesprochen geschickt, wie ich fand. Weil er doch selbst gerade erst die Ausbildung abgeschlossen hatte, gab er einen überzeugenden Studenten ab, bat unseren Gastgeber sogar um Stift und Zettel, um sich Notizen zu machen. Ich versuchte ebenfalls zuzuhören, aber aus irgendeinem Grund war ich in Gedanken die ganze Zeit bei dem Zigeuner mit dem kleinen Hund, der ständig auf dem Platz vor meinem Hotel hockte und der doch schließlich überhaupt nichts mit mir zu tun hatte ...

»... bis hinauf zu der Kapelle Sainte Radegonde«, erzählte Belliveau gerade, »aber der ist längst eingestürzt. Man kann nur noch versuchen, sich vorzustellen ...«

Die Erwähnung der Kapelle ließ meine Gedanken in eine andere Richtung schweifen. Harry. Er würde sich vermutlich totlachen über den Aufwand, den Paul und ich trieben, weil ich diese Münze gefunden hatte. Es mußte doch eine ganz simple Erklärung dafür geben, warum diese Münze hier war und Harry nicht.

»Vergangenen Mittwoch ist er gestorben«, sagte Victor Belliveau fast beiläufig, und mit einem Schlag war ich wieder ganz bei der Sache.

»Wie bitte?«

»Ein Freund von Monsieur Belliveau«, klärte Paul mich auf.

»Sagen wir besser, ein Bekannter. Man kann nicht behaupten, wir seien Freunde gewesen. Aber das ist der Grund dafür, daß die Zigeuner verschwunden sind, wissen Sie. Wir hatten ein paarmal die Polizei hier, sie wollten Fragen stellen, und den Zigeunern ist so etwas nicht gerade angenehm. Nicht, daß irgendein Verdacht bestand, aber, wie gesagt, ich kannte diesen Mann recht gut. Ein trauriger Fall. Er trank zuviel.« Er zuckte die Achseln und hob sein Glas, das er sich, wie ich jetzt sah, zwischenzeitlich nachgeschenkt haben mußte.

»Aber Sie sprechen doch nicht von Martine Murets Ehemann?« fragte Paul.

»Doch, von Didier Muret. Sie kennen die beiden also?«

»Bloß Martine. Ihren Mann habe ich nie getroffen. Oder, besser gesagt, ihren Exmann.«

»Eine bezaubernde Frau, finden Sie nicht? Wenn ich mich recht erinnere, habe ich ihr zu Ehren einmal ein Sonett verfaßt. Aber sie mußte ja diesen Muret heiraten. Gott weiß, warum. Er war ein Spinner.«

»Wie, sagten Sie, war sein Name? Didier Muret?« schaltete ich mich ein.

»Warum?«

Didier ... Ich wälzte den Namen in meinem Kopf hin und her, versuchte mich zu konzentrieren. Dieser Name kam mir irgendwie bekannt vor. Schließlich war ich überzeugt davon, daß das der Name gewesen war, den Harry erwähnt hatte. Kein allzu ausgefallener Name. In Chinon lebten vermutlich Dutzende von Didiers. Und doch konnte es nicht schaden, genauer nachzufragen …

»Er war nicht zufällig Historiker?«

Das amüsierte Victor Belliveau. »Mein Gott, Didier? Nie im Leben. Für so etwas hatte er keinen Sinn. Er war nicht dumm, da dürfen Sie mich nicht mißverstehen, hat eine Zeitlang sogar für einen Anwalt gearbeitet, also muß er ein bißchen Verstand besessen haben. Aber Historiker? Ich habe ihn nie mit einem Buch in der Hand gesehen. Ganz im Gegensatz zu mir. Ich habe viel zu viele Bücher.«

»Zu viele Bücher kann man gar nicht haben«, wandte Paul ein.

»Ich besitze ein paar alte Bücher über die Geschichte von Chinon, in denen die Gänge erwähnt sind. Ich möchte sie ungern aus der Hand geben, aber falls Sie sie sich mal ansehen wollen …«

Das war ein willkommener Anlaß aufzustehen, unseren ziemlich sinnlosen Besuch hier zu einem Ende zu bringen, und ich wartete geduldig, während Paul mit höflich gespieltem Interesse in einigen der ihm angebotenen Bücher blätterte.

Schade, dachte ich, daß Harry nie von Victor Belliveau gehört hatte. Er wäre angesichts dieser Sammlung ganz in seinem Element gewesen – in an den Ecken blankgewetztes Leder gebundene Bände mit Biographien, verschiedene Theaterstücke, Lyrik, eine frühe Ausgabe des »Cyrano de Bergerac«, ein historisches Journal aus England …

Ich sah genauer hin. Das Magazin war jüngeren Datums, und siehe da, auf dem Deckblatt prangte stolz der volle Name meines Vetters: Henry Yates Braden, PhD.

»Was hast du da?« wollte Paul wissen. Ich hielt ihm die Zeitschrift hin.

Auch Victor Belliveau beugte sich vor. »Stimmt, da steht auch was über die Gänge drin. Ich hatte gar nicht mehr daran gedacht ... Aber ist das nicht der Mann, nach dem Sie mich gefragt haben? Der von Ihrer Universität?«

»Harry Braden, ja, das ist er«, bestätigte Paul.

»Dann ist es in der Tat betrüblich, daß er mich nicht besucht hat«, sagte Belliveau. »Ich habe seinen Artikel mit großem Interesse gelesen. Es steckt wirklich etwas hinter seiner These.«

»Und Sie können sich nicht vorstellen, daß Didier Muret den Artikel auch gelesen hat?« fragte ich stirnrunzelnd.

»Das halte ich für unwahrscheinlich.«

»Weil er sowieso nicht viel las, meinen Sie?«

»Weil er kein Englisch verstand.«

Victor Belliveau führte uns zur Tür und verabschiedete uns mit einem Händedruck. »Kommen Sie jederzeit wieder, falls ich Ihnen irgendwie helfen kann.« Aber er sah uns nicht nach, schloß sogleich die Tür hinter uns, nachdem wir aus dem Haus getreten waren, und ich hörte, wie er den Riegel vorschob. Das Geräusch schien von der gegenüberliegenden Scheune widerzuhallen, als ein Knarren des mit einem Vorhängeschloß gesicherten Tores zu uns herüberdrang, während wir über den Hof zur Straße zurückgingen.

»Wie ein Säufer ist er mir aber nicht vorgekommen«, bemerkte ich.

»Das muß nichts bedeuten. Mein Onkel Aaron saugt den Whisky in sich auf wie ein Schwamm, und du würdest es ihm nie anmerken. Im Gegenteil, er lallt, wenn er stocknüchtern ist.«

Wir hatten das Gatter erreicht, und Paul hielt es mir auf, um mich vorgehen zu lassen. »Meinst du, er hat uns die Wahrheit erzählt? Daß er Harry gar keinen Brief geschrieben hat?«

»Warum sollte er uns anlügen?«

Ja, warum eigentlich? Ich blickte mich ein letztes Mal nach dem verkommenen gelben Haus um. Hatte sich die Küchengardine bewegt? Aber dann rührte sich auf dem Grundstück nichts mehr außer dem schwarzen Huhn, das erhobenen Hauptes durchs wehende Gras stolzierte, und mich überkam wieder ein Schaudern, obwohl es hier nichts gab, wovor ich Angst zu haben brauchte.

»Jetzt aber auf zur Kapelle!« Paul schlug krachend das Gatter zu, worauf das Huhn eilends davonrannte.

18

Zwei Gewichte fielen vereint, die Tiefe zu erkunden …

Paul zog den an einem klappernden Ring befestigten Schlüssel aus dem eisernen Schloß und schob fast ehrfürchtig die Pforte auf, als sei es ihm unangenehm, die stille, nur von dem Gesang unsichtbarer Vögel und dem Flüstern des Windes in den schattigen Alkoven erfüllte Atmosphäre dieser Stätte zu stören. Ein leises Rascheln ging durch den Lorbeerstrauch über dem Taufbecken, und die Blumen neben den grasüberwachsenen Gräbern nickten träge mit den Köpfen. Aus jeder Ecke und von jedem Sims in diesen Mauerresten ruhten die Blicke der von der säurehaltigen Luft zerfressenen Steingesichter auf uns. Von dem hinter dem schweren Eisentor verborgenen Raum sahen uns die Heiligenfiguren durch die Gitter hindurch entgegen, wie man im Zirkus einen Löwen in seinem Käfig anstarrt.

Es hätte mir ein kribbeliges Gefühl vermitteln können, all diese versteinerten Blicke auf mir zu spüren, aber ganz im Gegensatz dazu wirkte es geradezu beruhigend.

»Donnerwetter«, sagte Paul. »Das geht einem beim zweitenmal kein bißchen weniger unter die Haut als beim ersten, was?«

»Du bist schon einmal hier gewesen?«

»Ja, die Kapelle haben wir gleich entdeckt, nachdem

wir oben im Château gewesen waren. Ich glaube, Simon hat in einem Reiseführer darüber gelesen, und als wir erfuhren, daß Christian den Schlüssel dazu besitzt ...« Er ging an mir vorbei zu dem Gitter, sperrte das Schloß auf, und ich stand ein weiteres Mal in der Apsis mit den abblätternden Fresken und brüchig wirkenden Säulen. Wir gingen am Altar vorbei und befanden uns vor dem zweiten Gitter, zu dem Christian gestern den Schlüssel nicht dabeigehabt hatte. Was sich dahinter erstreckte, wirkte heute kein bißchen anheimelnder als tags zuvor, und selbst, als Paul auch das zweite Schloß aufbekam, hielt ich mich zurück und schielte ängstlich in die Dunkelheit. »Wir haben keine Lampe dabei.«

»Doch, ich habe eine.« Es war eine kleine Taschenlampe, deren schwacher Lichtschein uns keine große Hilfe sein würde, aber Paul knipste sie an und betrat den Durchgang. »Hier irgendwo muß der Hauptschalter sein. Ah, da haben wir ihn ja.«

Mit einem Male standen wir in strahlend helles, gelbes Licht getaucht, das all die lauernden Schatten von den Wänden verjagte.

»Hier gibt es Strom?«

»Aber sicher. Es ist doch eine Art Museum. Während der Sommermonate werden hier die Touristen durchgeschleust, und man will die Leute schließlich nicht im Dunkeln herumtappen lassen. Achte aber trotzdem darauf, wo du hintrittst.« Er geleitete mich über die unebene Schwelle. Auf beiden Seiten des Durchgangs waren Kunstgegenstände und allerlei Gerätschaften ausgestellt, alte Bauernwerkzeuge und solche, die wohl für den Weinbau gebraucht wurden, teilten sich den engen Raum mit Devotionalien und zerbrochenen Figuren. Eine sonderbare Vielfalt. »Hier hat übrigens früher der Einsiedler gehaust«, erklärte Paul. Nach ein paar Metern erweiterte sich der Gang hinter einer Biegung zu einem kahlen Gewölbe, von dessen Wänden wiederum Heiligenfiguren mit sanften Augen auf uns herabblickten.

Meine Platzangst ließ ein wenig nach, und ich blieb stehen, um einmal tief Luft zu holen. »Hier geht's aber wohl nicht mehr weiter?«

Paul zeigte auf eine kunstvoll verzierte, ungefähr hüfthohe Eisenpforte, hinter der sich scheinbar noch ein Gang versteckte, der tiefer in den Berg hineinführte. Ich blickte über die Pforte hinweg und sah die grob in den Kalkstein gehauenen Stufen, die steil abwärts auf ein schimmerndes Licht zuführten. Mir wurde ein wenig schwindelig.

»Da unten ist das eigentliche Heiligtum«, sagte Paul. »Es ist ein Brunnen. Ein heiliger Brunnen.«

Ich hatte kein allzu großes Verlangen, noch weiter in die Tiefe hinabzusteigen, wollte aber auch nicht als Angsthase dastehen. Paul würde mich schon wieder sicher an die Oberfläche führen.

Die niedrige Pforte stellte kein besonderes Hindernis dar, aber mit den Stufen verhielt es sich schon wieder ganz anders. Sie waren vollkommen ungleichmäßig, einige nur ein paar Zentimeter hoch, während man über andere gleich einen halben Meter tiefer rutschte. Mit zitternden Fingern tastete ich an der staubigen Wand nach Steinvorsprüngen, an denen ich Halt finden könnte. Paul, der ja wohl schon einmal hier hinabgestiegen war, bewegte sich so sicher wie eine Gemse, während ich hinterherkraxelte und dabei Staubwolken aufwirbelte, die sich noch nicht gelegt hatten, als ich neben Paul auf dem schmalen Sims am Fuße der Treppe ankam.

»Das«, sagte er, »ist es.« Seine gedämpfte Stimme echote hohl, als befänden wir uns in einer Schwimmhalle.

Und in der Tat gab es hier Wasser, kristallklares Wasser, das im Schein der am Steinbogen darüber angebrachten Lampe türkisfarben schimmerte. Dieser Brunnen, erklärte Paul, ginge auf die Merowinger zurück, das fränkische Königsgeschlecht, sei also wohl noch älter als die darüber in den Stein gehauene Kapelle. Ich schätzte die Tiefe des Schachtes auf mehrere Meter, aber das Wasser darin war so klar, daß man die Kiesel am Grund deutlich erkennen konnte. Paul wies mich auf die Vertiefungen in dem weichen Stein der Wand hin, mit deren Hilfe die Brunnenbauer wieder nach oben steigen konnten, nachdem sie auf Wasser gestoßen waren.

»Na, wenigstens wissen wir, daß Harry nicht irgendwo hier unten steckt«, sagte ich mit einem Seufzer der Erleichterung, der die Wasseroberfläche leicht zum Kräuseln brachte.

»Was für ein beruhigender Gedanke«, meinte Paul. »Aber hier unten könnte man nicht einmal seine alte Silbermünze verstecken.« Er warf einen halben Franc in den Brunnen, und wir sahen zu, wie das winzig kleine Geldstück langsam zu Boden taumelte und dort deutlich erkennbar liegenblieb. »Wünsch dir was«, forderte Paul mich auf und gab mir ebenfalls eine Münze.

So, wie er das sagte, hörte es sich an wie mein Vater, und für einen kurzen Augenblick war ich wieder fünf Jahre alt und stand am Rand des Brunnens im Hof unseres Hauses in Italien. Aber dann sah ich mein eigenes Spiegelbild im Wasser, und die Vorstellung, wieder ein Kind zu sein, schwand dahin. Ich schüttelte den Kopf. »Ich weiß nicht, was ich mir wünschen soll.«

»Jeder hat doch irgendeinen Wunsch. Und wie oft bekommt man schon die Chance, vor einem heiligen Brunnen zu stehen?«

»Nein, ehrlich, es wäre die reinste Geldverschwendung …«

»Hat dir schon mal jemand gesagt, was für eine entwaffnende Nüchternheit du an dir hast?« Er grinste und schloß die Augen. »Okay, dann werde ich mir eben für dich was wünschen.« Er warf auch die zweite Münze in den Brunnen. Sie landete mit einem entschlossenen Platschen auf dem Wasser, und dann sank mein unbekannter Wunsch tänzelnd immer tiefer, bis er neben Pauls halbem Franc auf dem Boden landete.

»Und was habe ich mir nun gewünscht?« wollte ich wissen und war nun doch neugierig.

»Wenn ich's dir sage, geht der Wunsch nicht in Erfüllung.« Er reichte mir die Hand, um mir wieder die Treppe hinaufzuhelfen. »Und jetzt wollen wir uns hier mal etwas gründlicher umsehen.«

In beinahe jeder Nische entdeckten wir eine Schatztruhe voll etwas angestaubter Artefakte. Wir stießen auch auf eine kleine Kammer am Ende des Tunnels, in der von Zeit zu Zeit jemand zu wohnen schien. »Während der Sommermonate gibt es hier eine Museumswärterin, die ab und an herkommt«, wußte Paul. Aber sie schien eine ganze Weile nicht mehr hier unten gewesen zu sein, denn das Bett war abgezogen, die Regale waren leergeräumt, und den Boden bedeckte eine dicke Staubschicht, auf der keine Fußabdrücke zu sehen waren außer unseren eigenen.

Wir entdeckten auch eine noch funktionsfähige Weinpresse in einem der unterirdischen Erker, aber natürlich fanden wir nichts, was Harry hier zurückgelassen haben konnte, nicht einmal die Verpackung eines Schokoriegels oder ein Papiertaschentuch. Ich war mir nicht sicher, ob ich enttäuscht oder erleichtert sein sollte – erleichtert, weil es keinen Hinweis darauf gab, daß Harry in irgendwelchen Schwierigkeiten steckte, enttäuscht, weil ich ebensowenig wie vorher wußte, ob Harry überhaupt in Chinon gewesen war. Mir blieb wieder nur diese verflixte Silbermünze.

Als wir auf dem Weg nach draußen an dem Teller mit den Spenden vorbeikamen, blieb Paul davor stehen und fragte: »Hast du hier das Geldstück mit King John darauf gefunden?«

Ich wurde knallrot und sparte mir die Mühe, es abzustreiten. Paul konnte ich sowieso nichts vormachen. Mit seiner beharrlichen Art kam er den Dingen früher oder später immer auf den Grund. »Schon ... aber ich habe selbst auch etwas dazugelegt«, stammelte ich, als würde das meinen Diebstahl entschuldigen, aber Paul hörte mir schon nicht mehr zu.

»Es muß eine Erklärung dafür geben«, sinnierte er. »Wir suchen nur nicht an der richtigen Stelle.«

Er stand immer noch mit gerunzelter Stirn vor dem Teller, als aus der Stadt die Mittagsglocken zu uns heraufdrangen und die friedliche Stille in der Kapelle durchbrachen. Hier gab es ohnehin nichts mehr für uns zu tun. Ich zupfte Paul am Ärmel. »Zeit fürs Mittagessen, Sherlock.«

»Ja, okay.« Er sah auf seine Uhr. »Ich sollte sowieso einmal nach der Wäsche schauen, bevor Simon zurückkommt. Wahrscheinlich ist alles schon rettungslos eingelaufen.«

Diese Befürchtung stellte sich als unbegründet heraus. In der Hotelhalle erwarteten uns bereits säuberlich aufgestapelt Pauls und Simons Hemden und Jeans. Thierry schien ganze Arbeit geleistet zu haben.

Er ließ sein reizendstes Lächeln aufblitzen und fuhr mit der Hand über die frischgebügelten Hosen. »Das ist nicht mein Verdienst«, gab er zu. »Ich habe die Sachen Gabrielle gegeben. Ich bin nicht so gut im Wäschewaschen.«

Das brauchst du auch nicht, dachte ich, solange du mit deinem Lächeln den Frauen den Kopf verdrehst. Kein Wunder, daß diese Gabrielle ab und zu so konfus war. »Das ist nicht fair von Ihnen, Thierry«, sagte ich.

»Comment?«

»Sie meint, daß du Gabrielle ausnutzt«, erklärte Paul. »Ist Simon schon zurück?«

»Nein, er ist wohl noch mit den Whitakers unterwegs. War ein ruhiger Vormittag.«

»Und? Hast du die Nase schon voll von mir?« fragte mich Paul.

»Nein, wieso denn?«

»Wollen wir zusammen was trinken? Ich könnte jetzt einen Schluck vertragen. Die Bar ist doch geöffnet, Thierry?«

»Jederzeit. Wie war der Spaziergang?«

»Sehr nett.« Paul grinste. »Aber vergiß nicht, es ist ein –«

»Geheimnis«, ergänzte Thierry. »Keine Sorge, von mir erfährt keiner etwas. Wenn ich einen Franc für jedes Geheimnis bekäme, das ich hier im Hotel für mich bewahre, brauchte ich nicht mehr zu arbeiten.«

Nichtsdestotrotz ließ er sich gerne dazu herab, uns zu bedienen, bevor er wieder in seinem Hinterzimmer verschwand. Paul trank sein Bier und stützte sich dabei mit einem Ellenbogen auf den Stapel sauberer Hemden, den er auf das Fensterbrett neben seinem Stammplatz gelegt hatte. In dem Blumenkasten draußen vor der Scheibe wuchs nur noch eine einzige rosafarbene Geranie. Ein bemühter kleiner Farbtupfer vor dem Hintergrund der wimmelnden Geschäftigkeit des Platzes. Paul zog seine

Zigaretten hervor und hielt mir die Packung hin. »Auch eine?«

»Wie? Oh, nein danke. Ich habe das Rauchen schon vor Jahren aufgegeben. Das gestern war sozusagen nur eine Ausnahme.«

»Die meinen Kopf gerettet hat. Aber wie soll nun unser nächster Schritt aussehen?«

»Ich weiß es nicht. Ich hab's, ehrlich gesagt, allmählich satt, Harry nachzuforschen.« Aber so ganz gleichgültig war mir die Geschichte denn doch nicht. »Weißt du, was Martine Murets früherer Mann von Beruf gewesen ist?«

Paul mußte über meine Hartnäckigkeit schmunzeln. »Ich glaube, er hat überhaupt nicht gerne gearbeitet. Simon hat ihn mal getroffen, er weiß es vielleicht. Simon hat diesen Muret auch nicht gemocht – hielt ihn für einen richtigen Widerling. Als er über das Geländer gestürzt ist, war er betrunken. Und ich glaube auch, daß er Martine während ihrer Ehe das Leben zur Hölle gemacht hat. Nicht, daß er sie geschlagen hätte oder so etwas, nein, das denke ich nicht, aber er war ... er war ziemlich ungehobelt. Sie muß sich für ihn geschämt haben. Die Sorte Mann, die gerne den Großkotz hervorkehrt, wenn du verstehst, was ich meine?«

Also ein bißchen wie Jim und Garland, bloß umgekehrt. Kein Wunder, daß Martine der Tod ihres Exgatten nicht allzu nahe gegangen war. Es mußte ja eher eine Erleichterung für sie gewesen sein.

Draußen wurde eine Autotür zugeschlagen. Paul reckte den Hals. »Aus mit der Gemütlichkeit«, sagte er und drückte die halbgerauchte Zigarette aus.

»Wieso? Sind sie schon zurück?«

»Mir fällt gerade ein, daß ich vielleicht besser bei Christian vorbeigehen sollte, um ihm den Schlüssel zurückzugeben«, sagte er mit einem Augenzwinkern.

»Feigling«, zog ich ihn auf, aber er lachte nur und war wie der geölte Blitz durch die Hintertür verschwunden, gerade noch rechtzeitig, ehe mit der aus Fontevraud zurückkehrenden Ausflugsgesellschaft abermals Unruhe im Hotel de France Einzug hielt.

In der Leitung knackte und rauschte es wieder fürchterlich, und es schien eine Ewigkeit zu dauern, bis mein Vater am anderen Ende den Hörer abnahm. In Uruguay war jetzt Abend, und ich hatte ihn offensichtlich gerade beim Essen erwischt. Er war zuerst gar nicht zu verstehen.

»Mmwampf«, hörte ich und entschuldigte mich für die Störung, was er mit »Barrumpf-ba« kommentierte. Er räusperte sich, hustete einmal und sagte schließlich: »Also bist du immer noch in Frankreich?«

»Ja.«

»Und immer noch mutterseelenallein?«

»Ja. Das ist eigentlich auch der Grund, warum ich anrufe …« Ich zwirbelte die Telefonschnur um den Finger und erzählte ihm in möglichst knappen Worten von meinem Fund.

»Seine Münze mit King John? Bist du dir da sicher?«

Ich nickte, ohne daran zu denken, daß er mich ja gar nicht sehen konnte. »Ich hab' sie hier im Zimmer. Und ich kann mir nicht vorstellen, daß er sie einfach so in der Kapelle zurückgelassen hat, außer, es gab einen bestimmten Grund dafür, aber das bringt mich auch nicht weiter.« Ich zupfte am Bettüberzug. »Ehrlich, Daddy, ich weiß nicht mehr, was ich noch tun soll.«

»Mir scheint, du bist bis jetzt ganz vernünftig vorgegangen.«

»Ich habe mir überlegt, ob ich nicht Tante Jane anrufen –«

»Bloß nicht!« polterte mein Vater los. »Was für einen Sinn hat es, daß sie sich wegen nichts und wieder nichts Sorgen macht – und wie ich Harry kenne, ist auch wirklich nichts passiert. Nein, überlaß das lieber mir. Wozu habe ich meine Verbindungsleute in Paris? Ich werde mich da mal ein bißchen umhören, und wer weiß, vielleicht gelingt es mir ja, ihn aufzustöbern. Und, Emily –«

Ich wußte nur zu gut, daß er die Angelegenheit mindestens bis zum nächsten Morgen auf sich beruhen lassen würde. »Ja, Daddy?«

»Mach du dir auch nicht zu viele Gedanken, hörst du? Du weißt ja, unser Harry läßt sich nicht so schnell unterkriegen. Kein Grund, seinetwegen schlaflose Nächte zu verbringen.«

Diesen Rat rief ich mir ins Gedächtnis, als ich später in meinem Bett lag und die tanzenden Schatten an der Zimmerdecke anstarrte. Aber schlafen konnte ich deswegen trotzdem nicht.

Ganz in der Nähe schlug die Glocke. Eine Stunde nach Mitternacht. Ein kalter Luftzug wehte durch das offene Fenster. Draußen wurde die Straßenbeleuchtung ausgeschaltet, und mit ihr erloschen auch die Schatten an der Decke. Alle, bis auf einen. Es konnte der Mond sein, der hoch über den Wolken seine Runde machte, von dem der schwache Widerschein an der Wand stammte, und das, was ich in diesem Augenblick hörte, führte ich auf meine Einbildungskraft zurück oder auf das nächtliche Wispern des Windes. »Folge mir«, flüsterte der Schatten, als ich mich in meinem Bett herumwälzte, »folge mir …«

Da flogen durch einen jähen Windstoß die Fensterflügel weit auf, und die Vorhänge flatterten wild wie ein flüchtendes Gespenst. Vor Schreck sank mir das Herz fast in die Hose, und ich zwang mich zur Ruhe. Sei nicht dumm, sagte ich mir, als ich aufstand und mir meine Bettdecke umlegte, da ist nichts.

Doch um mir dessen ganz sicher sein zu können, lehnte ich mich über die Balkonbrüstung und sah hinunter auf den schlafenden Platz.

Der schwarzweiße Kater schlich verstohlen zwischen den rauschenden Akazien umher, aus dem Schatten ins Licht und wieder zurück, stets in sicherem Abstand um den immer noch erleuchteten Springbrunnen herum. Geräuschlos überquerte er dann den leeren Platz und schnüffelte an dem Blumenkasten neben der Hoteltür. Mein Blick folgte ihm, und dann zuckte ich zusammen, als ich entdeckte, daß ich nicht die einzige war, die noch keinen Schlaf gefunden hatte und statt dessen einen streunenden Kater beobachtete.

Im Licht des Mondes sah Neil Granthams Haar fast weiß aus. Es war vom Wind gezaust und schien einen Augenblick lang das einzige zu sein, was sich bewegte. Seine Hände ruhten ganz still auf der Brüstung seines schmalen Balkons. Er schien nicht einmal zu atmen.

Als er seinen Kopf bewegte, trat ich rasch vom Fenster zurück.

19

Ich erhob mich und ... fand einen stillen Platz.

Früh am nächsten Morgen kam der Kater wieder. Ich werde nie begreifen, wie er mich gefunden hat, denn ich hatte mich entlang der Uferpromenade ein ganzes Stück weit vom Hotel entfernt. Er kam schläfrig zu mir auf den Schoß gekrochen und rollte sich gähnend zusammen.

Hinter ihm schien eine ereignisreiche Nacht zu liegen, denn er sah ein bißchen so aus, wie ich mich fühlte: entkräftet, zerknautscht und in jeder Hinsicht irgendwie mitgenommen. So ging es mir immer, wenn ich schlecht geschlafen hatte. Schlaflosigkeit lastete wie ein ererbter Fluch auf mir. Mein Großvater hatte darunter gelitten und dann mein Vater, der dieses Übel freundlicherweise an mich weitergereicht hatte. Es gab Nächte, in denen ich wach lag und vierstellige Zahlen von Schafen zählte, während ich mein zermartertes Gehirn zu zwingen versuchte, mich nicht mehr mit Gedanken zu quälen. Das passierte mir jetzt nicht mehr so häufig wie früher, doch wenn, dann trieb es mich am frühen Morgen an einen ruhigen Ort wie diesen, von wo aus ich den Sonnenaufgang beobachten konnte. Sobald die Sonne erst einmal am Himmel stand, sah man alles mit anderen Augen.

Oben auf dem Berg schlug die Glocke siebenmal. Jetzt

würden sie im Hotel anfangen, das Frühstück zu servieren. Ich sollte mich auf den Rückweg machen. Gleich, dachte ich. Nicht sofort. Ich mußte lächeln, während ich den schlafenden Kater kraulte und den Blick ziellos über die Promenade schweifen ließ.

Da standen die beiden Platanenreihen, noch in üppiges Grün gehüllt, seit Jahrhunderten wohl schon Wache. Unter ihrem gewölbten Blätterdach zog sich ein glattgerechter roter Kiespfad entlang, an dessen Rand Parkbänke müßige Spaziergänger wie mich einluden, Rast zu machen und die Welt an sich vorüberziehen zu lassen.

Von der Bank, auf der ich saß, genoß ich einen guten Blick über die Vienne und die kleine, längliche Insel in ihrer Mitte hinweg zum jenseitigen, dicht bewaldeten Ufer. Der Strom floß so träge dahin, daß es schien, als wäre er mit einer Eisschicht überzogen, und vom Wasser stiegen Frühnebelschwaden auf, die die Sonnenstrahlen einfingen und golden schimmernd über dem Fluß schwebten. Vor ein paar Minuten hatte ich ein gelbes Kajak, das mit dem Strom auf die Brücke zuschaukelte, den Nebel durchschneiden sehen, und davor war eine Frau mit einem Hund an mir vorbeigegangen, aber nun gab es hier nur noch den Kater und mich – und die am Flußufer schnatternden Enten.

Ich war völlig in Gedanken versunken, als sich der Kater auf einmal in meinem Schoß bewegte und ich seine Krallen durch meinen Wollpullover hindurch zu spüren bekam. Ich schreckte hoch und sah mich um auf der Suche nach dem Grund für diese plötzliche Unruhe.

Ich brauchte nicht lange zu suchen. Vier Bäume weiter kam ein kleiner gefleckter Hund, die Schnauze dicht am Boden, um einen metallenen Abfalleimer herumgewackelt. Der Hund hatte von uns noch gar keine Notiz genommen und stellte für meinen Kater sowieso keine Bedrohung dar, denn er wurde von einem Mann, der leicht vorgebeugt mit dem Rücken zum Fluß stand, an einer hellroten Leine gehalten.

Der Zigeuner war nicht allein. Ein weiterer Mann war bei ihm stehengeblieben, ein schlanker, hochgewachsener Mann, dessen hellblondes Haar im Morgenlicht silbrig glänzte. Der Zigeuner sprach gestenreich auf ihn ein, und ich sah, wie Neil den Kopf schüttelte, sich umdrehte und auf mich zukam.

»Guten Morgen«, begrüßte er mich. »Darf ich mich zu dir setzen?«

Es gibt wohl kein Entrinnen vor diesem Mann, dachte ich und rückte ein Stückchen weiter, um ihm Platz zu machen. Er ließ sich auf die Bank fallen und setzte sich gleich so hin, daß sein Gesicht mir zugewandt war. »Du scheinst es ja mit streunenden Katern zu haben, wie ich sehe.«

»Nicht mit allen. Nur mit diesem hier.«

»Ach, dann ist das dein Kamerad von Samstag abend?« Er streckte die Hand aus, um das Tier zu streicheln. Der Kater kuschelte sich tiefer in meinen Schoß und sah Neil mit halbgeschlossenen Augen an. »Der kommt ganz schön herum. Ich habe ihn schon überall in Chinon umherstrolchen sehen. Ist eigentlich zu anhänglich für einen heimatlosen Kater.«

»Ja.« Ich sah an ihm vorbei zu dem Zigeuner hinüber, der immer noch an derselben Stelle stand. »Was hat der Mann von dir gewollt?« fragte ich.

»Er wollte Feuer. Ich hatte aber keines.«

»Hat er dich auf englisch angesprochen?«

»Nein, auf französisch.«

»Ich dachte, du sprichst kein Französisch.«

Er sah mich von der Seite an. »Tue ich auch nicht, jedenfalls nicht mehr, als in meinem Reisesprachführer steht. Aber wenn jemand mit einer Zigarette im Mund auf mich zukommt und eine Geste macht, wie man ein Streichholz anzündet, kann ich mir ungefähr vorstellen, was er will.«

Peinlich. Als ich wieder aufsah, waren der Zigeuner und sein Hund nirgendwo mehr zu sehen. »Ich hätte nicht erwartet, so früh schon jemanden aus dem Hotel hier zu treffen«, nahm ich den Faden wieder auf.

»Die Müllfahrer haben mich geweckt. In aller Herrgottsfrühe, um vier, haben sie mit ihren Tonnen vor dem Hotel herumgepoltert, als wären wir auf dem Rummel.«

Ich hatte sie auch gehört, neben einigen anderen Dingen wie dem Rascheln der welken Blätter auf dem Pflaster und den gemessenen Schritten zweier Gendarme auf ihrer nächtlichen Runde. Schlaflose Nächte schärfen immer meine Sinneswahrnehmung.

»Diese Müllmänner wecken mich jedesmal auf«, sagte Neil. »Meistens schaffe ich es, wieder einzuschlafen, aber heute früh ...« Er zuckte die Achseln. »Hübsch hier, nicht wahr?«

»Ja, ganz nett.«

»So hübsch wie die ganze Stadt. Ich bin immer richtig traurig, wenn ich abreisen muß.«

»Also neigt sich dein Urlaub seinem Ende zu?« Mist. Die Enttäuschung in meiner Stimme muß deutlich herauszuhören gewesen sein.

»Nächste Woche, schätze ich. Ich bin fast wieder ganz hergestellt.« Er bewegte die Finger seiner Hand, um es mir zu demonstrieren. »Außerdem darf ich's nicht übertreiben. Ich werde nicht dafür bezahlt, herumzusitzen und nichts zu tun.«

»Aber du hast doch geübt«, verteidigte ich ihn. »Jeden Tag.«

»Ja, aber höchstens eine Stunde oder so.«

»Ist das nicht genug?«

»Zu Hause spiele ich sechs Stunden am Tag. Das hier sind doch nur Fingerübungen.«

»War aber trotzdem schön anzuhören. Ich mag Geigenspiel.«

Er bedankte sich für das Kompliment. »In ein paar Tagen wirst du anders darüber denken. Wenn man ihn hundertmal gehört hat, verliert sogar Beethoven seinen Reiz. Ich kann mich selber schon nicht mehr spielen hören, aber ich kenne dieses Stück in- und auswendig, und deshalb ist es als Übung gut geeignet.«

»Dann solltest du vielleicht doch mal etwas anderes spielen. Studierst du nicht irgendwas von einem zeitgenössischen Komponisten ein?«

»Das würde ich den Hotelgästen nie zumuten. Es ist nicht gerade ein Ohrenschmaus – ziemlich dissonant. Nein, dieses Stück höre ich mir nur vom Band an, und zwar leise. Als ich das Band zum erstenmal auf Thierrys Monsteranlage gespielt habe, mußten sie fast das Hotel evakuieren. Es war so laut, daß man meinen konnte, ich hätte ein ganzes Orchester in meinem Zimmer versammelt.«

»Neulich hast du aber Elgars ›Liebesgruß‹ gespielt. Wolltest du damit die Geister beschwichtigen, damit dir nicht noch eine Anlage um die Ohren fliegt?«

»Ich hatte schon einen bestimmten Grund dafür. Aber der hatte nichts mit Geistern zu tun. Allerdings überraschst du mich – normalerweise können die Leute Bach oder Mozart heraushören, aber ein Stück von Elgar zu erkennen, dazu gehört schon etwas mehr.«

Ich merkte, wie ich rot wurde, und sah zu Boden.

»Meine Mutter liebt klassische Musik. Früher hat sie mich immer in Konzerte geschleift. Ich habe nicht so aufmerksam zugehört, wie ich sollte, aber was mir gefiel, ist mir in Erinnerung geblieben.«

»Du sagtest ›früher‹. Gehst du jetzt nicht mehr in Konzerte?«

Ich schüttelte den Kopf. »In jüngster Zeit komme ich einfach nicht dazu. Meine Mutter schon. Ihr Freund ist Dirigent«, fügte ich mit einem Lächeln hinzu.

»Interessant! Wie heißt er denn?«

Ich nannte Neil den Namen. »Kennst du ihn?«

»Ich habe von ihm gehört, bin ihm aber nie begegnet. Und dein Vater –?«

»– lebt in Uruguay.« Um das Gespräch von meiner Person abzulenken, fragte ich ihn, bei welchem Orchester er in Österreich spiele. Erwartungsgemäß sagte mir der Name nichts.

»So geht's den meisten Leuten. Wir sind nicht gerade die Wiener Philharmoniker, aber wir verfügen immerhin über sechsundachtzig Mitglieder und sind auch nicht ganz ohne. Wir haben einen hervorragenden Dirigenten.«

»Also lebst du gerne in Österreich?«

»Ausgesprochen gerne.«

»Kein Verlangen, nach England zurückzukehren?«

»Wenn du dich zwischen Österreich und Birmingham entscheiden müßtest, was würdest du machen?«

»Als Geigerin? Weiß nicht. Das Orchester von Birmingham hat einen sehr guten Ruf.«

»Und abgesehen davon?«

Mir fiel beim besten Willen keine Antwort ein, nicht einmal im Scherz, und nach einer Weile wandte er den Blick wieder dem Fluß zu. »Ziemlich laut heute morgen, die Enten«, war sein einziger Kommentar.

Diese gezwungene Unterhaltung wurde mir immer unangenehmer, und ich beschloß, einen Vorwand zu finden, um sie zu beenden. Auch der Kater war anscheinend der Meinung, ich hätte lange genug gelitten, wälzte sich in meinem Schoß auf die Beine, streckte sich, sprang mit grazilem Schwung auf den Kiesweg und war schon wie ein Schatten in den Nebel am Flußufer eingetaucht, ohne sich noch einmal umzusehen.

»Zeit zu frühstücken«, sagte ich, stand auf und strich mir die Katzenhaare von den Beinen.

»Ich komme mit.« Auch Neil erhob sich von der Bank, streckte sich und ging wie selbstverständlich an meiner Seite zum Hotel zurück.

Inzwischen war auch die übrige Welt zum Leben erwacht. Entlang der Uferstraße lärmten bereits Autos und Lastwagen, und die Ladenbesitzer waren dabei, ihre Geschäfte für den Tag zu öffnen, polierten ihre Schaufensterscheiben, ließen die Markisen herunter und fegten den Gehsteig.

Wir folgten dem Kiesweg. Auch hier wuchsen Platanen, aber sie waren nicht so alt und auch nicht so groß wie die an der Uferpromenade. Ein Wind war aufgekommen und hatte die Nebelschwaden vom Fluß vertrieben, so daß die Sonnenstrahlen ungebrochen auf dem Wasser tanzten. Auf dem Weg herrschte ein Wechselspiel von Licht und Schatten, das sich im Takt mit den über unseren Köpfen flüsternden Blättern veränderte. Im Gegensatz zu all der Geschäftigkeit an der Straße schien es hier niemand eilig zu haben. Mehrere Spaziergänger lehnten an der Ufermauer und sahen dem gelben Kajak von vorhin zu, das mit gleichmäßigen Paddelschlägen wieder flußaufwärts gelenkt wurde. Ein junger Mann mit zufriedenem Gesichtsausdruck kam mit einer Angelrute in der einen und einem Korb in der anderen Hand die Treppe vom Flußufer heraufgestapft. Und noch ein Stückchen weiter, unweit der Stelle, an die sich Paul zurückzuziehen pflegte, lief gerade ein kleines Mädchen die kopfsteingepflasterte Schräge zum Wasser hinunter, von den schnatternden Enten angelockt. Als sie nur noch ein paar Schritte vom Fluß entfernt war, rief der ältere Mann, der sie begleitete, das Kind zurück.

»Genau wie ihre Mutter. Hat auch vor nichts Angst«, hörte ich Neil neben mir sagen.

Ich warf ihm einen erstaunten Blick zu, aber dann fiel mir ein, daß er Lucie Valcourt natürlich kannte, obwohl sich das Mädchen kaum an ihn erinnern dürfte. Ihre Mutter war mittlerweile drei Jahre tot, also konnte sie zu der Zeit, als Neil häufiger Gast im Hause der Valcourts war, höchstens vier Jahre alt gewesen sein. Und dennoch schien Neil ihr ganz und gar nicht fremd, denn als sie zum Uferweg zurückgehüpft kam, begrüßte sie mich trällernd auf französisch, Neil aber in etwas stockendem Englisch. »Guten Morgen, Monsieur Neil. Wir sind Enten füttern.«

»Hast du denn heute keine Schule?«

Das Mädchen schüttelte nachdrücklich den dunklen Lockenkopf. »Nein. Ist doch Mittwoch.«

»Tatsächlich? Haben wir schon wieder Mittwoch? Weißt du, in England gehen die Kinder auch am Mittwoch in die Schule.«

Lucie rümpfte die Nase bei diesem Gedanken, getreu der Vorstellung der Franzosen von den Engländern als einem etwas eigenwilligen Völkchen. »Da will ich aber nicht zur Schule gehen.«

François, der ebenfalls näher getreten war, lächelte nachsichtig. »Aber in England hätte ein alter Mann wie ich am Mittwoch etwas Ruhe. Statt dessen führt die

Kleine mich aus – wie einen Hund«, sagte er ebenfalls auf englisch zu Neil.

»Ich will Enten füttern«, meldete sich Lucie noch einmal. Plötzlich schien ihr etwas einzufallen, und sie sah mich an. »Mademoiselle, haben Sie auch Lust auf Entenfüttern? Ich habe viel Brot mit.«

Nein, darauf hatte ich bestimmt keine Lust, aber ich habe es noch nie übers Herz gebracht, einem Kind etwas abzuschlagen, also ließ ich mich von der Kleinen die breite Bootsrampe hinunterführen, während Neil und François oben am Weg zurückblieben. »Ist Monsieur Neil Ihr Freund?« fragte mich Lucie, jetzt wieder auf französisch. »Er war auch ein Freund meiner Mutter. Er wohnt in Österreich. Letzten Sommer bin ich mit Tante Martine bei ihm zu Besuch gewesen und er bei uns. Er spricht Deutsch«, informierte sie mich, »aber er kann kein Französisch. Er kriegt immer alles durcheinander. Haben Sie den Spalt gesehen, den er vorne zwischen den Zähnen hat?«

Daß mit Neils Zähnen etwas nicht stimmen sollte, war mir beim besten Willen noch nicht aufgefallen. »Nein, und mein Freund ist er auch nicht.«

»Ach?« Zum Glück fragte sie nicht weiter nach. Wir hatten jetzt fast das untere Ende der Rampe erreicht. Lucie zupfte mich am Ärmel und flüsterte leise: »François sagt, man darf die Enten nicht erschrecken.«

Ich nahm das Stück Brot, das sie mir gab, und tat mein Bestes, so zu werfen, daß die Enten, die jetzt von allen Seiten angeflattert kamen, keinen Schreck kriegten. Die meisten drängten sich im flachen Wasser, aber auch auf der Rampe tummelten sich so viele, daß sie geradezu übereinander hinwegpurzelten, und die ganze Meute bettelte aus tiefster Kehle nach Futter. Nein, Angst vor Menschen konnte man diesen Enten wahrlich nicht nachsagen.

»... und das da ist Jacques«, Lucie zeigte auf ihre Lieblingsente inmitten der Armada, »und die da mit den komischen Beinen heißt Ar-ri.«

Besagte Ente hatte tatsächlich komische Beine, überlang und dünn, und sah im großen und ganzen auch ziemlich unordentlich und zerzaust aus, so daß ich spontan an meinen Vetter denken mußte. Ich warf ihr einen Brocken zu. »Wieso ›Ar-ri‹?«

Irgend etwas, das ich nicht gesehen hatte, brachte eine plötzliche Unruhe in die Wasseroberfläche und verlieh den kleinen Wellen, die auf das Kopfsteinpflaster zu unseren Füßen platschten, etwas unerklärlich Bedrohliches.

»Das ist ein englischer Name«, belehrte mich Lucie. »Mein Onkel Didier hat einen Freund in England ... Mein Onkel Didier, der ist jetzt tot, aber sein Freund heißt Ar-ri. Vorige Woche waren wir hier Enten füttern, und Onkel Didier hat gesagt, die Ente sieht so aus wie Ar-ri.«

Ich wollte gerade ein weiteres Stückchen Brot abbrechen, als ich plötzlich innehielt. »Harry?« fragte ich. »Heißt dieser Freund Harry, Lucie?«

»Ja, Ar-ri, hab' ich doch gesagt. Ist ein ulkiger Name. Heißen viele Leute in England so?«

»Ziemlich viele.« Ich überlegte angestrengt. Ihr Onkel Didier, hatte sie gesagt. Im Geiste stellte ich die beiden Namen nebeneinander – Didier Muret und Harry. Hier gab es einen Didier, der einen Harry kannte. »Wann war das, als ihr hier die Enten gefüttert habt? Letzten Mittwoch?«

Sie nickte. »François hatte Kopfschmerzen und konnte nicht mit mir herkommen, da hat Onkel Didier gesagt, daß er mit mir geht. Aber jetzt ist er ja tot«, stellte sie ganz sachlich fest. »Er ist nicht so nett wie François. Mit François darf ich immer viel länger hierbleiben, und dann kriege ich ein Eis. Aber Onkel Didier mußte sich mit seinem Freund treffen, und da konnte ich den Enten nicht mal mein ganzes Brot geben, weil er mich gehetzt hat.«

Eine Ente kam mir fast auf den Fuß gekrochen, und ich trat abwesend einen Schritt beiseite, während ich noch eine Ladung Krumen hinunterrieseln ließ. Mein Stück Brot war schon fast alle. »Der Freund von deinem Onkel – hat der ein bißchen so ausgesehen wie ich?«

»Ja, ganz englisch«, sagte sie und sah an mir hinauf, um mich näher in Augenschein zu nehmen. »Nur seine Nase war nicht so gerade.«

»Und was weißt du noch von ihm?«

»Er hat viel gelacht, und er mag gerne Enten füttern. Und er kann mit den Ohren wackeln.« Was ihn in ihrer Achtung offensichtlich steigen ließ. Ich sah hinab zu der zerzausten Ente mit den langen Watschelbeinen und warf ihr mein letztes Stückchen Brot zu.

Diese Ente erinnerte tatsächlich an meinen Vetter. Und Lucies Geschichte zufolge war Harry hier in Chinon gewesen ...

Doch mir blieb keine Zeit, diese neue Information im Geiste zu verarbeiten, denn Lucie griff mich bei der Hand und zerrte mich zurück zu François und Neil, die sich wie alte Freunde miteinander unterhielten. Neil lachte gerade über etwas, was François gesagt hatte, wandte sich aber sogleich mir zu. »Na? Alles überstanden? Von hier oben haben wir euch vor lauter Federn kaum noch sehen können.«

Lucie sah ihn aus ihren braunen Augen neugierig an. »Monsieur Neil«, fragte sie in sorgsam zurechtgelegtem Englisch, »können sie Ihre Ohren bewegen?«

»Bitte?«

»Sie will wissen, ob du mit den Ohren wackeln kannst.«

»Ach so. Ja, natürlich kann ich das.« Er ging in die Hocke, um es Lucie vorzuführen. Ich lehnte mich neben François an die niedrige Mauer. Ich hätte ihn gerne nach Didier Muret gefragt, aber ich brachte nicht den Mut dazu auf, also versuchte ich, meine Frage auf Umwegen zu stellen.

»Ein wirklich reizendes Kind«, sagte ich auf französisch.

»Ja, ich mag sie auch sehr.«

»Sie hat mir von ihrem Onkel erzählt. Dafür, daß sie noch so klein ist, scheint sie mit seinem Tod ganz gut fertig zu werden.«

»Didier Muret«, sagte er, und sein Blick streifte mich, »war nicht die Sorte Mensch, um die man trauert. Und außerdem hat sie ihn auch kaum gekannt.«

»Er war Historiker von Beruf?« fragte ich wie beiläufig. Natürlich hatte Victor Belliveau diese Frage bereits verneint, aber man konnte ja nie wissen ...

»Historiker?« Er sah mich erstaunt an. »Nein, Mademoiselle, er war Angestellter, bei einem Anwalt – wenn er überhaupt gearbeitet hat.«

»Ach so. Dann muß ich was falsch verstanden haben.« Also wieder nichts. Gerade hatte ich gemeint, einen entscheidenden Schritt weiter zu sein, aber schon erwiesen sich alle Übereinstimmungen erneut als Zufall. Warum sollte ein arbeitsloser Anwaltsgehilfe, der allem Vernehmen nach kein Englisch verstand, sich für einen englischen Zeitschriftenartikel über Isabelle von Angoulême interessieren? Nein, das ergab keinen Sinn.

François warf Neil und Lucie einen Blick zu. »Manchmal erinnert sie mich an ihren Vater. Beide sind so liebenswerte Menschen, aber ... sie akzeptieren beide kein ›Nein‹.«

»Noch mal«, kommandierte Lucie gerade kichernd, und Neil seufzte gewichtig.

»Weißt du, gleich fallen sie ab, und dann tut's dir leid.« Trotzdem wackelte er noch einmal gehorsam mit den Ohren und wurde mit einem weiteren glücklichen Kichern seiner einzigen Zuschauerin belohnt. Um so mehr fiel mir auf, daß François' Lächeln plötzlich verschwand und in sein faltiges Gesicht ein kummervoller Zug trat, als bereite ihm etwas Schmerzen.

Besorgt faßte ich ihn beim Arm. »Geht es Ihnen gut?«

Ich merkte, daß er ein Zittern unterdrückte, und meinte auch gesehen zu haben, wie er mich ein weiteres Mal fragend musterte, doch als er mir antwortete, hatte er sich wieder ganz gefangen.

»Ja, mir geht es gut, Mademoiselle. Ich bin nur nicht mehr der Jüngste. Und manchmal sehe ich eben Gespenster.«

20

Durch sie könnt' Licht in diese Sache kommen.

Ich ging nicht auf direktem Wege zurück zum Hotel. Ich suchte nach dem kleinen Platz, an dem Martine Muret ihre Galerie betrieb.

Sie war nicht schwer zu finden. Auch ohne die Bilder von Christian Rand im Fenster hätte ich sofort geahnt, daß das Geschäft Martine gehörte. Irgendwie sah es nach ihr aus – so gepflegt, schick und elegant, so aufgeräumt. Und Christians Bilder stellten das i-Tüpfelchen dar. Sie stachen augenblicklich von den anderen Werken ab – der kräftigere Pinselstrich und das geschickte Spiel von Hell und Dunkel verliehen ihnen eine warme, romantische Atmosphäre. Ich trat einen Schritt näher heran, um das Selbstporträt anzusehen, das Paul erwähnt hatte. Es war meisterhaft, fand ich. Nichts daran war geschönt, jede Unebenheit seines scharf geschnittenen Gesichts war ganz genau eingefangen, das golden glänzende Haar war ungekämmt wie immer, und in den blassen Augen lag der ernste Blick, der so charakteristisch für ihn war.

Den Landschaftsbildern hatte er ähnlich gekonnt Leben eingehaucht. Ich sah regelrecht, wie die Mauern von Schloß Chinon im Sturm erzitterten, und spürte die Friedsamkeit der Felder mit den weidenden Kühen darauf, aber am besten gefiel mir das Gemälde mit dem Fluß.

Er hatte dafür die Stimmung bei Sonnenuntergang und einen Blick nicht weit von der Stelle, an der Paul immer saß, gewählt; unterhalb des Denkmals waren auch die Stufen deutlich zu erkennen, und auf dem stillen Wasser schwammen drei Enten um einen verwitterten Stechkahn herum, der an der abschüssigen Bootsrampe festgemacht war. Dahinter erstreckten sich die in der Abendsonne schimmernden Bögen der Brücke wie ein goldenes Band von Ufer zu Ufer. Das einzige, was auf dem Bild noch fehlte, dachte ich, war Paul, wie er da auf halbem Weg die Treppe hinunter mit einer verbotenen Zigarette und seinem »Ulysses« saß.

Es geschah nicht oft, daß ich mich vom Anblick eines Bildes so gefangennehmen ließ, und als Martine zur Tür kam, um mich zu begrüßen, mußte sie mich zweimal ansprechen, ehe ich sie bemerkte.

»Wunderhübsch, nicht wahr?«

»Wirklich bezaubernd.« Ich biß mir auf die Lippe. »Ist er sehr teuer?«

»Preiswerter als seine anderen Bilder. Es ist etwas kleiner, und es sind keine Kühe darauf. Die Touristen lieben Kühe, und deswegen erzielen die höhere Preise als der Fluß. Wenn Sie möchten, gebe ich Ihnen eine Liste.«

Ich folgte ihr hinein und wartete, während sie die Preisliste holte. Die Galerie war makellos weiß gestrichen und hell erleuchtet, damit jedes Bild, jede Zeichnung und jede Plastik so vorteilhaft wie möglich zur Geltung kamen. Martine schien einen erlesenen Kunstgeschmack zu haben, denn ich entdeckte nicht ein einziges Ausstellungsstück, das ich nicht zu gerne selbst besessen hätte. Allerdings sprengten wohl die meisten meinen finanziellen Rahmen, und als Martine wiederkam und mit dem Finger am Rand der Liste entlangfuhr, bereitete ich mich auf das

Unvermeidliche vor. Aber was soll's, sagte ich mir, ich war ohnehin nicht hergekommen, um ein Kunstwerk zu erstehen. Ich war gekommen, um Martine vorsichtig über ihren früheren Ehemann auszufragen.

»Da haben wir's ja. Nummer achtundachtzig.« Dic Summe, die sie mir nannte, war fast doppelt so hoch wie mein monatliches Einkommen.

Hinter mir hörte ich Schritte auf dem blankgeputzten Boden. »Möglicherweise geht Christian für eine gute Bekannte etwas mit dem Preis herunter«, sagte eine männliche Stimme auf englisch, aber mit französischem Akzent. Es war Armand Valcourt. Ohne eine Miene zu verziehen, schüttelte Martine den Kopf.

»Christian ist viel zu gutmütig. Er würde seine Bilder verschenken, wenn ich nicht auf ihn aufpassen und ihn daran erinnern würde, daß auch Künstler von etwas leben müssen.«

Ich drehte mich zu Armand um und wünschte ihm einen guten Morgen. »Ich habe vorhin am Fluß Ihre Tochter getroffen.«

»Ja, mittwochs macht sie immer mit François ihre Runde. Erst die Enten, und dann ein Eis ... Froh zu sein, bedarf es so wenig.«

Er schien keine Eile zu haben, also würde es wohl mit meinem Gespräch von Frau zu Frau nichts werden. Um mir meine Enttäuschung nicht anmerken zu lassen, fragte ich Armand Valcourt, wie alt seine Tochter sei.

»Lucie? Sie wird bald sieben.«

»Und ist schon ein richtiges kleines Genie«, fügte ihre Tante stolz hinzu. »Sie kann jeden einzelnen Schritt bei der Weinherstellung auswendig aufsagen.«

»Sie ist eben eine Valcourt«, meinte Armand, als würde das alles erklären. »Clos des Cloches wird eines Tages ihr gehören, und so gebe ich mein Wissen weiter, wie ich es von meinem Vater gelernt habe.«

»Aber zur Hälfte ist sie auch das Kind ihrer Mutter«, erwiderte Martine. »Sie liebt auch die Kunst. Vielleicht wird sie eines Tages das Heim für Künstler einrichten, von dem Brigitte so oft gesprochen hat.«

»Gott bewahre uns davor.« Armand schüttelte sich. »Künstler. Ein Abendessen mit ein paar von ihnen, wenn sie sich nicht in den Haaren liegen, ist ja ganz anregend. Aber ein ganzes Haus voll davon?« Er verdrehte die Augen. »Das würde mich in den Wahnsinn treiben.«

»Sie dürfen es meinem Schwager nicht übelnehmen«, sagte Martine, »aber er liebt nur die Bilder auf seinen Weinetiketten.«

Armand wirkte gekränkt. »Das ist nicht wahr. Dieses Bild liebe ich sehr.« Er zeigte auf das hinter der Kasse aufgehängte Aquarell, das einen Weinberg mit einem Schloß im Hintergrund darstellte. »Da sieht man großes Talent.«

»Da sieht man Weinreben«, konterte Martine trocken. »Aber sei's drum. – Kann ich etwas für dich tun, Armand?«

»Nein, eigentlich nicht.«

Martine schien verwundert; ein Anzeichen dafür, daß sich Armand nicht oft ohne Grund in der Galerie blicken ließ.

»Ich bin nur gerade zufällig vorbeigekommen. Lucie sagte, du hättest einige neue Plastiken.«

Martine überlegte kurz, schüttelte dann den Kopf. »Nein, nicht daß ich wüßte ...«

»Macht auch nichts. Du kennst ja Lucie. Da ist wohl wieder mal ihre Phantasie mit ihr durchgegangen.« Die Hände in den Hosentaschen vergraben, beugte er sich vor, um eine kleine Tintenstiftzeichnung zu inspizieren, wobei ich spürte, wie sein Atem über meinen Nacken strich. »Das ist hübsch, Martine. Stammt das auch von Christian?«

Martine warf einen Blick darauf. »Ja.«

»Sieht nach Victors Anwesen aus.« Als er sich bückte, um die Zeichnung vom Verkaufstresen zu nehmen, streifte sein Arm wie unabsichtlich meine Schulter. »Ja, das ist es wirklich. Ich frage mich manchmal, was Victor wohl so den ganzen Tag treibt. Hörst du manchmal von ihm?«

Martine schüttelte den Kopf. »Christian trifft ihn ab und zu. Sie trinken was zusammen und unterhalten sich.« Sie sah mich entschuldigend an. »Wir sprechen von einem gemeinsamen Freund.«

Victor Belliveau, hätte ich um ein Haar ergänzt. Ein armer Poet wie er war gewiß auch zu Gast bei den Festen gewesen, die Brigitte Valcourt früher für die Künstler der Umgebung auszurichten pflegte. Zu gerne hätte ich Martine nach diesen Parties gefragt, und ob ihr früherer Mann sich je zu geschichtlichen Themen geäußert oder sogar einen Engländer namens Harry gekannt hatte. Doch als ich gerade meinen ganzen Mut zusammennehmen wollte, klingelte in einem Hinterzimmer der Galerie schrill das Telefon, und Martine entschuldigte sich. Ihre hohen Absätze klapperten auf den Fliesen, als sie nach hinten ging, um den Hörer abzunehmen.

Armand druckste neben mir herum. Schließlich sagte er leise: »Ich muß Ihnen etwas gestehen.«

»So?«

»Ich interessiere mich nicht besonders für Kunst. Vor allem Plastiken langweilen mich.« Er steckte die Hand in die Jackentasche, als ihm offenbar einfiel, daß man hier nicht rauchen durfte, und zog sie wieder heraus. »Als ich sagte, ich wäre zufällig hier vorbeigekommen, war das keine Lüge. Aber eingetreten bin ich nur, weil ich Sie gesehen habe. In einer Stadt dieser Größe ist es nicht so leicht, jemanden zu finden.«

»Sie haben nach mir gesucht?«

»Ich wollte Sie zum Essen einladen, falls Sie noch nichts Besseres vorhaben.«

»Essen?« wiederholte ich dümmlich.

»Genau. Sonst habe ich nie Zeit, weil ich mich um Lucie kümmern muß, wenn sie aus der Schule kommt. Ich möchte gerne diese eine Stunde für sie reservieren. Aber heute ist ja Mittwoch, also ist sie über Mittag mit François unterwegs, und ich bin ganz alleine.«

Ganz alleine? Bei so einem riesigen Weingut? Ich sah ihn ungläubig an.

»Sie glauben mir nicht? Aber es ist wahr. Ich bin ein reicher Mann, Mademoiselle, genieße Ansehen und habe auch einen gewissen Einfluß, doch Einsamkeit ist der Preis, den man dafür zahlen muß.«

Wirklich? Die Frauen mußten ihm doch die Tür einrennen. Er versuchte es auf die Mitleidstour, was bei mir nicht verfing, aber andererseits konnte es nichts schaden, sich von ihm zum Essen einladen zu lassen. Schließlich hatte auch er Didier Muret gekannt. Vielleicht würde ich von ihm erfahren, was ich von Martine hatte wissen wollen.

»Einverstanden«, sagte ich also, »vielen Dank für die Einladung.«

»Wie schön.« Er sah auf seine Uhr. »Darf ich Sie um zwölf im Hotel abholen?«

»In Ordnung.«

»Schön«, sagte er noch einmal. »Dann will ich mich jetzt verabschieden und Sie dem Genuß der Bilder überlassen. Ich muß vor dem Essen noch etwas Geschäftliches erledigen.« Sein strahlendes Lächeln aber kam nicht von Herzen. Es wirkte irgendwie aufgesetzt.

Dasselbe Lächeln schenkte er dem etwas ungepflegten jungen Mann, mit dem er beim Gehen in der Tür zusammenstieß. »Morgen«, sagte Simon fröhlich, als Armand an ihm vorbei auf die schattige Straße hinausschlüpfte. »Wo hast du denn bloß gesteckt!« Er sprach mit mir wie mit einem Schulkind, das zu spät zum Unterricht erscheint. »Paul hat schon überall nach dir gesucht. Du bist nicht zum Frühstück gekommen.«

»Ja, nun ...«

»Er ist im Hotel und wartet auf dich.«

Martine hatte ihr Gespräch beendet und kam wieder nach vorne. Ihr Blick streifte Simon kurz, dann sah sie wieder mich an. »Sie sind ja heute eine gefragte Frau. All diese Männer, die nach Ihnen suchen ...«

»Eigentlich wollte ich zu Christian«, schaltete sich zu meinem Glück Simon ein. »Wo kann ich ihn finden?«

Martine zog neugierig die Augenbrauen in die Höhe. »Christian?«

»Ich wollte ... mir was von ihm leihen.«

»Wenn er nicht zu Hause ist ...«

»Da ist er nicht.«

»Dann versucht es eine Straße weiter, gleich hier um die Ecke. Er hat gestern abend davon gesprochen, daß er dort etwas zeichnen will.«

Zu meiner Überraschung schien Simon kein Verlangen zu verspüren, noch ein wenig mit Martine zu schwatzen, sondern bedankte sich nur und sagte, zu mir gewandt: »Du kommst am besten gleich mit. Damit du uns nicht noch einmal verlorengehst.«

In diesem Augenblick betrat ein älteres Ehepaar die

Galerie, das Martine lautstark begrüßte. Also hatte es wirklich keinen Sinn, sich hier noch länger herumzudrücken. Martine ließ es sich nicht nehmen, uns noch zur Tür zu bringen. Als sie meine Hand drückte, sagte sie: »War da noch etwas, was Sie mich fragen wollten, Mademoiselle?«

»Ich? Nein«, log ich.

»Es ist nur, weil ...« Sie schüttelte den Kopf, und der fragende Ausdruck verschwand aus ihren Augen. »Schon gut. Weiterhin einen schönen Tag Ihnen beiden!«

Draußen hatte dieser Tag, der so vielversprechend begonnen hatte, sein Wesen gewandelt. Die Sonne war hinter einer grauen Wolkendecke verschwunden, und in der Luft hing der Geruch von Abgasen und aufkommendem Regen. Simon übernahm wieder einmal sofort die Führung, und ich folgte ihm artig, den Kopf gesenkt und ganz in Gedanken, so daß ich an der nächsten Ecke beinahe in Christian Rand hineingelaufen wäre. Nicht, daß er viel davon mitbekommen hätte – der junge Künstler war in seine eigenen Gedanken und Betrachtungen versunken und starrte mit halbgeschlossenen Augen die Bäckerei auf der anderen Straßenseite an.

Aber auch Neil Grantham wurde an diesem Morgen zu einem immer wiederkehrenden Thema. Er stand nämlich neben Christian, den Kopf in den Nacken geworfen, die Hände in die Hüften gestützt und den Blick auf dasselbe Gebäude geheftet. Auch ich sah hinüber, fand aber nichts Bemerkenswertes daran und entschuldigte mich statt dessen bei Christian dafür, daß ich ihn beinahe über den Haufen gerannt hätte.

Zuerst meinte ich, er hätte mich gar nicht gehört, bis eine kaum merkliche Bewegung seines Kinns mir signalisierte, daß er verstanden hatte.

»Immer bei der Arbeit, was?« sagte Simon, und noch einmal nickte Christian, ohne aufzublicken.

»Ich muß dieses Gebäude abreißen«, sprach er nachdenklich. »Es macht meine Komposition kaputt. Aber wie ... wie ...?«

»Er meint das nicht wörtlich«, sprang Neil ein. »Das läuft alles nur in seinem Kopf ab – er reißt Häuser ein, rückt sie näher zusammen, damit sein Bild so wird, wie er sich das vorstellt.«

Ich hatte Christian natürlich nicht beim Wort genommen, schon weil der Abriß eines Gebäudes eine körperliche Anstrengung erforderte, der er keineswegs gewachsen schien – aber wenn Neil meinte, daß Christians Äußerung noch einer Erklärung bedurfte, dann bitte.

Neil lächelte. »Ich weiß das, weil mein Bruder auch malt und auch dauernd irgendwelche Häuser abbricht. Er ist Christian übrigens ziemlich ähnlich, nur sind seine Bilder bei weitem nicht so gut.«

»Eine künstlerisch veranlagte Familie.«

»Hat er wohl von unserer Mutter. Sie hat viel gezeichnet und Klavierstunden gegeben.«

»Und dein Vater?« fragte Simon leicht schnippisch. »Was war der? Schriftsteller? Schauspieler? Opernsänger?«

»Er hat bei der staatlichen Eisenbahn gearbeitet.«

Ich sah auf die Uhr. »Dann schaue ich jetzt besser mal nach Paul.«

Ich überließ die drei Männer sich selbst und hörte gerade noch, wie Simon Christian fragte, ob er sich Eimer und Schaufel von ihm borgen könnte. Nun, vielleicht würde er seinen Schatz tatsächlich noch finden. Versuchen konnte er es ja.

Die Hotelbar war bis zum Mittag geschlossen, aber ich

fand Paul nichtsdestotrotz dort im Halbdunkel lesend vor. Als ich eintrat, legte er sichtlich erleichtert seinen »Ulysses« beiseite. »Na, wird ja auch Zeit. Ich fing schon an, mir Sorgen zu machen.«

»Tut mir leid.« Ich streckte meine müde gewordenen Glieder. »Ich bin schon früh aufgestanden und habe einen Spaziergang am Fluß entlang gemacht.« Ich erzählte ihm nichts von dem Kater und davon, daß ich Neil begegnet war – das brauchte er alles gar nicht zu wissen. Aber von Lucie Valcourt berichtete ich ihm, daß wir zusammen die Enten gefüttert hatten und was sie über den englischen Freund ihres Onkels gesagt hatte.

»Donnerwetter«, meinte er anerkennend, lehnte sich zurück und fuhr sich abwesend mit der Hand durchs Haar. »Also denkst du, Muret sei der Typ gewesen, mit dem dein Cousin hier in Chinon verabredet war?«

»Hört sich doch sehr danach an, findest du nicht auch? Ich meine, er könnte den Artikel doch in Victor Belliveaus Haus gesehen haben. Die beiden haben einander gekannt.«

»Nur, daß bisher jeder behauptet, er hätte kein Englisch verstanden.«

»Ich weiß. Und außerdem ist mir bis jetzt völlig unklar, wieso er sich überhaupt dafür interessieren sollte, was mein Vetter in dem Artikel geschrieben hat. Ich hatte Martine danach fragen wollen und bin deswegen heute früh extra bei ihrer Kunstgalerie vorbeigegangen. Aber es war zuviel los, so daß sich keine Gelegenheit zu einer Unterhaltung ergab. Außerdem weiß ich auch gar nicht, ob ich den Nerv gehabt hätte, die richtigen Fragen zu stellen. Schließlich gehört es sich ja auch nicht. Ich kenne Martine doch eigentlich kaum und kann nicht einfach hingehen und ihr Fragen über ihren früheren Mann stellen, der gerade mal eine Woche tot ist. Jedenfalls esse ich mit Armand Valcourt zu Mittag, und dabei ergibt sich vielleicht etwas –«

»Bitte was?« unterbrach mich Paul. »Du gehst mit –«

»Armand Valcourt essen«, wiederholte ich. »Du brauchst gar nicht so süffisant zu grinsen.«

»Schon gut, schon gut.« Paul hob abwehrend die Hände. »Ich bin bloß ein bißchen eifersüchtig.«

Eifersüchtig? Himmel, was machte der sich denn für Vorstellungen? »Paul –«

»Ich finde es einfach ungerecht, daß du mit so einem reichen Pinkel zum Essen ausgehst, während ich mit einem Käsebrot und Simon vorliebnehmen muß.« Wieder grinste er mich an. »Wohin will er dich denn ausführen?«

»Keinen Schimmer.«

»Irgendwohin, wo es unanständig teuer ist, schätze ich mal. An der Rue Voltaire gibt es ein paar Gourmettempel, die Sorte, wo man sechs Gabeln neben den Teller gelegt kriegt. Wann soll's denn losgehen?«

»Wir sind um zwölf – meine Güte, es ist ja schon elf durch, und ich habe noch nicht mal geduscht.«

»Na, dann mal zu.« Er griff wieder nach seinem abgestoßenen Taschenbuch. »Und daß Sie mir nicht Ihren Auftrag vergessen, Watson.«

»Und der wäre?«

»Ihn betrunken zu machen und nach Didier Muret auszuquetschen.«

»Genau. Also hoffen wir, daß ich etwas Nützliches in Erfahrung bringe.«

»Oder lieber nicht. Mir jedenfalls wäre wohler zumute, wenn es keine Verbindung zwischen Martines Ehemann und deinem Cousin gäbe.«

Den Grund dafür brauchte er mir nicht zu nennen. Ich

hatte mir die Geschichte selbst schon im Geiste zusammengereimt und war zum gleichen Ergebnis gekommen: Falls mein Verdacht sich bestätigte, war Harry vergangenen Mittwoch hier in Chinon gewesen und hatte mit Lucie und ihrem Onkel Didier, seinem angeblichen Freund, Enten gefüttert. Und am Donnerstag morgen war Didier Muret tot.

21

... ich saß mit meinem Gastgeber zu Rate,
betörte ihn mit seinen edelsten Weinen ...

Es war dann doch kein Gourmetrestaurant, in das Armand mich ausführte, und ich bekam auch bloß drei Gabeln. Ich wußte damit umzugehen, mußte ich mir doch nur die Zeit ins Gedächtnis rufen, als ich noch in Botschaftsgebäuden zu speisen pflegte. Abgesehen davon erinnerte nichts an meinem Essen mit Armand mich an diese sich endlos dahinquälenden Diners in Gesandtenkreisen.

Es war ein rustikales französisches Restaurant mit fast bis zum Boden reichenden Fenstern voll rosaroter Blumensträuße, Tischen aus Kiefernholz, die in wohltuenden Abständen voneinander standen, und einer gemütlichen Landhausatmosphäre.

Wir bekamen einen Tisch neben dem Kamin, der zu dieser noch nicht so kalten Jahreszeit ebenfalls mit Blumen dekoriert war: Muschelfarbene Rosen, Farnkraut und Chrysanthemen. Mit jedem Atemzug sog ich den verführerisch zarten Duft der Rosen ein, in den sich das Bukett des Weines, ein mildes Knoblaucharoma und der Wohlgeschmack der Meeresfrüchte auf meinem Teller mischten.

Die exquisiten Speisen, das anheimelnde Ambiente, die Begleitung eines charmanten, gutaussehenden Mannes und die freundlich-diskrete Bedienung taten das ihre, um mich in eine wohlig entspannte Stimmung zu versetzen. Oder lag es daran, daß Armand mir bereits zweimal nachgeschenkt hatte?

Gerade teilte er den Rest der Flasche zwischen unseren beiden schon wieder leeren Gläsern auf, während er eine Geschichte aus dem Leben seiner Tochter zum besten gab.

»Sie sieht Ihnen sehr ähnlich«, sagte ich. »Vor allem das Lächeln ist das gleiche.« Wir unterhielten uns auf englisch, wohl, weil uns das die Illusion gab, unter uns zu sein, denn an den drei Tischen um uns herum wurde nur Französisch gesprochen.

»Vielen Dank. Sie haben keine Kinder?«

»Nein.«

»Kinder sind das wunderbarste Geschenk. Sie können sich keine Vorstellung von den Glücksgefühlen machen, die sie in einem auslösen. Sie würden alles für Ihre Kinder tun.« Er nahm eine Muschel aus ihrer Schale und kaute nachdenklich darauf herum. »Ich selber war mir gar nicht sicher, ob ich ein Kind wollte, aber als Lucie dann geboren wurde ...« Mit einem Schulterzucken legte er die Gabel beiseite. »Alles wurde anders.«

»Ist es nicht schwierig, sie so ganz alleine aufzuziehen?«

»Ganz alleine ja nun auch wieder nicht.« Er lächelte ein wenig nachsichtig. Wie konnte ich auch vergessen haben, in welcher priviligierten Welt er zu Hause war? »Zuerst kam ein Kindermädchen, um auf sie aufzupassen. Als Brigitte starb, ist Martine wieder bei uns eingezogen. Und dann ist da natürlich noch François.«

»François ist wohl schon sehr lange bei Ihnen?«

»O ja, sehr, sehr lange. Seine Eltern haben schon für meine Großeltern gearbeitet, und François ist im selben

Jahr geboren wie mein Vater – 1930. Aber erzählen Sie ihm nicht, daß ich Ihnen das verraten habe. Er möchte nicht gerne auf sein Alter angesprochen werden. Meine Frau hat immer gesagt, er sei wie die Diener, die man in Filmen sieht, der Familie treu ergeben und sehr diskret.«

»Auf mich hat er auch einen sehr loyalen Eindruck gemacht. Einen besseren Bediensteten hätten Sie wohl kaum finden können.«

»Schon möglich. Aber François gehört eigentlich mehr zur Familie, und er bleibt auch bei mir, weil das Weingut ebenso sein Zuhause ist wie das meine. Er ist nicht nur zum Bedienen da, wie in den Filmen, sondern er ist bei uns, weil er die Menschen mag, in deren Diensten er steht.«

»Also ein eher kameradschaftliches Verhältnis.«

»Manchmal stelle ich seine Geduld auf eine harte Probe, aber das ist eben so bei Menschen, die ein Leben lang miteinander unter demselben Dach gewohnt haben. Lucie ist sein ein und alles.«

Ich hatte ja gesehen, wie besorgt François am Morgen um Lucie gewesen war, als die beiden Enten füttern gingen, doch als ich mir jetzt das Bild seiner müden Augen, die auf seinem Schützling ruhten, ins Gedächtnis rief, fiel mir noch ein anderer Gesichtsausdruck ein, den ich an François beobachtet hatte und von dem er mir sagte, er rühre daher, daß er Gespenster sähe. Einen Moment lang überlegte ich, ob ich Armand fragen sollte, ob Lucie ihrer Mutter sehr ähnlich sehe, aber dann beschloß ich, das Gespräch lieber auf Didier zu lenken. Wenn mir nur ein Vorwand einfiele, das Thema anzuschneiden …

Ich spielte mit meinem Glas und versuchte es auf einem Umweg. »Sie sagten, Martine sei wieder zu Ihnen gezogen, als Sie … als Sie Witwer wurden. Wo hat sie denn vorher gelebt? Auch hier in Chinon?«

»Ja, mit ihrem Ehemann. Sie wußten sicher nicht, daß er tot ist?« Ein kurzes Flackern in seinen dunklen Augen, schon war es wieder verschwunden. »Man sollte nicht schlecht über Verstorbene reden, aber er war kein sehr angenehmer Mensch. Schon damals, als sie zu uns kam, um sich um Lucie zu kümmern, gab es Konflikte in der Ehe.«

Ich nickte. Meine Taktik war erfolgreich gewesen. »Ja, ich habe gehört, daß die beiden geschieden waren.«

»Die Ehe wurde annulliert. Für die Kirche gibt es da einen Unterschied.« Der Wein tanzte in seinem Glas wie flüssiges Gold, als er es hob und mir zulächelte. »Wenn das für Sie eine Bedeutung hat.«

»Für Sie nicht, wenn ich recht verstehe?«

»Für mich? Nein, ich glaube an die Dinge, die mir greifbar sind – mein Land, meine Familie, alte Traditionen, guten Wein. Und Sie?«

Ich mußte ihm die Antwort schuldig bleiben. »Ich bin eher eine Skeptikerin.«

»Sie sind nicht in der Kirche?«

»Nein.«

»Aber Menschen. An die Menschen müssen Sie doch glauben.«

»Menschen sind zu unbeständig«, antwortete ich, worauf sich ein leises Lächeln um seine Mundwinkel bildete.

»Sie sind in der Tat eine Skeptikerin. Haben Sie immer schon so empfunden? Auch schon als Kind?«

»Um Himmels willen, nein.« Ich grinste. »Ich war das gläubigste Kind, das es je gegeben hat. Ich habe mir etwas gewünscht, wenn ich eine Sternschnuppe sah, und dergleichen.«

»Und was ist daraus geworden?«

»Mein Leben«, sagte ich schulterzuckend. Meine letzte

Muschel war in ihrer Schale kalt geworden, und ich schob sie mit der Gabel beiseite. Wie waren wir bloß über Didier bei diesem Thema angelangt? So kam ich nicht weiter. Ich mußte das Gespräch wieder in ergiebigere Bahnen lenken. »Und Martines Mann? Woran hat der geglaubt?«

»Geld«, kam prompt die nüchterne Antwort, doch dann lächelte er versöhnlicher. »Das ist vielleicht nicht ganz fair, denn ich weiß ja nichts davon, wie es ist, sich wie Didier aus dem Nichts hocharbeiten zu müssen. Ich glaube, er hatte eine sehr schlimme Kindheit. Aber Martine besaß natürlich Geld, also hat er sie geheiratet.«

Es fiel mir schwer, mir vorzustellen, daß ein Mann Martine ausschließlich wegen ihres Vermögens heiraten wollte, aber Armand versicherte mir, daß das tatsächlich der Fall gewesen war. »Kaum jemand zweifelt daran, auch Martine selber nicht. Und abgesehen davon ... denken die meisten Menschen, daß das auch für mich der Grund war, meine Frau zu heiraten.«

»Sie?« Ich starrte ihn überrascht an. »Aber Sie sind doch ...«

»Reich, meinen Sie? Ja, jetzt. Aber als ich heiratete, stand es nicht so gut um Clos des Cloches. In den ersten Jahren lief vieles schief, die Ernten waren nicht gut, und das hat jedermann gewußt. Es wundert mich nicht, daß die Leute denken, ich hätte Brigitte wegen ihres Geldes gewählt.«

»Und? Haben Sie?« Da war es schon zu spät. Ich mochte mich selbst für diese Frage ohrfeigen, aber Armand hatte bereits den Kopf auf die Seite gelegt und erwog seine Antwort.

»Zum Teil.« Er lächelte, aber nicht verlegen. »Zwischen Brigitte und mir gab es nicht gerade feurige Leidenschaft. Es war mehr eine geschäftliche Transaktion.

Sie wollte ein schönes Haus, in dem sie die Gastgeberin spielen konnte. Ich wollte eine schöne Frau aus guter Familie. Daß sie auch noch Geld hatte, machte sie für mich nur um so attraktiver. Zu diesem Zeitpunkt schienen wir wie füreinander geschaffen, aber später dann ... Ich bedauerte ihren Tod, aber ich habe nicht sehr darunter gelitten. – Schockiere ich sie? Wahrscheinlich ist dies das letzte Mal, daß Sie Lust haben, mit mir auszugehen, wenn ich nicht gleich das Thema wechsle.«

Aber er wechselte das Thema nicht. Statt dessen fragte er mich nach meiner Familie und meiner Kindheit aus, also speiste ich ihn mit ein paar der erzählenswerteren Anekdoten aus dem Leben der Familie Braden ab. Ich schloß mit der Geschichte, wie Harry mich auf dem Scheiterhaufen hatte verbrennen wollen. Wir hatten im Garten gespielt – ich war Jeanne d'Arc, und Harry hatte mich, im Sinne historischer Authentizität, am Rosenspalier festgebunden und ein ordentliches Feuer entfacht. Als er schließlich losrannte, um den Gartenschlauch zu holen, wurde es mir einen Augenblick lang doch äußerst mulmig zumute.

Die meisten Leute lachen, wenn ich ihnen diese Geschichte erzähle, aber Armand schien sie eher zu erschrecken. »Ist er noch am Leben, dieser Vetter? Ihr Vater hat ihn nicht totgeschlagen?«

»Nein, er hat überlebt. Er lehrt in London am Historischen Seminar der Universität. Gelegentlich jedenfalls.«

»Soso.« Er suchte nach seinen Zigaretten. »Da bin ich aber froh, daß Sie ihn nicht mitgebracht haben. Abgesehen von der Geschichte meiner eigenen Familie interessieren mich Kriege, Könige und Fürstenhäuser herzlich wenig.«

Da war sie, die Gelegenheit, auf die ich gewartet hatte.

»Aber wie ich gehört habe, war das doch das Steckenpferd ihres Schwagers?«

»Didier?« Armand klappte das Feuerzeug zu, lehnte sich zurück und kniff die Augen zusammen, während der Rauch zur Decke zog. »Didier und Geschichte? Wie kommen Sie denn darauf?«

»Ach, ich weiß gar nicht mehr«, sagte ich ganz unschuldig. »Wahrscheinlich hat irgend jemand im Hotel so was erzählt. Ich meinte, gehört zu haben, daß er sich sehr dafür interessierte.«

Er hob die Zigarette an die Lippen und sog genüßlich daran, aber ich bemerkte doch den etwas verkrampften Zug um seinen Mund. »Da müssen Sie etwas mißverstanden haben. Mein Schwager hat sich außer für sich selber für gar nichts interessiert. Und für Geld. Immer ging es ihm nur um Geld.« Seine Stimme klang unbarmherzig. Niemand schien Gutes über Didier Muret zu berichten zu haben. »Er konnte sich nie lange an einem Arbeitsplatz halten, weil er gestohlen hat. Brigitte, meine Frau, hatte ihn Martine zuliebe bei ihrem eigenen Rechtsanwalt untergebracht, aber auch das hat nichts genützt. In der Kanzlei ist Geld verschwunden. Daraufhin hat Martine ihn verlassen. Sie ließ ihn weiter in ihrem Haus wohnen, aber er hat kein Geld mehr von ihr bekommen.«

Recht so, Martine, dachte ich. »Übrigens«, sagte ich, um meine Lüge etwas plausibler erscheinen zu lassen, »war es, glaube ich, Simon, der junge Kanadier, der mir das von Ihrem Schwager erzählt hat. Die beiden sind sich wohl mal begegnet.«

»Simon?« Armand sah mich skeptisch an. »Der junge Mann mit den langen Haaren, der bei der Führung durchs Weingut mit dabei war? Aber der spricht doch gar kein Französisch, im Gegensatz zu seinem Bruder. Und Didier sprach kein Wort Englisch. Kann sein, daß sie sich begegnet sind, aber sie werden kaum miteinander gesprochen haben.«

»Ja, dann habe ich mich wohl verhört.« Drei Leute hatten mir jetzt schon dasselbe gesagt, und diese drei konnten sich doch nicht alle irren? Also konnte Didier Muret Harrys Artikel tatsächlich nicht gelesen haben, hatte keinen Grund gehabt, mit ihm Kontakt aufzunehmen, war vermutlich wirklich nie mit ihm zusammengetroffen. Und was hatte Armand heute morgen über seine Tochter gesagt? Ihre Phantasie ist mit ihr durchgegangen. Eine Ente namens »Ar-ri« war ja auch nicht gerade ein schlagender Beweis. »Dann muß er von einem anderen Didier gesprochen haben. Simon drückt sich manchmal etwas unklar aus.«

Aber ich war selbst nicht ganz ohne Fehl und Tadel. Solange ich meine Ermittlungen anstellte, mußte ich besser darauf achten, wieviel Wein ich trank. Als wir das Restaurant verließen, hatte ich Mühe, nicht zu torkeln oder womöglich noch über einen Pflasterstein zu stolpern.

Doch ich denke nicht, daß es Armand auffiel. Unbekümmert ging er neben mir durch die mittagsstille Rue Voltaire.

»Das hat mir gefallen«, sagte er, als wir wieder am Platz mit dem Springbrunnen angekommen waren. »Ich genieße Ihre Gesellschaft. Bevor Sie wieder abreisen, sollten wir noch einmal gemeinsam zu Abend essen.«

Das war in der Tat kein unbilliges Ansinnen. »Gerne«, antwortete ich.

Sein zarter Abschiedskuß traf mich allerdings etwas unvorbereitet, obwohl man in Frankreich ja mit so etwas rechnen mußte – vom Lächeln und Zunicken zum Händedruck und dann zur la bise, dem freundschaftlichen

Kuß auf beide Wangen, obwohl man sich in der Regel nicht so schnell näherkam. Armand Valcourt, dachte ich, verliert keine Zeit.

Trotzdem war es mir ein bißchen peinlich, und als ich rasch einen Blick an der Hotelwand hinauf über die Reihen leerer Balkone warf, schien es mir, als hätte sich hinter Neils Fenster etwas bewegt, aber das konnte auch Einbildung gewesen sein.

Es mußte Einbildung gewesen sein. Die Glocke vom Schloß schlug drei, als ich die Hotelhalle betrat. Obwohl Neil um diese Stunde immer zu spielen pflegte, war keine Geige zu vernehmen. Thierry war allein und wirkte ausgesprochen gelangweilt hinter dem Empfangstresen. Alle seien ausgeflogen, erklärte er mir auf meine Frage, nur er sei da und das Telefon ... Doch dann erhellte sich sein Blick. »Möchten Sie etwas zu trinken, Mademoiselle? In der Bar?«

»Das ist das letzte, was ich jetzt brauche, Thierry. Ich kann mich so schon kaum noch auf den Beinen halten. Nein, ich will mich lieber zu einem Nickerchen hinlegen.«

»Nickerchen«, sagte er und verdrehte die Augen dabei, »sind was für alte Frauen und kleine Kinder.«

Du irrst dich, sinnierte ich wenig später, als ich mich auf dem frischgeplätteten Laken ausgestreckt und unter der Wolldecke vergraben hatte. So ein Nachmittagsschläfchen war etwas, womit man sich ruhig mal verwöhnen durfte, eine Ruhepause inmitten eines langen, ausgefüllten Tages, vor allem nach einem guten Mahl und gutem Wein, der einem ein wenig in den Kopf gestiegen war. Ich seufzte zufrieden und kuschelte mich noch tiefer in die Decken.

Von draußen war durch das offene Fenster wenig zu hören außer dem Plätschern des Springbrunnens. Ab und zu fuhr ein Auto vorbei, oder jemand rief einem anderen etwas zu. Unweit vom Hotel bellte ein Hund und wurde mit scharfem Kommando zur Ruhe gerufen. Sonst aber störte nichts meinen Frieden in dem abgedunkelten Zimmer. Das Plätschern des Brunnens wurde lauter, veränderte sich eine Spur, klang tiefer, wie das Schlaflied des gen Süden strömenden Flusses.

Es war ganz nahe, dieses Geräusch ..., so nahe ... Es war neben mir. Ich träumte in letzter Zeit selten, und um so erstaunter war ich, als ich mich urplötzlich in diesem tranceartigen Zustand bewegte, in dem Träumende sich befinden, nicht mehr in meinem Zimmer war, sondern irgendwo drüben am Fluß, wo sich die Platanen unter einem grauen, wenig verheißungsvollen Himmel leidvoll im Winde neigten. Ich bewegte mich ohne ein festes Ziel voran, auf keinem vorgezeichneten Weg. Im einen Augenblick stand ich noch auf der Brücke, im nächsten war gar keine Brücke mehr da, und ich saß am Flußufer, die Arme fest um die Knie geschlungen. Über das träge Wasser hinweg konnte ich meinen Vetter Harry unter den Bäumen am Rand der kleinen Insel hin und her laufen sehen. Ich wollte zu ihm hinüber, aber ohne die Brücke war das unmöglich.

»Kein Grund, wegen Harry schlaflose Nächte zu verbringen«, sagte mein Vater neben mir. Er lächelte, faßte in seine Jackentasche und gab mir die Münze mit King John darauf. »Hier, wünsch dir was.«

Ich nahm die Münze aus seiner Hand und warf sie, ohne nachzudenken, ins Wasser. Im Fluge verwandelte sie sich in einen Diamanten, und an der Stelle, wo sie versank, färbte sich der Fluß blutrot.

Erschrocken blickte ich zu der Stelle hin, an der ich eben noch Harry gesehen hatte, aber er war verschwunden. Nur ein Mensch stand auf der kleinen Insel, ein schlanker, hochgewachsener Mann mit hellblonden Haaren, dessen Blick traurig auf mich gerichtet war. Er versuchte, mir etwas mitzuteilen – ich konnte sehen, wie seine Lippen sich bewegten, aber der Wind verschluckte seine Stimme, und nur ein einziges Wort drang zu mir her: »Vertraue …«

Ein kühler Schatten fiel auf den Rasen neben mir, und als ich aufsah, erblickte ich das gütige Gesicht des alten François. »Sehen Sie Gespenster?« fragte er mich, und dann hob er eine Geige an die Schulter und begann zu spielen – Beethoven.

Ich öffnete die Augen.

Ein Stockwerk tiefer unterbrach Neil einen Moment lang seine Übungen, stimmte eine Saite und setzte wieder an. Ich starrte zur Decke hinauf und lauschte. Normalerweise hat Beethoven eine beruhigende Wirkung auf mich, befreit meinen Kopf von unnötigen Sorgen, aber an diesem Nachmittag war er mir gar keine Hilfe.

Ich wollte die Musik nicht mehr hören. Ich schloß die Augen, drückte das Gesicht in mein Kissen und kämpfte plötzlich mit den Tränen.

22

Da rührte sich die Menge, sie zählte wohl an die tausend Köpfe …

»Du hast eine Schnecke am Ärmel«, sagte Neil, als wäre das die alltäglichste Sache der Welt. Verwundert inspizierte ich die Stelle, auf die er gezeigt hatte.

»Tatsächlich. Armes kleines Ding. Sie versucht, sich zu retten.« Behutsam nahm ich das klebrige Tierchen von meiner Windjacke. Ich hätte es zurück in den Eimer zu seinen Artgenossen legen sollen, brachte es aber nicht über mich. Statt dessen schloß ich die Hand um die Schnecke und entfernte mich vom Stand des Fischhändlers. Hier auf dem Donnerstagsmarkt herrschte ein hektisches Gedränge, aber Neil schaffte es, keinen Schritt von meiner Seite zu weichen.

»Das nennt man Ladendiebstahl«, sagte er grinsend.

»Ich stehle sie nicht, ich befreie sie«, verteidigte ich mich. »Zivilcourage würde ich es nennen.«

»Der tätowierte Bursche da hinten wäre bestimmt anderer Meinung. Er nimmt ganz ordentliche Preise für seine Escargots.«

»Ihm bleibt ja noch ein ganzer Eimer voll. Siehst du hier irgendwo eine Pflanze?«

»Wieso?«

»Ich kann sie ja wohl nicht einfach hier hinsetzen. Sie wird doch sofort zertreten.«

Neil blickte über mich hinweg. »Wie wäre es mit einer Topfpflanze? Da drüben beim Brunnen ist ein Blumenstand.«

Auf dem Springbrunnenplatz ging es etwas ruhiger zu, und wir fanden sogar eine freie Sitzbank. Mit einem dankbaren Stöhnen ließ Neil sich darauffallen. Ich entließ meine unrechtmäßig erworbene Schnecke zwischen den Geranientöpfen in die Freiheit.

Ich war auch ganz froh, einen Moment lang abseits des Menschengewimmels zu sein. Trotz all des bunten Treibens und der vielen Anregungen war der Wochenmarkt doch auch ziemlich anstrengend. Dauernd wurde man angerempelt, überall wurde lautstark um Preise gefeilscht, Kinder rissen sich von ihren Eltern los, wurden gejagt, eingefangen und ermahnt, und die meisten Händler schrien sich die Seele aus dem Leib, um die Vorbeidefilierenden auf ihre Waren unter den gestreiften Markisen aufmerksam zu machen.

Einige der Marktbeschicker machten sich die Segnungen der modernen Unterhaltungsindustrie zunutze, hatten sich Mikrophone an die Knopfleisten ihrer Hemden geklemmt und übertönten damit die Stimmen ihrer Standnachbarn, während ohnehin von allen vier Ecken des Place du Général de Gaulle dröhnend laute Musik über Lautsprecher erschallte, die sich zu einer wüsten Kakophonie vermischte, als wäre alles das Werk eines verrückten Komponisten.

Mich störte nicht so sehr der Lärm – die Menschenmengen waren es, die mir auf die Nerven gingen. Wir waren gemeinsam mit Simon und Paul aufgebrochen, nur um sie wenige Minuten später schon aus den Augen zu verlieren. Ich meinerseits versuchte mehr als einmal, Neil abzuschütteln, aber es wollte nicht klappen. Er war groß genug, um über die Köpfe aller anderen hinwegzuschauen, und durch meine hellblaue Windjacke war ich jedesmal wieder leicht auszumachen. Na ja, um ehrlich zu sein, so sehr hatte ich nun auch wieder nicht versucht, ihn loszuwerden.

»Ich werde wohl doch langsam alt«, sagte er. »Ich habe nicht mehr das Durchhaltevermögen für so einen ausgedehnten Marktbesuch.«

»Das kann ich dir nachfühlen.«

»Wie viele Haustiere hast du in England?«

»Ich? Kein einziges.«

»Ich dachte nur ... Du scheinst eine magische Anziehungskraft auf Tiere zu besitzen. Erst der Kater, und jetzt die Schnecke. Ich hatte mir vorgestellt, daß dein Haus in England mit Tieren nur so vollgestopft sein muß.«

Ich schüttelte den Kopf. »Nein, ich wohne ganz allein.«

»Deinen Kater habe ich übrigens gestern abend bei meinem Spaziergang gesehen. Er geht wohl ganz gerne auf Abenteuer? Er war nämlich auf der anderen Seite der Brücke, am Quai Danton.«

»Und? Wäre das nicht ein Haustier für dich?«

»Bestimmt würde deinem kleinen Freund die Eisenbahnfahrt nach Österreich gefallen, aber ich kann ihn nicht bei mir aufnehmen. Meine Zimmerwirtin erlaubt keine Tiere im Haus.«

Ich hatte auch schon überlegt, ob ich den Kater mitnehmen sollte, aber ich wollte ihn nicht der monatelangen Quarantäne aussetzen. Ich dachte an den bevorstehenden Winter und seufzte. »Er sollte in Rom leben«, sagte ich. »Da gibt es ganze Kolonien von Katzen, die überall in der Stadt herumlaufen und immer von irgendwoher Futter kriegen.«

»Dabei fällt mir ein: Ich habe ein Geschenk für dich. Ich

wollt's dir eigentlich schon beim Frühstück geben, aber Garland hat mich wieder mal mit Beschlag belegt …« Er wühlte in den Taschen seiner Jeans. »Ich werd's doch wohl nicht verloren haben … Nein, da ist es.«

Zuerst erkannte ich gar nichts, sah nur seine ausgestreckte Hand. Doch dann öffneten sich seine Finger und offenbarten eine glänzende kleine Metallscheibe, die er in meine Hand rollen ließ. Die Münze hatte etwa die Größe eines Zweipennystücks, war aber doppelt so dick. Die goldfarbene Mitte wurde von einem silbernen Rand umschlossen. Ich strich mit dem Finger über die Prägung. »Aus Italien?«

»Ja, fünfhundert Lire. Gestern abend habe ich beim Essen neben einem freundlichen alten Herrn gesessen, der diese Münze in der Manteltasche hatte. Er hat mir zwar etwas mehr dafür abgenommen als den üblichen Wechselkurs, aber ich wollte die Gelegenheit nicht verstreichen lassen.«

»Du willst sagen, du hast sie extra jemandem abgekauft? Für mich?«

»Du hast mir doch erzählt, dein Vater hätte dir früher, als ihr noch in Italien lebtet, jeden Morgen ein Geldstück gegeben, damit du dir etwas wünschen konntest.« Er sah sich nach den drei Grazien um, die von einem sprühenden Wassernebel umhüllt waren. »Ist zwar nicht derselbe Brunnen, aber ich hoffe, daß dein Wunsch trotzdem in Erfüllung geht, wenn wenigstens die Münze in der richtigen Währung ist.«

Es verblüffte mich, daß er sich noch an eine solche Einzelheit erinnerte und sich die Mühe gemacht hatte, mir diese Münze zu besorgen. Fast verschämt senkte ich den Kopf und murmelte ein Dankeschön. Ich sah mich selbst wie einen Geist, fünf Jahre alt, neben mir vor Freude hüpfen. Was darf ich mir denn wünschen, Daddy? Und hörte meinen Vater sagen: Alles, was du willst. Alles ...

Ich hatte nicht gemerkt, wie Neil sich bewegte, und erschrak, als ich plötzlich seine Finger an meinem Kinn spürte. Es war eine ganz sachte Berührung gewesen, behutsam und zart und keineswegs unangenehm, als sei es nur zu selbstverständlich, daß er wollte, daß ich wieder den Kopf hob, damit er mich ansehen und mit dem Daumen die Träne von meiner Wange wischen konnte. »Man muß nur daran glauben«, sagte er.

»Neil ...«

»Es muß nicht sofort sein. Die Münze verliert ihre Kraft nicht.« Sein Daumen fuhr weiter an meinem Gesicht entlang bis zu meinem Mundwinkel, doch dann ließ er die Hand sinken und wandte seinen Blick wieder dem Markplatz zu. »Da sind sie ja«, sagte er.

Auch Simon und Paul hatten uns bereits entdeckt, aber es dauerte eine Weile, bis sie sich zu uns durchkämpfen konnten, was mir nur recht war. Als sie vor uns standen, hatte ich mich wieder einigermaßen gefangen.

Paul kam mit leeren Händen zurück, die er in die Taschen seiner knallroten Jacke gesteckt hatte, aber Simon war offensichtlich der Geschäftstüchtigkeit der Markthändler zum Opfer gefallen. »... er zerreißt nicht und er beult auch nicht aus«, sagte er stolz und hielt uns ein ziemlich gewöhnlich aussehendes Stück chamoisfarbenen Stoffes vor die Nasen. »Du hättest es sehen sollen, Emily – der Verkäufer hat sogar ein brennendes Feuerzeug darangehalten, und nichts ist passiert.«

Ich gab ihm recht, daß das durchaus bemerkenswert sei. »Aber wofür soll es denn bitte gut sein?«

»Ach, für alles mögliche«, sagte er nur und stopfte das Stück Stoff zurück in seine Tüte.

»Simon ist der Traum eines jeden Marktschreiers«, sagte Paul. »Wißt ihr, was er beinahe gekauft hätte? Eine Bürste zum Putzen von Heizkörpern. Unglaublich.«

»Mom und Dad könnten so was in ihrem Haus gebrauchen«, verteidigte sich sein Bruder.

»Ja, und sie fiebern richtig darauf, daß wir ihnen so etwas aus Frankreich mitbringen«, meinte Paul trocken. »Hast du eigentlich noch mein Brot? Jetzt brauche ich es, um die Enten zu füttern.«

»Was? Ach ja, dein Brot.« Simon wühlte in seiner Tüte und holte ein langes Baguette hervor. »Erstaunlich, daß diese dummen Enten nicht schon längst auf den Grund der Vienne gesunken sind, so wie du sie immer abfütterst.«

»Auch Enten müssen essen.« Paul nahm ihm das Brot ab und sah mich an. »Möchtest du mitkommen? Oder hast du was anderes vor?«

»O nein, gerne«, sagte ich und stand auf. Neil blieb auf der Bank sitzen. Der Wind fuhr ihm durch das hellblonde Haar. Er lächelte mir zu. Ich lief davon, das wußten wir beide, aber er tat nichts, um mich aufzuhalten, sondern ließ sich von Simon den Inhalt seiner wohlgefüllten Tragetaschen vorführen, während ich Paul wie ein kleiner Hund folgte.

Von der Menschenmenge ließ ich mich bis hinunter zum Quai Jeanne d'Arc schieben, wo sie mich ausstieß wie einen Sektkorken, der aus dem Flaschenhals springt. Paul wartete bereits am Fuß des Rabelaisdenkmals.

Wie beim letztenmal setzten wir uns auf die Treppe unterhalb der Uferbefestigung. Der Fluß lag vor uns ausgebreitet wie eine bis zum Horizont reichende glitzernde Decke. Die Enten hatten sich außer Sichtweite am Ende der Bootsrampe versammelt, aber ihr Geplätscher und

Geschnatter drang dennoch zu uns herüber und übertönte fast die Verkehrsgeräusche von der Straße hinter uns. Zu unseren Füßen dümpelte immer noch derselbe flache Kahn im sanften Gewoge der Wellen. Die eiserne Kette, mit der er festgemacht war, schob bei jeder Bewegung Klumpen nasser, welker Blätter mit sich herum.

Paul nahm seine Zigaretten aus der Tasche und machte mit Blick auf meine Hand eine nickende Kopfbewegung. »Was hast du da?«

Leicht verwirrt sah ich auf meine festgeschlossene Faust. »Nichts«, sagte ich ein wenig zu rasch. »Bloß eine Münze.« Ich ließ sie in meiner Handtasche verschwinden, wo sie mit einem vorwurfsvollen »klink« auf meinem Schlüsselbund landete. Verlegen fuhr ich mir mit der Hand durchs Haar. »Könnte ich auch eine Zigarette haben?«

»Klar.« Er hielt mir die Packung hin und gab mir Feuer. »Was gab es denn so Aufregendes, daß du jetzt eine Zigarette brauchst?«

Ich tat einen Zug. »Wieso aufregend?«

»›Wieso‹, sagt sie!« Paul schüttelte den Kopf und sah mich durch einen Rauchschleier hindurch an. »Okay, wenn du nicht darüber sprechen möchtest ...«

»Falls du von Neil redest, da gibt es nichts zu besprechen. Zwischen uns liegt ein Altersunterschied von fünfzehn Jahren, und er wohnt in Österreich. Und außerdem ist er auch noch Musiker.«

»Was stimmt denn nicht mit Musikern?«

»Sie sind unzuverlässig.« Störrisch schnippste ich die Asche von meiner Zigarette. »Und blond dazu.«

Paul sparte sich seine Worte und fragte nicht, was das nun wieder bedeuten sollte. Statt dessen sah er mich mitleidig an wie ein Arzt, der vor einem unheilbar Kranken steht. »Ich werde nicht schlau aus dir.«

»Pech.« Ich rieb mir die Stirn. »Ich habe kaum geschlafen. Ich kann nicht klar denken.«

»Das macht nichts. Dem großen Detektiv obliegt es, mit klarem Verstand seine Schlüsse zu ziehen. Der Assistent darf gerne etwas begriffsstutzig sein«, sagte er augenzwinkernd.

»Na schön.« Ich lehnte mich zurück und schloß halb die Augen. »Und was hat unser großer Detektiv sich für heute vormittag vorgenommen?«

»Heute mittag«, verbesserte er mich. »Es ist schon halb eins. Wenn du's tatsächlich wissen willst, gestern abend habe ich mich beispielsweise mit Zahlen beschäftigt.«

»Was für Zahlen?«

»Zweiundzwanzig, um genau zu sein.« Er grinste breit. »Im Telefonbuch von Chinon gibt es zweiundzwanzig Eintragungen mit dem Vornamen Didier.«

»Woher weißt du das?«

»Ich bin etwas länger wach geblieben und habe sie gezählt. Hat nicht allzu lange gedauert. Das Telefonbuch ist ziemlich dünn. Wenn also unser Mann in Chinon wohnt, dürfte er einer dieser zweiundzwanzig sein.«

»Einundzwanzig. Didier Muret kannst du schon mal streichen.«

»Wirklich?« Paul blies einen Rauchring in die Luft. »Auch darüber habe ich nachgedacht. Ich fragte Thierry, was er über Martines früheren Mann weiß, und seine Antwort war ziemlich aufschlußreich.«

»Erzähl.«

»Also, abgesehen davon, daß er kräftig getrunken hat, war Didier Muret auch einer jener Typen, die gerne mit ihrem Geld protzen. Teure Klamotten, teures Auto, eine Lokalrunde nach der anderen.«

»Und?«

»Das führt uns zu der Frage, wo das Geld herkam. Der Anwalt, bei dem er arbeitete, hat ihn gefeuert, weil er sich aus der Portokasse bedient hatte, und auch Martine hat ihm den Geldhahn zugedreht und ihm nur das Haus gelassen. Wie konnte Didier Muret sich also diesen Lebensstil leisten?«

Ich mußte zugeben, daß mir dazu so schnell auch nichts einfiel. »Aber ich verstehe immer noch nicht, wo die Verbindung zu meinem Vetter sein soll.«

»So besehen, gibt's keine. Es sind ja auch nur ein paar Überlegungen, die ich angestellt habe.«

Ich mußte an seine Behauptung denken, alles würde einen Sinn ergeben, wenn man es nur von der rechten Warte aus betrachtete. »Und jetzt überlegst du, von welcher Seite du das Problem angehen sollst.«

»Wie immer.«

»Was hat dir Thierry noch erzählt?«

»Ach, eine ganze Menge. Es ist nicht leicht, Thierry zu bremsen, wenn er erst einmal in Fahrt gekommen ist. Er sagte, die Behörden hätten Didiers Tod als Unfall zu den Akten gelegt, obwohl die Polizei zunächst angenommen hatte, am bewußten Abend sei noch jemand bei ihm gewesen, weil sie nämlich mehr als nur ein benutztes Weinglas gefunden hatten. Deswegen wurde wahrscheinlich auch Victor Belliveau vernommen.« Er rieb sich mit der Hand den Nacken. »Dein Cousin ist doch nicht gewalttätig, oder?«

Ich sah ihn erschrocken an. »Harry?«

»Könnte doch sein, daß sie was getrunken haben und er aus irgendeinem Grund wütend geworden ist, richtig wütend …«

Jetzt erst merkte ich, worauf er hinauswollte. »Paul, du

hast doch nicht eine Minute lang daran gedacht, Harry könnte Martines Exmann umgebracht haben?«

»Nein, eigentlich nicht. Aber all diese Zufälle ...«

»Das ist ja lächerlich. Harry könnte keiner Fliege etwas zuleide tun, er verabscheut Gewalt, und außerdem – was für ein Motiv hätte er haben sollen? Selbst wenn Didier diesen Artikel gelesen und Harry geschrieben hatte, um sich mit ihm zu verabreden, wie sollte dann so etwas wie Mord dabei herauskommen? Und wenn es doch fahrlässige Tötung war ...« Ich schüttelte energisch den Kopf. »Lächerlich«, sagte ich noch einmal. »Harry hat großen Respekt vor dem Gesetz. Er würde nie vor der Verantwortung davonlaufen, wenn er etwas getan hat.«

Paul sah mich amüsiert an und hielt mir eine weitere Zigarette hin. »Okay, okay. Tut mir leid, daß ich das erwähnt habe.« Ich blies mich da in meinem gerechten Zorn auf, und er grinste nur.

»Na gut«, sagte ich etwas versöhnlicher, »aber der Fall ist doch sowieso erledigt, wenn die Ermittlungen abgeschlossen sind, wie du gesagt hast.«

»Unfall«, sagte Paul, »ist nur ein anderes Wort für nicht mehr weiterwissen.« Als ich ihn fragte, was er damit sagen wollte, zuckte er die Schultern und sah gedankenverloren auf den Fluß hinaus. »Ich weiß es nicht. Es ist nur so eine unbestimmte Ahnung. Erzähl mir noch einmal von dieser Theorie deines Cousins. Von Isabelles verlorenem Schatz.«

Ich setzte ihm Harrys Idee auseinander, und er hörte mir aufmerksam zu. Mein Vater, dachte ich, macht so ein Gesicht, wenn er Kreuzworträtsel löst. Man glaubt, sehen zu können, wie in seinem Kopf die Gedanken arbeiten. »So, und hilft dir das jetzt weiter?«

»Nicht besonders.« Er hob die Zigarette zum Mund.

»Wie gesagt, es ist nur so eine Ahnung. Wahrscheinlich ist das wieder Simons Paranoia, die auch bei mir durchschlägt. Zigeuner. Nazis. Schätze in Tunnelgewölben. Wirklich mehr ein Fall für Sherlock Holmes.«

»Laß dich von der Geschichte nicht so mitreißen«, riet ich ihm. »Ich möchte nicht, daß du dir meinetwegen deine ganzen Ferien verdirbst.«

»O nein, da brauchst du dir keine Sorgen zu machen. Hier«, er reichte mir ein Stück Baguette, »laß uns die Enten füttern.«

Als alles Brot verfüttert war, sah er auf seine Uhr. »Ich gehe jetzt lieber mal meinen Bruder suchen. Er hat irgendwas davon gesagt, daß er mit Christian zu Mittag ißt – ich weiß nichts genaues. Simon glaubt, jeder Deutsche kennt sich mit der Geschichte des Dritten Reichs genauestens aus. Mein Bruder ist unbeirrbar. Er ist fest entschlossen, einen dieser beiden Schätze zu heben, bevor wir abreisen.«

Er schüttelte seine Jacke von den Schultern und hielt sie mir hin. »Es ist ziemlich warm in der Sonne. Könntest du sie für mich mitnehmen?«

»Sicher. Und, Paul ... Ich weiß, daß du gerne Detektiv spielst, aber du paßt doch auf dich auf, nicht wahr?«

»Was soll mir denn passieren?« Er erhob sich und warf seine Zigarettenkippe weg. Der Wind erwischte sie und ließ sie die Stufen hinunter bis an den Rand des brackigen Wassers kullern, wo sie mit einem leisen Zischen verlosch. Für einen kurzen Augenblick stand Paul, die Sonne im Rücken, da wie ein Held aus dem Alten Testament, ein David, den es zum Kampf drängt. Doch dann blinzelte ich mit den Augen, und es war wieder ganz und gar Paul, dem sein schwarzes Haar unordentlich in die Stirn fiel und dessen Augen so tief und unergründlich waren wie der Strom zu unseren Füßen. »Ich passe auf mich auf«, versprach er, »Wollen wir uns zu einem Drink an der Hotelbar verabreden? Sagen wir um drei?«

»In Ordnung.« Ich ging mit ihm wieder die Treppe hinauf und setzte mich auf die niedrige Mauer, während er zurück zum Marktplatz strebte. Als er den Zebrastreifen überquert hatte, drehte er sich noch einmal um und rief mir grinsend etwas zu, was ich nicht verstand. Er schien auf das Denkmal hinter mir gezeigt zu haben, aber ich wußte nicht, was damit sein sollte. Ich nickte trotzdem und winkte ihm nach. Zufrieden wandte er sich wieder um und verschwand in der Menge.

Meine Zigarette war beinahe bis zum Filter heruntergebrannt. Sie hinterließ einen bitter beißenden Geschmack auf meiner Zunge, und ich beugte mich vor, um sie an der Mauer auszudrücken. Ich behielt die Kippe in der Hand und suchte nach einem Abfalleimer. Ich nahm Pauls Jacke in meine freie Hand, ließ mich von der Mauer herunter und ging auf den Müllbehälter zu.

Die Jacke war schwerer, als ich angenommen hatte, und mit der einen Seite schleifte sie fast am Boden. Zuerst glaubte ich, Paul hätte seine Brieftasche darin vergessen, aber da bemerkte ich das dicke Taschenbuch mit dem zerknickten Schutzumschlag.

Ein plötzliches Prickeln im Nacken ließ mich den Kopf drehen, und da sah ich, wie der Zigeuner aus dem Schatten des Denkmals heraustrat, die Straße überquerte und in Richtung auf den Markt davonging. Er schien mich nicht wahrgenommen, durch mich hindurchgesehen zu haben, als wäre ich ein Geist oder unsichtbar. Verfolgungswahn, sagte ich mir. Aber mir war doch wohler zumute, als der Mann und sein Hund vom Gesichtermeer der Menschenmenge verschluckt wurden.

23

… mit Nachrichten gar unerwünscht kamen
und gingen die Boten;

Thierry stellte bereits den zweiten Kir vor mir auf den Tisch, stützte einen Fuß auf die Fensternische neben mir und nahm unsere Unterhaltung dort auf, wo wir sie hatten unterbrechen müssen. »… und sie dürfen bis zum morgigen Sonnenuntergang auch nichts essen oder sich waschen, nichts zum Vergnügen machen. Es ist ein sehr wichtiges Fest. Paul nennt es Jom … Jom …«

»Jom Kippur?«

»Ja, so heißt es. Der Tag der Versöhnung, sagt Paul. Es ist der Tag, der Verstorbenen zu gedenken und seine Sünden zu beichten.«

Ich nippte an meinem Drink. »Und dieses Fest beginnt heute abend?«

»Sobald die Sonne untergeht. Paul und Simon müssen bis dahin wie die Wilden essen, wenn sie morgen den ganzen Tag lang fasten sollen.« Mitleidig legte Thierry die Hand auf seinen flachen Bauch. »Ich glaube, es würde mir nicht gefallen, Jude zu sein.«

»Und wie steht es mit der Fastenzeit?«

Er sah mich treuherzig an. »Ach, Mademoiselle, meine Sünden sind so zahlreich, da würde auch die Fastenzeit nichts helfen. Außerdem sagt Paul, bei diesem jüdischen Feiertag geht es nicht nur ums Essen – man darf auch nicht böse sein, sich streiten oder schlechte Gedanken an jemanden haben. Nein, das ist nicht möglich. Nicht, wenn ich Madame Whitaker bedienen muß.«

Ein Stockwerk höher spielte die Geige die Tonleiter und ging dann in ein traurig klingendes Stück über. Thierry verzog das Gesicht. »Er hat nicht auf mich gehört. Er spielt wieder dieses Liebeslied.«

Und schon drangen die Klänge von Elgars »Liebesgruß« zu uns herunter. Ich versuchte, nicht darauf zu achten. »Wo ist denn Madame Whitaker heute?« fragte ich Thierry. »Ich habe sie den ganzen Tag noch nicht gesehen. Hat sie wieder Migräne?«

Er schüttelte den Kopf. »Sie ist mit meiner Tante und meinem Onkel die Kirche von Candes-Saint-Martin besichtigen gefahren. Eine sehr schöne Kirche, sehr alt.«

»Und ihr Mann?«

»Ich glaube, er ist nicht mitgefahren. Aber er ist auch ausgegangen, irgendwohin.«

Wahrscheinlich froh, seine Frau nicht an den Hacken zu haben, wie ich annahm. Glückliche Ehen waren wohl, zumindest hier in Chinon, eher die Ausnahme.

»Ah.« Thierry blickte zustimmend nach oben, als die Geige ein anderes Stück anstimmte. »Das ist die Sinfonie von Beethoven, nicht wahr?«

Ich hörte einen Moment lang zu. »Ja. Die Eroica.«

»Comment?«

»Beethovens dritte Sinfonie. Er hat sie für Napoleon komponiert.«

»Ah, eine französische Sinfonie?«

»Ja, auf gewisse Weise schon. Aber Napoleon hatte sich selber zum Kaiser gekrönt, bevor das Stück fertig war, und darüber hat sich Beethoven geärgert. Deswegen hat er sie ihm dann doch nicht zugeeignet.«

»Sie wissen viel über klassische Musik, Mademoiselle.«

»Nein, nicht wirklich. Ich erinnere mich nur an bestimmte Stücke und die Geschichten, die sich um sie ranken.«

»Ich höre nicht die Art Musik, die Monsieur Grantham spielt. Ich bin mit ihm in Tours gewesen, in der Diskothek, damit er einmal andere Musik hört, aber ... Er sagt, er bevorzugt die Geige.«

Im Geiste gab ich Neil recht. »Wie spät haben wir es, Thierry?«

Er sah auf seine Armbanduhr. »Kurz nach drei. Noch zwei Stunden, dann ist meine Arbeit für heute beendet.«

Arbeit oder nicht, dachte ich, so eine Hotelbar war nicht der schlechteste Ort, den Nachmittag zu verbringen. Die großen Fenster standen alle weit offen und ließen das herbstliche Sonnenlicht wärmend in den Raum strömen. Draußen hatten sich die Massen der Martkbesucher ein wenig zerstreut, und vor dem Hotel versprühte der Brunnen seinen diamantenen Tropfenregen.

Auch Thierry schaute gedankenverloren aus dem Fenster. »Gestern waren Sie doch mit Monsieur Valcourt beim Essen, nicht wahr? Ich habe nicht gewußt, daß Sie sich kennen.« Es schwang ein wenig Neid in seiner Stimme mit, was ich zunächst nicht verstand, bis er sagte: »Er hat den besten Wagen, den allerbesten.«

»Ja, sehr hübsch, finde ich auch.« Der rote Porsche, dessen Motor wie eine Katze schnurrte – das mußte wohl der Traum so manchen jungen Mannes sein.

»Madame Muret hat versprochen, mich eines Tages auf eine schnelle Fahrt in diesem Wagen mitzunehmen. Wenn Monsieur Valcourt in Paris ist.«

»Tatsächlich?«

»Ja. Wenn er nicht da ist, darf sie den Wagen fahren.

Sie ist letzte Woche damit hiergewesen, als sie Christian besucht hat, und sie wäre schon fast mit mir gefahren, aber ich konnte nicht gleich weg, ich mußte arbeiten, und dann rief auch schon die Polizei an.«

»Die Polizei?«

»Ja, um zu sagen, daß sie die Leiche ihres Mannes gefunden haben. Sehr traurig.«

Wahrscheinlich meinte er die ihm dadurch entgangene Spritztour in dem Porsche und nicht den Tod Didier Murets. Armer Thierry. »Ich könnte ja mal Monsieur Valcourt fragen, ob er –«

»Nein, bitte«, unterbrach er mich hastig. »Nicht so wichtig. Und es wäre auch schöner mit Madame Muret.«

Auch du, Brutus. Schon wieder einer, dem Martine den Kopf verdreht hat. Da entdeckte ich hinter dem Springbrunnen schon wieder diesen Hund, allerdings ohne seinen Besitzer. Er schnüffelte an einer Telefonzelle am anderen Ende des Platzes herum. Mit wem der Zigeuner wohl telefonierte?

Als sich das Telefon hinter der Bar mit einem schrillen Läuten meldete, schreckte ich genauso wie Thierry zusammen und mußte über mich selbst lächeln. Paul hatte recht. Simons Paranoia wirkte ansteckend.

»Einen Moment, bitte«, bat Thierry den Anrufer, als drei Gäste durch die Tür kamen. Er hielt die Hand auf die Sprechmuschel und warf mir einen flehenden Blick zu. »Mademoiselle, ob Sie wohl …?«

»Ja, Thierry?«

»Es ist für Monsieur Grantham. Er legt immer den Hörer daneben, wenn er spielt. Könnten Sie so gut sein …?«

»Du möchtest, daß ich ihn hole?«

»Bitte.«

Ich stand ungern auf, um Neils Übungsstunden zu unterbrechen, aber die neuen Gäste hatten schon an der Bar Platz genommen und drängten darauf, bedient zu werden.

Ein leichtes Frösteln überkam mich, als ich die gewundene Treppe hinaufstieg, aber ich erklärte es mir mit dem Zugwind durch die wieder offenstehende Terrassentür. Als ich vor Neils Tür stand, mußte ich zweimal klopfen, aber er spielte weiter. Scheinbar hörte er mich nicht.

Mein drittes Klopfen war so kräftig, daß davon gleich die Tür aufsprang – möglich, daß der Schnapper nicht richtig eingerastet gewesen war. Trotzdem eine unmögliche Situation. Wenigstens war sie nicht sehr weit aufgegangen, nur einen Spalt breit, durch den ich in eine Zimmerecke sehen konnte. Da war Neil.

Nun wußte ich, warum er mich nicht gehört hatte. Ich zweifelte, ob ihn in diesem Augenblick überhaupt jemand hätte erreichen können. Er war in eine andere Welt versunken, sah völlig verändert aus, wenn er spielte. Seine Augen waren zusammengekniffen, als schmerzte ihn die vergängliche Schönheit der Musik, die gleich wieder verklungen sein würde. Seine Hand schien die Saiten liebevoll zu streicheln, und das Instrument antwortete ihm, wie kein menschliches Wesen es vermocht hätte, rein und pur und bittersüß. Man konnte es fast nicht mit ansehen.

Das Spiel brach ab, und in der plötzlichen Stille klangen mir die Ohren. Neil öffnete die Augen. Ihr schimmernder Glanz blickte ins Leere, wie die Augen eines erwachenden Träumers. Und dann sah er die offene Tür und mich und lächelte, ein glücklich erschöpftes Lächeln, das mich in seine Verzücktheit mit einschloß. »Dieser Beethoven«, sagte er, »macht einem ganz schön zu schaffen.«

Da stand ich nun in seinem Zimmer, und es schien mir, als sei der Wunsch, den er mir vorhin unten am Brunnen geschenkt hatte, ungefragt in Erfüllung gegangen. »Es muß nicht sofort sein«, hatte Neil gesagt ... Verzweifelt versuchte ich mich zu erinnern, mit welcher Botschaft für ihn ich nach oben gekommen war, während Neil die Geige ablegte und auf mich zukam. Selbst als er mein Gesicht in seine Hände nahm, brachte ich kein Wort hervor. Ich sah ihn nur an und dachte, gleich wird er mich küssen ... Und dann fiel es mir jäh wieder ein. »Unten ist ein Anruf für dich«, sprudelte es aus mir heraus.

Neils Mund zuckte zurück. »Wie bitte?«

Ich schluckte einmal und wiederholte meine Nachricht. »Thierry hat mich raufgeschickt.«

»Ach so.« Aber er nahm seine Hände nicht von meinem Gesicht. Wir hätten ewig so stehenbleiben können, wenn nicht Garland Whitaker gewesen wäre.

Ich weiß nicht mehr, womit es anfing. Alle Geräusche schienen gleichzeitig zu ertönen, wie die vier Kanäle eines quadrophonischen Musikstücks. Ich hörte, wie unten die Tür zugeschlagen wurde; Garlands Stimme, halb kreischend und halb schluchzend, ohne daß auszumachen war, was sie sagte; ein Glas, das irgendwo zersprang; und dann das erste ferne Jaulen der näher kommenden Sirenen, das auf dem Platz vor dem Hotel erstarb.

24

Und einige stieß man mit Lanzen
vom Fels herab ...

Neil bewegte sich mit behenden, resoluten Schritten. Er war bereits in der Eingangshalle, bevor ich auch nur den Treppenabsatz erreicht hatte, und als auch ich unten ankam, hatten er und Thierry Garland bereits in ihre Mitte genommen und soweit beruhigt, daß sie wieder sprechen konnte. Die Augen in ihrem blassen, verzerrten Gesicht hatten immer noch einen halbirren Ausdruck, und ihre Stimme klang hysterisch, aber wenigstens war zu verstehen, was sie uns, von kurzen Schluchzern unterbrochen, mitteilen wollte. Auch ich hörte ihre Worte, aber nicht einen Moment lang wollte ich glauben, was sie da sagte. Es konnte einfach nicht sein!

»Nein.« Als er meine halberstickte Stimme hörte, drehte Neil sich nach mir um, aber er war nicht schnell genug, um mich aufzuhalten.

Es schien mir, als berührte ich gar nicht den Boden. Ich fühlte, wie die schwere Tür meinem verzweifelten Druck nachgab, und hörte das Kreischen von Bremsen, als ich über die schmale Straße stürzte. An der Stelle des Platzes, wo sich die Treppe zum Schloß zwischen den uralten Gebäuden nach oben zu winden begann, stand der Ambulanzwagen mit flackerndem Blaulicht und weit geöffneten Türen. Auf dem Platz war eine Menschenmenge zusammengelaufen, die einander mit Fragen bombardierte und sich gegenseitig beiseite drängte und schob, um besser sehen zu können.

Auch ich boxte mich energisch nach vorne durch, suchte nach einem bestimmten Gesicht unter all den anderen um mich herum …

»Was ist passiert?« fragte ein Mann vor mir, und der neben ihm antwortete: »Da ist jemand verletzt.« Nur verletzt. Hatte ich es doch gewußt. Garland Whitakers Phantasie war mit ihr durchgegangen …

Doch dann sah ich Simon.

Sie hatten ihn zu einer der Bänke am Rand des Platzes geführt, auf der er nun zusammengekauert wie ein Kind und in eine Decke eingehüllt dasaß. Jemand hatte ihm eine Tasse Kaffee gebracht, und neben ihm kniete ein freundlich aussehender Mann in Uniform, der auf ihn einredete, worauf Simon aber nicht reagierte. Er wirkte so jung, so unbeschreiblich jung, aber sein Gesicht war wie zu Stein erstarrt. Ich zitterte in dem Sprühregen des Springbrunnens, während das Gemurmel um mich herum immer lauter wurde.

Die Notärzte trugen den Körper herunter.

»Nein, nicht hinschauen.« Zwei kräftige Hände ergriffen mich und drehten mich. »Nicht hinsehen«, sagte Neil über mir mit ruhiger, tiefer Stimme.

Ich konzentrierte mich auf das Gewebe seines weißen Hemdes und auf die etwas ausgefranste Stelle an seinem Kragen, der sich mit jedem seiner Atemzüge hob und senkte. Er sagte nichts weiter, versuchte nicht, mich zu trösten oder mir übers Haar zu streichen, und doch ging eine Wärme von seinem Körper aus, die mein Zittern verebben ließ.

Die Türen des Ambulanzwagens wurden zugeschlagen, ein Motor heulte auf, und dann war alles vorüber.

»Er ist nicht tot«, sagte ich.

»Nicht, Emily.«

»Er ist nicht tot!« Ich stieß Neil von mir und taumelte wie blind über den Platz auf die Treppe zu. Es war dumm von mir, schon wieder wegzulaufen, es war dumm von mir, so etwas zu sagen. Hatte ich doch einen Blick auf die Trage erhascht, als sie damit die Treppe herunterkamen, hatte ich doch wie all die anderen Umstehenden gesehen, daß das Gesicht des darauf festgeschnallten Menschen abgedeckt war, was doch nur das eine bedeuten konnte ...

Aber ich brachte es nicht fertig, den Gedanken zu Ende zu denken. Viele Zuschauer waren bereits weitergegangen, und die, die noch am Ort des Geschehens ausharrten, traten höflich zur Seite, um mich vorbeizulassen. Als sie mein Gesicht sahen, erntete ich mitleidige Worte und Blicke. Dieses Gesicht muß so ausgesehen haben wie das von Simon: fahl und blutleer, hohläugig. Ich hastete die Stufen bis zur Felsmauer hinauf. Auf den holperigen Pflastersteinen am Fuße dieser Mauer war nur wenig Blut. Ein kleiner Trost, denn ich wußte nun, daß es sehr schnell gegangen sein mußte. Er mußte schneller gefallen sein, als sein Verstand es überhaupt registrieren konnte.

Um mich herum und über mir hörte ich Stimmen, der Verkehrslärm nahm zu und ebbte wieder ab, aber das einzige Geräusch, daß mir sonderbarerweise ständig im Ohr blieb, war das Summen der Bienen – nicht die behäbigen, pelzigen Insekten, die ich aus meinem Garten kannte, sondern eine kleinere, unangenehm aussehende Sorte von beinahe so blasser Farbe wie die Steinwand dahinter. Sie waren überall zwischen den trübweißen Blüten einer Ranke, die aus dem Stein wuchs. Auch diese Blüten wirkten irgendwie widerwärtig, und ihr Geruch verklebte mir die Kehle. Es war ein abscheulicher, durchdringender Geruch, wie von Rosen, die auf einem Dunghaufen verdarben.

Ich wollte das nicht mehr sehen. Neil stand ein paar Schritte von mir entfernt gegen die Mauer gelehnt. Er sagte kein Wort, als ich näher kam, ging einfach nur neben mir her. Nach einem letzten raschen Blick zurück ließ ich mich von ihm wieder auf den Platz mit dem Springbrunnen begleiten, fort von der Stelle, an der Paul Lazarus ums Leben gekommen war.

Der Cognac brannte im Hals. Mein zweiter Schluck war zu gierig gewesen, ich mußte husten, würgte das Getränk hinunter und hob das Glas noch einmal. Seltsam, grübelte ich, wie das Gehirn in Augenblicken größter Not reagiert – meines klammerte sich an Details fest, an irgendwelchen Details, die es von den Gedanken ablenkten, die unweigerlich den Schmerz brachten.

Ich zählte drei Blütenblätter an der Geranie, die vor dem Fenster der Hotelbar den Kopf hängen ließ, schüttelte den Aschenbecher, in dem sich vier Kippen im Kreise drehten – zwei von Madame Chamond, die man an den roten Lippenstiftspuren erkennen konnte, zwei aus der Packung, die neben »Ulysses« in der Innentasche von Pauls Jacke gewesen war. Ich hatte sie beide so weit heruntergeraucht, bis das Filterpapier glimmte und sich zu kräuseln anfing. Mit einem weiteren Schluck Cognac spülte ich den Tabakgeschmack hinunter.

Die Chamonds hatten sich in diskretem Abstand zu mir auf die Barhocker gesetzt, taktvoll außer Hörweite, doch nahe genug, um mir jederzeit beistehen zu können. Madame Chamond hatte geweint, wie ich an der verschmierten Wimperntusche um ihre Augen sehen konnte.

Monsieur Chamond legte gerade seine Hand schützend über ihre.

Ich sah wieder den jungen Polizisten mit den schläfrigen Augen mir gegenüber am Tisch an, der sich noch eine Notiz auf seinem Schreibblock machte. Er saß an der Stelle, an der Paul sonst immer gesessen hatte, und ich haßte ihn dafür. Aber ich fühlte mich wie erschlagen, litt noch unter dem Schock und konnte kaum einen klaren Gedanken fassen. Wir waren doch all diese Fragen schon einmal durchgegangen.

Der Polizist blickte auf und schien meine Gedanken zu lesen. »Ich weiß, Madame, daß das alles sehr aufreibend für Sie sein muß, aber Sie verstehen doch, daß es nötig ist, daß ich Ihnen diese Fragen stelle? Der Bruder des jungen Mannes kann uns kaum etwas sagen. Er war im Château, als es geschah. Und Sie haben doch viel Zeit mit dem … mit Monsieur Lazarus verbracht.«

»Genug Zeit, um zu wissen, daß er sich nicht selber dort hinuntergestürzt hat.« Ich wußte, daß die Polizei anderer Meinung war. Man brauchte kein Psychologe zu sein, um ihre Fragen zu interpretieren. War Paul ein glücklicher Mensch gewesen? Hatte ich Depressionen an ihm bemerkt? Wie war das Verhältnis zu seiner Familie? Immer dieselben bohrenden Fragen, sie waren alle nur Variationen ein- und desselben Themas. »Er hätte sich nie umgebracht«, sagte ich noch einmal, um es ein für allemal klarzustellen. »Er hat das Leben sehr geliebt.«

»Soso.«

»Und auch seine Familie.« Ich sah wieder von dem Beamten weg und konzentrierte mich auf die rosa Geranie. Die Sonne war beinahe verschwunden. Draußen lag alles in fahlem Dämmerlicht. In Kanada mußte jetzt Mittagszeit sein. Pauls Mutter war bestimmt eifrig mit Vorbereitungen für Jom Kippur beschäftigt, ohne zu ahnen, daß ihr Sohn ... Ich zündete ein Streichholz an und hielt die zitternde Flamme an meine dritte Zigarette. »Ich kann mir nicht vorstellen, daß niemand gesehen haben soll, wie es passiert ist.«

»Ja, das ist sehr mißlich, aber heute war Markt, und nur wenige Menschen waren oben beim Château.«

»Aber die Leute, die oben an der Straße wohnen?«

»Sie haben nur gesehen, wie Ihr Bekannter alleine auf der Mauer gesessen hat. Die Mauer bei der Straße ist sehr niedrig, nur hüfthoch, aber dahinter ...« Er sprach es nicht aus. Ich konnte mir mein eigenes Bild davon machen. Ich hatte selbst dort hinuntergeblickt – in die tödliche Tiefe. »Wenn er nicht gesprungen ist, muß er abgestürzt sein. Vielleicht hat er das Gleichgewicht verloren.«

»Oder es hat ihn jemand gestoßen.«

»Könnte sein. Ich muß alle Möglichkeiten erwägen.« In diesem Augenblick faßte ich Vertrauen zu ihm, nahm meinen ganzen Mut zusammen, holte einmal tief Luft und stieß es aus mir heraus.

»Dann sollten Sie noch jemand anderen befragen, Monsieur. Einen Zigeuner mit einem Hund, der sich oft draußen auf dem Platz herumtreibt.«

»Ach so?« Er hörte auf zu schreiben und sah mich erwartungsvoll an. »Und wieso sollte ich ihn befragen, Madame?«

Ich erzählte ihm alles, beginnend mit dem Unbekannten, der Harry geschrieben hatte, dem Mann, von dem Paul annahm, es sei Didier Muret gewesen, und schloß mit unserer letzten Unterhaltung heute morgen unten am Fluß, nach der der Zigeuner Paul in die Menge der Marktbesucher gefolgt war. Der junge Beamte schrieb schweigend alles mit. Ein- oder zweimal bat er mich, einen Punkt noch etwas zu präzisieren. Aber an seinem Gesicht war deutlich abzulesen, daß er meine Geschichte für ein Hirngespinst hielt.

Er blätterte in seinem Notizblock zurück. »Sie sagen also, Ihr Cousin hätte Ihnen eine Nachricht hinterlassen, Madame? Und daß Sie sich zunächst keine Sorgen um ihn gemacht hätten, weil es in seiner Art lag, rasch seine Pläne zu ändern. Ist das korrekt?«

»Ja.«

»Aha.« Diese beiden kurzen Silben sprachen Bände. »Ich kann Erkundigungen einziehen, was Ihren Cousin betrifft. Und den Zigeuner kenne ich auch, ich werde mit ihm sprechen, obwohl ich mir nicht vorstellen kann, daß er mir viel erzählen wird. Ich weiß, daß er gefährlich aussieht, aber normalerweise macht er keinen großen Ärger. Die Abwesenheit Ihres Cousins, Madame –«

»Das Verschwinden.«

»– hat Sie vielleicht, wie soll ich sagen, für Dinge sensibel gemacht, die gar nicht existent sind?«

Ich schluckte diese Bemerkung mit einem Schluck Cognac hinunter und spürte, wie sich meine Kinnmuskeln strafften. Es war zwecklos, mir den Mund fusselig zu reden, sagte ich mir. Es war offensichtlich, daß er meine Mutmaßungen nicht allzu ernst nahm. Ich sah zu, wie er eine letzte Eintragung auf seinem Block machte und ihn dann zuklappte.

»Ich muß mich bei Ihnen für Ihre Zeit und für Ihre Geduld bedanken, Madame. Sie sind sehr hilfreich gewesen.« Das war natürlich eine Lüge, aber nett vorgebracht. Ich hatte ihm überhaupt nicht helfen können, es sei denn, er wertete die Argumente, mit denen ich seine Selbstmordtheorie zu unterhöhlen versuchte, als Zeichen meiner Hilfsbereitschaft.

Kaum eine halbe Minute, nachdem er gegangen war, kam auch schon Garland Whitaker in die Bar geeilt. Mit dem angemessenen Touch von Konfusion und Drama, der sie umgab, wirkte sie auf mich wie Lady Macbeth. Hinter ihr betrat etwas gemessenerer Schrittes Jim den Raum.

Garland nahm den Stuhl, auf dem der junge Polizeibeamte gesessen hatte. Pauls Stuhl. Sie beugte sich weit über den Tisch und legte ihre Hand auf meinen Unterarm. »O Emily, Sie Ärmste! Ich hätte nicht die Kraft dazu gehabt, nicht so kurz, nachdem es ... Sie wissen ja. Hat er Ihnen viele Fragen gestellt?«

Ich vermied es, in ihre blauen Augen zu sehen, die gierig nach ein bißchen Tragödie lechzten, und konnte mich kaum noch zusammennehmen. »Nein«, sagte ich, »hat er nicht.« Etwas von meiner Verachtung für diese Frau muß mir am Gesicht abzulesen gewesen sein, denn sie zog ihre Hand zurück und rückte ein wenig von mir ab.

Auch Madame Chamond kam von der Bar zu uns herüber und setzte sich. Ihre sanfte Stimme wirkte hingegen wie Balsam auf meine bloßliegenden Nerven. »Sie müssen sehr erschöpft sein«, tröstete sie mich, »und Ihren Cognac haben Sie auch schon ausgetrunken. Edouard ...« Sie wandte sich ab, um ihren Mann auf mein leeres Glas aufmerksam zu machen. Er kam sogleich mit der Flasche an unseren Tisch und brachte auch Gläser für seine Gattin und die Whitakers mit, aber als Garland ihn bat, Platz zu nehmen, schüttelte er höflich den Kopf.

»Nein, ich kann nicht bleiben. Ich muß nach Simon schauen, wie es ihm geht. Wenn Sie mich bitte entschuldigen würden.«

Er verließ die Bar durch die Tür hinter dem Tresen, die

zum Büro und den Privaträumen der Chamonds führte. »Simon schläft heute nacht bei uns«, erklärte Madame Chamond. »Wir können ihn nicht alleine da oben lassen. Er kommt heute nacht zu Thierry ins Zimmer.«

»Der arme Junge«, sagte Jim Whitaker. »Schrecklich, daß ausgerechnet er es sein mußte, der als erster am Unfallort war.«

»Fünf Minuten später wäre ich es gewesen, Darling. Oh, was für ein entsetzlicher Gedanke.«

»Was haben Sie denn da gemacht?« fragte ich sie. »Ich dachte, Sie waren in Candes-Saint-Martin.«

»War ich auch. Monsieur Chamond wollte noch etwas im Eisenwarenladen besorgen, und da bin ich gleich mit ausgestiegen, um vom Schloß zu Fuß hinunterzugehen. Über die Treppe ist es ja nicht so weit. Und ich wollte doch auch zurück zu Jim. Aber er war ja nicht mal hier, nicht wahr, Darling?«

»Stimmt.«

Ich hatte das Gefühl, daß sie zögerte, auf eine Erklärung wartete, aber Jim Whitaker machte keine Anstalten, sich dazu zu äußern. »Na, ist ja auch egal«, fuhr sie fort, »ich gehe also die Treppe hinunter, und da treffe ich auf Simon ... Den Rest kennt ihr ja. Es war ein furchtbarer Schock, das könnt ihr mir glauben.«

»Es war ein Schock für uns alle«, bemerkte Madame Chamond, eine Spur mißbilligend, wie mir schien.

Aber Garland wollte nicht aufhören, in der Wunde herumzustochern. »Man möchte gar nicht glauben, daß es wirklich passiert ist, nicht wahr? Da hat man gerade noch mit jemandem geredet, und dann ... Ist das nicht Pauls Buch?« Schon grapschte sie danach. Ich hatte es vorhin aus Pauls Jackentasche nehmen müssen, um an die Zigaretten zu kommen.

Garland wollte gar nicht wissen, wie das Buch dort hingekommen war. Sie blätterte nur darin. »Nun wird er's wohl nie auslesen. Nicht, daß das jetzt noch eine Rolle spielt. Armer Paul, ich kann's immer noch nicht glauben –«

»In Gottes Namen, Garland« – Jim Whitaker rieb sich die Stirn – »halt doch endlich mal den Mund.« Er sprach den Satz ganz leise, als hätte er damit seine gesamte Energie verbraucht, aber zu meiner Überraschung verfehlten die Worte nicht ihre Wirkung. Garland hörte tatsächlich zu reden auf, aber sie preßte ärgerlich die Lippen aufeinander, und ich ahnte, daß Jim nachher einiges zu hören kriegen würde.

Ich streckte die Hand aus. »Darf ich das bitte haben?«

Mit einem aufgesetzt wirkenden Seufzer reichte sie mir das Buch, stand dann auf, wünschte uns gute Nacht und ging.

Auch Jim seufzte, aber bei ihm kam es von Herzen. »Es tut mir so leid«, sagte er. »Wirklich so leid.« Er stemmte sich vom Tisch hoch und folgte seiner Frau in die Hotelhalle.

Ich fuhr mit den Fingern über den geprägten Buchtitel auf dem Umschlag und versuchte, die Tränen zurückzuhalten. Nicht, daß das jetzt noch eine Rolle spielt, hatte Garland gesagt. Aber es spielte noch eine Rolle. Für Paul hatte es eine Rolle gespielt. Wieder sah ich sein strahlendes Lächeln vor mir, hörte seine unbeschwerte Stimme: »Ich werde nicht zur Ruhe kommen, bis ich das vermaledeite Ding geschafft habe.«

Madame Chamond beugte sich besorgt zu mir herüber. »Sie haben Ihren zweiten Cognac ja gar nicht angerührt. Möchten Sie etwas anderes trinken?«

»Nein, ist schon gut.« Wieder sah ich zum Fenster hinaus, in den immer dunkler werdenden Abend. Die Sonne war fort. Jom Kippur hatte begonnen, die Fastenzeit, wie Paul Thierry erzählt hatte – und die Zeit, der Toten zu gedenken. »Ich möchte nichts. Ich möchte hier eigentlich nur eine Weile ganz für mich allein sitzen.«

Madame Chamond sah mich an, dann das Buch, dann wieder mich, legte mir die Hand auf die Schulter und erhob sich mit der Grazie einer Tänzerin, um mich ganz allein in der stillen Bar zurückzulassen. Ich hörte sie in der Empfangshalle mit jemandem sprechen, erkannte Neils Stimme, und dann waren sie beide gegangen, und um mich herum war nur noch Schweigen.

Meine Finger fanden die umgeklappte Ecke der Seite, auf der Paul zu lesen aufgehört hatte. Dieses Buch verlangte nach konzentrierter Aufmerksamkeit, also zog ich die Beine hoch und kuschelte mich in meinen Sessel, um mein Bestes zu versuchen.

Ich blieb die ganze Nacht da sitzen und las.

Um vier machten die Müllfahrer wieder ihre lärmende Runde um den Platz, aber ich beachtete sie gar nicht. Die ersten blassen Streifen der Dämmerung erschienen gerade am stahlgrauen Himmel, als ich das Buch zuklappte und in meinen Schoß legte. Jetzt war es geschafft. Ich wiederholte das Wort noch einmal laut, obwohl niemand da war, der mich hätte hören können: »Geschafft.« Odysseus' Aufgabe war erfüllt, seine Reise war beendet. Paul, wo immer er auch war, konnte in Frieden ruhen.

Ich fühlte die Wärme der Tränen auf meinen Wangen, und mein Körper schmerzte vor bleierner Müdigkeit, die fast unerträglich schien, aber mir war trotz allem wohler zumute.

Ich wischte meine Wangen trocken und sah hinaus. Vor meinem Fenster klammerten sich immer noch die drei

Blütenblätter an ihre Geranie, die einzigen Farbkleckse an diesem grauen, verhangenen Morgen. Vom Fluß blies der Wind herüber und trieb eine Wolkenschicht vor sich her. Er packte eine Handvoll welkes Laub und verteilte es über den ganzen Platz hinweg. Und er erwischte auch meine Geranie und schüttelte die drei einsamen Blätter.

Und ich sah zu, wie sie alle drei, eines nach dem anderen, abgerissen und an meinem Fenster vorbei fortgeweht wurden, bis nur noch der kahle, nackte Stengel übrigblieb.

25

An jenem Morgen stand ich
in des Hauses Halle …

Es war nicht meine erste Erfahrung mit dem Tod eines mir nahestehenden Menschen, und daher kannte ich den Verlauf meiner Trauer in ihren verschiedenen Phasen nur zu gut. Zuerst kam der Schock, danach kamen die Tränen und schließlich die gallige Wut, auf die wiederum ein sanfterer Kummer folgte. Während ich nun allein auf den Stufen zum Schloß stand und zu der Stelle hinunterblickte, an der Paul den Tod gefunden hatte, spürte ich, wie der Zorn in mir hochkroch. Den Juden mochte es als Sünde erscheinen, am Tag der Versöhnung wütend zu sein, aber mir kam diese Gemütsregung sehr entgegen. Das war endlich etwas Greifbares nach der leeren Starre, die mich zuvor umfangen hatte.

Seit gestern hatte jemand das Blut von den Stufen entfernt. Nur auf den gelben Blättern in der Rinne zwischen der Treppe und der Mauer erkannte man noch einzelne dunkle Flecken. Ansonsten war alles wie immer, und was ich hier gestern nachmittag gesehen hatte, konnte ebensogut nur Einbildung gewesen sein, so, als hätte es in meinem Leben auch nie einen Paul Lazarus gegeben.

»Das ist einfach nicht fair«, sagte ich. Aber es war niemand da, der meine Worte vernehmen könnte. Noch viel zu früh am Morgen. Im Hotel würde man sich jetzt gerade daranmachen, die Tische fürs Frühstück zu decken und die erste Kanne Kaffee aufzubrühen. Ich war froh, nicht dabeisein zu müssen. Es hätte mich nur noch wütender gemacht, Zeuge der täglichen Routine mit all ihren kleinen Ritualen zu werden, gerade so, als sei nichts geschehen. Natürlich mußte das alles sein, das war mir klar, aber dadurch, daß ich es begriff, wurde es auch nicht leichter, sich damit abzufinden.

Merkwürdig, dachte ich. In einem ganz anderen Zusammenhang hatte ich schon einmal dieselbe grimmige Gefühlsverwirrung empfunden, als sich seinerzeit, vor fünf Jahren, meine Eltern scheiden ließen. Auch damals hatte ich getrauert. Doch während dieser Verlust mich gelähmt, Träume und Hoffnungen zerstört hatte, war durch Pauls Fortgang eine Flamme in mir entfacht worden.

Halt dich da raus. Dieser kurze Satz war mir beinahe zum Motto geworden. Immer auf Nummer Sicher gehen, was die Gefühle betraf, besser nicht lieben, wenn man Enttäuschungen aus dem Wege gehen wollte. Aber bei Paul? Nach seinem Tod konnte ich nicht einfach so mit meinem Leben weitermachen, wie es vorher gewesen war.

»Mist«, flüsterte ich.

Ich weiß nicht, wie lange ich da gestanden und auf die stummen Steine gestarrt hatte. Ich hatte jedes Zeitgefühl verloren. Der Himmel schien etwas heller zu werden, aber die Sonne blieb hinter dem Wolkenschleier versteckt, und der Wind in meinem Gesicht verhieß eher Regen. Nach einer kleinen Ewigkeit hob ich den Kopf und erklomm die Stufen zur Straße.

Die Glocke im Uhrenturm begann die Stunden zu schlagen, eine kleine, schwarze Silhouette hoch oben in dem engen Turm über dem Eingangstor. Siebenmal schlug sie;

der letzte Glockenschlag hallte lange in der Morgenluft nach.

Es war nicht schwer, die Stelle auszumachen, an der Paul gesessen hatte. Die Begrenzungsmauer der Straße war hier in der Tat von idealer Höhe und Breite, um sich darauf niederzulassen. Ein leicht verbeultes Schild warnte, die vorausliegende Strecke sei nicht für den allgemeinen Verkehr zugelassen. Paul mußte, eine Weile zumindest, unter diesem Schild gesessen haben, denn neben dem Mäuerchen fand ich drei Zigarettenkippen, deren zerfranste Enden darauf wiesen, daß er sie an der Mauer ausgedrückt hatte, wie es seine Angewohnheit war. Hier hatte er also gerastet, geraucht, und dann ...

Ich zwang mich hinabzuschauen. Die glatte Wand fiel gnadenlos hinab bis zu der tief unten liegenden Treppe. Es kostete mehr Überwindung, als ich angenommen hatte, und rasch war ich wieder einen Schritt zurückgetreten und schob unbewußt die Hände in die Hosentaschen, als könnte ich mich dadurch vor Schlimmerem bewahren. Ich trug die gleichen verknitterten Sachen wie gestern und darüber Pauls rote Jacke. Den »Ulysses« hatte ich im Hotel gelassen, aber in der linken Innentasche steckte noch immer etwas Eckiges. Ich strich mit der Hand darüber. Zigaretten. Nach meiner selbstmörderischen Tabakorgie gestern abend konnten nicht mehr allzu viele übrig sein. Ich zog die Packung hervor, nicht, weil ich schon wieder eine rauchen wollte, sondern weil mir etwas eingefallen war.

Wenn Paul seine Zigaretten in der Jackentasche vergessen hatte, wo kamen dann die drei Kippen her? Natürlich hätte er sich eine neue Packung besorgen können, aber dann hätte er doch die gleiche Marke gewählt. Es war eine beliebte französische Sorte, die es an jeder Ecke zu kaufen gab – eine längere Zigarette mit einem weißen Filter, auf die der Markenname aufgedruckt stand. Ich hatte Paul immer nur diese Sorte rauchen sehen. Die Filter der Zigarettenkippen an der Mauer waren aber dunkelgelb mit kleinen weißen Pünktchen. Ich hob eine von ihnen auf. Es waren kein Markenname und kein Zeichen zu erkennen. Und außerdem fand ich nirgendwo abgebrannte Streichhölzer. Paul hatte immer Zündhölzer benutzt, und ich konnte mir nicht vorstellen, daß er sich plötzlich ein Feuerzeug gekauft hatte, obwohl diese Erklärung natürlich keineswegs ausgeschlossen war.

Ich zog den Schluß, daß Paul diese Zigaretten von jemand anderem bekommen und dieser jemand ihm auch Feuer gegeben haben mußte. Was immer die Nachbarn gegenüber der Polizei ausgesagt haben mochten, Paul war gestern nicht allein hier gewesen, jedenfalls nicht die ganze Zeit. Er war nicht allein gewesen.

Zu dieser Erkenntnis gelangt zu sein war eine Sache; sie der Polizei plausibel zu machen eine andere. Ich konnte mir im Geiste schon ausmalen, wie der junge Inspektor geduldig zuhören würde, um meine Theorie dann gleich wieder zu verwerfen. Wenn doch nur jemand anderes für mich dort hingehen könnte, jemand mit mehr Durchsetzungsvermögen und besserer Kenntnis der hiesigen Gepflogenheiten. Die Chamonds vielleicht, oder sogar ...

Was hatte Armand Valcourt gestern in Martines Kunsthandlung zu mir gesagt? »Einsamkeit ist der Preis, den man für Ansehen und Einfluß zahlen muß.« Einfluß ...

Unter mir, in der Stadt, schlug nun auch die zweite Glocke, ein verspätetes Echo des Geläuts vom Uhrenturm. Und noch einmal suchte ich mit den Augen die Landstraße ab, die steil vor mir aufstieg.

Falls François fand, daß es noch ziemlich früh für einen Besuch bei seinem Herrn war, ließ er sich jedenfalls nichts davon anmerken. Höflich bat er mich zu warten und versicherte mir, Monsieur würde gleich kommen.

Ich bedankte mich, während er sich zurückzog, und wartete in dem stillen Zimmer, in das er mich geführt hatte. Es erinnerte kaum an den pompösen Saal bei meinem ersten Besuch auf Clos des Cloches. Die schweren Vorhänge waren noch zugezogen. Dies schien eine Art Studierzimmer zu sein. Die Wände waren mit Holz verkleidet, und überall waren Bücherregale angebracht. Schräg in einer Ecke stand ein Schreibtisch mit einer Reihe sorgsam abgestaubter gerahmter Fotos darauf.

Sie alle zeigten Lucie in verschiedenen Altersstufen, aber immer artig lächelnd. Ich bückte mich, um sie mir näher anzusehen, und fuhr gedankenverloren mit der Fingerspitze über eines von ihnen. Ich weiß nicht, wieso mir plötzlich der Streit zwischen Armand und Martine wieder einfiel, den ich am vergangenen Samstag mit angehört hatte. »Was weißt du schon von Liebe?« hatte sie gehöhnt. Gott, dachte ich, was für eine unsinnige Frage, wenn man diese Photographien vor Augen hatte.

Hinter mir öffnete und schloß sich leise die Zimmertür. Die Hände hinter dem Rücken verschränkt, drehte ich mich nervös nach ihm um.

Offenbar hatte ich ihn bei der Morgentoilette gestört. Sein Haar war noch feucht vom Duschen, und er hatte nicht einmal sein Hemd zugeknöpft, aber ich stellte mir vor, daß ich selbst noch weniger präsentabel wirkte. Er zumindest hatte heute nacht im Bett verbracht, und man sah noch den Schlaf in seinen Augen, die mich eine Spur zu vertraulich musterten.

»Sie müssen sehr entschuldigen«, begann ich wie

selbstverständlich auf französisch, »ich hätte Sie nicht so früh behelligen dürfen.«

»Ist schon in Ordnung.« Er machte die letzten Hemdknöpfe zu. »Worüber möchten Sie denn mit mir sprechen?«

»Mein Freund ist tot.« Zu meinem Entsetzen spürte ich schon, wie sich in meinen Augen sofort Tränen bildeten. Ich zwinkerte, wollte auf keinen Fall zu heulen anfangen, aber Armand war nichts entgangen. Er drehte sich um und murmelte etwas, das sich nach Selbstvorwürfen anhörte.

»Daran habe ich gar nicht gedacht«, sagte er. »Mein Beileid. Das war also der junge Mann, der gestern von der Mauer gestürzt ist? Ich hatte ja keine Ahnung ...« Er rang nach Worten. »Es muß sehr schlimm für Sie sein.«

Ich nickte schweigend und setzte mich auf den Stuhl, den er mir anbot. Er nahm nicht hinter dem Schreibtisch Platz, sondern zog einen zweiten Stuhl heran und stellte ihn mir gegenüber, so daß zwischen unseren Knien nur wenige Zentimeter Raum blieben. »Du hast nicht geschlafen.«

Mir fiel zwar auf, daß er mich mit dem intimeren »tu« anstelle von »vous« angesprochen hatte. Zu jeder anderen Zeit hätte mich das auch nachdenklich gemacht, aber heute nahm ich es kaum wahr.

»Nein«, sagte ich nur. »Ich konnte nicht. Zu viele Gedanken.«

»Verstehe. Ich habe jedesmal Angst, wenn Lucie in der Nähe dieser Mauer spielt. Ich habe immer gewußt, daß eines Tages so ein Unfall passieren würde.«

»Nur, daß es kein Unfall gewesen ist.« Ich holte tief Luft und setzte mich kerzengerade hin. »Jemand hat ihn gestoßen.«

Er starrte mich ungläubig an. »Was?«

»Ich ... ich weiß nicht, wer es getan hat, aber ich glaube, ich weiß, warum. Die Polizei jedoch will nicht auf mich hören. Sie waren sehr höflich und zuvorkommend, aber sie wollten nichts davon wissen, was ich ihnen zu sagen habe.« Meine Stimme klang verbittert, es schwangen mehr Emotionen darin mit, als ich seit Jahren empfunden hatte. »Jemand hat Paul in die Tiefe gestoßen.«

Er sah mich prüfend an. »Hast du es gesehen?«

»Nein.«

»Wie kannst du dir dann so sicher sein?«

»Das ist eine lange Geschichte.«

»Ich habe Zeit. Hast du schon gefrühstückt?«

»Ja«, log ich.

»Nun, ich aber nicht. Während ich mein Frühstück zu mir nehme, kannst du mir diese lange Geschichte erzählen, einverstanden?«

So lange, wie ich befürchtet hatte, dauerte es dann doch nicht. Als er seinen Teller beiseite schob, war ich am Ende meines Berichts angekommen. Wir waren ins Wohnzimmer gegangen und saßen jetzt am selben Tisch, an dem ich am Samstag mein erstes Abendessen mit Armand geteilt hatte. Am anderen Ende des Tisches zündete er sich gerade in nachdenklichem Schweigen eine Zigarette an. Ich sah, daß er eine Sorte mit gelbem Filterpapier rauchte. Aber das tut ja die Hälfte aller Raucher in Frankreich.

»Und jetzt glaubst du, daß sich auch dein Cousin in Gefahr befindet?«

»Ich weiß überhaupt nicht, was ich glauben soll«, antwortete ich, und das war nicht einmal übertrieben. »Ich weiß nur, daß Paul versucht hat, mir zu helfen. Und daß Paul jetzt tot ist.«

»So wie Didier.« Mit gerunzelter Stirn betrachtete er

konzentriert die Tischdecke. »Deswegen hast du mich nach Didier ausgefragt, als wir uns das letzte Mal getroffen haben.«

»Genau.«

»Du hättest mir doch sagen können, daß du dir Sorgen um deinen Cousin machst.«

»Aber so was erzählt man doch nicht mir nichts, dir nichts einem Fremden, oder? Und abgesehen davon war ich doch eher überzeugt, daß Didier Harry nicht gekannt hat.«

»Man kann's nie genau wissen«, sagte er leise. »Und außerdem würde ich uns beide nicht gerade als Fremde bezeichnen.« Gleichzeitig mit mir hob er den Kopf, und unsere Blicke trafen sich. Im hellen Licht des Tages mußte ich einfach abscheulich aussehen. »Und du sagst, du hast all das auch der Polizei erzählt?«

»Jedes Wort.«

»Und die haben es nicht ernst genommen.«

»Scheint so. Deswegen bin ich ja zu dir gekommen. Ich dachte, du könntest vielleicht mit ihnen reden, ein Mann in deiner Position ...«

Er verzog leicht den Mund. »Ich fürchte, da überschätzt du meinen Einfluß.«

»Also willst du mir nicht helfen?«

»Das habe ich nicht gesagt. – François«, rief er über die Schulter.

Der ältere Mann erschien sofort in der Tür; wirklich der perfekte Diener, da hatte Brigitte Valcourt recht gehabt. »Jawohl, Monsieur?«

»Rufst du bitte auf der Polizeipräfektur an und sagst, ich würde gerne mit ...« Er sah mich an. »Der Beamte, mit dem du gesprochen hast, war der jung? Ein junger Mann mit dunklen Haaren?« Ich nickte. »... Inspektor

Fortier also sprechen, François. Und zwar jetzt gleich.«

»Vielen Dank«, sagte ich, als François das Zimmer verlassen hatte. »Sehr nett von dir.«

Er streckte den Arm aus, um eine abstehende Haarsträhne hinter meinem Ohr glattzustreichen. »Das hat nichts mit Nettigkeit zu tun.«

Von der Tür ertönte ein leises Hüsteln, und Armand zog die Hand von meinem Gesicht zurück.

»Inspektor Fortier ist nicht da, aber ein Chefinspektor Prieur ist zugegen, der gerne bereit wäre, mit Monsieur zu sprechen.«

»Prieur.« Armand überlegte. »Der Name sagt mir nichts. Keiner der hiesigen Beamten?«

»Nein, Monsieur. Er sagt, er käme aus Paris.«

»Sieh mal an.« Armand schob seinen Stuhl zurück. »Danke, François. Ich telefoniere von meinem Arbeitszimmer aus.«

Er blieb nicht lange weg. Als er zurückkam, setzte er sich nicht wieder hin, sondern zündete sich noch eine Zigarette an und sagte: »Siehst du, es war gar nicht nötig, mich einzuschalten. Inspektor Fortier scheint deine Zweifel zu teilen. Es wird eine vollständige Untersuchung stattfinden. Er sucht im Augenblick gerade nach diesem Zigeuner, um ihm Fragen zu stellen.«

»Im Ernst?«

»Warum sollte ich scherzen? Ich werde mich auch selber nach dem Zigeuner umschauen, wenn es dich beruhigt. Dann kannst du dich so lange ein wenig hinlegen.« Er sah auf seine Uhr. »Ich fahre dich gleich zum Hotel zurück, aber vorher muß ich noch einmal telefonieren, geschäftlich – es kann ein bißchen dauern. Ist es dir recht, wenn ich dich der Obhut von François überlasse?«

»Mir ist alles recht.«

»Fein. Ich beeile mich.«

Während ich, erleichtert, weil die Last, die mich noch kurz zuvor ganz alleine gedrückt hatte, nun auf zwei Schultern verteilt war, auf Armands Rückkehr wartete, räumte François das Frühstücksgeschirr ab und beobachtete mich dabei besorgt. »Es tut mir sehr leid für Sie, Mademoiselle.«

»Danke, François.«

»Ein Tod ist immer eine traurige Sache, aber wenn es einen so jungen Menschen trifft ...« Er stellte die Teller auf die Anrichte. »... das ist einfach nicht gerecht.«

»Stimmt.«

Er warf einen Blick auf meinen leeren Teller. »Wünschen Sie wenigstens eine Tasse Kaffee, Mademoiselle?«

»Nein, danke.«

»Etwas Toast?«

Ich schüttelte den Kopf. Wie sollte ich ihm erklären, daß ich nichts essen konnte, weil ich für Paul fastete? Also sagte ich bloß: »Ich habe einfach keinen Hunger.«

»Ich weiß, wie schwer es für Sie ist, aber die Toten brauchen uns nicht mehr. Das Leben ist es, für das wir unsere Energie aufsparen müssen. Sie sollten schlafen, auf Ihre Gesundheit achten. Vor allem etwas essen.«

Es war sein Tonfall, nicht seine Worte, der mich plötzlich grinsen ließ, und obwohl ich rasch den Kopf wegdrehte, war es ihm doch nicht entgangen. »Es ist nur, weil Sie sich wie meine Mutter anhören«, erklärte ich. »Sie hat auch immer so mit mir gesprochen.«

»Ach ja?« Es schien ihm ein wenig peinlich zu sein. »Ich nehme mir bei Ihnen immer zu viele Freiheiten heraus. Ich muß Sie um Verzeihung bitten. Manchmal, wenn ich Sie ansehe ... denke ich an meine Schwester – Sie sehen ihr sehr ähnlich. Sie hatte auch immer diese Trauer an sich, die so gar nicht zu jungen Menschen passen will.« Ein weicher Zug bildete sich um seine Augen, die nachdenklich in der Vergangenheit suchten. »Das Leben hat es nicht sehr gut gemeint mit Isabelle.«

Mein Lächeln war wie weggeblasen. »Isabelle?«

François nickte. »Ja, meine Schwester. Wir waren drei Geschwister, alle in diesem Haus geboren: ich, Isabelle und mein Bruder Jean-Pierre. Ich war der jüngste und der einzige, der in den Diensten der Familie Valcourt blieb. Mein Bruder ist in den letzten Kriegstagen umgekommen, und meine Schwester ...« Er senkte den Blick zu Boden. »... ist nicht lange nach der Befreiung von Chinon fortgegangen.«

Es wäre eigentlich ein viel zu großer Zufall, aber nachdem ich inzwischen erfahren hatte, wie klein die Welt manchmal sein konnte, stellte ich dennoch meine Frage. »Hat Ihre Schwester je im Hotel de France gearbeitet, Monsieur?«

»Ja, schon, aber woher wissen Sie ...? Natürlich. Sie sind ja dort abgestiegen. Sie werden die Geschichte von Isabelle und Hans gehört haben. Sehr romantisch, nicht wahr? Jedenfalls habe ich es so empfunden, als ich noch ein Junge war.«

Ich gab ihm recht. Wirklich eine sehr romantische Geschichte – bis auf das Ende, fügte ich in Gedanken hinzu. »Wo ist Ihre Schwester denn hingegangen, nachdem sie Chinon verlassen hatte?« fragte ich ihn.

»Sie ist einfach fortgegangen.« Irgendwo wurde eine Tür lautstark geschlossen, und ich fragte nicht noch einmal nach. Statt dessen erkundigte ich mich, ob die Edelsteine wirklich existiert hatten. »Oh, gewiß«, sagte er. »Es waren echte Diamanten. Meine Schwester hat sie mir gezeigt.«

»Und man hat sie nie wieder gefunden?«

»Isabelle hat sie gut versteckt«, sagte er nicht ohne Stolz. »Monsieur Muret hat immer behauptet, er würde sie eines Tages finden. Er war wie besessen davon, er hat immer nur an Geld gedacht. Er hat überall Löcher gegraben, unten in den Kellern und oben auf dem Berg, um nach dieser Handvoll Juwelen zu suchen, aber natürlich hat er sie nie entdeckt.«

»Wieso ›natürlich‹?«

Er lächelte geheimnisvoll. »Isabelle hat sie gut versteckt«, sagte er noch einmal. »Meine Schwester war sehr schlau.«

»Und sehr schön, wie ich gehört habe.«

»Ja.« Er nahm die Kaffeekanne und stellte sie zu den Tellern. »Wenn Sie möchten, kann ich Ihnen ein Foto von ihr heraussuchen. Dann werden Sie vielleicht verstehen, wieso ich immer an Isabelle denken muß, wenn ich Sie ansehe.«

»Gerne«, sagte ich. »Ich liebe alte Photographien.«

»Dann werde ich mich auf die Suche machen«, versprach er. »Vielleicht morgen, wenn ich Zeit habe, meine Alben durchzublättern.«

»Irgendwie glaube ich, Ihrer Schwester schon mal begegnet zu sein.«

»Wie das?«

»Sie spukt in den Fluren des Hotels.«

»Das ist eine Legende, Mademoiselle, nichts weiter«, sagte er voll Nachsicht über meinen Aberglauben. »Und eine sehr unwahrscheinliche noch dazu. Es gibt gar keine Gespenster.«

Da war ich mir nicht so sicher. Wieder sah ich den Schatten vor mir, der an meinem Bett vorbeigeglitten war und dessen säuselnde Stimme mich gedrängt hatte, ihm zu folgen … Aber wem zu folgen und wohin?

»Außer«, fügte François hinzu, »man zählt auch die Lebenden zu den Gespenstern. Dann würde ich Ihnen recht geben.« Sein faltiges Gesicht entspannte sich. »Von ihnen ist das Hotel de France in dieser Woche voll.«

26

*... Kunde von Verwandlungen in einer dunklen Welt
flüsterte in den Blättern der Akazien ...*

Für diese Tageszeit kam mir die Hotelhalle düster und verlassen vor. An den meisten Vormittagen wimmelte es hier nur so von Reinigungspersonal, das die Bar und das Frühstückszimmer säuberte und dessen Staubsauger lautstark mit der Schreibmaschine und dem Telefon wetteiferten. Aber an diesem Morgen herrschte vollkommene Stille. Thierry, der hinter dem Empfangstresen die Zeit totschlug, war das einzige lebende Wesen weit und breit.

Seine übermüdeten Augen waren rot umrändert, und seine Stimme klang heiser, als er mich begrüßte. Ich hätte ihm gern ein Wort des Trostes gespendet, aber meine eigenen Nerven lagen noch bloß, und überdies war ich todmüde. Außerdem konnten wir uns beide ausmalen, wie dem anderen zumute sein mußte, so daß es keine Worte brauchte. »Wieder mal ganz alleine hier?« fragte ich ihn dennoch. »Wo sind denn Ihre Tante und Ihr Onkel?«

»Sie sind mit Simon nach Paris gefahren. Seine Eltern nehmen ihn am Flugplatz in Empfang. Sie kommen wohl erst heute abend zurück.« Er machte eine kurze Pause. »Zur Frühstückszeit war die Polizei wieder hier. Sie haben alle Sachen von Paul mitgenommen, außer das hier.« Er griff unter den Tresen und holte das Überbleibsel hervor. Es war Pauls »Ulysses«. »Ich habe es in der Bar gefunden.

Meine Tante sagt, Sie haben es zu Ende gelesen. Für Paul.«

Einen Moment lang hatte ich einen Frosch im Hals, und ich mußte mich erst räuspern. »Stimmt.«

»Ich dachte ... ob Sie es vielleicht behalten wollen? Falls nicht, dann könnte ich ...« Er brach den Satz ab und versuchte es noch einmal neu. »Ich dachte, ich würde gerne dieses Buch lesen. Dann wird mein Englisch besser.«

Ich unterließ es, ihn darauf hinzuweisen, daß Joyces verschlungene Prosa nicht gerade die beste Übungslektüre darstellte, weil ich ahnte, daß es Thierry in Wirklichkeit um etwas ganz anderes als um Sprachstudien ging. »Behalten Sie es nur, Thierry«, sagte ich. »Ich glaube, das hätte Paul so gewollt.«

»Danke.« Er ließ das Buch wieder unter dem Tresen verschwinden.

»Wo sind die anderen?« fragte ich ihn.

»Ich weiß nicht. Ausgegangen.« Er klang gleichgültig.

Dem Himmel sei Dank, dachte ich, und laut sagte ich zu ihm: »Dann werde ich jetzt mal nach oben gehen. Falls jemand nach mir fragt, ich schlafe, ja?«

»Selbstverständlich.« Er raffte sich mühselig auf und bedachte mich mit einem Lächeln, das wieder eine Spur seines gewohnten Schalks durchblicken ließ. »Keine Sorge«, versicherte er mir. »Sie werden nicht gestört werden.«

Ich fiel tatsächlich in einen ruhelosen Schlaf voller aufwühlender Träume und erwachte erst wieder, als die Sonne voll auf meinem Fenster stand. Zuerst glaubte ich, die Glocke vom Schloß hätte mich geweckt, denn als ich das Gesicht aus dem Licht drehte, erklang gerade das etwas tiefere Echo der Rathausuhr. Aber ich nahm es nur im Halbschlaf wahr. Ich lag noch wie in einem Dämmerzustand da, betäubt durch verirrte Gedanken und nur von dem einen Wunsch beseelt, nie wieder aufstehen zu müssen, als der vierte und letzte Glockenschlag über den Dächern verhallte und ich plötzlich jemanden im Nebenzimmer hörte. Ein leises Geräusch, als wäre etwas umgestoßen worden, gefolgt von dem unverwechselbaren Krachen der Gardinenstange, die aus ihrer Halterung gefallen war. Ich lächelte müde in mein Kissen und dachte: Die Jungs sind zurück. Aber dann fiel es mir mit einem schmerzlichen Stich durch meinen ganzen Körper wieder ein.

Ich öffnete die Augen.

Die Geräusche im Zimmer nebenan waren lauter geworden; ich hörte schlurfende Schritte, jungenhaftes Gelächter und das Quietschen der Scharniere, als das Fenster nach innen aufging. Taumelnd erhob ich mich, schlüpfte in meine Jeans und einen Pullover und trat hinaus auf den Flur, um nachzusehen. Wäre ich hellwach gewesen, hätte ich gewiß nichts dergleichen unternommen, aber ich war eben nicht ganz wach, und in mir keimte noch die winzige Hoffnung, daß ... daß ...

»Bitte?« Auf mein Klopfen wurde die Tür zum Zimmer von Paul und Simon geöffnet, und eine hochgewachsene junge Frau, blond und üppig und voller Leben, sah mich freundlich an. »Kann ich Ihnen helfen?« Sie sprach Englisch, aber das war nicht ihre Muttersprache. Sie hatte einen schwedischen oder vielleicht dänischen Akzent. Irgendwas Skandinavisches.

Ich schüttelte den Kopf und versuchte ziemlich vergeblich, meine Enttäuschung hinter einem Lächeln zu verbergen. »Nein, ich ... ich habe eigentlich jemand anderen gesucht. Entschuldigen Sie bitte.«

Das machte es nur noch schlimmer. Sie wurde richtig mißtrauisch. »Außer mir ist hier nur noch mein Mann.«

Ich beeilte mich, das Mißverständnis auszuräumen. »Nein, was ich sagen wollte ... Ich habe mich im Zimmer geirrt. Tut mir leid, daß ich Sie belästigt habe.«

Ich glaube nicht, daß sie restlos überzeugt war. Der Blick aus ihren runden blauen Augen wirkte ziemlich unterkühlt, als sie die Tür wieder schloß, und mich beschlich ein schlechtes Gewissen. Die armen Leute. Ihr erster Ferientag, und gleich klopfen wildfremde Menschen an die Tür und reden wirres Zeug. Und ich – was hatte ich denn erwartet? Eine Art Wunder? Paul Lazarus, zurückgekehrt von den Toten? War ich nicht alt genug, um zu wissen, daß solche Wunder nicht geschehen?

Ich fühlte mich plötzlich sehr, sehr einsam.

Es war niemand unten in der schattigen, kühlen Bar. Das Radio spielte gerade eine poetisch-traurige Folkrockballade, und auf den runden Tischen brannten die Kerzen ganz umsonst herunter. Die hohen Glastüren standen offen, und ich trat hinaus ins Sonnenlicht auf den Platz, wo unter den Akazien die weißgedeckten Tische mit den roten Stühlen auf Gäste warteten. Ich hätte mich gerne eine Weile allein hier niedergelassen, aber Garland durchkreuzte meine Pläne. Sie zerrte mich fast an den Tisch, an dem sie und ihr Mann saßen, und ich war viel zu erschöpft, um mich zur Wehr zu setzen. Und abgesehen davon war mir Jim Whitakers Gegenwart auch nicht gerade unangenehm. Er lächelte mir freundlich zu, als ich den Stuhl neben seinem nahm. »Dürfen wir Sie zu etwas einladen?« fragte er.

Ich lehnte dankend ab.

»Na, ich bestelle mir noch was«, sagte er und hob die Hand, um die Bedienung zu rufen, doch zu meiner Überraschung kam nicht Thierry, sondern die etwas konfuse Gabrielle.

»Alles geht durcheinander«, sagte Garland, als Gabrielle wieder gegangen war, um Jim einen Pernod zu holen, »wenn Thierry mal nicht da ist. Ich meine, er kann einem auch ganz schön auf den Geist gehen, aber wenigstens bringt er einem das, was man haben möchte. Sieht das hier etwa wie ein Manhattan aus, frage ich Sie?«

Ich mußte zugeben, daß ich noch nie einen gesehen hatte. »Wo ist denn Thierry?« fragte ich.

Sie blickte sich um, beugte sich vor und flüsterte: »Auf der Polizeiwache. Nach dem Mittagessen sind sie gekommen, um ihn zu holen. Sie wollen ihm Fragen stellen. Wegen Paul. Wußten Sie« – sie kam noch näher – »daß eine Untersuchung in die Wege geleitet wird? Martine hat uns das erzählt. Sie glauben nicht, daß es ein Unfall gewesen ist.«

»Garland ...« sagte Jim warnend.

»Wieso? Das ist doch allgemein bekannt, und sie muß es doch auch wissen. Nazis«, sagte sie, wieder zu mir gewandt.

»Ich fürchte, ich verstehe nicht ...«

»Sie sind's gewesen, warten Sie's nur ab. Sie sind zurückgekommen, um nach den Diamanten zu suchen, genauso, wie sie es in Deutschland gemacht haben, als Jim und ich noch dort wohnten. Wissen Sie's nicht mehr? Ich habe es Ihnen doch erzählt –« Sie hielt inne. Etwas hinter meinem Rücken, an der Einmündung der Rue Voltaire in den Platz, hatte ihre Aufmerksamkeit geweckt. »Ach, sieh mal an, wen wir da haben – das ist ja höchst interessant.«

Jim und ich drehten uns gehorsam um. Vor der Telefonzelle hatten zwei Polizeiwagen am Straßenrand gehalten. Die beiden Fahrer stiegen zuerst aus, junge Polizisten in Uniform, die respektvoll einem älteren Mann in Zivilkleidung die Tür öffneten, der ohne sichtliche Eile den Wagen verließ und dessen gelassenes Auftreten ihn als einen höhergestellten Beamten auswies.

»Sein Name ist Prieur«, klärte mich Garland auf, als ich sie nach dem Mann fragte. »Er ist Chefsuperintendent oder so etwas – jemand Bedeutendes jedenfalls. Kommt aus Paris. Heute morgen, als wir beim Frühstück saßen, kam er ins Hotel, um uns allen Fragen nach Paul zu stellen. Sehr korrekter Mann. Er hat Klasse, wenn Sie verstehen, was ich sagen will. Und er lächelt, wenn er mit einem spricht, nicht so wie die anderen Polizisten.« Wieder beugte sie sich zu mir vor. »Ich glaube, den Beamten hier paßt es gar nicht so sehr, daß er seine Nase in ihre Ermittlungen steckt.«

Ich sah noch einmal zu den beiden jüngeren Gendarmen hin. Auf mich machten sie keinen mißmutigen Eindruck, aber was wußte ich schon. Einer der beiden ging gerade zu dem zweiten Wagen zurück. »Aber wenn sie ihn extra von Paris haben kommen lassen –«

»Das ist es ja gerade, meine Liebe. Sie haben ihn nicht kommen lassen. Er war bereits hier, in diesem Landhaus ... Wo sagte er noch mal, Jim? Erinnerst du dich? Na, ist ja auch egal, irgendwo hier in der Nähe. Und da hat er von Pauls Sturz gehört und gedacht, daß er sich hier vielleicht mal umsehen sollte, um den örtlichen Behörden unter die Arme zu greifen. Seinetwegen haben sie überhaupt erst mit der Untersuchung begonnen, soviel ich gehört habe.«

Ich fragte sie gar nicht erst, wo sie das herhatte. Frauen wie Garland Whitaker haben mit erschreckender Effektivität immer und überall ihre Augen und Ohren und lassen sich auch durch Sprach- und Kulturschranken nicht abschrecken. Da hatte sie also heute morgen schon allerhand zu tun gehabt. »Dieser Prieur«, fuhr sie fort, nachdem sie sich mit einem Schluck ihres unechten Manhattan gestärkt hatte, »ist es auch gewesen, der den armen Thierry auf die Wache geschleppt hat.«

Ihr Mann mußte lächeln. »Übertreib nicht, Schatz. Als ›schleppen‹ würde ich es kaum bezeichnen. Soviel ich gesehen habe, hat er ihn sehr höflich gebeten.«

»Wenn du meinst«, sagte Garland naserümpfend, »es war aber auch nicht zu übersehen, daß Thierry nur sehr ungern mitgegangen ist. Und was ich eigentlich damit hatte sagen wollen – daß dieser Prieur wohl auch Thierry vernehmen würde, wenn er selber gekommen ist, um ihn zu holen, aber inzwischen scheint er sich schon wieder jemand anderen ausgesucht zu haben ... Wer das bloß sein mag?«

Sie meinte den Mann mittleren Alters, der jetzt aus der hinteren Tür des zweiten Streifenwagens stieg und einen ziemlich nervösen Eindruck machte. Trotz der Entfernung hätte ich ihr gleich sagen können, wer dieser Mann war: Victor Belliveau, der ehemals gefeierte Dichter, der ein Stück weiter oben am Fluß wohnte. Aber es war wohl meine Abneigung gegen Klatsch und Tratsch, die mich schweigen ließ, oder vielleicht auch die Befriedigung, etwas zu wissen, was sie nicht wußte, und in der Lage zu sein, ihr eine Information vorzuenthalten. Wie auch immer, ich sagte jedenfalls nichts.

Garland hob den Kopf, als könnte sie wie ein Spürhund mit der Nase Witterung aufnehmen. »Ein Verdächtiger vielleicht? Ach, wie aufregend, mitten in den Ermittlungen zu einem Mordfall zu stecken!«

»Wenn es ein Mord war.« Ihr Mann betrachtete das Ganze etwas nüchterner. »In diesem Fall wären wir vermutlich alle potentielle Verdächtige. Du auch.«

Der Gedanke schien sie zu überraschen. »Ich? Ach, das glaube ich nicht, Darling.« Die vier Männer waren nun in der Rue Voltaire verschwunden, wo wir sie nicht mehr sehen konnten. Um ihr Spektakel beraubt, seufzte Garland und wandte sich wieder mir zu. Sie holte gerade Luft, um etwas zu sagen, als wir auf einmal zwischen den Bäumen aus einem der offenen Hotelfenster zankende Stimmen hörten. Sie sprachen weder Französisch noch Englisch, so daß ich nicht verstehen konnte, was gesagt wurde, aber die Leidenschaft, mit der sie sich stritten, versprach einen neuen Skandal, und Garland sah erwartungsvoll zu dem Fenster hoch. »Scheint das junge Paar zu sein, das gerade angekommen ist. Die beiden, die Gabrielle in dem Zimmer der Jungs untergebracht hat. Thierry wird das nicht gefallen, kann ich euch sagen – das wird Ärger geben, sobald er zurückkommt. Aber wie ich schon zu Jim gesagt habe, schließlich ist es ja nur ein Zimmer, und man darf keinen Schrein daraus machen, wenn man Geld verdienen will.« Sie lauschte ein paar Minuten lang dem unverständlichen Gezänk, dann schnalzte sie mit der Zunge. »Wie schade, sie wirkten wie ein nettes Paar. Schweden auf der Hochzeitsreise. Wüßte zu gerne, was sie so in Rage gebracht hat.«

Ich befürchtete fast, die beiden seien sich wegen meines sonderbaren Besuchs in die Haare geraten, weil die Frau wissen wollte, wer die Person an der Tür gewesen sein konnte oder so etwas, äußerte meinen Verdacht aber natürlich nicht. Zum Glück fragte mich Garland auch nicht nach meiner Meinung.

»Möglicherweise ist es das Zimmer, das Unglück bringt«, sinnierte sie. »Kann ja sein, daß Thierry doch recht gehabt hat mit dem Mädchen, das sich bei Kriegsende in diesem Zimmer das Leben genommen hat. Bis jetzt haben wir ja nur Monsieur Chamonds Wort, daß es keinen Geist gibt. Ich finde ...« Eine Bewegung hinter den Fenstern der Hotelbar ließ uns alle herumfahren, und wir sahen die stattliche Erscheinung der schwedischen Frau am menschenleeren Tresen Platz nehmen und indigniert ihr blondes Haar in den Nacken werfen. In Garlands Augen flackerte das Jagdfieber auf. »Würdet ihr mich eine Minute entschuldigen? Ich muß mal mein Glas nachfüllen lassen.«

Das leere Glas entschlossen im Griff, stöckelte sie los. Jim Whitaker sah mich entschuldigend an. »Sie kann nicht anders. Das Leben anderer Menschen fasziniert sie.«

Ich quittierte seine Bemerkung mit einem Lächeln. Wie verschieden die beiden doch waren, Jim und Garland. Ich konnte mich kaum erinnern, jemals einem Paar begegnet zu sein, das so wenig zueinander paßte. Der Gedanke ließ mich wieder zu dem Zimmerfenster neben dem meinen hinaufblicken, hinter dem der frischgebackene Ehemann jetzt vermutlich allein auf der Bettkante hockte.

»Aber was das Zimmer betrifft, irrt sich Garland«, sagte ich und mußte dabei daran denken, was François mir über seine bedauernswerte Schwester erzählt hatte. »Isabelle hat sich nicht in diesem Zimmer umgebracht, ja, ich glaube nicht einmal, daß sie sich überhaupt das Leben genommen hat.«

»Ich weiß.« Bedächtig hob Jim seinen Drink. »Sie ist vor zwanzig Jahren in Savannah, Georgia, an Krebs gestorben. Sie war meine Mutter.«

27

Hab acht auf Verräter in deinem Lager ...

»Das war eine hübsche Geschichte, die wir neulich in der Bar gehört haben«, sagte Jim Whitaker. »Und sie entsprach auch in weiten Teilen den Tatsachen, bis auf den Schluß eben. Hans mag das Kriegsende nicht mehr erlebt haben, aber Isabelle ...« Er schüttelte nachdenklich den Kopf. »Sie hat es gewollt, sie hat wirklich daran gedacht, aber sie konnte sich nicht noch einmal vor Gott versündigen. Also hat sie das Nächstbeste getan. Sie hat meinen Vater geheiratet.«

Über unseren Köpfen drang das Sonnenlicht durch das im Wind schwankende Blätterdach und ließ die Schatten tänzeln. Neben uns besprühten die Fontänen des Springbrunnens das Pflaster. Die Stimmen von den anderen Tischen bildeten eine dezente Kulisse wie bei einem Gemälde, auf dem Jim Whitaker jetzt Konturen annahm und in den Vordergrund trat, Jim Whitaker, den ich immer für so farblos, so nichtssagend gehalten hatte ...

Seine wohlklingende Stimme blieb so zurückhaltend wie immer, als er weitererzählte: »Er hat sie kurz nach der Befreiung kennengelernt, hier in Chinon. Wahrscheinlich hat sie ihm leid getan. Die Franzosen hatten nicht viel übrig für Kollaborateure jedweder Sorte, und alle im Ort wußten, daß meine Mutter etwas mit einem deutschen

Offizier gehabt hatte, also machte man ihr das Leben nicht gerade leicht. Mein Vater bot ihr einen Ausweg. Er hat sie in aller Stille geheiratet und sie anschließend mit nach Hause in die Staaten genommen. Das ist die ganze Geschichte.«

Das Sonnenlicht blendete mich, und ich mußte mir die Hand über die Augen halten, als ich ihm antwortete: »Aber wenigstens hat sie einen glücklichen Ausgang genommen.«

»In gewisser Weise, ja. Sie hatte kein schlechtes Leben – drei Kinder, ein hübsches Haus und einen treusorgenden Ehemann. Aber ich bin mir nicht sicher, ob man meine Mutter als glücklich hätte bezeichnen können.« Er schlug ein Bein über das andere und überlegte. »Ich weiß nicht – ist Glück etwas, auf das man Einfluß nehmen, das man anstreben und erreichen kann, oder ist Glück eine Gnade, die dem einen zuteil wird und dem anderen nicht?«

»Beides trifft gleichermaßen zu, würde ich meinen.«

»Meine Mutter hätte gesagt, es wäre Gottes Wille gewesen, daß sie und Hans getrennt wurden. Aber ich weiß nicht so recht.« Er wandte den Blick der offenen Tür zu, hinter der wir die Silhouette seiner Frau sehen konnten. Garland war in ein angeregtes Gespräch mit der jungen Schwedin vertieft. »Es ist meine Überzeugung, daß wir alle in unserem Leben Entscheidungen treffen, die uns auf den Weg zum Glück oder in die Enttäuschung führen, nur daß wir oft nicht erkennen können, wohin der Weg geht, ehe wir die halbe Strecke zurückgelegt haben.« Eine Spur Bedauern war in seiner Stimme – und auch in seinen Augen, als er mich wieder ansah. »Meine Mutter hat jedenfalls ihren Weg gewählt.«

Am Nebentisch lachte jemand, und ein Windhauch sandte den Duft von Rosen zu uns herüber. »Es wird ihr bestimmt nicht leichtgefallen sein, ihre Heimat für immer zu verlassen«, sagte ich.

»Wohl kaum. Aber sie hat nie ein Wort darüber verloren, zumindest nicht mir gegenüber. Bis sie starb, habe ich nichts von der Vergangenheit meiner Mutter gewußt. Am Tag ihrer Beerdigung hat sich mein Vater betrunken, und da ist die ganze vertrackte Geschichte in ihm hochgekommen.« Er legte den Kopf in den Nacken und überließ sich seiner Erinnerung. »Seit diesem Tag hatte ich den Wunsch hierherzukommen, den Ort zu sehen, an dem sich das alles zugetragen hat. Ich hätte es schon vor Jahren tun sollen – damals, als ich in Deutschland stationiert war. Es wäre ein leichtes gewesen, einfach den Zug zu besteigen und ...« Man sah ihm an, wie auch er verpaßten Chancen nachtrauerte. »Aber irgendwie hat es sich nie ergeben. Nächstes Jahr oder das Jahr darauf, habe ich mich selbst immer wieder vertröstet ... bis sich dann letztes Jahr Garland beklagte, es sei ihr langweilig, immer nur ans Mittelmeer zu fahren, sie wolle die Ferien auch einmal woanders verbringen, und da habe ich gesagt, wie wäre es mit Chinon.« Noch einmal galt sein Blick seiner aufgeregt gestikulierenden Gattin. »Sie weiß nichts davon«, sagte er. »Ich habe ihr nie von meiner Mutter erzählt.«

Ich sah ihn erschrocken an. »Aber mir haben Sie's jetzt erzählt!«

»Das stimmt. Ich weiß nicht, ob Sie es nachempfinden können, aber irgendwie ist es etwas anderes, es Ihnen zu erzählen. Ich hoffe, Sie verstehen das nicht falsch, aber in den letzten Tagen hat es Augenblicke gegeben, in denen ich an sie denken mußte, an meine Mutter, wenn ich Sie ansah. Ich kann nicht genau sagen, was es ist, aber es gibt da eine gewisse Ähnlichkeit.«

Ich lächelte. »Sie sind heute schon der zweite, der mir das sagt.«

»Tatsächlich? Und wer war der andere?«

»Ein Mann, den ich kennengelernt habe, oben, auf dem Weingut ... Himmel, dann muß er ja Ihr Onkel sein! Der jüngere Bruder Ihrer Mutter, ein liebenswerter alter Mann namens –«

»François. Ja, ich weiß. Onkel François. Er hat uns manchmal geschrieben, damals, als ich noch ein Junge war. Aber nach dem Tod meiner Mutter hörten die Briefe auf. Ich hatte gedacht, er wäre ebenfalls schon gestorben. Ich habe immer noch nicht den Mut aufgebracht, zu ihm zu gehen. Natürlich habe ich viele Fragen, die ich ihm gerne stellen würde ... Fünfzig Jahre sind eine sehr lange Zeit.«

»Wegen François brauchen Sie sich keine Sorgen zu machen. Er ist noch recht gut beisammen und spricht voller Liebe von Ihrer Mutter. Er würde sich bestimmt sehr freuen, Sie kennenzulernen. Ich glaube sogar, er weiß bereits, daß Sie hier sind.« Da erzählte ich ihm von der Bemerkung, die François mir gegenüber gemacht hatte, daß das Hotel de France voll von Gespenstern sei.

»Und Sie glauben, damit hat er mich gemeint?«

»Sie sind der einzige hier, der eine Verbindung zu Hans und Isabelle darstellt.«

»Wirklich?« Er legte den Kopf in den Nacken und sah hinauf zu dem grünen Blätterdach über uns. »Ich frage mich«, sagte er so leise, daß ich es kaum hören konnte, »ich frage mich bloß ...«

Eine Bewegung in der Bar unterbrach seinen Gedankenfluß. Garland war in der offenen Tür erschienen und winkte ihrem Mann, er solle hereinkommen und sich zu ihr gesellen. Er fing ihren Blick auf und nickte kaum merklich, seufzte nur einmal kurz mit zusammengekniffenen Lippen. »Entschuldigen Sie«, sagte er, »ich werde herbeizitiert. Hören Sie, ich fände es schrecklich, wenn sie wüßte …«

»Von mir erfährt keiner was.«

»Nicht nur, weil es sich um eine sehr persönliche Angelegenheit handelt. Reiner Eigennutz. Vor allem nach der Geschichte Sonntag abend …« Ein kleines Lächeln spielte um seine Mundwinkel. »Wenn Garland je erfährt, daß diese Isabelle, über die gesprochen wurde, meine Mutter war, ist es mit meinem Frieden ein für allemal aus.«

»Und wieso?«

»Wegen der Geschichte mit den Diamanten, meine Liebe. Garland würde sich darin verbeißen wie ein Hund in einen Knochen. Sie würde mich loshetzen, damit ich auf der Suche nach den Dingern überall auf dem verdammten Berg kleine Löcher buddele.«

Sie ist ja genau wie Simon, dachte ich. »Aber Ihre Mutter hat nie jemandem … Ich meine, Sie hat nie erwähnt …«

»Wo sie sie versteckt hat?« Mühsam erhob er sich. »Meinem Vater hat sie gesagt, sie seien mit Blut besudelt und würden jedem, der mit ihnen in Berührung kommt, bloß Unglück bringen. Sie wollte nicht, daß sie je wiedergefunden werden.«

Ich sah ihm nach, wie er nach drinnen ging. Er hielt die Schultern kerzengerade, was aussah, als bereite er sich darauf vor, gleich eine schwere Last aufgebürdet zu bekommen. Er hatte es bestimmt nicht leicht mit Garland. Sie ließ ihm nicht einmal Zeit, seinen Pernod auszutrinken. Das Glas stand noch halbvoll auf dem Tisch. Wo hatte ich, vor ganz kurzem erst, schon mal so ein Glas gesehen …?

Da fiel es mir wieder ein. Es war am Sonntag gewesen, als ich mit Paul und Simon von Clos des Cloches heruntergekommen war und wir Martine getroffen hatten. Auf ihrem Tisch hatte genau so ein halbgeleertes Glas Pernod gestanden. Und Garland – mein Blick strich über die schemenhaften Gestalten im Halbdunkel der Hotelbar – Garland hatte mit einem ihrer Migräneanfälle oben im Bett gelegen, wie schon am Abend davor, dem Abend, als Lucie Valcourt Martine und ihrem männlichen Begleiter abhanden gekommen war, dem Mann, der Lucie zufolge hier im Hotel wohnte und von dem ich angenommen hatte, es müsse sich bei ihm entweder um Neil oder um Christian handeln ... Auf Jim wäre ich nie gekommen! Im Geiste schob ich die Puzzlestücke hin und her, bis sie langsam zueinander zu passen schienen, und empfand eine sonderbare Befriedigung bei dem Gedanken, daß Jim sich neben Garland noch eine kleine Freude gönnte. Es war nur recht, daß er ihr nicht die Wahrheit über seine Mutter erzählte. Die Geschichte von den Diamanten wäre für Garland ein gefundenes Fressen. Wahrscheinlich war sie wie Didier, der auch nur des Geldes wegen geheiratet hatte.

Und dabei fiel mir noch etwas ein, etwas, das Jim gesagt hatte und mich ebenfalls an Didier Muret denken ließ. Was um alles in der Welt war das gewesen ...? Überall auf dem Hügel Löcher buddeln. Das hatte François heute morgen auch über Didier gesagt, daß der überall auf dem Berg Löcher gegraben hätte – wie besessen. Nur, daß er die Diamanten nicht gefunden hatte. Oder doch?

Ein unangenehmer Gedanke beschlich mich, wollte mich nicht mehr loslassen. Ich wälzte ihn in meinem Kopf hin und her. Alles ergibt einen Sinn, wenn man es nur aus dem richtigen Blickwinkel in Augenschein nimmt – das waren Pauls Worte gewesen. Und bei unserem letzten Treffen versuchte er gerade herauszufinden, aus welchem Blickwinkel Didier Muret in die ganze Geschichte passen könnte, der unbeliebte, arbeitsscheue Didier Muret, der bis zuletzt immer noch mit Geld um sich geworfen hatte. Das war Paul verdächtig vorgekommen. Falls Didier diese Diamanten gefunden hatte, würde das eine ganze Menge erklären, nämlich, wo all das Geld herstammte, und zum anderen ... zum anderen möglicherweise sogar, wieso er hatte sterben müssen.

Garland war überzeugt, »die Nazis« steckten hinter alledem. Vorhin hatte ich das als idiotische Idee abgetan, aber nun konnte vielleicht doch etwas daran sein. Wohl nicht gerade die Nazis, aber jemand anderer, der die Geschichte von Hans und Isabelle kannte, jemand, der sich in Chinon befand, um nach den Steinen zu suchen, und dann feststellte, daß Didier ihm zuvorgekommen war. Die Menschen schlugen einander um geringere Dinge die Köpfe ein, wenn die Gier sie packte ...

Ich überlegte. Paul hatte gesagt, daß Harry Didiers geheimnisvoller Besucher vom vergangenen Mittwoch abend gewesen sein könnte, am Abend vor Didiers Tod. Und wenn es kein Unfall gewesen war, wenn jemand den unangenehmen Monsieur Muret übers Treppengeländer gestoßen hatte ... Ja, was dann? War Harry Zeuge dieser Tat geworden und nun selbst in Gefahr? Hatte er seinen Talisman in voller Absicht dort abgelegt, damit ich ihn fand? Als Warnung? Und Paul? Hatte Paul vielleicht auch dieses Puzzlespiel gelöst und war dem Mörder gefährlich nahe gekommen? Ich preßte die Finger gegen die Stirn und versuchte, aus all dem schlau zu werden.

Eine Gruppe junger Männer kam laut schwatzend um die Ecke und betrat die Hotelbar. Sie sahen nicht aus wie

Franzosen und unterhielten sich auch in einer anderen Sprache. Deutsch? Ja, das mußten Deutsche sein. Das Hotel de France steckte in dieser Woche voller Gespenster, wie François gesagt hatte. Lebende Geister, so wie Isabelles Sohn, der seine guten Gründe gehabt haben könnte, Didier Muret beiseite zu schaffen; der vielleicht in Wirklichkeit nur wegen der Diamanten nach Chinon zurückgekehrt war; der irgendwo unterwegs war, als Paul getötet wurde. Und doch konnte ich mir Jim Whitaker nicht als Mörder vorstellen. Er würde mir wohl kaum von seiner Mutter erzählt haben, wenn ihm daran gelegen war, keinen Verdacht zu erwecken.

Ich sponn den Faden weiter. Wenn Isabelle durch ihren Sohn im Geiste hier weilte, wie verhielt es sich dann mit Hans? War der etwa auch hier? Christian war alt genug, sein Enkel zu sein, und kannte vielleicht auch die Geschichte von den Diamanten. Neil schied zum Glück aus – wieso zum Glück? Ich forschte dem Gefühl lieber nicht weiter nach ... Sein Vater hatte in England bei der Bahn gearbeitet. Und Neil war auch in seinem Zimmer gewesen, als es passierte. Ich hatte ihn Beethoven spielen gehört, ich hatte ihn mit eigenen Augen gesehen.

Und genau in diesem Augenblick kam Neil aus dem Hotel – nicht durch den Haupteingang, sondern aus einer kleinen versteckten Tür neben der Garage, derselben Tür, die ich am Samstag benutzt hatte, nachdem ich auf der Terrasse eingeschlafen und ausgesperrt worden war. Durch diese Tür konnte man sich ganz geschickt hinein- und hinausschleichen, wenn man nicht gesehen werden wollte, und hätte ich nicht zufällig gerade in diese Richtung geblickt, wäre er mir auch gewiß nicht aufgefallen.

Er jedenfalls nahm keine Notiz von mir. Mit raschen, zielstrebigen Schritten ging er auf der anderen Seite des

Springbrunnens an mir vorbei und verschwand in der Rue Voltaire. Ich war nicht vorbereitet auf das jähe Verlangen in meiner Brust bei seinem Anblick. Verflixt, dachte ich, was ist denn bloß in mich gefahren ...? Und in diesem Augenblick gewahrte ich die eigentliche Bedeutung dessen, was ich gerade gesehen hatte.

Ich hätte ihn beinahe nicht bemerkt, sagte ich mir noch einmal. Ich saß mitten vor dem Hotel, er war herausgekommen, und ich hätte ihn um ein Haar übersehen. Dann könnte gestern jemand genauso unentdeckt aus dem Hotel geschlichen und die Stufen hinauf zu der Stelle gelaufen sein, an der Paul ... Ich stand auf und ging zu der Tür. Sie öffnete sich knarrend nach innen, machte aber kein Geräusch mehr, als ich sie sachte wieder schloß. Ich stieg die gewundene Steintreppe hinauf und wollte gerade die Terrasse betreten, als im Hotel die Geige zu ihrem Klagegesang anhob. Doch dann brach die Melodie, so unvermittelt, wie sie begonnen hatte, wieder ab. Ein prickelnder Schauder lief mir den Rücken hinunter. Es gibt keine Gespenster, versicherte ich mir, und doch ... und doch konnte das nicht Neil sein, der da spielte, denn ich hatte ihn gerade das Hotel verlassen sehen.

Ich hörte ein schnappendes Geräusch, ein Surren, und dann wiederholte sich das gespenstische Musikstück – zwei Takte nur, die abrupt abbrachen.

Ich nahm all meinen Mut zusammen und wagte es, durch die Terrassentür in den Gang hineinzusehen. Neils Zimmertür stand offen, aber er war nicht da. Statt dessen blickte Thierry auf, als ich in der Tür erschien.

»Hallo«, begrüßte er mich. Von den Anstrengungen eines nachmittäglichen Verhörs auf der Polizeiwache war ihm nichts anzumerken. »Suchen Sie Monsieur Neil?«

»Mir war, als hätte ich jemanden Geige spielen hören.«

»Das war bloß ich.« Er hielt mir eine Musikkassette hin. »Ich suche nach dem Band, das ich Monsieur Neil zum Anhören gegeben habe. Mein Freund Alain möchte es sich überspielen.« Er wühlte sich durch den Stapel unbeschrifteter Kassettenbänder neben der Stereoanlage. »Das war's auch nicht ... Dies hier?« Er steckte eine weitere Kassette in das Tapedeck. Ein ganzes Orchester stimmte mit alarmierender Lautstärke einen Strauss-Walzer an, und Thierry schaltete die Musik schleunigst ab.

Ich zeigte auf die Anlage. »Ich dachte, die ist kaputt.«

»Was?« Er blickte von seiner Suche auf. »Nein, die habe ich ihm vor zwei Tagen repariert. Ah!« Zufrieden schloß sich seine Hand um die verlorengeglaubte Kassette. »Die ist es, die gehört mir.« Er spielte die Kassette kurz an, um sich zu überzeugen, und legte dann das Band wieder ein, das sich in der Anlage befunden hatte. »Bien. Monsieur Neil wird es nicht vermissen.«

»Thierry«, bat ich ihn, »könnten Sie das noch einmal spielen, nur ganz kurz?«

»Sicher.« Er drückte den Knopf, und das Heldenthema von Beethovens Eroica drang an mir vorbei in den Flur hinaus. Es war keine Version mit voller Instrumentierung, sondern nur eine einzelne Geige – das Allegro, das Neil jeden Nachmittag übte und von dem er mir gesagt hatte, er kenne es in- und auswendig.

»Er mag es gerne laut, wie?« Thierry schrie fast, um die Musik zu übertönen, und ich nickte. Aber irgend etwas stimmte nicht. Neil spielte seine Kassetten nicht gerne laut. Man kann die Lautstärke nicht höher als drei stellen, sonst platzt einem das Trommelfell, hatte er gesagt. Thierry fuhr fort, stolz die Vorzüge seiner Anlage zu preisen. »Hat einen guten Sound, das Gerät. Genauso, als ob Monsieur Neil höchstpersönlich spielt, nicht?«

Da konnte ich ihm nur beipflichten. Genau wie Neil. Aber im Augenblick wollte ich diesen Gedanken nicht weiter verfolgen. »Gut«, sagte ich zu Thierry. »Das reicht.«

Er schaltete das Band ab und sah sich zufrieden um. »Da fällt mir ein«, meinte er im nächsten Augenblick, »unten ist eine Nachricht für Sie.«

»Eine Nachricht?«

»Ja, in einem Umschlag. Der Mann, der sie gebracht hat, kam, als Sie schliefen, und sagte, ich solle Sie nicht wecken. Er meinte, es sei nicht dringend.«

»Und kannten Sie den Mann?« fragte ich argwöhnisch.

»Der Diener vom Clos des Cloches. Ich kenne seinen Namen nicht.«

François? Ich folgte Thierry nach unten. Aus der Bar hörte ich Garlands schrilles Gegacker, und ich fuhr dabei zusammen wie beim Geräusch eines Nagels, der über eine Schiefertafel kratzt. Ihr Lachen war noch lauter als das Stimmengewirr vom Tisch der Deutschen, die ich vorhin hatte hereingehen sehen. Thierry verdrehte über den Lärm die Augen. »Es ist ein ... wie nennt man das noch mal? Ein Kongreß diese Woche in Chinon. Diese Männer sitzen nicht gerne an der Bar in ihrem eigenen Hotel, deswegen kommen sie hierher. Arme Gabrielle, sie sollte Neil holen, damit er die Bestellungen für sie aufnimmt. Neil spricht gut Deutsch, sagt Christian. Nichts für mich, diese Sprache. Zu schwer zu lernen.«

Schwer ja, dachte ich, aber vor allem durchdringend. Ich schloß die Augen und ließ das Durcheinander von Gelächter und Gerede über mir zusammenschlagen wie die Wogen eines Meeres. Ich stellte mir vor, wie die Wände des Hotels all diese Stimmen schon einmal gehört hatten, damals im Zweiten Weltkrieg, als die Stadt okkupiert war. Nun waren sie als Geister zurückgekehrt ...

Thierrys Stimme holte mich in die Gegenwart zurück. »Hier ist Ihr Umschlag.«

Die Nachricht stammte tatsächlich von François. Nein, eigentlich war es gar keine Nachricht, sondern ein knapper, handgeschriebener Text, in den ein vergilbtes Foto eingeschlagen war. »Ich dachte, das würde Sie interessieren«, stand in französischer Sprache auf dem Zettel, »damit Sie einmal sehen, wie sehr Sie ihr ähneln.«

Das Bild zeigte einen Mann und eine junge Frau. Die Frau lachte und hielt den Kopf leicht abgewandt, als hätte der Fotograf zu spät den Auslöser gedrückt. Das Schwarzweißbild war ein bißchen abgegriffen, aber die Gesichtszüge der beiden Menschen konnte ich deutlich erkennen. Ich mußte zugeben, daß ich tatsächlich ein wenig Ähnlichkeit mit Isabelle besaß. Wir wären zwar keinesfalls als Zwillingsschwestern durchgegangen, aber es gab eine gewisse Ähnlichkeit in unseren Augen, der Art, den Kopf zu halten, und der Form unserer Nasen.

Aber es war nicht Isabelle, die mich so fasziniert auf das Bild starren ließ, sondern das Gesicht des Mannes neben ihr. »Mein Gott«, entfuhr es mir.

Das Foto hätte gestern erst aufgenommen worden sein können. Seine ruhigen dunklen Augen blickten geradewegs in die Kamera, und obwohl das kurzgeschnittene helle Haar auf dem alten Foto weiß wirkte, wußte ich doch, daß es nicht weiß war. Es war blond. Und ebenso ahnte ich, daß diese dunklen Augen blau sein mußten.

Meine Hände zitterten, als ich das Bild umdrehte und die mit Bleistift geschriebene Zeile auf der Rückseite las:

Hans und Isabelle, Juni 1944.

Ich hatte Thierry vollkommen vergessen. Über den Empfangstresen hinweg sah er mich leicht verwundert an. »Mademoiselle?«

»Thierry, wissen Sie, wo Monsieur Grantham ist?«

»Ich glaube, er wollte zur Präfektur, um mit Monsieur Belliveau zu sprechen. Der Dichter – wissen Sie noch? Als ich die Präfektur verließ, brachten sie gerade Monsieur Belliveau zur Vernehmung. Nicht wegen Paul, verstehen Sie. Es war wegen eines Engländers, der vermißt wurde. Und Monsieur Neil will helfen, weil sie Freunde waren.«

Natürlich waren sie Freunde. Neil und Victor Belliveau und Christian Rand: Sie alle gehörten zu dem Künstlerkreis, den Brigitte nach Clos des Cloches einzuladen pflegte. Und Belliveau teilte sich seinen Landbesitz nun mit Zigeunern, also dürfte Neil zweifellos auch dem Mann mit dem kleinen Hund begegnet sein, dem, der mir überallhin zu folgen schien.

»Mein Gott«, sagte ich noch einmal. Ich bemühte mich, die Tränen zurückzuhalten, während ich auf dieses verräterische Foto blickte, von dem Neils Augen mich aus dem Gesicht eines anderen Mannes, dessen Antlitz unter dem verkrampften Druck meiner Finger fast knickte, anlächelten.

Er mußte einen Grund haben zu verschweigen, daß er mit Hans verwandt war. Genau, wie es einen Grund dafür geben mußte, daß er die Kassette in Thierrys Anlage gesteckt und diese dann so laut eingestellt hatte, daß er selber es nicht würde ertragen können. Doch es war Neil gewesen, der da gespielt hatte, es war Neil, ich hatte ihn ja selbst gesehen, möglicherweise erst gegen Ende seiner Übungsstunde, aber dennoch ... Und es war kein leichtes Stück. Deswegen hatte er so erschöpft gewirkt, als ich ihn unterbrach, deswegen auch die Schweißtropfen auf seiner Stirn, sein kurzer, stoßweiser Atem, gerade so, als ob er gerannt wäre ... gerannt ...

»Ah«, sagte Thierry und blickte über meine Schulter hinweg, »sehen Sie? Man muß nur vom Teufel sprechen. Da kommt Monsieur Neil.«

Ich drehte mich abrupt um und ließ im nächsten Moment, zu Thierrys größtem Befremden, das Foto fallen und lief davon. Ich rannte wie ein Hase, der von einem Habicht verfolgt wird, die Wendeltreppe hinauf bis in den ersten Stock, durch die immer noch offenstehende Tür auf die Terrasse und von dort wieder die schmale Treppe hinunter zum Seitenausgang, der mich auf den Platz führte. Niemand schenkte mir Beachtung. Die Gäste waren alle damit beschäftigt, ihren Wein oder ihren Kaffee zu trinken, während ich in halsbrecherischem Tempo die Stufen zum Schloß hinaufhetzte.

Ich hörte nicht auf zu laufen, bis ich oben ankam, und blieb schließlich auch nur stehen, weil ich vor Seitenstichen keinen Schritt weiter konnte. Die niedrige Mauer im Rücken kauerte ich mich hin und rang unter stechenden Schmerzen nach Luft.

Das plötzliche Ratschen eines Streichholzes ließ mich jäh aufblicken, und ich sah in die lächelnden Augen des Zigeuners, der sich eine gelbgefilterte Zigarette ansteckte.

28

»Ach, wären wir doch niemals an diesen Ort gekommen! Ich fürchte seine Unwirtlichkeit und die Mächte der Nacht.«

Das Zündholz loderte im Windzug einmal kurz auf und erlosch. »Es ist nicht sicher, Mademoiselle«, sagte er in holperndem Englisch, »so nahe bei der Mauer zu stehen.«

Ich wollte gerade um Hilfe schreien, als er sich bewegte. Aber er kam nicht auf mich zu. Er drehte sich um und ging bedächtigen Schrittes die Straße hinauf, auf das Schloß zu, hinter seiner kleinen Promenadenmischung her.

Verwundert sah ich ihm nach.

Meine Angst verwandelte sich in grenzenloses Erstaunen, während ich geräuschlos ausatmete. Es dauerte einen Moment, bis ich meine Stimme wiedergefunden hatte und ihm nachrufen konnte: »Bitte warten Sie!«

Er blieb stehen. Auch der Hund verharrte ungeduldig zu den Füßen seines Herrn.

»Sie wissen, was mit ihm passiert ist, nicht wahr? Sie waren hier«, rief ich.

Das war eine recht vieldeutige Frage, aber er tat nicht, als würde er mich nicht verstehen. Er sah mich an und nickte bedächtig. »Aber ich«, sagte er, »war es nicht, der ihn hinuntergestoßen hat, Mademoiselle.«

Und damit wandte er sich wieder ab und ging noch ein paar Schritte weiter bis zu einer schiefen Holztür, die in die Felswand eingelassen war. Ohne einen weiteren Blick nach hinten verschwanden Herr und Hund durch diese Holzpforte. »Warten Sie!« rief ich noch einmal, aber zu spät. Die Tür war zugefallen. Eine Wolke zog an der sinkenden Sonne vorbei, und in ihrem Schatten blies mir der Wind kalt ins Gesicht. »Folge«, flüsterte dieser Wind, der an der uralten Steinwand vorbeistrich, »folge ...«

Mein Gehirn wollte nicht gehorchen. Sei nicht dumm, sagte es mir, geh wieder diese Treppe hinunter und schnurstracks zur Polizei ... Doch die unsichtbaren Mächte riefen, beschworen mich, reagierten nicht auf rationale Einwände. Sie zogen mich wie mit Geisterhand auf diese Pforte zu und ließen mich durch sie hindurchtreten wie Alice im Wunderland auf der Suche nach dem weißen Hasen. Im pyramidenförmigen Lichtschein, der durch die geöffnete Tür fiel, erkannte ich eine flache Treppe, die in die Finsternis hinunterführte, eine Finsternis, die erst so recht greifbar wurde, als die Tür sich hinter mir mit einem Ächzen schloß.

»Oh, Mist«, dachte ich. Warum mußte es hier schon wieder in einen Keller gehen? Ich hielt die Luft an und schluckte die aufsteigende Panik hinunter. Sei kein Feigling, sagte ich mir. Denk an Paul. Der Zigeuner weiß, was geschehen ist ...

Es waren auch insgesamt nur sechs Stufen. Ich zählte sie, während ich mich mit einer Hand an der schroffen Steinwand entlangtastete, bis ich mit einemmal ins Leere griff und mich Schritt für Schritt weiter vorfühlen mußte, als ich fast mit der Nase gegen eine weitere Wand stieß, die mir den Weg versperrte.

Verwirrt machte ich einen kurzen Schritt nach hinten und streckte in der vollkommenen Schwärze, die mich umgab, die Arme aus. Weil ich nichts sehen konnte, nahm ich meine anderen Sinne zu Hilfe. Der Geruch seiner Zigarette stach in der Nase, wie auch der modrige Dunst des Felsens, der nie das Licht der Sonne erblickte. Über dem Rasseln meines eigenen Atems vernahmen meine Ohren das trippelnde Geräusch der Hundepfoten auf dem Steinboden, das zu meiner Rechten widerhallte und immer leiser wurde.

Meine tastenden Hände berührten staubtrockenen, glattgemeißelten Stein über meinem Kopf. Es gab hier also eine gewölbte Decke, so ähnlich wie die in Armands Weinkeller. Und da wußte ich sonderbar instinktiv, wo ich mich befand: Dies war nicht etwa eine gewöhnliche Höhlenbehausung. Sie gehörte zum unterirdischen Gängesystem.

Mein erster Gedanke war, rasch zurückzugehen, solange ich noch die Pforte ein paar Schritte hinter mir wußte. Mir war ja nun bekannt, daß diese Tunnel das reinste Labyrinth darstellten, dessen sich dahinwindende Gänge tief in den Felsen eindrangen, unerforscht, gefährlich, zur Hälfte vergessen und schon seit Ewigkeiten eingestürzt. Du wirst dich hoffnungslos verlaufen, warnte eine Stimme in meinem Kopf mich, und niemand wird dich hier je wieder herausholen. Mir klopfte das Herz bis zum Hals, während ich dastand und überlegte, was ich tun sollte.

Irgendwo in der Dunkelheit hielten die Schritte des Hundes kurz inne, als hätte das Tier meine Unentschlossenheit gespürt. Der Zigeuner pfiff leise, und auch dieser Pfiff echote von den Wänden wieder. »Allez!« befahl er, und ich wußte natürlich, daß dies dem Hund galt, der ihm folgen sollte, doch auch ich faßte den kurzen Ruf als Signal auf und tauchte tiefer in die unterirdische Nacht ein.

Der Boden war alles andere als eben, aber zu meiner Überraschung stolperte ich nicht ein einziges Mal. Immer noch die eine Hand an der Wand neben mir, versuchte ich, so gut es ging, mein Gleichgewicht zu halten, und lauschte angestrengt den Schritten des Zigeuners vor mir. Er mußte wissen, daß ich ihm folgte, denn ich hatte das Gefühl, er verlangsamte sein Tempo, damit ich es leichter hatte, und kurz bevor ich eine Tunnelabzweigung erreichte, an der ich mich hätte verlaufen können, fing er wieder in der Dunkelheit vor mir zu pfeifen an, und ich folgte dem Geräusch wie ein Schiff dem Schimmer eines Leuchtfeuers.

Zum größten Teil zog sich der Tunnel ohne Biegung oder Abzweigung gerade dahin, und nur meine Beinmuskeln verrieten mir, wann wir tiefer hinunter in den Felsen eindrangen und wann der Weg wieder ein Stück aufwärts führte.

Im Moment ging es gerade bergauf. Der stakkatohafte Rhythmus der Hundeschritte vor mir ging in eine Art Scharren über, doch die schweren Stiefel des Zigeuners bewegten sich unbeirrt weiter auf dem Stein voran, obwohl sich auch an ihrem Schritt etwas verändert zu haben schien. Stufen, sagten mir meine Sinne, die sich inzwischen ganz gut an die Finsternis gewöhnt hatten, sie steigen eine Treppe hinauf. Entsprechend verlangsamte auch ich mein Tempo, bis meine tastende Hand ein weiteres Mal ins Leere griff und im selben Moment ein schmaler Lichtstreifen auf die Stelle fiel, an der ich wie angewurzelt stehengeblieben war.

Meine Ohren hatten mir keinen Streich gespielt. Ich stand tatsächlich am Fuße einer langen, schmalen Treppe, einer Art Kellertreppe, auf deren oberem Absatz jemand gegen eine offene Tür gelehnt stand – der Zigeuner, wie ich annahm, obwohl ich nur einen schattenhaften Umriß erkennen konnte und schon gar nicht sein Gesicht sah. Er schob die Tür weit auf und ließ sie offenstehen, während er selbst sich in das zurückzog, was sich dahinter befinden mochte.

Anfangs war es mir nur logisch erschienen, dem Zigeuner nachzugehen, aber während ich nun die Treppe erklomm, machte ich mir Gedanken, ob ich mir nicht doch zuviel vorgenommen hatte. Wer weiß, wo ich da oben landen und was mir da bevorstehen würde. Die letzten Stufen mußte ich mich geradezu hinaufzwingen. Aber dann dachte ich wieder an Paul und daran, warum ich mich überhaupt auf diese Verfolgung eingelassen hatte, und trat entschlossen über die Schwelle.

Ich hatte allerdings nicht erwartet, nach meinem Irrgang durch den Tunnel ein gemütliches Zimmer mit Kühlschrank, Kochstelle und einem im Kamin prasselnden Feuer vorzufinden – eher war ich auf eine kahle Höhle, eine Art Kerkerzelle gefaßt, in der mich aus finsteren Ecken bedrohliche Augenpaare anstarren würden. Aber das hier sah ganz und gar nicht danach aus, und die einzigen Augen waren die des Zigeuners, seines Hundes und die des bläßlichen, ziemlich ungepflegten jungen Mannes, der auf dem Bett in der Ecke lag. Dieser junge Mann warf dem Zigeuner einen anerkennenden Blick zu.

»Gut gemacht, Jean«, sagte Harry. »Du hast sie hergelockt.«

»Geht's dir jetzt besser?«

Ich preßte mir die Handfläche auf die Stirn und nickte, lehnte allerdings das Angebot des Zigeuners, mir einen Cognac oder ein Glas Wasser einzugießen, ab. Harry machte es sich zwischen den Kissen gemütlich und trug eine reuige Büßermiene zur Schau. »Ich hatte ja keine Ahnung ...«

»Das ist bei dir öfter der Fall.«

»... daß du mir gleich aus den Latschen kippst. Dich haut doch sonst so leicht nichts um.«

»Ist ja gut.« In einer erschöpften Geste fuhr ich mir durchs Haar. Es hatte keinen Sinn, Harry auf die Nase zu binden, daß ich zu allem Überfluß auch noch fastete. Er würde nur versuchen, es mir auszureden. »Das war vielleicht eine Woche«, sagte ich statt dessen.

»Vermutlich alles meine Schuld.«

»Größtenteils. Harry, was um Himmels willen –«

»Ich kann's dir erklären«, versprach er und schnitt mir mit erhobener Hand das Wort ab. »Ich schätze, ich fange am besten ganz von vorne an, mit meinem Eintreffen in Chinon.«

»Das dürfte am Mittwoch morgen letzter Woche gewesen sein.«

»Richtig. Ich bin über Nacht von Bordeaux hergefahren und kurz nach dem Frühstück hier angekommen, immerhin zwei volle Tage vor dir.«

»Aber du bist nicht ins Hotel gezogen.«

»Ja, das stimmt. Ich war zu früh dran. Wir hatten erst ab Freitag reserviert, und es war auch noch zu früh am Tage, um einzuchecken. Aber jetzt, in der Nebensaison, gibt's ja Zimmer noch und nöcher, also habe ich erst mal in aller Ruhe den Wagen abgestellt und mich auf die Suche nach dem Knaben gemacht, der mir geschrieben hatte.«

»Didier Muret.«

»Stimmt. Aber woher weißt du –?«

»Erzähl weiter. Ich nehme an, du hast ihn getroffen?«

»Ja. Er war nicht zu Hause, aber sein Nachbar sagte mir, ich solle es mal unten am Fluß versuchen. Er sei wohl dort, um mit seiner Nichte –«

»– die Enten zu füttern«, beendete ich seinen Satz.

»Stimmt ebenfalls.« Ehe er fortfuhr, sah er mich ein wenig verdutzt an. »Na gut, also dort habe ich ihn dann gefunden, aber es dauerte nicht lange, um herauszubekommen, daß alles ein Mißverständnis war. Er konnte gar kein Englisch, er hatte bloß den Artikel bei jemand anderem gesehen und die Überschrift entziffert: ›Isabelles verlorener Schatz‹ – das kann wohl jeder einigermaßen übersetzen –, und mir daraufhin den Brief geschrieben. Bloß daß es gar nicht Isabelle von Angoulême war, die ihn interessierte –«

»– sondern eine andere Isabelle. Soviel weiß ich auch schon.«

Harrys Augen verengten sich zu schmalen Schlitzen. »Vielleicht möchtest du lieber weitererzählen.«

Der Zigeuner lachte kurz auf und zog sich einen Stuhl heran, den er neben meinen stellte. »Siehst du, sie wußte sich zu beschäftigen in dieser Woche. Sie findet dich von selbst, sagte ich dir, auch ohne mich.«

»Scheint mir auch so«, bemerkte mein Vetter trocken.

»Ich weiß nur, daß Didier Muret hinter Diamanten her war«, sagte ich. »Einem Beutel Diamanten, den ein Mädchen namens Isabelle gegen Kriegsende hier irgendwo versteckt hat. Ich war davon ausgegangen, daß er gefunden hatte, was er suchte, nur ...« – ich machte eine vielsagende Pause – »Wenn das der Fall gewesen wäre, hätte er deine Hilfe nicht gebraucht.«

»Nun, ich hätte ihm auch gar nicht groß von Nutzen sein können«, räumte Harry ein. »Er hat mich dauernd über die Gänge unter dem Weingut ausgefragt, und von denen habe ich ja keinen Schimmer. In seinem Brief hatte er geschrieben, daß er Informationen für mich hätte, aber mir kam es genau anders herum vor. Trotzdem tat es mir leid, ihm nicht weiterhelfen zu können. Ich habe sogar deinen Vater angerufen.«

»Aber der war nicht zu Hause.«

»Woher, zum Kuckuck, weißt du denn das schon wieder?«

»Er hat zurückgerufen, um den Grund für deinen Anruf zu erfahren. Ich muß zugeben, daß ich den auch gerne gewußt hätte.«

»Das ist gar kein so großes Geheimnis. Dein Vater hat über ganz Europa hinweg ein Netz von Verbindungsleuten, um das ihn unser Geheimdienst nur beneiden kann. Ich dachte, er würde möglicherweise jemanden kennen, der wiederum jemanden kennt, der diesem Didier in irgendeiner Weise nützlich sein könnte.«

»Aber auf Daddys Anrufbeantworter hast du die Telefonnummer des Hotels hinterlassen.«

»Ich glaubte ja, ich würde um die Mittagszeit schon dort sein, verstehst du? Nur hat dieser Didier Muret darauf bestanden, daß wir zusammen essen, und die Verwechslung der beiden Isabelles hatte ihn so enttäuscht, daß ich seine Einladung nicht abschlagen wollte. Also bin ich auf ein Gläschen mit zu ihm nach Hause« – er grinste wieder verlegen, wie ich es nur zu gut von Harry kannte – »aber in Wirklichkeit sind dann ein paar Gläschen mehr daraus geworden. Ich wollte ihn ein bißchen aufmuntern. Und ehe ich mich versah, war es schon Abend, und ich bot an, loszugehen und etwas aus einer Pizzeria zu holen. Tja, und auf dem Rückweg habe ich mir das hier eingefangen.«

Er legte den Kopf auf die Seite, um mir die Wunde hinter seinem Ohr gleich unterhalb des Haaransatzes zu zeigen.

»Er hat dich geschlagen?«

»Nein«, sagte mein Vetter lächelnd. »Es ist ziemlich kompliziert. Vielleicht lassen wir das lieber Jean erzählen.«

Der Zigeuner steckte sich eine Zigarette an. Wie merkwürdig, dachte ich, hier so ganz friedlich mit einem Mann zu sitzen, dem ich die letzten Tage dauernd aus dem Wege zu gehen versucht habe, einem Mann, den ich des Mordes verdächtigt hatte. Seine Stimme klang rauh, aber auch melodisch, und sein Englisch war gar nicht so schlecht. »Diesen Abend«, begann er, »den Abend, als Monsieur Muret stirbt, bin ich mit Bruno unterwegs« – sein Blick streifte den kleinen Hund – »als ich sehe, daß bei Muret Licht ist. Das ist Glück, denke ich. Monsieur Muret hat immer Whisky. Also gehen Bruno und ich in den Garten, aber bevor wir zum Haus kommen, hören wir Stimmen. Laute Stimmen. Ich sehe durchs Fenster, wie zwei sich streiten. Also warte ich, sehe weiter zu. Muret und der andere gehen nach oben. Muret ist sehr wütend, ein Handgemenge, Muret stürzt über die Treppe.« Der Zigeuner fuhr sich mit der Handkante die Kehle entlang. »Er muß tot sein, denke ich. Der andere sieht das auch. Er läuft aus dem Haus, durch die Hintertür in den Garten. Dort ist es auch ganz dunkel. Er sieht mich und Bruno nicht, wir verstecken uns an der Mauer, und in diesem Moment kommt Ihr Cousin mit seiner Pizza durch das Gartentor.«

»Das nennt man schlechtes Timing«, kommentierte Harry.

»Aus dem Haus dringt Licht. Und der Mörder sieht Ihren Cousin, und Ihr Cousin sieht den Mörder.« Wieder die vielsagende Handbewegung. »Ihr Cousin ist schwer verletzt. Er sagt zu mir: ›Hotel de France‹, aber wir kommen dort um die Ecke, und da steht das Auto vom Mörder, also bringe ich Ihren Cousin zu meiner Familie, wo er sicher ist.«

Ich sah Harry erschrocken an. »Du hast den Mörder von Didier Muret gesehen?«

»Das ist es ja gerade, habe ich eben nicht. Es war so verflucht dunkel, und im Licht aus dem Fenster sah ich nur seinen Schatten. Ich konnte nichts erkennen. Er hat mich völlig grundlos niedergeschlagen.« Harry massierte seine Wunde.

»Aber Sie haben ihn erkannt?« fragte ich den Zigeuner.

»Ja.«

»Und Pauls Mörder.«

»Auch.«

Ich ahnte bereits die Antwort, fragte aber trotzdem: »War es derselbe Mann?«

»Ja.«

»Und Sie sind nicht zur Polizei gegangen?«

Er sah mich an, als hätte ich zwei Köpfe. »Die Polizei? Wir sind hier nicht in England, Mademoiselle. Die Polizei hört nicht, was ein Mann wie ich sagt. Sie meinen, alle Zigeuner lügen. Und Ihr Cousin sieht nicht, wer ihn schlägt. Also ... wir reden, wir denken nach, wir warten.«

»Aber warum seid ihr nicht zu mir gekommen?«, fragte ich Harry vorwurfsvoll. Denn, dachte ich, dann hätte ich mich nicht auf diese Geschichte mit Neil eingelassen, dann würde ich jetzt nicht diese Leere in mir spüren, dieses Gefühl, mein Herz wäre zu einem Klumpen Eis zusammengeschrumpft. Und Paul ... Paul wäre noch am Leben.

»Ich versuche es«, sagte der Zigeuner. »Ihrem Cousin geht es nicht so gut in den ersten Tagen. Er kann nicht die Augen aufhalten, aber er sagt immer ›Hotel de France‹ und ›Emily‹, und in seiner Tasche finde ich dies Bild.« Er hielt mir einen mehrere Jahre alten, wenig schmeichelhaften Schnappschuß von mir hin. »Also gehe ich zum Hotel. Ich suche Sie. Freitag endlich kommen Sie, aber es ist nicht möglich, Sie zu sprechen. Also warte ich, bis Sie Essen gehen, ich rufe im Hotel an, sage, ich bin Ihr Cousin.«

»Und wieso das?«

Harry beantwortete diese Frage. »Ich fürchte, an diesem Tag war Jean ziemlich gefordert. Er mußte sich etwas einfallen lassen, damit du dir keine Sorgen machst, aber ohne dadurch den Mörder auf meine Spur zu locken. Also hat er die Nachricht hinterlassen, ich würde mich verspäten. Wirklich pfiffig, wenn man bedenkt, daß er mich ja kaum kannte. Und dann mußte er ein Auge auf dich haben, damit dir nichts zustieß.«

Der Zigeuner lächelte. »Wir machen Ihnen Angst, Bruno und ich. Ich sehe das. Aber es muß sein. Der Mörder ist immer in Ihrer Nähe.«

Mit einem fauchenden Zischen kippte ein Holzscheit ins Feuer, ein abstoßendes Geräusch, wie das hämische Kichern eines Dämons.

»Ich sehe, wie Sie immer lachen, wenn Sie ihn ansehen«, sprach der Zigeuner weiter. »Und ich denke, nein, sie glaubt mir nicht.«

»Sie hätten mich ja gleich bei meiner Ankunft warnen können, dann wäre ich ihm gar nicht begegnet.«

»Natürlich! Du warst ihm doch schon begegnet«, schaltete sich Harry ein. »Der Kerl hat dich schließlich vor dem Hotel abgesetzt.«

29

... bei Sonnenuntergang wurden
die Tore geschlossen ...

»Und all diese Leute, die du kennengelernt hast, gleich am Tag deiner Ankunft«, fuhr mein Vetter kopfschüttelnd fort.

Ich war wie benommen, fühlte mich wie ein Rennfahrer, der um die Kurve geschossen kommt und plötzlich eine Ziegelmauer auf sich zurasen sieht. »Aber es kann nicht Armand gewesen sein.«

Die beiden Männer tauschten wissende Blicke. »Meine Liebe«, sagte Harry schließlich, »ich weiß, daß du den Mann gern magst, aber ...«

»Nein, das hat damit nichts zu tun«, fuhr ich ihm ungeduldig über den Mund, damit er endlich begriff. »Ich glaube zu wissen, wer Paul umgebracht hat, und Armand Valcourt ist es nicht gewesen. Es war Neil.«

So, jetzt war es raus. Endlich hatte ich den scheußlichen Gedanken ausgesprochen. Es gelang mir, das Zittern meiner Lippen zu unterdrücken, als ich merkte, wie die beiden Männer mich anstarrten. Ahnten sie denn nicht, wie sehr ich mir wünschte, glauben zu können ...

Mein Vetter sprach als erster. »Wer ist denn Neil?«

»Neil Grantham. Ein Konzertgeiger, der bei mir im Hotel wohnt.«

»Aha.«

»Aber gestern hat er gar nicht Geige gespielt, sondern ein Tonband laufen lassen, und weil das Allegro von Beethovens dritter Sinfonie mindestens fünfzehn Minuten lang ist, hat ihm das genug Zeit gegeben, zum Schloß hinaufzulaufen und Paul in die Tiefe zu stoßen. Ich bezweifle, daß ich selber mehr als ein paar Minuten brauchen würde, dort raufzukommen, und ich bin längst nicht so trainiert wie Neil.«

»Aha«, sagte Harry noch einmal, als sei meine Erklärung vollkommen plausibel. »Und welchen Grund sollte dieser Geiger haben, einen kanadischen Touristen dort hinunterzuschubsen, wenn ich fragen darf?«

»Weil ... weil ...« Ich mußte zugeben, mir da selbst nicht ganz sicher zu sein.

»Du bist total auf dem falschen Dampfer, meine Liebe. Valcourt ist es gewesen.«

»Sind Sie sich ganz sicher?« fragte ich, an den Zigeuner gewandt.

»Gestern nachmittag komme ich von hier runter in die Stadt, durch die Souterrains, die Tunnel. Ich bleibe an der Tür stehen. Da ist ein Spalt zwischen den Brettern, und ich sehe hinaus, wie immer, ob jemand draußen ist, ob die Luft rein ist. Und sie ist nicht rein, es ist jemand da. Er ist da.«

»Monsieur Valcourt?«

»Er sitzt auf der Mauer, neben Ihrem jungen Freund, dem Canadien. Sie rauchen, sie reden – sie reden wie Freunde. Aber der Junge paßt nicht auf. Er sieht nicht Valcourts Gesicht, so, wie ich es sehe, und er sieht nicht die Gefahr. Als Monsieur Valcourt ihm eine neue Zigarette gibt, hebt der Junge beide Hände für das Streichholz, und ...« Keine wüste Geste, nur ein bedauerndes Schulterzucken. »Es geht so schnell, es macht kein Geräusch.

Der Junge fällt, und Valcourt geht eilig aufs Schloß zu. Als er weg ist, mache ich die Tür auf und komme heraus. Es ist schrecklich, was ich sehe, Sie verstehen? Ich laufe gleich hinunter, aber der Junge ist schon tot. Tot.«

Irgend etwas stimmte nicht so recht an dieser Geschichte, ohne daß ich sagen konnte, was es war. Der kleine Hund gähnte herzhaft, sprang zu Harry aufs Bett und streckte sich auf der Decke aus. Und dabei fiel es mir dann wieder ein. Ich wußte noch ganz genau, daß ich den Hund am Nachmittag gesehen hatte, und zwar neben der Telefonzelle auf dem Platz vor dem Hotel. Ich wagte einen Schuß ins Blaue. »Also sind Sie zur Telefonzelle gegangen, um Monsieur Grantham anzurufen?«

»Monsieur –? Ah! Der die Fiedel spielt. Nein, ich telefoniere nicht mit ihm, Mademoiselle, ich telefoniere mit der Polizei, sage, es gibt einen Unfall. Und dann verschwinde ich, so schnell ich kann. Komme hierher zurück und erzähle Ihrem Cousin.«

»Ich habe gerade geschlafen«, sagte Harry. »Als ich von Jean alles erfahren hatte, war unten im Hotel schon die Hölle los, was es mir sehr schwer machte, mit dir Kontakt aufzunehmen. Ich bin ein ganz schöner Egoist, was? Ich war so sehr mit mir selber beschäftigt, daß ich gar nicht auf die Idee gekommen bin, du könntest dich in Gefahr befinden. Ich wähnte dich sicher, solange Jean ein Auge auf dich hielt, und nach dem, was ich gehört hatte, war dieser Valcourt ja auch ziemlich von dir eingenommen. Doch als ich erfuhr, daß Valcourt deinen Freund gerade von der Mauer gestoßen hatte, erkannte ich meinen Fehler. Zu diesem Zeitpunkt war natürlich schon die ganze Polizei hinter Jean her. Seine Schwester kam, um uns zu warnen. Also konnte ich ihn kaum hinunterschicken, damit er auf dich aufpaßt ...«

»Ich sagte doch, sie kommt. Ihre Cousine kommt ganz von selber.« Er schien tief befriedigt darüber, daß sich seine Vorsehung erfüllt hatte.

»Ja«, meinte Harry, »das hast du gesagt, Jean.«

Mir war es gleich, ob sie mich gefunden hatten oder ich sie. Jetzt kam es darauf an, was wir als nächstes unternehmen mußten. Trotz Harrys geschwächten Zustands ...

Ich sah ihn an. »Bist du schwer verletzt? Brauchst du einen Arzt?«

»Nein«, sagte er eilig und setzte sich im Bett auf, »ich brauche keinen Arzt.« Er sah ziemlich angeschlagen aus, aber allzu schlecht schien es ihm auch wieder nicht zu gehen.

Jean hielt ebenfalls nicht viel von meinem Vorschlag. »Meine Schwester sieht nach ihm. Sie ist besser als ein Arzt. Sie findet dieses leere Haus für uns, damit er bleiben kann, und kommt jeden Tag, um die Medizin für ihn zuzubereiten. Es ist nicht gut, sagt sie, wenn er sich zuviel bewegt.«

Trotzdem wollte ich hier nicht länger untätig herumsitzen. Nun gab es schon zwei Tote, und mein Vetter hätte der dritte sein können. Ich räusperte mich und wollte gerade etwas sagen, als mich ein leises Klopfen innehalten ließ, das sich anhörte wie ein Ast, der vom Wind ein paarmal gegen eine Fensterscheibe gedrückt wird.

Jean schob seinen Stuhl zurück und stand auf, um zur Tür zu gehen, zu einer anderen Tür allerdings als der, durch die ich gekommen war. Das Klopfen kam nicht aus dem unterirdischen Gang, sondern von draußen.

Als die Tür geöffnet wurde, sah ich, wo ich eigentlich war. Ich erkannte den schmalen Pfad, das wehende Gras und die Dächer dahinter. Ich mußte genau an dieser Stelle vorbeigegangen sein, als ich das erste Mal allein hier oben war und mich zu der Kapelle der heiligen Radegunde verlaufen hatte, und später noch einmal mit Paul. Ich würde nach draußen gehen müssen, um mich genauer zu orientieren, aber ich wußte, daß ich mich oben auf dem Felsen befand und die Kapelle höchstens einen Steinwurf entfernt sein konnte. An diese Stelle also hatte mich der unterirdische Gang geführt.

Eine Frau erschien in der Tür. Sie war noch recht jung, hatte ein markantes Gesicht und eine Figur, die man nur als sinnlich bezeichnen konnte. Wäre sie mir auf der Straße begegnet, hätte ich sie für eine Südländerin gehalten, eine Italienerin oder auch eine Türkin, mit den dunklen Augen, dem dunkeln Haar und der olivfarbenen Haut, aber bestimmt nicht für eine Zigeunerin. Denn sie sah so ... modern aus in den engen Jeans und dem Sweatshirt, entsprach so gar nicht meiner Vorstellung von einer Zigeunerin, aber wie ich sie hier neben Jean stehen sah, konnte man den beiden eine gewisse Familienähnlichkeit durchaus nicht absprechen.

Dann war das also Jeans hilfreiche Schwester mit den heilenden Händen, die jeden Tag kam, um Harrys Kopfverletzung zu behandeln. Was auch erklärte, warum er es in dieser Kammer so gut ausgehalten hatte. Er war schon wieder in die Kissen zurückgesunken und verlangte sichtlich nach Fürsorge.

Aus den Begrüßungen hörte ich heraus, daß die Frau Danielle hieß. Wir wurden einander vorgestellt, aber sie war viel zu sehr mit anderen Dingen beschäftigt und hatte für mich nur ein paar knappe Worte und ein abwesendes Kopfnicken übrig. »Sie haben Victor auf die Wache mitgenommen«, sagte sie mit sorgenvollem Gesicht.

Ihr Bruder nickte. »Ich weiß.«

»Du weißt es? Und du bist noch hier? Was für ein

Mensch bist du, einen Freund an deiner Stelle in Schwierigkeiten zu wissen und nichts zu tun?«

»Sie lassen ihn wieder gehen.«

»So? Meinst du? Da habe ich aber was anderes gehört. Sie sind der Meinung, er hätte ihn umgebracht«, sagte sie mit einer Kopfbewegung in Harrys Richtung, »und versucht jetzt, die Beweise zu verbergen.«

Mein Vetter schoß im Bett hoch. »Wieso denn das?«

»Sie halten ihn für den Täter, weil ich Harrys Auto in Victors Scheune versteckt habe.«

Ja, natürlich. Harrys Wagen. Den mußte er ja schließlich auch irgendwo gelassen haben. Ich erinnerte mich, wie die Tür von Victor Belliveaus heruntergekommener Scheune im Wind geächzt und gerattert hatte.

»Der arme Victor weiß nicht mal etwas von dem Auto«, fuhr Danielle fort. »Er benutzt die Scheune ja gar nicht, und deswegen hielt ich sie für einen sicheren Ort. Es ist alles meine Schuld. Und dabei ist er so gut zu uns gewesen. Du mußt in den Ort gehen, Jean, und alles aufklären.«

»Das ist zu riskant ...« wehrte sich Jean, aber mein Vetter unterbrach ihn sofort.

»Schon gut. Das reicht. Ich gehe.« Und sogleich begann er, sich stöhnend aus dem Bett zu hieven, obwohl ich nicht wußte, wieviel von seinen Schmerzen nur für Danielle simuliert war.

»Aber die Polizei, sie hört nicht auf ...«

»Dann müssen wir eben dafür sorgen, daß sie uns zuhört.«

Harry schwang die Füße auf den Boden und tastete nach seinen Schuhen. Er hatte vollständig angezogen im Bett gelegen, wahrscheinlich zum Schutz vor der heraufkriechenden Herbstkälte, die auch vor diesen Steinmauern nicht haltmachte. In seinen schmutzigen Jeans, dem zerknüllten Hemd und mit seinem eine Woche alten Bart sah er nicht eben respektabel aus – eher wie die Sorte Leute, die man mit einer Flasche billigen Fusels unter Brückenbogen findet.

Danielle trat rasch zu ihm, wohl in der Sorge, er könne hinfallen und sich noch einmal den Kopf verletzen. Er schien wirklich ein bißchen unsicher auf den Füßen, obwohl der wild entschlossene Ausdruck auf seinem Gesicht mir zeigte, daß er sich von seinem mißlichen Zustand nicht unterkriegen lassen wollte. Falls das nicht ohnehin alles nur gespielt war, dachte ich mit einem Blick auf Harrys zufriedenes Lächeln, als Danielle seinen Arm um ihren Hals legte, um ihn zu stützen.

»Dann komme ich auch mit«, meinte Jean.

»Nein.« Harry schüttelte den Kopf. »Du bleibst schön hier oben, außer Sichtweite, bis ich die Sache bei der Polizei ins reine gebracht habe. Danielle kann mir helfen. Wir nehmen den Tunnel. Sie kennt sich doch dort aus?«

»Genausogut wie mein Bruder«, sagte Danielle ein wenig beleidigt. »Ich werde dich führen.«

»Und ich? Soll ich hier hockenbleiben?«

»Wieso? Ich dachte ... Ach ja. Unterirdische Gänge. Das war mir ganz entfallen.« Und wie nicht anders zu erwarten, klärte er die beiden unverzüglich über meine Phobie gegen Kellerräume auf. »Warum gehst du nicht außen herum? Es ist ja noch hell, also kannst du dich nicht verlaufen, und wir treffen uns dann vor dem Château, bei der Tür zum Gang. Einverstanden?«

»Einverstanden.« Eine Spur Unsicherheit mußte aus meiner Stimme herauszuhören gewesen sein, denn Danielle beeilte sich, mir zu versichern, sie werde gut auf Harry achtgeben.

Und Harry wirkte auch höchst zufrieden, als seine selbsternannte Krankenschwester ihn zur Tür geleitete. Im nächsten Augenblick hörte ich schon ihre Schritte auf der engen Treppe, die in die Finsternis der unterirdischen Gänge führte. Ich erschauderte bei der Erinnerung daran, was Jean mißverstand.

»Keine Angst, Mademoiselle. Es ist ein leichter Weg, leichter als über den Berg, und niemand sieht sie, bis sie in der Stadt sind. Da sind sie sicher.« Er führte mich zur Außentür und blieb im Schatten stehen, während er sie mir aufhielt, damit ich hindurchschlüpfen konnte. »Geben Sie auf sich acht, Mademoiselle«, war der knappe Rat, den er mir mit auf den Weg gab, und schon fiel die Tür hinter mir ins Schloß. Da stand ich nun wieder mutterseelenallein auf dem Pfad zwischen dem Schloß und der Kapelle der heiligen Radegunde, wo die Fensterhöhlen verlassener Behausungen mich düster anstarrten.

Von außen besehen, wirkte das Haus größer, als ich gedacht hatte. Es war ein sehr schmuckloses Haus, fast wie auf einer Kinderzeichnung – vier Wände, ein Satteldach, zwei Fenster und ein Ziegelschornstein, ohne jede Dekoration, um die strengen Linien aufzulockern. Es gab noch ein oberes Stockwerk, also noch ein zweites, ebenso enges Zimmer, und doch erschien es mir gar nicht so winzig, vielleicht auch, weil keine anderen Häuser in der Nähe waren, mit denen man es hätte vergleichen können. Dahinter stieg steil der Berg in die Höhe, daneben befanden sich nur noch die in den Stein gehauenen Höhlen und hinter mir – der tödliche Abgrund.

Ich erinnerte dieses Haus von meinem ersten Ausflug hierher am vergangenen Montag. Da hatte ich noch Angst davor gehabt, vor dem Stacheldrahtzaun, vor der verfallenen Tür, dem Bellen des Hundes und dem

Geräusch des Windes. Was wäre passiert, dachte ich, wenn ich an jenem Tag an die Tür dieses Hauses geklopft hätte, anstatt ängstlich davonzurennen? Hätte ich Harry gefunden, und wären wir jetzt schon wieder sicher und wohlbehütet zurück in England? Und die Polizei von Chinon könnte sich allein mit Armand Valcourt und vielleicht auch mit Victor Belliveau beschäftigen. Und Paul könnte mit seinem Bruder zur Feier des Jom Kippur fasten.

Aber hinterher weiß man es ja immer besser und kann sich noch so sehr mit Selbstvorwürfen quälen – an dem Verlauf, den die Dinge genommen haben, gibt es doch nichts mehr zu ändern.

Ich steckte die Hände tief in die Taschen von Pauls roter Jacke und machte mich auf den Weg zum Schloß.

Als ich den Uhrenturm erreichte, sah ich hinauf. Gerade sieben vorbei. Ich hatte weniger als zehn Minuten gebraucht, was bedeutete, daß ich vor Harry und Danielle am vereinbarten Treffpunkt ankommen würde, obwohl die beiden zuerst aufgebrochen waren. Um meinem immer noch wie wild schlagenden Herzen eine Pause zu gönnen, verlangsamte ich meine Schritte.

Doch dann schien mein Herz mit einem Male stillstehen zu wollen.

Vor mir, beinahe genau an der Stelle, an der Paul gestern abgestürzt war, saß ein Mann auf der Mauer, den Oberkörper vorgebeugt, die Ellenbogen auf die Knie gestützt, in die Betrachtung seiner Finger vertieft.

Hinter Armand Valcourts nachdenklicher Gestalt warf das Schloß einen langgestreckten Schatten auf die noch menschenleer daliegende Straße – noch, denn jeden Moment konnten mein Vetter und seine Krankenpflegerin aus dem Eingang zum Tunnel treten. Gott, betete ich mit der verzweifelten Hoffnung der Ungläubigen, laß sie vorher einen Blick durch den Spalt zwischen den Brettern werfen, so wie Jean es immer tat, um zu schauen, ob die Luft rein war.

Um meine eigene Sicherheit machte ich mir in diesem Augenblick gar keine Gedanken. Armand war schließlich kein psychopathischer Killer. Er mußte von Anfang an geargwöhnt haben, daß ich in irgendeiner Verbindung zu Harry stand, dem Mann, dem er bei Didiers Haus begegnet war. Jedem Dummkopf wäre die Ähnlichkeit zwischen meinem Vetter und mir aufgefallen, und Armand Valcourt war bestimmt kein Dummkopf.

Aber mein Vorteil war, daß er ja nicht wissen konnte, was ich inzwischen wußte, daß ich geradewegs von Harry kam, also hatte er keinen Grund, mir etwas anzutun, solange ich mir nichts anmerken ließ. Ich konnte ihm weismachen, ich befände mich auf einem Spaziergang, und ihn in dem Glauben lassen, zwischen uns hätte sich nichts geändert. Falls er nun aber plötzlich Harry gegenüberstände, der ja kaum in der Lage war, sich auf den eigenen Füßen zu halten, geschweige denn, sich gegen einen Angriff zur Wehr zu setzen …

Jetzt, um die Abendessenszeit, waren hier auch keine Touristen mehr unterwegs. Keine Menschenseele weit und breit. Die Geschichte, pflegte Harry immer zu sagen, sei eine einzige Abfolge von Wiederholungen, aber die grausame Tragödie von gestern würde sich hier heute nicht noch einmal abspielen, nicht, solange ich da war, um es zu verhindern. Ich setzte ein unverfängliches Lächeln auf und trat mutig ein paar Schritte vor.

Er war so geistesabwesend, daß er mich nicht näher kommen hörte, und als ich ihn schließlich ansprach, fuhr sein Kopf erschrocken herum.

»Einen Penny für deine Gedanken«, sagte ich und hätte wirklich gerne gewußt, was in seinem Kopf vorging.

»Meine Gedanken sind keinen Penny wert«, antwortete Armand. »Was machst du denn hier oben? Es ist nicht gut, als Frau ganz alleine in dieser Gegend unterwegs zu sein.«

»Ach, solange es noch hell ist, kann mir doch wohl nicht viel passieren.« Bei Tageslicht ist alles sicherer, dachte ich, selbst eine Unterhaltung mit einem Mörder. Aber vom Tageslicht war auch nicht mehr allzuviel übrig, und ich mußte mir rasch etwas einfallen lassen, um Armand wegzulocken, damit Harry ungehindert zur Polizei gehen konnte.

Ich merkte, daß meine Hände zitterten, und steckte sie schnell in die Jackentaschen zurück.

»Ist dir kalt?« fragte Armand.

»Nein, es ist bloß –« Und da fiel er mir endlich ein, der ersehnte Vorwand. »Es ist bloß das Gefühl, an dieser Stelle zu stehen, so kurz, nachdem es ...«

»Dieu, daran hatte ich gar nicht gedacht. Entschuldige.« Er strich sich mit der Hand übers Haar. »Hast du schon mal von oben vom Château aus den Sonnenuntergang beobachtet?«

Das Schloß. Dort würden auch um diese Zeit noch andere Menschen sein. Ich bemühte mich, mir meine Erleichterung nicht in der Stimme anmerken zu lassen, und sagte, ich hätte noch keine Gelegenheit dazu gefunden.

»Es ist ein unvergeßlicher Anblick.«

Der Weg hinauf war nicht weit, aber mir kam es wie eine Ewigkeit vor. Ich hielt den Atem an, als wir an der Tunneltür vorbeikamen, und meinte, dahinter ein Geräusch gehört zu haben, aber das war wohl bloß meine Einbildung gewesen oder der Wind, der mit einsetzendem

Sonnenuntergang aufkam und dessen Kälte ich beim Einatmen im Hals spürte, als ich mich beeilte, um mit Armand Schritt zu halten.

Die junge Frau an der Kasse schien über unser Auftauchen ein wenig überrascht. Aus ihren großen Augen blickte sie abwechselnd mich und Armand an. »Monsieur ...«

Armand zückte seine Geldbörse. »Zwei Erwachsene.«

»Aber Monsieur ...«

»Wir möchten uns den Sonnenuntergang ansehen«, erklärte er und schob einen Geldschein über den schmalen Tresen voller bunter Broschüren und Souvenirs. Ich erkannte nicht, was für ein Schein es war, aber gewiß weit mehr, als der Eintritt für uns beide kosten konnte. Zögernd nahm das Mädchen ihn an und reichte Armand zwei rosafarbene Billetts.

Ich zitterte immer noch ein bißchen, als wir auf dem Kiesweg an den königlichen Wohnräumen vorbei zur Westmauer der Festungsanlage gingen. »Wofür die Bestechung?« fragte ich beiläufig. Alle übrigen Besucher schienen sich schon auf dem Rückweg zu befinden, also konnte ich mir seine Antwort fast denken.

»Um diese Zeit wird das Château für Besucher geschlossen«, sagte er. »Aber das macht nichts, es bleibt noch Personal hier, und außerdem kennen mich die Leute. Wir sind ja sozusagen Nachbarn.« Hinter der Brücke über den trockengelegten Burggraben, der das Mittelschloß von dem Teil der Anlage, unter der die unterirdischen Gänge begannen, trennte, erhob sich an der südwestlichen Mauerumgrenzung auf der Spitze des Hügels der dachlose Mühlenturm als Aussichtsposten vor dem Hintergrund des prächtigen Farbenspiels, das die Abendwolken boten.

Es sah aus, als würde der ganze Himmel in Flammen stehen.

»Warte noch einen Augenblick, es wird noch besser.« Ich hörte das Klicken von Armands Feuerzeug, und der Rauch seiner Zigarette stieg mir in die Nase, als er sich neben mich stellte. »Ich hoffe, deinem Cousin geht es gut, wo du ihn doch jetzt endlich wiedergefunden hast.«

»Waas?« Mein Mund wurde ganz trocken.

»Man kann ziemlich gut in deinem Gesicht lesen.«

Irgendwo knarrte klagend ein Scharnier, und ein Tor wurde zugeschlagen. Die Anlage war jetzt für Besucher geschlossen.

»Über kurz oder lang mußte es ja so kommen«, sagte Armand und hob die Hand, um mir zärtlich übers Haar zu streichen. »Aber es ist trotzdem schade, daß er's dir erzählt hat.«

30

Zur Ehre muß die Tat gereichen, wenn sie denn sein muß ...

Er ließ die Hand wieder sinken. »Du fürchtest dich vor mir«, sagte er. »Das habe ich nicht gewollt ...« Er nahm einen tiefen Zug an der Zigarette. Schon wieder schlug mir das Herz bis zum Halse. Immer langsam, beruhigte ich mich, keine Panik. Inzwischen dürfte Harry an unserem Treffpunkt angelangt sein und sich fragen, wo ich abgeblieben war. Denn im Gegensatz zu Harry pflegte ich nicht herumzutrödeln.

Nein, er würde Verdacht schöpfen und auf direktem Wege zur Polizei gehen, und die Polizei würde beim Schloß anrufen und jemanden vom Personal fragen, ob man mich oben an der Straße gesehen hatte, und irgendwer mußte doch ... Ja, genau so würde es ablaufen, versuchte ich mir einzureden. Wenn ich einen klaren Kopf behielt und es mir gelang, Armand in ein Gespräch zu verwickeln, würde alles gutgehen. Es war nur eine Frage der Zeit, bis jemand kam, um nach mir zu suchen.

Er wird kommen ... versprach eine Stimme. Dieser Satz geisterte mir plötzlich durch den Kopf, und obwohl ich nicht das Gefühl hatte, eine innere Stimme hätte zu mir gesprochen, erfüllte er mich mit einer seltsamen Ruhe. »Kann ich bitte auch eine Zigarette haben?«

Ich wußte, daß ich damit meinen Treueschwur Paul

gegenüber brach. Nichts zum Vergnügen, so hatte Thierry die Grundregel des Jom Kippur umschrieben. Nichts essen, nichts trinken, und ganz bestimmt keine Zigaretten. Aber ich wollte gar nicht zum Vergnügen rauchen, ich wollte Zeit schinden. Armand schien an meinem Wunsch nichts aufzufallen. Ohne eine Miene zu verziehen, reichte er mir die Packung und das Feuerzeug.

Hier oben auf dem Berg wehte ein noch kräftigerer Wind, und es kostete mich mehrere Versuche, die Zigarette anzuzünden, weil die Flamme immer wieder ausgeblasen wurde.

Armand beobachtete meine Bemühungen. »Ich hätte dir nichts getan«, sagte er.

Wieso sprach er in der Vergangenheitsform? Zu meiner Überraschung klang meine Stimme ganz ungerührt.

»Was passiert jetzt?« fragte ich.

»Ich weiß es nicht.« Er wirkte plötzlich sehr müde, fast wie ein alter Mann. »Es ist ... eine schwierige Sache. Und es hängt ja auch viel von dir ab.«

»Von mir?«

»Wie du dich entscheidest.«

»Ja? Also ich wüßte nicht, wie ich eine Entscheidung treffen sollte. Ich kenne ja auch deine Version der Geschichte gar nicht.«

»Und du möchtest sie hören?«

»Selbstverständlich.«

Er sah mich an. »Das glaube ich dir nicht.«

»Glaub doch, was du willst.«

»Nein, das sagst du doch nur, weil du Angst hast ...«

»Natürlich habe ich beschissene Angst!« schrie ich ihm gegen besseres Wissen ins Gesicht. »Du hast höchstwahrscheinlich zwei Menschen umgebracht, und, wer weiß, vielleicht auch deine eigene Frau. Den möchte ich kennenlernen, der da nicht Angst vor dir hätte, Armand!« Entsetzt über meinen Ausbruch hielt ich mir die Hand vor den Mund. Wie hieß es immer in den Selbstverteidigungsbroschüren? Eine Frau, die von einem Mann bedroht wird, darf ihn nicht reizen, ihm ihre Angst nicht zeigen.

Armand betrachtete die glühende Spitze seiner Zigarette, schnippte mit dem Daumennagel gegen den Filter und erzeugte einen Funkenflug, der rasch vom Wind verstreut wurde. »Meine Frau habe ich schon mal nicht umgebracht.« Sein Lächeln wirkte krampfhaft. »Ab und zu habe ich schon daran gedacht. Sie konnte einen ... zur Weißglut bringen, und bisweilen hat sie mich beinahe zum Äußersten getrieben, aber gestorben ist sie eines ganz natürlichen Todes ...« Er blickte unverwandt über die Landschaft unter uns hinweg. Die Hand, mit der er die Zigarette hielt, zitterte kein bißchen. »Dann kam Didier, mein geliebter Schwager, zu mir, und fragte mich, ob ich etwas über das Testament wüßte, Brigittes letzten Willen. Nicht das Testament, das bei unserer Eheschließung aufgesetzt worden war, sondern das, welches sie noch in der Woche vor ihrem Tod geschrieben hatte. Didier arbeitete damals ja als Gehilfe bei Brigittes Anwalt, und eines Morgens war ihm der von ihr adressierte Umschlag in der Post aufgefallen. Neugierig, wie er war, hat er ihn aufgemacht. Das Testament sei rechtlich unanfechtbar gewesen, sagte er, unterschrieben und beglaubigt und alles. Brigitte hatte mir ihr gesamtes Vermögen hinterlassen, aber unter der Bedingung, daß ich mein Haus in ein Heim für ihre vermaledeiten Künstler umwandele. Gottverdammt!« Die ganze Wut, die in ihm steckte, war aus dem Fluch herauszuhören. »Ohne ihr Geld wäre ich ruiniert gewesen – ich besaß selber nicht genug, um das Weingut zu halten, doch um an ihr Geld zu kommen, mußte ich alles aufgeben, was ich besaß. Sie wollte ihre Tochter des Erbes berauben, das seit den Tagen der Revolution den Valcourts gehörte. Nein«, sagte er mit fester Stimme, »das Geld mochte Brigitte gehört haben, aber das Land war meines. Es wird Lucie gehören, wenn ich nicht mehr da bin, und niemand hat das Recht, es ihr fortzunehmen. Niemand«, wiederholte er noch einmal mit Nachdruck. »Didier wußte genau, was ich empfand. Sein Plan beruhte darauf. Er hatte das Testament Brigittes Anwalt vorenthalten und es gut verschlossen in seinem Schreibtisch versteckt. Er wollte Geld von mir haben und dafür das Testament vernichten, und er wußte, daß er jede Summe von mir verlangen konnte.«

»Aber irgend jemand hat das Testament doch beglaubigt ...?«

»Ja. Dein Monsieur Grantham war einer dieser Zeugen, hast du das gewußt? Und nach Brigittes Tod hat er mich gefragt, was aus dem Testament geworden sei. Ich habe gesagt, sie hätte es sich noch einmal anders überlegt, und Didier hat das bestätigt.«

»Aber sein Versprechen, das Testament zu vernichten, hat er nicht gehalten?«

»Nein. Bei jeder sich bietenden Gelegenheit wedelte er mir mit diesem verdammten Wisch vor der Nase herum. Ein vorzügliches Druckmittel, das muß ich zugeben.«

»Hättest du dich nicht an die Polizei wenden können und ...«

»Nein, nein, du verstehst nicht. Du hast selber keine Kinder, Emily. Kinder sind das Schönste, was es im Leben gibt. Es war meine Pflicht, um Lucies willen den guten Namen Valcourt nicht zu beschmutzen und ihre Zukunft zu sichern. Ich durfte keinen Skandal riskieren.«

»Und deswegen hast du Didier umgebracht?«

»Es ist kalt hier.« Seine Zigarette war ausgegangen, und er griff in die Tasche, um sich eine neue anzuzünden. »Es ist der Wind. Du mußt ja furchtbar frieren.«

»Nein, mir geht's gut.«

»Aber du zitterst. Komm, wir setzen uns.«

Doch die einzige Sitzgelegenheit war auf der flachen Mauer, der westlichen Begrenzung der Anlage unterhalb des Mühlenturms. Jenseits dieser Mauer war die Sonne auf die Hügel niedergesunken, hüllte sie in einen violetten Dunstschleier und tauchte den dunkel dahingleitenden Fluß in ihren verlöschenden Glanz. Ich konnte die Spannung in der Luft spüren, die das drohende Aufkommen eines Sturms verhieß, und mußte gleichzeitig daran denken, wie steil es auf der anderen Seite der Mauer in die Tiefe ging. Komischerweise kam mir dabei gar nicht Paul in den Sinn, sondern ein Ausflug, den unsere Familie vor Jahren nach Cornwall unternommen hatte. Meine Mutter war bei unserem Spaziergang entlang der Steilküste dauernd hinter mir hergewesen, damit ich nicht zu nahe an die Kante der Klippen geriet. Sie wäre stolz, dachte ich, wenn sie wüßte, daß ich jetzt endlich, als erwachsene Frau, auf sie hörte. Ich schüttelte den Kopf.

»Nein«, sagte ich. »Ich möchte mich nicht hinsetzen.« Halt dich ein Stück fern von ihm, sagte meine innere Stimme. Sei auf der Hut.

Armand schien schon wieder meine Gedanken gelesen zu haben. »Nein, doch nicht auf die Mauer«, sagte er. »Da drüben, bei der Tür.« Ein grabenähnlicher Zugang führte zur Turmtür, dessen Boden dicht mit Blättern bedeckt war, ein Zeichen dafür, daß die Stelle offenbar windgeschützt sein mußte. Inmitten des wuchernden Efeus entdeckte ich eine schmale steinerne Sitzbank. Doch ich wähnte mich sicherer, wenn ich auf dem Rasen blieb, wo man mich sehen konnte.

Wiederum schüttelte ich den Kopf. »Nein. Ich möchte hierblieben.« Ich schlang die Arme um den Körper, damit das Zittern nachließ. »Du wolltest mir von Didier erzählen.«

»Das«, sagte Armand, »war ein Unfall. Nicht, daß ich seinen Tod bedauere, aber gewollt habe ich ihn nicht. Ich war in dieser Woche in Paris gewesen, um mich mit Kunden zu treffen, und rief wie jeden Mittwoch Lucie an. Sie freut sich immer über meine Anrufe, wenn ich nicht in der Stadt bin. Sie erzählt mir dann von der Schule, von François, aber an diesem Mittag ging es ihr hauptsächlich darum, ob sie sich eine Schaufel kaufen dürfe. Ich fragte sie, was sie denn damit wolle, und sie sagte, ihr Onkel Didier würde mit noch einem weiteren Mann, einem Engländer, auf Schatzsuche gehen. Sie hätte die beiden am Morgen darüber sprechen hören, unten am Fluß, und meinte, so eine Schatzsuche sei etwas Lustiges. Lustig! Ich fühlte mich, als hätte ich einen Schlag ins Gesicht bekommen. Ich gab Didier Geld, gutes Geld, damit er es unterließ, auf meinem Land herumzugraben und auf der Suche nach diesen idiotischen Diamanten meine Weinstöcke kaputtzumachen. Ich hatte ihm gesagt, ich würde ihn umbringen, wenn ich ihn noch einmal dabei erwischte, wie er sich an meinem Land, am Land meiner Tochter, vergriff. Natürlich habe ich es nicht wirklich so gemeint«, berichtigte er sich. »Jedenfalls glaube ich, daß ich es nicht so gemeint habe. Aber ich mußte ihm doch deutlich klarmachen, daß ihm das verboten war, und als ich von Lucie hörte, was er vorhatte, bekam ich einen Wutanfall.«

Nur war mit Lucie leider wieder einmal ihre Phantasie

durchgegangen. Harry und Didier hatten über die unterirdischen Gänge gesprochen, und von Armands Weinberg war vermutlich gar nicht die Rede gewesen. Und Didier, der sich von Harry einen Tip für seine Schatzsuche erhofft hatte, mußte erfahren, daß seine Freude vergeblich war ... Kleine Kommunikationsprobleme, und was war daraus geworden? Mord und Totschlag.

»Ich mußte mit Didier reden, um ihn davon abzuhalten«, erzählte Armand weiter, »also habe ich mir einen Wagen gemietet und bin nach Chinon zurückgerast. Als ich am Abend bei ihm ankam, lag er betrunken in seinem Haus. Er hat mich ausgelacht ... gelacht hat er ... und da habe ich ihm gesagt, mir würde es jetzt reichen, jetzt sei Schluß. Daß ich nicht einmal mehr glaubte, daß er sich überhaupt noch im Besitz des Testaments befände. Seit Monaten schon hatte ich nichts mehr davon gesehen. Da ist er wütend geworden.« Im dämmernden Licht sah ich ein Lächeln um seine Lippen spielen. »Didier ließ sich nicht gerne einen Lügner schimpfen. Er sagte, er würde mir beweisen, daß ich mich irrte. Er rannte nach oben. Jetzt würde ich wenigstens erfahren, wo er Brigittes Testament aufbewahrte. Ich wollte es ihm wegnehmen, es verbrennen, aber er wehrte sich natürlich ...«

»Und da hast du ihn umgebracht.«

»So sturzbetrunken, wie er war, hatte ich es nicht schwer, ihm das Testament aus der Hand zu reißen, aber er kam mir nach, fiel auf dem Treppenabsatz des ersten Stocks über mich her, ich stieß ihn weg, gar nicht so heftig, aber er ist sofort über das Treppengeländer gekippt.« Armand zuckte mitleidslos die Schultern. »Da wäre jede Hilfe zu spät gekommen.«

»Aber du hättest das doch melden müssen, wenn es wirklich ein Unfall war.«

»Wozu? Warum sollte ich mich von dem Mistkerl in eine Ermittlung hineinziehen lassen? Möglichst noch in der Presse durch den Schmutz gezogen werden? Dem Tratsch Tür und Tor öffnen? Er war tot, ich schuldete ihm keinen Gefallen mehr, also ließ ich ihn da liegen, und ich bereue nicht, so gehandelt zu haben. Ich würde es jederzeit wieder genauso machen, mit dem einzigen Unterschied, daß ich dann das Haus besser durch die Vorder- und nicht durch die Hintertür verlassen sollte. Ich glaubte, hintenrum wäre es sicherer, weil da nicht so viele Fenster sind, durch die man mich hätte sehen können, und der Weg am Haus vorbei unbeleuchtet ist. Aber ich konnte natürlich nicht damit rechnen, deinem Cousin in die Arme zu laufen.«

»Er hat dich übrigens gar nicht richtig gesehen«, klärte ich ihn auf.

»Hat er nicht? Ich war mir ganz sicher. Zuerst hatte ich Angst, ich hätte ihn auch umgebracht, aber es blieb keine Zeit, mir Gewißheit zu verschaffen. Ich durfte nicht riskieren, daß ein Nachbar aus dem Fenster schaute und mich sah. Am nächsten Tag, als Martine mich in Paris anrief, um mir zu sagen, Didier sei tot, erfuhr ich auch, daß man keine weitere Leiche auf dem Grundstück gefunden hatte. Der Mann, dem ich dort begegnet war, lebte also, und obwohl er sich offenbar noch nicht an die Polizei gewandt zu haben schien, stellte er ein Risiko für mich dar. Ich wollte mir nicht noch einen Erpresser auf den Hals laden. Also bin ich gleich nach Chinon zurückgefahren, und da ... bin ich dir begegnet.«

Also hatte ich richtig vermutet. Ihm war die Ähnlichkeit im ersten Augenblick aufgefallen. »Hast du mir deswegen die Einladung geschickt? Weil ich dich zu meinem Vetter führen sollte?«

»Ich wollte herausbekommen, wer du bist. Und als ich erfuhr, daß du keinen Bruder hast, daß du ganz alleine nach Chinon gekommen warst, hielt ich es für einen Zufall, daß der Mann dir so ähnlich sah. Doch als du dann im Restaurant einen Cousin erwähntest – die Möglichkeit hatte ich gar nicht erwogen –, aber gleich hinzufügtest, er würde in England leben ... war ich etwas verunsichert. Bis heute morgen. Als du mir alles erzählt hast.« Er dachte kurz über etwas nach. »Du hast gesagt, dein Cousin hätte mich nicht gesehen. Und doch weißt du über alles Bescheid. Woher?«

»Jemand anderer hat dich gesehen, jemand, der dich kennt.«

»Das muß deinem Bericht von heute morgen nach der Zigeuner gewesen sein.« Armand war nicht auf den Kopf gefallen. »Der Zigeuner mit dem Hund, stimmt's? Der, der dir überallhin folgt. Das ist gut. Dann steht sein Wort gegen das meine.« Ich hätte mich am liebsten selbst dafür geohrfeigt, Armand das alles anvertraut zu haben.

»Und gegen mein Wort«, sagte ich und hob, überrascht über meinen eigenen Mut, herausfordernd den Kopf. »Du solltest dir genau überlegen, was du mir erzählst.«

»Dir? Aber du wirst es doch niemandem sagen.«

Mir wurde plötzlich ganz kalt in der Magengrube. »Ach? Und wieso nicht?«

»Deswegen.« Als sein Oberkörper vorschnellte, ahnte ich, was er vorhatte, aber ich konnte ihm nicht mehr ausweichen. Sein Kuß war leidenschaftlich, fast brutal, aber dennoch spürte ich ihn kaum – in mir waren sämtliche Gefühle erloschen. Ich stand einfach stocksteif da und ließ seine Küsse über mich ergehen. Endlich ließ er von mir ab und berührte nur noch mit der Hand meine Wange. »Das verbindet uns beide, dich und mich«, flüsterte er. »Vom ersten Moment an, als ich dich gesehen habe …«

Als er mich wieder umarmte, analysierte ich eiskalt berechnend meine Situation. Über seine Schulter hinweg sah ich die kleine, efeubewachsene Sitzbank, unter der das Laub raschelte. Ich sah auch die hölzerne Eingangstür zum Mühlenturm, fest verankert in ihren eisernen Scharnieren, und wie sie durch eine plötzliche Windböe einen Spalt breit aufgedrückt wurde. Aber das war doch unmöglich, dachte ich. Der Turm war für Besucher nicht zugänglich, und die Tür war bestimmt verschlossen. Sie konnte sich gar nicht bewegt haben.

Ich rührte mich nicht von der Stelle, aber im Geiste trat ich fünf Schritte zurück. Den Tod Didiers konnte ich ihm möglicherweise vergeben – ein tragischer Unglücksfall, ohne Vorbedacht, zum Teil vom Opfer selbst herbeigeführt, – das wollte ich ihm nicht nachtragen, und was Brigittes Testament betraf – ich begriff den dringenden Wunsch eines Vaters, die Zukunft seiner Tochter zu sichern, auch wenn ich die Art und Weise nicht gutheißen konnte. Aber Paul? Nein. Niemals. Tag der Versöhnung hin, Tag der Versöhnung her. Sein Tod war unverzeihlich.

»Du denkst an den Jungen?« fragte Armand. Daß mein Gesicht aber auch jeden meiner Gedanken verraten mußte. »Zwei Menschen. Du hast gesagt, ich hätte zwei Menschen umgebracht. Ist beim zweiten der Zigeuner etwa auch dabeigewesen?«

Diesmal sagte ich nichts, aber er las die Antwort aus meinem stoischen Schweigen.

Er schien die Tatsache, daß es einen Zeugen gegeben hatte, recht gelassen hinzunehmen. »Ich wußte nicht, daß er dir so am Herzen lag.«

»Und, hätte das einen Unterschied gemacht?«

»Nein. Er durfte nicht am Leben bleiben.«

Mir schnürte sich der Hals zusammen. »Aber wieso denn nicht?«

»Dein Freund war mir zu schlau. Aber bis gestern habe ich gar nicht gewußt, wie schlau, als wir uns durch Zufall auf der Straße dort drüben begegnet sind.« Er nickte in Richtung auf das Schloßtor. »Er fing an, mir Fragen über Didier zu stellen, über die Zeit, als Didier noch bei dem Anwalt gearbeitet hat. Wäre es der andere Junge gewesen, Simon, hätte ich pure Neugier vermutet – er scheint ja ziemlich in Martine verschossen zu sein – und mir nichts Böses dabei gedacht. Aber die Fragen dieses Paul gaben mir zu denken. Also haben wir uns hingesetzt, ich habe ihm eine Zigarette angeboten und wollte von ihm wissen, warum er sich so für meinen Schwager interessiert.« Armand hörte sich an, als könne er selbst immer noch nicht ganz glauben, was er mir gerade erzählte, als bewundere er Paul fast für seine detektivischen Fähigkeiten. »Stell dir vor, er hat sich die Geschichte ganz alleine zusammengereimt: die Erpressung, das Handgemenge an der Treppe. Erpressung, sagte er, sei die einzig mögliche Erklärung für Didiers relativen Wohlstand, und daß er vermute, diese Erpressung habe etwas mit Didiers Arbeit in der Anwaltskanzlei zu tun. Außerdem vertraute mir dein Freund an, er sei sich sicher, Didier sei an dem verhängnisvollen Abend nicht alleine im Haus gewesen, jemand anderer könne ihn über das Geländer gestoßen haben ...« Armand schüttelte ungläubig den Kopf. »Er war einfach zu clever, dieser Junge. Natürlich hatte er keine Ahnung, daß ich es gewesen war, und diesen Engländer, deinen Cousin, hat er auch mit keinem Wort erwähnt ...«

»Nein, weil er mir hoch und heilig versprochen hatte, niemandem zu sagen, daß wir nach Harry suchten.«

»Hoch und heilig«, wiederholte Armand. »Dann hätte ich ihn vielleicht auch hoch und heilig versprechen lassen sollen, über Didier Schweigen zu bewahren. Aber ich konnte ihn nicht herumlaufen und im Hotel von Erpressern und Anwälten reden lassen … nein, das wäre zu gefährlich gewesen.«

»Aber wem im Hotel hätte Paul denn davon erzählen sollen?«

»Neil zum Beispiel. Denn der würde sich an Martines Testament erinnern und Fragen stellen. Nein, das war zu gefährlich.« Das letzte Wort schien von den Burgmauern um uns herum widerzuhallen. Genau in diesem Moment glaubte ich, aus den Augenwinkeln einen Schatten in der Fensteröffnung des Mühlenturms gesehen zu haben, doch als ich den Kopf drehte, war er schon wieder verschwunden. Aber unter dem Fenster schien die uralte Holztür noch ein Stückchen weiter aufgegangen zu sein …

Ich versuchte, die Entfernung zwischen uns und dieser Tür abzuschätzen, und wußte, daß ich es schaffen könnte, wenn ich ganz unvermittelt losrannte. Dann würde ich die Tür hinter mir zuwerfen, wäre sicher, bis jemand kam … falls jemand käme.

Die Glocke vom Uhrenturm schlug halb acht. Ich warf einen Blick hinauf und sagte: »Wer ist das da oben?«

Als auch er hinaufschaute, spurtete ich los.

Ich hörte ihn fluchen, seine Schritte dicht hinter mir, aber ich lief wie eine Besessene, und als ich die Tür erreichte, gelang es mir tatsächlich, hindurchzuschlüpfen und sie hinter mir zu schließen, doch dann stellte ich fest, daß es innen keinen Riegel gab. Es war aussichtslos, zu versuchen, die Tür mit eigenen Kräften zuzudrücken. Schon sah ich, wie der schwere Ring sich drehte …

Ich wich von der Tür zurück. Meine Augen hatten sich

noch nicht an die Dunkelheit gewöhnt. Halbblind stolperte ich quer durch das kahle Rund, und dann war da plötzlich eine Treppe, die spiralenförmig an der Mauer entlang nach oben führte. Hinter mir flog mit einem Krachen die Tür auf.

»Emily! Um Gottes willen, mach keinen Unsinn. Ich tue dir doch nichts!«

Aber ich tastete mich bereits die Stufen hinauf. Ich war viel zu hektisch, um die Feuchtigkeit, die mir beißend in die Nase kroch, richtig wahrzunehmen. Mit zitternden Knien erreichte ich die obere Kammer und suchte verzweifelt nach einer Stelle, an der ich mich verstecken konnte. Ich saß in der Falle. Oder doch nicht? Irgendwo mußte der pfeifende Wind herkommen. Er besaß eine Stimme, dieser Wind – halb menschlich, halb dämonisch, die die Seele betäubte und das Herz zu Stein erstarren ließ. Da war ein Lichtschein. Ein Fenster! Zitternd schob ich mich Schritt für Schritt näher an die Öffnung in der Mauer des Turmzimmers. Sie hatte etwa meine Höhe und Breite.

Zu früheren Zeiten wäre hier ein Bogenschütze postiert gewesen, der mit wachenden Augen nach möglichen Angreifern, die sich über im Halbdunkel liegenden Hügel nähern könnten, Ausschau hielt. Und vor fast acht Jahrhunderten mochte an eben dieser Stelle ein verängstigtes Mädchen von fünfzehn Jahren gewartet und auf die ringsum lodernden Feuer der Belagerer hinabgeblickt haben. Ich selbst glaubte, diese Feuer zu sehen – es waren nur die Lichter der hellerleuchteten Rue Voltaire, aber ich stellte mir doch vor, den Berg hinauf eine von Kerzen erleuchtete Prozession auf mich zukommen zu sehen. O Gott, betete ich, laß Harry bald hier sein.

»Ich komme rauf«, rief Armand unter mir. Er war

schon auf den Stufen. »Hörst du, Emily? Ich komme jetzt rauf. Beweg dich nicht von der Stelle!«

Ich tastete mich weiter an der Mauer entlang, dicht an den feuchtkalten Stein gedrückt. Armand ließ sich Zeit. Er wußte, daß es von hier oben kein Entrinnen für mich gab. Seine Schritte waren deutlich auf den Steintreppen zu vernehmen.

»Bitte, Emily. Ich verspreche, dir nichts zu tun. Ich könnte doch nie ...« Die Stimme versagte ihm. Er hustete und setzte noch einmal von vorne an. »Beweg dich bloß nicht. Die Wände sind an manchen Stellen brüchig, du könntest ...«

Jetzt sah ich die Umrisse seines Körpers auf den oberen Stufen. Ein paar Schritte noch, und er hatte mich erreicht. Vor Angst war ich wie erstarrt, klammerte mich an den Steinbrocken fest, während er mir immer näher kam, an der Maueröffnung vorbei ...

Ein heller Lichtstrahl schoß jäh durch diese Öffnung und traf Armand voll ins Gesicht. Er mußte wie geblendet sein, stolperte hilflos auf die Mauer zu, und binnen eines Sekundenbruchteils hörte ich den uralten Stein nachgeben und sah, immer noch unfähig, mich zu rühren, mit an, wie Armands Körper zur Seite kippte und verschwand. In dem Lichtstrahl, der ihm zum Verhängnis geworden war, sah ich den herabrieselnden Staub tanzen.

Und dann wußte ich, woher dieser helle Schein rührte: Die Sonne war beinahe vollständig hinter dem Horizont verschwunden. Sie hatten die Flutlichtstrahler eingeschaltet.

Armand war nicht in die Tiefe gestürzt. Mit einer Hand klammerte er sich an den unterhalb der Fensteröffnung herausgebrochenen Steinrand. Fast wie benommen tastete ich mich vor und sah, wie er vergeblich versuchte, sich mit dem Fuß abzustützen. Dann tauchte auch seine zweite Hand auf und fand eine Stelle, an der sie sich festhalten konnte. Da hing er nun und versuchte mit ganzer Kraft, sich hoch- und auf sicheren Boden zu ziehen.

Seine Finger waren nur wenige Zentimeter von mir entfernt – ich hätte darauftreten können. Hätte er es anders verdient? Dieser Mann hatte Paul auf dem Gewissen. Aber selbst beim Gedanken an Paul konnte ich mich nicht überwinden, Armand den Todesstoß zu versetzen, denn ich sah Pauls Gesicht vor mir, hörte seine Stimme sagen, wie damals an unserem ersten gemeinsamen Abend unten am Flußufer: Es gibt schon so zuviel Haß auf dieser Welt, weißt du?

Jetzt wußte ich es.

Und ich wußte ebenso, daß es eine Sünde war, an Jom Kippur jemanden zu hassen. Ich ging langsam in die Hocke und stützte mich mit einer Hand an dem, was von der Mauer übriggeblieben war, ab. Die andere streckte ich aus, um damit Armands Handgelenk zu umfassen. Er hob den Kopf und sah mich an, aber im gleißenden Licht der Strahler konnte ich nur die Kontur seines Kopfes erkennen, nicht seine Augen, und doch glaubte ich aus einem unerfindlichen Grund, ich hätte ihn in diesem Moment lächeln gesehen. Er drehte seine Hand, bis unsere Finger sich umschlossen, und dann ließ er ganz einfach los.

Später hat man mir erzählt, genau in dem Moment, als Armand abstürzte, seien meine Retter am Schloß eingetroffen. Harry sei noch in eine Diskussion am Tor verwickelt worden, weil er dringend Einlaß begehrte, aber Neil war es, in dessen starken Armen ich landete, als ich mich von der Mauerkante und der darunter gähnenden Tiefe abstieß und nach hinten überfiel.

Ich klammerte mich an ihn, während über uns der

Himmel ein letztes Mal orangerot aufglühte, so, als hätten sich die Himmelstore für einen ganz kurzen Augenblick geöffnet und sofort wieder geschlossen. Mein Zittern ließ nach; auch der Wind schien sich urplötzlich gelegt zu haben, und es war, als würde mir eine Last von der Brust genommen, eine jahrhundertealte Schwermut, die wie ein in Erfüllung gegangenes Gebet in der Dunkelheit davonschwebte.

»Du brauchst dich nicht mehr zu fürchten«, sagte Neil und hielt seine Lippen an mein Haar gepreßt. »Ich bin ja da.«

31

... diese lange, wunderliche Nacht mit allem, was geschehen und doch nicht geschehen war, und jedes Ding ward wirklich und auch wieder nicht.

Inspektor Prieur stellte sich als echter Gentleman heraus. Inmitten all der Konfusion näherte er sich gemessenen Schrittes über den Innenhof des Schlosses, um Neil dazu zu bewegen, mich aus seiner schützenden Umarmung zu entlassen. Er war wie ein Großvater, der nach dem Sportfest mit einer Thermosflasche und einer wärmenden Decke zu einem kommt. »Ihnen muß ja furchtbar kalt sein«, sagte er. »Ich habe heißen Kaffee für Sie.« Und als ich wieder einigermaßen hergestellt war, begann er, mir seine Fragen zu stellen, aber auch das tat er ganz und gar unaufdringlich; es kam mir eher wie ein Plausch als wie eine polizeiliche Einvernahme vor. Als er alles erfahren hatte, was er wissen wollte, sah er mich verständnisvoll an. »Soweit ich gehört habe, ist da noch ein Kind.«

»Ja. Ein siebenjähriges Mädchen.«

»Ein schwieriger Fall. Der mutmaßliche Täter ist tot, es gibt nur einen Zeugen, keine greifbaren Beweise ... Und wenn der Zeuge seine Aussage widerruft oder sich weigert, vor Gericht zu erscheinen ...« Mit einem vielsagenden Schulterzucken ließ er den Rest des Satzes unausgesprochen. »Die Waagschalen der Gerechtigkeit pendeln sich bisweilen ganz ohne unser Zutun aus. Nicht immer dienen wir der Gerechtigkeit, indem wir nach ihr streben.

Verstehen Sie, was ich sagen will?« Ich hielt es für besser, darauf nur mit einem Kopfnicken zu reagieren.

»Gut. Dann will ich mal sehen, was ich tun kann. Natürlich wird es Gerüchte geben. Dagegen kann man nichts unternehmen. Wenn das Kind älter ist, kann es selber versuchen, hinter die Wahrheit zu kommen. Aber vielleicht ist es besser, wenn sie das nicht tut, nicht an dem Bild rührt, das ihr von ihrem Vater bleibt.«

Was für ein hochanständiger Mensch, dachte ich. Mir war nach Weinen zumute, als ich ihm dankte, aber dann beschlich mich ganz unvermittelt das sonderbare Gefühl, diese väterlich lächelnden Augen schon früher einmal gesehen zu haben, in dem viel jüngeren Gesicht eines Mannes in Uniform, das mich genauso angesehen hatte ...

»Bitte lachen Sie mich nicht aus«, sagte ich, »aber kennen wir uns irgendwoher ...?«

Die Frage schien ihn zu befriedigen. »Ihr Vater war überzeugt davon, daß Sie sich an mich erinnern würden. Ich sagte ihm, das sei eigentlich kaum möglich, weil Sie damals doch noch so klein waren, aber er war sich ganz sicher.«

»Mein Vater?«

Also hatte er sein Versprechen doch gehalten, hatte seine Freunde in Paris auf Harrys Spur angesetzt, während ich davon ausgegangen war, er würde die Hände in den Schoß legen.

Ich wäre nie auf den Gedanken gekommen, er könne sogar einen Chefinspektor aus Paris nach Chinon schicken. Harry hatte recht gehabt, als er sagte: Dein Vater hat über ganz Europa hinweg ein Netzwerk von Verbindungen, um das ihn unser Geheimdienst nur beneiden kann.

Ich wollte mich bei dem alten Inspektor noch einmal

für all seine Umstände bedanken und dafür, daß er, um unsere Familienangelegenheiten zu regeln, sogar seinen Urlaub unterbrochen hatte, aber er wollte nichts davon hören.

»Ihr Vater ist ein alter Freund von mir. Er machte sich Sorgen, und wenn sich Andrew Braden Sorgen macht, gibt es meistens einen triftigen Grund dafür.« Und damit legte er mir die Decke um die Schultern und ließ mich mit der Thermoskanne starken, belebenden Kaffees stehen.

Zum zweiten Mal in dieser Woche blieb die Bar des Hotel de France weit über die übliche Öffnungszeit hinaus hell erleuchtet. Es herrschte eine Stimmung wie zur Cocktailstunde, aber tatsächlich war es schon lange nach Mitternacht, obwohl ich gar nicht mal wußte, wie spät wirklich, denn ich hatte irgendwo meine Armbanduhr verloren. Als ich zuletzt Jim Whitaker nach der Uhrzeit gefragt hatte, war es auf eins zugegangen, und das war lange bevor Monsieur Chamond die zweite Flasche Calvados auf den Tisch stellte.

Auch dieser Flasche war bereits kräftig zugesprochen worden. Monsieur Chamond saß neben seiner Frau an der Bar und überließ es Thierry, unsere Gläser wohlgefüllt zu halten. Thierry für seinen Teil befand sich in einer angeregten Diskussion mit Christian und schenkte sich selbst öfter nach als seinen Gästen. Nachdem ich nun seit vierundzwanzig Stunden nichts mehr gegessen hatte, verbreitete das hochprozentige Getränk eine wohlig-milde Wärme in meinen schmerzenden Gliedern, und ich verfolgte nur noch am Rande, was um mich herum vorging.

François war da ... Das wunderte mich. Ich wollte ihn mehrfach nach dem Grund dafür fragen, aber mein müdes Gehirn brachte die Frage nicht zustande, und außer mir schien es niemanden zu interessieren, also ließ ich es. Ich hatte genug damit zu tun, mich wieder an Harrys Gegenwart zu gewöhnen. Er unterhielt sich mit Neil, als sei dies ein Abend wie jeder andere. Der Genesungsprozeß meines Vetters schien auch ohne Danielle beachtliche Fortschritte gemacht zu haben. Sie war auf der Präfektur, wo sie, ihr Bruder und der Chefinspektor noch einmal die Ereignisse jener verhängnisvollen Tage durchgingen.

Ich konnte mir vorstellen, worauf der abschließende Bericht hinauslaufen würde. Es war wie eine stillschweigende Übereinkunft. Hier, unter uns, konnten wir offen darüber sprechen, aber ich wußte, daß am nächsten Morgen selbst Thierry, von seinen Freunden mit Fragen bedrängt, nur die eine Antwort parat haben würde: ein tragischer Unglücksfall. Bei all dem verständlichen Groll, den ein jeder, der Paul gekannt hatte, gegen Armand Valcourt hegen mußte, wollte doch niemand Lucie Valcourt darunter leiden lassen. Das Mädchen sollte nicht für die Sünden seines Vaters büßen müssen.

Martine würde dafür sorgen, daß es dem Kind gutging. Oben auf dem Schloß war sie mir wie ein völlig veränderter Mensch vorgekommen. Mit ausdruckslosem, gefaßtem Gesicht hatte sie sich von Inspektor Prieur über die Ereignisse ins Bild setzen lassen und sich dann nach ihrer Nichte erkundigt.

»Einer unserer Beamten ist bei ihr. Wir haben ihr noch nichts gesagt.«

»Vielen Dank. Ich werde mich um sie kümmern.« Lucie schien in guten Händen.

Neben mir sagte François etwas zu Jim. Ich bekam gerade noch den Rest des Satzes mit: »... freue ich mich, Ihnen und Ihrer Gattin zur Verfügung zu stehen, falls Sie –«

»Meine Frau bleibt nicht hier«, sagte Jim. »Sie fährt morgen nach Paris und fliegt von dort nach Hause.«

Ich fand es merkwürdig, daß Garland sich nicht zu uns gesellt hatte, aber irgendwann zwischen meinem dritten und vierten Calvados war es mir nicht mehr wichtig erschienen. Als ich Jim jetzt ansah, dämmerte mir der Grund für Garlands Abwesenheit. Jim hat es ihr erzählt. Er hat ihr von sich und Martine erzählt.

»Ich werde wohl noch eine Zeitlang hierbleiben. Solange, wie ich gebraucht werde«, sagte Jim gerade.

Auch Christian gab auf deutsch einen leisen Kommentar von sich, und ich sah, wie ein zustimmendes Lächeln über Neils Gesicht huschte. Schnell blickte ich woanders hin, um die beiden nicht merken zu lassen, daß ich sie anstarrte. Warum eigentlich? Oder hatte sein Lächeln vielleicht mir gegolten, dann ... ja, dann ...

Aber genau damit hatte ich Probleme – daß Neil mich ständig so von der Seite anlächelte. Wie würde es jetzt weitergehen? Ich wußte nur, daß ich mich bemühte, Neil zu meiden, seit wir vom Schloß heruntergekommen waren, weil ich mich ihm gegenüber irgendwie befangen fühlte, ohne so recht zu wissen, warum. So kann's gehen, sagte ich mir, wenn jemand wie ein Märchenprinz zu deiner Rettung herbeieilt und dich dann in die Arme nimmt, wie Liebende es tun, so, als ob du ihm wirklich etwas bedeutest.

Ich spürte den neugierigen Blick meines Vetters. Ich nahm einen Schluck aus meinem Glas, verfluchte alle Männer dieser Welt und ignorierte Harry.

Als er das merkte, wandte er sich gleich wieder Neil zu. »Meine Cousine war überzeugt davon, Sie wären der Schuldige«, sagte er munter.

»Ach? Tatsächlich?«

»Genau. Irgendwas mit Nazis und Diamanten. Ich fürchte, ich habe ihr nicht ganz folgen können, aber das ist nie leicht bei Emily, wenn sie sich aufregt.«

»Tatsächlich?« sagte Neil noch einmal.

»Das war wohl meine Schuld. Das Foto ...« schaltete sich François ein.

»Ja, wo haben Sie das bloß ausgegraben? Die Ähnlichkeit ist ja geradezu frappierend«, sagte Neil.

Christian drehte sich auf seinem Barhocker zu Neil um. »Ich bin ganz schön sauer auf dich. All die Jahre hast du mir verschwiegen, daß du auch deutscher Abstammung bist.«

»Nur zur Hälfte. Meine Mutter ist waschechte Engländerin. Mein Vater ist bei Kriegsende nach England gekommen.«

»Aber Ihr Name«, gab Madame Chamond zu bedenken, »Grantham. Das hört sich für mich nicht sehr deutsch an.«

»Mein Vater war in jenen Tagen nicht gerade stolz auf seine deutsche Herkunft. Da hat er den Namen der Stadt in Lincolnshire angenommen, in deren Nähe er wohnte.«

»Stimmt«, sagte Harry. »Durch Grantham bin ich Dutzende Male mit dem Zug gekommen. Das liegt an der Strecke hinauf nach York, nicht wahr?«

»Genau. Meine Eltern und mein Bruder Ron leben heute noch da.«

Ich versuchte, mich zu erinnern, was er mir über seine Familie erzählt hatte. »Ist das der Maler?«

»Nein, er ist Apotheker. Der Maler ist mein Bruder Michael. Er lebt in London. Und dann gibt's noch meine Schwester Isabelle. Ihr seht, er hat sie nicht ganz vergessen.«

»Aber er ist nicht, wie versprochen, zu ihr zurückgekehrt«, hielt Jim dagegen.

»Ich glaube, er hatte Angst, sie würde ihn hassen. Als Junge habe ich das immer schrecklich romantisch gefunden.«

»Deswegen sind Sie wohl überhaupt nach Chinon gekommen«, fragte François, »um das Versäumnis Ihres Vaters nachzuholen?«

»Nennt es meinetwegen Bestimmung«, antwortete Neil.

»Ach ja«, sagte François. »Und die Vorsehung hat auch dafür gesorgt, daß Ihre Freundin Brigitte Armand Valcourt geheiratet hat, zu uns ins Haus kam und dann wiederum Sie dorthin einlud.«

Madame Chamond blickte von Neil zu Jim, dann von Jim zu François. »Und dafür, daß Sie alle drei jetzt hier bei uns zusammensitzen.«

»Obwohl wir das im Grunde genommen Emily zu verdanken haben«, warf Neil ein.

»Mir? Was, um alles in der Welt, soll ich denn damit zu tun gehabt haben?«

»Du bist wie ein erschrecktes Kaninchen davongelaufen, als du mich kommen sahst, und niemand wußte, wo du stecktest. Der arme Thierry war außer sich vor Sorge.«

Als sein Name fiel, blickte Thierry von seinem Posten hinter der Bar auf. »Comment?«

»Du hattest Angst um Emily.«

»Ah ja. Ich habe Monsieur Neil das Foto gezeigt, ein Foto von ihm, wie ich glaubte, und er fragte mich, wo ich das herhabe, und ich erzählte es ihm –«

»Also habe ich François angerufen«, nahm Neil den Faden wieder auf, »weil ich dachte, du wärest vielleicht zum Weingut gelaufen, weil du mit François reden wolltest, aber er sagte, er hätte dich nicht gesehen.«

»Und da fing ich an, mir ernsthaft Sorgen zu machen«, ergriff François das Wort. »Nachdem ich gehört hatte, Sie seien sehr aufgebracht, habe ich jemanden geholt, der sich um Lucie kümmert, und bin hinunter in die Stadt geeilt.«

»Wo er mich traf«, ergänzte Jim. »Sie sehen, Emily, es war alles Ihr Werk.«

Und dann war alles so gekommen, wie ich es vermutet hatte. Als Danielle und Harry mich nicht am Treffpunkt vorfanden, waren sie zur Polizeipräfektur gelaufen, wo Harry einen ziemlichen Aufruhr veranstaltet hatte. Die Polizei wiederum hatte dann im Hotel angerufen, um sich nach meinem Verbleib zu erkundigen, was neuerliche Bestürzung hervorrief, bis endlich fünfzehn Leute zusammengetrommelt waren, die, mit Taschenlampen bewaffnet, loszogen, um nach mir zu suchen. Aber komisch, dachte ich, nur einer hat mich gefunden.

Monsieur Chamond schenkte die letzte Runde Calvados ein und schnalzte bedauernd mit der Zunge. »Wieder eine Flasche leer. Thierry, würdest du ...«

»Aber gerne.« Thierry schien mehr als alle anderen zu vertragen. Er eilte sogleich zur Tür hinter der Bar, wo er fluchend gegen etwas stieß, das ich von meinem Platz aus nicht sehen konnte.

»Vorsichtig«, Christian lehnte sich besorgt vor, »das ist zerbrechlich.«

»Mein Fuß ist auch zerbrechlich«, schimpfte Thierry. »Nun gib es ihr doch endlich ...«

»Ich glaube, jetzt ist nicht der richtige Zeitpunkt.«

Ich sah die verstohlenen Blicke und merkte, daß über mich gesprochen wurde. »Was soll Christian mir geben,

Thierry?« Als Antwort hob Thierry einen in Packpapier eingewickelten flachen Gegenstand in die Höhe.

Ein Bild. Das konnte nur ein Gemälde sein. Und ich wußte auch schon, welches, ehe ich es mit meinen ungeschickten Händen ausgepackt hatte. Christian beobachtete nervös meine Reaktion. Alle schienen mich anzusehen. Meine Finger hörten zu zittern auf, als ich die Verpackung auseinanderfaltete. Nummer 88, die Stufen am Fluß, mit Rabelais' Schatten im Hintergrund.

Christian räusperte sich verlegen. »Martine hat mir erzählt, daß dir das besonders gut gefallen hat, und da dachte ich ...«

Er wußte ganz genau, was mir dieses Bild bedeutete. Sein Lächeln zeigte es überdeutlich. Und dann faßte er seinen Gedanken in Worte: »Hätte ich Paul dort hinmalen sollen? Da, auf die Stufen?«

Ich schüttelte den Kopf und fuhr liebevoll über die siebte Stufe. »Nicht nötig. Er ist schon da.«

Harry war der einzige, der nicht wußte, wovon die Rede war. Ich warf ihm einen Blick zu, der ihm zu verstehen geben sollte, ich würde es ihm später erklären, er solle mich jetzt bitte nicht danach fragen.

»Das hast du einfach fabelhaft hingekriegt, Christian«, sagte Neil bewundernd über meine Schulter hinweg. »Der Fluß bewegt sich ja richtig.«

»Schade nur«, meinte Jim, »daß Didier Muret nie erfahren hat, was aus den Diamanten geworden ist. Da wäre uns einige Aufregung erspart geblieben.«

François wirkte wie vom Donner gerührt. »Du meinst doch nicht ...?«

»Gewiß. Wenn er gewußt hätte, daß sie sie in den Fluß geworfen hat, hätte er sich doch nie auf die Suche danach begeben.«

»Woher weißt du, daß Isabelle die Diamanten in den Fluß geworfen hat?«

»Von ihr selber. Jedenfalls hat sie es meinem Vater erzählt.«

»Was genau hat sie deinem Vater erzählt?«

»Genau weiß ich das nicht mehr, dafür ist es zu lange her. Ich dachte immer ...«

»Nicht der Fluß«, korrigierte ihn François. »Sie mag ›ins Wasser‹ gesagt haben, aber nicht ›in den Fluß‹.«

Endlich begriff auch mein umnebeltes Hirn, wovon die Rede war. »Wollen Sie damit sagen, Sie ... Sie wissen, wo die Diamanten sind?«

»Natürlich. Ich war ja selber dabei, habe ihr geholfen. Sie sagte, sie seien mit Blut befleckt und es gäbe nur eine Möglichkeit, sie wieder reinzuwaschen.« Er warf Jim einen entschuldigenden Blick zu. »Sie hat sie nicht in die Vienne geworfen. Sie hat sie Gott zurückgegeben.«

32

… und alles Vergangene schmilzt dahin in dieser strahlenden Morgenstunde …

Mit einem geräuschvollen Knarren öffnete sich die schwere Tür. Der Lichtkegel der Taschenlampe wanderte über eine der uralten Säulen und dann hinauf zu den mit Gräsern überwucherten Mauerresten. Unter den rasch am Mond vorbeiziehenden Wolken lag die Kapelle der heiligen Radegunde in tiefem, ewigem Schlaf. Nichts rührte sich um uns herum.

Noch nichts. Christians Schlüsselbund fiel klirrend zu Boden. Er stieß auf deutsch einen Fluch aus, während mein Vetter ihm mit der Lampe zu Hilfe kam. »Da drüben liegen sie, neben den Blumen.«

»Bei Tageslicht wäre alles etwas einfacher.«

»Aber jetzt sind wir nun mal hier, da wollen wir es auch hinter uns bringen. Daß Jim und François kein Verlangen haben, hier nachts herumzustolpern, kann ich ja verstehen. Sie sind alte Männer, kennen keine Abenteuerlust mehr – anders als wir.«

»Jim Whitaker ist kein alter Mann«, widersprach ich.

»Natürlich. Der ist doch garantiert über Vierzig.«

»Danke«, sagte Neil hinter mir. »Dann muß ich wohl auch bald ins Bett?«

»So habe ich das ja nicht gemeint …«

»Weiß ich doch. Emily, könntest du deine Lampe dahin

richten, damit Christian nicht stolpert? Ja, so ist es gut, danke.«

Christian ging voraus. Im Schein unserer Taschenlampen bewegte er sich wie ein Pantomime auf der Theaterbühne. Sein riesiger Schatten auf der mit Fresken bemalten Mauer hinter dem Eisentor wirkte furchteinflößend. Wieder klapperte er mit den Schlüsseln, als er den passenden suchte. »Ich hoffe, Radegunde hat nichts dagegen, daß wir ihre Nachtruhe stören.«

»Bestimmt nicht.« Harry klang sehr zuversichtlich. »Es ist ja nicht so, daß wir hier etwas Verbotenes tun. Wir schauen uns nur ein bißchen um. Ganz normale menschliche Neugier.«

Und doch erwartete ich, daß mir das Standbild der Heiligen jeden Augenblick einen strafenden Blick zuwerfen würde, als ich die höhlenartige Apsis mit ihren geisterhaft aufragenden Säulen betrat. Doch selbst die Heiligen schienen Verständnis für kleine menschliche Schwächen zu haben, dachte ich, als ich in Radegundes milde lächelndes steinernes Antlitz blickte.

Hoffentlich ist Thierry nicht beleidigt, wenn er merkt, daß wir ohne ihn auf Schatzsuche gegangen sind, dachte ich. Aber er war gleich nach unserer Feier schlafen gegangen – Pech für ihn. Auch Jim und die Chamonds waren zu müde gewesen, und François mußte aufs Weingut zurück, um Lucie ins Bett zu bringen. Blieben wir vier – Harry, Christian, Neil und ich, wohltuend vom Calvados beschwipst und längst über unseren toten Punkt hinweg.

Ich zumindest hatte jenen angenehmen Zustand erreicht, in dem Zeit und Raum zu verschwimmen beginnen und alles, einfach alles möglich scheint, weswegen ich auch, als Harry sich verschwörerisch zu uns vorbeugte und »Mir kommt da gerade eine Idee ...« sagte, alle Vorsicht in den Wind schrieb und mir meine Jacke überwarf, um ihm gehorsam zu folgen. Wäre ich nüchtern gewesen, hätte ich es mir vielleicht anders überlegt und mich nicht zu mitternächtlicher Stunde auf diesen Pfad hoch oben über der Stadt begeben.

»Da wären wir«, sagte Christian, als er auch das dritte und letzte Schloß aufbekommen hatte. Harry interessierte sich als erstes für das Wandgemälde mit den Plantagenets und beleuchtete mit der Taschenlampe die Gesichter der jungen Isabelle und ihres Königs. »Genauso wie beim letztenmal.«

»Was soll sich denn auch innerhalb einer Woche daran verändert haben?« fragte ich.

»Nicht innerhalb einer Woche. Es ist mindestens zwei Jahre her, daß ich in dieser Kapelle gewesen bin. Hätte ich gewußt, daß mein Versteck so ganz in der Nähe lag, hätte ich ihr schon früher einen Besuch abgestattet. Man vergißt, wie unbeschreiblich schön ...«

»Immer langsam. Du mußt letzte Woche hier gewesen sein. Deswegen habe ich doch überhaupt erst gemerkt, daß du verschwunden warst, weil du deine Münze, deinen Talisman, dort auf dem Altar auf den Spendenteller gelegt hast.«

»Du spinnst.«

»Doch«, beharrte ich störrisch. »Und wenn du sie nicht da hingelegt hast, dann eben der Zigeuner ...«

»Meine liebe Emily, ganz so schusselig bin ich ja nun auch nicht.« Er hielt mir die Münze auf der ausgestreckten Hand hin. »Auf meinen kleinen König passe ich auf wie ein Schießhund.«

Kein Zweifel, das war die Münze mit King John, und sie befand sich auch noch immer in ihrer Schutzhülle. Ich wollte es nicht wahrhaben und holte das Gegenstück aus meinem Portemonnaie. Harry richtete die Taschenlampe darauf.

»Das ist ja erstaunlich. Wie ist die den hierhergekommen?«

»Keine Ahnung.«

Auch Christian besah sich die Münze. »Die ist wohl sehr alt, was? Kann doch sein, daß jemand sie auf dem Boden gefunden und zu den anderen Spenden gelegt hat.«

»Ja, so wird es wohl gewesen sein.«

»Du hörst dich nicht gerade sehr überzeugt an«, meinte Harry. »Welche andere Erklärung sollte es wohl geben? Ist sie vom Himmel gefallen? Erzähl mir nicht, daß du plötzlich angefangen hast, an Wunder zu glauben, Emily.«

»Selbstverständlich nicht.« Obwohl ...

Hinter dem Altar blickten Radegundes blinde Augen nach wie vor ins Leere, während ich die Münze in ihre Opferschale zurücklegte und sie tief unter die anderen Gaben schob. »Wie langweilig die Welt doch sein würde, wenn es für alles eine einfache Erklärung gäbe«, sagte Neil.

»Der Standpunkt des Romantikers«, Harry grinste. »Sind wir dann soweit? Jetzt geht's wieder in den Keller, Emily. Nimm deinen Mut zusammen. Sie hat was gegen unterirdische Räume«, flüsterte er Neil zu.

»Ach, wirklich? Gut, daß ich das weiß.«

Hinter dem zweiten Gittertor ging wieder das grelle elektrische Licht an, das so gar nicht zu diesem Ort passen wollte, der nach Kerzen verlangte, nach dem flackernden Schein alter Kandelaber. Die herabhängenden Glühbirnen und die Knipsschalter nahmen der Kapelle etwas von ihrer geheimnisvollen Aura, und erst als wir an der steilen Treppe standen, die zum heiligen Brunnen hinunterführte, empfand ich wieder das wundersame Staunen, das schon Generationen von Höhlenforschern vor mir ergriffen haben mußte.

Während wir anderen uns noch die Stufen hinunterhangelten, hatte Harry sich bereits bis auf die Unterhose ausgezogen. Offenbar wollte er in den schmalen Brunnenschacht steigen.

»Das kann doch nicht dein Ernst sein.«

»Von hier oben sieht man ja nichts. Ich bin doch nicht umsonst den ganzen langen Weg gekommen.«

Und schon war er in den mehrere Meter tiefen Brunnen gesprungen. Mich trafen eiskalte Spritzer im Gesicht. Wir sahen zu, wie er zum Grund des Brunnens tauchte und, unten angekommen, anfing, mit gespreizten Fingern in den Kieselsteinen zu wühlen. Neil kniete neben mir am Rand und hielt den Arm schützend vor mich, damit ich nicht womöglich versehentlich hineinfiel. »Wir fischen ihn da schon wieder raus. Keine Angst.«

In diesem Augenblick kam Harry nach Luft schnappend auch schon an die Wasseroberfläche zurück und streckte uns triumphierend die Hände entgegen. Ich sah das Glitzern, bevor ich die Edelsteine erkennen konnte. François hatte also recht gehabt.

»Mein Gott!« entfuhr es Christian auf deutsch.

»Du sagst es.« Und dann herrschte ein paar Minuten lang feierliches Schweigen. Ich mußte an Isabelle denken, die vor vielen Jahren hier an einem Sommerabend mit den befleckten Diamanten, die keines Menschen Hand je würde reinwaschen können, gestanden hatte, während die Welt um sie herum in Scherben fiel, und an Hans ... Wo mochte er an jenem Abend gewesen sein? Meilenweit weg. Auf eine ganz andere Weise hatte auch er die Erlösung gesucht. Er hatte sich freiwillig in Kriegsgefangenschaft begeben, war nie wieder in seine Heimat zurückgekehrt, hatte sogar einen anderen Namen angenommen. Vorbei und vergangen. Der Jom Kippur mag mit dem Untergehen der Sonne zu Ende sein, dachte ich, aber seine Botschaft bleibt bestehen. Es gibt zuviel Haß auf der Welt.

»Hier unten sind auch ein paar Münzen«, rief Harry. »Keine alten, aber ...«

Darunter mußten auch die sein, die Paul hineingeworfen hatte. »Laß sie bitte dort liegen«, bat ich Harry.

»Dein Wunsch ist mir Befehl. Und die bleiben besser auch hier unten«, sagte er und ließ die Edelsteine zurück in das kristallklare Wasser rieseln. »Bringt kein Glück, etwas aus einem heiligen Brunnen zu stehlen. Wir wollen es uns doch nicht mit Radegunde verderben.«

Ich sah zu, wie die glitzernden Steine zwischen den Kieseln am Boden verschwanden. Wie viele mochten es gewesen sein? Aber eigentlich wollte ich es gar nicht wirklich wissen. Es waren nichts anderes als kleine Steine, die manche Menschen schön fanden, und diese Illusion verlieh ihnen ihren Wert. Wahrhaft kostbar waren nur Freundschaften, Gefühle, die Familie ...

»Verflucht noch mal!« stieß Harry hervor. »Verdammt, jetzt habe ich mir die Hand eingeklemmt.« Er befand sich bereits wieder beim Aufstieg an der glatten Wand, zog die Hand aus der Trittmulde und schüttelte sie.

Er war noch einige Meter unter uns. Ich mußte mich über den Brunnenrand beugen, um ihn zu sehen. »Scheint aber nichts gebrochen zu sein.«

»Ja, vielleicht nicht, aber beinahe. Hier ist irgendwas hereingestopft. Scheint ein Stück Holz zu sein.« Vorsichtig schob er seine Hand in die Vertiefung unmittelbar über der Wasseroberfläche. »Wartet mal, das ist kein Holz. Es fühlt sich an wie ... na, so was!«

»Was ist denn da?« Auch Christian sah gespannt in den Schacht hinunter, während Harry sich bemühte, das rätselhafte Objekt freizubekommen. Ich erkannte nur einen eckigen, handtellergroßen Gegenstand. Harry reichte ihn Christian nach oben. »Erzähl du mir, was das ist.«

Auf jeden Fall war es schmutzig. Harrys Finger hinterließen schwarze Abdrücke auf dem hellen Stein, als er sich wieder über den Brunnenrand schwang. Christian schnüffelte an dem kleinen Päckchen. »Öl«, sagte er. »Es ist mit Öl eingerieben.«

»Und auch mit Wachs versiegelt.« Harry zeigte auf das Siegel, das das Paket verschloß. »Jemand hat nicht gewollt, daß da Wasser drankommt.« Er war selbst klatschnaß, aber das schien ihn nicht zu kratzen. Er strich sich das Haar zurück, bat mich, ihm seine Hose herüberzuwerfen, und holte sein Klappmesser aus der Tasche. Er mußte sehr behutsam vorgehen, weil das Paket in seine Bestandteile zu zerfallen drohte, als er das Siegel aufschnitt.

Zum Vorschein kamen gefaltete Pergamentbögen, die so lange fest zusammengedrückt gewesen sein mußten, daß sie wahrscheinlich zerbröseln würden, wenn wir versuchten, sie auseinanderzufalten. Harry betastete sie vorsichtig mit den Fingern, suchte nach einer Schrift oder etwas Ähnlichem. »Himmel«, sagte er schließlich.

»Was ist?«

Er hielt mir das kleine Bündel hin. »Da, in einer Ecke ist eine Unterschrift. Kommt sie dir nicht bekannt vor?«

Ich brachte kein Wort hervor.

»Was ist denn das nun wieder?« fragte Neil neugierig.

»Briefe.« Harrys Stimme klang ein wenig brüchig, wie immer in Zuständen der Gemütserregung. »Liebesbriefe, würde ich sagen. Vor achthundert Jahren von einem König geschrieben.«

Christian strich mit dem Finger über eine Ecke des öligen Päckchens. »Achthundert Jahre sind die alt? Unglaublich.«

»Ein Fund von unschätzbarem Wert.« Harrys Augen waren ganz feucht geworden. »Das war die Kostbarkeit, von der die alte Chronik berichtete, der Schatz, den Isabelle hier in Chinon versteckt haben soll. Nur handelte es sich dabei nicht um Edelsteine oder Geld. Wer hätte das geahnt ...« Verträumten Blickes schüttelte er fassungslos den Kopf, als ihm plötzlich einfiel, daß Neil und Christian wahrscheinlich keine Ahnung hatten, wovon die Rede war und willkommene Opfer für eine kleine Vorlesung sein dürften. »Wißt ihr«, begann Henry Yates Braden, PhD, zu dozieren, »es gab hier schon einmal ein Mädchen namens Isabelle ...«

33

... hebe deinen Blick; meine Zweifel sind dahin ...

»Und? Nichts zu meckern?« fragte Harry, als Christian das Gittertor verschloß.

»Wovon redest du?« fragte ich.

»Ich habe die Edelsteine schön dort gelassen, wo sie hingehören. Ich weiß ja, daß du in dieser Hinsicht ziemlich eigen bist. Erinnerst du dich noch, was für einen Aufstand du gemacht hast, als ich in Tintagel mal einen kleinen Steinbrocken eingesteckt habe?«

»Das war nicht irgendein Steinbrocken, sondern ein Stück aus einer alten Burgmauer. Wenn das jeder täte ...« Als ich sein Grinsen sah, unterließ ich es weiterzusprechen. »Abgesehen davon halte ich mich ja auch nicht gerade an meine strengen Prinzipien, wo ich doch eine Münze aus einer Opferschale mitgenommen habe.«

»Aber du hast sie wieder zurückgelegt.«

»Und du hast versprochen, die Briefe der Universität von Paris zu überlassen.«

»Richtig. Sowie ich Zeit gefunden habe, sie mir etwas näher anzusehen.«

»Harry!«

»Hab doch mal ein Einsehen. Du kannst doch nicht erwarten, daß ich sie so mir nichts, dir nichts gleich wieder aus den Händen gebe. Ich bin schließlich auch kein Heiliger.« Er schielte zu Radegunde hinüber, als erwarte er, jeden Augenblick durch einen von ihr gesandten Donnerblitz niedergestreckt zu werden. »Außerdem«, fuhr er mit gedämpfter Stimme fort, »weiß ja niemand etwas von der Existenz dieser Briefe, also wird es keinem auffallen, wenn ich sie noch ein paar Tage behalte.«

»Aber nur ein paar Tage.«

»Na ja, vielleicht ein paar Wochen.«

»Aber dann schickst du sie nach Paris?«

»Bei meiner Ehre.« Er hob sogar die Hand zum Schwur.

Harry, dachte ich, war wirklich jenseits von gut und böse. Bei seiner Ehre. Ich sah an ihm vorbei zum Eingangstor hin, hinter dem die Morgendämmerung den neben dem Kapelleneingang wachestehenden Lorbeerbaum in ihr erstes zartes Licht tauchte.

»Kalt?« fragte mich Harry.

»Nein.«

»Wieso zitterst du dann?« Seine Augen folgten meinem Blick, und er sagte nur »Aha.«

»Was meinst du mit ›aha‹?«

»Gar nichts. Einfach ›aha‹.«

Er hatte eine raschere Auffassungsgabe, als mir lieb war. Er las meine Gefühle, noch ehe ich sie selbst registrieren konnte. Ich merkte, wie ich hektische rote Flecken im Gesicht bekam, und wandte mich wieder dem Lorbeerbaum zu und dem Mann, der darunter saß.

Er hatte es sich an der Mauer bequem gemacht, die Hand, die damals bei der Schlägerei in München verletzt worden war, aufs Knie gestützt, das andere Bein vor sich ausgestreckt. Er hielt seine Hand so, als bereite sie ihm Schmerzen, und mir fiel wieder ein, daß Harry mir erzählt hatte, Neil sei über die Mauer des Schlosses geklettert, um in den Innenhof zu gelangen. Eine Mauer, die selbst an ihrer niedrigsten Stelle an die acht Meter hoch sein mußte! Innen war die Entfernung zum Boden natürlich nicht so groß, aber trotzdem ... Er wollte nicht abwarten, bis man ihnen das Tor öffnete, hatte Harry gesagt. Diese verzweifelte Ungeduld – das war ein Neil Grantham, den ich noch gar nicht kannte.

Wie konnte dieser stille Mann, der dort so unbeweglich in Betrachtungen versunken saß und kaum zu atmen schien, das geschafft haben? Das blasse Morgenlicht verlieh seinem Haar einen goldenen Schimmer. Alles um ihn herum war in Dunkelheit gehüllt, und obwohl er sich weder bewegte noch etwas sagte, war es ganz einfach diese Unbewegtheit, die den Blick wie magisch anzog und ihn dann nicht mehr losließ, bis man nur noch den Wunsch hatte, seinen ehrfurchtsvollen Frieden mit ihm teilen zu dürfen.

Harry schien meine Gedanken zu lesen. »Ich mag ihn, falls das für dich eine Rolle spielt.«

»Ich weiß nicht, wovon du redest.«

»Schon gut.« Mein Vetter wandte sich lächelnd Christian zu. »Tut mir leid, daß ich Sie um ihren Schlaf beraubt habe, aber ich bin Ihnen wirklich dankbar dafür, daß Sie mit uns hergekommen sind. Und dafür.« Er klopfte auf die Innentasche seines Sakkos, in der er das Päckchen Briefe sorgfältig verstaut hatte.

»Kein Problem. Und jetzt mache ich uns allen einen starken Kaffee, ja? Das war eine ereignisreiche Nacht. Da kriegt man richtig Kopfschmerzen.«

»Kaffee?« meldete sich Neil. »Das hört sich gut an.« Er lächelte uns zu und erhob sich ein wenig mühsam. »Bei mir sind es nicht so sehr die Ereignisse als vielmehr der Alkohol. Dieser verflixte Calvados. Ich habe einen scheußlichen Brummschädel.«

Mein Vetter lachte. »Ja, im Alter verträgt man nicht mehr so viel. – Bist du soweit, Emily?«

Nein, dachte ich, ich bin noch nicht soweit. Auf dem Rückweg hielt ich mich ein Stück hinter den anderen, war zu sehr mit meinen eigenen Gedanken beschäftigt, um mich an ihrem Gespräch zu beteiligen. Ich erinnere mich vage, wie wir an dem Haus vorbeikamen, in dem Harry sich versteckt gehalten hatte, dann unter ein paar duftenden Kiefern hindurchgingen und uns schließlich auf dem Abstieg in die Stadt befanden, aber richtig wach wurde ich erst wieder, als wir vor Christians Haus ankamen.

Ich sah erst Harry an, dann Neil und sagte: »Mir ist irgendwie gar nicht nach Kaffee. Ich möchte lieber noch ein bißchen schlafen.«

Harry schien an meinen Worten zu zweifeln. »Bist du sicher?«

»Ja. Ich gehe jetzt ins Hotel zurück.«

Neil warf mir ein vielsagendes Lächeln zu. Ich gab mir alle Mühe, meinen Abgang würdevoll zu gestalten, aber in Wirklichkeit hätte ich am liebsten auf der Stelle kehrtgemacht und wäre das Stück Weges die gewundenen, schlafenden Gassen entlanggelaufen. Jeder zugeklappte Fensterladen schien mich einen Feigling zu nennen, und selbst, als ich am Platz mit dem Springbrunnen eintraf, schienen die drei Grazien über mein Auftauchen nicht sehr erbaut.

Ruhm, Glück und Schönheit – ihre drei Gesichter sahen mich so emotionslos an wie eh und je. Oder hatte ich da eben ein süffisantes Lächeln gesehen? Ich kniff die Augen zusammen und blickte durch den Schleier der Wassertropfen, die im Morgenlicht wie Diamanten glitzerten. Nein, sagte ich mir, da war nichts gewesen. Und doch hatte ich das Gefühl, die Figuren versuchten, mir etwas mitzuteilen.

»Gebt euch keine Mühe«, sagte ich zu ihnen, »es würde doch nichts dabei herauskommen.« Ich wollte ihnen klarmachen, alle schönen Märchen seien Lügen, reine Lügengespinste, aber das war gar nicht so einfach, denn in diesem Augenblick verwandelten die Strahlen der Morgensonne die Burg in das reinste Märchenschloß, und es fiel mir selbst nicht leicht, die Existenz von Märchenprinzen zu leugnen, wo doch erst gestern abend einer zu meiner Rettung herbeigeeilt war. Wie heißt es immer? Am Ende wird alles gut? Ein lauer Wind bewegte die Blätter der Akazien. Ein zweites Mal hörte ich Jim Whitakers Stimme mich fragen: Ist Glück etwas, auf das wir Einfluß nehmen können, oder eine Gnade, die dem einen zuteil wird und dem anderen nicht? Das fragte ich mich in diesem Augenblick auch, aber mir fiel keine Antwort ein.

Ich hatte kalte Hände. In meiner Tasche suchte ich nach meinen Handschuhen, wühlte mich immer tiefer, bis ich etwas Glattes fand, das mich die Handschuhe vergessen ließ. Ich schloß die Finger um die zweifarbige Münze und glaubte, Neils Augen vor mir zu sehen, die mich schweigend drängten, mir etwas zu wünschen ... Es muß nicht sofort sein. Die Münze verliert ihre Kraft nicht.

Jahre waren vergangen, seit ich zum letztenmal mein kleines Ritual vollzogen hatte, aber es kam mir doch gleich wieder wie selbstverständlich vor. Ich holte tief Luft, küßte das 500-Lire-Stück und warf es in den Brunnen.

Ich war so beschäftigt damit zu verfolgen, wie es langsam auf den Boden sank, daß ich den Kater gar nicht bemerkte. Die kleine Kreatur war mir zweimal an den Beinen entlanggestrichen, ehe ich aus meinen Gedanken erwachte und nach unten sah. Er kam ohne zu zögern in meine Arme, als ich mich bückte, um ihn hochzunehmen, und schmiegte sich schnurrend an mein Kinn.

Hinter mir vernahm ich Neils Stimme: »Du wirst dir Flöhe holen.«

Ich zuckte zusammen, sah mich aber nicht nach ihm um. »Das kümmert mich nicht.« Ich weiß nicht, wie lange er schon dastand. Ich hatte ihn nicht kommen hören und blickte weiter unverwandt ins Wasser, während er sich zu mir an den Rand des Brunnens stellte. Meine Hände, mit denen ich den Kater an mich drückte, waren ganz ruhig. Fast.

Neil entdeckte die Münze auf dem Grund des Beckens. »Ich sehe, du hast dir was gewünscht.«

»Ja.«

»Aber doch hoffentlich nicht, daß dieser Kater ein Zuhause findet, oder?«

Da sah ich ihn an und entdeckte, daß seine Augen von einer plötzlichen Unruhe erfüllt waren und aus ihrer mitternächtlichen Tiefe eine Frage sprach. Ich schüttelte langsam den Kopf.

Die Frage verschwand wieder, und er lächelte. »Gott sei Dank«, sagte er. »Ich fürchtete schon, du hättest ihn vergeudet.« Er hob die Hand, um mein Gesicht zu berühren, eine warme, willkommene Geste, ich gab mir alle Mühe, sein Lächeln zu erwidern, und dann küßte er mich. Es war so schön, so ganz folgerichtig nach allem, was geschehen war, ich spürte die Tränen in meinen Augen, fühlte, wie meine hohlen Glieder von Leben erfüllt wurden, und verlor abermals sämtliches Gefühl für Ort und Zeit. Eine Minute oder eine Stunde mochte vergangen sein, bis sein Blick auf das schwarzweiße Pelzknäuel in meinem Arm fiel. Der Kater erwiderte Neils Blick ein wenig selbstgefällig.

»Ich gehe davon aus, daß wir dieses Viech mitnehmen müssen?«

»Ich dachte, deine Vermieterin erlaubt keine Tiere im Haus?«

»Genausowenig wie andere Frauen, aber sie wird sich schon an euch beide gewöhnen. Was die Vorsehung zusammengeführt hat, kann auch eine österreichische Zimmervermieterin nicht trennen.« Seine geschmeidige Hand strich mein Haar zurück. »Trotzdem sollten wir deinen kleinen Straßentiger impfen lassen. Hat er schon einen Namen?«

Über so etwas hatte ich weiß Gott nicht nachgedacht, aber ganz wie von selbst wußte ich plötzlich, wie er heißen mußte. »Ulysses«, sagte ich. »Sein Name ist Ulysses.«

»Stimmt. Das ist der einzige Name, der zu ihm paßt. Laß ihn runter.«

»Warum?«

»Laß ihn einfach runter.«

Der Kater gähnte mürrisch, als ich ihn auf den Boden setzte. Ein Windstoß trieb die Wassertropfen aus dem Springbrunnen jäh in unsere Richtung, der Kater machte rasch einen Satz zur Seite, um sich in Sicherheit zu bringen, und kroch unter die nächstliegende Sitzbank, wo er sein Nickerchen fortsetzte. Auch mich hatte der eiskalte Sprühregen erwischt, aber das störte mich überhaupt nicht. Neils Augen, sein Lächeln, seine Berührung verbreiteten genug Wärme. Vielleicht hat er recht, dachte ich – es war gar nicht so schwer, an etwas zu glauben. Ich hob die Hand, streichelte sein Haar und zog sein Gesicht näher an meines heran. Und in dem Augenblick, als sich unsere Lippen zu einem Kuß vereinten, hätte ich schwören mögen, daß eine der drei Grazien lächelte.

Susanna Kearsley

Das schottische Vermächtnis

Roman. Aus dem Englischen von Sonja Hauser. 448 Seiten. Piper Taschenbuch

An der Nordküste Schottlands mietet die Schriftstellerin Carrie McClelland ein Cottage, um in Ruhe und Abgeschiedenheit an ihrem neuen Roman zu schreiben. Doch nahe den Ruinen von Slains Castle trifft sie auf einen Fremden, der ihr seltsam vertraut erscheint und einer Figur aus ihrem Roman ähnelt. Schon bald muss Carrie erleben, wie sie selbst zur Protagonistin einer drei Jahrhunderte dauernden Geschichte von Liebe, Betrug und Verrat wird.

»Ein Schmöker, dessen Geschehen den Leser von Seite zu Seite mehr gefangen nimmt und ihm ganz nebenbei ein Kapitel der schottischen Geschichte näherbringt.«
Buchprofile

05/2467/01/L

Susanna Kearsley

Mariana

Roman. Aus dem Englischen von Karin Diemerling. 350 Seiten. Piper Taschenbuch

»Das ist mein Haus«, erklärte die fünfjährige Julia Beckett ihren Eltern, als sie zum ersten Mal »Greywethers« sah, das große Bauernhaus aus dem 16. Jahrhundert. Julia, inzwischen dreißig und erfolgreiche Illustratorin, erfüllt sich ihren Kindheitstraum und kauft das Haus. Sie liebt ihr neues Leben auf dem Land und findet schnell gute Freunde unter den Dorfbewohnern. Doch kaum ist Julia eingezogen, geschieht Seltsames mit ihr und läßt sie an ihrem Verstand zweifeln: Sie meint, das Leben von Mariana zu führen, einer unglücklich verliebten Dienstmagd, die 1665, zur Zeit der großen Pest, in diesem Haus gelebt hatte. Julia fällt es immer schwerer, zwischen Vergangenheit und Gegenwart zu unterscheiden. Susanna Kearsley ist mit diesem Buch eine spannende Mischung aus romantischer Liebesgeschichte und Historienroman gelungen.

05/1021/02/R

PIPER

Susanna Kearsley

Der Ruf der Nacht

Roman. Aus dem Englischen von Karin Diemerling. 373 Seiten. Piper Taschenbuch

Für die Londoner Literaturagentin und ihre beste Freundin sollte der Aufenthalt an der Küste ein paar erholsame Tage bringen. Doch von Alpträumen heimgesucht, kann Lyn nur tagsüber die wildromantische Küstenlandschaft genießen – und die Avancen von gleich drei potentiellen Verehrern. Da bittet die junge Witwe Elen, die von unheilvollen Prophezeiungen heimgesucht wird, ausgerechnet Lyn um Hilfe …
In Wales, dem Land der Mythen und Sagen, entspinnt sich dieser mitreißende Roman voll übersinnlicher, märchenhafter Spannung.

»Susanna Kearsley ist ein romantischer Roman mit ›Gänsehautgarantie‹ gelungen.«
Dates

05/1651/02/L

Judith Lennox

Das Haus in den Wolken

Roman. Aus dem Englischen von Mechtild Sandberg. 592 Seiten. Piper Taschenbuch

Der reiche Frauenschwarm Richard verliebt sich 1909 in Isabel, eine junge Frau aus kleinen Verhältnissen. Gegen alle Konventionen werden die beiden ein Paar und bekommen vier Kinder. Doch Isabel liegt ein dunkles Geheimnis auf der Seele, eine falsche Entscheidung, die sie vor Jahren traf und nicht vergessen kann. Und die sie und ihre Liebsten eines Tages einholen wird …

»Ein herrlich opulenter Roman voller Leidenschaft, Intrigen, Dramen und Glückseligkeit.«
Freundin

05/2479/01/R

Jennifer Donnelly

Die Teerose

Roman. Aus dem Amerikanischen von Angelika Felenda. 688 Seiten. Piper Taschenbuch

London 1888, eine Stadt im Aufbruch: Während in den Gassen von Whitechapel das Laster blüht, träumt die siebzehnjährige Fiona von einer besseren Zukunft. Als Packerin in einer Teefabrik beweist die junge Irin ihr Gespür für die köstlichsten Sorten und exotischsten Mischungen. Doch dann muß Fiona ihren Verlobten Joe verlassen und sich im New York der Jahrhundertwende eine Existenz aufbauen … Spannend und voller Sinnlichkeit erzählt dieser Roman die Geschichte der Fiona Finnegan und einer großen Liebe zwischen Sühne, Mut und Leidenschaft.

»Eine großartige Geschichte und genau das, was wir in Zeiten wie diesen brauchen.«
Frank McCourt

05/2040/02/L

Jennifer Donnelly

Die Winterrose

Roman. Aus dem Englischen von Angelika Felenda. 784 Seiten. Piper Taschenbuch

Es sind die ersten Tage des neuen Jahrhunderts, Mai 1900. Und die finsteren Straßen des Londoner Armenviertels Whitechapel sind kein Ort für eine anständige junge Frau. Gegen alle Widerstände nimmt India, die sich sonst nur in den feinsten Kreisen bewegt, eine Anstellung als Ärztin in Whitechapel an. Als sie dem berüchtigten Gangsterboß Sid Malone begegnet, entbrennt sie überdies in leidenschaftlicher Liebe und setzt sogar die Verlobung mit dem ehrgeizigen Parlamentsabgeordneten Freddie Lytton aufs Spiel. Sie ist fasziniert von Sid, seinem Charme und seiner geheimnisvollen, dunklen Vergangenheit. Doch sie kann nicht ahnen, daß Sid Malone nicht sein wahrer Name ist … Von der gefährlichen Unterwelt Londons bis nach Afrika und in die Neue Welt führt uns Jennifer Donnellys dramatische Geschichte um die junge Ärztin India Selwyn-Jones – Betrug und Intrigen, Rache und bedingungslose Liebe bestimmen ihren Weg.

05/2339/02/R